那红红的萨日朗

— 刘玉琴 / 著 —

内蒙古人民出版社

图书在版编目(CIP)数据

那红红的萨日朗/刘玉琴著.-呼和浩特:内蒙古人民出版社,2018.5

ISBN 978-7-204-15384-8

Ⅰ.①那… Ⅱ.①刘… Ⅲ.①长篇小说-中国-当代 Ⅳ.①I247.5

中国版本图书馆 CIP 数据核字(2018)第 105114 号

那 红 红 的 萨 日 朗

NA HONGHONGDE SARILANG

作　　者 刘玉琴
责任编辑 张桂梅　郝乐
封面设计 李小楠
出版发行 内蒙古人民出版社
地　　址 呼和浩特市新城区中山东路 8 号波士名人国际 B 座 5 楼
网　　址 http://www.impph.com
印　　刷 内蒙古爱信达教育印务有限责任公司
开　　本 680mm×960mm　1/16
印　　张 30
字　　数 480 千
版　　次 2018 年 5 月第 1 版
印　　次 2018 年 10 月第 1 次印刷
印　　数 1—2000 册
书　　号 ISBN 978-7-204-15384-8
定　　价 58.00 元

图书营销部联系电话:(0471)3946298　3946267

如发现印装质量问题,请与我社联系。联系电话:(0471)3946120

习近平总书记给内蒙古自治区
苏尼特右旗乌兰牧骑队员们的回信

苏尼特右旗乌兰牧骑的队员们：

你们好！从来信中，我很高兴地看到了乌兰牧骑的成长与进步，感受到了你们对事业的那份热爱，对党和人民的那份深情。

乌兰牧骑是全国文艺战线的一面旗帜，第一支乌兰牧骑就诞生在你们的家乡。60年来，一代代乌兰牧骑队员迎风雪、冒寒暑，长期在戈壁、草原上辗转跋涉，以天为幕布，以地为舞台，为广大农牧民送去了欢乐和文明，传递了党的声音和关怀。

乌兰牧骑的长盛不衰表明，人民需要艺术，艺术也需要人民。在新时代，希望你们以党的十九大精神为指引，大力弘扬乌兰牧骑的优良传统，扎根生活沃土，服务牧民群众，推动文艺创新，努力创造更多接地气、传得开、留得下的优秀作品，永远做草原上的“红色文艺轻骑兵”。

习近平

2017年11月21日

人　物　表

赛罕旗乌兰牧骑

萨日朗：蒙古族，牧羊姑娘，受爱人邵华为的影响，酷爱读书，毕业于函授大学，后成长为德才兼备的乌兰牧骑队长。

鲍龙斌：蒙古族，乌兰牧骑创始人、队长。

佟家琪：戏曲学院毕业的巴蜀才子，内蒙古自治区文化局下基层的干部，朴真玉的丈夫。曾任乌兰牧骑指导员、内蒙古自治区文化局艺术处处长、副局长。

朴真玉：朝鲜族，佟家琪的妻子，为练《顶碗舞》头顶磨出了碗托。在全国巡回演出中，跳火了顶碗舞。

乌日汗：蒙古族，蒙汉兼通的报幕员，编导。为了营救陷在沙窝子里的乌兰牧骑队员，失去了给发高烧的儿子看病的机会，两岁的儿子死后，被牧民丈夫离婚。在参加全国巡回演出之后，成为内蒙古自治区直属乌兰牧骑队员。后经萨日朗做媒，成为高炮团营长秦越的妻子。

潮洛濛：蒙古族，长调演员。因能吃苦，得绰号"草原红牛"。

崔喜顺：朝鲜族，舞蹈演员。因瘦，得绰号"瘦驴"，亦是说不好汉语的朴真玉口中的"熟梨"。曹雪儿心中的恋人，参加了非洲慰问演出，因救洪水中的珍妮和托马斯姐弟，不幸牺牲。

宝日吉格：蒙古族，其名字的汉语意思为“黄毛丫头”。巴特尔的妹妹，鲍龙斌的妻子。为了支持鲍龙斌的工作，为爱舍爱，离开了乌兰牧骑。

陶　鲤：蒙古族，乌兰牧骑队员。错爱体育老师倪继武，被抛弃后，找到了真爱，成为大兴农场场长巴特尔的妻子。

敖长根：车老板子兼炊事员，被队员们评为“最可爱司肚”。

曹雪儿：能唱二人转的乌兰牧骑队员。崔喜顺死后，嫁给了舞蹈演员正月。后成长为乌兰牧骑艺术学校校长。

正　月：朝鲜族，舞蹈演员，曹雪儿的丈夫，后成长为乌兰牧骑副队长。

哈　斯：蒙古族，长调演员，荞麦婶子的女儿。

杨　钊：北京知青。绰号“小北京”。

宋　凯：天津知青。绰号“小天津”。

车伯尔市乌兰牧骑

金慧心：满族，乌兰牧骑队长，色艺双全的编导，清王府格格的私生女。

邵华为：乌兰牧骑副队长，军分区政委邵东方和编导山丹的儿子。独唱独奏演员，擅长作曲的文艺通才。萨日朗的丈夫，被舞蹈教师富瑶诱惑，有女月亮花。

林至峰：擅长表演，后成为话剧表演艺术家。

华　凌：独唱演员，林至峰的妻子，后成为配音导演。

千千木：会跳芭蕾舞的乌兰牧骑队员。疯狂地爱上了邵华为，后嫁给芭蕾舞教师吴蕾。

曲景波：器乐演奏通才，管乐器、弦乐器都能演奏。

詹萍萍：舞蹈演员，兼服装管理员。

达日玛：蒙古族，声乐演员。

其他人物

苏　晋：车伯尔市委主管文教的副书记，痴情于金慧心。在妻子病逝后，娶金慧心为妻，并全力支持妻子的工作。

司子健：雷达团宣传科科长。在观看乌兰牧骑在大兴农场的演出时，对金慧心一见钟情，后因政治婚姻背叛了金慧心。在任车伯尔市革委会主任期间，利用战友的关系，帮助金慧心带领全体队员以"工农兵学员"的身份到长春艺术学校学习，全方位提高了车伯尔市乌兰牧骑的业务水平。

巴特尔：蒙古族，大兴农场场长。与鲍龙斌、金慧心是师范学校的校友。在陶鲤遭受倪继武的抛弃之后，娶心爱的陶鲤姑娘为妻。

高双翼：赛罕旗副旗长，查干木伦水利枢纽工程指挥部总指挥。鲍龙斌的挚友，鲍在斌为他在万名民工的工地上，留下了一支"不走的乌兰牧骑"。

邵东方：盟军区政委，邵华为的父亲。

江　坤：邵东方的第二任妻子，邵华为的继母。

段子风：画家，文化馆馆长，造反派小头目。

荞麦婶子：蒙古族，本名艾伦，白音汗浩特的巫婆，哈斯的阿妈。

达尔玛：蒙古族，萨日朗的姑姑。

阿希达：蒙古族，萨日朗的姑父。

道尔吉：蒙古族，白音汗浩特牧业生产队队长。

关玉琢：满族，清王府的格格，金慧心的生身母亲。

慧　明：悦音寺添油的尼姑，乐师。

倪云松：曾改名倪继武。体育教师，陶鲤的未婚夫，造反派司令。

季秀英：曾改名季要武。造反派小头目。一个有着文艺素质，梦想成为乌兰牧骑队员，却未能成为乌兰牧骑队员的女青年。

李龙兴：辽宁省人民艺术剧院副院长，话剧表演艺术家。

孟昭生：民兵连长，烈士。

目录

上部

下　部

上部

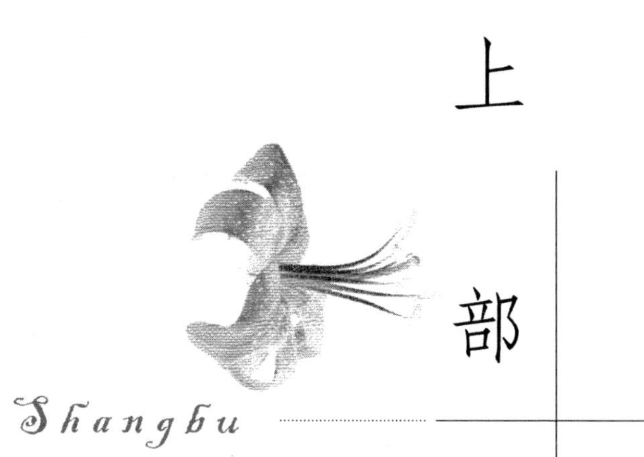

Shangbu

萨日朗，蒙古语，汉译为月亮花，草原上的汉人也叫它山丹花。红红的，艳艳的，像一团团火在燃烧。太阳的颜色，月亮的心灵，不论是拍成黑白照片还是彩色照片，都是最美的，就像我们走过的青春。

——一位老乌兰牧骑队员的自述

序 幕

内蒙古自治区首府呼和浩特市昭君大剧场。

《萨日朗影集》的大幅广告牌在剧场门前的广场上立着，那是一张张叠印着的照片，就像一条时间隧道在你面前铺开，照片上的人物远远地向你走来，又要把你远远地带走……

剧场门前突然热闹起来，一辆辆小轿车和一辆辆大轿车，鱼贯似的在剧场门前的广场上停了下来。从车上下来的男男女女装束时尚鲜亮。女士或长发飘飘，或发髻高绾，衣裙休闲飘逸。男士不管是黑发白发还是黑白相间的灰发，多是齐颈的长发，腰胸挺直，额头宽阔。明眼人一看这些人挺拔的气质，一看这些长头发，就知道他们应该是艺术行当的。

剧场里也很热闹，立体声音箱里播放着蒙古族长调，悠扬而辽阔，坐在座位上的人不时地站起来，向刚进来的人打着招呼。有一胖一瘦两个五十多岁的男人，拥抱完了不算，还你捶我一拳、我拍你一掌地互相喊着“铜眼镜”“草原红牛”，而后哈哈大笑，亲昵得让人怀疑他们头上的白发和灰发能否标示他们的实际年龄。被叫作“草原红牛”的男人笑罢，不知又想起什么，竟掏出手绢拭泪，喃喃地对被叫作“铜眼镜”的男人说：“可惜，‘瘦驴’不在了，没人跟我吵架喽……”“铜眼镜”拍拍“草原红牛”的肩膀，也抹了一把金边眼镜下的泪水，说："伙计，有我呢！我接着他跟你吵。"

更有一个天津口音的人朝着一个大块头的男人就是一拳："'小北京'，嘛——几年不见，您老成大老板啦？"

大块头男人一点都不躲闪，挨了一拳，好像很受用："嘛大老板？不就是个旅行社的总经理嘛，没嘛显摆的，哪如您老，电视台的资深评论员，天津的'白岩松'。倒是这'小北京'叫得我心热，那可是咱们年轻的时候——"

他们都是来看大型舞剧《萨日朗影集》的彩排的。

一辆轮椅从剧场的门口被推到第一排中间的位置上。坐在轮椅上的是一个看不准年龄的男人，他的头发几乎落光，身体枯槁，面容憔悴，一身白色的薄料西装穿在他身上显得晃晃荡荡的，多亏他的肩膀很平，腰板也直，依稀现出曾经的舞蹈演员才会有的一副身材。他形象病弱，但眼睛里却透着深邃而坚毅的光，更有一股决绝的沉寂，好像已置生死于度外。

他刚坐好，从舞台的边门里就急切地走出了一位风姿绰约但装束简约的中年女子，她就是这部舞剧的导演萨日朗。萨日朗疾步走到坐轮椅的男人面前，一把握住他的手，问："能挺得住吗？"

那男人坚定地点了点头。

"那……我们开始？"

"开始——"

舞台上的灯光一下子就暗了下来，天幕上，一部题为《萨日朗影集》的相册缓缓地一页一页地打开——

第一章 遭遇狂风 源头避险 巫婆保媒 定亲莽汉

1

一九六四年春天的赛罕草原，大旱。

一大早儿就起风了，那无遮无拦的风就像打草的钐刀一样，一抡一片、一抡一片地掠过刚刚嫩绿的小草。

就是这像打草的钐刀一样的风，让萨日朗走进了赛罕旗乌兰牧骑。

昨天夜里，双腿成了罗圈形的达尔玛姑姑怎么也睡不着觉，双腿关节痛得她额头上的汗珠一个劲儿地往下滚落。是姑父用烧热的红花酒给她搓了好一阵子，姑姑才伸开蜷曲的双腿睡着了。达尔玛的风湿腿就是天气预报，所以，萨日朗知道今天的赛罕草原上会有大风。

睡眼惺忪的星星刚落下天幕，她就从黑毛毡子上爬了起来，往怀里揣了块玉米面饼子，打开羊圈的门，赶着二百多只羊上山了。那里是西拉木伦河的源头，能让羊儿们饱饱地喝上一肚子的山泉水，那可就太美了。

萨日朗天生爱唱歌爱跳舞，上初中一年级的时候，就被选进了学校的文艺队。在全旗的中学生会演中，她跳的舞蹈《我是公社小牧民》还获得了一等奖呢！听姑姑说，萨日朗的姥姥就曾是王府里最受宠的歌舞女。

妈妈当年也是个能歌善舞的姑娘，每年旗里举办那达慕大会，都会被请去给得了“好汉三艺”——赛马、摔跤、射箭第一名的选手唱歌跳舞祝酒。可惜，妈妈嫁了个酒鬼，“男怕选错行，女怕嫁错郎！”草原上的酒鬼就是多，那些懒惰的男人们怕寂寞，又不想自己找事做，整天整天地喝酒，喝醉了，睡着了，日子就在不知不觉的梦中过去了。可恨的是有些个男人喝醉了不是去睡觉，不是去做梦，而是去打女人，好像打女人是他们酒后的功课。嫁了这样男人的女人，就倒了大霉，像被关进了地狱，一辈子要被鬼魅缠绕，不知什么时候才能逃出地狱之门。

萨日朗的妈妈塔拉，就嫁了这样的一个男人。她每天挤奶、烧茶、捡牛粪，赶着勒勒车到河边拉水，还要捡回一抱柴火，要不，那牛粪火就点不起来，饭做不熟，茶也烧不热。这样的勤劳、艰辛，还要天天挨上一顿酒鬼父亲的拳打脚踢。

妈妈的地狱之门终于被酒鬼爸爸自己打开了。酒鬼父亲和另一个浩特的酒鬼男人，一连喝了三天的酒没有撤桌，在回来的路上遇上了暴风雪，从马上栽下来，冻死在雪地里。妈妈从地狱里解脱了，可三张天天张大的嘴，任她拼命干活也填不满啊。家里常常没了粮食，也没了奶茶，好不容易盼来的弟弟也饿得面黄肌瘦。于是，妈妈在姥姥的劝说下，把弟弟留给了叔叔，把上了小学的她送给了没有生养的姑姑，自己带着她的妹妹嫁到锡林郭勒草原。

萨日朗还没念完初中，姑父就不让她念了。白音汗苏木没有中学，去旗里念书，要交学费，要带粮食，坐上勒勒车走上两天一夜才能到赛罕旗里。萨日朗在学校住宿，平日里家里的活儿一点也指望不上。姑姑还有病，姑父说：已经把萨日朗养大，不能再供她上学了，再供她上学，就买不起酒喝，也没钱给达尔玛治病。

萨日朗是个乖巧懂事的孩子，她就是再喜欢读书，再喜欢唱歌跳舞，也得放下书包拿起放羊鞭，一个寄人篱下的姑娘还有别的选择吗？塔拉妈妈的能干和勤劳都遗传给了萨日朗，不到半年的时间，她就能一个人放上二百多只羊了，成了能挣十分工的全劳力。

牧羊女的日子本来可以像西拉木伦河水那样静静地向东方流去，是艾伦大婶打破了这种平静。

艾伦大婶是浩特里的巫神，很俊俏，就是皮肤有点黑。本地有一种生长期很短的麦子，叫荞麦。荞麦磨出来的面，颜色比白面黑，艾伦大婶的肤色就是比白面黑的荞面颜色。因此，浩特里的人们在背后都管艾伦叫“荞麦婶子”。荞麦婶子能说会道，还能与鬼神通灵跳神治病，谁家的老人、小孩有了毛病，就把荞麦婶子请到包里跳神。每次跳神，作为徽记，荞麦婶子都在自己的额头上拔上一个圆圆的火罐印，黑紫黑紫的，像额头上挂着一轮病太阳。

这些年，有人不让荞麦婶子挂着病太阳作业了。牧业合作社的队长道尔吉说：“艾伦，你若再挂着个病太阳跳神，把浩特里跳得个乌烟瘴气，我就和牧业社的亚都玛拉沁（贫牧）、亚都利克玛拉沁（贫下中牧），把你当成个‘坏分子’，放到中午的沙窝子里，让红太阳把你晒成地老鼠干。”

荞麦婶子不敢公开跳神，但谁家的老人、孩子生病，还会在夜里把她请到蒙古包里，杀只羊让她祭神、跳神。祭神、跳神完毕，用手把肉和羊肉粥款待她一顿，再让她带走羊头和羊皮，算是跳神的劳务费。

月前，一个光有星星没有月亮的夜晚，荞麦大婶又被姑父阿希达请来跳神。她戴着一副凶神恶煞的黑色松巴面具，吓得萨日朗跑到自己的包里躲了起来。

这次跳神，家里已经没有羊可杀，自留的母羊都被姑父偷偷地卖掉，给姑姑买药了。是姑父打来的一只野兔充当了祭品。当萨日朗把煮熟的野兔端上炕桌时，荞麦婶子的双眼顿时放出了光。她一把抓住萨日朗的手：“哪辈子修来的福哟，养了这么个俊丫头！你看这个条儿就像湖边的细柳；你看这脸蛋，靓得能晃瞎你的眼睛；你看她的眼睛，黑亮得像海子里的宝石；你看这双手，白嫩得像工匠的玉雕，哟……这双手哪能用来挥舞放羊鞭呢？啧啧……可惜啦！”

躺在黑毛毡上的姑姑说话了：“可惜什么呀？都是她的命……谁让她的阿爸是个酒鬼呢？谁让她的额吉扔下她不管呢？她不放羊谁来管她的

吃、管她的穿呢？你看看我这个身子，你看看她姑父累的，今年又旱……"

姑父叫阿希达，他面色黄中带黑，凹下去的眼睛黯淡无神，一双手青筋暴露，谁看，都会觉得他不是一个健康的牧民。

"你们错了呀，有这么俊的姑娘养在家中，还能请神杀不起羊，用兔子来简慢了？简慢了神，神还能给你使上力气治病？做白日梦吧！不生你的气，就是肚量大呀。"荞麦婶子用刀子在野兔的脊背上割下一条肉，吞下肚："萨日朗，你煮的野兔还挺香，放了山花椒了吧？这东西去土腥味儿。"

见萨日朗点了点头，荞麦婶子又割下一条兔肉，蘸了山韭菜花磨成的酱："我娘家在东乌珠穆沁旗，那地方草密人稀，富裕得很。表哥在那儿当着苏木达。他有一个儿子，叫东哥，也该娶媳妇了。人家在草原上有蒙古包；在苏木街里有大院套，定居。好日子过得喝着糖水似的甜，牲口棚里有骡马，红木箱子里有大钱，出得起彩礼。表哥说了：只要姑娘长得俊，脾气好，不要女方的嫁妆。达尔玛，你看这么好的事，咋就落在你的蒙古包啦？我说，一早晨就有喜鹊叫。"

"我这病歪歪的身子，哪有心思听喜鹊叫。萨日朗长得是好看，出生的时候，月亮特别圆，她阿爸就说叫萨日朗吧，是月亮给他送来了一朵花。本来是美美的日子，可偏偏我哥哥他就摽上了酒……"

"人都没了，说他也没用，草原上的汉子哪有不喝酒的？还是说萨日朗吧，我看面相，是一个有福的人。"

"可她才十六岁呀！这么小就嫁人？家里也缺人手。"

"我十五岁就嫁到白音汗。朝霞里的花是最艳的，晨露里的花是最鲜的，过了鲜灵劲儿就成了老秋的落叶，谁家还稀罕？你家还缺人手？病好了就不缺人手。人都说：姨娘亲，不算亲，死了姨娘断了亲；姑舅亲，才算亲，打断骨头连着筋。"

"能嫁个好人家，也算对得起她死去的阿爸和远嫁的额吉。姑娘早晚不得嫁人？"半天不说话的阿希达，闷声闷气地搭了话。

萨日朗能说什么呢？妈妈把她送到姑姑家的那天就说了："萨日朗是你们的，生死就由你们。"那话就是卖身契。可萨日朗不愿意这么小就嫁人，更怕嫁个像阿爸那样的酒鬼。

前天傍晚，她刚把一群羊赶进羊圈，一回头就见包前的拴马桩上多了一匹黑马。“姑姑家里来了远方的客人？”还没等萨日朗想清楚，荞麦婶子一推包门：“呀！呀！呀！看月亮花回来了，你看脸这个白的，春天的风也吹不黑你，咋啦就这个样地偏心眼儿，不把这白让给我点？省得让人背后管我叫荞麦婶子。”

也许是天黑，也许是包里的煤油灯不亮，萨日朗看见一个黑胖的男人盘腿坐在包里喝奶茶，茶桌上摆着新鲜的奶豆腐、奶酪、炒米、黄油、盐和白糖，这是招待贵客才摆的茶食。刚过了“三年自然灾害”，牧民家还不富裕，一般的客人来，烧上一锅奶茶，端上一碟盐，就尽到了待客的礼数。姑父也坐在茶桌旁，不时地拿起筷子，把奶豆腐、黄油和奶酪往黑胖男人的碗里拨。

见萨日朗进了包，黑胖的男人站了起来，仔细地打量着萨日朗。

“好好看看我们的月亮花。”荞麦婶子一伸手把煤油灯端到萨日朗的面前。借着灯光，萨日朗看清了，这个男人有一对光闪闪的小眼睛，很精神，也很壮实，敦敦实实的，像个摔跤手。不用再问，一定是荞麦婶子的娘家侄子东哥了。

“傻小子，别愣着，快把你怀里的东西拿出来吧！”荞麦婶子对着侄子发了话。

东哥“噌”地站了起来，慌乱中，紫色的蒙古袍襟刮翻了茶桌上的奶茶，茶碗滚到地毡上，滚烫的奶茶洒了他一袍襟，还滴落到地毡上，污了一大片。东哥急躁了，用双手扑撸扑撸袍子上的茶汁、茶末，冲着荞麦婶子说了句：“都是你催的，跳鬼呢？不用你催我也知道。”说完，从怀里掏出了一副银镯子、一挂红珊瑚和蜜蜡镶缀的头饰，还有一个红纸包。聚光的小眼睛紧盯着萨日朗的脸，大大咧咧地把这三样东西放在了茶桌上。

“这是一百张五元一张的新票子，嘎嘎新，做彩礼。过几天，再送些绸缎和花布来，给你做几件袍子穿。”

五百元呢！看得姑父、姑姑和荞麦婶子的眼睛都直了。一年从牧业社的分红也不会超过一百块钱。

“萨日朗，快给东哥斟茶。”姑姑在提醒神情恍惚的萨日朗。

这是让萨日朗表态呢！十六岁的少女还没有仔细想过要嫁给一个什么样的人，但她在学校文艺队里唱过歌、跳过舞，听过汉语老师讲的语文课，那么多的故事，那么深刻的道理，她能听得入神，恨不得就生在那些激动人心的故事里。还有和自己一起跳《我是公社小牧民》的眼睛大大的男同学希儒嘉措，能和他们这样的男人在一起，就是没有绸缎的衣服穿，天天没有羊肉吃，萨日朗都会感到快乐、幸福……眼前这个又矮又胖又黑又没有文化的莽醉汉东哥，就要做自己的丈夫吗？以后要和他在一个蒙古包里吃饭、睡觉吗？他的脾气、身材怎么就像喝醉了酒，把拳头和号叫都倾泻给阿妈的醉鬼父亲呢？那自己的命岂不是和阿妈一样苦了？

“不！”

就在全包里人集体惊愕的一瞬间，萨日朗哭着冲出了蒙古包。

2

一挂大马车朝着白音汗方向奔驰而来。

一面绣着“乌兰牧骑”的红旗插在车辕子上。

车上是十二个赛罕旗乌兰牧骑的男女队员。他们是赛罕草原上的骄子，用旗委书记刘峰的话说：你们不是“万里挑一”，你们是“两万里挑一”。赛罕旗人口是二十四万人，挑出来的这十二个人，男的潇洒，女的漂亮，唱歌跳舞、吹打弹拉，每个人都得“一专多能”（有一样是专业的，其余的都得会几样）。十二个人演一台节目，不这样，不行！这还不算，还要有好体力、好作风。农村、牧区，山道、沼泽、沙漠、河流，大马车过不去，乐器、道具、服装、行李……就得手提肩扛。队里流行着一句顺口溜：“‘草原红牛’背大鼓，学习红军两万五。”“大鼓”，是乐器当中又重又笨的，又是演出中不可或缺的。长调演员潮洛濛，长调唱得好，人也很能吃苦，身子也壮，人称“草原红牛”。在某一个晨会上，队长鲍龙斌就把这句顺口溜奖给了他。

仔细数一数，除了车老板子敖长根，大马车上不是十二个人，是十三个人。这第十三个人不是乌兰牧骑队员，是内蒙古自治区文化局下来蹲点的干部，一看鼻梁上架着的金色镜框，就知道是个知识分子。他叫佟家琪，刚到队里的第一天，“草原红牛”潮洛濛认为“金”和“铜”都是黄颜色，就把个“铜眼镜”的绰号当成见面礼送给了他。

佟家琪是上海戏剧学院毕业的巴蜀秀才。毕业分配时，在志愿书上工工整整地填了四个字——支援边疆，说：“我‘支边’就支到最边疆，要写出反映边疆人民生活的剧本。”文化局的领导非常高兴：“一九六四年的内蒙古，从上海来的大学生太少了，凤毛麟角。正好，昭乌达盟的赛罕旗乌兰牧骑是自治区最早在农村、牧区建立的文化试点单位，队长叫鲍龙斌，你去找他吧！”

鲍龙斌就坐在大马车右手的车辕子上。

他是个二十七岁的蒙古族小伙子，别看年纪不大，却是一个“老革命”。在十二岁的时候，有一次，校长找了他们五六个小学生，到办公室演节目。有两个戴着眼镜穿着军装的人，面容和蔼地坐在长板凳上看表演节目。校长介绍：年龄稍大的人叫安波，是冀察热辽联合大学鲁迅艺术院院长；年龄小的叫海默，是鲁艺的教员，会演戏还会编剧。

鲍龙斌先唱了一首《歌唱二小放牛郎》，当唱到“王二小把鬼子带进了八路军的埋伏圈，被鬼子用刺刀挑起摔死在大青石上”这一情节时，他太投入了，唱得满眼是泪，安波、海默和校长也听得满眼是泪。他又和一位女同学表演秧歌剧《兄妹开荒》。剧中人在陕北，口音和内蒙古西部人是一个调，鲍龙斌用西部口音演唱的《兄妹开荒》，竟如原创的《兄妹开荒》一样地道。

海默热烈鼓掌，对着安波一抱拳：“院长，你的《兄妹开荒》从延安普及到了大草原，可喜可贺呀！”

安波从长条凳上站起来，用手揉了揉鲍龙斌带着些羊毛卷的头发：

“这小鬼长得机灵英俊，乐感好，有表演的天赋，是块可造之料，在你的话剧《兵》里演那个嘎子，一定出彩！”

鲍龙斌成了冀察热辽联合大学鲁迅艺术院一年制的学员。鲁迅艺术院的地址就在车伯尔市京剧院院内。一九四七年，内蒙古在兴安盟的乌兰浩特成立了内蒙古自治政府。鲁院转移到了这片革命老区，这是一个临时的校址。安波院长根据自治区主席乌兰夫同志的请求，为革命老区培养一批文艺火种，这才有了安波与海默到农村牧区的选才。

海默刚刚创作了一个剧本《兵》，鲁艺的教员、学员同台演出，鲍龙斌果然分到了一个“嘎子小兵”的角色。他在课堂上是一个机灵的学员，在舞台上是一个机灵的嘎子兵，在课下也是一个机灵的勤务员。他见安波和海默教学、创作、演出，整天忙得团团转，连打壶开水的时间都没有，写着写着，口渴了，端起搪瓷缸子喝水，缸子是空的，竹皮子暖瓶也是空的。他感到心疼，就用节约下来的饭票换了一个洋铁皮的快壶，利用午休时间跑到郊外的树林里，捡来一捆捆干树枝，每天给安波和海默烧一壶开水。

安波经常拿着一本用毛头纸印的发黄的小册子，给学员们讲文艺理论。那本小册子叫《在延安文艺座谈会上的讲话》，是毛泽东主席写的。安波亲切地简称它为《讲话》，那是他在延安鲁艺当主任时，毛主席亲手颁发给他的。安波院长讲：“一个没有理论的民族，就是一个心里没有太阳的民族，是一个愚蠢的民族。而没有文艺理论指导的创作，就如同瞎子走路，根本就看不到光明。”

那本毛头纸印的《讲话》，就像一把打开心扉的钥匙，让十二岁的蒙古族少年鲍龙斌大彻大悟。他想向安波院长借这本书，自己抄上一本，揣在怀里才踏实。但他总是不敢开口，怕自己借了，安波院长讲课没的使。有一件事他可敢开口，那就是入党，加入中国共产党。他看见一批批比他年龄大的学员都被海默叫到办公室里谈了话，在党旗下攥紧了拳头宣了誓，成了共产党员，唯独没人找他，他被冷落了。他不甘心，就去找让他演“嘎子小兵”的海默。

“海默老师，为什么不让我加入共产党？难道我的学习成绩不好吗？我不是在革命吗？”

海默老师“扑哧”一声笑了，像安波那样用手揉了揉鲍龙斌带着羊毛卷的头发，说：“你还是羊群里的小羊羔，年龄不够大，共产党员的责任放在你的肩上，还是太重了些。”

虽然没能加入中国共产党而有些遗憾，可在毕业典礼上，他却得到了他最想要的奖品，安波院长亲手把那本用毛头纸印刷的小册子——《在延安文艺座谈会上的讲话》发给了他，作为功勋学员的奖励。

加入中国共产党，是鲍龙斌在师范学校念书的时候。

他是学生会的主席，而他同宿舍下铺的巴特尔是学生会的党支部书记。一毕业，他回到家乡当了小学老师。他蒙汉兼通，白天教孩子们读书，晚上办识字班教乡亲们识字。他曾是鲁艺的小学员，会唱歌会跳舞会演戏，还会办黑板报，在苏木广播站既当记者又当编辑，还是蒙汉兼通的播音员。很快，赛罕旗团委就发现了人才，一纸调令，让他当了共青团赛罕旗旗委副书记。自治区文化局在农村、牧区首批建立乌兰牧骑，他就被旗委派去当了乌兰牧骑的队长兼指导员。春节的拥军演出任务刚刚结束，自治区文化局就来了通知，要在八月份举办全自治区的乌兰牧骑会演。届时，赛罕旗乌兰牧骑必须拿出一台过硬的自编自演的节目来，做个头羊，打出一面思想、作风、节目“三过硬”的旗帜。

任务很重，鲍龙斌决定立即带着全体乌兰牧骑队员一边下基层演出，一边深入生活创作节目。今天的目的地是白音汗，最后要到达他们的生活基地——大兴农场，计划用三个月的时间完成训练、创作和辅导这三项任务。

佟家琪的到来，使他高兴得一宿没睡着觉。上海戏剧学院的毕业生是个宝，剧本创作就得用这样的人才。但他也隐隐地担心，毕竟，佟家琪是南方人，对北方、对内蒙古群众的生活还不够熟悉。

佟家琪可没有这么多顾虑，他对一种全新的生活憧憬着，被突如其来的爱情激荡着，一刻也不闲着。一车的乌兰牧骑队员们也没一个闲着的。

白音汗苏木有一个嘎查叫乌兰敖都（汉译：红星），是毛主席亲笔批示的全国十二个牧业合作社之一。来之前，佟家琪连夜写了一个好来宝（蒙古族说唱），用蜡纸刻了端端正正的仿宋体印在白纸上，一人发了一张，正由鲍龙斌拉着手风琴、潮洛濛领唱，队员们一句一句地唱着背词呢。

潮洛濛：草原红星亮闪闪，
合　唱：亮闪闪呀亮闪闪！
潮洛濛：毛主席批示暖心间，
合　唱：暖心间呀暖心间！
潮洛濛：乌兰敖都羊儿壮呀，
　　　　个个都像白云团，
合　唱：啊哈啊哈啊哈呼嘿——小朴就像白云团。

小朴叫朴真玉，是个白白净净的朝鲜族姑娘，会朝鲜语和蒙古语，就是汉语说不好。别人说话，她会眯着一双会笑的眼睛不眨眼地看人家。

四川人佟家琪特别爱说话，他一说话，朴真玉就笑眯眯地看着他。一位既美丽又安静的姑娘，不错眼珠地看着你，满脸笑容地听你讲话，任你说什么她都那么爱听，这让佟家琪大受鼓舞。于是，他一见到朴真玉，就随意找个对手，立刻摆起龙门阵。

佟家琪来到乌兰牧骑还不到三个月，但在潮洛濛几个小伙子的眼里，他和朴真玉是"有事"了。好来宝《乌兰敖都》是佟家琪写的，所以唱到最后一句，加上"小朴就像白云团"，是在起哄开这对初恋者的玩笑。

佟家琪没说什么，潮洛濛这样起哄开玩笑，他心里美滋滋的，竟透过四百度的近视眼镜，深情地向朴真玉望去。

朴真玉的脸"腾"地红了，她出其不意的一拳，竟把潮洛濛的帽子打落在地。

潮洛濛一点不恼，跳下大车捡帽子，还顺便朝着朴真玉又唱了一句："啊哈啊哈啊哈呼嘿——小朴就像白云团。"

又是一阵哄堂大笑。

鲍龙斌把手风琴递给潮洛濛:“别尽顾了捣蛋，给你手风琴，练练键盘,让‘熟梨’唱。”

“熟梨”,其实叫“瘦驴”,本名金喜顺,是个朝鲜族小伙子,脸长得圆润,身子骨架很周正,就是缺肉,显得有些瘦弱。按照这幅画像,“草原红牛”就给他起了个外号叫“瘦驴”,牛驴一类,算是有了同盟者。朴真玉的汉语说不好,总把“瘦驴”说成“熟梨”。“熟梨”是个多面手,唢呐、小号、笛子、单簧管……凡是带“眼儿”的,他都能吹奏得很好,其专业是舞蹈,特别擅长本民族的朝鲜舞,一根飘带插在帽子上,他晃着脖子,能把飘带转成海子里的旋涡。

乌兰牧骑队员一专多能。金喜顺放下手里的唢呐,拿起歌片就放声唱了起来:

草原红星亮闪闪——
合:亮闪闪呀亮闪闪
……

突然触动了灵机，佟家琪一翻身跳下车，从皮挎包里掏出了相机,“嗖嗖”地撩开两条长腿,跑到了大马车的前面,左移右晃,待到对准了镜头,调好了焦距,一按快门——“咔嚓”一声,一张黑白照片就永远地印在了胶片上:一辆在沙漠里疾驶的胶轮大马车,车辕子上插着一面绣着“乌兰牧骑”四个字的旗子,十二个意气风发的男女青年,在一架手风琴的伴奏中唱着歌。

这是《萨日朗影集》里的第一张照片,但此时的萨日朗却不在这张照片上。

3

萨日朗把羊群赶到一个山坳里。那只脑门上有一块黑头芯儿的大花耳朵头羊立刻“咩咩咩”地回头叫着,带着它的队伍,像就要落雨的云团一样,急速地向山坳南坡漫延而去。

山坳是西拉木伦河水的源头。山坳的尽头,矗立着一面陡峭的岩壁。岩壁周围有茂密的树林挡着,外面根本就看不见。环着岩壁向东,南北两面都是山坡,有一眼一眼的泉水汩汩地流出。泉眼细细的,水流也是细细的,一眼一眼细细的泉水汇成的水流就不那么细了,它像收容队一样,一眼一眼地收容着山泉,一股一股地收容着小溪,一条一条地收容着小河……西拉木伦河水就越来越大,西拉木伦河面就越来越宽。

萨日朗把羊群赶到这里放牧,是她的秘密,只有她知道这个地方有草、有水、有岩壁、有树林。有水有草,羊儿就有吃有喝;有岩壁有树林,就能挡风、避雨,多大的风沙也吹不散她的羊群,多大的雨也淋不湿她的羊群。

草地上开着一大片月亮花,蒙古语为萨日朗,汉人叫它山丹。红红的,艳艳的,像一盏盏红灯笼,照亮了春天的草原。荞麦婶子说过,只有最美的姑娘才配得上叫萨日朗。

辍学放牧,萨日朗最大的痛苦就是没有地方唱歌跳舞。她甩打着羊鞭,赶着羊群在草原上漫无目的地走着,走着……就来到了这个有草、有水、有岩壁、有树林的地方。哦!一棵大榆树像一把巨大的绿伞矗立在山坡上,冥冥中,是它把萨日朗引导到了这里。大榆树有许多枝杈,萨日朗一抬脚就把腿放在了最中间的那枝树杈上,啊,真是一根天然的把杆——

“5·4”青年节的晚上,在赛罕旗旗委的大礼堂里,萨日朗和中学里一批新的共青团员们看乌兰牧骑的演出。那真是太美了,特别是那个叫朴真玉的姐姐跳的《顶碗舞》,太棒了!一摞花瓷碗稳稳地顶在头上,她像陀螺似的在台上一圈一圈地转着,一条粉白色的朝鲜族大裙子被转成了一朵吉祥的莲花。

“我能跳得像她那样美吗?”萨日朗的两只眼睛看得痴迷。台上的朴真玉转着,转着,粉颜色转成了红颜色,朝鲜裙转成了蒙古袍,朴真玉转成了萨日朗。萨日朗转着,转着,感觉自己转得不如朴真玉那样快、那样稳,一个趔趄，她头上顶着的碗都不知道转到哪里去了……

梦中醒来，萨日朗像被那几个花瓷碗勾走了魂儿。

羊儿们撒着欢儿在山坡上吃草，萨日朗把双腿在大榆树的树杈上轮换着压着，数到一百下，浑身已经淌汗。她脱下花布袍子，用宽宽的腰带将它系在大榆树上，就在山坡上踢起腿来。她的腿那么柔软，那么轻盈，又那么有力，一使劲就踢到了头顶。

羊儿们不再吃草，像一群忠实的观众，跟着大花耳朵一只接着一只地跑到了山坡上，来看它们的主人练功。萨日朗练得累了，就坐在地上，摘下一朵朵蒲公英的花喂到大花耳朵的嘴里。黄灿灿的花瓣甜丝丝的，有一股清香。受了宠的大花耳朵幸福极了，把卷得像花一样弯曲的绵羊头在萨日朗的腿上蹭来蹭去……

一阵小风吹来，萨日朗突然就有了伤感，好像风把她的梦全吹散了——东哥，那个小眼睛的壮实得像一头牛犊子似的小伙子，骑着马来到了白音汗。一个大大的花布包里，有绸缎也有花布，还有几张熟好的羔皮子，说是送给萨日朗做嫁衣。

没等萨日朗拴好羊圈，东哥在身后像摔跤手一样抱住了她："我的女人，我的女人……"

一股酒气弥漫过来，萨日朗几乎要窒息，她讨厌这股酒气，也害怕这股酒气，酒鬼阿爸就是带着这股酒气毒打阿妈的。

任凭萨日朗拼命地挣扎，东哥就是不放手，还把她的身子扭了过来，要亲她的脖子。

萨日朗吓得"哇哇"大哭。

姑姑和姑父闻声钻出蒙古包。

达尔玛拉着东哥的袍襟："萨日朗还小呢，东哥，你放手、放手呀……"

东哥不放手，嘴里嘟囔着："萨日朗，我的女人！我的女人！"

喝得站都站不稳的姑父，也指着萨日朗的鼻子喊着："萨日朗——你就是东哥的女人，收了谁家的彩礼，就是谁家的女人！这是草原上的规矩。"

4

驾辕的马叫黑子,是去年才被车老板子敖长根牵到乌兰牧骑的。从山沟里刚出来,它还没见过照相机。佟家琪抱着那么长的一个大家伙向它瞄准,它不知道那是什么武器,一下子就受了惊,两个后蹄一踩地,就把两个前蹄举了起来。驾辕的黑子一动,拉套的两匹年轻的红骠马立刻也把前蹄举了起来,一辆大车上的十二名乌兰牧骑队员被掀下去一半。

敖长根眼疾手快,一个箭步跳到地上,按下了车的手闸,又扬起鞭子,扫了两匹红骠马的耳朵,车才停了下来。

草原遇到干旱,沙子便拱破草皮趁机翻过身来。所幸,那被摔下去的一半乌兰牧骑队员大都没受伤,有的趁机来了一个后滚翻,滚得头上身上都是沙子。

朴真玉心思缜密,一贯能巧巧地利用时间,她嘴里唱着好来宝,两只手却握着两支扬琴槌在腿上练抡槌。打扬琴可不仅是腕子上的功夫,从手指节到手指尖,都得练出细如发丝的感觉,练这个功夫只有一个诀窍——多练,啥时候手中的琴槌掂在手里,就像用指尖托着两片柳叶,功夫就到家了。刚练了不到两年的时间,她还得接着练。车往后倾覆,她没来得及后滚翻,"骨碌碌"就翻下车去,夹在指尖上的两支琴槌无一幸免,全都被折断,和琴槌一起受伤的还有她的手指。手指扎破了不要紧,琴槌折断了怎么演出啊!耽误了演出,对一个演员来说,就是塌了天,她"哇"的一声就哭了:"琴槌……琴槌……我的琴槌——"

这副琴槌是她精心修理的,用刀片把槌柄一点一点地刮得薄如蝉翼,手心的汗水把它浸抹得光润而有弹性,一颤动,就像蜜蜂的翅膀在上下翻飞,那震动的频率要多快就有多快、要多急就有多急,又轻又飘,又稳又准。鲍龙斌还给槌头包了自行车的气线,使它打出来的声音饱满圆润;听旋律,犹如小溪流水;听节奏,宛若"大珠小珠落玉盘"。

潮洛濛在被掀下车的一刹那，双臂下意识地抱紧了怀中的手风琴，手风琴没受损，他的脖子在落地时却给扭了，疼得他龇牙咧嘴，大叫着："来个有劲的，给'草原红牛'正当正当脖子！歪脖子牛，顶着谁，就是一个斜着的窟窿。"

男队员中顶数跳舞的正月最有力气了，他扳住潮洛濛的脖子就要扭。鲍龙斌走过来推开了正月，怕他扭坏了潮洛濛的脖子。他有个木箱，里面装着理发和家电修理的工具，还有一个绣了红十字的小药箱，备了些常用药和银针、火罐等医疗小器械。农村牧区缺医少药，有了这些，还真能救急。

鲍龙斌扭正潮洛濛的脖子，转身朝一位女演员招呼了一声："乌日汗，你来，给朴真玉的手上擦点碘酒，消消毒。女同志可别太娇气了，一点小事儿就哭鼻子，多浪费水呀，留着眼泪去抗旱呢。"

乌日汗是老队员，乌兰牧骑刚成立的时候，全队才六个人，她就来队里了。她也是牧羊姑娘出身，拥有满月般的脸庞、修长的身材、一双会说话的大眼睛。她蒙汉语兼通，舞蹈跳得好，还是报幕员。蒙古语说得像小河流水，流利清澈；汉语说得像风铃临窗，清脆悦耳。牧民们都夸她"眼眉里都是戏"。她和家乡的一位牧民结了婚，有了一个两岁的儿子。儿子出了满月，就到了乌兰牧骑最忙碌的腊月，为了参加慰问部队的演出，她二话没说就给孩子断了奶，把孩子交给了婆婆。

乌日汗从药箱里找出碘酒，抓起朴真玉的手，说："好嫩的一双手，好心疼哟，让戴眼镜的人看清楚，也会陪着抗旱呢。"说着，笑盈盈地瞥了佟家琪一眼。

脖子不疼了，潮洛濛对大黑马扬了扬拳头："你这个捣蛋鬼，我白给你窝头吃了，这是沙地，要是深沟，就没命了。没了我们这十几个人，你会拉马头琴吗？你会唱长调吗？你会后滚翻吗？你会心疼人吗？真该把你拴在树桩子上，抽上三十鞭子，再戴上一副'铜眼镜'，让你看清楚怎么走路。"

潮洛濛指手画脚地表达愤怒，大黑马无动于衷。马车老板子敖长根却不乐意了，打狗还得看主人，数落马，也是对车老板子的大不敬。

“潮洛濛的脖子治好了，朴真玉的琴槌却断了。那副琴槌朴真玉使惯了，打出来的声音就像一串流水，好听极了。就像自己的鞭子，使惯了怎么都得劲，鞭杆一挥，那鞭梢儿是想抽哪儿，就抽哪儿，如果路上遇见一只探头探脑的地拨鼠，一鞭子抽过去，那只地拨鼠准得一分为二惨遭腰斩。话还得说回来，翻车了，这责任是车老板子的，我这心里愧着呢。可事出有因，要不是‘铜眼镜’拿那么个破洋玩意对着大黑子晃，还闪了一下灯，大黑子也不会惊，更不会把半车人溜到沙窝子里。”敖长根在心里愤愤地嘀咕着。说不上什么缘故，敖长根就是看不惯佟家琪，从说话到行动坐卧。一张口就是“啥子哟，啥子哟”，管“哨嗑儿”不叫“哨嗑儿”，叫“摆龙门阵”；管“知道了”不说“知道了”，叫“晓得哟”；管“同意”不叫“同意”，叫“要得”，和人好不搭调。敖长根是车老板子兼炊事员，也是一专多能，偶尔做上一顿大米饭，“铜眼镜”不管别人够不够吃，一口气就吃上三大碗。演出回来，敖长根好心好意熬了一大锅羊肉粥给队员们当夜餐，“铜眼镜”说了句“膻得很哟”，一口羊肉粥没咽下去，跑到厨房外“哇哇”地好一阵子吐。是鲍龙斌生逼着敖长根跑了好几趟子街，敲开一家小卖部，买了个面包才算了事。

更可气的是，佟家琪一来乌兰牧骑就对朴真玉黏糊。只有他知道，朴真玉是鲍龙斌心里揣着的姑娘。

在别人的眼里，鲍龙斌对朴真玉严格要求得近乎苛刻。一个动作不到位便开口训斥“这不是你们家做打糕，光使劲就行了，你要找感觉！没见过你这么笨的，还不如稻田里的鸭子”，看见朴真玉和人闲唠嗑，就说“曲谱背会了吗？还有那段绕口令，你都把字咬真了吗？一个乌兰牧骑队员的时间，能像小河的水白白地流走吗？”

“对鲍龙斌的不留情面，朴真玉常常一串一串地掉眼泪。但他每次从家里回来，都给朴真玉带回来奶豆腐和牛肉干，叫自己给她送去。他心里心疼朴真玉，爱着朴真玉，早晚有一天这层窗户纸一捅就破。人家两个人好好的，你‘铜眼镜’插什么腿，探什么头呀？就凭你是‘眼镜’？还是一口‘不晓得’‘啥子哟’？”

心里不乐意的敖长根不想沉默了，拿鞭杆“啪”地敲了一下车辕子，嚷道：“潮洛濛，瞎呲什么？是黑子的毛病吗？‘铜眼镜’不架着那么个破玩意乱晃，黑子会惊吗？它不是没见过那个破玩意儿吗？把人的魂儿都给装进去了，马通人性，它不怕把魂儿装进去吗？你让黑子拉马头琴、唱长调、来后滚翻，这不是想让骡子下马驹、让鸭子抱鸡崽吗？你什么都会，什么都能，那你来驾辕吧，你来拉车吧，我抽你几鞭子你让吗？”

佟家琪也很委屈，端着个照相机不知所措，见敖长根把矛头冲着自己，就觉得该给自己解释解释：“我这个相机是自己买的哟，怎么是破的哟？花掉我三个月的工资哦，一碗带肉的菜都舍不得吃，才凑够了这架‘海鸥’。这张照片洗出来，要在《内蒙古画报》上发表的，说不定还要在《人民画报》上发表，让全自治区、全国的人都晓得向你们学习的哟，这有啥子不对吗？有啥子要挨骂的吗？”巴蜀秀才句句入情入理，还有高度。

“长根，家琪是来帮咱们的，来指导咱们的，得尊重家琪。明天开晨会，你要做个检讨，不能拿着不是当理说。小朴，你也别哭了，琴槌不是有备用的吗？到了乌兰敖都，工具箱里有气线，再剪一截套上不就行了吗？别总把自己当孩子。”

一阵小风不知道从什么地方刮来，随着小风还传来一阵幽怨、哀伤的蒙古族长调：

要了骏马的彩礼，
在远途上骑了吗？
把女儿嫁给远地，
阿爸，你的心里痛快吧？
……

这歌是萨日朗唱的。

跳舞跳累了，就想起了姑姑和贪杯的姑父，想起来他们收了东哥的五百块钱、绸缎、花布和皮子。姑姑告诉她，秋天，东哥就要来娶她，她就要嫁到远地，去给她不喜欢的人做媳妇……这首歌叫《哭嫁歌》，讲的是父母收了人家的彩礼，把女儿嫁到远方，嫁给她自己不爱的人，嫁到远离家乡的地方，女儿的心里生出怨恨的故事。牧民游牧，逐水草而居，姑娘一出嫁就很难再回到故乡，很难再见到亲人。她只知道家乡，而不知道随着羊群游牧的亲人会飘落到哪片草地上。

最先听到这歌声的是佟家琪。在草原上，听牧羊人唱歌是很平常的事。蒙古民族是一个能歌善舞的民族，在寂寞的草原上，除了牛羊和马群，能发出声音的也许就是那些鸟类了。没有人可以对话，要想表达心声，就是唱歌，大多数的歌很忧伤。

佟家琪刚来到草原，听着这样的歌就觉得非常新鲜。这唱歌人的嗓音这么清澈、优美，就像无一丝污染的清泉在山谷里流淌，就像洁白无瑕的云朵在天空中飘荡……是天籁之音吧？心动了，就有行动，他又从挎包里掏出一件“武器”——砖头大小的一台录音机，向着鲍龙斌打了一声招呼：“鲍队长，这歌子好听得很哟，我去把它录下来！晓得吗？珍贵得很哟。”说完，就朝着传来歌声的山坡跑去。

鲍龙斌冲他喊了一声：“要起风了，快回来，麻秆儿似的别让风刮跑了。”

风没把佟家琪刮跑，又把他刮回来了，而且不是他一个人，还有那个唱歌的姑娘。草原上的风说刮就刮呀，转眼间，就吹得人睁不开眼睛，站不住脚，更说不出话。

萨日朗一听佟家琪说山坡下那挂大车上坐的人是乌兰牧骑的队员，就像饥渴的羊羔遇到了山泉，淋湿翅膀的百灵鸟见到了太阳，那都是她梦里才能见到的人啊。说话间，大风就刮起来了。她梦里想见的人就在山坡下被吹得团团转，绣着“乌兰牧骑”四个金字的红旗就在风中乱舞，正被一个男队员艰难地卷起……她马上拉着佟家琪跑下山坡，像一只奔向母亲的小燕子。她一眼就看见了朴真玉，那是她在梦中跟着跳舞的人，是她在心中早已把她当成仙女那样崇拜、那样仰望的女神。一着急，汉语就说得不利索了："朴的……姐姐的，那里大山沟，避风，一点都不刮，羊群都在那里，很大很大的地方，唱歌、跳舞、演戏统统的……"

朴真玉抓住了鲍龙斌，大声喊着："队长——这小姑娘说那边能避风，有很大的地方。"

佟家琪也对着鲍龙斌连喊带比画，说小姑娘的话可信。

大风把沙子弥漫在天地间，刮得人睁不开眼睛，大车更是寸步难行，黑子和两匹红骠马都低着头，焦急地尥着蹄子，不知道敖长根要叫它们怎么使劲。

鲍龙斌当机立断："女同志——一人抱一件乐器，跟朴真玉进山沟，男同志——都跟我推着大车往上赶！潮洛濛，你就抱着手风琴吧！"一架手风琴，就是半个乐队。

天黑了，风也住了。在石壁下避了一天的风，萨日朗和乌兰牧骑的队员都熟悉起来。就着沙子啃凉玉米面饼子的时候，萨日朗又是唱又是跳，倒成她为乌兰牧骑演了专场。大家都喜欢这个又会唱歌又会跳舞的小姑娘。佟家琪还即兴来了一段越剧《天上掉下个林妹妹》。萨日朗一句也没听懂，可她就是觉得好听，那声音软软的、柔柔的、清清亮亮的，听得让人心里发痒。她知道鲍龙斌是队长，就说："别到乌兰敖都去了，到白音汀吧！还有四十里地，一天的黄沙埋了路，今天晚上怎么走也到不了。"

第二章　救病急　阿希达花光彩礼
抗旱灾　打出乌兰牧骑井

1

一见乌兰牧骑来到白音汗，正在包里喝玉米糙粥的老队长道尔吉放下饭碗，立刻吩咐人去杀羊。乌兰牧骑到哪儿，哪儿就是节日。天再旱，牧民的日子再苦，也不能慢待了乌兰牧骑。

鲍龙斌连忙拦住道尔吉，说："我们不是来给乡亲们添负担的，是来演出和服务的，还是先给牧业社的社员们演出吧，演完后，就喝你这儿的玉米糙粥。"

道尔吉的家就是浩特最东边那座用红牛毛毡搭的蒙古包。

那天在羊圈的篱笆门前，萨日朗挣脱东哥的怀抱，在浩特里像无助的小狍子似的跑了一大圈。等跑到星星都向她挤眼泪的时候，她想了想，就跑到了道尔吉的家里。在浩特里住着，就觉得会拉马头琴、会唱歌的道尔吉可以保护她。

果然，在哭诉到月亮升上黑漆漆的天空的时候，道尔吉说："月亮花都把月亮哭得心疼了，就不要再哭了。萨日朗，我给你拉一段马头琴吧。牧人都离不开马头琴。"

脸盘像月亮一样美丽的姑娘啊，
为何不能嫁个可心的儿郎？
身材像山丹花一样美丽的姑娘啊，
为何不能寻找到幸福的时光？

萨日朗因自己对道尔吉的感情，把乌兰牧骑领进了道尔吉的家。咋也不能让队员们饿着肚子演出，还没等她搭话，道尔吉就不依了："鲍队长，你别轻视牧人的好客。你们到这里，就得听我的，我是白音汗的主人。今天晚上累了不演出了，明天演，附近浩特的乡亲们也沾沾光。这儿一年多都没有什么高兴事了，好不容易盼到你们来，得多住几天。天仙似的姑娘，雄鹰似的小伙子，见都没见过几个呀。杀羊，杀羊——老钐刀，你快去杀羊。"

那个被叫作"老钐刀"的牧民说："乌兰牧骑来了，就叫杀羊；电影放映队来了，就叫杀鸡。放映员们发怨气，说他们都成了狐狸了，到哪儿都吃鸡。"

道尔吉说："不吃鸡吃什么？就两个人，能吃得下一只羊吗？下次他们来，还管他们叫狐狸，若能长出一条狐狸的长尾巴，我好做一条挡风的围脖。"

"哈哈哈——"蒙古包里一阵欢笑。

说笑间，包前就拥上来一群牧民，争着把乌兰牧骑队员往自己的包里拉。常年也难见一个外来人，牧民对草原上来的客人格外热情。这个二十多户牧民的浩特，差不多的家庭都有一两个蒙古包，连佟家琪和敖长根在内才十四个人，一家一个还摊不过来呢。

姑姑家有两个包，见别人都抢乌兰牧骑队员，萨日朗一手拉着朴真玉，一手拉着佟家琪就往家里跑。别人家一个也摊不上，她可不管，她家就得住上两个！

萨日朗拉着佟家琪和朴真玉一口气跑到自家的包前，突然停住了脚步。包门关着，里面传来羊板骨敲击的串铃声，"叮叮……当当……"那声音的节奏越来越快,越来越快,听起来很瘆人,像催命鬼牵着锁链往地狱狂奔。除了羊板骨的串铃声,还有荞麦婶子一声紧似一声的听不清的唱词声。

萨日朗犹豫了,有人在家里跳神,而且这么难听,这么恐怖。这样的声音、这样的舞蹈出现在她的家里,她觉得很丢人,这是迷信啊!

佟家琪很好奇,说:"萨日朗,这是啥子声音哟?"

"这是……跳神。"萨日朗嗫嚅着回答。

"跳神?蒙古族的跳神!好,看看去!"巴蜀秀才对这儿的蒙古族民风民俗很感兴趣。

荞麦婶子正跳得起劲,一只手拿着凶神恶煞的面具,另一只手摇着羊板骨的串铃,额头上的"病太阳"乌紫乌紫的,她闭着眼睛,显得很狰狞。胖胖的身子扭动着,很吃力,也很卖力。额头上已有大滴大滴的汗珠顺着黑森森的脸颊滚落下来,嘴角上的唾液在堆涌。

让萨日朗吃惊的是,荞麦婶子不是给姑姑跳神,而是给她的姑父阿希达跳。阿希达面目青紫,用双手捂住胸口,干瘦的身子在地毡上一伸一缩地蜷曲着,张着干咸鱼似的黑紫黑紫的嘴唇,口里"哎哟,哎哟"地惨叫着,特别痛苦。

"这是啥子病吗?这么凶巴巴的。"佟家琪没去看荞麦婶子的跳神,蹲下来握着阿希达的手。

荞麦婶子陀螺着转到了萨日朗面前,把凶神恶煞的面具扣在脸上,手中的羊板骨串铃往下一劈,突然发出一声岔调的吼叫:"啊!恶鬼出去!"接着在朴真玉的面前也是一劈,吼道:"恶鬼出去!"依次,又在佟家琪的面前一劈:"恶鬼出去!"

姑姑吓得不知所措,一边冲着荞麦婶子磕头,一面示意萨日朗领着佟家琪和朴真玉出去。

平时爱哭的朴真玉此时却非常镇静,说:"这个人病得很重,快,快,快去找鲍龙斌,他有药箱,会给人看病。"说着,拉起萨日朗就往外跑,边跑边说,"佟老师,你留下,看着病人。"

道尔吉家的锅里已经煮上了手把肉，肉锅里，滚汤“咕嘟咕嘟”地翻着，整个包里散发着山花椒和羊肉汤的香味。“老钐刀”正蹲在大木盆前用木勺子搅拌着还冒着热气的羊血，一勺一勺地往肠衣里灌着，灌好了一节，拇指、食指、中指三个指头一挽，就打成了一个结，顺手就丢在翻滚的汤锅里。除了手把肉和烤全羊，羊血盘肠也是草原上最有特色的美食，又鲜嫩，又解馋。

鲍龙斌正给道尔吉理发。他自带一套理发工具，走到哪儿就理到哪儿。牧民理发很困难，几十里地也不一定有个理发铺。串乡的剃头匠是不到草场上来的，草原上地广人稀，剃头匠怕赚不回路费。牧人的头发长长了，让女人用剪子像剪羊毛一样剪短些，或者找条羊皮绳，脖子后一扎，权当长条马尾。

道尔吉的脖子上围着个白苫单，任由鲍龙斌把他黑白相间的头发“咔嚓、咔嚓”地往下推，“唰唰、唰唰”地往下剪，很满足。本来嘛，乌兰牧骑的“达力嘎”给自己洗头，给自己理发，这还不是美事吗？草原上的水少，不是逢年过节，不是去走亲戚，道尔吉才不洗头呢。一场风刮了，就是一层土，今天洗了，明天又是一头土，谁洗得过来？鲍龙斌给自己理发，先洗后理，要不理发的推子准让油泥糊死，就没法给别人理了。乌兰牧骑小伙子的头发，也是这把推子理的。和这些帅气的小伙子共用一把推子，道尔吉的心里既满足又高兴：

天，为蒙古人传下了人种，
使蒙古人得以繁衍兴旺，
远祖孛儿帖赤那的子孙，
遍布在沙漠的海洋。
……

歌声停了下来，蒙古包里很静，除了汤锅“咕嘟、咕嘟”的气泡声，就是一包人的心跳。一包的人都沉浸在感恩天、感恩草原的英雄情结中……俄顷，鲍龙斌像清醒了一样，放下手中的推子和剪子，热烈地鼓起了掌："老队长，这是什么歌？词写得这么好。"

"正月初一拜天的颂词。"

"怎么没听过？"

"没有能唱这首歌的场合。"道尔吉有些忧伤。

黄钟大吕得奏响在封禅的大典上，拜天的神曲要有隆重的场面回荡，刚过了"三年自然灾害"，国家哪有这样的大典？草原哪有这样的场面？

"会唱《格萨尔王传》吗？"鲍龙斌转移了话题。

"会呀，还是我爷爷教给我的呢！"

"太好了！你教我一段。"

格萨尔在藏族的传说中，是莲花生大士的化身。他戎马一生，惩恶扬善，弘扬佛法，传播文化，成为藏族人民引以为豪的旷世英雄。《格萨尔王传》不但在藏族人民生活的地方流传，凡是藏传佛教流布的地方都有流传。蒙古地区的人们多数信奉藏传佛教，所以，格萨尔的故事在蒙古地区也深入人心。鲍龙斌没有《格萨尔王传》的书籍，每到一地，都要向会说书的老艺人学习和搜集。《格萨尔王传》太长了，每个艺人都是口传心授，没人能记得全。鲍龙斌就一边学唱着，一边记录着，还把记录的格萨尔的故事绘制成幻灯片，和配合中心任务的幻灯片一起在演出前播放。

有英雄情结的人，都有一股激情在胸膛中随时涌动。还没等理完头，道尔吉就要扯掉脖子上的白苫单，去摘挂在毡包上的四胡。

鲍龙斌赶紧按住他："先别忙，再给你修修边儿。"

朴真玉和萨日朗跑得上气不接下气地推开了包门。

"哈哈——鼻子真长啊，闻着手把肉的香味啦，老队长正要派人挨家挨户去搜罗你们——"

朴真玉连连摆手："鲍队长，萨日朗家里的人得了重病，很厉害的，快喘不上气来了，还在跳、跳大神，你快……快去看看吧。"

"什么症状？"鲍龙斌放下理发的推子，连忙穿上黄胶鞋。

"手捂着……脸上黑紫黑紫的，喘不上气，说不了话。"朴真玉两只手在自己的胸口比画着。惯用手语，是舞蹈演员的通病。

鲍龙斌从木箱子里一把拎出药箱，说了声："前头带路！"

"跳大神的准是艾伦那个臭娘们。"道尔吉骂着，一把撸下白布苫单，带着满身的头发茬子，也随后跑出蒙古包。

荞麦婶子还在卖力地跳着，蜷缩在地毡上的阿希达已经不再"哎哟"了，他趴在地毡上，屁股朝天，头栽着，一动不动，一声不响。

鲍龙斌把他从地毡上抱在怀里，一看，马上说："他是心脏病犯了，快，快，快把药箱给我。"

一直守在门口的佟家琪也说："是，是心脏病。大学里的于教授在课堂里讲文艺理论，讲着讲着就成这副样子——嘴唇发青，脸颊发青，手捂着心口……呀，就倒下了，轰然倒下，死掉了，死掉了……"

带着悲怆、惋惜情调的声援，让鲍龙斌的手脚麻利而高效。他迅速打开药箱，大叫着："朴真玉……萨日朗，水——快来水。"

包里没有水了，天旱，流经浩特的小河已经断流，谁家吃水都困难。萨日朗从锅里舀了半碗奶茶递给鲍龙斌。

几粒速效救心丸迅速地被喂到了阿希达的嘴里。不一会儿阿希达慢慢地睁开了眼睛，疲惫、散乱的目光扫向周围，喃喃地说："打鬼，打鬼……"

"哪来的鬼呀，阿希达，净胡说，鬼在你的心里。"道尔吉怒嗔道。

荞麦婶子停下了舞蹈，收了羊板骨串铃，偷偷地溜走了。

阿希达的脉搏很弱，也不均匀，急急地跳几下就停一会儿。"他很危险，得送医院，要不，怕是……怕是活不到天亮。"鲍龙斌看着道尔吉说。

"医院离这儿有四十多里呢！天又黑，又是沙坑沙包的。"道尔吉为难。

"那也得送医院，速效救心丸就是现借力，到底是哪种类型的心脏病，没有检验手段，谁都说不好。"鲍龙斌脸色严峻，手摸阿希达的脉搏，已感到他心跳的微弱与急促。

道尔吉马上吩咐牧民去找拖拉机手。

上拖拉机前，达尔玛从榆木箱子里拿出一个手绢包揣在怀里。

萨日朗知道，手绢包里就是东哥给的彩礼钱——五百元。除了那钱，家里不可能再有分文。

2

鲍龙斌一觉醒来，听见院子里已经响起了四胡和笛子的演奏声，那是潮洛濛、金喜顺和正月几个男队员们在练功。不论到什么地方，不论晚上演出到多晚，第二天一早儿，队员们都会起来练功，这是雷打不动的功课。“台上一分钟，台下十年功”，是对每一个演员的古训。

他想找个脸盆洗洗脸，然后把队员们召集起来开个晨会，布置一下今天的演出任务。

鲍龙斌决定在白音汗住上三天，除了演出、搞“农业学大寨”的图片展览，还想给浩特培训出一些文艺骨干，给他们留下一些刻印的文艺材料。有了文艺骨干，像荞麦婶子那样跳大神的就会被遏制。毛主席说过：对于农村的阵地，社会主义如果不去占领，资本主义就必然会去占领。

他找到脸盆，却找不到一点水，所有的缸、桶里都没有一滴水。道尔吉不在，问了他的老伴才知道他一早儿就赶着勒勒车，去西拉木伦河拉水去了。没有水，脸是洗不成了。他出了院子，朝着萨日朗家的蒙古包走去。

院子里，朴真玉和乌日汗正在踢腿下腰，练得浑身都出了汗。这两个女队员在全自治区乌兰牧骑队员当中都是尖子。更难得的是，她们都很能吃苦，身上一点娇气都没有。“三年困难时期”，在宣传“三包一奖四固定”的生产责任制时，乌兰牧骑队员和当地的农民一起在谷子地里间过苗。那活儿不能站，不能坐，非得跪着、蹲着、爬着往前挪，一天下来，人都变成了土猴，手指都被谷子苗勒肿了。公社食堂断了粮，生产队把秕谷子炒了，磨成了谷糠面，送到乌兰牧骑的临时驻地。朴真玉、乌日汗一起去河滩地上挖野菜，掺和着小白菜、萝卜缨子，洗净剁碎给大家熬成菜粥喝。粥太稀了，有菜虫子在粥盆里漂了起来，鲍龙斌用筷子把菜虫子夹走，大家一声不响，都把碗里的粥喝完。就是这样，她们也从来没间断过练功。

“你们喝茶了吗？”鲍龙斌问。

“没有呢。萨日朗赶着羊群上山了，家里没水。”

佟家琪嘴里叼着牙刷，手里端着牙缸，也在到处找水。没有水刷牙，在他这个南方人的人生中，是第一次，在这之前，他从来没想到，会有一天早晨起来找不到一杯刷牙的水。他含着满嘴的牙膏沫，冲着鲍龙斌摊了摊手。

鲍龙斌一笑：“大学生，挺讲卫生的啊——你就那么含着吧。”他一指羊圈里的小羊羔：“它们也找水喝呢。”

几只春羔，是奶水不足的缘故吧，显得很羸弱，两条后腿微微地打着战，用干薄的嘴唇拱着羊圈里的粪草，似乎找着点湿乎气。

太阳升到正空，道尔吉赶着勒勒车拉回了水。

一桶水还要分给没有劳动力的几户牧民家，没有烧茶的水，牧民就没法活呀。脸可以不洗，牙可以不刷，但饭不能不吃啊。没有水，炒米也没得泡。

“旱呢，浩特里没有一眼井，浩特前面的那条小河旱得就剩下一床的鹅卵石。人畜饮水都得上二十多里地外的西拉木伦河去拉。鱼儿离不开水，牛、马、骆驼、羊也都离不开水呀！拉回来的水不够用啊！实在不行，就得拉着蒙古包搬家了，难呢！”

昔日的牧民都是逐水草而居，可浩特二十几户牧民如果逐水而居，老弱病残和牛马骆驼羊的迁徙，该是多么艰难的搬迁！丢下世代居住的家园，去侵占别人的土地，是会引发械斗的，流了血，丧失了生命，也不一定能够安居……

难呀难！道尔吉昨天晚上刚理的发，竟齐刷刷地冒出了一层白茬。

不能帮助群众解围济困，还是什么共产党员？

漠视牧民和牲畜没有了生命之源，还是什么为人民服务的乌兰牧骑？

鲍龙斌把敖长根叫到跟前：“长根，你赶上大车和潮洛濛回一趟旗里，找旗委刘峰书记，说乌兰牧骑要在白音汗打一眼井，请他给找个打井的技术员，你再上水利局，借上打井的工具，就快点赶回来！”

“乌兰牧骑给我们白音汗打井？”

“打井。”鲍龙斌坚定地说。

在草原上打井很辛苦。

敖长根赶着大马车一趟一趟地从山上拉回石头，砌井壁。所有的乌兰牧骑队员不论男女，没有一个手上、身上没伤的，磨破了肩，刮伤了手，磕破了腿……用“草原红牛”潮洛濛的话说：“我们都是挂彩的人。”

好在水利局派来一名技术员，有了他的指导，队员们都没有受重伤。

白音汗的第一口井出水了！逐水草而居的牧民不用拉着蒙古包拖儿带女地远行了。人们拿出所有能盛水的器皿，都装满了水。浩特里一位最年长者，舀了一大瓷碗清凌凌的井水，举过头顶说：“长生天啊，唱歌跳舞的孩子们给我们打井了，打井了！感谢毛主席，感谢共产党吧！”

天，为蒙古人培育了五畜，
使蒙古人生存有了保障，
草原布满了牛马驼羊，
感谢天恩浩荡。

道尔吉唱起了正月初一拜天的颂词。打井出水，是白音汗最大的盛典，最欢乐的场面，唯有这首拜天的颂词配得上这样的盛典，这样的场面！

荞麦婶子是个好激动、有艺术细胞的人，头上系了条红绸巾，遮住那轮“病太阳”，又戴上了观世音的面具，轻抖双肩，竟在井台上开始跳神。还没等她在井台跳上一圈，就被道尔吉一把扯出场外：“你长全了心肝没有？脑子让牛犊子舔啦？这里岂是你跳神的地方！躲开，别让浩特的乡亲们替你羞愧！”

白音汗第一次打出了水井，牧民们手里都拿着一个碗，当第一桶水从井里提上来的时候，大家一拥而上，人人舀了一碗水，像喝酒那样，用手指勾起洒向蓝天——上敬天，洒向地面——下敬地，抹在自己的额头——敬祖先……是比酒还纯净的圣水啊！是给万物以生命的圣水呀！是白音汗的救命水呀！再不用赶着勒勒车顶风冒雪来回跋涉去拉水了！敬天、敬地、敬祖先，该敬自己干渴的心灵了，他们端起碗来一饮而尽。

朴真玉没有去取她演出用的青花瓷碗，从牧民们手中收了七个粗瓷碗顶在头上，在井台边开始了美丽的旋转。

萨日朗和牧民们一起围着朴真玉跳起了安代舞。

一块刻着"乌兰牧骑井"的石碑立在了井旁，这是闻讯赶来的公社领导请石匠打造的。红漆漆的五个大字，在春风里鲜艳夺目，犹如乌兰牧骑队员们的心血和青春，炽烈、蓬勃。

佟家琪和欢乐的牧人们一起流下了眼泪，但他没有去擦拭眼睛。在打井的工地上，他被搬来的大石头绊倒了，"铜眼镜"跌碎了镜片，成了框框。但他的眼睛却亮了起来，他看到了一个与全国其他文艺团体不同的乌兰牧骑，一个全心全意为人民而演出、为最基层的群众服务的文艺团队。

"我爱乌兰牧骑——"他高声地喊着。一个快门按下，这欢乐而激动人心的镜头就永远地留在了《萨日朗影集》里。

第三章 难舍民意 演出成流水席
半路逃婚 加入乌兰牧骑

1

乌兰牧骑一到乌兰敖都，附近的牧民就络绎不绝地来看演出。赶着勒勒车的，骑着马的，还有一些种水稻的农户坐着小驴车一家人来的。这地方没有什么文化活动，连个有线广播也没有。天一黑，牧民们没什么可干，只能睡觉，没有什么娱乐，就做小人吧！这里的人口出生率很高，有个不到三十岁的女人一连生了九个孩子。白天，她把食物和水往蒙古包的地上一放，就不管了。到了晚上，她在蒙古包里转着一查，看躺在包里的孩子够不够数，如果不够数，就在蒙古包的前后左右绕着圈地找，碰见一个在地上睡着的就抱回来，碰见两个在地上躺着的就一个胳肢窝夹一个，到了包里，往地上一放，就算完成一天的任务。

牧区的女人太累，挤奶、熬茶、做饭、剪羊毛、看孩子，两只手没有一刻闲着。男人们就轻松很多，骑着马把羊群往草原上一撒，任其自由自在，用长调唤来几个牧羊人，喝酒、唱歌，打发悠长、寂寞的日子。

乌兰牧骑的演出成了流水席。

从上午九点钟开始，小学校的操场上就聚集了很多人。穿着粉色蒙古袍的乌日汗，亭亭玉立地用蒙汉两种语言报幕："舞蹈《草原女民兵》。"

节目一个一个地演下去，独唱、独奏、好来宝、单人舞、双人舞、集体舞、笑嗑、数来宝、小魔术……观众也一批一批地来，一个两个，三五成群，十里八里……就像熏蚊子的艾叶绳，燃没了一段，再续上一段。

一张节目单的节目演完了，再从头演，鲍龙斌说："不能让远道而来的牧民失望。"牧民和农民看节目，轻易不鼓掌，他们就坐在那里看，一动不动，不错眼珠地看，用心看。看完了一套节目也不走，继续坐在那里不错眼珠地看，用心看。到了下午三点多钟，演员们已饥肠辘辘，早晨喝的奶茶早就随着汗水的滚落和尿液的外排，在肚子里荡然无存。

浩特的巴图队长一遍一遍地派人来催，让演员们回队部去吃饭，但观众们不走，乌兰牧骑队员们怎么能走？尽管乌日汗用干涩的嗓子已经说了三遍："乡亲们，牧民朋友们，演出到此结束，下次再会。"

走了几个当地的牧民，可一大部分观众就是不走。他们不声不响地盯着演员看，那目光里闪着光，渴望的光。演员们走到哪里，他们的目光就跟到哪里，演员们的一举一动、一颦一笑，都随着他们的目光镌刻成心里的故事。

巴图队长在台前喊了好几遍了，希望观众们离开。但他是乌兰敖都的队长，乌兰敖都的牧民们听他的，都走了，可别的浩特的人就不听他的了，坐在操场的地上就是不走。有的从怀里掏出牛肉干和奶豆腐，有的拿出馃子、饼子、煎饼、小米饭团，就着咸菜疙瘩，边啃边看。看来，太阳不落山，他们是不会起身的。

演员们已经疲惫不堪，唱歌的，唱到高音就没了声；跳舞的，蒙古袍都被汗水画出了一圈一圈的白碱；拉弦的，快弓省略成了慢弓；拨弦的，八分音符变成了四分音符。不管怎么疲劳，鲍龙斌不说停止演出，谁也不能停下来。朴真玉的《顶碗舞》跳了有七遍了，磨破的头皮都渗出了血。

鲍龙斌也很焦急、纠结：演下去，太疲劳了；不演吧，几十里地来的牧民心里该有多凉、多恼、多失落。

正在犹豫时，学校的矮墙外又"突突"地开来了一辆拖拉机。拖拉机手跳下驾驶室，车上十来个人一起使劲，抬下来一副担架，担架上躺着一位双目失明的老人，头发、眉毛全白了，瘦骨嶙峋的胳膊上青筋暴露，一双手像两段干枯的树枝。

拖拉机手是位英武、干练的小伙子。他大概看出了鲍龙斌是位达力嘎（领导），就走到他跟前，深深地鞠了一个躬，说："我叫孟昭生，是宝日格苏木的民兵连长。担架上的老人是残疾荣转军人，在东北抗联的时候，是神枪手，曾经打死过十七个日本鬼子。在一次战斗中，一条腿被炸弹炸断了，双目也失明了。他没结过婚，也就无儿无女，一直住在我们苏木的敬老院里。他现在老了，最大的愿望，是想听一位姑娘用朝鲜语唱一首《金达莱》。在东北抗联打日本鬼子的时候，有位朝鲜族姑娘曾给他唱过。宝日格苏木，蒙汉杂居，可没有一个人会唱朝鲜族民歌。听说乌兰牧骑在这儿演出，就从三十里外的草原上来了。老荣军七十多岁了，他说让他听上一曲朝鲜语的《金达莱》，摸摸唱歌姑娘的脸，就是立即死了，也不枉来世上一场。队长，乌兰牧骑有会用朝鲜语唱歌的演员吗？能让老人摸一摸她的脸吗？"

演员们最容易被真情打动，他们不能拒绝一位抗联老战士的请求。朴真玉会用朝鲜语唱歌，但她的嗓子不好，从没有独唱过。

"小朴，就得你给老人唱了，没有一个女队员会用朝鲜语唱歌。金喜顺会用朝鲜语唱歌，可他不是姑娘。你能代表乌兰牧骑，满足老人的要求吗？"

让老人摸一摸自己的脸，这让二十岁的姑娘朴真玉脸色绯红。她抬头，含羞地看了一眼佟家琪，他是她心中的恋人。没有让她作难，她看到了佟家琪鼓励、赞许的目光……她认真地对鲍龙斌点了一下头，走到老人身边：

> 爱，它带来的痛苦实在太深，
> 我痛得都无法呼吸。
> 当您离开的时候，
> 我会采集一怀高岗上的金达莱花，
> 撒落在您离别的路上。

这是一首凄美的爱情歌曲，虽然朴真玉的嗓音不够清亮，连续的饥渴和疲劳让她的声音有些沙哑，高音的时候嗓音有些劈叉，但因为投入了真感情，这首朝鲜语的《金达莱》也被她唱得情深义重、荡气回肠。

老荣军激动了，伸出枯树枝般的手，颤抖着摸了朴真玉的脸……

失明的双目流淌出浑浊的泪水，老人激动地喊了起来："我没听够啊！我还想听唱歌，还想听跳舞，还想听拉马头琴……我……我不白活了！"

鲍龙斌临时召集了潮洛濛、乌日汗、朴真玉和佟家琪开了一个骨干会，口气坚定地说："这节目我们一定要演个全场的，不管老人看得见，看不见，老人的心里是一盆火，一起来的人心里也是一盆火，不能因为累、饿就少演或者不演，那样，我们的心就变成冰了，熄了老人心中的一盆火，也熄了一拖拉机观众心里的一盆火，对不起老人，也对不起我们的良心。留下我给老人唱《格萨尔王传》，你们都去吃饭，吃完饭，重新化妆，然后，照着节目单，一个节目不落地演一遍。"

朴真玉说："队长，我留下来，给他演奏扬琴。"

潮洛濛说："队长，我留下来，给他唱长调。"

"我留下来，我啥子也不会，不会唱歌，不会跳舞，也不会乐器，一个笨脑壳，烂泥巴糊不上墙的哟。"说着，佟家琪狠狠地捶了一下自己的头，"对的哟，我，朗诵诗——"

"我可以唱歌，我也可以跳舞……"一个怯生生的声音从背后传来，是萨日朗。

"好！好！好！"鲍龙斌连说了三个"好"。真是及时雨啊，像陷进了泥淖里的大汉，突然有人给递过来一根绳子。在西拉木伦河源头避风的时候，鲍龙斌就全面了解了萨日朗唱歌跳舞的天赋和才能，也知道了萨日朗的美丽与善良，至于她为什么从白音汗跑到乌兰敖都，他实在是来不及问，就对朴真玉说："小朴，把你的蒙古袍给萨日朗找一套，要那件红颜色的，像红艳艳的山丹花。萨日朗第一次和咱们演出，是来救场的，得让她光鲜、漂亮，有个好彩头。她唱歌跳舞，我来伴奏，你们去吃饭。"

萨日朗跟人说话怯生生的，但唱起歌来仿佛换了一个人，台前一站，腰板直直的像白桦，脖子挺挺的像天鹅，眼睛亮亮的放着梦幻般的光。歌，唱了一支又一支——《草原上升起不落的太阳》《赞歌》《小青马》《嘎达梅林》《诺恩吉雅》《远飞的大雁》，还和鲍龙斌一起唱了电影《草原上的人们》的插曲《敖包相会》，跳了在中学参加全旗业余文艺会演，获得一等奖的舞蹈《我是公社小牧民》。

"哗哗——哗哗——"四周响起了一阵热烈的掌声，不是来自观众的，是重新化好妆的乌兰牧骑队员们一起为她鼓掌。

萨日朗羞怯地给观众们鞠了一个躬，一回身，一碗飘着香气的奶茶端到了她的面前："喝吧。"

萨日朗一抬头，看到了一双大大的眼睛正深情而热烈地注视着她。她羞怯地接过奶茶，说了声："谢谢潮洛濛哥哥。"

达尔玛陪着阿希达从苏木的医院回来了。

花光了东哥给的那五百元彩礼钱。阿希达的病确诊了，是风湿性心脏病和二尖瓣狭窄。

达尔玛拉着萨日朗的手，还没说话眼泪就流下来了："萨日朗，姑姑命苦哟，和你一样的命苦，我的腿有病，你姑父的心有病。你得帮姑姑，要不，日子就过不下去了。"

"姑姑……我，不是在放羊吗？我已经辍学了。"

"不是这个，咱家现在就过不下去了。你姑父不能断药，一天都不能断，咱没有买药的钱了。姑姑求你去一趟东乌旗，到东哥家去借钱。"

"借钱？"

"说是借钱，咱们是还不上的。是要你去要！姑姑看得出，东哥把你当个宝，你张口，他准会答应。荞麦婶子说的，再要上个三百元、五百元，我的侄女值这个价。"

"姑姑，荞麦婶子跳大神，搞封建迷信，你还能信她的？要不是鲍队长来，姑父就没命了。道尔吉队长说要开大会，专门批评她呢！"

“她正好带你去东乌旗躲一躲，你在路上也有个伴儿。秋天成了亲，你也得叫她姑姑了。”

“不，我不去，我不要叫她姑姑，也不嫁给东哥，他是个酒鬼，像我阿爸一样的酒鬼！喝了酒就知道打人的酒鬼！”

“不行！收了人家的彩礼，花了人家的钱，人不能没良心，吃人家的嘴短，拿人家的手短。嘴短、手短，咱们也就没办法了。你姑父不能等死，他得用钱治病、救命。姑姑求你了，萨日朗——”达尔玛声泪俱下，“扑通”一下，跪在了萨日朗的面前。

萨日朗也跪在了姑姑的面前，说：“姑姑，我不嫁。我出去挣钱，挣钱养家，挣钱给姑父治病。”

“说梦话呢吧，你能到哪儿去挣钱啊？公家的人才能挣钱呢，你不是公家的人啊！你就是个放羊的丫头。”

躺在黑毛毡子上的阿希达发起了脾气：“达尔玛，起来，一个放羊的丫头，你还给她下跪？折了她的寿，烧作死她。萨日朗不去东乌旗，你就拿鞭子抽她，不听话的女人就像倔马驹子，就得拿鞭子抽！草原上的好女人都是男人用鞭子抽出来的。抽烂她的嘴，她的话就顺了；抽烂她的肉，她的心就顺了。”

阿希达的心，真是坏了。

这些，萨日朗都没跟乌兰牧骑的人说。她对鲍龙斌讲，要参加乌兰牧骑，要唱歌跳舞，要工作，要挣钱给姑父治病。

鲍龙斌很喜欢萨日朗，他和佟家琪商量萨日朗参加乌兰牧骑的事。佟家琪说萨日朗是一块乌兰牧骑队员的料，形象、声音、身材都好。

潮洛濛更积极：“萨日朗，咱们俩唱二重唱，唱《小青马》吧。

小哩青的马儿哟——金鞍鞯，
一天的路程就走三千，走三千……

你们听听，我俩的声音是不是最搭调？最有味儿？”

鲍龙斌用苏木的电话与旗委刘峰书记通了话，有这样好素质和培养前途的演员，刘书记也非常高兴。

萨日朗正式成为赛罕旗乌兰牧骑队员。

2

乌兰敖都，是毛主席最早亲自批示的全国12个优秀牧业合作社之一。演出任务完成了，作为深入生活的重要项目之一，女队员一起帮助牧业队剪羊毛。春季里，牧区主要的活儿，就是给穿了一冬厚厚皮大衣的羊儿们剪羊毛。剪掉羊毛，羊儿们才能清清爽爽地度过炎热的夏天。

男队员们都去帮助牧民起羊圈，唯独佟家琪背着他那架相机到处走。刚刚拍完鲍龙斌领着男队员在羊圈里起粪，忽然想起，朴真玉和六个女队员被队长派去剪羊毛了：“鲍队长，女社员们剪羊毛一定很有画面感的哟，我那个啥子去给拍张照片，《昭乌达报》的副刊一发，我再配上一首诗，就很OK了。”说完，佟家琪扶了扶金边眼镜，很兴奋地跑出了男人群。

敖长根用脚使劲地蹬了一下铁锹，一扬胳膊，把一锹羊粪扬出圈外：“什么给女社员拍照片，是奔着朴真玉去了。知识分子说话好曲里拐弯儿绕，嫌这起圈的活儿又脏又累，还有一股子的膻臊气吧，比狐狸还狡猾的‘铜眼镜’，哼——”

鲍龙斌焉能不懂敖长根的意思？敖长根看不惯佟家琪，特别是他的照相机惊了“黑子”，对佟家琪就更不顺气了，但……他是队长，他能管自治区文化局来蹲点的干部吗？他有权力不让佟家琪去拍剪羊毛吗？有权力不让朴真玉与他谈恋爱吗？他的心也一阵阵地泛起醋水，甚至“丝丝拉拉”地绞痛，但得顾全大局，全自治区的乌兰牧骑会演，赛罕旗必须拿出一台全新的节目，他鲍龙斌得带出一支作风过硬的队伍，与这个目标相比，别的都是小事：“敖长根，你别瞎扯淡，好好干你的活儿。自治区下来的干部，不是来当劳动力的，戴着眼镜的，都比你有文化水。”

“有文化水咋的？文化水能不搁小米就熬成粥？那我还是旗里的大车老板子呢！就该当劳动力，该起羊圈粪？”

“不干你就走吧，把‘黑子’好好伺候伺候，也别亏待了那两匹小家伙，给车轴上点油。后天就去大兴，到那儿问问巴特尔，看他让你继续当车老板子，还是当文化教员？”

乌兰敖都的牧业队部，有一溜儿的平房，共七间。平房的东西两侧，是用红柳编成的荆笆围起来的羊圈。围着平房与羊圈，用草原上特有的油汪汪的黑土打了一圈矮墙，就圈出来一个宽宽敞敞的大院子。

一院子的女人在明媚的春光里，一人按倒一只长毛羊，蹲在地上，五颜六色的蒙古袍遮住脚，五颜六色的头巾裹住头，手上的剪刀“咔嚓、咔嚓、咔嚓”有节奏地响着；女人们的身子随着“咔嚓、咔嚓、咔嚓”的剪刀声有韵律地动着；女人们的脸蛋儿月亮花似的灿烂着……

这就是一幅画！

佟家琪看呆了！俄顷，他迅速单腿跪地，举起相机一按快门，“咔嚓”一声，一张姑娘们剪羊毛的照片就拍成了，只是分不清哪个是演员，哪个是社员。

乌日汗来了灵感，放下手中的剪子，撩起蒙古袍走到佟家琪面前，和他一起单腿跪在地上，看着眼前的场面——一个星期前还是牧羊女的萨日朗，头上包着一块红头巾，一手握着剪刀，一手捋着羊毛，“咔嚓、咔嚓、咔嚓”地剪着，那动作又熟练又轻盈又流畅，与蓝天白云，与鹅黄嫩绿的草地，与周围欢笑着的女人们是那样和谐、那样美丽。

“萨日朗，你到前面来。”搞摄影的人，眼光就是能聚焦。待萨日朗抱着一只大绵羊，走到女人们前面，单腿跪下，一手按住大绵羊的脊背，一手拿着大剪子“咔嚓、咔嚓、咔嚓”地开剪——

“咔嚓！”佟家琪手中的相机又响了一声。

“啊——”单腿跪在地上的乌日汗一下子蹦了起来，“我要编个舞蹈，我要编个舞蹈！就叫《剪羊毛》。”

第四章　拜师学艺　会师大兴农场
带伤拉琴　照片登上党报

1

大兴农场在赛罕旗的东南部,是一个多民族杂居的地方。

西拉木伦河在农场的南面拐了一个大弯儿，正好把它与八百里瀚海隔开。几百年前,有一个朴氏的朝鲜族部落集体迁徙到这里。朝鲜族善种水稻,加之有充沛的西拉木伦河水,再加上塞上高原短暂的无霜期,一年一季种出来的稻米颗颗饱满晶莹,做出来的米饭格外好吃。据说,清王朝末年,统治这个地区的最大的王爷喀喇沁右翼贡桑诺尔布亲王的王府,所用的大米都由这里供给。

在万亩稻田偏东一隅,突兀地矗立起一座红山。这红山就是一个有着九个山头的独立山峰,山峰陡峭,山色炽烈。有人说它是女娲娘娘炼石补天掉在地上的一块火炭。有人干脆就说,那就是女娲娘娘炼石补天剩下的一炉火渣,一块火炭怎能戳起九个山头?到了1947年的夏天,在红山南麓不到一百米的地方,像突兀的红山一样,突兀地出现了一处荷塘,这简直就是个奇观。在赛罕旗的史料上,这个地方不叫大兴,蒙古名叫哈达和硕,翻译成汉语就是“山脚下”。这里从来没有关于荷花的记载。事情的缘由是，一位牧民正在草原上放牧，把羊群赶到距离稻田不远的一处沙湖饮水，忽然，发现湖中有两株荷花亭亭玉立地盛开，他以为眼前出现了幻境，因为他只在佛祖与观音坐下的莲台上才看见过这种花。一传十，十传百，草原上的人们都说草原上出现了仙境，来看荷花的人络绎不绝。

当地有位乡绅，在面对这两株娇粉吐蕊的荷花时不由发出赞叹："红山的怀抱前，生出了一片荷塘。两株荷花，这是女娲娘娘给这方土地送来的大兴之瑞、之祥、之奇、之神呀！"

等到五星红旗第一次在天安门上空升起的时候，当了区长的原区武装大队教导员，也就是现在的旗委书记刘峰，突然想起那位乡绅谶语般的感慨与感觉，觉得这么好的一个地方不能再叫它"山脚下"了，遂正式打了报告给赛罕旗人民委员会，把"哈达和硕"正式命名为"大兴"。

这儿是朴真玉的家乡。

鲍龙斌与大兴农场场长巴特尔，是同一个师范学校毕业的同学。

他们是一届，也是一个宿舍的，睡上下床，一个是校学生会的主席，一个是校篮球队队长兼党支部书记，文武搭配很默契。前几年，赶上"三年自然灾害"，到处都缺粮食，乌兰牧骑的队员要练功，体力消耗大，晚上演出回来，哪个人不是饥肠辘辘、面黄肌瘦的，都成了朴真玉口里的"熟梨"。除了下乡演出，他们还有冬季的集训，吃饭问题就成了必须要解决的大事。

巴特尔知道了这个情况，夜里开上拖拉机，装上满满的五麻袋玉糙和五口袋大米，送到了乌兰牧骑驻地："咱是种粮食的，大米是特供产品，不能多给。玉米棒子种着好几万亩呢，边边沿沿细收着点，就是几万斤，有我在，就不能让你的乌兰牧骑队员挨饿！"

有这样的同学做后盾，去年，鲍龙斌就敢做东，承担下来全盟七支乌兰牧骑队冬季集训的任务。一个月的时间下来，三千斤粮食煮进集训队的大锅里，一百五十名乌兰牧骑队员，没有一个在开饭的钟声还没敲起来的时候，就先用筷子敲饭盒。炊事班长敖长根被全盟乌兰牧骑队员一致评为"最可爱司肚"。戏曲乐队里有个职务叫"司鼓"，相当于管弦乐队的指挥，而炊事班长是管喂饱乌兰牧骑队员肚子的，所以可以叫"司肚"。吃饱了肚子的队员们，特别是那些小伙子，就是一百个小跳，一百个中跳，再加上二十个“一字飞腿”和一套“民族民间舞组合”，练功服被汗水湿得透透的，也没一个借“尿道”去偷吃冻在地里的白菜疙瘩。过去的集训可不是这样的，一套把杆动作下来，还没等小跳、中跳、大跳这一系列“把下”动作开始，队员一个个早就肚子“咕咕” 叫了。肚里没食儿，身体就没能量，动作就做不到位。从自治区请来的舞蹈老师根仓，用竹棍敲着几个男队员的腿说：“我怀疑你们跳起来的脚，就没离开过地面！”

潮洛濛嘴最快：“早晨就吃了一个窝头，刚好够维持‘把上’动作；如果能吃上两个窝头，我的脚跳起来就能离开地面二寸；如果能吃上三个窝头，双脚就能离地三尺！”

对比以往的集训，敖长根之所以能得到“最可爱司肚”的口碑，全仗巴特尔援助的三千斤玉米粒和五口袋大米。

巴特尔有个妹妹叫宝日吉格，翻译成汉语就是“黄毛丫头”。宝日吉格是大兴农场文艺宣传队的骨干，有一副嘹亮的如云雀般的金嗓子，一副见到什么都能用动作模仿得惟妙惟肖的舞蹈身材。她活泼开朗，侠义豪放，有着男人的性格，人们都说她是块乌兰牧骑队员的料。

敖长根抡圆了胳膊，在大兴农场的大门口响亮地甩出一个响鞭。

巴特尔率领着场部的十几号人，跑步来到大门口。一看鲍龙斌正撅着屁股，拽着煞行李的麻绳下车，他没管别人，一伸手就把鲍龙斌抄了起来，扛着来到了大门外的草地上，往地上一丢，退后几步，马步一蹲，探头收腹，两条长胳膊左右摇动着，摆出了摔跤的架势。

被丢在草地上的鲍龙斌就势一滚，爬了起来，抖了抖衣服上的土，说：“巴特尔，犯了摔跤的瘾啦？到你的一亩三分地上，就这么招待人？”

“就这么招待你，你怎么着吧？不摔一跤，你休想进我农场的大门，更没有‘鲶鱼熬茄子，撑死老爷子’招待你。”大兴的荷花塘里有鲶鱼，和茄子熬在一起，最搭调，最对味儿，民间就有了这句谚语。巴特尔用这句话激鲍龙斌，显然在辈分上吃了亏。

“哪有这么招待老爷子的？”鲍龙斌也是蒙古族人，在一次次被农区干部的同化中，这些个斗心眼儿的弯弯扭扭，被打磨得顺顺溜溜，“你看，乌兰牧骑的姑娘们笑了，看着你这个大场长耍彪。”

趁着巴特尔扭头看姑娘们的时候，鲍龙斌一步插进巴特尔胯下，别住他的一条腿，身子一拧，用肩膀一压——巴特尔左腿没来得及置换动力，一软，就仰面朝天摔在草地上。

周围的人热烈鼓掌，发出一片开怀大笑。

2

乌兰牧骑队员们被安排在职工宿舍里。这是下乡最好的居住条件了。

去年秋天，在一个山旮旯里的小村庄演出，晚饭的时候，老乡给烀了一锅新从地里掰的玉米。新粮食入口，有一股与生俱来的香甜味，谁都没少吃。夜里睡觉，房东大婶把朴真玉安排在炕头，说炕头最解乏，跳了一晚上了，顶着一摞碗“滴溜溜”转得那么溜乎，还把腰弯成对头弯儿，这功夫也不知咋练的呀；可得好好烙烙腰，炮炮腿。等到一睡下，蚊子刚叮了露在被子外面的脸、脖子、胳膊有血的地方，臭虫又钻进被窝，对身体进行围剿性袭击……炕又热得像个摊煎饼的铁鏊子。朴真玉坐起来，翻出宽大的练功裤，把两个带松紧口的裤腿扎紧，自己就整个钻了进去……房东大婶伸手点亮煤油灯，吓得“妈呀”一声——她从没有看见过坐在炕上会动的大口袋。

大兴农场的公鸡真该被评为模范，天还没亮，就亮开了嗓门。

朴真玉悄悄从炕上爬起来，看看乌日汗和萨日朗还在甜睡，就蹑手蹑脚地换上粉红色的练功服，抱着一摞碗，朝荷花塘边快步走去。《顶碗舞》是赛罕旗乌兰牧骑的保留节目，她跳的《顶碗舞》是朝鲜族舞蹈，最拿手的舞蹈语汇就是平转，一转就是一分钟。鲍龙斌告诉她，别的乌兰牧骑也有人跳《顶碗舞》，但那是蒙古族舞，舞蹈语汇中也有平转，一分钟能转三十圈，平均每两秒钟转一圈，要保持住朝鲜族《顶碗舞》的优势，没有其他捷径可走，就得下功夫苦练。

初夏，荷花塘的水面在晨曦中升腾起一片雾霭，烟云迷离，微风和煦，宛若仙境。朴真玉把抱在怀里的一摞碗放在荷塘边的草地上。她喜欢这荷塘的水，喜欢这荷塘的荷。借着荷塘的清气和香气，她把一摞碗举到头顶上，选准了东方的一缕晨曦做目标，打开双臂，轻轻地、缓缓地、稳稳地转了起来……

"咔嚓——"，佟家琪的相机里又多了一张照片。

自从下乡以来，朴真玉的影子无时无刻不在佟家琪的眼里与梦中。白天，他的眼前不能没有朴真玉；夜里，他的梦里不能没有朴真玉。公鸡一叫，梦里的朴真玉离去，佟家琪赶紧爬起身来去敲朴真玉宿舍的窗棂。

开门出来的是乌日汗和萨日朗，她们正要去草地上编《剪羊毛》的舞蹈。见佟家琪敲门，乌日汗惊喜道："这么快就写完了？"

在产生《剪羊毛》的创作灵感时，乌日汗就选定了佟家琪写一段舞蹈中的歌词，一个群舞在高潮的时候没有一段主题歌，升华不了主题。佟家琪满口答应，巴蜀秀才嘛，金边眼镜不是白戴的，"铜眼镜"不是白叫的，那是读书多的徽记。但此时，这段歌词还没向佟家琪的脑袋报到，一个朴真玉整个垄断了他的心，也装满了他的大脑。

"没……没……哪里有那么快的脑壳哟？我还要再体验体验，找找感觉。"

"那你先体验着、感觉着吧，我们要去编《剪羊毛》了。"

"哎——哎，小朴、朴真玉呢？"

"到有水有花的地方去找呗。"丢下一句话，乌日汗领着萨日朗，"咯咯咯"地笑着跑了。

有水有花的地方，就是荷花塘。

见佟家琪呆呆地站在荷塘边看着自己，朴真玉羞涩地停下了舞步，从头上取下了那七个青瓷花碗，垂首立在荷塘边。她不爱说话，却冰雪般聪明。佟家琪爱她，她心如眼前的荷塘水，映照得清明而多彩。她也知道鲍龙斌对自己明严暗疼，是他把自己从一个小学刚毕业的朝鲜族姑娘招收到乌兰牧骑，成了一朵全旗人民心目中的花。但在她的心灵深处，总把鲍龙斌当成领导，她全身心地服从他的领导，甚至认为赛罕旗乌兰牧骑绝对不能没有鲍龙斌。没了鲍龙斌，乌兰牧骑就没了筋骨，没了灵魂，就得散了架子。她不是不爱鲍龙斌，可那爱里还有怕！她怕他！她服从他的严厉，又怕他的严厉。工作上，她离不开他的严厉，在舞台上、在排练场上，没有了鲍龙斌的严厉，她都提不起精神来。可离开舞台，离开排练场，她就像躲着冰山的小溪一样，想赶快逃离，她怕自己也被他的严酷塑造成冰山。

佟家琪来了，他是大学生，还是自治区的干部，那么和蔼，那么体贴，懂得那么多的知识。静静地听他说话，心灵就变成了一块海绵，小学毕业生的思想天空就变得高远，知识田野里就收获着丰盈。如果自己是水中的荷花，佟家琪就是清灵而肥沃的荷塘；如果自己是一只鸿雁，佟家琪就是一片天空。

跑过来的是佟家琪。他一把抓住朴真玉，关切地问："玉儿，又顶了七个碗，头顶还疼吗？"

连续的演出，连续的练功，七个青花瓷碗顶在头上，朴真玉头顶的皮都磨出了血。

"不疼。我的头上垫着你给的纱布呢。"

见朴真玉头皮渗血，佟家琪在乌兰敖都的卫生室里买了一大包纱布和消炎粉。他把消炎粉撒在纱布里，再把纱布叠成一个个小方块，交给朴真玉。

"可我的心——疼啊！"佟家琪轻轻地把朴真玉揽在怀里，用手轻轻地抚摸着她粘着纱布的头发。

荷塘边的大柳树下站着一个人，一个此时不该站在这儿，不该看到这一幕的人。鲍龙斌没住在农场职工的宿舍里，巴特尔非要和他重温一个宿舍的旧梦。场长办公室套间里有一铺炕，鲍龙斌的行李被巴特尔抱到了他的炕上。

昨天演出完,巴特尔的妹妹宝日吉格来找他:“哥,该回家住去了,额吉想你。”说完,还用手指了指鲍龙斌,朝哥哥挤了一下眼睛。

巴特尔心领神会,用手拍了拍鲍龙斌的肩膀:“黄毛丫头怕咱俩同性恋,叫我回家住。记住,明早儿到我家喝茶,额吉想你了。”

一早起来,鲍龙斌练了一阵马头琴,看看时候不早了,就收起琴弓,顺着稻田的小道朝巴特尔家走去。他刚路过荷塘就看到了这一幕,顿时,仿佛在三伏天跌进了冰窖,周身寒彻。他爱着朴真玉,从挑选她进乌兰牧骑那天起,他就喜欢她,小姑娘长得白白净净,细细的眼睛,白里透红的脸庞,有蒙古族姑娘不及的温顺。除了嗓子不好、汉语说得不利索以外,她的舞蹈,她的扬琴伴奏,在全队都顶尖。他不想过早恋爱分散她的精力,影响她的成长,就想等她长大一些再向她表明心迹,一个队里工作与生活,朴真玉能跑了不成?可是……他的爱还没正式登上舞台,一个天外来客——佟家琪就站在了舞台的中心。鲍龙斌捏紧了拳头。他是一个二十七岁血气方刚的蒙古族汉子,他想冲上去,抡一顿拳头给佟家琪……

突然,一双小手在背后蒙住了他的眼睛:“哈哈——不该看的就不能看!”是宝日吉格。

宝日吉格是来叫鲍龙斌去家里喝早茶的。走到荷塘边,一眼看见了鲍龙斌,看到他正望着一对恋人相拥相吻的场面发呆,就蹑手蹑脚地跑到他背后,蒙住了他的眼睛。

在掰开宝日吉格手的一瞬间,鲍龙斌冷静了下来。他是乌兰牧骑的队长,能把拳头抡向情敌吗?肩头压着这么重的担子,能放纵自己的激动和愤怒吗?他要是和佟家琪动起手来,传出去,大兴农场的群众怎么看乌兰牧骑,巴特尔怎么看自己这个老同学? 而且,他也看出来了,他心爱的姑娘爱着佟家琪……

“黄毛丫头,你都淘气得出了边儿了,大清早,不在家熬茶,跑出来疯什么?”

“找龙哥哥喝茶呀。龙哥哥看戏看定了神,额吉炸的奶果子都要凉了。”

牧民招待客人喝奶茶时，要炸上一盘用牛奶和面粉做成盘扣形的面食——奶果子。

3

稻田东北隅的红山前，是一片青青的草地。

乌日汗和萨日朗把这里当成了排练场。舞蹈《剪羊毛》的编排已近尾声。主题舞蹈语汇一确定下来，其他的舞蹈语汇就是根据生活的原型进行延伸与变形。

萨日朗的动作本身就像舞蹈，乌日汗的编舞就省事多了。乌兰牧骑已经有了七名女队员，本想把《剪羊毛》编成独舞的乌日汗突然改变了主意，想变独舞为群舞：人多了，场面大，能表现出牧业生产队的兴旺与团结。所以，乌日汗整个早晨就领着萨日朗在草地上编排队形，两个人在一起能做相对称的动作，加快编舞的进度。

"萨日朗——乌日汗！"

"乌日汗——萨日朗！"

边喊边跑过来的是潮洛濛和佟家琪，他们是来喊乌日汗和萨日朗回农场食堂吃早饭的。刚一跑进草地，潮洛濛就看见一大片月亮花红艳艳地迎着初升的太阳怒放。他弯下腰去，采了一大把月亮花，跑着来到萨日朗面前："给，萨日朗，月亮花姑娘。"

"啊——有了！"佟家琪一拍脑门，一把把眼镜摘下来，这是他激动时的动作。

"有了什么啦？"乌日汗、萨日朗、潮洛濛一起惊问。

"有了题目，也有了歌词。"潮洛濛把一大把月亮花递给萨日朗的时候，这幅画面突然就在佟家琪的脑子里迸出了火花："这个舞蹈就叫《公社萨日朗》。"

"好！"乌日汗首先鼓掌，"这个题目比《剪羊毛》好多了，多美啊！多贴切啊！”

“好你个铜眼镜，真有你的！眼镜没白戴。”潮洛濛一巴掌拍在佟家琪的肩膀上，疼得佟家琪一咧嘴。

“嘻嘻……别忙着啥子表扬哦，听听我想到的几句歌词：

公社萨日朗，
草原一片花，
心如月光美，
情比天上霞。
白云身边飞，
梨花遍地撒。
收获在春季，
羊绒献国家。
……”

“歌词有了，舞蹈编出来了，潮洛濛，作曲就看你的啦！”乌日汗冲着潮洛濛抬抬手。

一提作曲，潮洛濛就有点发蒙，他是一个初中毕业的学生，没有系统地学过乐理。跳舞、拉四胡，他都不打怵，唱长调更是他的长项，一声“啊哈呵咿——”放出嗓子，九十九匹马撩开蹄子追，也追不回来哟。就是这作曲，对于他来说，是很有难度的。他给几个小节目编过曲子，但都是小吹小打，只是对了节奏、合乎情绪，别的就不敢提了，但除了他，还真找不出个作曲的。他冲着佟家琪吼道：“我能给你制造灵感，你怎么就不给我也制造点儿呢？你那么小气，抠门，一点儿不讲交情。”

“那灵感是说给你就能给你的吗？那得靠悟，靠你自己的悟性，没有悟性，灵感像张馅饼砸到你头上，龟儿子，都不晓得张开嘴接着吃。”

巴特尔的家在大兴农场的南部，一片白杨树林把他家与场部和居民区隔得挺远。穿过白杨树林,就是一个有着三间土房的院落。

院落里干净而简单,除了靠南墙有个猪圈和鸡窝外,没有多数牧民家中的羊圈和马棚。巴特尔家的后院与众不同,栽着一大片新疆杨。这是速成材的新品种,直插云天的树干都有碗口粗了,初夏时分,新疆杨的叶子涂着一层银灰,晨风一吹,树叶随着枝条晃动着,远远看去,像是一队行进着的古代战士的铠甲。一大片新疆杨的树林里,有个储藏白菜、土豆、萝卜的大菜窖。与纯牧区的蒙古族同胞过的日子不一样,巴特尔家的饮食中不缺蔬菜,特别是到了冬季,有了一窖的白菜、土豆、萝卜,没有羊肉的日子里,也不会干啃咸菜疙瘩和捞酸菜缸了。

巴特尔出门迎接鲍龙斌,没把他往屋里让,而是把他拉到地窖旁,说:"跟我下地窖看看。"

"一个地窖有什么好看的?"

"你下不下吧?"

"下,有什么可怕的,又不是下地狱!倒要看看你的名堂。"

这个地窖真是有名堂,估计电影《地道战》他没少看过,地窖里就像《地道战》里的场景。踩着梯子一级一级地下到底儿,迎面是一个走廊兼客厅,一张老式八仙桌子油漆斑驳地立在中央,上面摆着笔墨纸砚和中国四大名著,还空着一块桌面,铺了一块金丝绒。走廊的四周放射状地用钢筋水泥修了许多小房间,小房间里有的砌了粮仓,有的搭了小炕。再往上看,每个小房间都有一个通风口,通到客厅,客厅的上方南北各有一条管子通向地面。每个小房间里分门别类地储着白菜、土豆、大红萝卜、胡萝卜,还有本地出产的土豆粉儿、杂粮,两麻袋稻谷也占据着一铺小炕。

"开眼,开眼,真开眼,《地道战》搬你家来演了。"鲍龙斌"啪啪"地鼓了几下掌,半调侃,半认真地说。

"真让你说对了。红山上有个雷达团,团长龙帆和我是铁哥们。他在山上修了那么多工事,把好几个山头都掏空了,我特别眼馋。一次,我把他邀到场部喝酒,我说团长哥哥,你整的那些工事太馋人了,也给我整一个呗!苏联老大哥跟咱掰脸了,不知啥时候把那些坦克装甲车开到这个地方来,咱得响应毛主席的号召‘备战备荒’啊，你给我整个样板，我再普及到全农场。团长哥哥说：‘行，咱得秘密地来。你在远离居民区的地方圈个院，我派战士夜间给你弄，你不能泄露秘密，泄露了——’，我端起一碗酒一饮而尽，说，‘我把它当酒喝到肚子里去，吐不出来了’。”

“我说一般老百姓整不成你这么高标准嘛！哎，老巴，你储了这么多的菜，就这几口人吃得了吗？让‘三年自然灾害’整怕了？”

“是，也不是。你去年秋天就给我来信，说要把大兴农场作为乌兰牧骑的生活基地，在这里住上三个月。我不给你准备点菜，你带队伍来了，吃我？就这一百多斤。”

还是老同学！鲍龙斌用手砸了一下巴特尔的肩膀，心里一热。

“不说菜的事了，找你来参观我的军事化菜窖，不是为了告诉你我给乌兰牧骑储了菜，是向你讨一样宝贝放在这里——”巴特尔一指八仙桌面那块铺了金丝绒的地方，“缺一件镇宅之宝，就得跟你要！”

“我有什么东西可以给你做镇宅之宝？你是知道的，除了搜集格萨尔的唱词，我从不搞金银珠宝类的收藏，咱不玩那些个。”

“我说你有你就有，它不是金，也不是银，更不是珠宝玉器。你想想，在师范上学的时候，你常给学生艺术团念的，常拿出来显摆的——”巴特尔极耐心地启发着眼前这位老同学。

“你是说《讲话》？”

“对，就是你那本毛头纸印的《讲话》，毛主席给安波的，安波给你的。安波现在可伟大啦，大型革命音乐舞蹈史诗《东方红》，他是周总理指定的编导和音乐组组长；中央领导人逝世奏的哀乐，是他当年在延安写的曲子《公祭刘志丹》。你别不舍得啊，我拿‘四卷’跟你换，劳模会上得的。”

鲍龙斌还真是舍不得，但又不能舍不得。这本《讲话》他一直珍藏在随身带的药箱里，遇到困难的时候，他拿出来看一看，真像一把钥匙，能打开他的心锁：“说好了，我送给你做镇宅之宝，但所有权是我们俩的，你不准再送给别人。”

“我发誓，我若送人，我死后就变成一匹狼，让猎手枪膛里的子弹把我打成筛子眼儿。”

“开——饭——了！咚嗒隆咚呛，咚嗒隆咚呛——”宝日吉格像朝鲜族姑娘那样，把一张小方桌顶在头上，两只手攥着筷子在桌子上敲，嘴里唱着鼓点进了屋。

“黄毛丫头都十八了，还没个正形！”额吉端着一盆炖鲶鱼进了屋，嗔怪地说，“还不把桌子放下，要不你就蹲在地上顶着，让他哥俩站在地上喝。”

“哎、哎……你这是弄的啥景致？不就是喝早茶嘛，干啥搞得这么复杂？知道这样，我绝对不来。”鲍龙斌朝巴特尔瞪起了眼珠子。

“复杂有复杂的道理，简单有简单的说法，你瞪什么眼珠子，显得你的眼睛比我大是不是？咱的眼珠子没你大，可咱能聚光，看不错人，你服不服？”

“别吵了！让人家放桌子不？还真想让我练练顶桌子啊！”宝日吉格就像一丛草原上的沙棘，浑身是刺儿。她与鲍龙斌相当熟，每次哥哥给乌兰牧骑送粮食，她都跟着去。头顶上的小方桌落在铺着芦苇席子的土炕上。一盘煮得流了油的咸鸭蛋和一碗小鸡炖蘑菇被额吉端上了桌。像变戏法似的，宝日吉格又从灶间端出了一盖帘苣荬菜和一碗豆酱：“咱大兴自产的新鲜菜，别处的苣荬菜还在冬眠呢，咱大兴的都放出五个叶了，尝尝鲜，败败火，别动不动就想抡拳头。”

鲍龙斌心里一惊，他怕宝日吉格说的败火和抡拳头是看穿了自己刚才在荷塘边的激动。他不想把心中的痛楚暴露给巴特尔一家，只能独自吞咽：“喝茶就喝茶，还有什么败火不败火的。喝奶茶就苣荬菜蘸酱，一咸一苦，搭调吗？”

“这又不是二重唱——不搭调就不搭调。这些苣荬菜可是天一亮我就去荷塘边挖的，是让你吃个新鲜劲儿，别滥联系。”快嘴遮不住心中的秘密，荷塘边的情景绝对没逃出她的眼睛。

“来，喝酒。我看你总是走神，你们这些搞文艺的人就是心重。”

这会儿的鲍龙斌真是心不在焉。除却荷塘边那令他伤心的一幕，他还在想着队里的事情：乌日汗编的《剪羊毛》进展得怎么样了？名字太直了，得改；歌词让佟家琪写了，不知他能不能写出蒙古族味儿来；还有作曲，这在赛罕旗乌兰牧骑是个弱项……想到这里，就说："早晨绝对不能喝酒。今天，全体队员要到生产队劳动，插稻秧。我掰着手指头算了一遍，除了朴真玉、金喜顺以外，都是牧区来的，没有一个会插稻秧，我怕到时候他们出洋相。说吧，直奔主题，老巴，你摆的鸿门宴，什么意图吧？"

心思被拆穿，巴特尔耸了耸鼻子，放下手中的酒杯，朝着宝日吉格一努嘴："让黄毛丫头自己说吧。"

"我要参加乌兰牧骑！"宝日吉格一改以往的顽皮，非常郑重、非常坚定地说。

这没出鲍龙斌的意料，宝日吉格有文艺天赋，开朗又质朴。她是巴特尔的亲妹妹，这也没啥，所谓"内举不避亲，外举不避仇"嘛！在下乡之前，旗委书记刘峰曾经对他说过，乌兰牧骑十二个人，又要下乡，又要辅导，还要配合中心工作做宣传，人是有些少了，乌兰牧骑队员都是些特殊人才，发现好苗子就要大胆招收进来，旗里也缺文化干部，就得在乌兰牧骑培养。

"行，先进队，实习三个月，旗里领导看过同意后，再正式办调动手续。丑话说在前面，要是你达不到标准，领导不满意，你还得回大兴农场种地。"

没想到鲍龙斌答应得这么痛快，这可是自己宠爱的小妹妹天天做梦都笑醒的事啊！自从乌兰牧骑一来到大兴，小妹就天天缠磨着自己，要自己找鲍龙斌说情。

"够意思！"巴特尔端起酒碗朝天一举，一饮而尽，就是这碗酒，让他们在风风雨雨的人生路上肝胆相照一辈子。

4

大兴农场从来没有这么热闹过。

新成立的车伯尔市乌兰牧骑十二名队员，在队长金慧心和副队长邵华为的带领下，背着背包，步行来到大兴农场，向赛罕旗乌兰牧骑学习来了。

车伯尔是弘吉剌部河西王、济宁忠武王按陈之女，是元世祖忽必烈在漠南封的第一个皇后。她容貌美丽，贤淑知礼，在元世祖创业和执政时期，协助忽必烈处理了很多棘手的政务。她还是统一规范蒙古族服饰的创始人。以这位多有建树的皇后之名为她的受封地命名，这便是车伯尔市名字的来历。车伯尔市地处昭乌达盟南部，是全盟政治、经济、文化中心。

队长金慧心原来是车伯尔市实验小学的副校长兼大队辅导员，在共青团全国代表大会上，受到过毛泽东、刘少奇、朱德、周恩来等党和国家领导人的接见。在全自治区各旗县市建立乌兰牧骑队伍，是自治区主席乌兰夫同志根据内蒙古地区的实际情况提出的，是敬爱的周恩来总理批准的，所以，各地都选调最优秀的人才到乌兰牧骑。如果把金慧心当作一位单纯的事业型干部那就错了，她是个文艺行当的通才，说、唱、跳、演全会，要不她怎么能够作为全国的优秀大队辅导员进京呢？

队副邵华为出身于军人家庭，父亲是军分区政委。他从师范学校音乐班毕业后，被分配到车伯尔市文化馆当了辅导员。他有一副金嗓子，最拿手的独唱是《我为祖国献石油》《班长拉琴我唱歌》。一上台，不唱上个三五首，观众是不会让他下台的。他还擅长拉二胡，二胡独奏《北京有个金太阳》是每每返场的节目。他喜欢作曲，文化馆创作组中的诗人孟子凡常年供他歌词。

车伯尔市乌兰牧骑的队员都是城市青年，一看穿戴就一目了然。赛罕旗乌兰牧骑的队员穿的是棉布、帆布，车伯尔市乌兰牧骑的队员穿的是卡其布、的确良。邵华为的手腕子上还戴着一块瑞士进口的英格手表。

金慧心是认识鲍龙斌的，同是师范的校友，金慧心低鲍龙斌两届，算是小师妹。小师妹见到大师哥是一点儿也不客气，直言快语："向你们学习来了，一学你们的作风，艰苦朴素能吃苦，'潮洛濛背大鼓，学习红军两万五'；二学你们的全部蒙古族节目——声乐、器乐、舞蹈，特别是舞蹈，单人舞、双人舞、集体舞都要学，还有长调，必须教会三支以上的歌曲，《走上这高高的兴安岭》是重点。一对一地给你的队员派徒弟，留下我自己派给你，你可一点儿都不能保留！要保留，我就赖在你这儿不走，还不给你交饭费粮票。"

"你别派给我，你嫁给我得了！"大师哥抓住机会，与霸道的小师妹开了个玩笑。

"那你可得给我露几手，看你这些年的德才有多大的长进，看我能不能在递申请书排队的候选人名单上画你的圈，你知道的，我可不是个肯委屈自己的人。"

"我长不长进你今后看，你这霸道作风可还是五八年的速度。今天你们先歇着，下午，咱两个队来一场篮球友谊赛，是骡子是马，得拉出来遛遛。晚间，咱两个队给农场合演一台节目，你摸摸我的底儿，我也摸摸你的底儿，演出完了，你就拉个清单吧，我绝不保留。可便宜了巴特尔那个小子，一晚上看两个乌兰牧骑的节目。"

"师兄这么无私坦荡，小妹我这厢有礼了。打篮球？下午？不行！不行！"金慧心冲着鲍龙斌抱了抱拳，连连摇头又摆手，"你没看我的队副邵华为那个狼狈样，把一双鞋走得都露出了脚指头。学习你们'潮洛濛背大鼓'嘛，咋也得让他刷刷鞋，补补鞋上那两个窟窿啊！露着脚指头打球非常之不雅观，车伯尔市乌兰牧骑不能丢这个人。"

"是关心队副还是想拖延时间恢复体力？"鲍龙斌及时拆穿小师妹的心思。

"什么都说破就不含蓄了，太直白不是艺术！你现在是这儿的二地主，你得让着我点儿。"

“那就明儿个？”

5

20世纪60年代，是全民篮球的时代，工厂、机关、学校、单位，没有一个地方没有篮球场的。篮球场的场地平不平，篮球场的设施上不上档次，就能衡量出一个部门领导的能力。一个干部、一个职工、一名学生，他要是不会抱着篮球在球场上跑个“三步篮”，年末的时候绝对当不上“先进”。

别忘了巴特尔曾是师范学校的篮球队长，当了大兴农场的场长，是个说了算的一把手。一把手的爱好，就是一个单位的长项。大兴农场的地面上，少说也有十个篮球场。

不到下午两点，巴特尔脖子上就挂着一个亮晶晶的哨子，跑到篮球场的中央，亲自当裁判。按照约定，两点三十分，赛罕旗、车伯尔市两支乌兰牧骑的篮球队员们就要开始一场厮杀。胜者，将在四点钟，和大兴农场的篮球队争夺冠亚军。

赛罕旗乌兰牧骑算鲍龙斌在内有六名男队员。

佟家琪也去换了一件球衣、一双球鞋，准备上场。鲍龙斌拦住了他：“‘眼镜’，你就别上了，篮球是冲撞运动，你一个书生，要是磕着、碰着，挂了彩，我怎么向自治区文化局交代？”

自从在荷花塘边看到那一幕，鲍龙斌的心里就挽了个疙瘩，要不是顾及佟家琪是从自治区文化局下来蹲点的干部，他真想开口驱逐他。不但对佟家琪，就是对朴真玉，他也做好了让她离队的准备。朴真玉已经把佟家琪正式地领到家里，让家里人相看。中午吃饭的时候，朴真玉的父亲还到场部来找鲍龙斌和巴特尔到家里陪佟家琪这个准女婿，任是朴老汉说破了嘴，急得跺脚搓手，鲍龙斌就是不肯给这个面子。还好，巴特尔看出了火色，拿了两瓶大兴自产的白酒去了。朴真玉和佟家琪的恋爱关系正式确立，结婚的日子也就不远了。佟家琪的工作地点在呼和浩特市，一结婚，夫唱妇随，朴真玉会随着他到呼市安家。呼市是首府城市，鲍龙斌再舍不得她，也得舍。他得早做打算，《公社萨日朗》就没让她参加排练。早会上，他正式宣布，让朴真玉尽快把《顶碗舞》的动作教会萨日朗。据乌日汗汇报，朴真玉听了这个决定就跑到荷塘边放声大哭。虽然心疼，但不能心软，他得为赛罕旗乌兰牧骑的以后着想。

前几天，朴真玉说，她有了创作灵感，想编一个男女青年比赛插稻秧的朝鲜族群舞。他当即一口回绝，“在蒙古族地区你编舞就编蒙古族舞，要编朝鲜族舞你到延边编去，那是朝鲜族的发祥地”。他知道这种理论非常不符合民族团结，可他心中有气。对她的培养太多了，他对她寄托的希望也太大了，她是“当家花旦”“台柱子”，她要嫁人离开赛罕旗乌兰牧骑，是摘他的心啊！

朴真玉还是一声不响，一句话不说，用一对细长的丹凤眼不错眼珠地凝视着他，珍珠似的眼泪一串串地“扑簌簌”在粉白的脸颊上滚落着，滚落着，像两条小溪。

鲍龙斌心软了，咬了咬牙，说：“你编去吧，但你不能领舞，让乌日汗领舞。”

朴真玉说话了：“《公社萨日朗》就是乌日汗领舞。”言外之意是乌日汗已经担任一个领舞。鲍龙斌岂能不知道？他背过脸去，不再看朴真玉脸上流淌的小溪，说：“就这样吧！”对朴真玉如此，对拆他台的佟家琪也不再客气。

“鲍队长——我会打篮球。在大学里，我‘铜眼镜’不是校队的，但我是系队的，你不能剥夺我与车伯尔市乌兰牧骑缔结友谊的权利！”

佟家琪的强硬，让鲍龙斌在恼怒中有了一丝清醒，心里一惊，觉得自己对朴真玉和佟家琪的态度是有些过分，就说：“那你就做第一替补队员，先到板凳上坐着去！”

“不行！我不做板凳队员。”佟家琪上来了执拗，“鲍队长，你是不是反对我和朴真玉恋爱？”

面对佟家琪的开门见山，一向强硬的鲍龙斌毫无思想准备，一下子陷入了尴尬。他一时窘得不知道说什么好，既不能承认自己的内心，又不能不承认自己的内心，两只大眼睛凄楚地与执拗的佟家琪对视，显得那么无奈，那么痛苦……俄顷，鲍龙斌咬了咬牙，叹了一口气说："我……不反对你和朴真玉恋爱，但你不能把她很快带走，培养一个尖子演员太不容易了！"

"哦……"佟家琪低下了头。

赛罕旗乌兰牧骑篮球队摩拳擦掌地准备着，队员们在鲍龙斌的带领下开始在东半场跑篮。这可急坏了车伯尔市乌兰牧骑的队长金慧心，全队满打满算就五个男队员，连个板凳队员也备不上。就要开赛了，副队长邵华为还不见踪影。中午吃饭的时候，已经通知全队下午两点半在场部球场比赛篮球，男队员都得上，还说："你们可别犯规，要是被罚下来，就得我这个'穆桂英'披挂上阵了。"

"这个邵慢慢！"金慧心平时就觉得邵华为做事不慌不忙有大主意，今天眼看就要开赛了，还不见个人影，就随口把个"邵慢慢"的绰号送给了他。

被金慧心命名的"邵慢慢"，此时正在宿舍门前大柳树的树荫下看书呢。在他身边的小板凳上坐着赛罕旗乌兰牧骑的萨日朗，小姑娘在和煦的阳光下，正一针一线地为邵华为补鞋。她把一根粗线合成双股捻成线绳，一挑一勾地在一只黄胶鞋的窟窿上织补。这种针法就像锁扣眼儿，密密实实地在窟窿上织出了一块小帆布，十分结实。

那天，车伯尔市乌兰牧骑的队员徒步进了大兴农场的大门口，萨日朗和队员们排在门口敲锣打鼓地欢迎，她一眼就被邵华为英俊、挺拔的形象和气质征服了。邵华为皮肤白白的，额头高高的，鼻梁笔直的，嘴唇有棱有角的，一双眼睛特别明亮，有着电影明星达式常式的睿智。小姑娘上下打量着这个穿着一身褪色的没有帽徽领章的旧军装的大哥哥，"扑哧"就笑出了声，原来，邵华为脚上穿着的黄胶鞋鞋尖儿，一边一个窟窿露出了两个大脚趾。

被小姑娘一笑，邵华为也觉得不好意思起来。他知道自己的脚指头冲出了鞋的包围，在大庭广众之下见了天日，可他就这一双鞋，没的可替换。平日里，有点时间就看书，对穿戴很不在乎，用句文辞叫“不修边幅”，当地土语是“邋遢”。他冲着萨日朗探了探脖子做了个怪相：“小妹妹，见笑了。脚指头露出来，不会长脚气。”

萨日朗顿时对邵华为有了好感，觉得他好像前世里和自己一起玩耍的大哥哥，就说：“我给你补补。”

邵华为也觉得萨日朗很亲切，一双水灵灵的大眼睛笑意盈盈、清澈明亮、毫无杂念，一看就知道她是一个聪明、善良、纯朴的姑娘，就说：“好啊！小妹妹，你叫什么名字？”

“萨日朗。”

萨日朗当晚吃完饭就找到邵华为的宿舍，她借了一双潮洛濛的练功鞋，进门就说：“邵队长，你换上这双鞋，我把你的鞋刷刷，晾干了，明天给你补上。”

邵华为刚刚打开行李，在一张小桌子上铺上一张报纸，摆着自己从家里带来的书。见萨日朗蹲在地上，要脱自己脚上露着两个大脚指头的鞋，特别不好意思，说：“不用，不用，我自己刷吧。我以为大兴农场咋也有个卖鞋的地方，谁知道，把三间房子的供销社看了个遍，还真没有卖鞋的。”

“这里的人都自己做鞋。”没等邵华为搭话，萨日朗已经把他的一只鞋抓到了手里。

见萨日朗这样实在，邵华为也就弯腰脱下了另一只露出脚指头的鞋。

萨日朗在农场的水渠边很快就刷好了鞋，折了两根柳条像穿鱼鳃一样，把两只前头漏窟窿的鞋一串，挂在了大柳树上。

屋里的邵华为正在看书，见萨日朗来了，就喊：“萨日朗，屋里坐。”

听邵华为招呼，萨日朗蹦蹦跳跳地就进了屋，马上惊呼：“这么多书啊！”

邵华为读书成癖，来赛罕旗乌兰牧骑学习，预计是三个月，他跑到图书馆，倚仗是一个文化系统的，软磨硬泡地借了十多本书。图书馆有规定，一个图书证一次只能借两本书，还回这次借的，才能接着借下次的，邵华为是破了规矩的。

“萨日朗，你喜欢读书吗？”

“当然喜欢。可是家里穷，刚上初二就辍学了。”

“那没关系，可以自学。高尔基没上过大学，但刻苦读书，成了苏联最伟大的作家，写了一本书《我的大学》，把在社会中的学习，当成了读大学。”

好像眼前突然亮起一盏灯，心灵开了一扇窗，十六岁的牧羊女萨日朗对着邵华为扬起了头，她在仰望着他，他知道那么多她不知道的知识，他有她连想也没有想过的境界……她盯着邵华为那双睿智的眼睛，怯生生地问：“邵队长，你能教我读书吗？”

“你说呢？”邵华为也盯着萨日朗那双笑意盈盈、清澈明亮的大眼睛问。

“我不知道……”

“小傻瓜，太能了！你给我刷鞋、补鞋，我正想着怎么报答你呢。我教你读书，你教我说蒙古语、唱长调，可以吗？”

“太可以了！”

“我这里的书，你随便拿去读，不会的字、不会的词、读不懂的意思都可以来找我。”

萨日朗在一堆书里翻着，找到了一本俄国小说《复活》，她被封皮上玛丝洛娃优雅、美丽的姿容所吸引。而邵华为却拿出一本《唐诗宋词元曲三百首》，对萨日朗说：“送给你，一天背一首，会终身受益。”

萨日朗双手接了过来，似懂非懂地点头。她一低头，在一堆书中发现了一本不同的书，它是硬皮的，比一般的书大一倍，封面上印着一朵红艳艳的山丹花。她一把把它捧在手里，说：“这不是月亮花吗？”

“是的，也叫山丹花，蒙古语就是你的名字——萨日朗。”

“这是什么书？”

“不是书，是一本影集。”

“影集？”

邵华为的妈妈山丹是内蒙古军区文工团的舞蹈演员，随着他的父亲邵东方来到昭乌达盟军分区，邵东方就任军分区政委，但军分区没有文工团，山丹就在盟文工团当了艺术指导。去年随文工团去新疆演出，突发急性肝炎，救治不及，倒在了沙漠里的吉普车上。这本影集里全是妈妈的剧照，记录着妈妈一生艺术生涯的精粹。邵华为是妈妈唯一的儿子，这本影集成了妈妈留给他的遗物，他一直带在身边。

萨日朗没见过影集，更没见过这么好看的舞蹈剧照，她小心地一页一页地翻看起来。

"好悠闲啊，金队头上都蹿出火来了，你还在看《论语》？"

说话的是车伯尔市乌兰牧骑的林至峰，来乌兰牧骑前是高二的在校生，极富表演天赋。学校排忆苦剧《一个破碗》时，他演那个痛说苦难生活的老爹，让台下的师生们哭得一把鼻涕一把泪。他嗓子好，是学校的播音员，一个星期天，操场上的大喇叭里播出评书《肖飞买药》，肖飞是长篇小说《烈火金刚》里智勇双全的武工队长。这评书播得丝丝入扣，张弛有度，把个值班校长在操场上听得入了迷，半晌儿，才想起来，星期天学校放假，播音室是要锁门的。这是谁呀，私自打开播音室，转播袁阔成的段子？待他推开播音室的门，愣住了——林至峰一手举着《烈火金刚》，一手拿着老师用的黑板擦当惊堂木，敲着桌子，在那儿表演呢。他的全部注意力已经进到小说《烈火金刚》的情境之中。

"这小子！"校长对林至峰又爱又气。教育局或市里一搞个会演，就得显他了，唱歌、跳舞、演戏、朗诵，他没一样不得奖的。这样的特色学生，哪个老师不喜欢？哪个校长不爱惜？但他私自打开学校的播音室，是违反规定的，要是出了政治事故，谁负得了责任？

"这也忒胆大了吧！"校长一气，就想立刻制止他的播音，但又怕惊吓了他，他太全神贯注了，突然打断了他，给他造成了毛病，嗓子哑了什么的，可就毁了这个人才啊！想到这儿，校长一声不吭，一脚门里一脚门外，老老实实地站在门口，看他在话筒前忘情地绘声绘色地表演着，一直到林至峰把黑板擦一拍，"啪"——《肖飞买药》告一段落。校长这才上前，一把揪住他的脖领子:“谁叫你星期天进播音室的?”

林至峰这一嗓子对邵华为的惊吓,不亚于当年校长揪着脖子对林至峰的那声质问。邵华为放下手中的《论语》,抬起左手腕,看了一下腕子上的英格表,对林至峰说:“不是两点半呢吗?这才两点钟,着什么急嘛!”

“还不着急?这场球打不好,你让咱们金队的面子往哪搁?她领着一帮熊包软蛋,怎么让人家赛罕旗瞧得起,让人家大兴的人瞧得起?”

“瞧得起瞧不起,不在打篮球,而在演出。我们的专业是演出,不是打篮球。球运得好,不如弦儿拉得好;球投得准,不如音唱得准。‘三步篮’上得再好看,也不如在台上能打出一串‘小翻儿’漂亮。”

“嘿!人都说‘半部《论语》治天下’,你还真有点见地。我才明白,为啥让你当队副,而让我当队员。”

两个人说着,萨日朗已经把织补好的鞋递到邵华为的手里。

“邵队,你剥削人家小姑娘,自己的臭鞋自己不补,让这么美丽的姑娘补,你作孽啊!”林至峰说着,捏了一下鼻子。

“不!不!不!是我主动给邵队长补的,男同志针线活干不好。再说,邵队长还教我读书呢!”萨日朗急忙为邵华为辩解,急得脸蛋通红。

“哈哈,这才刚来了两天,就成立互助组啦。”

篮球场外围满了观众,两个乌兰牧骑的演员们在一起打篮球,这本身就极具看点。农场的职工,附近的社员,不分男女老幼都来看热闹,球场外的观众围的是里三层外三层。多数观众是不管哪个队输哪个队赢的,演员们在球场上跑跑跳跳、争争抢抢,就是好看的节目!

巴特尔怕观众挤出点儿事故来, 就派副场长带着保卫科的五员大将维持秩序。这五员大将非常恪尽职守,找来一推车子的桦木桩,在篮球场四周栽了一圈,用稻草绳拉成了一个网,拦住了场外的观众,防止他们挤进场内,闹不清谁是观众,谁是球员。

两个队的女队员都是各自乌兰牧骑的啦啦队。金慧心自然是车伯尔队的啦啦队队长。

凡是上场的队员，背心后面都用别针别上一块写有号码的图画纸。

赛罕旗乌兰牧骑的陶鲤，是一个大眼睛的蒙古族姑娘。小眼睛的巴特尔一眼就记住了这个大眼睛的姑娘，他甚至想，如果和这样的大眼睛姑娘结婚，一嫁接，生出个孩子来，一定不会是像自己这样的小眼睛。想到这里，就走到赛罕旗的啦啦队前，对陶鲤说："陶鲤同志，你的眼睛最大、最亮，你当记分员，球场上的情况你看得最清楚，记分就最准确。"

陶鲤是个温柔的姑娘，平时不太爱说话，就冲他抿嘴一笑，抬起一双充满了笑意的大眼睛看了巴特尔一眼，就去找好了粉笔和黑板，挂在一棵大树上，然后端端正正地坐在了长条凳上，等待记分。

车伯尔市乌兰牧骑就五个男队员，连窝端，你推我拥，一起上场。

赛罕旗乌兰牧骑留下鲍龙斌和佟家琪坐板凳，由潮洛濛任队长，挺胸收腹，排成一队，跑步上场。

裁判员巴特尔在脖子上挂了一个红绸带系的闪着亮光的哨子，很专业地跑到篮球场的中心区，左手托起篮球使劲一抛，右手捏住哨子放在嘴里一叼，穿云破雾的哨音划破了场内外的喧嚣，两个队争球开始！

邵华为没有潮洛濛跳得高，球，被潮洛濛拍给了金喜顺："瘦驴，接球！"

金喜顺一个下蹲，正要蹿起来接球，没想到林至峰早就料到邵华为争不过潮洛濛，在巴特尔手中的球还没抛起来的时候，就蹭到了赛罕旗队最高个儿的潮洛濛的侧前方屈下身来，所以，他比金喜顺快半拍跳起，一个勾手，把篮球抢到手，以百米冲刺的速度，运球跑到三秒线，抓球，迈开长腿，一、二、三，一个"三步篮"，球打着旋儿落进了篮筐里！

"漂亮！"啦啦队队长金慧心一跃而起，双手挥舞，打着拍子指挥女队员们尖声喊着："加油！加油！车伯尔——加油！"

"潮洛濛，你真是一头笨牛啊！你就不会灵活点儿，你的脚上粘了牛屎啦？跑起来，跑起来……"车伯尔市乌兰牧骑投进了第一个球，这让鲍龙斌大丢面子，在他的意识中，车伯尔市乌兰牧骑的队员们都是些"城市少爷兵”,看他们走了百十来里路就露出了脚指头,刮破了脊梁骨的丢盔卸甲的样子,打篮球能有多大的尿水可呲?上了球场,也就是给自己的队员当当道具,当当背景,没想到当头一球就把他砸蒙了。这场球,他决不能输啊!输了,还怎么给人家当老师!

车伯尔的队员们越战越勇,潮洛濛挥起长臂,从篮底把球发给正月,正月又发给金喜顺,又是那个林至峰,从侧面一个鱼跃,把正月发给金喜顺的球抢到了手,一个就地磨身儿,“嗖——”,把球传给了邵华为,邵华为运球往前跑,一个三步跳,又把球传给了林至峰,林至峰接到球,腾跃着一个三步篮,右手一托篮球,凌空,把球装进赛罕旗的球篮里……

“换人!换人!裁判——换人!”鲍龙斌冲着巴特尔打起了“暂停”的手势。待巴特尔跑过来,他从板凳上把佟家琪一把拉起来:“铜眼镜,把眼镜戴结实喽,立功的时候到了!你去把正月那个小子换下来,你的任务就是盯住那个5号林至峰,看死他,不让他拿住球,他拿住球,你就是豁出去犯规,也要把他手中的球打掉,听清了没有?”

“这……这……这样做,球风不好吧!”

“别书呆子了!兵不厌诈,用兵之道,诡也,老实行吗?你想看着赛罕旗乌兰牧骑彻底刹戏咋的?‘荞麦皮打糨子——糊不上墙!’‘铜眼镜’,你要不上,我上啦!”

知识分子上来了倔劲,就是一根筋!佟家琪不负鲍龙斌的面授机宜,一上去就死死地看住林至峰,像块狗皮膏药一样黏住了他不离左右。趁此机会,潮洛濛以“草原红牛”的雄劲实力连投进了两个球。

“场上第一次出现平局。”不爱说话的陶鲤站起来大声地报告着战况。她毕竟是赛罕旗的乌兰牧骑队员,立场和倾向性都是掩饰不住的。

金慧心叫“暂停”。

她把车伯尔市乌兰牧骑的五个队员叫到一起,说:“那个铜眼镜是最麻烦的,狗皮膏药,死缠着至峰不放,让至峰发挥不出来。这样,邵队长,你想法儿让他犯规,他现在已经犯规三次,再有两次,就被彻底罚下,你们就好打啦!”

“得令！”邵华为二话不说，痛快答应。

“好！这么痛快？‘邵慢慢’，我给你平反啦。”

邵华为接过球，故意从佟家琪的侧身通过。佟家琪翻身阻挡，正好邵华为带球跳起投篮。

巴特尔哨音响起。

佟家琪阻挡前进，犯规。

邵华为罚篮。

邵华为稳稳地站在投篮线上。待巴特尔把球抛给他，他接球，跳起，稳稳当当地就把球投进了篮筐里。

两次罚篮。

“二……二分。”陶鲤的报分有些底气不足。

如此炮制，不出五分钟，佟家琪第五次犯规，被巴特尔黄牌罚下。

鲍龙斌亲自披挂上阵。赛罕旗乌兰牧骑就他一位男士了。他朝巴特尔吼道：“你的屁股有问题，坐到金慧心那儿去了！老兄，你重色轻友！”

巴特尔挠挠头皮，说：“是你老弟咎由自取，你把自治区的领导当狗皮膏药使，硬往人家队副的身上贴，胆大包天不计后果损坏人家名誉不算，你还来怨我！”

“他是来深入生活的，是要和我们打成一片的，你不这样对他，他怨咱另砍橛子拴他。”

“你能！”

话是这么说，巴特尔还是在最后三分钟的时候，把林至峰也罚下了场。

车伯尔市乌兰牧骑就五个男队员，全上场了，罚下林至峰，可不能四个人打啊！

“看我的！”金慧心大喊一声，脱掉翻领花外套，把大红练功服的袖子，像挽手绢花儿似的卷了几圈，往上一撸，拨拉着两条小短辫，就蹿上了篮球场。

这下子可好看喽！周围的观众鼓掌的鼓掌，吹口哨的吹口哨，“女的和男的一起打篮球”,这在当地是一个历史奇观,男男女女老老少少都没有见过,所以场内、场外的气氛都达到了顶点。最后三分钟,记分牌上陶鲤一手的隶书粉笔字特别醒目:

赛罕旗乌兰牧骑 26 分;车伯尔市乌兰牧骑 32 分。

赛罕旗乌兰牧骑输着 6 分呢!别的队员也着急,但最着急的是鲍龙斌。赛罕旗乌兰牧骑是自治区的红旗队,以作风过硬闻名,面对车伯尔市乌兰牧骑的城市少爷兵,还上来一个女的,要是输了,他可就认栽啦!

金喜顺在边线发球,鲍龙斌凌空跳起,一下子把球揽在怀里,一个漂亮的转身,举球朝着潮洛濛抛去——这是一个假动作,他趁全场的注意力都集中在潮洛濛的身上,迅速带球跳起投篮。

“哗——”全场一片掌声。

“3 分球!3 分球。鲍龙斌队长投进了全场第一个 3 分球!!”陶鲤激动地报告着,嗓音都有些岔声。

全场又一次沸腾起来。

赛罕旗乌兰牧骑的啦啦队队长萨日朗,这会儿才找着兴奋点,扯开嗓子拼命地喊:“鲍龙斌,加油!鲍龙斌,加油!”

场外的观众绝大多数是倾向赛罕旗乌兰牧骑的,这回看到赛罕旗乌兰牧骑胜利有望,就一起跟着萨日朗喊了起来:“鲍龙斌,加油!赛罕旗,加油!加油!”

这么一喊激怒了金慧心,“欺负外来人是不是?太偏心了吧!”激归激,怒归怒,金慧心还是心中有数,“离比赛结束的时间还有一分钟,还赢着 3 分球呢!只要在最后一分钟控制住球,不让赛罕旗的队员拿到球,这场球赛就稳操胜券了。”

车伯尔队发球。

金慧心使劲瞪了邵华为一眼,邵华为立刻心领神会。邵华为把球传给金慧心,金慧心接过球,不紧不慢地运球,邵华为跟上,金慧心又把球传给邵华为……

鲍龙斌一眼看出了门道:车伯尔在拖延时间。“好狡猾的狐狸精!”他在心里嘀咕着，口里却不闲着，对着潮洛濛和金喜顺吼道，"'红牛''瘦驴'，发什么呆？冲！冲上去，抢他们的球！"

潮洛濛有令必行。一撩长腿，冲着金慧心就奔了过去。正好，邵华为把球传给金慧心。潮洛濛依靠人高马大的优势，一下子从金慧心的头顶上把球抢到手。球到手，他立刻把球抛给远处的鲍龙斌。

在自己手上丢了球的金慧心，懊恼的瞬间，急中生智，跳起来，一挥拳就把球向场外砸去。

金慧心估计，这个球砸向场外，鲍龙斌得不到球，这场球赛的时间也就到了，即使赛罕旗得到了发球权，鲍龙斌投不了3分球，那赢的还是车伯尔。

对于这个球，鲍龙斌是志在必得！眼看着球飞向场外，鲍龙斌一个箭步冲过去，拼命地把这个就要落地的球拨回场地。正好，金喜顺跟上，一把抓住球，回身一投——2分！

就在这时，计时员一敲锣，"当——"，全场时间到！

车伯尔队以1分的优势赢了全场。

人们都把视线转向了场内欢呼跳跃的车伯尔市乌兰牧骑，特别是那位浑身大汗淋漓满脸放着光亮的女队长金慧心，这个漂亮的女人太能了！

谁也没有注意到，冲出场外救球的鲍龙斌，身体向外的惯力让他收不住脚，他的身子扑倒在拉着草绳的木桩上。他一伸手，抓住了木桩，一颗挂草绳的钉子恰好划开了他右手的虎口。

6

在大兴农场的荷花池畔，临时搭起了一个宽大的舞台，巴特尔把农场俱乐部的聚光灯全都拆下来，安到了舞台上。因为是两个乌兰牧骑的首次联合演出，又事先发出了通知，所以，农场不足五百个座位的俱乐部里，说什么也坐不开呀！仲夏的太阳还没有下山，大兴农场的职工们就三三两两拿着板凳、蒲团和马扎子，早早地在台前占了地方。凡是和大兴农场的职工沾亲带故的十里八村的亲戚们，也都得到职工们的报信儿，骑马的、骑驴的、骑自行车的、套着勒勒车的、坐着小胶轮车的，还有些个年轻的大姑娘和小伙子们，干脆开动了“11号”——走着来了。

巴特尔怎肯错过这百年不遇的机会？他是旗里的拥军模范，啥好事，他都想着他的龙帆团长呢！他特地派精干的副场长坐着他的吉普车到山上的雷达团，请龙帆团长率队下山来看节目。龙帆团长很重视巴特尔的邀请，留下团政委和副团长值班，就率领着团部的参谋、干事和宣传科长司子健及不上岗的干部和战士，乘着三辆吉普车和三辆大卡车，赶到了大兴农场。

节目单都是事先定好的。

车伯尔市乌兰牧骑刚建队，除了一个男声四重唱《游击队歌》之外，没有集体节目，邵华为的独唱、二胡独奏成了骨干节目。倒是林至峰自告奋勇，说演完了评书《肖飞买药》，还可以表演一段领袖人物的讲话，当然是模仿领袖人物的口音，像毛泽东的湖南腔、邓小平的四川腔、周恩来的淮安腔……他都能模仿得惟妙惟肖。

赛罕旗乌兰牧骑是主队，开场式、结场式都是他们的。朴真玉的《顶碗舞》，她和乌日汗的双人舞《巡逻之夜》，潮洛濛、正月、乌日汗的表演唱《看望我们的边防站》，八个人的群舞《草原铁骑》，还有潮洛濛的蒙古族长调《海一样的草原》，都是原来的保留节目。这次，还加上了乌日汗和萨日朗新创作的舞蹈《公社萨日朗》，新入队的宝日吉格也参加了群舞。

报幕员由乌日汗和金慧心担任。乌日汗用蒙古语报幕，金慧心用汉语报幕。

金慧心把两条短辫盘在脑后，穿上了一件墨绿色的金丝绒蒙古袍，在台上一站，高挑的身材，满月般的脸庞，神采飞扬的一双亮眸流光溢彩，真是仪态万方！一口标准的普通话抑扬顿挫，清澈悦耳，让所有的观众都看呆了！坐在龙帆团长身边的宣传科科长司子健，立刻掏出自来水钢笔，翻开随身携带的笔记本，“唰唰”几笔，就画了一幅金慧心的速写。速写画完了，金慧心，这个车伯尔市的乌兰牧骑队长，也像仙女一样刻进了司子健的心扉。

除了报幕和担任邵华为的独唱伴奏以外，金慧心没有给自己安排节目，她在侧幕边仔细看着赛罕旗乌兰牧骑的节目。这场节目演出后，她要确定一个向赛罕旗乌兰牧骑学习的节目单。赛罕旗乌兰牧骑的节目确实演得好，他们每个人的基本功都非常扎实，每个人的演出情绪都非常饱满，演出的台风也非常稳健。

除了仔细看，她还认真听。她听他们的演唱，听他们的演奏。听着，听着，她就听出了毛病，确切说是鲍龙斌的毛病。鲍龙斌抱着一架手风琴，几乎担任了所有节目的伴奏。要知道，手风琴在乌兰牧骑队里，就是大半个乐队，即使什么乐器都没有，就是一架手风琴，也能在小范围内坚持下一场演出。特别是苏联的歌舞节目，没有了手风琴，就好像没有了俄罗斯民族的那股韵味。但现在的手风琴伴奏效果是，一遇到强音要力度的时候，强音上不来，力度也上不来，还有些拖节奏，甚至有几拍还没声。鲍龙斌拉的手风琴不是这个样子的啊！读师范学校，这位师兄的手风琴能独奏……不对！

不但金慧心听出了不对，邵华为也凑到金慧心旁边，说：“金队，赛罕旗的手风琴水平，就是这个样子？我对自己的听力特自信，我觉得这——也就是咱车伯尔的业余水平。”

“不对。你看——”金慧心把手往台上一指。

顺着金慧心的手指看去，邵华为看到了在台上担任手风琴伴奏的鲍龙斌的右手……他右手的虎口开裂着，鲜红的血流出虎口，把黑白的键盘都染红了……

“嗞——”金慧心倒吸了一口气。拉手风琴的右手操控着键盘，超过5度的音节都要撑开虎口，否则，手指就按不准键，要是8度和弦就更要把虎口撑到最大的程度。虎口刮破了，每撑一下，就是一次皮与肉的撕裂，就是一次疼与痛的交织！这一刻，金慧心才明白，是自己那个捶出场外的球让鲍龙斌在抢险中受了伤，面临已经安排好的演出，他带着这么重的伤上了台，在以超常的毅力坚持着演出。有这样的毅力，有这样的品质，就是在战场上，被敌人的子弹打中了胳膊，他也会抱着炸药包向前冲，把它扔进敌群。

下一个节目是朴真玉的《顶碗舞》，金慧心熟悉这个曲子，她抱起自己的手风琴，坐在了赛罕旗乐队的首位。鲍龙斌感激地退到了乐队的后面。

在接下来的节目中，鲍龙斌坐在首位拉着主旋律，金慧心用自己的手风琴打着节奏。邵华为抄起二胡坐在乐队后面，乐曲出现了一个小乐段，他就知道了旋律的走向，他的伴奏甚至超过了赛罕旗乌兰牧骑乐队的所有演员。林至峰也抄起了圆号，加入乐队。他底气足，吐气均匀连贯，立刻给乐队增加了圆润、浑厚之感。车伯尔队的独唱演员华凌，也抱着大提琴加入赛罕旗的乐队。大提琴俗称乐队的垃圾箱，浑厚、宽广的乐音，就像大肚子弥勒佛，“大肚能容——容天下事”，它把那些尖锐的噪音，不和谐的和弦，统统包容进它的浑厚、宽广之中。这样一来，赛罕旗的乐队合奏出从未有过的美妙音乐。在《公社萨日朗》的伴奏中，邵华为盯着台上萨日朗的舞蹈表现，还随时地配着和弦与琶音，或即兴加重奏，使原来不太成熟的作曲趋于完美。

该潮洛濛的蒙古族长调《海一样的草原》表演了。因为下一个节目就是一个群舞《草原铁骑》，赛罕旗的队员们男的要去换军装，女的要去换蒙古袍，所以整个伴奏就一架手风琴。

此时，鲍龙斌受伤的事已经瞒不住了，赛罕旗的乌兰牧骑队员们，一边换着蒙古袍，一边围拢过来，纷纷劝说鲍龙斌回宿舍找药箱，上点药包扎一下。

鲍龙斌急了，低声怒吼道：“散开，散开，快换服装去。现在在演出，演出！你们不明白吗？耽误了场上的演出，还是乌兰牧骑吗？”

宝日吉格不肯离去，她不是《草原铁骑》的演员。鲍龙斌打篮球受伤，乌兰牧骑队员们不知道，宝日吉格就更不知道了，因为她根本就没到篮球场上去。她刚参加乌兰牧骑就被分配在《公社萨日朗》中跳群舞。她在大兴农场也是个能歌善舞的姑娘，可一到专业队，就显出了明显的差距，基本功有差距，舞蹈语汇上的差距就更大了，所以，她抓紧一切时间练、练、练。

球场鏖战的时候，她独自在荷塘边的树林里，一个动作一个动作地练，要保证今晚的演出一个动作也不错。鲍龙斌受伤，她最心疼。一把抓住了鲍龙斌的手，掏出自己洗得干干净净的花手绢，流着眼泪说："我的哥哎，你疼死我了。"

鲍龙斌不让："没事的，黄毛丫头，你包上了花手绢，我怎么按准琴键呢？一抹一大片，知道哪个是 Do，哪个是 Sol 啊！"

宝日吉格不管，抓起鲍龙斌的虎口就用舌头舔上面的血——

"你这是干啥呀！不用！不用！"

"消毒。唾沫是最好的消毒液，你没看过草原上的狗、草原上的狼受伤了，都是用舌头舔的吗？"

林至峰扯了一下金慧心："金队，你上去报个幕，我说一段单口相声给垫垫场，给鲍队一个擦药的时间。"

"好！救场如救火。演什么？"

"《蒙汉亲家》。"

林至峰的《蒙汉亲家》，汉语让他说成了蒙古味儿，蒙古语让他说成了汉语味儿，台下笑成了一片。

当最后一个节目演完时，两个队的乌兰牧骑队员一起上台谢幕，金慧心一把抓起了鲍龙斌的手举向观众，对着台下的观众激动地说："观众同志们，鲍龙斌队长的手，在下午的篮球赛中，撕裂了虎口。这是需要手术缝合的，可他为了今晚的演出，忍住剧烈的疼痛，不去缝，不上药。从开始到结束，全场演出，他一直撑着撕裂的虎口，用手风琴伴奏。"

"咔——"的一道亮光，佟家琪把这个画面，摄入镜头。

演出结束。

巴特尔力邀龙帆团长和团部的一行人，在农场与两个队的乌兰牧骑队员一起吃顿饭。四个满满的菜盆和一坛子当地产的63°"套马杆"酒，已经端上了场部食堂的桌。

"猪肉炖粉条，小鸡炖蘑菇，哈拉海（草原上的一种野菜）炖土豆、山韭菜炒鸡蛋，再加上63°的‘套马杆’，还有啥说的，给你们改善改善生活，军民团结一家亲嘛！”巴特尔的汉语说得很溜。

龙帆团长说：“谢谢你巴特尔老弟，让我们看到了这么好的演出。饭，我们就不吃了；酒，我们也不喝了。等吃了饭，喝了酒，鲍队长的伤口就要发炎化脓了。我现在就拉着鲍队长走，我们的团卫生队有个手术‘一把刀’，那位老兄，缝刀口就像绣花。另外，我正式向两位队长发出邀请，在两周后的‘七一’，到雷达团演出，一起庆祝建党四十三周年。山上的战士，从当兵的那天起就没下过山，说句不太好听的玩笑话，‘当兵三年，见老母猪赛貂蝉’，更别说看你们这些年轻、漂亮的专业演员演出了。在团部演一场，还有很多山上的阵地，若不怕苦，我就带着你们走几个，给战士们改善改善精神生活吧！”

龙帆团长这么诚恳，鲍龙斌和金慧心满口答应。特别是金慧心，更是高兴，车伯尔市乌兰牧骑刚刚建立，就与赛罕旗乌兰牧骑一起到部队演出，这是多好的锻炼队伍的机会呀！

在吉普车就要开动的时候，金慧心觉得有人轻轻地拉了她一把。一回头，是刚才在台下领着观众喊口号的雷达团司子健科长，剑眉下的一双眼睛脉脉含情，有些慌乱地把一封信塞到金慧心的手里……

这一幕，被巴特尔看见了，他也若有所思地把目光投向一位他心仪的姑娘。

借着月光，金慧心打开那封信，那是一幅速写画。画面上的金慧心在舞台上亭亭玉立，手握着麦克风，目光高远，英姿勃发，金丝绒蒙古袍修饰出苗条的身材，衬托着一张“美目盼兮”的笑脸……很美，很美。在画面的留白处，题了一首诗：

古来子建赋洛神，
今有子健写慧心。
荷塘月色管弦曲，
大漠深处遇知音。

第五章　共创一台戏　慰问雷达团
同结互助组　捐资助退婚

1

距离去雷达团演出的时间还有十天。两个乌兰牧骑都停止了每日半天的劳动,进入紧张的创作排练中。

邵华为重新创作了《公社萨日朗》的舞曲,以欢快优美的旋律为基调,采用多段式的音乐结构,大大舒展了这个舞蹈的曲子,还在总谱上加了配器。乌日汗又根据舞曲的重新创作,加上了一些情节性舞蹈语汇,由原来的三分钟变成了八分钟。乌日汗领舞,两个队的女演员全部参加,人多了,舞台上就热闹起来,《公社萨日朗》格外鲜艳。

朴真玉的《插稻秧》也正式进入创作阶段,由佟家琪作词,邵华为作曲。这是一个朝鲜族的群舞,五名男队员,五名女队员,朴真玉是女领舞。本想让金喜顺当男领舞,他是朝鲜族嘛,跳起来有味儿,考虑到是两个队一起演,就让林至峰当了男领舞。这个舞蹈场面热烈、风趣,每次排练完,参加跳舞的演员都跳得汗流满面,个个乐呵呵的。

鲍龙斌看了舞蹈的连排,立即派大车老板子敖长根,赶着大车回旗里新做了十套朝鲜族演出服。

去慰问部队，就得有些拥军节目，原来的《草原铁骑》《巡逻之夜》《草原女民兵》《看望我们的边防站》都可以，但龙帆团长一行人都看过了，所以，鲍龙斌和金慧心都觉得再创作一个节目好。他们把两个队的创作骨干佟家琪、朴真玉、乌日汗、潮洛濛、邵华为、林至峰、华凌都召集到巴特尔的办公室开会，一起研究排什么节目。

“排什么节目呢？”鲍龙斌首先发言，“从前两天两个队演出的节目来看，歌舞节目多，器乐节目多，而语言表演类节目少。雷达团的指战员们，都是从天南地北来到咱们内蒙古大草原上守卫边疆的，基本上听不懂蒙古语，所以，赶排一个汉语的说唱节目尤其重要。汉语的说唱节目，不是我假谦虚，还真是车伯尔市同志们的强项，你们是城市的乌兰牧骑嘛——”

能说出这番话，让金慧心非常佩服，鲍龙斌务实，不充大，是一个好队长：“三天前，我领教了大师兄的超凡毅力；今天，又学到了大师兄的组织协调能力。大师兄如此担当，我们也不能当软蛋，等着吃现成饭。车伯尔市乌兰牧骑把这个任务接下来。可话又说回来——排什么节目呢？”

佟家琪站起身来，走到巴特尔背后，从报架子上取出一张《内蒙古日报》，指着上面的一篇通讯《内蒙古浩特多，错把二连当呼和》，副标题是“四川大娘千里寻亲记”，说道：“我啥子哟，天天来巴特尔这儿看报纸的，我觉得这篇通讯很适合改成说唱节目。这篇通讯摆了一个龙门阵，说的是一位来自四川的母亲，到二连浩特去看她当边防军的儿子，可她却买了到呼和浩特的票，没办法，内蒙古的‘浩特’多嘛。下了车，她又不识字，就一路打听。在铁路职工的帮助下，她找到了内蒙古军区。军区领导啥子哟，专门派了个战士，把她送到二连浩特。我觉得这个龙门阵哟，非常适合编成演唱节目。”

“好！”金慧心说，“搞成一个坐唱节目，把老大娘改成老大爷，我们的林至峰演老头像极了，让他说四川话，乐队和伴唱用普通话。”

“哎哎……我提个意见行不行啊！”半天没说话的巴特尔举起了手。

“说，这是你的一亩三分地，就愿意听你说。”金慧心快言快语。

“我去过几次雷达团，发现他们的战士多数是山东人，要是让老头儿说山东话,那一定受欢迎!”

“还有,当地的汉族群众,祖籍大多数是山东,上溯七八辈子的老祖宗都是闯关东过来的。有的村落里,大姓人家还供着家堂,续着家谱。”鲍龙斌每到一处都搜集民歌,走访民间艺人,对当地的民俗非常熟悉。

“好!这个主意好。鲍队、金队,咱们来一个山东琴书《找亲人》,俺就演那个说山东话的老大爷,部队的同志们爱看,当地的老百姓也爱听。”林至峰话的后半段,是用山东话说的,把在座的人全给逗笑了。

2

邵华为和萨日朗的“互助组”,从成立的那一天起,就雷打不动。每天晚饭后,萨日朗都会到邵华为的宿舍,把早晨背会的一天一首的诗词背给邵华为听,顺手就把邵华为的脏衣服、脏袜子给洗了。邵华为在这个时候,都会搬个马扎子坐在大柳树下,一边听萨日朗背诗词,一边拉二胡。

离到雷达团演出的时间还有三天。担任这场演出的总导演是金慧心,服装、道具、灯光、音响等杂项就由鲍龙斌统管。吃晚饭的时候,金慧心通知两个队的队员,在晚上七点钟的时候到大食堂集合,统一排练《公社萨日朗》《插稻秧》和山东琴书坐唱《找亲人》。

不到五分钟,两个玉米面窝头、一碗菠菜粉条汤就下了肚,邵华为几步跑回宿舍,抄起二胡和马扎子就坐在了大柳树下,他拉的二胡曲子是印度电影《流浪者》的主题曲《拉兹之歌》。

“到处流浪——啊!到处流浪——啊!”

这首曲子悲苦、苍凉、激越。拉兹身陷“法官的儿子,就是法官;小偷的儿子,就是小偷”的“血统论”的精神地狱,不论他怎么努力、多么善良,都逃脱不了这道精神枷锁,他只有“到处流浪——啊!到处流浪——啊!”邵华为好像和拉兹的灵魂对过话,一首二胡曲被他演奏得撕心裂肺。

萨日朗从没听过这样的曲子,一个初中还没有毕业的牧羊姑娘,还没有机会接触这么高深的音乐，她听得入了迷，手里端着洗衣盆，竟忘了放下。今天早晨，她一边在荷塘边的柳树杈上压腿，一边就把宋代大诗人陆游的《钗头凤》背熟了：

红酥手，黄縢酒，满城春色宫墙柳。东风恶，欢情薄，一怀愁绪，几年离索。错、错、错！　春如旧，人空瘦，泪痕红浥鲛绡透。桃花落，闲池阁。山盟虽在，锦书难托。莫、莫、莫！

词，是背会了，但为什么陆游会用“错、错、错！”“莫、莫、莫！”给他的前妻唐婉写诗，萨日朗就弄不懂了。她特别喜欢听邵华为给她讲解诗词中的意境，那真是美极了、丰富极了。邵华为给她背诵诗的时候，她就想随着诗的韵律翩翩起舞。

萨日朗感觉到陆游对唐婉的感情是那么美，那么深……“这辈子，会有个男人对我也能有这么美、这么深的感情吗？”少女怀春，何况是一个又美丽又多愁善感的演员呢！“谁是自己的那个男人呢……”一想到这儿，那个醉醺醺、胖墩墩的东哥就在脑海中浮现出来。“呸、呸、呸！”萨日朗赶紧往地上吐了三口唾沫，又在唾沫上剁了三下脚。驱逐了晦气，萨日朗的思绪又回到她背诵的诗词上。看到乌日汗创作了《公社萨日朗》，朴真玉创作了《插稻秧》，还有她的《顶碗舞》，萨日朗也产生了创作的冲动：要是让邵华为把《钗头凤》谱上曲子，把《钗头凤》编成双人舞，那意境一定很美，那样的舞蹈一定很感人……

“你跟我走——”一声咆哮，惊醒了两个沉浸在艺术境界的人。还没等萨日朗反应过来，就被两条有力的胳膊紧紧地抱住，一股熏死人的酒气熏得她快要窒息。

“放开我！放开我！放开我……”萨日朗大声叫喊，两手使劲地掰着抱住自己的胳膊，拼命挣扎。一个她最不愿意见到的人——东哥，由荞麦婶子带路，七拐八绕地来到了大兴农场。

见萨日朗被一个醉醺醺的蒙古族小伙子抱住，邵华为放下手中的二胡,上来喝道:“不准撒野,你放开她!”

东哥不放萨日朗,吼道:“你少管闲事,她是我的媳妇!我的媳妇!她是我的,就得跟我走。”

“我不是——我不是——我不是你的媳妇!”萨日朗拼命地挣开了东哥的胳膊,躲到邵华为的背后。

“咋了个不是?你姑姑收了人家五百块的彩礼,五百块呀!人家来娶亲,你偷着跑出来,你还能跑出天边?还能跑出地球?你就是跑出天边,跑出地球,你也是东哥的人呢!”头上顶着个病太阳的荞麦婶子,一手叉着腰,一手指着萨日朗的鼻子。

“钱,是我姑姑拿去了,你们去找她要吧!”

“我不要钱,就要你萨日朗!我彩礼给了,聘礼给了,你就是我的了。”东哥吼着,又扑向了萨日朗。

荞麦婶子不知何时又把那个“黑色松巴”的面具戴在脸上,扭动着水蛇似的腰肢围着萨日朗疯狂地舞动起来,一边舞动,一边念着谁也听不懂的咒语,吓得萨日朗惊恐万状,不知所措。

眼看着惊魂失措的萨日朗被东哥像老鹰捉小鸡一样抓到怀里撕扯,一只大手一把就揪住了东哥的脖领子,“草原红牛”潮洛濛一甩手,就把东哥抡倒在大柳树下:“萨日朗是乌兰牧骑的人,能让你欺负?你把老虎当病猫了?”

集体排练的时间就要到了,邵华为和萨日朗还没到,金慧心就派潮洛濛来找。潮洛濛得令,撩开长腿就朝着邵华为的宿舍跑来。他人高马大,萨日朗平时小鸟依人似的依赖他,他就觉得有一种小手抓心般的幸福。东哥扑向萨日朗,去抓萨日朗,他岂能袖手旁观?

“萨日朗,邵队长,你们快去排练,这里我来对付。”

萨日朗迈开双腿就跑,就像一头被狼追赶的小鹿。

被潮洛濛辖制着,东哥哪里会甘心?又矮又胖的身材一个翻滚,像球一样在地上爬起来,一个饿豹扑食式冲向潮洛濛。他在保卫自己的姻缘,蒙古族汉子的血性让他无所畏惧。

潮洛濛每天都练舞蹈功，长胳膊长腿的，身体非常灵活。他一个侧身闪过了东哥，一伸长腿，东哥一个跟头摔了个嘴啃地。大概是摔坏了牙床，待他爬起身来，嘴边流了一片血。

“乌兰牧骑打人啦——乌兰牧骑打人啦——”不知什么时候，荞麦婶子摘下了面具，停止了舞动。她挥舞着双臂，可着嗓门儿喊着，就像一个坐地的泼妇。东哥是她的娘家侄子，这次又是她带着东哥过草原穿沙漠，走了七八天才找到了萨日朗。侄子来找自己的老婆，还要遭人欺负……白音汗的人都知道，她荞麦婶子艾伦是可以呼神唤鬼的，就在平时的场合也不可能是一盏省油的灯。

眼见三个人混战在一起，还是邵华为理智一些，他赶紧跑着去找鲍龙斌，他是队长，对待这样复杂的局面应该有解决的办法。

鲍龙斌让巴特尔把东哥和荞麦婶子安排在场部招待所，派两个职工看着他们醒酒。

晚间排练后，鲍龙斌把萨日朗叫到他的宿舍兼办公室。萨日朗说出了全部实情：荞麦婶子带着她，去东乌旗找东哥家借钱，就在长途汽车开出一站地的时候，她要求去厕所，逃下了车，一直到乌兰敖都，追上了乌兰牧骑。她表示自己宁死也不嫁给酒鬼东哥。

第二天上午，东哥的酒已经醒了。

鲍龙斌摸清了实情，他要给他的队员做主，推翻这桩买卖婚姻。他把东哥和荞麦婶子叫到办公室，拍拍东哥的肩膀：“小兄弟，萨日朗不愿意做你的妻子，有句话叫‘强扭的瓜不甜’，草原上的鲜花千万朵，你去另摘一朵吧。”

“不！我就要萨日朗！就摘这朵月亮花。”东哥梗梗着脖子，就如一头犟牛。

“天上无云不下雨，地上无媒不成婚。我艾伦辛辛苦苦亲自给他们做媒，跑了一千多里地，牵了这个姻缘，萨日朗家收了东哥家五百元彩礼，还有绸缎布匹，这个价搁在过去，够娶一个巴彦的女儿了。”

“这么说，你承认了这是桩买卖婚姻？新社会反对买卖婚姻。我听说，你荞麦婶子好装神弄鬼，耽误群众治病，那次，差一点就弄得萨日朗的姑父阿希达送了命，道尔吉还没开你的批评帮助会吗？”

鲍龙斌一揭开疮疤，荞麦婶子的气焰收敛了些，但她还是不服气：“你别叫我荞麦婶子，我有名有姓，叫艾伦。我的脸黑，但我的心不黑！收了人家的聘礼，人跑了，我们追到这里，还被你们的人打得满嘴流血，这是……新社会吗？”

荞麦婶子的嘴就像刀子，鲍龙斌赶紧把话转过来：“什么打出了血？就是两个蒙古族汉子一见面，过过手，摔摔跤，又不是荞面捏的，摔一跤，破了点皮，有什么了不起的，哪个蒙古族汉子的身上没有几块伤疤？一会儿我让潮洛濛来给道个歉，中午一起喝顿酒，你们就回去吧！”

“回去？萨日朗一起回去吗？”东哥瞪起一双白多黑少的小眼睛，盯着鲍龙斌的眼睛问。

“萨日朗不能一起走，她现在是乌兰牧骑队员，后天就有演出任务。作为一个乌兰牧骑队员，就是爹死娘亡也不能耽误演出。再说，萨日朗才十六岁，还不到法定结婚的年龄，你们不能登记。”

“等萨日朗给我生了儿子，再去登记也不晚，草原上的牧民不都是这么做的吗？”东哥的小眼睛眨眨，不服鲍龙斌的教诲。

“后天就去雷达团演出了，东哥和荞麦婶子在农场里这么搅和着、耗着，打又不能打，骂又不能骂，劝又劝不走，这让萨日朗怎么办呢？让乌兰牧骑怎么排练呢？这里不单单是赛罕旗乌兰牧骑，还有外来学习的客队车伯尔市乌兰牧骑，人是丢尽了，更着急的是耽误了后天的演出，后果就严重了……”鲍龙斌急得在办公室里直搓手。

“着急啦？”巴特尔进了屋。

“是啊！后天就去雷达团演出，出了这么一档子事，两个赖着不走，屁股后面跟着一个巫婆，一头糟牛，像什么话呀！”

“是不能让他们给咱安尾巴，雷达团的阵地是军事保密单位，除了乌兰牧骑的人，谁也不能上去。这么着吧，你快抓你的演出，巫婆糟牛，我来解决。”

巴特尔派两个农场保卫科的人员,穿上警服,把荞麦婶子和东哥带到了保卫科。

巴特尔说:“东哥,我告诉你,萨日朗肯定是不能跟你走了,她是乌兰牧骑队员。她长得好看吗?好看。她又会唱歌,又会跳舞,招人喜欢吗?招人喜欢。小兄弟,搁上我,能娶上这样的姑娘做媳妇,也会在梦里笑醒的。但是……不行啊!小兄弟,你娶了她,把她圈进你的蒙古包里,给你烧茶煮肉生孩子,就你一个人享用,就你一个人得到欢乐,你就把她的才华给瞎了。她唱歌跳舞是给咱草原上的牧民看的,她的美丽、她的才华是能给草原上的牧民带来欢乐的。咱蒙古族汉子的心胸装得下草原,盛得下大海,咱们不能太自私了……再说,你娶了她的人,你娶不了她的心,她能跟你好好过日子吗?”

“我……”东哥被巴特尔说动了心,可他还不甘心,“我……我就是喜欢她,我跟她一块参加乌兰牧骑。”

“哈哈哈,我还想参加乌兰牧骑呢!就咱俩这块头?一个人二百来斤,别说唱歌跳舞了,往台上一站,还不把台的一角压塌了?乌兰牧骑的队员都是有特殊本事的人,不是所有的人都能干得了的。”见东哥心动,巴特尔又接着说,“你要放手萨日朗,答应走,那以后,咱们就是好朋友,萨日朗也会感激你。你要是不走,在这儿扰乱了乌兰牧骑的排练和演出,你都看到了——这里是农场的保卫科,我有权下令拘留你们半个月的时间,让你们失去自由!”

“这……我……”巴特尔的软硬兼施,让东哥不知道说什么好。

“让我们走,可以。五百块彩礼,必须退给我们。”荞麦婶子不想让侄子遭受巨大的损失,五百块彩礼要不回来,也无法向她的哥哥东日布交代。

“就是呀!不退彩礼,我就不走了,就让你们关上半拉月,反正你不能不给我肉吃,不给我酒喝。”

退彩礼,就等于给萨日朗解开绑在身上的锁链;退彩礼,也等于给两个乌兰牧骑排除必须排除的困扰。可萨日朗没有钱,她刚参加工作两个月,还是学员,每月的工资是十八元。她把十元钱寄给姑姑,八元钱只能维持她最低的生活标准。在大兴农场的食堂就餐,每月交七块钱,她就剩一元钱。鲍龙斌的工资最高,每月三十七元,其他人的工资也是按月往家寄,都是为父母分担生活的人。这个五元、那个十元地凑,连佟家琪在内,也没能凑够一百元。

"乌兰牧骑战友的困难就是我们的困难。"金慧心立刻在车伯尔市乌兰牧骑队给萨日朗凑钱。都是刚参加工作的少男少女啊,大部分队员都是每月十八元的学员工资,月光族,能拿出多少啊!邵华为把兜里全部的钱——二十一元五毛全掏出来了。金慧心立刻把这一百元钱送到鲍龙斌手里。

凑足了二百元钱,鲍龙斌去找东哥和荞麦婶子。

"不行!差一分钱也不行!"荞麦婶子这两天也上了火,头上那个"病太阳"的拔罐印儿越发黑紫。

东哥又喝了酒,口齿不清地说:"不给够……钱就……就拉着人走……走!"

鲍龙斌找到巴特尔:"老弟,借点钱吧,我回到旗里,借到钱还你。"

巴特尔开了抽屉的锁,从里面扯出一个信封,打开:"这是我攒的一百多块钱,准备结婚用的,先给你们用吧。"

鲍龙斌还没走到队员们的宿舍,远远就听见一片哭喊声,他的头一下子大了起来,他知道准是东哥和荞麦婶子又去找萨日朗闹了。

果然,他们把正准备去排练的萨日朗堵在宿舍里。东哥乘着酒劲一进屋就把萨日朗扑倒在床上:"你交不上退亲的钱,就是我的人,我的人,你……就得跟我走,不管你是不是乌兰牧骑,你们的达力嘎管不了我一个骑马放羊的人。"东哥抱住萨日朗又亲又啃,大有强占之势。

萨日朗哭喊着拼命挣扎,惊恐得就如狼豺嘴下的羔羊。

荞麦婶子扯住东哥:"快走,快走,拉着萨日朗走!来了他们的人就走不脱了,拉到你的包里,想怎么着,就怎么着!"

荞麦婶子给东哥出主意,趁着乌兰牧骑和农场的人都在睡午觉,把萨日朗悄悄带走,不给钱,就给人。

赶巧,和萨日朗同宿舍的乌日汗去邮电所往家里邮钱。她家里有个不到两岁的儿子,丈夫整天放牧,儿子就交给了婆婆,她每月留下自己的生活费,就把钱都给婆婆寄回去。今天上午,鲍龙斌动员大家给萨日朗凑钱,她才猛然想起,这几天忙着创作与排练,忘了把钱寄给婆婆。儿子生下来刚过一个月,就因为有演出任务,她忍痛给儿子断了奶,交给了婆婆……一想到这儿,乌日汗就有一种撕心裂肺的愧疚。她不能给儿子喂奶,又不能照顾幼小的儿子,就只有每月按时把工资寄给婆婆,算是尽一个母亲的义务。

东哥拖着萨日朗往外走,一抬头,就看见了两道浓眉下冒着火光的眼睛:"你还是不是一个蒙古族汉子?你说话还算不算数?"

东哥放开了手:"算数。五百块钱拿来,拿来呀——一个也不能少!"黑胖的手伸给了鲍龙斌。

"这三百块钱给你,剩下二百块,给你打个借条,下次见到你,一分不少地都还给你。"

"没有下次,不要借条,不够五百块钱,萨日朗就得跟我走!"

僵局。

在鲍龙斌这儿,五百元肯定是凑不上了。队里有个几百块的经费,他全让敖长根拿走,去做十套朝鲜族舞《插稻秧》的演出服了。

在东哥这儿,七转八绕,上千里地追到了大兴农场,萨日朗娶不到手,他羞愤在心,五百块钱拿不回去,他跟东日布阿爸也交代不了。

"你看这个够不够二百块钱?"

不知什么时候,邵华为站在了萨日朗身后,他从左手腕上解下了那块英格表。父母就生了他一个儿子,妈妈死后,父亲把妈妈的全部存款都取出来,给他买了这块进口表。这是除了那本印着山丹花的影集以外,妈妈留给他的唯一的东西。

这样贵重的手表,就是当时的盟委书记也不一定戴得上。

荞麦婶子和东哥虽然没见过英格表,但看那金光闪闪的表壳和金光闪闪的表链,也知道它的金贵。

“这块表买的时候是三百九十八块钱，比你的二百块还多一百九十八块，拿走吧，别在这儿耽误我们的排练和演出。”

那一刻，邵华为是英雄。

“啊！啊！……”手里拿着三百元钱和一块英格表的东哥，蹲在地上放声大哭，他不愿意与萨日朗的姻缘是这种结局。

第六章 邵华为《拉兹之歌》遭诟病
司子健 鱼水情深牵慧心

1

两支乌兰牧骑联合队在雷达团团部演出后，在宣传科科长司子健的带领下，进入雷达阵地做慰问演出。

两辆大卡车停在一座险峻陡峭的山峰下。顶峰的山洞里，驻着一个高炮连。从山脚到山顶有一条崎岖的山路。山顶上的高炮与雷达，都是战士们用肩膀扛上去的。山上的战士们有的两三年都没有下过山。

乌兰牧骑队演出用的所有服装、道具、乐器，都得像战士们扛大炮、扛雷达那样扛上去。

萨日朗知道自己是被两个队的乌兰牧骑队员们集资赎的身，特别是邵华为把自己妈妈留给他的，那么珍贵、那么昂贵的英格表都拿出来，换回自己在乌兰牧骑工作的自由，她感激所有的乌兰牧骑队员。她知道自己现在无力还上这五百元钱，但她要拼命干活报答所有的乌兰牧骑队员。从农场一出发，她就把邵华为的书全部背在身上；邵华为的衣服脏一件，她就洗一件；邵华为上台演出，需要不断地换演出服装，他脱下一件，她就给平平整整地叠好一件。乌兰牧骑队员们卸妆的洗脸水，都是一盆盆的油彩汤子,她抢着一盆盆地端出去倒掉。在部队食堂吃饭,她抢先帮助炊事班的战士们涮碗涮盘子,她觉得唯有这样,她的心里才能安宁些。乌兰牧骑的整场演出,炊事班的战士们要给演员们做饭,是看不见的。鲍龙斌和金慧心商量,吃完晚饭后,给炊事班的战士们凑几个小节目演演。每到这时,萨日朗就抢着演出。为了让朴真玉姐姐歇歇,她自告奋勇地给炊事班的战士们跳《顶碗舞》。给炊事班的战士们演出是不用化妆的,可萨日朗一点儿也不怕麻烦,每次都是化好妆,穿上她那件红红的蒙古袍,把最美丽的舞蹈跳给炊事班的战士们。

沿着崎岖的山道向上爬,每个人身上的负担都挺重。

邵华为平时除了自己的服装包以外,就背着一把二胡。这会儿,他又把乐队演奏员们坐的八个马扎子,一个肩膀四个,挎在了左右肩膀上。

萨日朗平时除了服装包,就背着一把三弦。这次,又加上了七支道具长枪。

背着大鼓的潮洛濛看她太吃力了,就夺过四支,一只手拎两支,朝着蜿蜒陡峭的山路爬了过去。

手里轻快了些,萨日朗就去抢邵华为肩上的马扎子。邵华为一闪身,说:"小姑娘,你背的东西已经够重的了,别忘了,我可是男同志哦。"

"华为哥哥,我是羊倌出身,走小道,爬山路,可比你有力气。"这半个多月的接触,萨日朗就觉得邵华为亲,很亲很亲,已经不知不觉地把"邵队长"改成了"华为哥哥"。

"那也不行。"邵华为的体力并不是太好,可他怎么能让一个小姑娘帮自己背马扎子呢?那太没面子了。邵华为喘息着刚要换换肩,萨日朗一把抢过四个马扎子,就跑着去追潮洛濛了。

"你们的队员很能干啊!"在队伍后面压阵的司子健紧走几步,赶上了背着手风琴的金慧心。

司子健给金慧心的画配诗:"古来子建赋洛神,今有子健写慧心。荷塘月色管弦曲,大漠深处遇知音。"一目了然地传达了他对金慧心的爱意,金慧心焉能不明白。

每个女人都有自己的秘密，金慧心的秘密就更加秘密。

车伯尔市的市委副书记苏晋强烈地爱上了她。但他是个有家室的人，他的妻子患上了严重的心脏病，整天乌青着个脸，在家里卧床，一犯病，脸颊嘴唇就乌紫乌紫的，成了猪肝色，气也喘不过来，一旦身边没人及时喂药，人就会有生命危险。他说，一俟他的妻子离世，就立即和她结婚。苏晋今年三十六岁，相貌堂堂，事业有成，是金慧心最理想的夫君。嫁给他，以他的年龄，他会把自己当成小公主般地呵护；以他的地位，他会把自己当成才女般地重用。这次当车伯尔市乌兰牧骑的队长，就是苏晋把她的名字提到了常委会而一致通过的。但她也知道这是在玩火，严重的心脏病，也没人能准确地预测她的死期。如果她三年五年不死，或者十年八年也不死，那自己就一直做他的后备老婆吗？自己能那么不自尊、不自爱吗？如果这件事一旦暴露，不论是苏晋还是自己，都会身败名裂……她一想起来，心里就是一阵战栗。

"是啊，这次来雷达团，是你们给了我们车伯尔市乌兰牧骑锻炼队伍的机会。"

"别客气。我们是一家人嘛——"司子健把金慧心背着的手风琴拉下来，抱在自己的怀里，说了一句双关语。

金慧心何等慧心："是啊，军民一家亲，可我们彼此还不了解。"

"还用了解吗？我的领章帽徽，你的才华美貌。"

"我不是说这个，我们离得太远。再过半个月，我们就该回车伯尔市了。"金慧心幽幽地说。

"当兵的，志在四方。你可以随军，我也可以转业。"

"那你就先记下我的通讯地址吧。"

2

一阵没有节奏,没有锣鼓镲,混乱但很有力度的敲打声,从弯弯曲曲的山道顶端传了下来。绕过眼前的树枝杂草,就看见了山顶上站着的一排解放军战士。红帽徽、红领章在夕阳下,熠熠生辉,战士们敲着搪瓷缸子,敲着铁锨,敲着铁皮水壶,敲着洗脸盆……在欢迎着乌兰牧骑的到来。

"咔嚓——"佟家琪手中的照相机一闪,这张照片,就永久地留在了《萨日朗影集》里。

佟家琪举起手中的拳头,高喊着:"向解放军学习!向解放军致敬!"

乌兰牧骑队员们放不下手中的乐器和道具,就扬起笑脸,伸长脖子,跟着喊:"向解放军学习!向解放军致敬!"

山顶上的战士们,放下手中敲打的搪瓷缸子、铁锨、铁皮水壶、洗脸盆,沿着山道跑下山来,接过乌兰牧骑队员手中的重负,两支队伍融在了一起。

洞前的山坡上,被战士们平出了一块空地,一块给大炮遮风避雨的苫布铺在了地上,当了台毯。擦炮布蘸着柴油的火把点燃起来,辉映着四盏马灯,把一个不大的露天舞台照得通亮。乌兰牧骑队员们都化好了妆,穿上最薄的演出服,准备上场。虽然是6月的天气,可在内蒙古高原的高山上,晚间的气温却在零度以下,山上还有没化的积雪呢。

乌兰牧骑队员们一上山,就在炮连指导员的带领下,参观了雷达天线,参观了隐蔽在山坳里的高射炮。这里是全国二十一个要塞城的要塞,北边的苏联、蒙古要侵犯我们领土,这里是必经之路。所以,处于战备状态的炮兵和雷达兵,几年了还没有下过山,更没有看过什么演出。战士们的宿舍就在山洞里,指导员打着手电带着大家进山洞,告诉大家要轻轻地走路,否则山洞里的土就会飞扬起来,迷住人的双眼。山洞里缺氧气,是不能生火的,火会燃尽洞里的氧气,造成人的死亡。就是冬天,山洞里也是不能生火的，在一尺多长的冰溜子下睡觉，战士们称他们的山洞是“水晶宫”。山上没有水，战士们要轮班下山来回跑上八里山路，背冰储藏起来化水用。淘米的水，战士们用来洗脚，洗完脚，还要用来洗擦炮布。战士们平时是不洗脸的，这次乌兰牧骑来演出，每个战士得到一茶缸水，都刷了牙，还用冰擦了脸……

戍边的战士们是最可爱的人。

把最美的节目演给最可爱的人。

舞蹈演员陶鲤，这几天就感觉头晕恶心，左腿的膝关节也感觉就像别了一根绣花针似的刺痛。见别的女演员都是一条小裤衩外套一条彩裤，她也赶紧把秋裤脱了下来，只穿了一条薄薄的绿绸裤，配上粉红色的蒙古袍，体型显得更苗条、更美了。

围着苫布台毯，战士们席地而坐。

在马灯和火把的映照下，演出开始了。

舞台狭小，在给团部演出的节目单中，减掉了《插稻秧》《公社萨日朗》两个多人舞蹈，其余的照单全部演出。

每演出完一个节目，战士们中就响起一片“向乌兰牧骑学习！”的口号声。这样的互动，是最能激发乌兰牧骑队员们的激情的。林至峰主演的《找亲人》让战士们哭成了一片，离开家乡，在千里之外的大山上戍边，除了战友，哪里见得到一位亲人，他们谁不盼着爹和娘来部队看看当兵的自己呀。演出完了，掌声还是不断，山东琴书坐唱《找亲人》返场。

“哪见过坐唱还能返场啊？”金慧心在台角处发出感慨。

“你们唱到战士们的心里去了。”司子健科长由衷地发出赞美。

邵华为的二胡独奏也下不来台了，针对雷达兵多数来自山东的情况，他把《骏马奔腾》换成了《沂蒙山小调》和《我为亲人熬鸡汤》。一演奏完，战士们就喊道：“再来一个，给俺们再来一个！给俺们再来一个！”

邵华为又演奏了一曲《金瓶似的小山》，战士们还是一个劲地鼓掌，他索性自己站起来报幕：“我再给解放军同志们演奏一首印度电影《流浪者》的主题曲——《拉兹之歌》！”

这首二胡曲是邵华为自己听着唱片记录下来的，是他在印度乐曲的基础上改编而成的，是他对印度音乐的二度创作。在演奏中，他融入自己对曲子内容的感受和理解。他知道，战士们多数是农村兵，可能就从来没有听过外国歌曲，所以，他想让从没有接触过外国音乐的战士们感受一下外国音乐。音乐是没有国度的。革命家马克思就说过："不论在世界的哪个角落，无产者都会凭借《国际歌》的旋律，找到自己的同志。"人类，都有权利享受人类创作的精神财富。身居这么艰苦、这么恶劣的生活环境，付出这么多的解放军战士，更应该享受！

果然，战士们就像学新课一样，一个个屏住呼吸，闪动着新奇的目光，随着邵华为琴弓的抖动，听得如醉如痴。

司子健把金慧心拉到一旁，悄声说："这个曲子的思想不太健康吧，'到处流浪——到处流浪——'还是外国曲子，影响战士们戍边的情绪。古代刘邦最后打败项羽，不就是凭着'四面楚歌'吗？你们这个队副是不是有些崇洋媚外？"

金慧心的心"咯噔"一下，凉了半截。司子健是雷达团的宣传科科长，是在政治上把关的，这样上纲上线，金慧心没有料到。她更没料到邵华为会演奏这首曲子。她常听邵华为如醉如痴地演奏这首曲子，还以为他是用高难度的曲子练演奏技法呢！1964年，"四清运动"已在全国铺开，刚刚组建的乌兰牧骑若出了政治问题，那错误可就大了！

想到这儿，她灵机一动，抓过放在马扎子上的手风琴就上了台。她弯腰附在邵华为的耳边说："就演奏到这儿吧。"然后大声地报幕："高炮连的解放军同志们，我们的邵华为同志，不但二胡拉得好，歌儿也唱得好，下面就请他为大家演唱一首《班长拉琴我唱歌》，由我来伴奏！"

如痴如醉的演奏被打断，邵华为的自尊心陡然跌落，但金慧心已拉响了前奏，他只好一手抓住二胡，一边放开了嗓子：

班长拉琴我唱歌，
歌声朗朗像小河，

先唱家乡风光好，
再唱连队喜事多，
吆喝嗨——

演出结束，鲍龙斌掏出怀表一看，已经是深夜十一点钟了。当他得知高炮连连长刘启森带着三个排的排长，在哨位上值班而没来看演出时，立刻对高炮连的指导员说："我们分成三个队，到哨位上给他们演出。不能让炮连的一个干部和战士看不到节目。"

司子健科长说："乌兰牧骑的同志们也太辛苦了，负重爬了四里的山道，又演了这么长时间的节目，都累了，就不要再演了。我看几个女同志都冻得打哆嗦。炊事班熬了红糖姜汤，大家先喝点姜汤，暖和暖和身子，早点休息吧！"

"不！我们一定要演。"队员们谁也没卸妆，齐刷刷地站在鲍龙斌的身后。

哨位的场地太小，就适合演些独奏、独唱的小型节目，集体舞一个也跳不了。鲍龙斌决定，一个小分队带一个《顶碗舞》，没有舞蹈，演出就缺了色彩，由朴真玉、乌日汗和萨日朗跳。三个小分队分别由鲍龙斌、金慧心和邵华为领队。

邵华为带着萨日朗等人刚要走，金慧心悄悄地扯了一下他的衣襟，把怀中的手风琴递给他："你去哨所就不要拉二胡了，用手风琴伴奏吧！司子健科长跟着你们这个分队。"

"谁都无权停止我用二胡为解放军演奏！"邵华为说完，把手风琴往金慧心的怀里一推，就大踏步地消失在夜幕中。

下霜了，就像萨日朗背的那首诗中的两句："空中流霜不觉飞，汀上白沙看不见。"一勾弯月高挂西天，被夜空中飘飘飞舞的霜片拥戴着，托举着，宛若她们的领舞。

3

三个小分队回到高炮连的驻地时，已经是深夜两点钟了。高炮连腾出了山洞外唯一一栋有土炕的房子，给乌兰牧骑队员们住。

萨日朗和朴真玉、乌日汗、陶鲤睡在一铺炕上。

乌日汗感冒了，浑身发烫，头疼得厉害，嗓子也肿得说不出话来。陶鲤说自己的关节疼得像锥子剜，小腹也坠坠的，丝丝啦啦地疼。演出的时候全神贯注，身子往炕上一躺，心情一放松，什么毛病都跑出来捣乱。

这四个人当中，朴真玉是最累的，一台演出，除了独舞、领舞，只要是舞蹈，就有她一个，换下服装，搬着架扬琴就得上台坐在乐队的中央，独唱、独奏、表演唱……只要是唱的节目就有她的扬琴伴奏。整场演出，她没有一点儿歇息的机会，身子往热炕上一躺，就微微地响起了鼾声。

萨日朗睡不着，先给陶鲤姐姐用热毛巾敷腿，又把从鲍龙斌药箱里拿来的药膏给陶鲤涂在关节上。她把一个装葡萄糖注射液的玻璃瓶子灌上热水，递给陶鲤放在肚子上当热水袋。

看着陶鲤渐渐睡着了，她又来到了乌日汗的枕边。

服了药的乌日汗还在发烧，清鼻涕在鼻翼下都干得结了痂。她闭着眼睛痛苦地一个劲儿地揪嗓子。萨日朗知道，乌日汗姐姐的嗓子多重要啊，除了唱歌、跳舞、弹三弦，她还是蒙汉兼通的报幕员。牧民说，乌日汗报幕声，就像吃了蜜糖一样甜美，喝了泉水一样清亮。萨日朗掏出自己的手绢，蘸了点热水，一点一点地擦掉她鼻翼下的痂。她用手一试，乌日汗呼出的气是又热又干的。她突然想到，如用熬奶茶的热气一熏，鼻子就会闻到一股湿润润的香气，如果，给乌日汗姐姐用热气熏熏鼻子，她是不是就会好受一些？

萨日朗找到一个部队用的搪瓷缸子，倒上一缸子开水，端到乌日汗的鼻翼下。水蒸气氤氲着乌日汗的鼻翼，袅袅地上升着，一会儿，乌日汗的呼吸就匀了，烧也渐渐地减退。萨日朗把缸子里的凉水倒进一个脸盆，又换了一缸子开水，让那水蒸气继续氤氲着乌日汗的鼻翼……

乌日汗的手不再揪嗓子，她的呼吸越来越平稳，越来越平稳，她，睡着了……

两个队的乌兰牧骑队员和高炮连班长以上的干部集合在山洞前，一起由佟家琪给拍了一张合影。

司子健叫佟家琪用自己带的相机也拍一张合影，他拉着金慧心和鲍龙斌一起站在了队伍的中间。

战士们又敲着搪瓷缸子，敲着铁锨，敲着铁皮水壶，敲着洗脸盆，站在下山的小路旁。他们喊着“向乌兰牧骑学习”的口号，但那声音不再激昂，不再嘹亮，那是一种哽咽的声音，每个人都泪流满面。龙帆团长说得对，他们已两三年没见过亲人，没看过任何演出，乌兰牧骑让他们看到了最美的演出。他们是在送自己的亲人，送他们爱戴的明星。

4

两支乌兰牧骑回到大兴农场。

相聚的时间嫌短，离别的时间恨长。

车伯尔市乌兰牧骑该回车伯尔市了。

最难过的是萨日朗。这三个月里，华为哥哥教她读书、背诗，还用他阿妈留下的遗产英格表救了自己，他是自己的老师，也是自己的恩人。

大兴农场设宴，欢送车伯尔市乌兰牧骑。

萨日朗抱着从邵华为手里借来的书，走进了邵华为的宿舍。

邵华为坐在床沿儿，手里捧着那本印着山丹花的影集发呆。自从在高炮连的山洞前，他的二胡演奏《拉兹之歌》被金慧心贸然打断，他就有一口气憋在心里。演出结束后，他问了金慧心阻止他演奏的原因，金慧心没有告诉他是司子健提出的有政治问题，她怕他接受不了，当场去找司子健理论，那样就把事情闹大了。因为她太知道邵华为的性格了，邵华为是独子，父母都是干部，加上他的艺术天赋高，在十二个乌兰牧骑队员当中，他的性格最孤傲，他服从道理，但不服从权势。她只说是战士们听不懂外国音乐，让他改一个贴近战士们生活的节目。这样的解释，邵华为当然不满意，所以，他就一直闷闷的。人在苦闷的时候，最容易想起自己的亲人，他突然想起他的妈妈来，妈妈是最疼爱他的女人。妈妈刚刚去世不到一个月，就有一个比他仅仅大六岁的盟委女机要秘书走进了他的家门，他也就从此住单身宿舍了。父亲邵东方不给他打电话，他就不肯回家，因为他不能从容地面对那个只比他大六岁的女机要秘书。他打开了那本影集，想看看美丽的妈妈，她是他心中的女神。

"华为哥哥——"萨日朗刚叫了一声就已泣不成声。在乌兰牧骑里，她觉得有三个人对她最亲，赛罕旗的乌日汗、潮洛濛，再一个就是车伯尔市的邵华为了。她没有亲人，母亲弃她改嫁，姑姑和姑父拿她当奴隶，又把她卖给了东哥家。在乌兰牧骑的三个人当中，就属邵华为最亲，她什么话都可以跟他说，什么问题他都可以给她解答，他就是她的师长。他就要走了，也许一去不复返，他们毕竟隔着好几百里地的距离，再见一面多难啊……一想到这儿，萨日朗就扑到邵华为的怀里放声大哭。

和萨日朗分离，邵华为也心中难舍。一个月的"互助组"下来，邵华为发现自己的生活好像离不开萨日朗了，她给自己洗衣服，收拾屋子，然后就忽闪着一双真挚、澄澈的大眼睛跟着自己读书、学知识。他觉得萨日朗是一个善良、勤恳、天赋很高的女孩子，她的心地就像一轮明月，澄明、朗润、高洁、纯真，只要有人引导，她会成长为一个优秀的艺术人才。邵华为有一颗孤傲的心，但和萨日朗在一起的时候，就被这轮明月照亮了、温暖了。他喜欢她向他问这问那，那是一种信任，一种依赖，每当这时，他就有一种幸福的感觉。他曾偷偷地问过自己：这是不是恋爱的感觉？但随之他又摇摇头，萨日朗还太小，她才十六岁……

邵华为抱紧了萨日朗，他感受到这个小女孩儿"怦怦"的心跳，他捧起了她的脸,她的脸上两道泪水流成了小溪,他心疼了,心动了……他用自己的热唇去吻她脸上的热泪,那泪水又甜又咸,顺着泪水的流淌,他捉住了那个桃花瓣儿似的嘴唇,辗转地吸吮着……萨日朗闭上了眼睛,跷起脚,把自己的嘴举给她的华为哥哥,她,迷醉在初恋的梦里……

“当——当——”窗外传来食堂的敲钟声,它在通知大家,大兴农场欢送车伯尔市乌兰牧骑的宴会开始了。

两个迷醉的人儿醒过来。

松开了萨日朗,邵华为拿起那本影集,掏出钢笔,在封面上用美术字写上:萨日朗影集。

“萨日朗,送给你,把你喜欢的照片都贴上。”

第七章 车陷沙海 求夫救场舍亲子
万人工地 留“不走的乌兰牧骑”

1

送走车伯尔市乌兰牧骑，陶鲤找到鲍龙斌，要求请假一周回旗里。

鲍龙斌没有给她假。

他刚刚接到旗里的通知，在距大兴农场以东二百多公里的查干木伦苏木，开始动工修建一座大型水利枢纽。查干木伦苏木在西拉木伦河的下游，西拉木伦河一路东行，汇聚了不少的山泉溪流，到了查干木伦苏木水流就很大了，所以，旗委、旗人委要举全旗之力，在那儿拦河筑坝，修水利枢纽，建水力发电站。工程竣工，它将结束周围二十多个乡镇点煤油灯的历史，还会惠及下游辽宁省的几个县市。这个工程浩大，是赛罕旗历史上从来没有过的壮举。旗委要求乌兰牧骑停止在大兴农场的训练与创作，立即赶到查干木伦工地进行战地宣传。

鲍龙斌没准陶鲤的假，是因为陶鲤没有说出请假的理由。她只说旗里有个要好的女同学要结婚了，想回旗里送送这位闺蜜。

这太不是个理由了。乌兰牧骑队员谁没个三亲两故？谁家没有个大事小情？但乌兰牧骑是半军事化单位，每次下乡最短都是一两个月，能因为送闺蜜出嫁就请假吗？你见过几个解放军战士请假回乡，当儿时伙伴的伴郎？二十二岁的陶鲤不是小孩子，乌兰牧骑也不是幼儿园，“哼——”，鲍龙斌不但没给她假，还给了陶鲤一声“哼——”，这表达了他的不理解和不满意——乌兰牧骑队员应该像军人一样要求自己。他预见不了这件事的后果，如果他知道因为他的不给假，会导致陶鲤那么大的痛苦，就不会这么为难她。

陶鲤的未婚夫叫倪云松，是旗中学的一位体育教师。这次下乡前，陶鲤去他的宿舍告别。一听说乌兰牧骑要下乡三个月，两个热恋的人要分开三个月，倪云松就心如乱麻。他太爱陶鲤了，美丽的姑娘陶鲤，就像他的汉语名字“镜子”一样，光彩夺目。同事们听说倪云松有一位乌兰牧骑的未婚妻，都羡慕得眼红。娶上一位乌兰牧骑的姑娘，就是娶了一位旗里的天仙，这是一个男人的福分。

他早就提出和陶鲤结婚，他的同事也劝他：快结婚吧，那么美丽的姑娘，有多少人像望着天空的星星似的惦着呢！你一个普通的体育教师，不怕别人给你摘了去？但陶鲤一直不同意早结婚，说一结婚就会有孩子，这太耽误工作了。这样，他们的婚期就一拖再拖，直到这次离别。一想到又要分手三个月，倪云松再也按捺不住自己的欲火，就在那个分别的夜晚，坠入爱河的一对青年，效法当年的亚当与夏娃，在倪云松的宿舍里一起甜甜蜜蜜、悠悠忽忽地尝了禁果。

让陶鲤没有料到的是，她吃下去的这枚禁果一下子就在她的肚子里生了根、发了芽——每月非常准时的“红色运动”没有准时来。不但“红色运动”没如期而至，而且一闻到油腥的味儿就想呕吐。她看过电影《白毛女》，喜儿被黄世仁强奸，怀了孩子，在碾坊里推碾子就呕吐啊……所以，她就想请假回旗里与倪云松结婚。未婚先孕，是多丢人的事啊！一个乌兰牧骑队员还没结婚就有了孩子……多给乌兰牧骑抹黑呀！她满可以跟鲍龙斌实话实说，但一个姑娘的羞怯让她怎么开得了口？陶鲤是个内向的姑娘，也是鲍龙斌在各乡苏木的会演中挑出来的牧羊姑娘。她感恩鲍龙斌使她改变了牧羊女的命运，让她成为一名乌兰牧骑队员，所以，她就最听鲍龙斌的话。鲍龙斌分配她干什么,她就干什么,她会跳舞、会唱歌、会弹三弦,在乐队里,敲梆、敲铃、打锣、打镲的活儿,别的演员不愿意干,只要鲍龙斌一分配,她都一声不响地认真去做。就是这样,鲍龙斌不给她假,她也就束紧腰带,一声不吭地跟上乌兰牧骑出发了。

全乌兰牧骑最高兴的就属乌日汗了。因为去查干木伦水利枢纽工地,正好路过她的家乡德日苏嘎查。

她就能看到自己的儿子满都呼了!

她的丈夫金满都来信说,他在春天的时候被牧民们选为嘎查达(村主任),工作非常忙。儿子满都呼会说话了,就是不会喊"阿妈",怎么教他都不会……乌日汗愧疚, 孩子刚满一个月她就离了家, 没怎么见过妈妈,儿子怎么会叫"阿妈"呢?乌日汗跑到大兴农场的供销社,掏出兜里所有的钱,一下子买了四斤饼干。"儿子,宝贝!这是妈妈对你的爱哟,吃了饼干,你该会叫'阿妈'了吧?"

队伍转移,该敖长根耍耍手艺了,长途驾车,这一路上就是他的舞台。乌兰牧骑去雷达团演出,根本就没他啥事。都是部队的大卡车、小吉普接来送去,弄得他下了岗,只能在马厩里和他的黑子唠家常。好在黑子很给他面子,不论他说什么,也不论他骂谁、恨谁,黑子都耐心地听着,不时地还"咴咴"地叫上两声,以示应和,捎带从不外传。

敖长根挥着长鞭,黑子驾辕,两匹红骠马一左一右轻快地拉着梢子套往前跑。一车的乌兰牧骑队员们背书的背书,背词的背词,没背书背词的也把手放在胸前或者腿上,练着指法。没有一个队员不珍惜时间,青春的时间一秒也不能虚度。

顺风顺水,快到傍晚的时候就走了一百多里地,再翻过一座山就到德日苏嘎查了,那是乌日汗的家呀!她把装了四斤饼干的布兜,在胸前又抱了抱。

刚一上山就遇到了凶险。原来好好的盘山路,被洪水冲出了许多泥石流。敖长根紧握着车闸,小心翼翼地赶着车,贴着右侧的山边走。因为左侧就是泄洪的山涧, 因泥石流塌方有的路段变窄了, 一个不测车就会陷下去，后果不堪设想啊！

黑子善解敖长根的心思，走得很稳健，不管两匹年轻的红骠马怎么想撒开蹄子跑出点青春的节奏，它就是一步一个脚印地走得踏踏实实，还不时地给两条后腿增加一些力，以牵制两匹毛愣脾气的“后生”。

拐过一个山弯儿就是下坡路了，敖长根和两匹累得浑身冒汗的红骠马都意识到了轻松，敖长根用口哨吹出了进行曲，两匹年轻的红骠马是敖长根最忠心的听众，配合着主人，轻快地踩出了四分之二拍子的舞步。

就在这时，突然，黑子“咴——”地长嘶一声，两条后腿像柱子一样死死地戳在地上，纹丝不动。

两匹红骠马很纳闷，它们青春的脚步这么有力，它们青春的身躯这么强健，不就是一挂坐着十六个人的大车嘛，怎么就拉不动了呢？

敖长根惊出了一身冷汗，赶紧拉死了手闸，跳下车一看——山体转弯，泄洪的山涧变到了右边，再往前走上一步，一车的乌兰牧骑队员就会随着车翻到山涧……

敖长根“啪”的一声就跪在了黑子的面前，“咚、咚、咚”磕了三个响头。从此，每年大年夜煮出来的饺子，他都把第一碗端给黑子……

车上的乌兰牧骑队员们，都跟着敖长根下了车，默默地肃立着，谁也不发一声……没有一个人不后怕！

俗话说“上山容易下山难”，这话应验了。下山难的难点，不在山的险峻陡峭上。草原上的山险峻陡峭的少，多数是连绵起伏的山脉，或者是座平顶山。他们现在翻越的这座山是一条大兴安岭的余脉，翻过这座山的北面，就是一片一望无际的草原了。但今年春季干旱，西北风把沙化的草原上的沙子都推到了这座余脉的北坡。这就是说，下山的路全是沙窝子。人走在沙窝子里，不背着物品还能拔出脚来，三匹马拉着空车也是走两步一陷、走五步一陷，眼看着太阳落了山，人和车还没下到半山腰。

太阳躲进了黑色的帐篷里，大车又一次陷进了沙坑。一次次地挖沙、推车，已经让所有的队员筋疲力尽，尽管鲍龙斌一次次地带头喊着：“一二三——推！一二三——推！”

大家使尽了吃奶的力气前拉后推，陷进沙坑里的大车轱辘还是纹丝不动，不但纹丝不动，还在慢悠悠地往深里陷……

三匹马累惨了，全身的毛就像水洗了一样。黑子低着头，弓着腰，使劲往前拱，但那两条腿直打哆嗦，软得像面条，一压，就要瘫了……

敖长根把鞭子往地上一撂，一屁股坐在地上，说："一天了，它们仨一口草料没吃，哪来的力气呀！"

敖长根这么一说，大伙也突然想起来，自早上从大兴农场出发，他们也一口饭没吃呢！潮洛濛、金喜顺、正月几个饭量大的小伙子，早就饿得前心贴后背了，只是鲍龙斌不说话，他们谁都不敢说。

车上没有一块干粮。从大兴农场出发时，敖长根想找食堂的大师傅要几个窝头带上，是鲍龙斌拦住了他："连车伯尔市乌兰牧骑在内，咱们人吃马喂地麻烦人家快两个月了，巴特尔给每人每月补助十斤粮食，已经很难为他了，伙食账都结了，再拿窝头，食堂的大师傅怎么报账啊？"

"黑天看不见了，要是白天，到山上摘几个山杏也能解解渴、解解饿呀！"潮洛濛趴在沙地上说。

"废话说多少也是废话。你要是个有心人，下车方便的时候，怎么就不想着摘点儿？"鲍龙斌心里愧疚早上没听"最可爱司肚"敖长根的建议，在农场食堂拿上几个窝头，在这关键的时候，给队员们"司肚"一下。心里搂着火呢，有了目标，一梭子子弹，都扫给了潮洛濛。

"鲍队长，我这里有饼干。"是乌日汗，她把怀里抱着的四斤饼干递到了鲍龙斌的手上。大家谁都知道，这是乌日汗买给她已经好几个月没有见到的儿子满都呼的。她想用这四斤饼干，教儿子叫声"阿妈"。

"这……这……要不……乌日汗，你就留一斤吧？"

"十六个人呢，还有三匹马。"

乌日汗说得对，"十六个人呢，还有三匹马"。

鲍龙斌此时很清醒，这十六个人、三匹马不能就这么窝在沙窝子里傻等着。按计划，明天晚上必须到达查干木伦工地演出第一场。查干木伦水利枢纽工程指挥部已在工地上搭好了台子，就等着他们去演出，庆贺工程胜利开工！必须到附近求援了。

他把四斤饼干交到敖长根手里："长根，把这四斤饼干分成十九份，发下去。乌日汗，就派你去德日苏嘎查求救。你路熟，你再带上一个人和你一起去，其余的人就在这里守候这些东西。你看，就要起风了，没人守候，服装、道具、乐器被大风刮走了，咱们可就什么都没有了。"

"我明白。"乌日汗坚定地点了点头，把目光扫向乌兰牧骑的每一个队员，当她的目光定在朴真玉的脸上时，佟家琪往前迈了一步，说："我去！"

乌日汗没有点头，一个男同志和自己夜里走路，不方便，弄得不好，金满都会吃醋的。可夜里和风沙搏斗，男同志总比女同志有力气。

"乌日汗姐姐，我去。"萨日朗挤到了乌日汗面前。

乌日汗不是没有考虑萨日朗，但萨日朗才十六岁，身子骨还嫩啊，再说，还是入队才三个月的新队员，这十几里的沙路，在夜里走，是很艰难的，让她吃这份苦……但她一看到萨日朗那坚定、清澈的目光，就下定了决心："好，就萨日朗。"

乌日汗没有吃分给她的那十九分之一的饼干。四块饼干，她要把它留给儿子满都呼。好几个月了没见孩子了，这次回家一点东西都没有拿给他，孩子会失望的。

她们爬上了一道沙冈，天边刮起了东北风，沙子飞扬起来，打在脸上又冷又疼。怕迷了眼睛，她俩用头巾包住了脸，靠着透进围巾里的微光，辨认着方向。

乌日汗对萨日朗说："咱们不能这么一步一步地走，这样太慢。上坡的时候，咱俩就手脚并用爬；下坡的沙地，咱俩就往沙子上一躺——滚。这样，腿就不会总陷在沙子里，就能走得快些。鲍队长他们又饿又冻，等着救援呢！"

萨日朗对乌日汗佩服极了！乌日汗姐姐又聪明又有本事，唱歌、跳舞、器乐都会，还蒙汉兼通地报幕，遇到困难不像一些女人那样，就知道抹眼泪，她会想办法，就说："好，乌日汗姐姐，我听你的。"

这一招很好使，她们俩边走边爬，边走边滚，就在天快亮的时候，终于到了德日苏嘎查。朦胧的晨曦中,乌日汗一眼看见了自己家的院子里,有一台拖拉机在“突突”地冒着黑烟,看样子马上要开走。嘎查里就这一台拖拉机,还等着它去救陷在沙窝子里的乌兰牧骑呢!

乌日汗领着萨日朗疲惫不堪地进了屋。

婆婆一把拉住她:“你……你怎么知道满都呼病了?是长生天告诉你的吗?正好,他阿爸找来嘎查里的拖拉机,要送他去苏木的医院。”

满都呼躺在炕上,盖着一床脏兮兮的小花被,两只小眼睛紧紧地闭着,生了黑皴的小脸蛋通红,两个小鼻翼轻轻地扇动着,不说一句话。

金满都一把拉住乌日汗,说:“乌日汗,你回来得正好,你和我一起去医院,就不让阿妈去了。”

“不行啊!金满都,我们一个队的乌兰牧骑都陷在了沙窝子里,出不来,他们要吃没吃,要喝没喝,再不救他们,就有生命危险,还要耽误了今晚到查干木伦水利枢纽工地上的演出。”乌日汗和萨日朗连滚带爬地连夜赶回德日苏嘎查,就是来求救的。

“那怎么办?”金满都把两只大手摊给妻子。他特别爱乌日汗,他们是一个浩特长大的,青梅竹马。牧人们都说,他金满都把德日苏草原上开得最美的鲜花、唱得最好的百灵鸟,一辆花轱辘车拉回了家里,就是把一只吉祥的凤凰娶回了家里。

“金满都,陷进沙窝子里的还有十四个饥寒交迫的人,还有今天晚上的一场重要演出——满都呼在发烧,喂一些退烧药,喝点开水,不就好了吗?小孩子哪有不生病的?”

一脸焦急的婆婆连忙说:“满都呼都发烧两天了,吃了药也不见效,这才要开着拖拉机去苏木医院……哪有阿妈不疼自己孩子的!”

婆婆的话刺得乌日汗的心里一阵疼痛。可她不能只顾自己的孩子,不顾一车乌兰牧骑队员的死活。

“额吉,我知道你疼孙子,可现在必须去救乌兰牧骑。金满都是嘎查达,是嘎查的干部,乌兰牧骑向嘎查求救,他不能不派车,不能不去,那是他的工作!”

婆婆不常出门,可知道“工作”是最重要的。在她的意识中,“工作”是个新名词,工作的人工作,是比烧茶、放牧更神圣的差事。儿媳妇这么一说,她不再吱声了。

乌日汗把家里的炒米、奶豆腐和几个窝窝头全都用头巾包起来,又在水缸里灌了两瓶子水塞进包裹里,就对金满都说:“走吧!”回头又对萨日朗说:“你留下喝点奶茶,吃点干粮,休息休息。”

萨日朗突然意识到了什么,夺过乌日汗的包裹说:“乌日汗姐姐,你在家里照看孩子,我去。”

“你记得路吗?”

“记得。”萨日朗点了点头,跳上了拖拉机。

2

送走了拖拉机,乌日汗回身就抄起脸盆,用门外的沙子把盆里的污垢擦干净,舀了一盆凉水,投了一块毛巾浸在里面,又拧干了,敷在满都呼的额头上。过了一会儿,乌日汗又投了一块凉毛巾浸在凉水里,拧干,给满都呼换上。

摸摸儿子起了黑皴的小脸,乌日汗流下了眼泪。阿妈不在身边,孩子的小脸没人给洗,就被牧区的阳光与沙尘涂成了这样。奶奶和所有牧区的女人们一样,挤奶、烧茶、煮饭、捡牛粪,没有时间把孩子的小脸洗干净,也没有把孩子的小脸洗干净的习惯。是的,满都呼的阿爸从小也是这样过来的,牧区的孩子小时候都是这样的。可满都呼的阿妈是一个美丽的演员啊,每次演出,都要把脸洗得干干净净,然后涂上油彩,画出眉眼,成为仙女一样的美人,她的儿子也应该把脸洗得干干净净,涂上点搽脸油,像个观音面前的小童子才对呀!可孩子的小脸竟黑皴成了这样……

许是妈妈的眼泪滴滴答答地落在脸上的缘故吧,满都呼慢慢地睁开了眼睛,啊……儿子的眼睛真大呀,清清亮亮的就像两潭泉水,映出了一个哭成了泪人的阿妈……

“阿妈——”这不是满都呼的叫声,是乌日汗耳朵里的幻觉。待满都呼的眼睛里真实地映出了乌日汗挂满泪珠的脸庞时,满都呼一声尖叫,就放声大哭起来。

在外间屋里熬奶茶的婆婆匆匆跑进里屋,从乌日汗怀里接过满都呼,使劲地摇着:“不哭——不哭,我的大孙子不哭。满都呼不哭——”

满都呼果然不哭了。

“满都呼——儿子,我是你的阿妈呀!”乌日汗把双手伸给儿子,她不解,儿子是她身上掉下来的肉,十月怀胎,他血管里流的是阿妈身体里的血呀!

“你不管孩子,还怨孩子不和你亲?”婆婆“哼”了一声,大概看出了乌日汗的伤心和难过,就拍着满都呼脊背说:“满都呼,别怕,她是你的阿妈,你看,她给你带回了什么好吃的了?”婆婆知道,每次乌日汗回家,都要给儿子带回些糖果、饼干、面包之类的吃食。

婆婆一提醒,乌日汗这才想起,赶紧从内衣口袋里掏出那纸包裹着的四块饼干,递给儿子。

儿子伸出了手,可一见乌日汗的泪眼,又把小手缩了回去。

“儿子——”这下,乌日汗崩溃了,双膝一软,就跪在了地上。

婆婆难过地抱着孙子转过脸去。

“阿妈——”

还是耳里的幻觉吗?

“阿妈——”

是儿子,是满都呼在叫。乌日汗从地上爬起来,举着那四块饼干,从婆婆的怀里接过了儿子。

院子里的看家狗叫起来,进来的是萨日朗。

“萨日朗,咱们的人都从沙窝子里出来了?没有人受伤吧?”

“嗯,没人受伤,就是朴真玉和陶鲤姐姐感冒了,在发烧。”

“让她们来家里喝奶茶吧，发发汗，满都呼奶奶给烧了一大锅呢！”

“不了，乌日汗姐姐，鲍队长他们都在嘎查外的大道上等着呢，他叫我来接你，赶快走。要不，天黑的时候，就到不了查干木伦，那个工地上有一万多民工，等着看演出呢。”

满都呼的额头已渗出了微微的汗珠，他的烧退了，小手里还攥着半块饼干，甜甜地睡着了……乌日汗把怀里的满都呼放在炕上。“阿妈——阿妈——”睡着了的儿子可能是刚刚学会了叫“阿妈”，正在梦乡里一遍一遍地练习呢。

乌日汗把刚才盛凉水的盆子换成了热水，拿出自己的手绢，蘸着热水，一点儿一点儿地擦净了儿子小脸上的黑皴。

3

面对一万多人的观众潮，美丽的乌日汗身着玫瑰色的蒙古袍，用小溪流水般的声音，为观众一次次地报幕，把一个个让观众掌声不断的节目引向工地用四辆大卡车拼成的舞台。朴真玉正发着高烧，她代替她上台跳了朝鲜族的《顶碗舞》，虽然谁的《顶碗舞》都跳不过朴真玉，谁也达不到一分钟六七十圈的转数，但这些观众还是把她当成了舞台上的女神，掌声和欢呼声响成了一片，她竟返场三次。

鲍龙斌把他的蒙古语说书换成了“笑嗑”，笑嗑就是蒙古语相声。他和金喜顺往台上一站，台下的人笑成了一片。光从形象上看，就可笑：鲍龙斌身高马大，“瘦驴”金喜顺瘦如干柴，强烈的反差，怎能不让人发笑？何况那笑磕，本身就是一种引人发笑的艺术形式。在偏僻、艰苦、众志成城的水利工地上，笑声就是一股移山倒海的力量。

佟家琪也上台了，这是乌日汗没有料到的。在她的意识中，这位自治区来的大秀才，拍拍照片，写写歌词、剧本就很难得了，他还能上台吗？

佟家琪戴着“铜眼镜”上台了。他把车伯尔市乌兰牧骑林至峰的单口相声《蒙汉亲家》照单学来，一丝不苟地一会儿汉语蒙古族味儿，一会儿蒙古语汉族味儿地表演着……工地上的民工，多数是汉族的姑娘、小伙子，演汉语节目，他们感到亲切。

佟家琪的《蒙汉亲家》没有赢得多少掌声。他下台后问鲍龙斌："鲍队长，我的单口相声为啥子没有听到观众的掌声哟？"

鲍龙斌拍拍佟家琪的肩膀说："'眼镜'，这就不错了，能上台垫个场增加个汉语节目，你就有了一功啦。你没有林至峰的表演天赋，没有天赋，再怎么努力也出不了彩。"

"哦……"佟家琪似有所悟。

"'眼镜'，你还是开了个好头，咱赛罕旗乌兰牧骑除了朴真玉、金喜顺两名朝鲜族的队员之外，都是蒙古族，汉族就你佟家琪和'最可爱司肚'，咱乌兰牧骑队员必须学汉语，就跟你学，但你得改掉你的'啥子'味。还有，就是要吸收汉族青年进入乌兰牧骑，这对队伍的发展具有战略意义——人民的需要就是乌兰牧骑的任务。"

"要得哟，八月份自治区会演时，我要写出一篇论文。"

乌日汗在后半场的节目单上，发现了一个她原来没有报过幕的新节目——评剧《夺印》选段《何支书吃元宵》，演唱者宝日吉格。

昨夜，在沙窝子里等待救援，鲍龙斌也没让大家闲着，把剩下的十四个人都召集到了大马车下，问大家："用什么节目来完成这场面对万名民工的演出？"

大家七嘴八舌，集思广益，于是佟家琪自告奋勇演《蒙汉亲家》，宝日吉格自告奋勇唱评剧《何支书吃元宵》。

《何支书吃元宵》是评剧《夺印》里的著名唱段：地主婆"烂菜花"为了在社员面前造成小陈庄新来的何书记是和他家的老地主坐在一条板凳上的，清晨起来，端着一碗元宵在村里招摇。这个唱段连说带唱，语言通俗，唱腔圆滑，表演泼辣。还别说，"黄毛丫头"的表演被民工们热烈认可，这里地处祖国东北边，紧挨吉辽，当地的汉族民工们就喜欢听评戏。宝日吉格唱完了《何支书吃元宵》，还没走到台口，就被又喊又叫又鼓掌

的观众召回了舞台。她清清嗓子,自己给自己报幕说给大家唱一段评剧《刘巧儿》:

巧儿我——

采桑叶来养蚕。

蚕儿吐茧把自己缠。

恨只恨——

我的爹娘把婚姻来包办

……

原定一个半小时的节目演了三个小时。等一走下舞台,乌日汗一头栽倒在地铺上,连妆都没卸便昏睡过去。

总指挥高双翼带着指挥部的干部到后台来,招呼大家去食堂喝碗挂面汤,任大家怎么招呼,乌日汗就是不醒。

鲍龙斌说:“让她睡吧,她太累了,两天两夜没合眼。对她来说,睡觉比吃饭重要。红牛、瘦驴,你们俩把她背到帐篷里去吧。”

4

演完了那场“万名观众”的晚会,鲍龙斌意识到,查干木伦水利枢纽工程是全旗工作的重心,这场大会战一干就是三年,乌兰牧骑不能在这里扎下来。8月份,离全自治区的会演就剩下一个月的时间了,还有多少事没有准备好呢!全旗一万多平方公里的土地,三十多个公社苏木,四百多个大队嘎查,乌兰牧骑每年都要去走一遍的。四百多个大队嘎查走不了一遍,三十多个公社苏木必须走一遍。所以,他找到大会战指挥部,跟总指挥高双翼提出要给查干木伦水利枢纽工程大会战的工地留下一支“不走的乌兰牧骑”!

“留下‘一支不走的乌兰牧骑’？”也是旗人委副旗长的高双翼一拳砸在鲍龙斌的肩头上，“太好啦！好你一个鲍龙斌啊！有全局观念，是为咱们工地的宣传工作着想，你说怎么办？我全力支持。”

鲍龙斌拿出一张计划书：

1.抽调三个有文化的年轻人，跟佟家琪学习写作和创作，再学刻钢板，办起一张工地上的油印小报《查干木伦战地通讯》。这些人写新闻稿子，也创作自编自演的文艺节目，还可以给工地上的“战地广播站”供稿。

“好！”高双翼拍了一下桌子。

2.找上5—8名喜欢跳舞的青年人，跟朴真玉、萨日朗学跳舞。一周时间，学会蒙古族舞的训练方法、基本动作和两个蒙古族舞。

“好！”高双翼又拍了一下桌子。

3.找上所有喜欢乐器的青年人，由正月、金喜顺教授笛子、手风琴、三弦、马头琴、四胡、扬琴和打击乐的演奏，给工地留下一个小乐队。

“好！”高双翼再拍了一下桌子。

4.召集一部分喜爱戏剧的老中青民工，由宝日吉格领着学唱些评剧、京剧和二人转唱段，不仅可以演出，还可以随时活跃工地的气氛。

“好！”鲍龙斌“啪”地拍了一下桌子。

“这活儿……你替我干了？”高双翼抬起来的手，还悬在半空中。

“我心疼领导的手，就替你拍了。”

“那我还捞着拍吗？”高双翼放下了悬在半空的手。

“还有两条呢，你就省着点疼吧，那桌子又不是鼓，你一次敲一下，也敲不出个鼓点。”

5.组织一批喜欢唱歌的人，跟着潮洛濛学学简谱，以后，拿起个歌本就会唱，还能教别人……

“说了一气儿，你给别的队员派了一通活儿，连自治区文化局的佟老师你都敢给压任务，合着就你一个人偷懒，稳坐中军帐？”

“你咋这么性急？都当了总指挥了，还这么不稳重。我说‘还有两条’，剩下的那一条就是我的——”

6.动员所有喜欢为人民服务的人，每天晚饭后，跟着鲍龙斌学习针灸、拔罐子、剃头、画幻灯片子……

“幻灯片子你也会画？”高双翼用一双能盯死人的眼睛盯着鲍龙斌。

“喂——你官僚了不是？乌兰牧骑所有的男队员都是我的徒弟。我告诉你，我最擅长画的是《猪八戒背媳妇》，不过，这套片子我没敢带，我这次带来了三套片子，一套是《学习雷锋好榜样》，一套是《农业学大寨》，一套是《英雄格萨尔传》，都是配乐的，有解说词，也有唱词，随放随说，随放随唱。有间屋子就能演，观众爱看不爱看，就看你放映员有没有个有调有韵的好嗓子，有没有条灵活热闹翻滚自由的好舌头。”

“好！”高双翼这回没拍桌子，凑到鲍龙斌的耳边说，“我的床底下藏着两瓶‘套马杆’呢，今晚上你让别人先讲着，你就到我的棚子里来，幻灯片子，咱没那个美术细胞，画不了。教教我针灸、拔罐子和剃头吧！”

“我给你的‘套马杆’剃个光头——”

高双翼和鲍龙斌是酒友，也是文友。高双翼的媳妇在农村，他住在旗委大院里的单身宿舍，没事的时候好琢磨几句古典诗词。乌兰牧骑也住在旗委大院。高双翼有时在下乡的路上琢磨出一首七绝、七律，或《卜算子》《念奴娇》什么的，就好在晚上找来鲍龙斌，就着咸菜、花生米、奶豆腐，喝上一壶老白干，边喝边朗诵他创作的诗词。激动起来，还会摘下墙上的京胡，自拉自唱，来段《四郎探母》或《打渔杀家》。

“那我就给你的留下一支‘不走的乌兰牧骑’，当个照亮的电灯泡？”

“副旗长，总指挥，大达力嘎，你这个电灯泡度数高，特亮！”

在实施留下一支“不走的乌兰牧骑”的计划中，鲍龙斌没给乌日汗和陶鲤派任务。“万名观众”的演出后，乌日汗就病倒了，连续地发高烧，嘴里一会儿喊着“满都呼——”，一会儿喊着“儿子——”，鲍龙斌让工地卫生所给她开了药，打了退烧针。他想，等她退了烧，让敖长根送她回一趟德日苏嘎查，让她回家看看儿子。

陶鲤向他请假，他没给，但他总觉得陶鲤有心事，脸色一直青黄，还经常往没人的犄角旮旯躲。他知道陶鲤是个老实的姑娘，平时就不多言多语，分配她什么工作她就做什么，从不讲条件。她明明知道乌兰牧骑这一段的任务紧张，还开口请假，一定有什么难言之隐。他决定给她七天假，让“想做伴娘”的她，去了了自己的心愿。

乌日汗还在昏睡。鲍龙斌就把陶鲤叫到自己的宿舍。

“陶鲤，你真的要去陪你的同学出嫁？真的要去做伴娘？”

“哦……哦……伴娘……同……同学……”陶鲤的眼神里有些慌乱，话语也有些慌乱。

“那好吧。再过七天，咱们就到黑塔子村去给那里的民工演出了。那是一个水利枢纽工程的分工地，也有上千的民工。这几天，咱们在这儿辅导工地上的业余文艺队，没给你派任务，你就抓紧时间回一趟旗里吧，把要办的事办好。记住，七天以后，到黑塔子集合。”

“哎——谢谢鲍队长。”陶鲤一扫脸上的忧郁愁云，欢蹦乱跳地跑出去找车了。查干木伦工地上，每天都有拉人的、拉器材的车往返于旗里和工地。她正好顺脚搭车。这下可好了，回去找倪云松，赶紧去民政部门登记结婚。算算肚里的孩子已经有三个月了，结了婚，到孩子出生还有七个月，到时候就说早产，也能蒙混一下。赶巧，正有一辆解放牌大卡车要回旗里的粮库给工地上的民工拉粮食。她跟司机打了一个招呼，司机高兴地答应了，他巴不得能有一位美丽的乌兰牧骑女队员和自己坐在一个驾驶室里，打发一路的无聊与寂寞。虽然查干木伦工地到旗里是一条新开的土路，一百二十公里坑坑洼洼的道上难免会有些颠簸，但这一路的说笑，一路的故事，足够他在车队的司机群里有的说、有的笑、有的炫耀了！

5

青年教师倪云松这天下午没有课，就信步朝着旗委大院而来。

陶鲤下乡从春到夏已经两个多月了。每每想起，他就一阵子心急火燎。他今年已经二十六岁，同事郝益民也是二十六岁，儿子都两岁半了。陶鲤的名字译成汉语就是“镜子”，陶鲤把他们的婚期一拖再拖，真成了他的“水中月，镜中花”了。乌兰牧骑的驻地就在旗委大院里的跨院，他想打听他们什么时候回来。

看门的老头姓邢，大伙都叫他邢大爷。邢大爷原来是账簿商店的一个会计，年龄大了就退休了。老头爱好剪纸，常和文化人鲍龙斌打交道。在家没事儿干，又有些文化和特长，就被鲍龙斌找来看门。倪云松来到乌兰牧骑收发室的时候，邢大爷正在专心致志地用红亮光纸剪着一对鸳鸯，倪云松进门，邢大爷放下剪刀，和倪云松打招呼：“倪老师，下午没课呀？”邢大爷认识倪云松，也知道他是陶鲤的未婚夫。

“哦……没课没课。邢大爷，乌兰牧骑啥时候回来呀？”

“月底，月底。今儿个都十五号了，八月份到呼市参加会演，回来晚了，能赶上趟儿吗？”

倪云松问不出准时间，邢大爷也知道得不确切，他也是听临走的时候鲍龙斌说要七月底回旗里。

“邢大爷，陶鲤有信儿吗？”

邢大爷剪纸，他的眼睛好使，但耳朵背，把倪云松的“陶鲤有信儿吗？”听成了“陶鲤有信吗？”忙说：“有，有，有十来封呢。”说着，就从一个大抽屉里，掏出了十几封信皮上写着“陶鲤同志收”的信，都递给了倪云松。

邢大爷犯了大忌。

那个年月没有“追星族”这个名词，但“追星”的行为早就有了。有个农村姑娘在电影《野火春风斗古城》里，相中了饰演杨晓冬的王心刚。她心中的白马王子就是王心刚。她追着《野火春风斗古城》的电影放映队看，看了一个村又一个村。等放映员发现了问题，那姑娘已经记不清她是哪个村的了……乌兰牧骑队员们不能个个与王心刚比，但那追星族也是一群群的，每个女队员接到几封求爱信那是再正常不过了，这属于队员们的正常隐私。彼时，没有“保护个人隐私权”这条法规，但在文化部门里，也是一种公众的意识。

信件属于个人隐私。

谁的信件应该交给谁，这是干收发的工作人员的职责，但邢大爷干收发工作不久，业务还不熟练，再者，在他的潜意识中，陶鲤是倪云松的未婚妻，两口子间应该没有秘密。

他错了——陶鲤还没来得及看的这些求爱信，被倪云松一封一封地拆开了……看着，看着，倪云松的双手颤抖得越来越厉害，脸色也越来越铁青，都是写给陶鲤的情书啊，清一色啊！作为未婚夫，读哪一封，不是刀剑穿心，汩汩冒血啊！这些写信者都是他的情敌啊，被这些情书包围的好像不是陶鲤，而是他——倪云松！那是一个加强班的战士啊！都端着刺刀对着他呢！如果说，作为一个中学的体育教师，对那些个普通进攻者还有一拼的话，还有一个重量级的——大兴农场的场长巴特尔，他确实畏惧了。大兴农场，是旗里的唯一一家大型国营农场；场长，是比旗长就差半级的副处级。巴特尔不是大老粗，他有文化，他的情书就文学性来说，绝对地超过了那十几封。巴特尔的情书开头是这样写的：

陶鲤：

大眼睛的姑娘，像你的名字一样，你是我心里的镜子，我把你装在怀里，你就照出了我一颗心的鲜红与滚烫。

在农场火热的土地上，你勤劳朴实得就如一位农妇；在舞台明亮的灯光下，你就是一位惊魂摄魄的女神。但你不是农妇，也不是女神，你是乌兰牧骑队员，是用美丽、用艺术、用良知，为全旗人民服务的乌兰牧骑队员。能够拥有你，是长生天对我的恩赐；能够拥有你，是大草原对我的厚爱。

你知道吗？从你进大兴的那一天起，你的大眼睛就一直牵着我的视线，一天不看到你，我的心里就像一个老鼠窝，乱糟糟的，没有一刻的安宁。我巴特尔的名字，是英雄；你陶鲤的名字，是镜子。我是那么爱你，豁出生命地爱你！明亮的镜子，你爱我吗？你爱我这个英雄吗？你能和乌兰牧骑一起来到我们的大兴，是大兴盛开的莲花赐给我们的缘分，我们的结合是长生天安排的绝配。你在我的怀里，永远是我的镜子，能照出我一辈子对你的爱，照出我一辈子给你的幸福。夜晚的时候，我常常想，你有一双大眼睛，我有一双小眼睛，那……将来咱们孩子的眼睛，一定是不大不小正合适吧！既不像你的那么大，也不像我的这么小，但应该像你的一样明亮，像我的一样聚光。

也许，这封信寄到乌兰牧骑的时候，你还没从查干木伦回到家中，就让我这封信代表我迎你回家吧。一想到你那双像镜子一样明亮的眼睛，我的心脏就狂跳个不停。要不是农场的工作紧张，我就会像插上翅膀的雄鹰那样，一下子飞到你的身边，把你抱在怀里，吻你……

倪云松气疯了！

他哪能允许巴特尔这样进攻他的未婚妻。"你是英雄，你是场长，也不能抢夺人家的未婚妻。我的镜子，怎么就非得装进你的怀里？还……还什么'你有一双大眼睛，我有一双小眼睛，那……将来咱们孩子的眼睛，一定是不大不小正合适吧！既不像你的那么大，也不像我的这么小，但应该像你的一样明亮，像我的一样聚光。'太无耻啦！太离谱啦！太荒唐了！太不像话啦！"

气疯了的人就没了理智，慌不择言也是可以原谅的。那十几封信都写得或简单，或含蓄，大都是投石问路，倪云松都没上心，敛巴敛巴塞进了拎着的布兜里。唯有巴特尔这封信，他连往信封里装都没装，塞在上衣口袋里，就去找旗委副书记白光谱。白光谱分管宣传和文教卫生。霸占军人的未婚妻，有个罪过叫"破坏军婚"；抢夺人民教师的未婚妻，也应有个罪过——"破坏师婚"。天、地、君、亲、师，教师的地位应该受到全民的尊重！

等陶鲤坐着拉货的大卡车，颠颠簸簸地回到旗里的时候，天已经快黑了。她一跳下车，身子还没站稳，肚子里就一阵拧肠刮肚地疼。她捂着肚子跑到厕所里一看,下身已经见了红。她一阵子惊喜,是已经3个月没来的例假来了,这就不用担心是怀了孕了。她太高兴了,折磨了她两个多月的心病消除了。她深深地吸了一口气,禁不住两行热泪顺着脸颊扑簌簌地流了下来……心结松开了,她才想起,她的包里没有准备纸垫。附近的商店都关了门,她就掏出自己的手绢叠叠,垫在了内裤里。

待她走出厕所的门,那辆大卡车还没开走,司机问她要不要把她送到家,她摆摆手。她的家不在旗里,在离旗二百公里的乡下。她冲着司机挥挥手,那位师傅就开着大卡车消失在灰暗的路灯影里。

她把肩上的挎包耸了耸,想着是去找倪云松,还是回乌兰牧骑的宿舍。倪云松住在旗一中的职工宿舍,这会儿应该在学校的食堂吃晚饭呢,那里人多嘴杂,不如先回乌兰牧骑宿舍吧,宿舍离这儿近,得先弄块纸垫,把裤子里的血污处理一下。就在这一刻,下身又"哗"地流下了一股热流,不但小腹疼痛难忍,腰也疼得像断了骨头,她蹲在地上……

一辆三轮车停在了她身旁,蹬三轮的是一位老大爷,他跳下车,问陶鲤:"同志,你病了吧?坐车吗?"

"送我去医院吧。"

急诊科的大夫是位四十多岁的女医生,简单地问了一下诊,就说:"你是先兆性流产,住院吧!"

"啊……"陶鲤吓得胆战心惊,"先兆性流产?"

"对,是先兆性流产。"女医生说得很肯定,这种情况她见得太多了,诊断根本不会有误。"你家里没来人吗?"女医生问,她见得太多了先兆性流产,但很少见过先兆性流产病人独自来就医的。怀孕见血,这是一个家庭保不保子嗣的大事。

"没……没……没有人和我一起来,我刚刚从乡下回来。"

"噢,那就住院保胎吧。这是你的第一个孩子吧?"

陶鲤点了点头,突然,她的心里一亮——"先兆性流产"?不声不响地把这个孩子流掉,神不知,鬼不觉,不就省了许多的麻烦吗?不用匆匆地结婚,也不再怕人耻笑,还能参加八月份在自治区举办的乌兰牧骑会演……

想到这儿,陶鲤对女医生说:“我不要保胎了,流产就流产吧。”

“为什么?”女医生瞪大了眼睛,“这第一胎流产,以后会形成习惯性流产,说不定,你这辈子就永远地失去做妈妈的机会啦!你二十二岁,也不小了,正处于最佳生育期,你干吗不要啊?”

“习惯性流产……永远失去了做妈妈的机会……”陶鲤的心里一阵战栗,哪个女人不想做妈妈啊!没做过妈妈的女人,人生是不完整的。可这个孩子来得不是时候啊,他不该来呀!他面世的时候,就是把妈妈钉上耻辱柱的时候……

“医生大姐,你就给我流了吧,我工作忙,又是两地分居,要个孩子实在不方便啊。”

“那可不行。”女医生很严肃,“保胎,是我的职责;流产,必须有你的家人签字,还要有单位的介绍信。”

“医生大姐,求求你啦,你就给我流了吧……”

“不行。我们医院有规章制度,我必须执行。流产,是夭折一条生命,没有患者家属的签字,没有单位的介绍信,我们绝不给第一胎流产。”

陶鲤被女医生打了保胎针,住进了病房。

第二天早晨,她捂着肚子往赛罕旗一中打了电话。电话那头的倪云松,一点儿没有以前一听说她回来的惊喜,语调悻悻的,也没问陶鲤为什么住院,说:“我一会儿就要上课,中午要午睡,等晚上学生们下了晚自习,我再去医院看你吧。”

倪云松拿着巴特尔的情书去找旗委副书记白光谱。

白光谱处理问题很有经验,劝住了倪云松,说一份情书就只是一份情书,求爱是每个未婚青年的权利,写得再露骨再肉麻他也就是个写。“‘你有一双大眼睛,我有一双小眼睛,那……将来咱们孩子的眼睛一定是不大不小正合适吧!既不像你的那么大,也不像我的这么小,但应该像你一样明亮,像我的一样聚光。’他那么写,就是一种愿望,一种理想,没真的生出一个眼睛不大不小的孩子来吧?”

他也没让倪云松去找主管农、牧、林、水的副旗长高双翼。他说，凭一封情书就处理一个干部，他白光谱不会那样做，高双翼旗长也不会那么做。

去年春节的时候，白光谱在外地当兵的儿子回家探亲，白光谱把一张乌兰牧骑的演出票给了他。没想到，儿子对跳《顶碗舞》的朴真玉一见钟情，非让白光谱找人说媒，在探家期间把婚事办了。白光谱做事很谨慎，先把鲍龙斌叫到办公室，推心置腹地说了儿子的想法，诚心诚意地求鲍龙斌帮忙。但第二天鲍龙斌打给他的电话让他非常失望，鲍龙斌说朴真玉有了对象。

等儿子灰心丧气地回了部队，白光谱找到宣传部的人再对朴真玉的婚姻状况进行调查时，宣传部的人说，朴真玉根本就没有对象，前些日子刚填了《入党志愿书》，领导找她谈过话，她说自己没对象。这件事让白光谱很窝火，他搞不清楚鲍龙斌为什么敢跟他当书记的撒谎。这些年，鲍龙斌把乌兰牧骑搞得不错，在自治区也很有名气，他是翘尾巴了吧？

“是不是鲍龙斌把朴真玉给他自己留着呢？哼——”他用鼻子给自己发了宣言——绝不能让鲍龙斌得逞！他有了办法，要在乌兰牧骑下乡回来的时候，借着巴特尔这封情书，给乌兰牧骑的队员们宣布一条纪律——内部不准搞对象，否则，一律调出乌兰牧骑。

陶鲤哪里知道那么多的事与自己有关联。保胎针很见效，她的肚子不再疼了，下身也停止了见红。她现在最希望倪云松快点出现，孩子是他的，是流？是留？应该他来拿主意。流，有他签字，女医生该不会逼她去单位开证明。一开证明，全乌兰牧骑的人都会知道，那她还有脸再留在乌兰牧骑吗？留，她起床就去和他办结婚手续，一分钟也不耽搁，那些矜持，那些顾虑，都见鬼去吧。她赶紧归队，把腰带勒紧，完成所有的演出任务，到了大月份，就说是婴儿早产，也就能蒙着羞勉强过关吧！

在医院等了一天，天都黑了一个多小时了，倪云松才露面。他一见陶鲤住在妇产科病房，冲着陶鲤就喊了起来：“你住的这是什么病房？”

“我……怀孕了，在……保胎。”

一天的期待就迎接来了这样的怒吼，陶鲤觉得太委屈了，鼻子一酸，眼泪扑簌簌地滴在了被头上。

“怀孕？保胎？”倪云松疑惑了，巴特尔信中的那段话“那……将来咱们孩子的眼睛一定是不大不小正合适吧！既不像你的那么大，也不像我的这么小……”像烧红了的烙铁一样，一下子就在脑海里灼出了一片烫痕。自己去找白光谱书记，他还说情书就是情书，写了就是写了，不是没生出一个眼睛不大不小的孩子吗？

孩子是没生出来，可是在医院里保胎呢！

“你也太不要脸了！你这个贱货！浪货！人尽可夫！你保胎要我来干什么？”中学教师没有了师道尊严，骂起人来与地痞无异。

陶鲤蒙了，不知道那么爱她、把她当女神供奉的未婚夫倪云松这是咋的啦？他和她共尝禁果时，是那样的情意缱绻，那样的温柔体贴……

“这个孩子是你的呀！”受了极大侮辱、悲愤难忍的陶鲤，还是伸出求助的双手，向着她的未婚夫呼喊着。

倪云松没有去拉那双他不知吻过多少遍的手，像刀口撒盐一样，继续喷着他毒如蛇蝎的唾液：“撒谎！浪货！贱货！人见人骑，我瞎了眼把你当公主，没想到你是个这么不知羞耻的贱人……保你眼睛‘不大不小正合适’的孽种吧！”

倪云松从兜里掏出了巴特尔的那封情书，甩到了陶鲤的腿上，一扭头扬长而去。

陶鲤拿过巴特尔的那封信，抽泣着展开：

陶鲤：

……你有一双大眼睛，我有一双小眼睛，那……将来咱们孩子的眼睛一定是不大不小正合适吧！既不像你的那么大，也不像我的这么小……

百口莫辩。

陶鲤的身子突然冷彻骨髓，心底一阵剧烈地抽搐，昏了过去。

6

敖长根赶着大车，不到两个小时就把乌日汗送到了德日苏嘎查。

进了院子，乌日汗高喊着："阿妈——，满都呼——，我回来了！看阿妈给你带回来什么好吃的来了！"

这次回德日苏嘎查，鲍龙斌特意拿出钱来，要敖长根到工地的小卖部里买了四斤饼干。在沙窝子里，把乌日汗买给满都呼的四斤饼干分了救了大家的急，这次，给满都呼补上。

屋子里没有人答应。

乌日汗推开了屋门。屋子里有人，婆婆站在地上一动不动。一个身体强健的高颧骨姑娘蹲在灶坑里，往灶膛里填着干牛粪。

"阿妈——满都呼呢？"进屋没见着儿子，没有预期中的一听见自己叫就扑到自己怀里的儿子，乌日汗有些失望。她把自己手中提着的四斤饼干往前举了举，又问："阿妈——满都呼呢？"

"满都呼死啦。"

"阿妈——！！！"

"满都呼死啦！"

"说什么呢？阿妈……"乌日汗像被魔鬼摘去了所有的器官，就剩下一个躯壳还立在那里。她问的话，也好像是天外飘来的声音。

"快滚吧！你这个被魔鬼摘取了心肝的女人，你不要自己的儿子，不要自己的丈夫，也不要自己的家，你去唱吧！你去跳吧！你去跟魔鬼过日子去吧！满都呼不要你了！金满都不要你了！德日苏不要你了！长生天也不要你了！你滚吧！滚吧！"

"满都呼——"一声撕心裂肺的呼叫，乌日汗冲进里屋，那是儿子睡觉的地方。她扑到炕上,一层一层地掀开摞在炕箱上的被褥,又一床又一床地扔在地上。“满都呼——满都呼——”乌日汗跑到院子里,扑进羊圈,对了,儿子经常用胖胖的小手抱小羊羔的脖子,和小羊羔一起喊“咩——咩——”

羊圈里没有羊,羊都在草原上吃草呢。

“满都呼——满都呼——”乌日汗跑向草原,儿子还挥不动羊铲,可能举起羊鞭,赶着小羊在草地上跑。

草原上没有羊群,也没有儿子。

“满都呼——满都呼——”乌日汗跑向河边,儿子和阿妈一样,有一副天生的好嗓子,对着河水唱起蒙古族长调,虽然稚嫩的嗓子还像刚刚学会打鸣的小公鸡一样,紧张得“拉不开栓”,可那调儿拿得准啊,韵味与生俱来。

哦……河边没有人唱歌。

“满都呼——满都呼——”乌日汗的嗓子撕破了,喊出了血。

“我带你去看满都呼。”金满都拉住了跑得披头散发的乌日汗,把她架到了嘎查后面的一座敖包前。

敖包,是路过这里的牧民们一块石头一块石头垒起来的。草原上一望无际,很难辨认方向,牧人们就在他们认为最吉祥的地方垒起一座小山来,这就是一座标志性的建筑,用于牧人们的聚会和祭祀,也为迷途的牧人们指示方向。每年的七月十五是祭敖包的日子,四面八方的牧人们会坐着勒勒车、骑着马赶到这里来,献上羊头、马奶酒、奶豆腐等祭品,祈求长生天给草原带来风调雨顺、人畜兴旺。不管牧人们带来多少祭品,有一样东西是必须要带来的,那就是一块石头。所以,草原上的敖包年年长高,它凝结着牧人们的心愿和意志,是草原上神圣的地方。

敖包的前方有一棵冠如伞盖的大榆树,苍劲的老树干举着一把绿叶浓郁的大伞。烈日下它把浓荫留给牧人和羊群,风雨中它为牧人和羊群挡风遮雨。

一个小小的坟丘就隆起在大榆树下。

“我本来要把满都呼放在敖包上,让老鹰和乌鸦把他带给长生天。可他在临咽气前，一声接一声地喊着：‘阿妈——阿妈——’看在儿子要见他阿妈的分儿上，我就把他放在这个土丘里。你走的当天夜里，他又发起了高烧。我开着拖拉机把他送到苏木的卫生院，医生说‘他得了急性肺炎，你们送来得太晚了……’”

金满都说完，用力一搡，一转身，头也不回地就走了。

到此时，乌日汗才从混沌中清醒过来，她的两岁多的儿子满都呼已经永远地离开了人世……她抡起胳膊“啪！啪！啪！”地打着自己的嘴巴，嘴角的血水已经在“滴滴答答”地流，她还是不停手。是她耽误了儿子的治疗，是她央求丈夫放弃送儿子上医院，而去解救困在沙窝子里的乌兰牧骑队员……假如，她不回来求救；假如，丈夫开着拖拉机去救乌兰牧骑队员，她自己背上儿子去苏木的卫生院……

“阿妈——阿妈——”那是儿子在最难受的时候，呼唤他的阿妈来救他，来救他啊！他……他要活命……他才两岁多啊！

“满都呼——满都呼——阿妈来救你了——”乌日汗用两只手拼命地扒着小坟丘，要把儿子从死亡中救出来……

敖长根上前拉住乌日汗的胳膊：“孩子死了，已经安眠，你不要再折腾他了，他的灵魂会不安的。”敖长根一直跟在乌日汗身后，见她在扒孩子的坟，才上前阻拦。

“不，长根大哥，我一定要看看满都呼，看看我儿子最后一眼。”乌日汗异乎寻常地镇定，推开敖长根的手，双膝跪在地上，不停地扒着坟。

见劝不住乌日汗，敖长根也蹲在地上伸出双手，帮着乌日汗扒……

小坟扒开了，里面没有小棺材。一条杏黄色的长腰带包裹着一个小小的躯体，躺在土坑里——

“满都呼，我的儿子呀——”乌日汗抱起满都呼就亲吻起来，一边亲吻还一边往孩子的嘴里吹气，“孩子，你没有气了，阿妈给你气，把阿妈的气都给你！都给你！儿子，你饿了吧，阿妈给你喂奶，给你喂奶……你生下来不到一个月，阿妈就给你断奶了，阿妈对不起你啊，阿妈对不起儿子，阿妈给你喂奶、喂奶……”乌日汗撩起衣襟，就把乳房往儿子紧闭着的小嘴里塞。

“乌日汗啊——你这是干啥啊？”敖长根后悔没能拦住乌日汗扒坟。而他现在又控制不了乌日汗，就起身往乌日汗家里跑：“你金满都不能把乌日汗丢在这里不管啊，你是她的丈夫啊。”

金满都不管乌日汗：“她不管孩子，不管丈夫，不管婆婆，不管这个家，我们也就不管她了，不要她了。”

“不行啊，金满都，乌日汗她现在头脑不清醒，抱着个死孩子在那儿喂奶呢！你们夫妻一场，你就一点儿不心疼？”

“我去看看乌日汗姐姐吧。”在灶坑里烧火的那个健壮的高颧骨蒙古族姑娘用眼神请示着金满都。

“依日乎，你刚进门，不能去。”满都呼的奶奶对着那个姑娘说，“金满都，你是个男子汉，你去，把乌日汗送回她的乌兰牧骑吧，她属于乌兰牧骑，不属于这个家。告诉她，依日乎已经进了我家的门，来给我生孙子了。”

7

倪云松一去不复返，陶鲤再打电话他就不接了。陶鲤暗自哭泣，原来，山盟海誓的爱情这样脆弱，连一个解释的机会都不给，就把一个千爱万爱的未婚妻打入了叫天天不灵、喊地地不应的绝境……

没有丈夫签字，没有单位证明，妇产科大夫坚决不给陶鲤做流产手术。

第四天上午，陶鲤起床，独自办了出院手续，回到了乌兰牧骑宿舍。

未婚夫没有了，孩子还在肚子里，这是个最大的冤孽，最大的累赘。怎么样才能把这个不该来的孩子流掉呢？对了，坐车颠簸引起了先兆性流产，那就颠簸吧。陶鲤把一张报纸铺在宿舍的地上，她换上练功裤，坐在报纸上，两手触地，双腿绷直，一下一下使劲地颠着屁股……一百多下颠下来,陶鲤大汗淋漓,累得"呼呼"直喘气,可肚子一点儿不见动静。

室内不行,就改在户外。河边有一排垂柳,她拽着一把垂柳的枝条荡秋千,荡得老高的时候,突然一松手,从高处跌下来,这样反复几次,肚子里还是不见动静……她沮丧了,抱着树干号啕大哭。练过功的人,一做动作,身体各部位就自动收紧,全身都在提气。她再怎么努力,自己也解决不了自己流产的问题。

黑夜覆盖了小城,也覆盖了陶鲤一颗滴血的心。路灯的灯光把她的影子拉长又缩短,缩短又拉长。忽然,她在抱住的一根电线杆子上,发现了一张白纸黑字的广告:"人工流产,随到随做。"

犹如一个遭遇灭顶之灾的人突然间发现眼前漂着一根稻草,陶鲤马上记下了那上面的地址,跑回宿舍拿出了她所有的钱。

城外有一个低矮肮脏的院子,大眼睛的姑娘陶鲤,胆战心惊而又义无反顾地进去了。在一张血迹斑驳的铁床上,那些冰冷的器械伸入了她的体内,比"拧肠刮肚"还"拧肠刮肚"的疼痛,让她黯然地闭上了那双大眼睛。

豆大的汗珠滚滚而落,和着她的泪水把她的周身洗了一遍……

8

"满都呼啊——我的儿啊——"乌日汗赤脚跑出门外,朝着敖包山跑去。不过,她跑向的敖包山不是德日苏嘎查北坡的敖包,是查干木伦南面的那座。

金满都坐着敖长根的大马车,把乌日汗交给鲍龙斌就走了。

鲍龙斌千留万留也留不下他,他就给鲍龙斌留下了一段发自肺腑的话:"鲍队长,乌日汗不是我的妻子,也不是满都呼的阿妈,她不属于一个牧人的家。她那么美丽,那么有才华,一个牧人的胸怀,一个毡包,一个浩特,都不能留住她。她,属于乌兰牧骑。我就是一个普通的牧民,我要妻子守在家里,挤奶烧茶生孩子,乌日汗,她做不到。"

看着乌日汗又光脚往南山上跑，值班的宝日吉格赶紧跑到鲍龙斌的帐篷里找他："鲍队长，乌日汗……乌日汗……她，她又跑了。"

"追！"鲍龙斌二话没说，跳下木板床就追了出去。乌日汗，多好的人啊，蒙汉兼通，德才兼备，是队里的台柱子。为了救陷在沙窝子里的乌兰牧骑队员，她牺牲了儿子，还被丈夫遗弃……她，太苦了！

"乌日汗啊——你坚强些！坚强些！"鲍龙斌搀起了跪在地上的乌日汗。这才几天的时间啊，美丽的乌日汗就枯萎得面目皆非：一对闪着光波的潭水一样清澈的大眼睛，变得呆滞无光；白皙的鹅蛋形脸庞，瘦成了窄窄的一条；两条秀美的大辫子，散乱地披散在瘦骨嶙峋的双肩上……

"孩子不要我了，丈夫不要我了，家也不要我了……"失神的眼睛呆呆地望着她的队长，像一个受了委屈的孩子在向自己的父母倾诉，"队长，你说，是不是谁都不要我了？"

一阵潮涌袭击了鲍龙斌的胸膛，"这么好的女人，能没人要吗？这太没天理了吧？鲍龙斌，你是干什么的？你能眼睁睁地看着你的队员这么无助吗？这么绝望吗？"他一把把乌日汗紧紧地抱在怀里，用滚烫的胸膛温暖着乌日汗那颤抖着的虚弱的身体："乌日汗，乌兰牧骑要你！我鲍龙斌要你！"

贴着鲍龙斌温暖的胸膛，被鲍龙斌有力的双臂拥抱着，乌日汗渐渐地安静了下来……

一个女人，有了爱的力量支撑，会被幸福沉醉，也会变得无所畏惧。像久旱的禾苗得到了雨露的滋润，像疲惫的跋涉遇到了马背雕花的鞍鞒，乌日汗的双唇有了血色，乌日汗的双眸有了光彩，冰冷绝望的心有了温度，搂住了鲍龙斌的脖子，她安静地闭上了眼睛……

第八章　救民工　共产党员争献血
堵洪水　乌兰牧骑筑人墙

1

在查干木伦上游二十公里处，西拉木伦河伸出去一条“胳膊”，穿过一个叫黑塔子的小山村，把一条“胳膊”的水指向草原深处。要集中水量发电，就得把这条伸向远方的胳膊收拢回来。查干木伦水利枢纽工程指挥部决定，在黑塔子村拦河筑坝，拦住西拉木伦河外溢的流水。

黑子和两匹红骡马拉车，把乌兰牧骑全体队员的乐器、服装、道具和演出的灯光设备运到黑塔子村。十四名队员打着“乌兰牧骑”的旗帜，背着背包，一路急行，伴着越来越大的雷声和雨点，跑进了黑塔子村。

村部的七间土房成了会战指挥部，在“查干木伦水利枢纽工程黑塔子会战指挥部”的大牌子下，站着脸色刷白的陶鲤。

按期归队，是每个乌兰牧骑队员都会做到的。让鲍龙斌没想到的是刚刚分开一个星期，平时一声不响的大眼睛姑娘陶鲤，怎么把自己变成了瘦弱不堪的样子——宛若一根在风中摇晃的红柳枝。他原想，陶鲤正在和倪云松恋爱，分别两个多月了，一定是一对小恋人忍不住相思之苦，要见见面，这也是人之常情。他原准备参加完八月份自治区的乌兰牧骑会演，就批准陶鲤结婚，乌兰牧骑也需要“人生代代无穷已”。

“七天的假就把你变得这样惨，咋的啦？”

陶鲤的大眼睛里一下子就溢满了泪水，她想说，她的心刚被滚烫的油锅炸了一遍；她想说，她的身子刚从鬼门关里走了一遭……可是她什么都没说，还是一如既往地不轻易开口说话。此刻，就是她开口说话，也来不及了，一阵瓢泼大雨兜头浇下……

鲍龙斌马上下令：快把大车上的服装、道具、乐器卸下来，让大雨浇了，就没法演出了。

2

“轰隆隆”的雷声不断，瓢泼大雨一直下到深夜还是不停。乌兰牧骑队员分男女住在了村部两铺相对着的大炕上。

晚饭后，鲍龙斌给全体队员开了一个简短的会，他说，明天雨停了就会有两场演出任务。鉴于乌日汗遭遇了这么大的变故，嗓子哑了，体力也垮了，她的节目就由萨日朗和宝日吉格分担一下。宝日吉格蒙汉语都说得不错，就把报幕任务接下来；萨日朗练功刻苦，就把几个舞蹈任务承担下来。乌日汗还有个《公社萨日朗》的领舞任务——他停顿了一下，瞥了一眼朴真玉。他看到了一双幽怨细长的眼睛紧紧地盯着他。他拥抱了就要崩溃的乌日汗，就决定娶她为妻，也就彻底地释怀了对朴真玉的怨怼，大声地宣布：“《公社萨日朗》的领舞，由朴真玉担任。”

那双幽怨的细长的眼睛瞬时充满笑意。

朴真玉抬起头，把目光投向佟家琪，她看见佟家琪也微笑着看她呢。他们已经商定，参加完自治区的乌兰牧骑会演，就要在呼和浩特市举行婚礼。

接受了新的任务，宝日吉格应当很高兴，可她就是高兴不起来。

作为新队员，谁不高兴队长能让自己上新节目呢？节目上得越多，就标志着这个队员当得越合格。乌兰牧骑队员的青春要绽放在舞台上，这个道理谁不明白啊！可此时，她的心里好似灌了一坨铅，沉重得喘不过气来。

蜷曲在铺了一层苇席的热炕上，背着乌日汗写给她的报幕词，却总也静不下心来。鲍龙斌拥抱乌日汗的那一幕，深深地刺激着她，干扰着她。她太爱鲍龙斌了，从小看见哥哥把鲍龙斌领进家门，就爱。她参加乌兰牧骑，最直接的动力就是要嫁给鲍龙斌，就是要天天和他在一起。在她眼里，鲍龙斌的一切都好，包括他生气和发脾气训人时的样子。她千想万想，在乌兰牧骑里想了若干个假设敌，可就没想到会是乌日汗。乌日汗有丈夫，有孩子嘛——可世事就是这样难料，突然遭遇的变故，就有一个从没想到的假设敌冒了出来。鲍龙斌爱乌日汗吗？他是出于同情吧！乌日汗长得漂亮，业务能力强，可她的年龄毕竟比自己大许多，还是结过婚、生过孩子的人……想到这里，宝日吉格灌了铅的心里才算打开了一扇小窗，透进了一缕新鲜的空气。

“哐！哐！哐——”

窗外传来了急促的敲锣声，掺杂着敲锣人的呼喊声：“洪水下来了——快去抢救大坝——快去抢救大坝！”

大坝是新修的，还没有加固，洪水冲垮大坝，不但断臂截流的工程会失败，就是黑塔子村和下游的上万亩粮田也要被洪水荡平，那些正在抽穗扬花的谷子、玉米、高粱、大豆、荞麦、莜麦……都要统统被卷走……

“女同志看守好乐器和服装道具，男同志和我一起上大坝。‘红牛’‘瘦驴’你们两个，把演出用的三盏灯都挂到大坝上给抢险的人照明——”鲍龙斌大声喊着下了命令，带头冲进了暴风雨中。

“人家指挥部的人没说女同志不能上大坝，咱们干吗当胆小鬼？”见鲍龙斌冲进暴风雨中，宝日吉格的心也跟着冲进了暴雨中。

“走！走！咱们也去抢救大坝，谁说女子不如男？”朴真玉受到了当领舞的鼓励，马上响应着宝日吉格。

“乌日汗，你留下看着乐器和服装、道具吧，其余的女同志跟我走！”

陶鲤站起来就要打晃，见女队员们都冲进了暴风雨中，一咬牙，也跟着跑了出去。

天亮了，暴风雨小了些，但洪水的势头反而更大了。

洪水在西拉木伦河里翻卷着，一浪一浪地向新筑的大坝冲来。人们被会战指挥部分成了两三帮：一帮站在汹涌的河水里打桩，加固着大坝；一帮在没腰深的水里，把一棵棵在河床里被洪水连根拔起的大柳树根朝西梢朝东顺势贴在岸边，引流洪水，保护大坝；还有一帮用稻草袋子装上沙子，扛着跑上大坝，加高大坝。风雨中的大坝，把抢救者都变成了泥人，已分不清哪个是男，哪个是女。

突然，一处大坝塌方了，许多民工被砸在了泥水中，指挥部马上派人抢救落水的人。就在这时，洪水朝着塌方的缺口冲来，眼见大坝就要被全线冲垮，鲍龙斌大喊一声“下水堵——”就一下子跳进了洪水中。

乌兰牧骑的人听惯了鲍龙斌的喊声，瞬间都跳进了洪水里，手挽着手，肩并着肩，在洪水中搭起了一道人墙……

“咔嚓——”一声，这道由乌兰牧骑队员在洪水中搭起的人墙，摄入了佟家琪的镜头。佟家琪不是记者，但有记者的敏感。冲进暴雨中抢救大坝，他没有忘记把他的相机揣在雨衣里。

3

在刚刚经过洪水冲刷的场院上，民工搭起了一个四四方方的大舞台，两顶草绿色的帆布帐篷铺在了大舞台上做台毯。柴油发电机点燃了六盏聚光灯。天蓝色的帷幕展示了西拉木伦河的辽阔。

锣鼓敲起来了，敲了一番又一番，这不是乌兰牧骑的队员在敲，是黑塔子的村民们在敲。在今天早晨之前，他们还没见过乌兰牧骑；从今天早晨开始，他们见到了乌兰牧骑，他们和村民们一起扛草袋子，一起挥着铁锨装沙子。那个叫鲍龙斌的队长一声呼喊，队员们就一起跳到洪水里当人墙……民工们受了伤，他们跳上拖拉机，挽起袖子，把那鲜红鲜红的血液输给民工……那不是他们的亲人，那就是些普通的民工。

天下有这样的文艺队伍吗？

这样的文艺队伍就在他们身边，今天晚上就要给他们演出——他们怎么能不激动呢？那锣鼓点怎么能不一番比一番热烈呢？那是乡亲们在表达他们的心情啊！

美丽的乌日汗穿着一件红色的蒙古袍，站在了麦克风前，台下的锣鼓声顿时停了下来。她扬起了头，让苗条的身材更加挺拔："亚都玛拉沁，亚都里克玛拉沁，同志们：

我们刚刚战胜了洪水，用'万众一心，筑起了我们新的长城'，让母亲河河水浩浩荡荡地流向东方。查干木伦水利枢纽的发电站，给我们的草原，给我们的村庄带来了光明。让我们一起庆贺这战胜洪水的胜利，一起迎接这光明的到来，共同高唱国歌，来作为我们今天演出的开场式——

起来！不愿做奴隶的人们！
把我们的血肉，
筑成我们新的长城！
中华民族到了最危险的时候，
每个人被迫着发出最后的吼声。
……

台上的演员，台下的观众，歌声在一起，心跳在一起，意志在一起，这是一个强大的磁场。身在这个磁场，人们的热血往上涌，人们的境界变得崇高。不论是演员还是民工，都觉得自己是一个肩负着重任的人，一个可以顶天立地的人！

朴真玉顶着一摞青花碗，以无人能比的速度旋转着上场，粉白色的朝鲜族长裙立刻转成了一朵吉祥的莲花。

萨日娜亮开清亮、甜美的歌喉为她伴唱：

吉祥的美酒献给草原，
美丽的鲜花献给伙伴，
勤劳的阿哥哟，你最勇敢，你最勇敢，
拦河筑坝，抗洪抢险，一马当先……

“好！好！好！”台下响起了一片叫“好”声，小伙子们把手都拍红了。萨日朗即兴填词的“勤劳的阿哥哟”，唱的不就是他们吗？

朴真玉用最后一圈的旋转，把头上最后一只青花碗拿下，托在手上，款款地屈下身，行了一个礼要飘然下台了，就听台下有人喊了一声：“姑娘，把你的酒碗借给我用用。”

随着话语声，大步走上台来一个身材魁梧的人，他身后的两个人手里托着一张大红纸。

站在台口的鲍龙斌定睛一看，这不是查干木伦水利枢纽工程的总指挥、他们的副旗长高双翼吗？

高双翼朝鲍龙斌点了一下头，说道：“鲍龙斌，该我给你们演个节目了。”不顾鲍龙斌和全体演员的不解与惊愕，他几步就跨到了麦克风前，用洪亮的声音说道：

民工们，乡亲们，同志们：

乌兰牧骑来到我们查干木伦水利枢纽工地还不到十天，他们就演出了六场节目，还对我们工地的宣传工作进行了全面的辅导，给我们留下了一支‘不走的乌兰牧骑’。今天凌晨，他们又和我们一起抗洪抢险，为受伤抢救的十二名民工输了血……现在，他们带着伤，极度疲惫，甚至两三顿没能吃上饭，没能喝上一口开水，脱下泥水涟涟的衣服，换上蒙古袍就来为我们演出，为我们鼓劲……

高双翼的语调有些哽咽了，他用手抹去眼角的泪水，接着说：

因为时间仓促，没有时间到旗里去做一面锦旗，我就在大红纸写上了这样几句词，把它赠给我们的乌兰牧骑：

献艺献血 情与民同热

抗洪抢险 心与党相连

4

第二天黎明，东方的晨曦还没红过地平线，敖长根就早早套上了他的黑子和两匹红骠马。赛罕旗乌兰牧骑的队员们悄悄起床，迅速把行李和演出的服装、乐器、道具装上车，在大公鸡还没起来练声的时候，急匆匆地离开了黑塔子村。

昨晚演出结束后，高双翼指示黑塔子村工程指挥部，连夜去买一口猪，杀了，用大锅都炖上，给结束了在黑塔子村的演出就要回旗里的乌兰牧骑队员们补补身子、送送行。

1964年的7月，“三年自然灾害”刚刚过去，物资匮乏得就像洪水漫过的山野，泥泞中，仅有几棵生命力极其顽强的芨芨草在晨风里摇曳。

“咱们不能吃贫下中农这口猪，他们现在很困难，整个工地，一个月也保不准能吃上一顿肉，留给这里的民工们解解馋吧！”鲍龙斌对全体队员们说。

一听“炖猪肉”这三个字，喉咙里直翻个儿，像伸出一个小巴掌，要把一咬就流油的肉片往嘴里抓，只能拼命地控制着，才能不让口水流出来。在工地上演出、辅导培养新队员的这十来天中，队员们和工地上的民工们一样，顿顿吃的是玉米面窝头和菠菜汤。芥菜疙瘩咸菜也是按人分配，每顿半个。但全体队员还是一致同意鲍龙斌的意见：趁高双翼和民工们还没起床，赶紧走。

黑子和两匹红骠马好像知道要回家了，等乌兰牧骑队员都在大车上坐好了，敖长根一抡鞭子，它们哥仨就心往一处想，劲往一处使，一袋烟的工夫就出了村口。

鲍龙斌跳下马车，对佟家琪说，他要到大兴农场办点私事，让他负责把全体队员安全带回旗里。

昨晚演出结束，陶鲤是最后一个去卸妆的，还没擦掉脸上的油彩就栽倒在辘轳井旁的水槽前。鲍龙斌把她背回宿舍，等她醒过来，把别的队员们都撵出屋，问："陶鲤，说实话，你这次回来，身体为什么垮成了这样？"

见屋里没人，陶鲤"哇——"的一声哭起来。她掏出巴特尔的那封信，把自己的遭遇、自己的羞辱、自己的无助、自己的悔恨都跟鲍龙斌和盘托出。在陶鲤的眼里，此时的鲍龙斌不仅是比她大五岁的队长，还是她可以依靠的父兄。

见鲍龙斌沉默不语，陶鲤苍白的脸色更白了，一双大眼睛含住了不断滚落的泪水。她一把抓住鲍龙斌的手，急切地说："鲍队长，我什么都说了，你给我什么样的处分我都接受，就是求你不要让我离开乌兰牧骑，不要开除我……"

鲍龙斌起身拧了一把湿毛巾，递给陶鲤："擦擦眼泪，别哭了。没有人是不犯错误的。毛主席说有两种人不会犯错误，一是死了的人，一是没有出生的人。你一不是死了的人，二不是还没有出生的人。"

沉思了一会儿，鲍龙斌问陶鲤："你还爱倪云松吗？"

"我已经对他彻底绝望了，男子汉做事不敢当，心眼儿小得只装得下他自己，海誓山盟的诺言还不及一片麻雀的羽毛，他就是一堆垃圾。"陶鲤的大眼睛里幽幽地喷出了不屑与恨交织的怒火。

"你爱巴特尔吗？"

"我对他不太了解，再说，我现在这个样子，已是残花败柳，污渍染身。他一个大农场的场长，那么优秀，家庭条件又那么好，还能看得上我吗？我能配得上人家吗？"

“如果我来担保，巴特尔是个好人，是个真正的男子汉，你会接受他的这封求爱信吗？”

陶鲤百感交集地点了点头。

“这件事，我来给你处理，你就不要再对别人说了。”

5

大兴农场的办公室里，巴特尔一见鲍龙斌连门都不敲地走了进来，立刻从椅子上站起来，说：“刚走了十天你就想我了，没吃够我们荷花塘里的炖鲶鱼，还是没吃够我们大兴农场的大米饭？”

“哪能吃够了？都吃够了，你这个场长也就‘下庙’啦。”巴特尔和鲍龙斌说话从不客气。“哎，我说，巴特尔——英雄，勇敢啊，敢打冲锋啊，行动迅速哎，我们人没到家，你的信就先到家啦——”

鲍龙斌这么一说，巴特尔立刻明白了鲍龙斌的来意：“不是没吃够荷花塘里的炖鲶鱼吗？不是没吃够大兴农场的大米饭吗？走，回家去，管你够！”

“你是该请请大媒人。”

第九章　选队员　“人尖子”“人样子”
排节目　重人才重艺术

1

一回到车伯尔市，金慧心放下行囊，给全体队员放了一天假，就赶紧跑到浴池去洗了个澡。

一个月的沙尘洗掉了，她站在排练室的大镜子前一照——一个光艳溢彩的金慧心立刻迷住了她。她朝镜子里的金慧心眨眨眼睛，镜子里的金慧心又回了她一个调皮的鬼脸，哈……

换上了碎花的连衣裙，金慧心骑上一辆自行车，就朝市委大院去了。到赛罕旗乌兰牧骑学习演出了一个月，她要把全部情况向主管乌兰牧骑的市委副书记苏晋汇报。

推开苏晋的办公室，苏晋正坐在办公桌后面，和一位满脸大胡子的干部谈话。

见金慧心进屋，苏晋抬起手，用两个手指头朝下弯了弯，示意金慧心在旁边的椅子上先坐下，就对那个大胡子干部说：“你去教育局当副局长，第一件事是把你的胡子剃了，别让那些校长和老师们看着害怕，认为我给他们派了个土匪。”

“鲁迅也留着胡子呢！徐特立的胡子比我还长。”

“可你不是鲁迅，也不是徐特立……不想剃胡子，行，我有一个好地方安排你——”

“什么好地方？”大胡子很好奇。

“二道街有个商店，店员清一色的是‘公私合营’来的老头，人称‘老头商店’，你去当经理，就不用刮胡子了。”

“都是老头啊？就没一个半老徐娘的女同志？”

“没有。”苏晋无一丝犹豫。

“那我还是刮了吧！”大胡子讨了个无趣，咽了一下唾液。

待大胡子干部一走，苏晋立刻起身把办公室的门一插，一下子抱住了金慧心，热烈地亲吻起来：“知道你快回来了，我一早就把胡子刮得干干净净……”

光亲吻还不能释放思念之情，苏晋撩起了金慧心的连衣裙。

“不行！不行！”金慧心挣脱了苏晋的拥抱。她是有底线的，拥抱亲吻她都无法拒绝，但不到结婚的时刻决不让苏晋突破底线。

没得到满足，苏晋的脸色红里透着青，悻悻地坐回办公桌后的座椅，说：“早晚不是我的吗？还拿什么架子？摆着矜持的谱儿。”

“你没给我不拿架子不摆谱的理由。”

金慧心说着把门闩打开，整理整理散乱的头发，然后端端正正地在椅子上坐好。除了司子健的那幅诗配画的情书之外，她开始原原本本地汇报此次赛罕旗的大兴农场之行……

苏晋的脸色缓和多了，开始频频地点头，并沾沾自喜选金慧心这个女干部选得准。有这样的女干部，车伯尔市乌兰牧骑成为像赛罕旗乌兰牧骑那样的先进队伍指日可待。

“下一步怎么打算？还有什么要市委给你们办？”

“第一，扩编，进人。”

金慧心开始侃侃而谈：“赛罕旗是以牧为主的农牧业结合的大旗，土地辽阔、人口分散。演出服务的对象是基层的乡村、苏木、嘎查，还有一些分散的放牧点。演出多是临时搭台子,或者干脆就撂地儿演出。再说,交通又不方便,山道、沙窝子、草原上的沼泽地、冬季里的冰雪路,都很难走,一挂大车也拉不了多少人。但车伯尔市不同,农村公社仅有七个,最远的也不足百里。服务对象主要是城市里的工厂、学校、机关的人员和市民。城市有剧场,有电影院。哪个机关没有礼堂?哪个工厂没有俱乐部?临时搭台子也是搭在学校的大操场、生产队的大场院上。这样算来,十二名乌兰牧骑队员上台,哪个台子都是空空荡荡的,最大的舞蹈也不会超过七个人,台下还得留五个人伴奏吧!要是有个队员病了,或出了意外,那连个顶替的人都没有啊!我们到雷达团团部演出,如果不是两支乌兰牧骑联合着演,那么大的一个台子,十二个乌兰牧骑队员演出,就像一张锅盖大的烙饼上面就撒了十二粒芝麻——星星点点啦。"

"呵,还挺会比喻。那你说需要多少人呢?"

"二十个人,十男,十女。"

"挺般配的啊!要搞对象出不了单儿了。不行,要二十一个,十个男的,十一个女的,把你留给我。"

"美得你!"金慧心娇嗔地横了一眼苏晋,继续说,"第二,给车,一辆大卡车,解决交通工具。"

"这不好解决,政府大院才两台大卡车,都是给干部们拉煤拉菜搞生活福利和应急用的。"

"车伯尔城里除了油漆路,就是砂石路。二十个人呢,还有服装、道具、乐器,你让一辆大马车一趟一趟地来回拉着在大街小巷里转,那乌兰牧骑可就像解放前那些背着刀枪剑戟到处跑码头的小戏班子啦。你个市委大书记掉价不掉价,丢人不丢人?"

碰上这么个多才多艺、有思想、有理想的下属兼情人,苏晋只剩下了一条道——努力效劳,讨美人欢心:"这么大的事,我自己做不了主,得找书记、市长汇报,在常委会上通过才行,难着呢!"

"难不难,我不管,那是你的事,不难人家还不找你呢。"金慧心莞尔一笑,看了一眼潇洒多情的苏晋。

“那你的事是什么呀？”苏晋两只炯炯有神的眼睛，直视着有些得意的金慧心。

“我的事，就是带好这支队伍，尽快地排出一套有车伯尔特色的高水平、高质量的节目。”

“倒要听听你的‘车伯尔特色’，是什么特色？”

“什么特色？城市特色，蒙古族地区的汉族特色。官媒对内蒙古自治区的人口构成是这样表述的：以蒙古族为主体，以汉族为大多数的多民族聚居的民族自治地区。昭乌达盟北部七个旗都是牧业旗，那里的乌兰牧骑就应该像赛罕旗那样，以蒙古族节目为主。而我们是南部地区，以农业为主，以城镇演出为主，多数市民和农民听不懂蒙古语，所以，我们的节目要以汉语节目为主，会跳几个蒙古族舞，有一两名独唱演员会唱蒙古族长调、说好来宝，也就可以了。车伯尔市乌兰牧骑要办成一个以汉语节目为主的集歌舞、音乐、戏剧、曲艺为一体的综合性的文艺团体。因此，在选乌兰牧骑队员的时候，要选人尖子，人样子——”

“人尖子？人样子？”苏晋对这个提法非常感兴趣。

“人尖子，就是业务上要拔尖，声乐、舞蹈、器乐、创作、舞美都要有在全盟的文艺队伍中拔尖的人才，甚至每种乐器——笛子、手风琴、琵琶、二胡、唢呐，声乐——高音和中音、民族唱法、美声唱法，创作——作词、作曲……都要有一流的人才。人样子，就是长得好看，尤其是舞蹈演员。舞蹈是形体艺术，形不漂亮，体不健美，台下的观众还有什么好看的？”

看着、听着金慧心神采飞扬、激情澎湃的演讲，苏晋除了满满的欣赏，就是又喜悦又担忧。喜的是，派金慧心组建车伯尔市乌兰牧骑，仅仅半年的时间，她就对乌兰牧骑这项事业有了这么全面、深刻的认识，这么周密的设想，这么宏大的目标；担忧的是，车伯尔市仅仅是个二十多万人口的县级行政单位，不论财力和人力，要实现金慧心的目标都不是近期能够达到的事。二十多万人口，算上老弱病残和未成年人，你上哪儿找那么多的“人尖子”“人样子”去？

“好吧。你的‘两个打算，一个特色’我都照单全收，把扩编和给车的事尽快地促成。怎么样？奖励奖励我吧——”

金慧心心领神会，眯起眼睛，笑出了俩酒窝，迈着小碎步转到了苏晋的办公桌后，噘起两瓣花蕾似的红唇，甜蜜蜜地伸给了苏晋……

妻子是心脏病，一犯病，脸颊和嘴唇都是黑紫色的，他早就没了兴趣去吻她黑紫的嘴唇了，就连夫妻间的性生活也像妻子枯萎的身子一样，枯萎了。吻着花蕾般的红唇，亲着脸蛋儿上的酒窝，苏晋枯萎的心田就像灌了水，注了蜜，开了花……

突然，苏晋把金慧心往外一推，一下子坐在了椅子上，并快速把手伸进了抽屉里——

走廊里传来了沙沙的脚步声。

刚走了的大胡子又推门进来："苏书记，我不上教育局，机关太受拘束，还是让我上文化馆吧。上文化馆，我就不用剃胡子，还干我的老本行——写字、画画儿。"

"你想干什么就干什么呀？我把教育局副局长的椅子给一位中学的校长，他都得请我喝顿烧酒，送上一条烟——"被打断了美事，苏晋很恼火。

"苏书记，求您了，回头，我再让老爷子给您打个电话，把他的烟偷出来一条给您。"

"行啊，你回去等着去吧。"苏晋下了逐客令。

大胡子侧过头，挺认真地看了一眼金慧心，一下子就要把她的长相刻在心里，待他看仔细了，刻在心里了，才一扭头，走了。

关上了办公室的门，苏晋才轻轻揽过惊魂未定的金慧心，轻轻拍着她的后背说："别怕，别怕。他叫段子风，别人都叫他'段疯子'，好点书法绘画，有些狂傲，背后有大树，是盟里老领导的一个侄子，原来在包头教育局工作。老领导娶了两任老伴，哪任也没给他生个儿子，就把他调回来放在身边防老。盟里不好安排，就让在市里给找一个工作岗位。考虑到业务对口，把他安排到教育局，还给把副局长的椅子，提拔他了。想不到他是荞麦皮打糨子——糊不上墙，两条腿上没架着个好屁股，经不住抬举。"

"那……那，我走了。"金慧心的心还在"咚咚"地跳。她吓死了——她才不想知道段子风剃不剃胡子、坐不坐官椅，就想快点逃离这个不安全的地方，回到自己的宿舍，平息慌乱与惊恐。

“等等——忙什么呀？好像我这里是马蜂窝。”苏晋从抽屉里掏出一封信，“有人告你们了，说邵华为崇洋媚外，演出了不健康的节目。看来，乌兰牧骑在建队的过程中，政治思想工作也是不能放松的。”

金慧心接过信一看，就知道这封告状信是谁写的了，她太熟悉这种美术体的笔迹。她打开信，只看了一眼就装进了挎包里，心里暗暗埋怨司子健敏感多事。

“还有，要尽快地排出一台节目来，给市委领导汇报，新组建的乌兰牧骑是骡子是马，都要在那个舞台上遛上一遛。”这是官话，也是实话。

2

车伯尔市乌兰牧骑的十二名队员，被安排在三道街路北的一个小四合院里。

据说，这个小四合院是本地富商穆子林的一个私宅，私宅里常年包养着一个色艺双全的女戏子。这院子里的格局，就是按照女戏子当时的心思设计的。除了饮食起居的正房，与别家的四合院不同的是，一溜五间的西厢房有四间做了排练厅，别的屋子地面铺的都是大方青砖，唯有这四间房子的地面铺的是松木地板，为的是下雨阴天，那女戏子好在屋里张跟头打把式地练功。中华人民共和国成立初期，穆子林被政府镇压了，那个戏子也下落不明了。原来这个四合院住着市委的三个部门——工、青、妇，等乌兰牧骑一建立，就把这天天热热闹闹、吵架斗嘴的三家单位分别迁走了。

苏晋提议把乌兰牧骑安排在这儿，最充足的理由就是：这里有四间木质地板的西厢房，可以做排练厅，因材施用，再合适不过了。正房做办公室，东厢房做职工宿舍，一个乌兰牧骑便在这里安营扎寨、集训排练。

乌兰牧骑队员的家大都在市里。一放假，队员们都回家了，唯有正房的办公室里会传出一阵阵不连贯的二胡演奏声。金慧心知道这是邵华为不愿意回他那个有了继母的军分区家属院,独自一人在练功呢。

邵华为不是在练功,他是在作曲——为萨日朗的两个自编的舞蹈作曲。临分手的时候,萨日朗告诉他,她很喜欢宋代诗人陆游的《钗头凤》,喜欢毛主席的诗词《蝶恋花》,这两首诗词的意境一经邵华为的讲解,就在她的心里产生了舞蹈的冲动,在她的脑海里产生了舞蹈的画面,她要学朴真玉和乌日汗姐姐那样,创作舞蹈,让邵华为给她写两部曲子。邵华为当时就答应了萨日朗。他觉得凭萨日朗的刻苦与悟性,一定能把这两个舞蹈排练出来,一定能跳好。

乌兰牧骑没有钢琴,邵华为在谱纸上写出一段曲子,就用二胡演奏一遍。他在作曲的时候,脑海中就出现了萨日朗跳舞的画面,出现了自己的画面——萨日朗跳的是那个"咽泪装欢。瞒、瞒、瞒!"的唐婉,他跳的是"锦书难托。莫、莫、莫!"的陆游;萨日朗跳的是为革命忠贞不屈、慷慨赴死的杨开慧,他跳的是"杨柳轻扬直上重霄九"的毛泽东。

心里有激情,脑子里就有画面,《钗头凤》《蝶恋花》两部舞曲创作得非常顺利,以至于金慧心站在他眼前,他还浑然不觉。

"这么入情?四合院里进来贼,着了火,你也不知道吧,我的邵队副。"

邵华为不好意思地站起来,放下二胡,说:"打扮得这么漂亮,不去找个婆家,怪可惜的。"

许是触动了隐情,金慧心的嘴角扯出了一丝苦笑,说:"婆家的门在哪儿开着,我还不知道呢。婆婆在哪儿腿肚子转筋,我也不知道。这不,我进了办公室的门,又没看见你的妈,就是你,也装着没看见我,两只大眼珠子就知道盯在二胡上。"

邵华为岂能听不出金慧心的弦外之音,但他就是对金慧心没感觉,心灵接触的时候不通电。他不是看不见金慧心的才华和美貌,就觉得金慧心太有心计,做人做事不纯粹,她的心好像总是躲在侧幕条里,一半要出场,一半还没出场。另外,金慧心比他大了三岁,虽说"女大三,抱金砖",可在邵华为的感觉中,她就是那种邻居的"大姐",可以管着自己、疼着自己,就是不能爱自己。

“你是知道的，我妈去了重霄九，那个后娘，绝不会为了给你当婆婆专程到咱们四合院来。慧心姐——那你就理理我吧，有什么指示，你尽管说，我照办不就齐活儿了嘛。”

一声“慧心姐——”拉开了年龄上的距离，也拉开了心灵上的距离。金慧心没有感觉到邵华为对她的亲切，相反，倒传递出一种疏远和冷淡。她的心沉了一下，问邵华为：“你做什么呢？”

“作曲，给萨日朗编的两个舞蹈作曲。”邵华为把桌子上的一沓谱纸递给金慧心，“萨日朗编的这两个舞蹈都是双人舞，一个叫《钗头凤》，一个叫《蝶恋花》。你给看看，这两个舞蹈编完了，咱们也可以跳，人不多，大台子小台子都能演。”一提起作曲，邵华为就兴奋不已。一个人做他喜欢做的事，就是这种态度。

看着，看着，金慧心皱起了眉头，想起了挎包里司子健的那封信，就说：“《蝶恋花》没问题，抒发领袖的革命感情。《钗头凤》就不同了，它是描写才子佳人的卿卿我我、爱恨情仇，哎——部队副，有人给市委写信了，说你在高炮连即兴演出的《拉兹之歌》，崇洋媚外，思想不太健康。”

“谁写的？准是雷达团那个姓司的宣传科科长吧？官不大，老是摆着一副官架子。他懂个屁！他懂什么是艺术吗？《拉兹之歌》的电影名叫《流浪者》，它和《国际歌》一样，都是无产者反抗压迫和剥削的。《拉兹之歌》还把控诉的矛头直指封建资产阶级血统论的偏见——法官的儿子就是法官，小偷的儿子就是小偷。”

邵华为的反应这么激烈，是金慧心没有想到的，从心里她也佩服邵华为的见解，可面对市委副书记苏晋转来的部队的告状信，她又不能置之不理，就硬着头皮说：“咱们要虚心听取别人的意见，不能‘老虎屁股摸不得’吧。人家是解放军，又是部队的宣传科科长——”

“别拿部队吓唬人，我从小就是在部队的大院里长大的。”

邵华为这么一说，金慧心忽然想起来——邵华为的父亲邵东方是军分区的政委。金慧心的头一下子疼了起来，这个邵华为很不好领导，艺术上很强，但政治上不成熟。有这么个队副和自己搭伙，真不知是福是祸。队副发脾气，金慧心不能跟他吵，她得有这个涵养、有这个容量，就咽下一口气说："意见提给你了，怎么做是你的事。市委同意扩编招人，也同意给一台车，还指示咱们尽快拿出一台节目来，给市委做汇报演出。咱俩分分工吧，进人和进车的事，我多操心。这一台节目编排的事，你就多用点心担起来吧。"

"得令！"邵华为给金慧心做了一个鬼脸儿，算是缓和气氛。他就是一个搞业务的料，一提到排节目他每根神经的兴奋点都会"突突"地蹦跳。

3

按照"人尖子""人样子"的选拔标准，金慧心在全市的九所中学、一个师范学校和七个街道办事处挑了一圈，还真没挑出来。等她拖着疲惫的双腿坐在办公室里的时候，突然顿悟：半年前，乌兰牧骑开始组建时，她和市委的领导已经像篦头发一样，在这些学校和办事处里篦过好几遍了。没有"人尖子""人样子"，也不能划拉到筐子里的都是菜吧，请神容易送神难，随便找上九个乌兰牧骑队员，到时候，吃不了苦，受不了累，唱不像唱的，跳不像跳的，演不像演的，废品往哪儿退呢？没处退。

金慧心漫不经心地翻开桌子上一沓报纸，里面夹着一封写给她的信。她一看那熟悉的美术体，就知道这封信是谁来的了。她屏住呼吸，慢慢地展开了信纸——

慧心同志：

你好吗？

分别已有数日，昼夜萦绕心怀的，就是你在荷塘边的舞台上报幕的倩影。我现在提起笔来，就如同你就坐在我的对面，我们在促膝谈心——

笔，毛主席曾用它写下雄文四卷，指导着中国革命与世界革命。

笔，鲁迅先生曾用它作为投枪和匕首，刺向敌人的心脏。

笔，今天我用它做一条红线，把两颗热恋的心紧紧地联系在一起，为着共产主义理想共同跳动。

致以革命的敬礼！

盼着你的回信。

司子健

一九六四年七月十八日

说句心里话，这封信还真投金慧心的脾气，它和金慧心的思想很合拍。她是那种积极向上、阳光灿烂而经常被人怀疑是假积极的人，但她自己会对自己说："唯大英雄能本色，是真名士自风流。"从能够记事的那天起，她就最讨厌虚伪。她崇尚真诚，但也知道任何事物都有度，都需要自己把握。她不想马上给司子健写回信。她的心还被一条绳索牵着呢！邵华为，她已经对他彻底死心，他的那声"慧心姐"就是绝情的宣言，他再有才，再有艺术细胞，思想上不合拍，在一起生活也是很痛苦的事情。难题在苏晋那儿。她有耳闻：苏晋患了严重心脏病的老婆，现在正在昭乌达盟北部的热水疗养院泡温泉呢。病情依旧，既没有"活不长了"的迹象，也没有"活得很长"的迹象，她啥时间"退岗"，还是个未知数……和苏晋的结合，就像被判了无期徒刑，她不知自己何时才能"出狱"，见到婚姻的曙光。但自己如果和司子健谈起恋爱来，让苏晋知道了，还有自己的好吗？他能放过自己吗？他能有度量不整自己吗？他能不心怀仇恨吗？他还能要编给编，要车给车地支持自己当好这个乌兰牧骑的队长吗？可在"无期徒刑"的牢狱里服刑，什么时候是头啊！青春一去不复返，一个女人会有几个二十六岁！

"咚、咚"两下敲门声，邵华为进来："金队，发什么愁呢？"

金慧心激灵一下，收回自己的愁绪，立即把司子健的信放进抽屉里，站起来，伸了个懒腰说道："没有合适的人选啊，沙里淘金，淘了几遍，筛子里剩下的还是沙子，大块的。”

“不用发愁了，有现成的金子，等着咱们捡呢。”

“有这样的好事？”金慧心停止了伸懒腰，马上来了精神。

“我的同学在内蒙古艺校当老师，他来信说，今年八月份有一批五年制的毕业生，咱们可以先去挂个钩，到时候，动员几个进来。”

“哦——这倒是个捷径，现成的毕业生应该是成手了。”金慧心如释重负，不用为找“人尖子”“人样子”发愁了，“能到内蒙古艺校上学，都是经过层层选拔和考试的，经过五年的学习和训练，拿来就用，应该没有问题。”

“那也不一定，从课堂到舞台也得有个过程，另外，有些人也会出岔儿。我的同学说，有个小姑娘是十二岁进艺校的，当时是细胳膊细腿细腰身，长得也挺好看。但这小姑娘是一个县太爷的千金，太娇气，练功不刻苦，家庭条件好，又贪吃，零食不离嘴，到毕业的时候，体重达一百四十多斤，像个球。当旗长的父亲托了很多人情，要把她分到文艺团体，可哪个文艺团体的领导一见她那个‘球’样，都不敢要，最后，只好改行了。”

“要是一百四十多斤的舞蹈演员，就是北京舞校毕业的，咱们也不能要。唱歌的、搞器乐的都好办，一个跳舞的那么胖，没有合适的人跟她站队形啊。”

邵华为递给金慧心一张节目单：“金队，今天晚上联排的节目单，你审查审查。”

金慧心接过节目单，认真地看了起来——

第一个节目：开场式《春到车伯尔》。这是个歌舞节目，要的就是欢快的气氛。歌词都是金慧心写的，作曲是邵华为。按说，他们一个队长，一个队副，一个作词，一个作曲，要是心能同时凉热，真是一对黄金搭档。

金慧心接着往下看——舞蹈《巡逻之夜》《插稻秧》《公社萨日朗》，表演唱《看望我们的边防站》《双送礼》《找亲人》，这几个节目，除了邵华为和林至峰穿上新疆服、戴上维吾尔族帽、粘上小胡子演的《双送礼》外，都是跟赛罕旗乌兰牧骑学习和一起创作的节目。看着这张节目单，真的很丰富，色彩也好，有蒙古族舞，有朝鲜族舞，还有幽默、诙谐的新疆表演唱，舞台上够亮丽的了。

金慧心的脸上露出了笑容。接下来的是声乐节目，有华凌的独唱《沁园春·雪》，新学的蒙古族长调《牧歌》；华凌与曲景波的男女声二重唱《小青马》；男声四重唱《游击队歌》。曲艺节目有林至峰和曲景波的相声《白字先生》和《炊事班长》。

“好！”金慧心对邵华为编排的节目很满意。

最后的是器乐节目，有曲景波的萨克斯独奏《晨曲》《牧归》，有金慧心的手风琴独奏《水兵舞曲》《火车进苗寨》，邵华为的二胡独奏《拉兹之歌》……

一股火一下子冲上了头，金慧心把节目单往桌子上一拍，说：“邵队副啊……你让我怎么说你，你怎么就没有一点政治头脑。头两个星期，我刚给你传达了苏书记转来的部队的告状信，你怎么就顶烟儿上呢？你的二胡独奏曲多着呢——《北京有个金太阳》《江河水》……你拉哪个不行啊，非得拉《拉兹之歌》吗？还有，我的手风琴独奏也不能拉《水兵舞曲》，那是苏联音乐，现在‘反修防修’这么紧张，在国际斗争中我们要站稳立场，有个正确的政治态度。”

“你说完了没？说完了，该我说了吧？”邵华为也恼了，“你说说《江河水》和《拉兹之歌》有什么区别？往大了说，不都是‘控诉万恶的旧社会’吗？不都是反抗压迫的吗？演奏一个《水兵舞曲》就站到苏修的立场上去了？照这么个逻辑，我们的党和国家领导人，有多少跟赫鲁晓夫握过手，那为了站稳立场，还得把与赫鲁晓夫握过的手都剁掉不成？你的《水兵舞曲》可以拿掉，我的《拉兹之歌》坚决不拿！”邵华为一气说完，转身就走。

第十章　“人尖子”进队　千千木跳芭蕾舞
“人样子”入画　党报盛赞发短评

1

“这是乌兰牧骑吗？”一个清脆的女孩子的声音传了进来。

金慧心和邵华为抬头一看，两个人的眼前同时一亮。

金慧心立刻找到了“人尖子”“人样子”的感觉。

眼前的这个姑娘细高细高的个儿，足有一米七二。细长的脖颈让人一下子就想到了骄傲的白天鹅。椭圆形的脸蛋白得像烤瓷，眼睫毛长长的，宛若仕女手中的两把小扇子上下忽闪着。头发是金黄色的，像俄罗斯女孩儿的发色。

女孩儿的身后还跟着一位中年妇女，皮肤细腻而白皙，眼睛也是大大的、双眼皮儿，头发有微黄色的自来卷，身板拔得直直的，非常有气质，明眼人一看就知道是个搞过文艺的。

女孩儿很闯荡，没有丝毫的怯懦，往眼前一站，就如一位久经场面的报幕员：“我叫千千木，这位是我妈妈筱彩云，她是承德评剧团的演员。我在承德上高中，今年毕业。在小学的时候，我就参加了市少年宫的舞蹈班，学过芭蕾，也学过民族舞。我姥姥家在车伯尔市。前几天，舅舅写信给妈妈,说乌兰牧骑要招收演员,叫我过来试一试。我知道你们是乌兰牧骑的队长,能不能给我一次机会,让我参加考试?我做梦都在舞台上跳舞,像一只白天鹅一样地跳舞。”

女孩儿一口标准普通话,声音温润、清亮,像小河淌水一样,一口气说明了身世和来历。

金慧心把头转向邵华为,在用目光征询他的意见。两个人的分歧对内,对外还要保持一致。

邵华为与金慧心对视一下,点点头,表示他对女孩儿有好感。

“你叫千千木?像日本人的名字?”金慧心问。

“我是回族。妈妈是水命,喜欢花草树木,也养得好花草树木,就给我起了这么个名字。”

“还挺有文化的啊,有说道,有典故,就有文化,就不是白开水一杯,乱麻穰一团,也不像‘丫蛋、狗剩’那般低俗。”金慧心说着,用眼光仔细地打量着千千木的妈妈筱彩云。

筱彩云面目含笑,不论形象与气质,都非常耐看,没有缺彩的地方。她平静和蔼地迎着金慧心审视的目光,彬彬有礼地对着金慧心和邵华为折了一下腰。

“邵队长,那咱们就考考千千木?”

邵华为笑意盈盈地点了一下头,说:“到排练厅吧。”

排练厅里很热闹,因为晚上就要进行车伯尔市乌兰牧骑成立以来第一次全队单独的联排,大家既紧张又兴奋,练舞蹈的练舞蹈,练乐器的练乐器,唱歌的华凌也在对着北面墙上的一面大镜子练口型。

这面大镜子与北面的一排大镜子不同,镜面光洁沉稳,它的镜框竟是用珍珠和贝壳镶嵌而成的——华贵之极,宝贵之极。这是当年这个四合院的主人——大商人穆子林送给他包养的女戏子的。这面大镜子的旁边,还立着一个雕花大衣柜,是紫檀木的,花雕得精致细腻,图案吉祥考究,怎么看怎么华美。春夏秋冬的衣裳装进去,自有一股子天然的香气熏着,衣裳不会遭虫蛀,香气还能保持得长久。这口雕花的衣柜,也是穆子林送给女戏子的,只是现在没装华贵的衣裳,装的是乌兰牧骑的乐器。穆子林被镇压,女戏子逃亡到何地无人知晓。这面镶嵌着珍珠与贝壳的大镜子和这口雕花的衣柜,就和这个院子一样,成了现在乌兰牧骑账上的固定资产。

"大家停一停,看看这个叫千千木的姑娘给咱们带来的表演。"邵华为把两只手举起来,使劲地拍了两下,招呼着大家。

"哟……嗬,好稚气、好精致的一张脸噢!"声乐演员华凌首先发出了赞叹。

"这个个儿,这个条儿,应该是块跳芭蕾舞的料啊!"舞蹈演员詹萍萍也投了赞成票。

"她的眼睛会说话,有戏。"林至峰喜爱表演,眼睛是心灵的窗子,他看人专爱看人家的眼睛。

千千木果然不负众望,先跳了一段维吾尔族舞,双手十指相扣,环绕着托在下颚处,长长的脖颈左右晃动着,又俏皮又美丽。接着,她又跳了一段朝鲜族的长鼓舞。没有道具,她就把一个小红鼓用一根带子串起来,挂在脖子上,素手纤纤,捏着两枚鼓槌上下翻飞地击打着,一投足,一弯臂,一个甩腰,都摇曳生香。

"咔嚓——"一声,不知谁按动了快门,千千木的舞姿被留在了一张底片上。大家正看得出神,冷不丁的"咔嚓——"声打断了大家的注意力。

金慧心以为是邵华为在拍照,因为全队就邵华为有一台相机,心里禁不住生怨:"太沉不住气了吧?还没说要不要呢,就给拍了照了,有这么惯着考生的吗?太殷勤了吧!说他政治上不成熟,就是不成熟!"她扭头瞥了一眼——不对,她看到的不是邵华为,是一张长满胡子的脸——段子风,段疯子。金慧心不客气地瞪了他一眼。

"别不高兴啊,爱美之心人皆有之,我们画画的,就是要寻找美,寻找美的模特。我本来是来找你的,找你给我做个模特,赶巧了,你们这位姑娘更美。你不会嫉妒你的队员吧?"

"你出去吧,她现在还不是我的队员呢。"

“你别下逐客令，我是文化馆的，咱们都是一个系统的，开大会时，屁股都要坐在一个大会议室里，也算是一条大板凳上的你和我。”

金慧心反对一个人有事没事地穷搭讪，心里想不知道鲁迅先生有一句名言“浪费别人的时间等于谋财害命”吗？于是，她不想再搭理这个段疯子，就对邵华为说：“邵队，问问千千木还有什么要表演的吗？”

“她——会跳芭蕾舞。”一直没有说话的千千木的妈妈筱彩云凑到了金慧心的身边，温和而又小心翼翼地说。

“什么曲子，要伴奏吗？”说话的是邵华为，他见千千木边跳边唱着曲子给自己配乐，已经累得气喘吁吁，汗流浃背，就问了一句。

“《天鹅之死》。”筱彩云轻轻地说。

“好的，你们等着，我去拿把提琴。”邵华为去自己的宿舍拿小提琴。

千千木蹲到墙旮旯换足尖鞋。

就在这时，金慧心看见筱彩云掏出了一块雪白的手绢，蹲在地板上擦着千千木滴落在地板上的汗珠。她大概是怕女儿跳芭蕾舞时，踩在汗珠上摔倒了吧……不对！金慧心看到筱彩云的后背在抽搐，她，在哭。筱彩云在无声地哭。她擦着木地板的手在颤抖，千千木的汗珠没擦掉，她的泪珠却一滴滴地跌落在地板上……

在邵华为小提琴的伴奏下，千千木的《天鹅之死》跳得非常成功。她一撩腿，足尖就越过头顶。她一个凌空跃，双臂就如天鹅飞翔时的翅膀。当她在悲伤的乐曲中，茫然无助地伸出双手，四位脚连续地旋转着，倒在地上“死”去的时候，周围响起了一片掌声。

成功的考试没有换来成功的答复。

金慧心告诉千千木：“可以先回承德，留下地址，什么时候乌兰牧骑需要你，什么时候再通知。”

一听这话，千千木的眼泪“唰——”的一下就滚落了一地，跟着“哇”的一声就放出了哭声：“你……队长，为啥不要我呀？”

“你妈妈呢？”金慧心想让千千木的妈妈把她领走，却发现寸步不离女儿的筱彩云不在女儿身边。

"妈妈——"千千木一呼唤,才发现筱彩云不知何时挪到了北墙旮旯,用刚才给女儿擦地板的雪白的手绢,在擦那面镶嵌着珍珠、贝壳的大镜子,和那口装着许多件乐器的紫檀木雕花大衣柜。

千千木母女流着眼泪互相搀扶着走了。

邵华为推开金慧心办公室的门,开门见山:"金队长,素质这么高的人为什么不要?素质就是天分,不是每个人都有的!你不知道,一个人在成才的道路上,遗传基因是多么的重要,遗传基因就是天分。"

"什么遗传基因?我就知道有位名人说过:一个人的成功,是百分之一的天赋,加上百分之九十九的勤奋。千千木不适合乌兰牧骑,她太洋了!芭蕾舞离开地板就不能跳,咱们在赛罕旗待了一个月,你见过有地板的舞台吗?"

"可那位名人接着还有一句话:然而,没有这百分之一,光有百分之九十九的勤奋,也是绝不能成功的。她的维吾尔族舞和朝鲜族舞都跳得很好,在咱们《插稻秧》的领舞詹萍萍身上,是一点儿也寻不到朴真玉的味儿,要是让千千木练练,说不定会在最短的时间内赶上朴真玉。"

"你刚才还说遗传基因呢,这会儿又自己给自己的理论拆台。朴真玉《插稻秧》跳得好,是因为朴真玉是朝鲜族。千千木跳的是不错,但那朝鲜族的味儿,是永远赶不上朴真玉的,那是与生俱来的。再说,千千木的来历太复杂。你没见她的妈妈筱彩云边擦地板边哭吗?你没看她拿着那么白的手绢擦大镜子吗?擦那口紫檀木的雕花衣柜吗?她哭啥?她为啥哭?她为什么擦地板?擦大镜子?擦雕花衣柜?那是她认得这一屋子的地板,认得那面镜子,认得那口檀香雕花衣柜。咱们现在这个四合院,是被镇压的汉奸商人穆子林的私宅。他死了,他包养的那个戏子哪去了?千千木……'木'就是'穆',两个'木'就是林,说不定千千木就是穆子林的女儿,筱彩云就是穆子林包养的那个戏子。这样的人,敢要吗?"

"咱们的政策是'讲成分,不唯成分论'。她父亲是汉奸,她不是汉奸呢,她只是一个十七岁的小姑娘。"

"这话,你对领导们说去,反正,我是不敢要这样的人。"

金慧心不要千千木，还有两个说不出口的理由：

一是段疯子。她在苏晋的办公室里第一次看见段子风，就对他邋邋遢遢的长胡子没有好感。还有，他临走时，看着她的不怀好意的眼神，也让人心里很不舒服。现在见他不预约就冒昧地闯进排练厅，给从没见过面的千千木拍照……“段疯子是一个色鬼”，是金慧心给段子风为人的定义。色鬼若盯上了千千木，将来准会出事。作为一队之长，要防患于未然，她得少给自己找麻烦。

二是邵华为。她看出了邵华为对千千木的欣赏和礼遇，心里有些泛酸……自己对邵华为很用心、用情，邵华为对自己敢顶敢撞，倘若千千木被邵华为重用，成为台柱子，加上很多队员都对邵华为的业务能力服气，他领着一帮人和自己离心离德，到那时，自己在队里多么孤立啊！工作怎么好开展呢？

有个寓言说：“女人好比梨，外甜内酸。吃梨的人不知道梨的心是酸的，吃到最后就把心给扔了，所以男人永远不知道女人的心。男人就好比洋葱，要想看到男人的心，就需要一层层地去剥，但在剥的过程中，你会不断地流泪，剥到最后，你才知道洋葱没有心。”这个寓言挺适合此时金慧心和邵华为的。

邵华为又气又无可奈何地拂袖而去。

段疯子就是段疯子，说他是金慧心命中的克星一点儿都不屈才。他看见金慧心把千千木母女无厘头地撵出了四合院，母女俩抹着眼泪走出四合院，他低头揉揉脏兮兮的胡子，抬头看看蓝蓝的天，然后把相机往肩上一甩，就一路小跑着追上了千千木母女……

2

全自治区三十支乌兰牧骑演出队的会演已经接近尾声，今天晚上就要集中获奖的节目，向自治区的党政领导和首府观众做汇报演出了。

金慧心闷闷不乐地坐在招待所的床上，陷入沉思。

临行前，车伯尔市乌兰牧骑向市委、市政府做了专场汇报演出，受到市委、市政府领导和社会各界的交口称赞。邵华为的独奏、独唱，林至峰的相声和表演唱，她自己的手风琴独奏，詹萍萍领舞的舞蹈，华凌与曲景波的男女声二重唱《小青马》，都是掌声不断的节目，就连千千木跳的芭蕾舞《天鹅之死》都在观众一阵又一阵的掌声中返了场。领导和观众们都说："芭蕾舞过去只是在电影里看过，现在芭蕾舞都跳到咱们的家门口了，那演员一抬腿，那个足尖鞋就在咱的眼前晃，你说开眼不开眼？"

那天千千木母女刚出了四合院不久，段子风就追了上去。接着，就把她们母女带到当盟委副书记的段华昌家里，说这样优秀的人才，车伯尔市乌兰牧骑的队长金慧心不要，她这个领导是咋当的，这不是独断专行、排斥人才吗？

段书记看了千千木的舞蹈，又听了千千木唱的歌，确认了侄子所言不虚，是在为昭乌达盟挑选人才，就抄起一支大号钢笔，写了一张二指宽的纸条：

苏晋书记：

　　千千木是一个难得的文艺人才，建议招收为车伯尔市乌兰牧骑正式队员。

段华昌

有盟委副书记的亲笔纸条和苏晋的亲笔批示，金慧心一声不吭地收下了千千木。她叫来詹萍萍，给千千木发了练功衣裤，让她参加第二天早晨的练功。

第一次参加全自治区的乌兰牧骑会演，车伯尔市乌兰牧骑拿出了十五个节目，仅有两个节目获得了三等奖：一个是山东琴书坐唱《找亲人》，一个是林至峰的单口相声《蒙汉亲家》。虽然不是全军覆没，但距离她的期望差得太远。依着金慧心的性格,车伯尔市乌兰牧骑不演则已,一演就得惊人!从整体实力来讲,除了蒙古族舞和长调这些节目赶不上赛罕旗乌兰牧骑之外,其他个人专项,就技能来讲,都是一流的。三十支乌兰牧骑队参加会演,有的队还拿不出一台像样的节目呢。车伯尔市乌兰牧骑拿出了十五个节目,怎么也得有五个获奖吧?怎么也得有个一等奖吧。可事实就是这么不如人意,她回去以后,怎么向车伯尔市的领导交代呢?到底问题出在哪里呢?金慧心陷入苦思。她是个善于思考和总结的人,做不到"吾日三省吾身",一省二省还是能形成规律的。

招待所的服务员敲门进来,放在金慧心对面床上一沓报纸。就在服务员一转身的时候,金慧心一眼看见了那张报纸上有自己——自己的照片,是在大兴农场那场演出结束时,抓住鲍龙斌的手举起来的那张。这份报纸的报头是毛泽东主席的题字"人民日报"。和这张照片发在一起的共有五张,第一张照片就是一辆大马车,拉着乌兰牧骑的队员在草原上奔驰,赛罕旗乌兰牧骑的队旗在春风里飘扬。

这一组照片的作者,都是佟家琪。

在这组照片的右上方,《人民日报》还配发了短评:《轻装上阵——赞乌兰牧骑》。短评批评了一些作家、艺术家"'对于工农兵群众,则缺乏接近,缺乏了解,缺乏研究,缺乏知心朋友'……他们的思想感情没有变,或者没有彻底地转变过来,他们的内心深处是不爱工农兵的,他们的生活作风是贪图安逸、害怕艰苦的,结果下乡下场下连队,就像蜻蜓点水一样,很快'飞'回大城市……"

短评大赞乌兰牧骑体现了毛泽东同志的文艺思想:

> 乌兰牧骑的同志们是革命化的。他们的行动口号是:"哪里最困难,哪里最偏僻,就先到哪里送歌献舞。"乌兰牧骑不辞辛苦,踏遍了内蒙古的大草原,和牧民们完全打成一片,建立了阶级的鱼水之情。他们把革命的文艺奉献给牧民,就把党和领袖对劳动人民的深切关怀带到了群众之中……

乌兰牧骑的工作作风是革命化的：一辆马车，十几个人，轻巧灵便，而且人人学上几套本领，又拉又唱又舞，在人少的条件下演出多样的节目。我们决不反对大剧团，决不反对大节目，也决不反对演员对一种技巧的钻研。但是，我们的国家是如此辽阔广大，我们人民中的最大多数生活在山区、平原、草地，只有更多地更大量地发展乌兰牧骑式的文艺工作队，才能轻装前进……

凭着政治敏锐性，金慧心强烈地感觉到了——乌兰牧骑的时代来了！

她把《人民日报》的短评读了两遍，竟为自己刚才的想法和念头羞愧起来。什么一等奖、三等奖的，自己的思想怎么落后到了这种地步，在共青团的全国代表大会上，她受到过毛泽东、刘少奇、朱德、周恩来等党和国家领导人的接见。《人民日报》的短评，就是毛主席的思想，就是毛主席的话呀！她没有理由不听毛主席的话，她一定要把车伯尔市乌兰牧骑带好。作为一名乌兰牧骑队员，她要让自己的灵魂高贵起来，让自己变得"值钱"些。就在此刻，她产生了与苏晋彻底断绝暧昧关系的决心，她不能让自己空等苏晋。哦……她该抽空给司子健写封回信了。

金慧心拿着这份报纸去找邵华为，要和他商量一下，组织全队学习《人民日报》这篇短评。

萨日朗在邵华为的房间帮他洗衣服。

一到呼和浩特市，联排完了晚上要演的节目，萨日朗就来到车伯尔市乌兰牧骑的驻地找她的"华为哥哥"。邵华为是她的老师，也是她的恩人。一见到分别两个月的邵华为，她上前一把抓住他的手，就不想分开。她太想她的"华为哥哥"了。她要把自己背会的《唐诗宋词元曲三百首》都背给她的"华为哥哥"听，她还要把自己编的《钗头凤》和《蝶恋花》跳给她的"华为哥哥"看，这两个节目的舞曲，都是她的"华为哥哥"作的，她要交作业。可她一见邵华为的面，第一个动作就是伸进自己的内衣口袋里，掏出了用手绢包着的二十元钱，一元一张，二十张也是不薄的一沓呢："华为哥哥，这是我从工资里攒的，先还给你，剩下的钱，我慢慢还你，你好买手表啊，戴惯了，不戴太不方便。”

“傻丫头，二十元钱距离买手表的钱，还差好大一截呢。我的手表不用你还，你拿着这钱买一双皮鞋穿，车伯尔市乌兰牧骑的姑娘们都穿着皮鞋呢。”

猛一见萨日朗，邵华为本能地觉得这个美丽的姑娘怎么变土了呢？尤其是脚上的黄胶鞋，右脚的鞋帮上还打了一块补丁。

“华为哥哥，我们都穿黄胶鞋，下雨的时候可以当雨鞋，走沙漠的时候不爱灌沙子，还可以随时随地当练功鞋。”

“城市姑娘穿皮鞋，农村姑娘穿胶鞋。”邵华为在心里嘟囔了一句，没有说出口。

每演出一场，萨日朗就抽空过来给邵华为洗一次衣服。一场演出下来，哪个又唱又跳又演奏的乌兰牧骑队员不是一身汗呢？萨日朗觉得给她的“华为哥哥”洗衣服，就是对邵华为的报答，而且，在洗衣服的时候，邵华为会为她讲解《唐诗宋词元曲三百首》里的任何一首诗词。

“‘互助组’进入高级社了？由大兴农场搬到自治区首府了？”金慧心跟队副和萨日朗开着玩笑。

“金队长，你有脏衣服吗？我给你洗。”萨日朗笑盈盈地对金慧心说。

“不敢当。我又没给你讲课，又没给你作曲，还没给你英格表抵彩礼，我助不了你，你也就不用助我。”

“金队，萨日朗‘助’不了你，那我就‘助’你吧，你有脏衣服让我洗吗？”金慧心从小当干部当惯了，说话总是不知道客气。邵华为怕萨日朗吃亏，就把金慧心的矛头往自己的身上引。

“女人给男人洗衣服，是女性爱干净和勤劳的表现。要是男人给女人洗衣服，不是恶搞就是讨好。不论是恶搞，还是讨好，我都拒绝……哈哈，不给你们打口水仗了。”金慧心说着，把手里的《人民日报》高高地举起来，“我要给你们报告一个大喜讯！”

3

赛罕旗乌兰牧骑喜事连台：

他们的节目有三个获得了一等奖，两个获得了二等奖，朴真玉的顶碗舞《奶酒献给毛主席》荣获了这次全区乌兰牧骑会演唯一的一个特等奖。如佟家琪预料的那样，集体舞《公社萨日朗》《插稻秧》都因为是根据人民群众的生活创作的节目而获得的一等奖。还有潮洛濛的长调《牧歌》，也因为新填了歌颂牧民新生活的词而获得一等奖。

赛罕旗和苏尼特右旗双双被授予全区乌兰牧骑的"红旗队"荣誉称号。

朴真玉和佟家琪要结婚了。

自治区文化局一间单人宿舍的墙壁上，挂着毛主席的彩色画像。与所有新房不同的是，屋里没贴红囍字，登载着佟家琪一组照片和短评的《人民日报》被镶嵌在镜框里，挂在了毛主席像的两侧。这份报纸，对朴真玉和佟家琪这对新婚夫妇来讲，胜过了所有的囍字。

自治区文化局长玛拉沁夫当证婚人，他举起酒杯大声说道："报告大家一个好消息，文化局党组已经提升佟家琪同志为文化局艺术处的副处长，并根据他的申请，批准他到赛罕旗乌兰牧骑任指导员，挂职三年。"

佟家琪在《人民日报》上发了五幅照片，《人民日报》发了短评，这在全自治区都是大事。自治区领导下令嘉奖佟家琪，提拔他当艺术处的副处长，主抓全区的乌兰牧骑工作。他把这个消息告诉朴真玉并表示可以把她调到内蒙古歌舞团工作，朴真玉却哭了。她说她离不开乌兰牧骑，现在的乌兰牧骑也离不开她。朴真玉是他的至爱，乌兰牧骑也是他的至爱。佟家琪向文化局的领导递交了到赛罕旗乌兰牧骑挂职的申请。

鲍龙斌激动了，朴真玉可以不走了，不但不走，还牵回一个大才子给自己当助手，虽然只有三年，一千多个日日夜夜……这也是人生中的一段缘分啊！他正发愁朴真玉结了婚，离开乌兰牧骑，少了台柱子，年底的拥军任务怎么完成呢！这下可太好了！他上前拥抱了佟家琪，附在他的耳边说：“‘铜眼镜’，谢谢你！”

佟家琪也附在鲍龙斌的耳边说：“伙计，知道我对乌兰牧骑有多爱吗？”

鲍龙斌含笑不语。

“好啊——朴真玉不走了！”潮洛濛带头喊起来。

“朴真玉不走了！”所有来参加婚礼的赛罕旗乌兰牧骑队员一起喊了起来，他们是在风风雨雨中一起走过来的战友啊！分不开呀！

所有的人都拥上前去，和新郎新娘拥抱在一起，大家都哭了……

“咔嚓——”一声，这张照片就定格在照相机的底片上，背景是毛主席像和那张镶嵌在镜框里的《人民日报》。

不过，这回端照相机的不再是佟家琪，邵华为把这个所有来宾与新郎新娘一起拥抱流泪的婚礼场面，留给了《萨日朗影集》。

第十一章 赶先进 车伯尔大练基本功 看报纸 清格格苦寻金慧心

1

到呼和浩特市参加会演，金慧心要把此行的意义深化到最大值。她让邵华为找他的同学做介绍，从内蒙古艺术学校请来一位病休的舞蹈老师。看了全区三十支乌兰牧骑队的会演，金慧心找到了车伯尔市乌兰牧骑的弱点和不足——舞蹈的基本功不行。尤其是和赛罕旗乌兰牧骑比，就差得更远。同样的《巡逻之夜》，赛罕旗的朴真玉和陶鲤跳，就那么有神韵，一行上下坡的马步，一次持枪的凌空一跃，都那么刚柔相济、收放自如。车伯尔的孟玉和齐丽丽就不行，腰腿的功夫差，包括眼神都跟不上去，慢动作不轻飘，快动作没有力度和速度，大跳的动作笨拙得像两只上锅台的鸭子。不怪大会评委会偏心赛罕旗和苏尼特右旗乌兰牧骑，是车伯尔市乌兰牧骑队员的舞蹈基本功不到家。

必须苦练基本功！

内蒙古艺校的凌岩老师，是北京舞蹈学校毕业的高才生。他在艺校当了十来年的舞蹈老师，最近得了严重的胃溃疡，医生嘱咐他要在家好好休息，而且要吃流食，一天五顿饭。他爱人是内蒙古歌舞团的舞蹈演员，经常到外地演出，根本就不着家。凌岩从八岁起学舞蹈，根本就不会做饭，这一天五顿的流食，主要是喝奶粉。邵华为的同学说："你们如果每天能保证凌岩老师五顿流食，我就动员凌岩去车伯尔，帮你们整体提高一些舞蹈基本功。别的老师，连想也不能想，不是寒暑假期谁也离不开课堂。"

"这太好办了！"金慧心一口答应下来。车伯尔市乌兰牧骑的队员都住在市内，就没建食堂。像金慧心、千千木这样几个家在外地的队员，就在市委大院里的食堂搭伙。金慧心马上打电话叫人买了一套锅碗瓢盆，在四合院里安了一个锅灶，采购齐了柴米油盐酱醋茶，又把所有的女队员排好了班，轮流值日。

凌岩老师一日三餐在市委的食堂吃小灶，两顿流食由每个女队员轮流做。

凌岩老师太敬业了，按照北京舞蹈学校四年级的课程给乌兰牧骑的队员们开课，不到两个月就把把杆上的动作擦地、小踢腿、压腿、踢腿、控制、仙鹤腿、下腰等全都教会了。下了把杆的小跳、中跳、大跳、一字飞腿、剪式变身跳……也都一一教给了乌兰牧骑队员。课堂上，他拿着一根竹鞭，哪个队员的腿控制不住，大跳时双腿离地不足一尺，挥起竹鞭就是一下。孟玉和齐丽丽的基本功差，没少挨凌岩老师的打，就连有表演天赋的林至峰，腿上也被抽青了好几块。挨了打，疼得直咧嘴，下了课，摸着腿上青紫色的鞭痕，孟玉和齐丽丽就聚在一起，泪眼婆娑地控诉"南霸天教学法"。

凌岩老师笑着听完了孟玉和齐丽丽的抱怨，朗声说道："当年，我们的老师就是这么个教学法，那竹鞭就是戒尺。严师出高徒，不打不成器。不刻苦、不流汗、不流泪，就练不出一个好的舞蹈演员。腿不练得三肿三消，任你从娘胎里就带来了舞蹈天赋，也是当不了一个优秀的舞蹈演员的。何况，我只打算在这里给你们集训三个月。我在舞蹈学校一学就是七年。三个月与七年相比，每一分钟对一个舞蹈学员来说都是金子。"

说完这段话，凌岩还说："我可以给你们袒露一个秘密——"

孟玉用嘴唇扯出了一丝苦笑："凌岩老师，您就别卖关子了。您不仅是南霸天教学，您还是半夜鸡叫的老地主，冷酷无情，一分钟的偷懒时间都不给我们留。”

凌岩“嘿嘿”地笑了。当了十几年的舞蹈老师，他才不在乎小女孩儿们怎样挖苦他的严厉与无情：“其实，我是很友善的，你们女队员每天轮流给我做两顿加餐，我吃得高兴，才奖励你们严格训练的，我不是无情，我是多情——”

三个月的时间，还让凌岩给化成了两段：两个月的时间，教基本功；一个月的时间，教队员们蒙古族舞、朝鲜族舞、新疆维吾尔族舞、藏族舞、东北秧歌五套舞蹈语汇的组合。

2

练了一身汗，金慧心穿着练功服走出了排练室。

看门的张大爷领着一位穿戴整齐、面容靓丽的中年妇女来到金慧心面前。

金慧心刚看了面前的中年妇女一眼，就觉得很面熟，她想不起在哪儿见过，恍惚间，好像是梦里见过的人。

那位中年妇女也在仔细地打量着她，还把一张报纸拿出来，仔仔细细地对照着看。

金慧心一看到《人民日报》的报头，就知道是发了佟家琪五张照片和一个短评的那张报纸。

张大爷说话了：“金队长，我看这位北京来的女同志和你长得很像哟，她就是来找照片上的你的。”

金慧心问：“您找我有什么事？”

那位中年妇女说：“进屋谈好吗？”

金慧心的家在离车伯尔市五十多公里的王府镇。她的父亲是王府中学的语文教师，母亲是一位家庭妇女。在家的时候，她特别受宠，原因就是自己比哥哥和妹妹都长得好看，不但自己的眼睛比他们大，皮肤也比他们的白。她从师范学校毕业后当了教师,每年的寒暑假都回王府镇。等一当了校领导,特别是到了乌兰牧骑,她就很少回家了。

“慧心,我想见见你的父母。”中年妇女刚一落座就开门见山。

“能问您的名字吗?您为什么要见我的父母?”

“我姓关,叫关玉琢,家住北京,在北京市政协做文史研究员。我每天看报纸,就看到了这张《人民日报》上的照片,看到了照片上的你……孩子,你不觉得我们长得很相似吗?你看看这几张照片——”关玉琢从随身带着的挎包里掏出一个皮夹子,从里面拿出了三张照片,“这都是我年轻时的照片。”

金慧心接过照片一看,照片上的年轻女子果然很像自己,除了发式和身上穿着的旗袍之外,眉眼、神态和身材简直就是一个模子脱出来的。

“我不明白您的意思!”

的确,一个内蒙古,一个北京,相隔这么遥远,这个女人拿着一张报纸和三张照片,千里迢迢来到车伯尔市找自己。她困惑了。

“咳——孩……子,”关玉琢突然哽咽了,掏出手绢擦着眼泪和鼻涕,抽抽搭搭地说,“二十四年前,我丢了一个两岁的女儿呀……慧心,你……你……今年是不是二十六岁?”

突然出现的关玉琢让金慧心发懵了:“您丢了女儿与我有什么关系?我的父母都健在啊!”

“所以,我要去见你的父母。”

王府镇是个三面环山、一面临川的山区小镇。这样的地理环境,用风水先生的话说:三面环山,是大椅子背,叫“北有靠”;一面临川,河南有峰,叫“南有罩”;那条临川的锡伯河由西往东流,叫“一条玉带满身绕”。夏季的早晨往小镇的街头一站,向东一看,是青峦叠嶂;往北一看,是青峦叠嶂;往西一看,还是青峦叠嶂;往南一看,就迷离了,河水婉转绕芳甸,水色斑驳光影摇曳,远处的山峰连绵起伏,像一条腾腾欲飞的龙脊,山上雾霭飘动,霞蔚云蒸。按照风水先生的目测,这个地方是要出皇帝的,可惜,南面的山峰被洪水冲出了一条大山涧，断了龙脉。虽说没出皇帝，但这里在大清朝却出了个王爷。康熙爷还把个亲闺女和硕端静公主嫁到了这里，也算是在这里留下了皇家的骨血。因此，王府镇的名字早就有了。

金慧心的父亲金燕鸣就在王府中学教书。刚上完一节课，他就被喊到学校办公室接电话。

女儿金慧心在电话那头一说，要带个叫关玉琢的北京女人来家里。金燕鸣先是一惊，之后忙说道："咱一个穷教师，在北京没有什么亲戚。这山道也不好走，你就别让人家来了。"

女儿不答应："爸，不行。这个关玉琢非要到咱家来，不让她去，她就哭。爸，你就别拦着了，都买好了长途汽车票，用不了天黑，就到家。"

在接下来的几节课中，金燕鸣是一节也没上好，不是把人物安错了朝代，就是答非所问……他心不在焉。

二十多年前，他就是王府中学里的一名语文教师。他有一个好朋友叫海韵，是王府乐队里的乐师，弹得一手好琴，吹得一口好箫。话说到了一九四〇年（民国二十九年），那是一个夜晚，他正在王府外的家里睡觉，就听得王府内响起了一阵阵的枪炮声，是八路军在攻王府。王爷早就到北平去了，可王府里驻扎着日本人。他披衣坐起来，打算到外面听听动静，就在这时，院门被拍得山响。他赶紧开门，是海韵慌慌张张地抱着个孩子进来。他一进门就"扑通"一声跪在地上，说："这是我的女儿，我要随王府的人连夜撤走，孩子不能带，交给你吧，你就把她当成亲生……"说完，把孩子递到金燕鸣手里，"咚、咚、咚"磕了三个响头，转身跑进枪炮声不断的夜色里。

王爷到了北平后，王府的乐队就解散了，但海韵却没有离开王府，他在中学教音乐。金燕鸣觉察出来了，这位好友跟侧福晋的小女儿玉琢好。侧福晋的小女儿由父母做主，嫁给了王府的卫队长。海韵却一直不娶。

海韵的女儿就是金慧心。

二十多年了，海韵杳无音讯。现在北京来个女人要找自己，是不是关玉琢来朝自己要女儿来了？

到了炊烟在小镇的上空飘荡的时候，金慧心把关玉琢领进了家门。

金燕鸣一眼就认出，关玉琢就是当年侧福晋的小女儿："你……你是玉琢？"

关玉琢说："金老师，当年，我还听过您讲的语文课呢！"

"玉琢，你这些年都到哪儿去了，你的父母双亲和卫队长呢？"

"都死了。老死的老死，病死的病死，挨枪子的挨了枪子。"

"那……海——"

"你是说海韵吧，从八路军攻王府的那天晚上，他抱着孩子走，说要给孩子留条活命起，我就再也没见过他，活不见人，死不见尸呀！"关玉琢掏出了手绢，捂住了眼睛……

一提到孩子，金燕鸣就紧张起来，他忙对在一旁竖着耳朵听故事的金慧心说："去，帮你妈做饭去，你姑大老远地来了，得吃上顿饺子吧……"

"父亲赶自己走，一定有什么事不想让自己知道。要是自己不走，父亲也不会把那些不让自己知道的事当着自己的面说。"金慧心从小在家就是个乖乖女，从来不违拗父母的意愿，也不顶嘴，就是自己有主意，对心思的就听，不对心思的就当耳边曾经刮过一缕清风。

金慧心用眼神告诉父亲，自己绝对懂得父亲的用意，就转身去厨房帮妈妈包饺子去了。

金燕鸣把关玉琢拉到了王府院里，也就是现在的王府中学。他不能在家里和关玉琢说事。

改成了中学的王府，还是原来王府的格局，但"内容"全变了。原来的议事厅、会客厅都改成了办公室和会议室，原来的天井成了操场，原来奴才、下人们的住房改成了学生宿舍，原来的蜡烛厂、缫丝厂、印刷厂、米面加工厂……成了书声琅琅的教室。

关玉琢从一走进王府中学起就没止住过眼泪，往事沧桑，地覆天翻，由王府的主人到王府的看客，这个落差就是搁在一个男人的心里，也不会静如止水，何况她是一只落魄的凤凰："金老师，我不跟你转了，越转越伤心，往事如烟啊，不堪回首。咱们开门见山吧，我是来领回我的孩子的。"关玉琢甩了甩沾满眼泪的手绢，盯着金燕鸣的眼睛说。

“你的孩子？哪个是你的孩子？”

“金慧心。”

“金慧心是我的女儿。一个人民教师的女儿。她现在是《人民日报》都表扬的乌兰牧骑队长。她还是共产党员。她曾作为共青团的代表去北京见过毛主席、刘主席、周总理和朱德委员长。如果她是你的女儿，她是侧福晋的外甥女，是王府卫队长的女儿，她还能当乌兰牧骑队长吗？”

“她不是王府卫队长的女儿，她是乐师海韵的女儿，她的乳名叫悦音。”

“一个私生女，你让一个二十六岁的大姑娘怎么接受得了？”

“我不管，我就要我的女儿，金慧心就是我的小悦音。”

“玉琢，你不能撒泼，也不能心迷……这不是当年的王府，你也不是当年的格格。你们光顾着自己逃命，把孩子扔了。现在，孩子成人了，你就凭着几张过去的照片，就说金慧心是你当年扔掉的孩子，那可能吗？”

金燕鸣是打定主意不让关玉琢认金慧心。“镇反”“肃反”杀了多少王府里的人啊！日本人在王府里驻扎过，有不少在王府管事的人就是以“汉奸”的罪名被镇压的。现在正在搞“四清”运动，要是让关玉琢认了女儿，那金慧心在“四清”运动中，能说得清吗？

关玉琢也似乎明白了金燕鸣的苦心，但还是不死心：“她跟我长得多像啊，要不是海韵弹得一手好琴，吹得一口好箫，把他的血脉传下来，慧心能出息成文艺人才，能当乌兰牧骑的队长？”

“你想让慧心身败名裂吗？你想害她吗？你知道不知道，你这样苦苦相逼，你是在害她！会害死她！！”金燕鸣不是在对关玉琢劝说，简直就是咆哮了！

远处传来了金慧心的喊声：“爸——回家吃饭了！”

回到家里，关玉琢什么也没说，就是一个劲地低着头哭，再抬起头来，用泪水模糊的大眼睛迷茫地看着金慧心。

金燕鸣也什么都没说。他吩咐老伴给关玉琢收拾出一间屋子来，让金慧心陪着“远房的表姑”住一宿。

“远方的表姑？为什么她不姓金？”金慧心心里装着疑问，但嘴上什么都没问。

吃饭的时候，她把羊肉芹菜馅的饺子一个挨一个地往关玉琢的碗里夹。睡觉的时候，她给关玉琢铺好了被褥。天亮前，她还钻进关玉琢的被窝里，像个孩子似的在关玉琢的怀里依偎了一会儿。

第十二章　千千木妖娆　段子风痴癫画裸体
苏书记谨慎　金慧心带队下基层

1

把“远房的表姑”关玉琢送上去北京的火车，已是晚上七点多钟了。金慧心刚推开自己办公室的门，凌岩老师就跟了进来。

“慧心啊，我今天两顿没吃上流食，胃里好难受啊！要是明天再吃不上，我就得回呼市喝奶粉了。”

这还得了！从自治区首府请一个老师容易吗？人家带着严重的胃病，教得这么好，又这么负责任。是谁让凌岩老师断了两顿流食？金慧心要给她处分，一查桌子上的轮流值日表——千千木！

千千木哪儿去了？金慧心找了女生宿舍，华凌、孟玉、齐丽丽都说一整天也没看到千千木的影子。

她分派华凌：“你和丽丽给凌岩老师做碗小馄饨当夜宵，我去找千千木。”

金慧心找到副队长邵华为，邵华为说：“早晨练功的时候，千千木来请假，说是到文化馆有点事要办，一会儿就回来。”

金慧心来火了：“你能给她假，就没考虑到她今天值班，应该给患有严重胃溃疡的凌岩老师做流食？”

“哎呀，哎呀！……我一点儿都没在意。我把自己关在琴房里，给凌岩老师的舞蹈练功组合配曲子，一坐就是一天，我的中午饭和晚饭也都没吃呢！”邵华为急急地辩解着，他是知道没人给凌岩老师做流食的严重后果的。“再说，今天是星期天，是临时加班，我没有理由不给她假。哎——照顾凌岩老师的事，不都是你安排的吗？咱们班子有分工的。”

“是我安排的，可我不是回了王府镇了吗？”对邵华为的反咬一口，金慧心就更来了气，“你两顿饭不吃，你活该！你不是没有胃溃疡嘛！分工咋的？分工就不能合作吗？你这个队副，除了业务就啥事都不管了呗？若是咱们的女队员被人贩子拐跑，卖给非洲人当老婆，你也不知道是卖到了哪国吧？”

邵华为被金慧心骂愣了：“你……你……”

“你什么？快走吧，跟我去文化馆找千千木。”

文化馆离乌兰牧骑不远，过了两条横街就是。文化馆是个三进的院子，过去是一座关帝庙，移去了关公的塑像，挂上“音乐组”“美术组”“文学组”“群众文化辅导组”的牌子，就是车伯尔市群众业余文化活动中心了。

除了把门的，有钟鼓楼的一进院子和挂着各种“组”牌子的二进院子里都没人。迈进了三进院子的门槛，才见有一间大教室里亮着灯。

金慧心和邵华为朝着灯光走去，门，紧闩着，厚厚的窗帘拉着，除了透出来的灯光外，里面的场景是一点也看不见。

邵华为要去敲门，被金慧心拦住。她把耳朵贴近窗玻璃，就听到里面有男人急促的喘息声，还有女人“你别……你别……”的央求声。

邵华为也听到了这种声音。他百分之一百地断定，那“你别……你别……”的央求声发自千千木的喉咙。会作曲的人，对声音特别敏感，“千千木——”邵华为朝着教室大喊了一声。

千千木因为段子风的关系进了乌兰牧骑，她对段子风感恩戴德。

从呼市会演回来，她给段子风买了两瓶“昭君”酒，去感谢段子风。段子风收下了“昭君”酒，对千千木说：“你比昭君美丽，昭君虽有‘落雁’之容，但她没有你这长胳膊长腿不盈一握的细腰身，你这线条多美呀。如果你把造物主给你的美丽线条展露在天地间，‘沉鱼、落雁、闭月、羞花’你就都占了。你有这么好的自身条件，要感谢我，不用买酒买烟——”

世人都说，画家的眼光是最毒的，毒就毒在它能聚光又有穿透力。段子风聚光又有穿透力的小眼睛在千千木的身上来回地梭巡着，千千木就觉得好像自己的衣服被剥光了一样，脸“腾”的一下红得像火烧云。她赶紧退步，说：“段老师，我，我走了——”

段子风仰头“哈哈”大笑：“千千木，你害怕了。别怕，我不会侵犯你，我只是用画家的眼光欣赏你。难不成，你还不让我欣赏？女人的美丽被人欣赏，是女人最痴迷的感受。”

十七岁的回族姑娘千千木第一次听到画家的艺术赞美，她在心里认真地玩味了一下——耳热、心痒、手凉、肉麻，还真是有点“最痴迷的感受”。

见千千木不提马上走了，段子风起身给千千木沏了一杯白糖水：“千千木，我有个难题，缠绕着我的灵魂已经太久太久，可以说是昼思夜想，也可以说是魂牵梦绕……我想画你，用你的美丽去震撼这个世界，去照亮这个世界，就……就怕你不同意……”

“画呗，有什么难的？”千千木用小嘴啜了一口糖水，忽闪着长睫毛，甜甜地说。

“我要画……画你的裸体——”

“裸体？！”千千木惊诧得差点把手里的糖水杯掉在地上，长睫毛不忽闪了，一双眼睛瞪圆了，脸变得有些恐怖。

“是裸体。女人的裸体是世界上最美的。画家都画裸体，这是必修课。我在学校上课的时候也画过男女模特的裸体，但我想说的是——没有一个模特的裸体会赶上你的。你是回族，有着西亚女人的血统，胸高、臀翘、皮肤白皙，加上眼睛大，眼窝深，睫毛长，脸蛋儿光洁红润——从头部到肢体，没有一处缺彩儿的地方。脱掉附属物，你的裸体会让人眼前一亮，灵魂高洁，绝对不会产生一丝轻慢，一点龌龊。”

“不！不！不！”千千木连连地摇头，“我不是模特，要是让人知道了我被人画了裸体，我还怎么上台演出，怎么在大街上见人？”

“所以，我们要秘密地画。不能让不懂艺术的俗人知道，他们不理解，也无权欣赏。这是灵魂高贵者的艺术行为。画完后，我只拿到外地参展，拿到高贵的人群中去提升他们的审美，去美化他们的灵魂。或者……或者在你允许的时间、允许的地方参展，或者……永远保存在我的画册里……总之，你是这幅画的主宰。”

“不！不！不！”千千木还是一个劲地摇头又摆手。她理解不了段子风说的那种境界，但心里明白，一个十七岁的姑娘被人家画了“光腚”，是绝对的耻辱，绝对的“不要脸”。

“千千木，你是知道的，你能到乌兰牧骑，是我给了你起死回生的机会，没有我，那金慧心绝对不会收你。人是要知恩图报的，‘滴水之恩，当涌泉相报’，不用涌泉相报，就是要你在秘密境界——你我两个人的境界里，天知、地知、你知、我知，脱掉衣服，坐一会儿、站一会儿或躺一会儿而已。如果，我帮助的是一个不知道感恩的白眼狼，那我就会很快地纠正错误，让白眼狼回老家去当社会待业青年！”

今天是星期天，按照和段子风的约定，千千木早早来到了文化馆，她在这间教室里已经被画了整整一天了。晚饭，段子风给她喝了些葡萄酒，她的脸色红润得像三月盛开的桃花，大眼睛变得妩媚起来，长睫毛忽闪着，不断地将星光放射出来。当她重新脱掉衣服，慵懒地斜靠在一张软床上的时候，她身体各处的皮肤都放出了光……

画家的职业道德约束了段子风一整天，但此时，爱美的欲望像洪水猛兽一样，把捆绑在他心身的锁链、桎梏统统打碎冲垮，他再也把持不住了，他不是柳下惠，做不到坐怀不乱。他是段子风，一个爱色的画家，他的心热得像着了火，他的口干渴得像一口枯井，而千千木的身子就如一条清澈的河流，千千木的乳峰就如一眼汩汩的甘泉……他向着河流扑过去，他向着甘泉扑过去——

段子风变成了段疯子。

2

金慧心决定开除千千木。

像段子风秘密画千千木裸体一样，秘密开除千千木。她不能公开开除千千木。公开开除千千木，就等于在社会上公开乌兰牧骑的女队员被人画了光腚，在车伯尔的市井中，这可是一条没有比它再花再黄的新闻了。千千木受不了，金慧心受不了，乌兰牧骑受不了，整个车伯尔市都受不了。

上个月的一个周末，盟京剧团的一个叫美霞的女演员去看电影，在电影散场的时候，不知哪个坏小子趁着过道上人流拥挤，在她裤子的屁股处割了一道口子。她挤出门口才发现裤子被割了，还流了血，又哭又闹也找不到人，就捂着屁股回家了。第二天一早儿，这条"女演员美霞被人割了后鞧——红花开在腚上"的传闻，就弥漫在车伯尔市的大街小巷。她的男朋友受不住别人的调笑，当众宣布和她断绝恋爱关系。美霞受不住这份屈辱，也受不住这无端的打击，拿了条彩带把脖子吊在后台的门框上……幸亏，被演杜丽娘的演员发现，美霞才没变成鬼。

金慧心只叫兼着乌兰牧骑会计的林至峰把一个月的工资支出来，交给千千木，说："我不说什么了，你拿着这个月的工资回你的承德吧，你的嗓子也不错，你妈妈在评剧团，和你妈妈同台唱戏也是你的一条出路。"

千千木拿着工资没回承德，去找了段子风。

段子风一身油墨，一伸手推开了金慧心办公室的门，又一回身，把门关了个严严实实："一个画家对美的追求，对美的痴狂，不能把美送进地狱吧？你冲我来，别整千千木，她就是一个十七岁的小姑娘。你开除她，就是毁灭了她，也毁灭了一棵艺术的苗子。”

“你还知道她只有十七岁？你还知道她是一棵艺术的苗子？那你为什么让她见不得人？”

“我没让她见不得人，她穿上衣服就可以光彩夺目地见人，见任何人！不让她见人的是你！是你要开除她，要让她以后不好做人！”

“我不听你的歪理邪说，你还倒打一耙。你不画她的裸体，能有这件事吗？我的人我管。你是疯子也好，是流氓也好，我不跟领导汇报，不向公安局报案，就是便宜你了，你好自为之。但千千木我不能要，乌兰牧骑的舞台上不能有她。”

“怎么就不能有她？她色艺双全，不就是被一个追求美的画家画了裸体吗？这是艺术行为，俗人不理解，平头百姓不理解，你一个搞艺术的人也不理解？别人就是想让我画，上赶着求我画，她美不到千千木的水平，美不到千千木的品质，美不到千千木的清纯，我还不伺候呢！”段子风梗梗着脖子，斜着眼，瞟了一下金慧心。

“段子风，你个疯子，你滚出去——”

对于段子风，金慧心已经失去了耐性。她头疼欲裂，手脚冰凉，就像被一条毒蛇缠住了一样。事发后，她本想去找文化局，去找宣传部，向有关领导反映段子风的行径，但一想到向领导反映也是向社会的一种公开、一种传播，再一想到段子风的背景——他的叔叔是段华昌，她就被一种心悸意懒的情绪裹挟着，脑子里总是上演着一幕幕鸡蛋碰石头的童话。她就是那个鸡蛋，段华昌和段疯子就是横亘在鸡蛋面前的两块一大一小的石头。

“我出去可以，但你要开除千千木，我就不答应。要不，咱们俩一起去苏晋书记的办公室评评理，或者你先进去，插好门，我给你们望风……”

在苏晋的办公室里，段子风那“挺认真的”一眼真是没有白看，那是一块足以砸碎金慧心心气和脸面的石头。

3

金慧心很糟心。

段子风秘密画了千千木的裸体，两个人不但没得到处罚，连恶名在社会上也无一丝张扬。自己为了保全千千木的名誉，不会对任何人讲，那个邵华为更是一声不吭，权当这件事没有发生。倒是自己和苏晋的暧昧关系，渐渐地在车伯尔市的干部层中，绯闻暗涌。她当校长时的副手，一位大妈式的老教师，急三火四地到她的办公室说："慧心啊，你得赶紧找对象结婚啦！要不，你毁了你自己，也毁了苏书记。"

金慧心告诉这位老教师："大姐，我跟苏书记没有什么，就是工作关系。"

"外界可不是这么传的，可难听了，说……"

"大姐，你别说了，耳不听，心不烦，你让我静一静吧！"

送走了老教师，金慧心把电话打给苏晋，说有事要去找苏晋。

苏晋在电话里压低声音说："你先别来找我，家里的病老婆也不知道听到了什么风声，这几天，纠集她的娘家人正在给我三堂会审呢，吵吵闹闹，搞得我头昏脑涨，还寻死觅活地要去找你，被我给压住了……"

"那怎么办呢？"金慧心问苏晋。苏晋是男人，又是他主动进攻，也是他对自己发的山盟海誓。

"你不是有个带着队伍下基层、深入生活的计划吗？就像赛罕旗乌兰牧骑在大兴农场有个生活基地，边深入生活，边演出，边创作。内蒙古艺校不是刚分配来七个毕业生吗？让这几个娇滴滴的少爷、小姐到农村锻炼锻炼，见识些农村的艰苦，改变改变作风，就到最远最偏僻的山水坡公社。回头，我打电话给他们的尤维新书记，让他给你们好好安排安排。去上他三个月，到十二月初再回来，把你们创作的节目好好编排一下，做庆祝元旦的首场演出，大伙看着也新鲜。这三个月的时间，见不到你的人，摸不到你的影，她就是手里拿着刀，都不知道往哪个地方砍。”

金慧心不得不佩服苏晋处理紧急事件的高明，但她的心里还是忐忑不安，毕竟有不可告人的秘密。她是个女干部，不是个土匪头，不会藏着不会耍豪横。

“苏晋，断了吧。我从此不再为这件事提心吊胆，也不再因这件事授人以柄，被人要挟。”

“你被谁要挟？”

“段子风。”

“这个段疯子，以后我会收拾他。但，咱们俩不能断，你是属于我的，对你，我绝不会放手，心意已定，意志弥坚，你金慧心，这辈子就该做我的老婆。”

“不！就不做你的老婆。”

放下电话，金慧心暗暗下定了决心。“听见舆论了，你苏晋就让我跑到乡下去躲了。那你为什么不早跟你的病老婆离婚，彻底让你心爱的女人摆脱这种尴尬的境地呢？让我从二十三岁等到了二十六岁，还要等？还要躲？你那个病老婆还能纠集娘家人跟你打，跟你闹，看来这生命力还很顽强，不知道还能活几年呢！我干吗那么傻呢？我干吗那么痴呢？一个乌兰牧骑队长，二十六岁的女儿身，有这么卑贱吗？就是这无期的许诺，就换得无期的等待吗？金慧心，你难道就不能自立吗？你难道就不能给自己的终身做主吗？你有什么短处落在苏晋的手里，不敢挣脱他的束缚吗？《国际歌》唱得好，‘要创造人类的幸福，全靠我们自己！’”

金慧心有了感悟，也有了动力，要摆脱苏晋！想到此，她马上给司子健写了一封回信，是一首诗：

缘起荷塘杨柳风，
一笔速写诗画情。
军地两融鱼和水，
子健慧心牵手行。

把信寄出去之后，金慧心把邵华为找到办公室："华为，和你商量件事。"

"你说——"除了每天的读书、拉二胡，邵华为的心思全扑在了全队的节目排练和基本功的训练上。事业怎么发展，人员怎么管理，下一次到什么地方演出，是工厂还是农村，是部队还是学校，他一概不管，已经习惯了这些事由金慧心管，接受金慧心的管。

"艺校新分来七名队员，都是专业学科毕业，有理论，有基本功，就是缺乏生活实践，我想，咱们把队伍拉到离城市远一点的农村去，边演出、边劳动、边创作、边排练，就像在大兴农场那样干上他三个月，尽快地让这七名新队员上节目。艺校毕业的洋学生也好，本地招收的土包子也好，是骡子是马，台上遛遛。在全区乌兰牧骑会演中，没能拿到什么好名次，是咱们的节目原创的少，咱们的节目都是学人家的，人家得奖，咱只有鼓掌的份儿。山东柳琴坐唱《找亲人》，是赛罕旗没人能演出林至峰的水平，才把原创权给了咱们，得了个三等奖。咱们也不是没有创作能力，你作曲的《公社萨日朗》《插稻秧》，可全都当学费奉献给人家啦——"

"太好了！"一提起创作，邵华为就来劲，"我坚决拥护金队你的安排，你怎么说，我就怎么干。"邵华为最愿意下乡。四合院里没有食堂，他不愿意回家吃饭，被那位姐姐年龄的后娘伺候着，见面都不知道怎么称呼好，在家里多待一会儿，他浑身都像长了刺儿。

"咱们现在二十个人了，我想把二十个人分成两个小分队，叫林至峰和华凌当分队长，声乐、舞蹈、器乐人才都掺和着来，大场合全队一起演出，碰上哨所、车间、生产队、放牧点等小单位，就分成小分队演，这样，完成的场次也可以多一些，人家接待起来也不会有负担。"

"这样安排甚好，服你了。"邵华为竖起了两个大拇指。

4

虽然离市区有一百多公里，但山水坡公社这个地方，比起赛罕旗的农牧区，还是个富裕的地区。富裕的显著标志就是这里的老百姓有粮吃，有菜吃。山水坡，有坡有水。坡上种粮，坡下种菜，一个劳动力的日值是一块二毛钱，赶上一个中专毕业生的工资了。

在公社的礼堂里连续演出了三场之后，尤维新书记把乌兰牧骑的二十名队员带到了梅林大队。金慧心和林至峰带领的第一小分队，住进了第一生产队。邵华为和华凌带领的第二小分队，住进了第二生产队。

为了锻炼队员们的生活能力，金慧心提出队员们分散在社员家住，但要集中在生产队队部吃。生产队还答应一个月给每个乌兰牧骑队员补助十斤粮食。每个生产队的队部都有一口大锅，耪地、收割等抢时间的农活集中的时候，每天都加上两顿大锅饭给社员打尖，所以锅碗瓢盆一应俱全，一样也不缺。

第一小队十个人，一个人七天，轮下来就是两个多月。一说做饭，队员们个个叫苦，金慧心就自告奋勇，占头一班，说："我率先垂范，给你们做个榜样。"

"三春不如一秋忙"，队员们都和社员一起下地秋收。金慧心挎着篮子到菜园子买菜。

昨天已经来了一回，种菜的园头黄大爷是个爱说话的老头，打过一回交道，再见面就已经熟了。他远远地看着金慧心走进菜园子，就热情地打招呼："小金，你们今天晌午吃什么饭呀？"

"玉米面大饼子，煮菠菜汤，熬倭瓜豆角。"金慧心轻快地回答。

"你们也不换换嚼果（饭食），净吃一样就絮烦了。"

"黄大爷，那你说吃什么好啊？"金慧心一边摘着架上的豆角，一边和黄大爷唠嗑。

"煎饼、烙糕，都是好嚼果。新粮食一细做，保证吃圆了肚子。"

"黄大爷，演员都吃圆了肚子，腰粗了，怎么跳舞呀！"

"唉，收庄稼的时候，活最累。不给好嚼果吃，你手下的那些十七八岁的半桩小子，说你当领导的，不知道疼人哩。"

"听人劝，吃饱饭。"听了黄大爷的建议，金慧心决定给第一小队的队员们吃顿好嚼果。

她跑到黄大爷家，朝黄大婶借来煎饼鏊子，开始给队员们摊煎饼。

金慧心没有摊过煎饼，但她有一句话常说："聪明的人，干啥都行。"和好了一大盆玉米糊糊，把煎饼鏊子用三块石头架在地上。转身去房后的玉米秸垛抱柴火，这一抱才发现了自己的疏漏，昨天晚上下了一阵小雨，把玉米秸都淋湿了，自己没有备下干柴。时下的农村流行着一句老话："干柴、细米、不漏的房屋，就是农民舒心的日子。"

金慧心在心里埋怨着自己的粗心，赶紧扒拉开外面的玉米秸，往里面掏些干一点的柴火。

看事容易做事难。聪明的金慧心第一次摊煎饼，虽然在心里早就背熟了摊煎饼的流程，但操作起来还是手忙脚乱。不太干的玉米秸不太爱冒火苗，弯下腰用嘴吹火，一会儿脸就被熏成了黑白花的，不曾悲伤，眼泪却哗哗地流，用手一擦，甭提多狼狈了。手里的煎饼耙子一点不听使唤，因为不是事先发面，她不是在摊煎饼，而是在擦煎饼，擦煎饼比摊煎饼难多了。摊煎饼，把和稀的玉米面糊淋在鏊子上，用煎饼耙子刮着面，从里到外，一圈一圈地转就行了。擦煎饼则不然，是把稠稠的玉米面糊舀到抹了油的鏊子上，用煎饼耙子从中间一点儿一点儿地擦开，直到擦出一张圆圆的煎饼来。擦出来的煎饼筋道，有咬头，比摊出来的煎饼香，但绝对费力气。

头几张怎么也擦不成个儿，像雹子打过的荷叶一样，破碎着就被金慧心铲到了一张盖帘上。金慧心还是个聪明人，渐渐地她的两只手，一手填玉米秸，一手擦煎饼，能够配合得像拉手风琴一样，右手打节奏，左手走旋律了。

“哈——”结束了手忙脚乱，金慧心这才直起腰来，让自己喘口气歇歇，“哟——太阳老高了！”她掏出口袋里的手表一看，“哎呀，十点二十，十点半社员们收工，队员们该回来吃饭了”。金慧心数了数她擦出来的煎饼，也就二十多张，“这怎么够十个人吃呢？”她突然想起，昨晚还剩下大半盆玉米馇子饭呢。她赶紧生着了大灶的火，把倭瓜豆角熬在大锅里，又用锅篦子把玉米大馇子饭蒸上。刚盖上锅盖，林至峰就领着四女五男九名队员进屋来了：“金队，饿透了，前心贴后背，满肚子唱《空城计》，给我来双 43 的吧。”

三天来，每天中午都是贴玉米饼子。金慧心贴玉米饼子有算计，男同志饭量大，她就挽起袖子，把胳膊上也托上面团，使匀劲，一甩手，贴到锅帮上，就是一个大饼子；女同志饭量小，她在手心里团匀了面团，一甩手贴到锅帮上，就是一个小饼子。不论个儿大小，这玉米饼子都像只鞋底子。最大的鞋号就是 43 码，43 就是最大个的玉米面贴饼子。

“我来个 36 的吧。”詹萍萍的专业是舞蹈，要保持自己的体形，不敢把自己吃成个扣不上板带挂钩的胖子。

“今天不卖‘鞋’，卖‘锅盖’。每人两个，不够的，就吃大馇子饭。”

金慧心用围裙擦着脸上的汗，笑盈盈地看着她的队员们。下乡还不到一个星期，就都晒黑了，广阔天地里的太阳光就是足啊！特别是刚从艺校毕业的江竹倩、刘薇薇、达日玛三个女队员，就更加厉害了。在艺校上学五年，都是校门进，教室出，从没有下过乡。第一天下地掰玉米，都怕脸被晒黑，就用纱巾把头包得严严的，连个眼睛也不露。怕玉米皮划破手，都戴上了毛线手套。

“戴手套，可以，得换上棉线的。毛线的，掰不完一条垄就都碎了。你们头上的纱巾都摘下来吧，在秋天的玉米地里，头上包着块纱巾，就太脱离群众了。咱们体验生活，就得像老百姓那样生活。你们看，哪位女社员掰玉米头上包着纱巾呢？”在金慧心的劝说下，她们三个解下头上的纱巾，但嘴却噘得可以挂油瓶。除了搞声乐的达日玛二十二岁以外，江竹倩、刘薇薇都十六岁，金慧心就当她们是从温室里刚刚移出来的花朵，既要给她们逐渐“减温”以适应新环境，又得让她们见阳光、经风雨、防虫蛀。

“啊——煎饼，慧心姐手真巧，粗粮细做，解馋喽！”詹萍萍立即发出欢呼，“洗手，洗手——”

看着队员们开心地吃起来，金慧心解下围裙，走出队部的食堂，来到穿队部而过的一条小渠边，蹲下身子，掬了渠水洗净脸上的锅烟灰，又掬了一捧水喝了几口。忙活了一上午，水米没进，她觉得又渴又饿，但还是离开了食堂，凭直觉，这顿饭做得不富余，特别是几个男队员，如果放开肚皮吃，一顿他们吃过六个二两一个的馒头，正所谓“半大小子，吃死老子”。队员们每个月的口粮是三十四斤，初来的时候，往生产队每人交了三十四斤的粮票和九块钱，生产队又用玉米面给补了十斤粮食，就这样，到月底也不一定够吃。自己头一次擦煎饼，饭做得不够数，怕是男队员们都吃不饱了，两张煎饼，加上一碗大楂子饭，也就是个大半饱吧。金慧心打算等大家都吃完饭，自己吃点倭瓜熬豆角，再喝一碗白开水就行了。

清清的渠水映出了金慧心有些憔悴的脸庞。那天，她一激动就给司子健写了一封信，司子健很快就回了信，激动万分地说要来和她见面，商量结婚的事。一想到结婚，她的心又被另一颗心扯得粉碎——苏晋能放过她吗？能允许她和另一个男人结婚吗？平心而论，她知道苏晋爱她很深，但这种爱是畸形的，是给自己带不来幸福的。相聚的时刻是甜蜜的，可那甜蜜就如同喝下一杯鸩酒……

“慧心姐——慧心姐——”喊她的是詹萍萍。金慧心站起身来，身体有些摇晃，大概是血糖低了。她有血糖低的毛病，夏天就更低，中午这顿饭还没吃，估计是血糖来给她报警了。

詹萍萍手里拿着一张煎饼，递给金慧心：“慧心姐，你还没吃饭呢吧？这是我给你抢出来的，就这一张了。江竹倩、刘薇薇、季元春她们三个太自私了。你说每人两张煎饼，其余的吃大楂子饭。她们三个把煎饼拿到手，就去抢大楂子饭，好家伙，每人吃了两碗，也不怕撑破了肚子。把饭吃光了，又把煎饼拿走了，说是当零食吃……几个男生都没吃饱，眼睁睁地看着她们把煎饼拿走。慧心姐,你说她们懂事不懂事,气人不气人?”

从艺校毕业的学生因为有才艺在身,在家里、在学校都是宠儿,被别人宠惯了,哪里想得到照顾别人。特别是那个刘薇薇,更自私。按规定,队里每次演出有三毛钱的夜餐费,演出前,都是队里统一给每人买半斤饼干或两个面包。和刘薇薇同宿舍的达日玛是唱女中音的,人长得又矮又胖,格外能吃,还没等演出开始呢,半斤饼干或两个面包就被吃得一点也不剩。已是晚上十一点多钟,卸了妆的刘薇薇钻进被窝里吃饼干。达日玛饿得肚子咕咕叫,想朝刘薇薇要几块饼干吃,又不好意思开口,就揉着肚子在宿舍里来回走,口里一声接一声地念叨着:“饿得不行——饿得不行——”刘薇薇也绝,索性用被子蒙住头,把“饿得不行——饿得不行——”的唠叨声挡在被子外,把像小老鼠磨牙一样的咀嚼声闷在被子里。

“咳——慢慢来吧,”金慧心接过詹萍萍手里的煎饼,撕了一半给詹萍萍,“你也没吃饱吧?饭不够吃,是我的责任,会让大家吃饱的。我相信,用不了几年,这个集体会让她们成熟起来的。”

第十三章　终成眷属　娶妻大眼睛陶鲤
为爱舍爱　离队做龙斌新娘

1

赛罕旗乌兰牧骑回到旗人委驻地的时候，就有一辆大卡车在等着他们，是大兴农场的场长巴特尔来接他们了！

巴特尔穿了件夹克衫，戴了顶前进帽，刮了胡子，人显得特别精神，他是来接他的新娘陶鲤姑娘回大兴农场结婚的："陶鲤是我的新娘，乌兰牧骑的队员都是我们的伴郎和伴娘。"

"你这可是最豪华的伴郎、伴娘阵容，把乌兰牧骑队员一网打尽。"

鲍龙斌去找巴特尔，在他的家中，掏出了他给陶鲤的那封情书，和盘托出了事情的全部经过，然后，问巴特尔："怎么办？"

巴特尔沉思了一会儿，问鲍龙斌："咱是蒙古族汉子吗？"

鲍龙斌点了点头，大声说："是！"

"咱做事，敢承担吧？"

"敢！"

"那就让陶鲤做我的新娘！"

大兴农场的场长结婚，娶的又是乌兰牧骑的姑娘，这下整个农场热闹起来。雷达团的龙帆团长被请了来,做巴特尔和陶鲤的证婚人。随行的司子健科长还用隶书写了大红的喜联,贴在了巴特尔的新房门口:

上联:英雄就该娶美女

下联:明镜方映荷花塘

横批:喜在大兴

所有围观的人都啧啧称赞。龙帆团长说:"司子健,你这个宣传科长没白干,挺给咱们雷达团长脸,这对子写得挺有文采,把新郎新娘的名字都搁里头了!这横批更好,痛快,大气,像咱们军人写的。哎——我说司子健,你也给咱雷达团争口气,也娶个乌兰牧骑的美女当老婆,到师部开会的时候,我也馋馋那几个团长。"

司子健抿嘴一笑,脑子里立刻浮现出了金慧心的影子,在心里说:"金慧心,你也该给我回信了。"

婚礼在荷花塘边举行。

婚礼的程序打破了一般婚礼的程序,由乌兰牧骑演出在自治区会演中所有获奖的节目。所有的女领舞,都由新娘陶鲤担任。

这场演出没搭台子,就在荷塘边铺了块绿苫布做台毯。观众们席地而坐。习习的晚风吹过荷塘成熟的莲子,一缕缕的清香沁人心脾。美,荡漾在所有人的遐思中。

演出结束的时候,巴特尔身穿蓝色的蒙古袍,戴着英雄花走到所有演员的中间,拉住了陶鲤的手……

就在这时候,龙帆团长大步走到台前,对所有的观众,也就是所有的来宾说:"赛罕旗乌兰牧骑是草原上最优秀的乌兰牧骑,巴特尔场长能娶到乌兰牧骑的姑娘,我为我的朋友骄傲。我能为他们证婚,也是我的骄傲!我宣布:巴特尔和陶鲤的婚姻合法有效。让我们所有的人为他们祝福——"

巴特尔一下子把陶鲤托起来,举到空中——

“咔嚓——”一声，佟家琪手中的相机闪亮了。

巴特尔就一直托举着陶鲤，直到走进他们的新房。

从被巴特尔托起来的那一刻起，陶鲤就一直淌眼泪。她知道，她是被幸福托举着，被爱托举着。她把脸贴在了巴特尔的胸膛上，啜泣着说：“巴特尔，我不值得你这样爱，我……我做过流产……”

“做我的女人，我不会让你去流产。”

“巴特尔——谢谢你……”陶鲤双手搂住巴特尔的脖子，把头依偎在他宽厚的胸膛上……都说女人是藤，男人是树，藤攀缘在大树上，才能越缠越高，和大树享受一样的阳光。陶鲤现在的感觉，就像攀缘在一棵大树上。

“夜晚的时候，我常常想，你有一双大眼睛，我有一双小眼睛，那将来咱们孩子的眼睛一定是不大不小正合适吧！既不像你的那么大，也不像我的这么小，但应该像你的一样明亮，像我的一样聚光。”

巴特尔深情地背起了他的情书，小眼睛里放射着理想的光辉，如醉如痴，如烟如梦，就像迷离在一个星光璀璨的夜空里。他眯起了小眼睛，把嘴唇吻向陶鲤的大眼睛：“镜子姑娘，咱们眼睛不大不小的孩子，正在催促着他的阿爸、阿妈呢！”

2

鲍龙斌的弟弟鲍龙飞穿了一身没缀上领章帽徽的军装，来找他的哥哥鲍龙斌。

见到哥哥的第一句话就是：“哥，我当兵了！”

“好啊！”弟弟龙飞长高了，也长壮了，脸红扑扑的，身条笔直笔直的，站在眼前，就像一棵樟子松一样挺拔傲立。

“哥，我是代表阿爸、阿妈和我自己来求你的。”

“嗯？”鲍龙斌有些不解。

“哥，我就要当兵走了，是当新疆武警部队的文艺兵。‘好男儿志在四方’，这话是你说过的。我要到戈壁滩上去唱‘吐鲁番的葡萄熟了’。新疆离咱们这儿太远了，我这一走就是三年，家里阿爸、阿妈的年纪都大了，身边没个人可不行。我们都知道你离不开乌兰牧骑，就在家乡给你看好了一个媳妇，你回去一结婚，嫂子就会留在阿爸、阿妈身边，咱们兄弟俩就可以放心了。”

“那你为什么不娶个媳妇放在家里，再去当兵呢？”

“哥——我今年才十九岁，你都二十七啦！”

“二十七啦……”好像突然意识到自己已经二十七了似的，鲍龙斌重复了一句，陷入沉思：就在巴特尔和陶鲤结婚的那天晚上，圆圆的大月亮高高地挂在缀满繁星的夜空中。荷塘边蛙声“呱呱”地叫着，引人沉醉。

乌日汗依偎着喝喜酒喝得微醺的鲍龙斌，一起在荷塘边散步。她弯腰折下了一枝莲蓬，把它捧在手里，深情地闻了闻，幽幽地说：“龙斌，是你的爱救了我，要不，我真的就死了。孩子没了，婆婆和丈夫都不要我了，我成了一个没人要的女人，可怎么活呀！我太惨了！是你的爱让我的灵魂复苏，我又活了！你让我知道了我还有人要，而且是这么优秀的男人要我……龙斌——”

乌日汗抱住了鲍龙斌：“满都呼没了，我想再要一个儿子，我们也和陶鲤、巴特尔那样结婚吧！”

“我们结婚吧！”鲍龙斌抱紧了乌日汗。他的初恋是朴真玉。当他看到朴真玉在新婚典礼上，幸福地与佟家琪当众接吻的时候，他终于明白了，那是一个他爱的女人，而不是一个爱他的女人。乌日汗和朴真玉一样，都是乌兰牧骑最优秀的女演员。她是一个有丈夫有孩子的女人，他对她从没有过男女之爱。当她为了乌兰牧骑而失去了孩子、失去了丈夫痛不欲生的时候，他的心疼了。他是乌兰牧骑的队长，他是一个男人，他应该为她贡献男人的肩膀、男人的胸膛、男人的爱，这么好的女人，能让她没有爱吗？

从大兴农场回到旗里以后，他就去找领导，要求和乌日汗结婚，作为乌兰牧骑的队长,他的婚姻必须得到组织的批准,这是纪律。

刘峰书记的严肃回复,就像一桶冷水从头浇下:“乌兰牧骑队员不准内部搞对象,半军事化管理的单位,就要按军队的纪律管理。不但咱们赛罕旗乌兰牧骑是这样规定的,我听车伯尔市的苏晋书记也是这样给乌兰牧骑规定的。”

“佟家琪和朴真玉已经在呼市举办了婚礼,佟家琪可是咱们赛罕旗的指导员啊。”鲍龙斌提醒着刘峰。

“我听说了。佟家琪是咱们赛罕旗乌兰牧骑的指导员,可他的工资是自治区文化局给开,他是文化局的艺术处副处长,是兼——乌兰牧骑指导员。”刘峰拉长了声音,在“兼“字上加重了语气,以示强调。

“刘书记,男女间的爱情都是在生产、生活和工作中产生的,我和乌日汗志同道合,是符合婚姻法的。”

“乌兰牧骑是特殊单位。要想结婚,就得有一个人调出乌兰牧骑,这是唯一的解决办法。”刘书记执行纪律毫不留情。

乌日汗能离开乌兰牧骑吗?不能!她是乌兰牧骑的尖子演员,在自治区都挂号。自己能离开乌兰牧骑吗?不能!自己是乌兰牧骑队长,而且是全自治区红旗队的乌兰牧骑队长。

从刘峰书记的办公室里出来,鲍龙斌就一直郁闷着,不知道怎么对乌日汗说。他怕乌日汗知道后心里承受不住,一旦精神再出现恍惚的状态,那就要置她于死地了。

“哥——你怎么不说话呀!”见鲍龙斌半天紧锁着眉头沉思,鲍龙飞有些着急,“哥,阿爸说了,你要是看准了哪个姑娘,领回去就是了,他们不会逼着你,非娶他们给你看上的那个姑娘——”

鲍龙斌的阿爸曾是哈达和硕苏木的中学校长,阿妈是苏木供销社的退休会计,都是通情达理的老人。

有看上的姑娘吗?有啊!当然有了,多才多艺的鲍龙斌焉能不多情?只是朴真玉已经嫁作他人妇。要牵手乌日汗,又遭遇了刘峰书记“纪律”的高压线，就是不遇到“高压线”，乌日汗能放弃乌兰牧骑的工作，去乡下伺候自己的爹娘吗？……从来没对自己的事发过愁的鲍龙斌，蓦然回首，竟然酸楚萦怀：原来自己到了二十七岁，作为长子，竟然不能为爹娘娶回一个孝顺的媳妇，伺候年迈的爹娘，在个人生活的道路上，还是孑然一身……

“咳——”他长长地叹了一口气，说：“自古忠孝难两全啊。回家娶一位不认识的姑娘，我肯定不会同意；嫁给一个不爱自己的男人，还要伺候人家的父母，那个姑娘也太倒霉了。这样吧，龙飞，你放心地去新疆，实现自己的理想，唱你的‘吐鲁番的葡萄熟了’。我抽空回一趟家，给父母身边请一个小保姆——”

“哥，这么多年了，你们这里就没有一个姑娘肯嫁给你？我和阿爸阿妈还以为你一年到头也不回一两趟家，早就有个准嫂子拴着你的心、绊着你的腿呢！”

“没有啊——”

“有！”

随着一声清脆的声音，宝日吉格推门进了鲍龙斌的宿舍。鲍龙斌的一举一动，从来就没逃脱过宝日吉格的视线。在这个黄毛丫头的心里，笃定鲍龙斌就是她的丈夫。她这辈子一定要做鲍龙斌的妻子。

哥哥与陶鲤结婚的那天晚上，她悄悄地跟随着鲍龙斌和乌日汗来到荷花塘边，当她听见鲍龙斌拥抱着乌日汗说“我们结婚吧”的那句话时，一下子就跌坐在杂草丛中。她捂着嘴，才没有让号啕之声冲破嘴唇。那一夜，她就坐在荷塘边的树林里，一动也不动。当她隐隐约约地听到鲍龙斌和乌日汗的结婚申请被刘书记驳回时，竟如在一个密不透风就要窒息的地窖里，突然，门被打开了，一缕强光照得她睁不开眼睛，但心里的阴霾却一扫而光，她的心亮了。她已做好了准备，只要能嫁给鲍龙斌，宁肯离开乌兰牧骑。她甚至觉得刘书记给乌兰牧骑队员定的“内部不准搞对象”的高压线，就是来成全她与鲍龙斌的，是来拯救她与鲍龙斌的婚姻的。

“龙飞弟弟，我，宝日吉格，愿意嫁给你的哥哥，成为你的嫂子，回家去伺候你们的二老爹娘。”

“宝日吉格，你胡闹什么呀？你傻不傻呀！你这样会毁了自己的艺术生命你知道吗？你不爱乌兰牧骑队了？你不是做梦都想当乌兰牧骑队员吗？”鲍龙斌冲着宝日吉格怒吼着。

“你替我当，陶鲤嫂子替我当，乌日汗姐姐替我当，我就当你的媳妇，我不傻，我的艺术生命都转给你啦。”

宝日吉格平时说话就是脆生生的一副嗓子，现在的每一句话，都是铁板钉钉，掷地有声。

自治区文化局下达了通知，调赛罕旗乌兰牧骑的鲍龙斌、朴真玉、乌日汗、陶鲤、萨日朗、潮洛濛、金喜顺七名队员到自治区首府集训。应文化部的邀请，自治区党委决定在全自治区乌兰牧骑队员中选调十八名队员，组成乌兰牧骑代表队，参加全国少数民族群众业余艺术观摩演出活动。佟家琪做乌兰牧骑代表队的秘书，一同回呼市做准备工作。

有了去北京演出的神圣任务，乌日汗从悲痛和绝望中复苏过来。

当知道她和鲍龙斌的婚姻遭遇高压线时，她崩溃了，天旋地转，她不知道自己做错了什么，老天要这样惩罚她、这样刁难她。情急之下，她也想申请离开乌兰牧骑，到文化馆工作。文化馆有业余文艺辅导组，她可以去辅导群众文艺活动。但鲍龙斌不同意她走，说乌兰牧骑离不开她。《人民日报》已经三次刊登了照片和文章，号召全国的文艺团体向乌兰牧骑学习，《民族画报》也连续地发了照片和文章，介绍乌兰牧骑的事迹。乌日汗为救乌兰牧骑队员而痛失孩子的故事，也在记者的笔下感动着全国的读者，这个时候的乌日汗，怎么能够离开乌兰牧骑呢？

就在乌日汗躺在床上昏睡不起的三天里，宝日吉格天天到厨房帮助敖长根做病号饭。然后，端到乌日汗的床前，一口一口地喂给乌日汗吃。

接到到自治区集训、参加全国少数民族群众业余艺术观摩演出活动的通知，乌日汗就能打起些精神，起床练功了。她见宝日吉格不换练功服，也不练功，就问：“黄毛丫头，你不练功，还想偷懒吗？”

“乌日汗姐姐，去自治区集训的名单里没有我，就说明我不是乌兰牧骑的尖子演员，乌兰牧骑离得开我，我也离得开乌兰牧骑。乌日汗姐姐，我想离开乌兰牧骑，嫁给鲍龙斌，你……支持我吗？”

“你嫁给鲍龙斌？那我呢？”乌日汗瞪着一双吃惊的眼睛，吃惊地问宝日吉格。

“乌日汗姐姐，你还有乌兰牧骑，你还会遇到爱你的和你爱的男人。而鲍龙斌是我的唯一，是我此生的最爱！”

在鲍龙斌七名队员启程去呼和浩特之前，鲍龙斌与宝日吉格在乌兰牧骑的练功室里举办了最简单的婚礼。除了乌兰牧骑队员，他们一个人也没请。指导员佟家琪做主婚人。

宝日吉格在和鲍龙斌行过新郎、新娘的对拜礼后，又走到失神落魄但依然坚强地站在乌兰牧骑队伍中的乌日汗面前，深深地鞠了一躬。然后说：“乌兰牧骑的战友们，我明天就要起身回到鲍龙斌的故乡哈达和硕苏木，去做那里的文化站站长，去伺候他的二老爹娘，让鲍龙斌安心地把乌兰牧骑带好。我们这一分手，不知什么时候能再见面，我请指导员给我与大家合一张影，作为我永远的纪念。”

“黄毛丫头，我铜眼镜早就给你准备好了！你要笑一笑的哟……”

宝日吉格笑了，笑得很灿烂，也很幸福。能嫁给心爱的男人，她觉得满世界都在向她盛开着祝福的花朵！

鲍龙斌也笑了，笑得有些苦涩。他紧紧地搂住宝日吉格的肩膀，心里暗暗落泪，由衷地感激着这个黄毛丫头。他知道，他还没能把爱情一下子转到宝日吉格身上，但作为人子，他已经把一半的责任压在了妻子的肩上。

第十四章　占领阵地　独闯大车店
因情痴迷　死缠邵华为

1

自打乌兰牧骑来到山水坡公社梅林大队，第一生产队的队部一到晚上就热闹起来。虽然天气开始变冷，但吃完晚饭的社员们，只要家里没事，不论是第一生产队的社员，还是第二生产队的社员，只要有一个人站在村头一吆喝，趿趿踏踏地就跟上一群人，朝着第一生产队大院子里滚滚而来。

金慧心规定，吃完晚饭是乌兰牧骑的业务活动时间。两个小队的队员们都要来第一生产队的队部集合，有节目排练的参加排练，没有节目排练的就练基本功。第一生产队的院子里，几乎天天晚上就是这样的图景：

邵华为领着一伙人在院子的中央排练节目；

生产队的矮墙上搭着舞蹈演员的腿，他们在练舞蹈基本功；

队部后面黄叶铺地的小树林里，“吗咪吗咪吗——吗咪吗咪吗——”搞声乐的在练声；

正在给秋翻地浇最后一遍冻水的小渠边上，摆着一溜马扎子，拉板胡的、弹三弦的、吹笛子的……汇成了一片不协和的交响曲。

年轻的姑娘、小伙子们，围成个扇面形，集中在矮墙的边上看，一边看一边议论："看人家的腰多软，一下腰就是个对头弯儿。"

"是啊，你看人家的腿多长，一踢，咋那高啊！都够着头顶了。"

"人家的脸蛋儿咋都那么俊呢？它咋就不长在俺的脖子上？老天爷太偏心眼儿了。"

舞蹈演员都长得漂亮，舞蹈是形体艺术，观众看的就是你的形象美不美，脸蛋漂亮不漂亮。金慧心说的"人样子"，主要集中在舞蹈演员的队伍里。

围在矮墙边的一圈人中，有个叫王彪的小伙子，看见千千木白净苗条挺胸翘臀的身板，看见千千木的"柳叶眉，杏核眼，樱桃小口一点点"的脸蛋儿，竟疑为仙女下凡，看着，看着，就在心里发了狠："能亲上一口，摸上一把，这辈子当个爷们，也就值了！"

小渠边蹲着的多是些老年人，他们爱听曲儿，吃饱喝足，抽着烟袋，听着曲儿，就是神仙过的日子。菜园子的黄大爷就蹲在这伙人中间。他听曲景波拉板胡，听得段段入心，嗓子眼儿像爬着条小虫，痒痒得不得了，就央求道："小曲啊，你会拉评戏的调吗？"

曲景波停了他的《河北花梆子》，说："黄大爷，我会拉评剧调，什么曲牌都会，您老想唱啥？我给您伴奏。"

"你会拉《杨二舍化缘》吗？"

"会。就是那个段子老了些。您会唱《夺印》或者《箭杆河边》吗？"

昨天，金慧心刚给大家开了会，要求队员们要用社会主义思想占领农村思想文化阵地，那《杨二舍化缘》是个才子佳人戏，曲景波不想往金慧心的枪口上碰。《夺印》是评剧艺术家马泰的新作，和西路评剧《箭杆河边》一样，都是反映农村阶级斗争的，跟风，赶时兴，所以，面对黄大爷的要求，曲景波及时地给出了提示。

"我就唱段《水乡三月风光好》吧，那段腔豁亮，上嗓，板眼有快有慢，还有水音儿呢。咱这种园子的，也开开官荤，当一回何支书，咳——咳——"黄大爷技痒难捺，已经迫不及待地开始清嗓子了。

曲景波赶紧跟金慧心的手风琴键盘对了对弦，调好了音准。能为贫下中农服务，这也是乌兰牧骑的一项任务。

> 水乡三月风光好，
> 风车吱吱把臂摇。
> 党派我到小陈庄当支书，
> 千斤重担肩上挑。
> 落后村的面貌要改变，
> ……

黄大爷跟着曲景波的板胡唱得有板有眼，张弛有度，如醉如痴。

金慧心却发现了问题——这院子里的男社员都快要走光了，除了十来个小姑娘和年轻的媳妇们还在围着詹萍萍、千千木几个舞蹈演员学扭秧歌外，已经见不到男人们。她抬起腕子看看手表，才晚上八点二十，按照往日的惯例，社员们要到十点钟以后才走啊。乌兰牧骑的练功排练，就是他们平静、沉寂生活中的“热闹”“好景”。热闹、好景没结束，他们是舍不得走的。要是哪家有事，需要会谈，那也都是同姓同族的男男女女去啊，咋一下子走了这么多的男人？

黄大爷意犹未尽地刚唱完《水乡三月风光好》，金慧心就问：“黄大爷，今天晚上村里有什么大事吗？这男人们怎么都走了？”

“没什么大事，大车店里来了帮唱二人转的，都去看二人转了。”

“黄大爷，您怎么不去啊？”

“看别人唱二人转，哪如自个唱评戏过瘾。别看你黄大爷姓黄，可这脑子里不黄，心也不黄。《十八摸》《光棍难》《寡妇难》，都是些带色的，边唱边摸，我不敢入眼呢。”

大车店靠着路边，南来北往的车老板子打尖住宿都顺道，车一抹弯儿就进了大车店。大车店有二亩多地的大院套，坐北朝南盖着两栋麦草苫顶的土坯房，有食堂，也有大通铺，为车老板子们提供食宿。大院套的东西两侧一拉溜地盖着马厩，天空上的三星刚刚升至东方，马厩里的马都站在大石槽边安详地吃着夜草。靠东边那栋土坯房有一间大筒子屋，挂上了黑紫色的窗帘。里面传来了胡琴和唢呐声，二人转正唱得热火朝天。

黄大爷的手一指："就在那屋子里唱着呢。"说完，他不顾金慧心的吆喝，急忙转身，快步走出了大车店。

金慧心疑惑地看着黄大爷消失的背影，一推门就进了挂着窗帘的东屋。门口有个把门的，一伸手拦住了金慧心："掏钱，两毛钱一位，哪有白听戏的，不懂规矩咋的？"

金慧心没有搭话，从口袋里掏出了两毛钱递给把门的，就朝屋里挤去。

2

屋里的人真多啊，地上站满了人，两铺大炕上也都坐满了人。屋里的空气太浑浊了，车老板子抽烟袋的抽烟袋，卷喇叭筒的卷喇叭筒，吞云吐雾，一屋子的烟气。一男一女两个穿着绸子衣服、化了浓妆的演员，每人手里都有一条八角手绢和一把带彩边的花扇，正随着唢呐声在地中间扭摆，只听那男的唱道：

摸摸奶头山一边一个，
有两个小黑阄就在那上面搁。

唱到这儿，男演员伸出手，隔着衣襟摸了摸那个女演员的乳房。

"摸！摸！摸真的！"北面炕上的一伙人起着哄。

"摸！摸！不摸真的不给钱！"南面炕上的一伙人"轰"地站起一片，举着拳头喊起来。

男演员跟女演员商量："妹子儿，我得真摸了，不摸，人家不给钱，你说，咱俩这一后晌，不就白干了吗？”

女演员扭捏了扭捏，搭口道：“你要摸真的呀——摸真的也行，摸真的就得给真钱，两毛钱买张票，谁让你真摸呀？”

男演员马上接口：“我说骚爷们们，掏钱吧，不掏钱，我小妹儿她不让摸真的。”

“叮叮——当当”一阵乱响，一分的，二分的，还有五分的硬币纷纷落入女演员双手兜起的大襟里。

“挺大个老爷们，大鞭子攥在手里，出手怎的这么抠？就不行给张大票？”女演员瞪起黑眼珠瞅着周围，娇嗔地嚷道。

于是，就有几张票子递到了女演员的手里。

唢呐声重新响起，扭着扭着，那男演员真的把手从女演员的前胸领口里插了进去，接着唱道：“摸一摸妹儿的小咂咂，又白又软……”

还没等男演员唱第二句，站在地上的观众就嚷起来了：“看不见，看不见，交钱了，小咂咂又白又软，得让看见才算数！”随着喊声，人们往前挤，把那两个人挤在了一起，再一用力就要挤坏人了。此时，那个女演员才打着哭腔说：“别挤了，挤死人啦，老少爷们们，我脱，我脱还不行吗？”

人群果然停止了拥挤，都瞪大眼睛，瞅着女演员的前胸。

女演员也算经多识广，从容地解开纽扣，掀起葱心绿的花兜肚，挺着一对白白的大奶子，在原地转了一圈，待屋里所有男人们的眼光都在那对大奶子上聚焦，她一撒手，放下葱心绿花兜肚，凑到男演员的眼前唱道：“你摸吧，你摸吧，让你摸上个十八遍，妹儿妹的小咂咂，你解不解馋？”

没等男演员的手摸到八遍，十几只摇鞭子的手、撸锄杆的手，一起伸了过去——流着哈喇子的淫笑声散布着人欲，让屋子里的灵肉都淹没在淫荡、迷醉中。

血往头上涌，胸中燃起了火，金慧心大喊一声：“别演了——”

这太黄、太荤、太庸俗、太下流啦！在这以前，金慧心从来就没想过，还会有这样低俗下流、不堪入目、不堪入耳的演出？然而，活生生的事实就在她的眼皮子底下发生着。

一屋子的人都愣住了，在他们的意识中，除了那个脱成了光膀子的二人转女演员，屋子里就不该有别的娘们："哪来的娘们啊，敢出来挡横？爷们们，上手吧，一块儿摸了她……"

"我看你们谁敢?!"金慧心一抬脚，就把一只伸过来的手踢得脱了臼。

"这个娘们不简单，还会武把闪儿，上手吧，一群带把的，还能让个娘们收拾喽，还不如让劁猪的骟了那四两肉。"车老板子们一窝蜂地朝着金慧心蹿了上来。

"金队长，我们来了——"咋就这么巧，咋就这么及时，真像说书演戏里的天兵天将一样。乌兰牧骑第一小分队的分队长林至峰，在听了黄大爷的及时报告之后，带着曲景波和两个男队员跑步闯进了大车店……

3

邵华为这几天特别烦躁。按照他和金慧心的分工，他带领的是第二小分队，住在第二生产队。二分队的队长是华凌，华凌不惹人烦躁，惹人烦躁的是千千木。

农村的庄稼活出工早，收工也早，每天上午十点半就收工了，吃罢饭就是邵华为给自己定的"法定"读书时间。为了读书方便，他没有和艺校新分来的王剑、叶西住在老乡家的东屋，他让老乡收拾出仓房的一铺小炕，自己住单身宿舍。吃饱了饭，倚着行李卷，坐在窗前看书，是邵华为最惬意的享受。有一句名言："读书是最幸福的索取。"索取着，幸福着，邵华为乐此不疲。

他刚打开《曾国藩家书》，看着曾国藩家训中的"八宝"，千千木就推门进来了。

"千千木，不好好午睡，乱串什么？""幸福的索取"被打断，邵华为不太高兴。连续几个中午，千千木总是往他的宿舍跑，他已经是第三次表示他的"不欢迎"。

千千木爱上了邵华为,不可遏制地爱上了他。眼前一会儿看不到邵华为的影子,她心里就恐慌。她也看出来了,刚来时,邵华为对她很好,看她的目光里满是欣赏。自从出了段子风画自己裸体那件事,邵华为虽然没有说什么,但她发现他看自己的眼神变了,变成冷漠与不屑。千千木不想这些,她想的是自己很美,没有一个男人会对自己不动心。可她就对邵华为这一个男人动心。不论他的形象、才能还是家庭,都深深地吸引着她。她常常回忆段子风扑到她面前,像骆驼一样狂吮她乳房的感觉,如果那匹扑上来的“骆驼”是邵华为……千千木的身体立刻就有一种通电的感觉。这种感觉一袭来,她就想找个理由立刻见到邵华为。

“人家来告诉你一个秘密,你知道吗?是有关金慧心的秘密——”

邵华为厌烦和千千木独处。他时时想起萨日朗,想起在大兴农场和萨日朗独处一室的日子。萨日朗每每来到他的房间,最先做的就是找出他的脏衣服、脏袜子去洗、去补,然后就是瞪着一双求知的清澈的大眼睛,听他讲书,再有时间就是捧起一本书一声不响地坐在他的身边读。她恬淡、清新、安稳、宁静,从不干扰他的学习和创作。

千千木就不行。前天中午,千千木又来找他,也不知道她擦了什么脂粉,一股香气直面扑来。她用手绢给他包了一包“蜜金砖”的点心,娇滴滴地说:“人家大中午的,跑了一趟供销社,给你买的,可香着呢!天天净吃大棒子面饼子,胃里老返酸水,解解馋吧!”

“千千木,我吃大饼子挺习惯的。你来了,不能让你闲着,这么着吧,你帮我把衬衣洗洗吧,袖子上刮了好几道口子,你给缝缝吧,女人都擅长女红。”

“洗衣服……还行,我就是不会缝衣服,也不会补衣服。在家里,我衣服的样子一过时,妈妈就给我换新的,我从来不动针线。”

邵华为很失望,他明白了,他只能和萨日朗搭成“互助组”,跟千千木没戏,就说:“大中午的,你快回去睡一觉吧,下午还排练呢。《七亿人民七亿兵》你是领舞,你得把动作在心里头多走几遍,别到时候总卡壳,耽误时间。”

“卡不了壳，不就是‘七亿人民七亿兵，万里江山万里营’吗？我早会了。”她不愿意离开邵华为的宿舍，就磨蹭着不走。

《七亿人民七亿兵》，是邵华为下乡以来，作词、作曲、编舞的一个集体舞蹈，取材于山水坡乡党委组织的一次民兵实弹演习，歌颂的是毛主席的“全民皆兵，反帝反修”战略思想。金慧心一看就拍案叫好，立即叫邵华为组织全队排练，特别是艺校的七个毕业生，全都得上。邵华为把《七亿人民七亿兵》定位于“不穿足尖鞋的芭蕾”，千千木是理所当然的领舞。

邵华为把那件又脏又破的衬衣，卷巴卷巴就塞到枕头下，往上一躺，说：“我要睡觉了。”

“怎么？金慧心的秘密你也不想听，还要睡觉吗？”千千木对金慧心并不尊重，当面叫金队长，背后就直呼其名。

“金慧心也是你叫的？别卖关子了，快说吧！”邵华为不认为千千木知道金慧心的什么秘密。金慧心心思缜密，轻易不会外露。

千千木来了精神：“昨天晚上，她逞能，一个人单枪匹马去大车店抓唱二人转的，让一帮车老板子团团围住，差点被打得出不来屋。”

“抓二人转干吗？怎么回事？”邵华为帮小队会计画秋收分配表，一上午没出屋，消息自然不灵通。

“二人转，《十八摸》，黄色的，车老板子们最得意那口儿。”

邵华为不跟千千木说话了。他下地穿上鞋就往第一生产队的队部跑去。队长出了事，队副不到位，无论如何也说不过去，一个战壕里的战友嘛，怎么也得有点乌兰牧骑情怀。

第十五章　才女灵思　编剧批黄丑
情郎空降　并蒂效鸳鸯

1

金慧心的宿舍是第一生产队的草料仓库。

她没有去老乡家住，怕老乡家的孩子哭哭闹闹吵得她看不了书也写不了字，就把小炕上的豆饼统统搬到地上，一块块地摞起来，犄角旮旯都打扫出来，又用湿抹布擦了一遍，苫上挂上几块自己随身带来的布帘，不到半天的时间就给自己布置出了一间干干净净的“闺房”。队部有一张油漆斑驳的八仙桌，上面的污渍黑黑的，有铜钱厚。她把桌子搬进来，四角用图钉按上了两层报纸，顷刻间，就变成了一张干干净净的书桌。

她刚从公社回来，把昨天晚上大车店里发生的事，原原本本地告诉了尤维新书记。

尤维新书记立即打电话给梅林大队的李凤阁书记，告诉他，马上把唱黄色二人转的那伙人撵出山水坡公社，每天晚上轮流派两个民兵到大车店执勤，发现再有唱黄色二人转的马上制止，有不服管的，直接送公社派出所。

对于这样的处理，金慧心觉得太轻，就说：“尤书记，这样处理太轻了吧？就撵走算啦？”

尤维新给金慧心倒了一杯水，叹了一口气说：“不这样怎么办？你能把这些二人转演员都抓起来吗？有需求就有供给，那些常年在外跑运输的车老板子就好这口儿。吃完饭，他没事干了，就寻个乐子，这二人转就趁机钻了空子，什么《十八摸》《光棍难》《寡妇难》《马寡妇开店》……这些封建糟粕的东西，就一股脑地来了。”

“那就不能唱点革命的，有益无害的，不黄的，也不粉的？”

“所以，我现在就求你这个乌兰牧骑队长啊。毛主席说过，对农村的思想阵地，社会主义不去占领，资本主义必然会去占领。乌兰牧骑来我们乡，就是来占领阵地的，你要是给我们写出几个好二人转本子，我组织全乡的二人转演员办学习班，跟你们乌兰牧骑学。”

“尤书记和我叫板了……”

金慧心写不了二人转本子，也不想写二人转，在她的潜意识中是瞧不起二人转的，觉得二人转就是老乡说的“地蹦子”，纯粹的“下里巴人”，算不上艺术，也登不上大雅之堂。

在从公社机关回来的路上，她想起了林至峰。昨天晚上要不是林至峰及时赶到大车店，那后果简直不堪设想。那帮车老板子冲着她扑来的时候，她抬腿踢倒了一个，在愣了片刻之后，就有好几个伸手来抓她。多亏林至峰一步挤到她的前面，拉开练功的架子，挡住了那些伸向她的手，她才免遭了一顿暴打。假如，“乌兰牧骑女队长被一帮车老板子打了”的事实成立，并被传出去——这事也够丢人的啦！金慧心想到这儿，不禁暗自苦笑，想来自己还是缺乏历练，太冲动了！半夜去那种男人成堆的地方，无论如何是不应该单枪匹马的，太危险了。有知识有文化的人会对一个乌兰牧骑的女队长高看一眼，一群出苦大力的只认鞭子不认人的车老板子们还管你是不是一个乌兰牧骑的队长？在他们眼里，你就是个女人。

当林至峰报出金慧心是车伯尔市乌兰牧骑的队长身份时，那些车老板子还算给面子，一下子安静了下来，但没到掐灭一支烟的工夫，就有个连鬓胡子质问她：“你们不让看《十八摸》，那大长的夜，一帮老爷们不能光熬渴着,得有个热闹吧。你说,你金队长能给整个啥热闹看?”

“就这么个环境,就这么个场地,给车老板子们整个啥热闹看?”金慧心还真没有想过,跳舞跳不开,器乐演奏没拿乐器,就说:“我给你们唱首歌吧——《唱支山歌给党听》,或者唱段评戏《小二黑结婚》。”

连鬓胡子说:“你整的这些,小喇叭里经常听,耳朵都磨出了茧子。你给来点没听过的,攻耳朵的,能让老爷们咧着大嘴乐得屁颠屁颠的……”

这样的要求对金慧心来说,根本达不到,或者说根本就不能达到。她不会讲那些犯浑的黄段子,也不可能唱《寡妇难》。危难之际显身手,还是林至峰有招儿。他撸撸袖子,几步就蹿到了地当中,当即就来了段评书《肖飞买药》,又说了段单口相声《关公战秦琼》。车老板子连喊着:“没听够!”他又接着来了一段相声《夜行记》,还真别说,那帮车老板子还真被逗得“哈哈”大笑。

“听说,昨天晚上一只勇敢的羊,独自闯进狼窝,还抬起羊蹄子踢倒了一头狼,怎么没见羊缺胳膊少腿啊——”见到金慧心没有受伤,邵华为的询问用玩笑开了头。

“没缺胳膊少腿,可差点被煮了羊肉粥。”见邵华为来看她,金慧心的心里掠过了一股热流,“一个人的慰问团也是慰问团,慰问收到,谢啦!你来得正好,正准备下午叫上林至峰和华凌,开一个班子会呢。”

“金队有什么部署?”

“上午去公社到尤维新书记那儿把昨天晚上的事做了汇报,让他们管管这些烂汉子店里的二人转,那个《十八摸》脏得不堪入耳、不堪入目。尤书记跟我叫板,用什么能代替它,让我写新二人转本子。我不喜欢写,也写不了。我想派林至峰领上曲景波和王剑,给公社办一个评书、相声培训班,把各大队能说会道的人都组织起来,教给他们几个评书和相声段子,到大车店去演,田间地头休息的时候,也可以演啊!”

“高,高,实在是高!”邵华为模仿着电影《地道战》里的伪军汤司令,对金慧心竖起了大拇指。

“你先别忙着伸大拇指,还有你的活儿呢!”

“只要我能做的,保证效力。”

2

炕灶里塞满了脱了粒的玉米芯,屋子里暖暖的,氤氲着一股甜甜的醉人的新玉米的香气。

金慧心正趴在自制的书桌上,给她创作的独幕话剧《大车店一夜》收尾。是自己亲身经历过的事,又经过严密的构思,所以写起来特别顺手,简直就是文思泉涌,一个一个的情节、一波一波的矛盾冲突、一个一个的人物形象,就像一群经过十月怀胎的婴儿急着来到这个世间报到。金慧心笔下酣畅淋漓……突然,一双大手蒙住了她的眼睛,随之,一股男人的气息、男人的味道把她团团围住。“是谁呢?”金慧心是乌兰牧骑的队长,又是女队员当中年龄最大的,队内的男同志没有人跟她开这种玩笑。

“你是谁呀?”金慧心放下手中的笔,用两只手去掰蒙住自己双眼的大手,没掰开,就问。

“你猜猜——”背后的人说话了。

“司子健!”司子健的笔体刻在了金慧心的心里,司子健的声音也刻在了金慧心的心里。

司子健放开了蒙住金慧心双眼的手,用力一抱,就把金慧心从凳子上抱了起来,还没等金慧心说话,一阵急雨般的狂吻立刻封住了金慧心的口。

自从苏晋让她下乡以来,金慧心就一直在失落的情绪中压抑着自己。一个已经得到了爱的女人,在遭遇了诉不尽的委屈之时,却不能得到爱的安慰、爱的支持,她感到孤独无助极了。而这种孤独和无助,她还必须隐藏起来,人前装欢、装强,应了唐婉给陆游的诗——瞒!瞒!瞒!她是乌兰牧骑的队长啊,她必须这样做……当司子健的爱疾风暴雨般地袭来时,她不再装欢、装强，不再“瞒！瞒！瞒！”她变得浑身无力，瘫软在司子健的怀里，任由他百般施爱。

一阵激潮过去了，金慧心睁开眼，问道：“你怎么找到了这里？”

司子健从军服的上衣口袋里掏出了金慧心给他的回信，声音有些发颤地朗诵道：“缘起荷塘杨柳风，一笔速写诗画情。军地两融鱼和水，子健慧心牵手行。我把你的这首诗当成了允婚宣言，我拿着你的这首诗去找了龙帆团长。他问我：‘你小子看过电影《冰山上的来客》吗？’我说：‘看过。’他说：‘记住了最著名的一句话吗？’我问：‘哪句？’‘阿米尔，冲啊——’”

“你就冲来了？”

“对呀，军人以服从命令为天职，团长都发话了，我还能不冲吗？先冲到了你们乌兰牧骑，看门的说你们下乡了，我就跟踪追击，冲到了你的面前呀！”司子健说完，又把金慧心抱住，深深地吻了下去——

月亮隐藏到浓密的云层里，初冬的田野上已经开始下霜，白茫茫的一片肃杀气。司子健脱下带着体温的棉军服，披在了金慧心的肩上。女人再个儿高，穿上男人的衣服也像袍子。金慧心的身心立刻被温暖包裹着。有心仪的男人疼爱，女人都会变得娇小。

司子健风尘仆仆几百里地来定亲，金慧心要把他安排在老乡家里住。司子健说他下车的时候，就在公社旁边的一个旅店里订了房间。金慧心把他送到了旅店，他又把金慧心送回她的宿舍……他们已经在旅店和宿舍之间来回三趟了，恋人相伴，脚下无路长，心中时间短。

金慧心脱下棉军装，又披回司子健的身上：“你回去吧，快到我的宿舍了。”

司子健又把棉衣披在金慧心的身上，簇拥着她往前走：“这么黑的路，这么冷的路，我怎么能放心你一个人走？你放心，到了你的宿舍，我就返程。”

队部的大院子里一片寂静，连饲养员也早就进入梦乡。推开了宿舍的门，金慧心划着了一根火柴，点燃了书桌上的小油灯，温暖的屋子里顷刻之间氤氲着温馨的光明。

还没等金慧心丢掉手中的火柴杆，司子健一下子就把金慧心抱起来，喘着粗气说道："慧心，面对你这么漂亮的爱人，我再控制自己，我……还是个男人吗？"

"子健，不行，不行，我们还没结婚……"

司子健已经没有了理智，怀里的女人就是他的猎物。在寂寞的大山里，在清一色的军营里，他已经压抑得太久，太久……他爆发了，就像一头豹子冲出了困笼。

小油灯经不住金慧心"闺房"里强烈的气浪，伸了伸脖子，跳动了两下，就熄灭了……

司子健告诉金慧心，他得到消息，不久就要被提拔为雷达团的副政委，到那天，他就要亲自驾车，带着他的越野车队来迎娶他的新娘。

3

邵华为把在培训班上需要的相声段子和评书段子都刻在蜡纸上，还鼓动金慧心把她新创作的独幕话剧《大车店一夜》也改出了一个既能当故事讲又能当评书说的本子，一起刻出来，就拉上林至峰到山水坡公社去找油印机印刷。

一进公社的大门，收发室的老头就拦住了他："是乌兰牧骑的邵队长吧？不是我跟你拉近乎，看大门久了，我的眼睛就是毒，一眼就能认出你邵队长。你拉的胡琴儿好啊，那天看你们演出，我的心都跟着你的胡琴颤啊……回到家里，我那闺女说啥也要让我把这双鞋垫送给你。她说，她没啥意思，她再好、再俊，再是深山里的俊鸟，也当不了你的媳妇，她只要你在你的鞋里垫上她亲手绣的鞋垫，她这一手针线活儿就出名了……这几天，我这收发室里搁着好几封你的信呢。这不，我正想着找人替个班，到二队给你邵队长送过去呢。"

邵华为接过收发室老头递过来的一沓子信和那双绣着"戏水鸳鸯"的

鞋垫。乌兰牧骑队员演出后接到一沓子信,早已司空见惯,但他从没有收过人家的鞋垫。不收吧,就伤了一个姑娘的心;收了吧,这双鞋垫怎么处理呢?他是绝不会把"鸳鸯戏水"垫在脚下的,觉得这太老土了,是会被其他队员笑话的……咳,还是以后送给别的老乡吧。他不能白要人家的东西,就从兜里掏出两元钱,递给收发室老头。

收发室老头一下子就恼了:"你邵队长别瞧不起人,我们家闺女不是卖鞋垫的。"

"这……这……"

还是林至峰机灵,凑到邵华为耳边说:"你的挎包里不是常背着一本《新华字典》吗?一本是九毛六,你给他,让他姑娘努力学文化,这事多有意义。留着咱的两块钱,买两本还能剩下八分钱。"

"嗞——我咋就没想到呢?笨、笨、笨!"邵华为马上从挎包里拿出随身带的《新华字典》,对收发室老头说,"大爷,把这本《新华字典》送给你姑娘,读书的时候,有不认识的字和解不了的词,就查查它。"

"咳咳——这多好啊!倒是有学问的人想事儿周到,这不,把一个识字先生送给我闺女啦!"收发室老头用袖子擦了擦《新华字典》,脸上的皱纹笑成了一朵墨菊。

一沓子信中,一封来自北京的信让邵华为眼前一亮,这是萨日朗写的。他太熟悉她一笔一画规规整整的字体了。有好长时间没接到萨日朗的信了,夜深人静的时候,他的心常常惴惴不安。他迫不及待地打开了萨日朗的信,一张照片豁然地展现在眼前——

"毛主席——"邵华为惊呼。

林至峰一把抢过照片:"毛主席——"他跟着惊呼。

能不惊呼吗?照片上,高大伟岸的中国人民的领袖毛泽东主席,双手鼓掌,把期望的目光投向一群激动鼓掌的文艺青年。鲍龙斌、朴真玉、乌日汗、陶鲤、萨日朗、潮洛濛、正月,他们认识的赛罕旗乌兰牧骑的队员们,都在那群激动鼓掌的文艺青年当中。

照片下有一行字：毛泽东主席于 1964 年 11 月 27 日在北京接见全国少数民族群众业余文艺观摩演出的演员和乌兰牧骑代表队全体队员。

这是对所有的乌兰牧骑队员巨大的鼓舞啊！

激动的心，颤抖的手，邵华为和林至峰一起打开了萨日朗的来信：

亲爱的华为哥哥：

你好吗？车伯尔市乌兰牧骑的战友们都好吗？

华为哥哥，你看见那张照片了吗？那张我们乌兰牧骑队员和毛主席在一起的照片？一定看见了！我已经把它收进了《萨日朗影集》，同时收进《萨日朗影集》的照片还有很多很多，都快贴不开了。有我们在人民大会堂演出的，有在北京一下火车就受到藏族、苗族同胞跳着本民族的舞蹈欢迎的。鲍队长当即就带领我们跳起了蒙古族的安代舞。那个场面，一想起来就让人热血沸腾。更多的是与党和国家领导人在一起的照片，刘少奇、朱德、邓小平、宋庆龄、董必武、乌兰夫……都与我们合影了。这是多大的荣誉啊！我特别喜欢和周恩来总理在一起的合影。周恩来总理和蔼可亲，看完演出还和我们一起唱了《在北京的金山上》。

华为哥哥，你知道这是对我们多大的鼓舞吗？我是一个牧羊人的女儿，要没有你和乌兰牧骑战友们的帮助，就成了一个整天挤奶、熬茶、生孩子的醉鬼的老婆……现在，能跟毛主席、周总理一起照相……我连做梦也是不敢想的啊！

华为哥哥，还告诉你一件大喜事：根据周总理的建议，自治区要组织三支乌兰牧骑代表队，到全国各地巡回演出。我在佟家琪指导员的房间里，看到了一张文化局领导拟定的《五十七名乌兰牧骑代表队队员名单》，那名单上就有你和林至峰。在你的名单后面有一个括号，写着作曲第一，唱歌、跳舞、器乐演奏全能。林至峰的名字后面也有个括号，写着表演第一，曲艺全能。我当了一回“特务”，先把这个喜讯报给你，用不了十天，就该给你们发文件了。代表队的队员都要在呼和浩特市搞集训，到那时，我们又要在一起排练演出了。华为哥哥，你高兴吗？我可是太想你了……

华为哥哥，我已经自学完了初中的所有课本，你来呼市时，能给我捎来一套高中的课本吗？

华为哥哥，我该去化妆了，《公社萨日朗》由我领舞。今天晚上，要给人大代表、政协委员和解放军艺术院校的老师、同学们演出，中宣部和国家民委的领导还要跟我们座谈呢……就写到这儿吧。

此致

敬礼！

爱你的萨日朗妹妹

这么流畅的文笔，邵华为都有些怀疑是萨日朗写的了，那还是一个初中还没毕业的牧羊女吗？

"爱你的萨日朗妹妹，多亲切，多感人啊！"林至峰拍了一下邵华为的肩膀，"哥——你们什么时候搞成的？"

"去去去——什么'你们什么时候搞成的？'萨日朗妹妹就不行爱华为哥哥了？"邵华为赶紧解释。

"可以啊！谁说不行来？"林至峰一脸的正经与真诚。

"咳——"邵华为还真解释不清了，萨日朗称他"亲爱的华为哥哥"，自称"爱你的萨日朗妹妹"，都似清泉流水一样，灵动、自然而美丽。爱情，原来是可以这样的——在还没来得及想清楚之前，就已经水到渠成了。

激动和兴奋让邵华为没有过多的时间沉溺和思考爱情。把萨日朗的信揣进内衣口袋，他和林至峰用最快的速度印好了相声段子、评书段子和《大车店一夜》的本子。临了，又顺手在尤维新书记办公室的报架子上，找到了十几份有乌兰牧骑照片和报道的《人民日报》和《内蒙古日报》，还有两本杂志《草原》和《花的原野》。乌兰牧骑在全国这样火，成了全国文艺团体学习的榜样，他们硬是没有感觉到这种轰轰烈烈。蜗居在山水坡的一个小村庄里，消息竟这样闭塞。

一出公社的大门，两个小伙子就一路跑起来，他们要以最快的速度去找金慧心，把这些全告诉她，他们的心中已经盛不住这么多巨大的喜讯了。

4

千千木正在金慧心的宿舍里哭。

千千木和艺校毕业的江竹倩，住在村西头一户老乡家的偏厦子里。昨天晚上，她们在队部集体背会了《大车店一夜》的台词，两人就一起回到偏厦子。用地炉子上烧着的热水刷牙洗脸又烫了脚，又和江竹倩甜甜蜜蜜地议论了一阵子邵队副排练演出的轶事，直到江竹倩连连打起了哈欠，她才伸长脖子，吹灭了煤油灯，裹着被子睡了……天气越来越冷，手脚都冻得有些麻木了，千千木用口中的哈气暖暖手，放在了胸前……邵华为紧紧握住了她的双手，哦——一双大手好暖和噢。她挺起前胸，把自己紧紧地靠在他的怀里，温热有力的双唇立刻捉住了她的嘴，快活得让她喘不过气来。她抽出双手，搂住了邵华为的脖子，那双温热、有力的双手立刻捉住了她的双乳，轻轻抚摸着，用劲地揉搓着。她像遭了电流击打一样不能自已，禁不住忘情地呻吟起来——

"谁？"千千木听到了一声呼叫。

"小偷，小偷，抓小偷啊——"是江竹倩凄厉、惊恐的喊声。

千千木一个激灵睁开眼，原来是南柯一梦……不，她的身上明明压着个黑胖的男人，黑暗中看不清男人的面目。"流氓——"千千木大喊了一声，一挺后腰坐了起来，朝着黑胖子的脸上一把抓了过去——她的手指甲修剪得很美很长，她喜欢弹琵琶，而且从来不用粘假指甲。

"啊——"黑胖男人一声尖叫，翻身跳下地，连鞋也没穿就光着脚跑了。

吓得浑身哆嗦的江竹倩看看千千木，又看看被撞得四敞大开的屋门，用被子蒙住头大哭起来。

这起耍流氓案子非常好侦破。公社派出所的两个民警,提溜着一双满是泥土的棉乌拉,在村子里走了不到一天,就抓住了罪犯——王彪。

村里人都见他穿过这双棉乌拉。

他的脸上有千千木抓的五道伤痕。

王彪被送进看守所。

留下邵华为和林至峰在公社办相声、评书培训班,金慧心领着其余的队员回车伯尔市了。她已接到自治区文化局的通知,自治区直属院团的文艺工作者学习乌兰牧骑精神,组成了十一支文化工作队,深入各盟市巡回演出。全区抽调十一支优秀的乌兰牧骑,配合这十一个文化工作队,带上书籍、医疗箱、理发工具、电影放映机和幻灯片,到最偏僻的农村牧区演出和服务,送文化、送科学。

车伯尔市乌兰牧骑就是被抽调的十一支乌兰牧骑队之一。

第十六章　全国巡回演出　周恩来总理接见
保持优良传统　创乌兰牧骑时代

1

从自治区各乌兰牧骑抽调的五十七名成员，齐聚自治区首府呼和浩特。他们要被编成三个代表队，进行为期一个月的集训与排练，像毛泽东文艺思想的火种一样，分赴祖国各地去播火种。

邵华为和林至峰都被分配到了第一代表队，队长是鲍龙斌，随队秘书是佟家琪。除了邵华为认识的朴真玉、乌日汗、陶鲤、萨日朗、潮洛濛、金喜顺，还有西乌珠穆沁旗的独唱演员金花，鄂温克旗的舞蹈演员杜拉尔梅，正蓝旗的云娃，镶黄旗的那顺。来自六支乌兰牧骑的十五名队员，又结成了一个新的集体。

“华为哥哥——”开完了分队会，刚坐在宿舍的床上，一声嘹亮、清脆的喊声就传了进来。

林至峰朝着邵华为做了个鬼脸，一努嘴：“爱你的萨日朗妹妹来了——”

萨日朗完全变了一个样，往日的愁苦、沉默、土气，在她身上一扫而光。面前的萨日朗亭亭玉立，神采飞扬，两只大眼睛格外明亮。昂扬的精神，让一个姑娘出奇美丽。

“华为哥哥，你给我带高中的课本来了吗？”

“当然带来了。”邵华为把目光从萨日朗的脸上移开，转身去拉自己提包的拉锁。

“眼睛里就有一个啥子华为蝈蝈，把个孤零零的至峰蝈蝈丢得好惨噢——”林至峰学着佟家琪的四川话，装出了一脸的哭相，跳到了萨日朗面前。

“哪个忘了你的么——林蝈蝈不是林妹妹，干啥子小性子么？”

想不到半年前汉语都说不好的萨日朗，也能蛮流利地说出四川话，真是可塑之材……没等林至峰感慨完毕，萨日朗就从背着的书包里掏出了一本书——《我的艺术生活》递给了林至峰。

林至峰接过这本书。

“是斯坦尼斯拉夫斯基写的，人家是苏联的人民艺术家、大演员、大导演，一辈子演出和导演了一百二十多部话剧和歌剧。佟指导员说这本书给你最合适。”

林至峰不再和萨日朗开玩笑了，刚看了一下目录，就觉得这本书对自己太重要了。萨日朗是把一位大师的人生标杆递到了自己的手里。把书捧在手里，他郑重地对萨日朗说了声：“谢谢，谢谢萨日朗妹子。”说完，一转身，留下一句话：“久别重逢，你们两个腻腻一会儿哟，我不是笨脑壳，干啥子给你们当电灯泡嘞——”说着佟家琪的北方四川话，他就跑着找说四川话的佟家琪去了。

好像分别了很久很久，好像思念了很长很长，萨日朗鼻子一酸，一下子就扑到邵华为的怀里，低声说：“华为哥哥，我想你了。”

邵华为紧紧搂住萨日朗，贴着她的耳边说道：“华为也想你了。”

他们感觉着彼此的心跳，默默地倾听着彼此的心声。

俄顷，萨日朗抹掉眼中的泪水，说：“华为哥哥，猜猜我给你买了啥？”

“不会也是斯坦尼斯拉夫斯基的书吧，我记得他还有一本《论演员的艺术修养》。”

萨日朗摇了摇头："华为哥哥的行囊里从来不缺书。"说着，从书包里拿出了一个蒙着紫色金丝绒面的小盒子，递给了邵华为，"看看你喜欢吗？"

邵华为打开了小盒子，里面是一块崭新的上海牌手表。

"这一段到北京演出，没花我们自己一分钱，队里还给每个队员发了补助。我知道你最能把握时间，最能珍惜时间，什么时候读书，什么时候练功，什么时候排练，什么时候创作……所有的工作都是计划好了的。你不能没有手表。我问过表的价格，你的英格表是外国产的，好贵好贵，我买不起，就买了这块国产的上海表。"

邵华为什么也没说，萨日朗太善解人意了！珍惜时间就是珍惜生命。英格表和上海表的价格是不一样的，但报时同样准确。他伸出了左手腕子，让萨日朗把崭新的上海表给他戴上。一阵温情涌动，他在萨日朗的额头上吻了一下，问："萨日朗，知道我给你带什么来了吗？"

"高中课本？"

"闭上眼睛。"

待萨日朗重新睁开眼睛的时候，一本新的《萨日朗影集》捧到她的胸前。"你在信中说，你的影集都快贴满了，那咱们就再贴一本吧！"邵华为揽过萨日朗的肩膀，打开了新的影集。

"咔嚓——"林至峰拿着佟家琪的照相机及时赶到，"给你们的互助组留个影儿。"

2

中国文艺进入了一个乌兰牧骑时代。

三支乌兰牧骑代表队，每个队都带上了四五十个具有民族风格的节目，走遍了除台湾以外的中国大地。所到之处，不论省、市还是自治区，都是党、政、军一把手亲自出面接见，携带县以上文化、文艺团体干部或全员观摩演出、跟踪学习。报纸、文艺刊物、电台、电视台等媒体全程报道。

还有一支乌兰牧骑队，随长春电影制片厂的摄制组，在内蒙古大草原上拍摄纪录片和故事片。

内蒙古自治区各文艺院团派出十一支乌兰牧骑式的文艺小分队，走遍了自治区全境的盟、市、旗、县。

鲍龙斌此生就没在这么大的台子上做过报告。不怨台子大，观众也多，六万多人。大上海就是大上海，文化广场就有这么大的台子，就有这么多闻讯赶来的观众。

这个台子长五十米、宽三十米，大得能开汽车。三千名演员站在台上，也不会拥挤。

站上三千名演员也不拥挤还能跑汽车的台子上，今晚演出的是乌兰牧骑全国巡回演出第一队的十五名演员。

今晚演出前，鲍龙斌要在这个台子上向六万多名观众和上海市的党政领导做报告，报告赛罕旗乌兰牧骑遵照毛泽东主席《在延安文艺座谈会上的讲话》精神，深入基层，为农牧民演出、辅导、服务的情况和经验。他要讲朝鲜族姑娘朴真玉刻苦练功，为了练《顶碗舞》把头皮都磨破的故事；讲蒙汉兼通的全能演员乌日汗，为了救困在沙漠里的战友，痛失了两岁的孩子的事迹；讲与封建买卖婚姻做斗争，两个队的乌兰牧骑队员帮助萨日朗退彩礼的故事；讲凭着一个药箱、一根银针、一把艾叶，为多年瘫痪在床的农牧民治好腰腿病的经过；讲乌兰牧骑为干旱的牧村打井，为受伤的民工献血，为荒漠深处的水利工地留下一支“不走的乌兰牧骑”；讲六个乌兰牧骑队员，轮流去背一个瘫痪在蒙古包里的老阿爸看全场演出的故事……

鲍龙斌没有林至峰的表演天赋，但他有真情，乌兰牧骑有真事，有全心全意为人民服务的精神。真情最能打动人，真事最能感动人。每次做报告，台下都会有眼泪流淌的精神共鸣，都会有振臂高呼的口号回应。可是……今天这么大个台子，一个人站上去，就如同沙漠里立着的一根竹竿，太渺小了！人们在沙漠里，可以看见一棵大树，但能够看见一根竹竿吗？就是十五名演员都上去，也是一大锅饭里撒了一小撮芝麻，稀落得捉不住吃饭人的眼球，更捉不住六万名观众的眼球。朴真玉的《顶碗舞》是一个人跳，她转的速度再快，跳得再美，也就如一片花瓣在游泳池里漂荡啊！

“有啥子办法没？”和鲍龙斌一起来看台子的佟家琪，把眼镜摘了又戴上，戴上又摘了，左看看，右看看，怎么看也觉得这个台子太大了，鲍龙斌的讲演不会有好效果，乌兰牧骑的演出不会有好效果，他的照相机没有那么大的广角镜头，也拍不出好效果。

“哎——有了！”鲍龙斌一拍大腿，忽然有了主意：乌兰牧骑下乡经常放的幻灯片，还有乡土的皮影班子唱的驴皮影，都来给他送灵感。幻灯片和驴皮影的屏幕都是有框的。观众多了，就拉个大框，放开观众的视野；观众少了，就缩个小框，集中观众的视线。

“天幕前，两边各挂上一条十五米长的侧幕，五十米长的舞台就成了二十米，台口的上方再挂上一条横幅，把天幕向前移十五米，偌大的上海文化广场上，就有了一个框——”

“框？框！框好！框好……”佟家琪把摘下来的眼镜又戴上，眯缝着眼睛朝前看着，两只手在眼前做了一个框，内心视像中，真的就在宽阔的文化广场上出现了一个二十米长、十五米宽的长方形的框。

“赛！赛！大大地赛！鲍队长，你的脑壳是怎么长的么？为啥子这么灵光哟？”

他向鲍龙斌竖起了大拇指，“赛”是蒙古语“好”的意思，巴蜀秀才佟家琪的赞语是蒙汉串门。两年多的相处，他对鲍龙斌的聪明和能力，是彻底地服了。

舞台大，开场的第一个节目就是欢快的安代舞《内蒙古好地方》。除了乐队的六个人，全体演员都上了场。潮洛濛和金花的蒙古族长调一放开嗓子，六万多名观众的脑海里立刻就出现了“蓝蓝的天上白云飘荡，碧绿的草原牛羊肥壮”的美丽景象，出现了雄鹰和百灵鸟在蓝天上飞翔的画面。这犹如天籁的歌声太高了！太美了！太亮了！听惯了吴侬软语的香腻，看惯了小巧玲珑的精致，哪里听到过这么嘹亮、宽阔的歌声，哪里看到过这么豪迈、激情的表演……

大上海的观众第一次面对面地看到了马背民族的豪迈，感觉到了大草原的辽阔，掌声和欢呼声随即如潮水般地响起。

从萨日朗一进队，潮洛濛就喜欢上了她，没有任何理由地喜欢上了她，看不得她受一点苦，看不得她掉一滴泪。就像一只老鹰对待还没出巢的小鹰，总想用自己的翅膀护卫着。但随着邵华为的介入，随着他们之间的“互助组”成立，潮洛濛的愿望破灭了。看着萨日朗和邵华为越来越亲密，看着萨日朗在邵华为的帮助下一天天地成长与进步，他默默无言地吞咽着自己的痛苦，甚至用凉水兜头浇下，来遏制痛苦的发作。他知道，对于萨日朗的成长，他的翅膀再强壮、再温暖，也抵不上邵华为的学识与文化。

上帝给你关上了一扇门，就必然给你打开一页窗。是长生天把一只百灵鸟，一只西乌珠穆沁旗大草原的金色的百灵鸟，送到了他的面前——金花来到巡回演出队一队。金花的到来，就像一束光芒一样照亮了潮洛濛的心。他熄灭了的爱情之火一下子又燃烧起来，金嗓子的金花成了他的启明星。

巡回演出队到了大庆，在“1205”钻井队的工地上，金花一口气连唱了十四首民歌，工人们还是不让她下台。这之前，他们还没见过一点娇气也没有，一点架子也没有，只要一鼓掌就能连唱十四首歌的演员。工人们还在鼓掌，工人们还在欢呼，他们没听够这么好听的歌，没看够这么美丽的蒙古族姑娘。他们的队长、铁人王进喜走上台跟工人们说：“工友们，工友们，人家金花姑娘已经给我们唱了十四首歌了，这还是下午的演出。上午人家在场部的大礼堂里，就一口气唱了七支歌，晚上还有一场演出。钻头再锋利，也有磨秃的时候，金花姑娘就是铁嗓子，也有累的时候，该让她歇歇了。咱们工人阶级得心疼自己的乌兰牧骑演员吧？”

回应王铁人的是更热烈的掌声，不知道是同意他的话，还是继续欢迎金花唱歌。

迎着工人们一浪高过一浪的掌声，潮洛濛走上钻井平台，把手中捧着的一个泡着胖大海的玻璃瓶子递给了金花。看着金花接过瓶子，冲他甜蜜地一笑，他大步走上台，对钻井队的工人们说："工人师傅们，我叫潮洛濛，用汉话说，就是海子里的启明星。现在，我也给大家唱十四首歌，与金花打打擂台，比比嗓子。请师傅们给评评我们俩的嗓子，哪个是能够跟铁人老哥的'铁'字排队的、比肩的。也代表草原人民，感谢你们，把'中国石油落后'的帽子抛给了太平洋——"

在"1205"钻井队，同台演唱了二十八首歌，被传为佳话，他们的故事在《中国音乐》杂志上发表，被全国很多的报刊转载，这让潮洛濛和金花也结成了"二十八首歌互助组"。他们索性又编排了男女声二重唱《内蒙古好地方》《美丽的草原，绿色的海》《就要出嫁的姑娘》，一起上台演出，是对家乡的爱的表达，也是彼此爱的升华。

内蒙古啊，好地方，
花香草美牛羊肥壮，
党的光辉照耀草原，
幸福的歌儿传遍四方——

最后上场的是萨日朗、杜拉尔梅、云娃和邵华为，这个节目是个情节舞蹈——《小牧民在成长》。

1964年的2月9日，内蒙古达茂旗新宝力格公社格日勒生产队的一对小姐妹——十一岁的姐姐龙梅和九岁的妹妹玉荣，为生产队放羊时遭遇暴风雪。为了不使生产队遭受损失，两人始终追赶羊群，直至晕倒在雪地里，被一名铁路工人救起。因为严重冻伤，二人都做了不同程度的截肢。她们的英雄事迹上了报纸，上了广播，上了电视，被誉为"草原英雄小姐妹"。

萨日朗反复看了这张报纸，立即给邵华为写了信，说自己要根据龙梅、玉荣的先进事迹，编个有情节的舞蹈。她在信中描述了情节——一对草原上的小姐妹，利用假日替阿爸为生产队放羊，突遇暴风雪，她们奋力圈住被暴风雪刮得四散的羊群，后因体力不支，昏倒在雪地里，被解放军医疗队的医生救起……要在原故事中，去掉铁路工人，加上解放军医疗队的情节，一是草原上确实有解放军的医疗队巡回为当地的牧民们服务，二是可以在慰问部队的时候，作为拥军节目演出。

邵华为在回信中，大大地赞赏了萨日朗的创作态度和创新精神，答应立刻动手写曲子。在全国巡回演出队的集训期间，《小牧民在成长》便作为邵华为和萨日朗“互助组”第一个创作的节目，走遍了大江南北。

在西藏阿里地区的巡回演出中，由于高原缺氧反应和连日的超负荷演出，萨日朗得了重感冒，发烧、咳嗽、头疼、浑身无力。为了不影响演出，她就在药箱里拿了几片退烧止疼的索密痛悄悄服下，没对任何人讲。

倒是和她一起跳“玉荣”的云娃看出了门道，就问她：“萨日朗，你那个‘互助组’怎么不来照顾照顾你呀？你看人家‘二十八首歌互助组’，金花姐姐每次上台唱歌，潮洛濛就端个泡了胖大海的玻璃瓶子守在台口，金花姐一下台他马上递上水，给润嗓子，那个呵护劲儿让哪个姑娘不眼馋？哪像你那位邵大作曲，你病成这样，他都不闻也不问。”

经云娃这么一提醒，萨日朗才意识到，他们这个“互助组”是事业上的互助组，而在生活上却是单向的。她在生活上照顾邵华为，邵华为在事业上帮助她。在大兴农场，在巡回演出队，每当休息的时候，都是萨日朗为邵华为缝缝补补、洗洗涮涮，但很少见到邵华为对自己的关心与温情。

“哎——”萨日朗低低地叹息了一声，“金无足赤，人无完人。一个人的精力是有限的，他那么醉心读书，醉心创作，亲生母亲去世早，习惯了自己管自己，哪管得来我这些头疼脑热的小事啊！”

“萨日朗，你真善解人意，对邵华为就是个痴啊——”俩人正说着悄悄话，邵华为推门进来，怀里抱着几件衣服，手里还拎着一双胶鞋。

“萨日朗，拜托了，这大上海的天气太热，浑身上下都黏了，还是从阿里换下来的衣服呢，还有这双臭鞋，你学学雷锋，都一并给洗洗刷刷吧，我还要跟上海几个作曲的朋友交流交流。”

说完，邵华为忙不迭地跑了，竟没有注意到萨日朗的手里还托着两粒等待送进嘴里的索密痛呢！

萨日朗对着云娃苦笑一下，把药片吞进嘴里，拿起床底下的脸盆，到水房里给邵华为洗衣服刷鞋去了。

萨日朗演的“龙梅”和云娃演的“玉荣”,在风雪中费力地收拢着羊群。“玉荣”的一只毡靴跑丢了,她的右脚冻成了一个大冰坨。“龙梅”想脱下自己的毡靴给妹妹穿上,可她的两只毡靴和脚都冻在了一起。她抡动着两个小拳头怎么砸也砸不开,怎么脱也脱不下来。一阵更猛烈的暴风雪袭来,姐妹双双被大雪埋住……

医疗队的“男医生”邵华为和“女医生”杜拉尔梅,在暴风雪中巡诊路过此地,发现了埋在雪地里的“龙梅”“玉荣”,他们奋力抢救。

邵华为托起了萨日朗,发现萨日朗双目紧闭,呼吸急促,他把脸贴上萨日朗,这是个原来的舞蹈语汇中没有的动作。他发现萨日朗脸颊滚烫滚烫的,就在他脱下斗篷给她披上的时候,一行眼泪在萨日朗的脸颊上潸然而下……他知道,这不仅仅是剧情,在以往的演出中,萨日朗从来没有这样。萨日朗浑身在抽搐,这是病情,而不是感动。他托着“龙梅”在台上旋转的时候,俯在她的耳边问:“萨日朗,你还能坚持吗?”

萨日朗疲惫地睁开了眼睛,用眼神告诉她的华为哥哥,她,能。

果然,被解放军医生救活的“龙梅”,一个“大跳”,接一个“倒踢紫金冠”,连着一串“小蹦子”,拉着妹妹“玉荣”去追赶她们的羊群——

幕后伴唱:

寒风烈,暴雪狂,
红星在我心中亮。
舍生忘死护羊群,
小牧民啊在成长。

一走下台,萨日朗一头栽倒在台口。

邵华为跪在地上,抱起了萨日朗,奔跑着将她送到了停在台后的救护车上。他不是不爱萨日朗,是没有潮洛濛给金花送胖大海润嗓子的感人细节。

3

乌兰牧骑队员最难忘最幸福的时刻到了！

一九六五年十二月二十二日下午，结束了全国巡回演出的三支乌兰牧骑的全体队员，同新疆和田文工团、中国大学生七人演唱小组，收到周恩来总理亲自签名的请帖，请他们到中南海紫光阁赴宴。还被通知，等到十二月二十六日，也就是毛泽东主席七十二岁生日这天，为毛主席做祝寿演出。

听到这个消息，萨日朗马上去找邵华为，她的编舞处女作就是毛主席的《蝶恋花》和陆游的《钗头凤》。这是她跟着邵华为读书的结果，也是他们爱情的起源。

邵华为为萨日朗编的舞蹈《蝶恋花》和《钗头凤》都编了曲子，萨日朗和金喜顺早就做了排练。在巡回演出队集训的时候，这两个舞蹈也都上了节目单，但不知为什么，在经历了十几个省市自治区，演出二百多场，观众达百万的演出中，鲍龙斌一直没有安排这两个舞蹈演出。《钗头凤》嘛，大概是古人的爱情悲剧，不适合给工农兵演，但《蝶恋花》却是毛主席和他的夫人、革命烈士杨开慧崇高和浪漫的爱情诗篇啊，为什么不让演呢？

邵华为挠挠后脑勺："一定是时机不成熟呗！"

"给毛主席祝寿，演根据毛主席诗词编的舞蹈，老人家一定高兴。这是咱们表达乌兰牧骑队员对他和杨开慧烈士的爱戴与敬仰啊。"

"走，去问问鲍队长，就算咱们请缨，把这个舞蹈好好排练排练，专门献给毛主席。"

"走——"激动的萨日朗和邵华为推开了鲍龙斌房间的门。

"一个激情燃烧、志同道合的'互助组'，一对只埋头业务不问政治的小傻子。"大半年的全国巡回演出，上百场的工作报告，已经让鲍龙斌的视野和境界今非昔比。演员常常会为自己的想法激动，这正是艺术创作的动力，现在面对的邵华为和萨日朗就处在这种情绪之中。鲍龙斌咧嘴一笑，眯起了一对目光深邃的大圆眼睛，像对两个幼稚的大孩子一样，盯着邵华为和萨日朗探求的眼光巡视着……

“啊？”萨日朗首先发出一声惊叹。在巡回演出中，她加入了中国共产党，满以为他们的提议一定会得到鲍龙斌的赞同，怎么也没料到鲍龙斌说她和邵华为是两个小傻子。

“我们怎么成了政治上的小傻子啦？”

“你们想想，毛主席现在的夫人是谁？”

“江青。”邵华为脱口而出。

“毛主席生日那天的演出，江青同志……”说到这里，鲍龙斌突然停住了话语，大概意识到了什么，停了片刻，又变换了语调，“庆祝毛主席七十二岁生日，应该喜庆，《蝶恋花》是悼念杨开慧烈士的，要是因此引起毛主席伤心……”

鲍龙斌停住话语，把对跳《蝶恋花》后果的思索留给了一对目瞪口呆的年轻人。

紫光阁里气韵非凡。

邵华为腕子上的上海表的时针刚指向下午五点，一阵热烈的掌声就在门口骤然响起，周恩来、朱德、邓小平，以及李富春、陈毅、李先念、陆定一等党和国家领导人一起步入宴会厅。前排已经摆好了椅子，待领导同志们坐定后，内蒙古的乌兰牧骑队员、新疆和田文工团的团员和七名大学生一起拥上前去。

镜头从左往右依次移动，所有摄入镜头的人都有了一张照片。

饭菜端上来了，有大米饭、花卷和玉米面窝头。一大盆烩菜放在桌子的中央。

佟家琪端起相机，把镜头对准了桌子上金黄色的玉米面窝窝头。这幅照片作为素材，被一位油画家以《幸福的晚餐》为题，艺术地记录了乌兰牧骑队员们最幸福的这一刻。

陈毅副总理是位诗人，他用四川乐至的口音激情澎湃地讲起话来：

“内蒙古乌兰牧骑、新疆和田文工团和中国大学生七人演唱组的娃儿们，我是分管文化工作的。今天，总理和我请你们吃顿便饭，要表扬你们队伍小、节目多的组织形式，还要表扬你们深入基层、沿着毛主席的《讲话》指引的道路，吃苦耐劳、全心全意为工农兵演出的精神与作风。你们了不得呀，一个十几个人的队伍就能演出一台节目，一个演员就会七八种乐器，一个人一天唱了四十多首歌，这是上得去国际文艺史上的记录哟。你们在巡回演出中，还在河南帮助西岗大队的社员们抗旱，把演出送到河南老乡的地头上……你们了不得哟，比起那些啥子城市少爷小姐式的演员，你们更受基层的欢迎，更受人民的欢迎嘛，你们是毛泽东思想的宣传战士哟——”

邵华为掏出笔记本飞快地记录着陈老总的话，陈老总是他崇拜的偶像。他特别喜欢陈老总的《梅岭三章》：

断头今日意如何？
创业艰难百战多。
此去泉台招旧部，
旌旗十万斩阎罗。
……

人生的两极无非是生死，陈老总驰骋想象，以富于革命浪漫主义的手法，写出了豪情四溢、气贯长虹的壮言：此去泉台招旧部，旌旗十万斩阎罗。这是一副怎样的肝胆，又是一副多么壮烈的气节情怀？邵华为常常用陈老总的《梅岭三章》激励自己。他此时就萌发了给《梅岭三章》谱曲的灵感与激动。《梅岭三章》的旋律就在他的脑海中萦绕激荡。他激动地站了起来，说道：“我要唱一首为陈老总的诗谱曲的歌《梅岭三章》。”

周总理带头鼓掌，连声说：“好啊！好啊！我非常喜欢老总的诗。”

陈毅有些意外：“怎么？内蒙古的伢子，也能为我的诗谱曲？我还真不晓得呢，这个伢子叫什么名字哟，看你的激情倒像个诗人哦。”

邵华为的独唱从十四岁就在车伯尔市的业余会演中连年拿一等奖，这次乌兰牧骑代表队巡回演出，要突出蒙古族特色，所以才没安排他的独唱。眼前就是他崇拜的陈毅元帅，他怎能错过机会？他怎能抑制自己如江水涨潮般的激情？

投身革命即为家，
血雨腥风应有涯。
取义成仁今日事，
人间遍种自——由——花。

陈老总的眼里溢出了泪花。他把目光投向远处，穿过历史的烟云，仿佛回到了那艰苦卓绝的游击岁月。红军北上，他和战士们在崇山峻岭中与数倍于自己的敌人周旋，过着“捉蛇五更长”的日子，今天活着，不知明天还在不在人间。“这个内蒙古的伢子对诗词的思想体会得这么深，意境开掘得这么广，小小年纪的伢子了不得哟！”

邵华为一气呵成，歌已经唱完，他的眼睛明亮，泪水缀满他的两腮，他自己还沉浸在激动不已的情感当中。

在萨日朗看来，她的华为哥哥是最美的，最英俊的，是个周身通透的才子，是她心仪的兄长，是她托付终身的爱人。她使劲地鼓起掌来，甚至后悔自己没有站起来即兴为他伴舞。

陈老总也站了起来，和萨日朗一起向邵华为鼓掌，等大家的掌声停了下来，陈老总说了句：“我陈毅谢谢乌兰牧骑的这个小朋友，乌兰牧骑有人才哟！哦——小朋友叫啥子名字？”

“邵——华——为。”萨日朗清脆地答道，就像在炫耀自己的宝贝。

周恩来总理看着这个天真的小姑娘，一笑：“这个名字好记得很哟，《红岩》里，双枪老太婆与华子良的儿子就叫华为，这个小姑娘又给介绍一下，就是邵——华——为——嘛！”

周恩来一生中十二次接见乌兰牧骑队员，这是他第六次接见乌兰牧骑。和周总理坐在一个餐桌上的有中宣部长、文化部长,还有陈毅副总理的夫人张茜。总理热情地招呼朴真玉:“来,小朴,你的《顶碗舞》功夫很过硬,我一直没看够。”

穿着粉色蒙古袍的朴真玉,像一只带着吉祥如意的粉蝶,疾步跑到总理的身边,坐下。

总理又招呼:“还有那个穿红色蒙古袍的小姑娘,就是介绍邵华为同志的那个小姑娘,是不是叫萨日朗?哦——汉语叫月亮花,茜纱映月光,月亮花,你过来,挨着咱们的张茜同志。”

“总理知道我的名字?”萨日朗惊呆了,痴痴地木在原地。她是一个牧羊女出身的小乌兰牧骑队员,周恩来总理是管着国家大事的一国总理,他能看一个来自边疆的牧羊姑娘的演出,已经是萨日朗此生最大的幸福了,还能记住她的名字?还能知道她的名字是月亮花?

还是邵华为推了她一把,萨日朗才从冥想中反应过来,激动得脸庞笑成了一朵月亮花。她飞也似的跑到总理的桌边,挨着端庄秀美、气度非凡的张茜坐下。

张茜和蔼地拍了拍萨日朗的头,问:“你就是《公社萨日朗》的领舞吧?”

“不是,《公社萨日朗》的领舞是乌日汗,我是《小牧民在成长》里的龙梅。”

“哦——你们蒙古族姑娘都长得一样美丽。”张茜把一双筷子递给萨日朗,自己拿起一个窝窝头,递给萨日朗一个。

朴真玉顶着七个花瓷碗,一出场,又开始了她旋风般的飞转。

邵华为盯着腕子上手表的秒针,也盯着朴真玉的转速。

朴真玉的旋转疾速、平稳,就像一个陀螺在平滑的冰面上无阻力前进。周围响起了热烈的掌声和喝彩声,朴真玉转得更快了……

“一分钟转了72圈,72圈!”邵华为大声地报告着。

周总理问道:“小朴顶碗舞的转速是不是全国第一呀?”

鲍龙斌站起来拘谨地说:“我们没有计算过别的舞蹈演员的转速。”

“哦……说的是实话。谦虚使人进步嘛——内蒙古现在不是光骑马吧？火车、汽车有没有？”

“有。有位四川的老妈妈到二连浩特去看当兵的儿子，却在呼和浩特下了火车，是部队派汽车把她送到了二连浩特，内蒙古的浩特多嘛——我们还排了山东琴书坐唱《找亲人》，一到部队，就演这个节目。”

沉浸在幸福当中，萨日朗恢复了她的聪明与活跃。

“这个节目里，就既有火车又有汽车嘛，月亮花，你好聪明。”接着，总理又说，“我建议，你们还得骑马，牧骑嘛，你们还要回到马背上，做一个名副其实的牧骑，把马骑上，把帐篷驮上，那就比较好。到了城市，不要忘了农村，不要忘了牧区，不要忘了过去，不要忘了骑马……”

鲍龙斌是条硬汉子，从不掉眼泪，周总理语重心长，殷殷教导，感动得鲍龙斌热泪盈眶，他在心里说：“敬爱的总理啊，您放心，我这辈子，这一百多斤就交给乌兰牧骑了。我知道乌兰牧骑的艺术水平有多高，比起那些大文艺团体的艺术家们差远了。您这样重视乌兰牧骑，就是让乌兰牧骑一辈子想着基层的老百姓，一辈子为基层老百姓服务，把先进文化、把好看的文艺节目、把欢乐送到老百姓身边……”

鲍龙斌落泪，邵华为也在落泪：“多好的总理啊，您是这样爱着您的人民……我，我，我一定要给您写一首歌！”

周总理拿起一个玉米面窝头，笑着对大家说：“今天请你们吃窝头，就是把你们当成自家人。国宴是招待贵宾的，是招待外国人的。现在我们的国家刚刚结束‘三年困难时期’，经济上不富裕，我们还要艰苦奋斗。小朴、萨日朗，你们吃得惯吗？”

朴真玉细长的丹凤眼笑成了一条缝儿，举着手中的窝头说：“甜，甜，甜甜的……”

萨日朗大大地咬了一口窝窝头，嗬！又甜又香，窝窝头里放了糖精……月亮花一样的脸庞笑出了两个圆圆的酒窝。

周总理大大地咬了一口窝窝头，笑着说：“要是把窝头切成片，两面烤焦了，就更好吃了。”

这些人当中，最忙的就是佟家琪了。他一口饭也没吃，只把一个窝窝头用纸包了揣在衣兜里，就端着相机“咔嚓”“咔嚓”一个劲儿拍照，这里哪个镜头不珍贵啊！萨日朗早就跟他约定好，他拍的每一个镜头都要洗一张照片给她，要全部收录在她的《萨日朗影集》里。

和乌兰牧骑的队员们在一起，周总理也非常高兴。放下筷子，周总理对大家说：“我们在一起联欢好不好？”

“好——”乌兰牧骑的队员们都跳起来欢呼，马上站成一排，退到最后。新疆和田文工团的演员们也站成一排。七名大学生站在了最前面的一排。

陈毅副总理幽默地说：“总理啊，我和张茜、朱老总、小平、先念、富春、陆定一、孔原、巍峙都想做你的合唱队队员，就是不知道该站在哪一排哟？”

站在第一排的七名大学生们，马上向左右分列开去。

“娃子们，动作好快哟，那我们就站在第一排的中间吧。”陈毅系好中山装的风纪扣，又抻抻衣襟，挺胸收腹地站在了第一排的中央。

周总理面向大家，说：“我来指挥，大家唱《东方红》。”

东方红，太阳升，
中国出了个毛泽东。
他为人民谋幸福，呼儿嗨哟，
他是人民大救星！
……

《东方红》，中国第一歌，中央人民广播电台的开始曲，毛主席等党和国家领导人登上天安门城楼的主旋律，此时，由周恩来指挥，每个“合唱队员”都知道它的分量。

乌兰牧骑给联欢会演出的节目是女声小合唱《草原儿女爱延安》。

在开往延安的火车上，巴蜀秀才佟家琪心潮一阵阵起伏：延安，中国革命的圣地，毛主席就是从延安走向天安门城楼，向全世界庄严宣布“中国人民从此站起来了！”激情在胸中翻滚，要说的话像诗一样脱口而出：

延河的水呀延安的山，
延安精神代代传。
没到延安想延安，
来到延安爱延安。

好的歌词本身就有旋律，邵华为一拿到佟家琪的歌词，仅仅读了一遍，一段糅进了陕北民歌风的抒情优美而又激越的旋律，就在脑海中汩汩流淌。

红格彤彤的太阳蓝格莹莹的天，
绿油油的青山宝塔尖；
一湾湾延河清清水，
一排排窑洞坡上边。

哦，还有朗诵，邵华为马上在谱纸上变奏出一段抒情的伴奏曲。

金灿灿庄田南泥湾，
红通通炉火好延安，
艰苦奋斗干革命，
敢教日月换新天。

下一段是领唱了，邵华为立即把节奏变成进行曲，又在谱纸的左上角标上了“有力、赞颂”的提示词。八段歌词已经到了结尾，邵华为立刻在谱纸的左上方标上了“稍快、豪迈、激情”六个字。

整队进枣园，
热血涌心间。
领袖毛主席，
就像在身边。

邵华为刚把即兴创作的《草原儿女爱延安》唱上一句，周围的乌兰牧骑队员，不知歌词，但就能跟着哼出旋律。这就是好歌呀，是能够接通所有人心灵的曲子呀！一首歌，可以在一夜间传遍大江南北，最重要的原因，就是它有一个听上一遍就能记住的旋律。

火车上没有钢板，也没有蜡纸，更没有印刷机。

鲍龙斌从邵华为手里拿过厚厚的一沓原创稿，给围在身边的队员们一人发了一张："抄，每人抄二十份。"

到延安的当天，就演出了女声小合唱《草原儿女爱延安》，延安的人民给予她们一浪高过一浪的掌声。延安的报纸还把词曲全文发在了副刊上。

演出完了，周总理带头鼓掌，说："我要学会《草原儿女爱延安》。"

邵华为突然想起了一件事，就对周总理说："总理，我记得您东渡日本求学时，写过一首诗：

大江歌罢掉头东，
邃密群科济世穷。
面壁十年图破壁，
难酬蹈海亦英雄。

'面壁十年图破壁'一句最好，那时求学就是为了砸碎旧世界，建立一个新世界。"

周总理的态度变得非常严肃："邵华为，你刚刚让陈老总惊喜，现在又让我心潮起伏，我们年轻时的奋斗你们都能记得，这让我们这一代非常欣慰。陈老总说得对——乌兰牧骑有人才哦。”

“总理，我也要把您的这首诗词谱上曲子，让青年学子们传唱。”

“好的，你谱出曲子，给我寄来一份，就写：国务院，周恩来收！”

4

结束了全国的巡回演出，鲍龙斌带着他的第一巡回演出队又开始了在内蒙古境内的巡回演出。

一九六六年的五月，自治区直属乌兰牧骑队成立。第一巡回演出队的朴真玉、乌日汗、潮洛濛、金花，都将作为第一批队员，调入直属乌兰牧骑队。届时，佟家琪也要回到自治区文化局任艺术处处长。

离开自治区首府的那天晚上，邵华为把萨日朗叫到自己的宿舍，从挎包里掏出一个纸盒子，打开，原来是一架海鸥牌照相机。

“萨日朗，你有影集，没有相机，不配套。佟指导员又要离开赛罕旗，这以后的照片就不好收集了。给你买了一架相机，你学学，今后《萨日朗影集》里，就是你自己拍的照片了。”

“哎呀，华为哥哥，太好了！我有相机了！我有相机了！”萨日朗在原地跳了一个圈儿，一回身扑到了邵华为的怀里。

5

结束了在自治区内的巡回演出，金慧心带领车伯尔市乌兰牧骑回到市内。大半年的时间，深入最基层、最偏僻、最贫困的农村、牧区，边演出边服务，车伯尔市乌兰牧骑队员的思想作风和演出能力都有了飞跃性的提升。就连最娇气的千千木，蜕了几次皮的脸颊上也涂上了一层“高原红”。

把队伍安全带回车伯尔市，金慧心长长地舒了一口气。

太不容易了，有时候，二十七岁的她竟感到自己老了。因为是巡回演出，盟、市、旗、县、公社、苏木、嘎查，不定期地变换地址，她已经半年多没有收到司子健的信。她早已做好了当司子健新娘的准备，等着司子健带着他的越野车队来迎娶她。演出忙起来，她顾不上思念他，等到了夜深人静的时候，回味初尝禁果的甜蜜，常常搅动得她夜不能寐。作为一个成熟的女人，她对那种甜蜜销魂的感觉，泛起一潮超过一潮的向往……特别是身心疲惫的时候，那种灵肉的迷醉与通透，那种相互给力全身的大汗淋漓，那种不知"今夕何夕？今年何年？"的忘我，竟成了她解除疲惫的渴望。

等大家都离开她的办公室，她迫不及待地打开了桌子上那两封有着最熟悉的字体的信：

亲爱的慧心：

想你。

你在哪儿啊？我怎么找不到你了呢？收到我的信，你就快来吧，我有些招架不住了。只有你来到我的身边，我才有力量固守我们的爱情，固守我们互相承诺的婚姻阵地！

给你打电话，你也不在车伯尔市。你们收发室的人，根本就不知道你们到了哪儿，在哪儿演出。你失踪了吗？不会有什么不幸吧？我们两个真成了断了线的风筝了吗？这是天意吗？

快给我来信吧！

司子健

"什么事招架不住了？什么'只有你来到我的身边，我才有力量固守我们的爱情，固守我们互相承诺的婚姻阵地'？司子健发生了什么事儿？"带着一连串的疑问和满头的雾水，金慧心打开了司子健的第二封信：

慧心：

我对不起你，我太对不起你了！……我们师长的女儿一厢情愿地看上了我，我……我架不住一群有职有权的媒人们的轮番攻击，轮番游说。他们说文艺团体的人都不朴实，吃不了苦，轻浮，多情，见一个爱一个，难以固守爱情和婚姻……总之，一大堆对你的不信任，一大堆要我娶师长女儿的理由和必须。还有我的成长，我的进步，没有师长的赞同，我就得脱下军装，滚回到我穷苦的家乡。我是从一个山沟里长大的孩子，念了高中，参了军，当上了这个宣传科科长……我不愿意夭折人生的阶梯，我招架不住了，我只有对不起你了……你毕竟那么美丽，那么有才，那么优秀，爱你的人会很多很多，嫁给我你要随军的，你能舍弃你的事业，舍弃你的乌兰牧骑吗？

……

金慧心看不下去了，这打击太大了！她大叫一声“嗨——”，一时气血攻心，便昏了过去。

下部

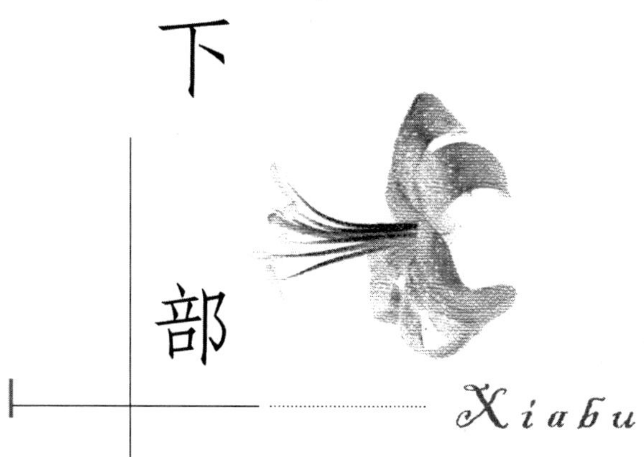

Xiabu

一粒火种，可以燎原。
一代火种，代代相传。

间　幕

上半场结束后，屏幕上打出来“休息十分钟”的字幕。

剧场里立刻喧哗起来：

“演得太真实了，乌兰牧骑就是这样发展起来的，应该在宣传册上和序幕中打上‘非虚构’的字样，艺术化的真实，真实的艺术化。”

“乌兰牧骑的演出，就是那个时代的主旋律。”

“这无可争议。周总理十三次接见呢，毛主席四次接见、看演出，哪个文艺团队有这等殊荣？”

“哎——林至峰，你这个辽艺的副院长，‘梅花三弄’的得主，想什么呢？”曲景波捅了林至峰一手指头，从后排椅子上把长满雄狮一样卷发的头，靠在了林至峰的肩膀上问。林至峰已接任辽宁人民艺术剧院副院长一职，凭借自己被评论界称誉的“无技巧”表演，在全国戏剧界评奖大会上，三度获得“梅花大奖”，如他的名字，他的舞台艺术生涯已至巅峰。

林至峰的眼睛依然盯着落下了大幕的舞台，他好像陷入了追忆，好一会儿，才想起了曲景波的问话，说道：“应该把剧院的编剧带来一块看，然后，把它改编成一台话剧，立在舞台上。”

坐在轮椅上的男人认真地倾听着观众的议论，左右环顾一下，轻声问道：“小天津，你们谁带来了纸和笔？”

杨钊说:“我就有一管钢笔,没带纸呀!”

金慧心说:“邵华为,你干吗呀,要记感觉呀?挎包里有包纸巾,不知道你能将就不?”

邵华为虚弱地一笑,说:“只要是笔是纸就行,曾记否你我都用过烟盒里的衬纸写歌词、唱词和曲谱,白白的纸巾,已经很上档次了。我要记下我的感觉,害怕这种感觉稍纵即逝,也许……也许永不会再现……”

第十七章　心有光明 金慧心创作《珠岚舞》
胸怀大义 生父母遗传古乐谱

1

大街小巷里贴满了大字报、大字块，就是铺上沥青的路面上，也被白油漆涂上了大标语。这段岁月，只要你敢捉笔，就能练字，至于能不能成为书法家，那就看你的造化了。

不论男人还是女人，都用高音喇叭，以高八度的慷慨激昂、充满火药味的腔调，播着各种宣言和声明、抗议和声讨。

一切正常秩序都被打破了。市委、市政府的很多领导都被“靠边站”。从重创中慢慢苏醒过来的金慧心，已无力掌控车伯尔市乌兰牧骑。没被“靠边站”的领导通知她：乌兰牧骑暂时停止演出活动，改为批判封资修的文艺路线。

除了邵华为以外，大多数乌兰牧骑队员被各个造反派司令部成立的“毛泽东思想宣传队”拉去当骨干。这些乌兰牧骑队员，有文艺的天赋，受过专业的训练，声音嘹亮，舞姿优美，表演娴熟，每个队员都能熟练地演奏三两样乐器，哪个“文艺队”不争不抢啊？

被抢得最厉害的就是林至峰，他是通才，唱、跳、演、伴奏无一样不会。

林至峰的父亲是政府部门的一名老干部，一位智者。他有病，心脏跳动不均匀，就趁着混乱在家病休，叫林志峰在家侍候他。“红司”的文艺队非常惋惜，请出司令到他家做工作也不管事，林爸爸说他身边离不开林至峰，一离开，就容易犯心脏病。

“红司”文艺队有个学来的舞蹈《亚非拉人民要解放》，林至峰是领舞，他们只好把男领舞换成了女领舞。领舞的位置是个黑人，就由白白嫩嫩的千千木，把自己的脸涂得包公似的黑红，演个非洲姑娘。

还有一个独幕话剧《一个破碗》，是一个“不忘阶级苦，牢记血泪仇”的忆苦剧。林至峰演了一个“哥哥”，在戏中拿出爸爸要饭用的破碗，教育忘了旧社会的苦、只知吃喝打扮的妹妹。华凌演他的妹妹，为了真实，说她可以把碗里的苦菜粥一口喝下去。就是这一许诺，华凌给自己招来了苦头。“破碗”是一个刷上了一层黑墨水的粗瓷碗。为了真实，他真的给破碗里斟上了水，递给“妹妹”华凌。华凌有言在先，为了表现真的受到了教育，端起碗就喝……

“要不是当年喝了墨水，你怎能这般有文化？”这是若干年后，林至峰对妻子华凌开的玩笑。

声泪俱下的表演非常成功，台下经常是一片激昂的口号声和抽泣声。无奈，由于林爸爸的坚持，林至峰从《一个破碗》里的“哥哥”换成了B角。

2

有噩耗传来，一直爱护和保护金慧心的苏晋，成了“执行修正主义路线的走资派”，被揪上舞台批斗。他那患严重心脏病的妻子，在造反派抄家的时候，突然发病，猝死了。

除了邵华为独自在宿舍里，看着他从没人管的图书馆里抱来的一大摞书以外，偌大的四合院里空荡荡的。

金慧心很佩服邵华为的定力。在如此混乱的时候，能“两耳不闻窗外事，一心只读圣贤书”，她算服了。他的父亲是军分区政委，部队不搞“文化大革命”，所以，他能让自己安定下来。他根正苗红，一切冲击都找不上他，能乐得逍遥，古语曰：无欲乃增寿，有福方读书。

不能逍遥的是金慧心。她怎么也想不明白，这天地间到底是怎么了？司子健对她的打击太大了，她吞咽着屈辱，默默地舔着自己心灵上的创口，但坚信她爱乌兰牧骑没有错，她投入全身心的精力想把乌兰牧骑办好也没有错。她坚信一时的狂飙会像一阵风一样地刮过去。她期待着这一天早日到来！她要固守她的乌兰牧骑。

> 抬头望见北斗星，
> 心中想念毛泽东，
> 迷路时想你有方向，
> 黑夜里想你心里明——

她自己拉着手风琴轻轻地唱着……

门外响起一片嘈杂声。

金慧心心里一惊，赶紧放下怀里的手风琴，迎出门去。

一群打着小旗的人拥进了四合院。

打头的就是段子风——段疯子。狂飙一开始，他就跟风在文化馆成立了一个“红缨枪”造反司令部，专门在文化口发难。市里的领导和一些社会文化名人一出了点事儿，他就立刻画上一幅人像漫画贴到大街上，落款就是一杆红缨枪。还别说，段子风的基本功和画技都相当不错，论艺术，哪里是那些大字报、大字块的“书法家”们能望其项背的。所以，不知道他德行的人真的都很迷他，有些小青年还很崇拜他，把他当成文化界造反派的首领。

段子风见金慧心铁青着脸迎出门来，一抬手，指着金慧心的鼻子说道：“金慧心，现在是‘破四旧、立四新’的时候，别的单位都在破，就你们乌兰牧骑不破，你们不革命，我们就来替你们革命，替你们破破——”

金慧心早就讨厌这个段疯子，也恨透了这个段疯子。她也指着段子风的鼻子说道："乌兰牧骑是毛主席接见的队伍，岂能由你这样的人来指手画脚，我们建队只有两三年的时间，有什么'四旧'可破？"

段子风也不示弱："你们是反党叛国分子乌兰夫一手搞起来的。建队两三年，你们的身子没有'四旧'可破，你们的脑袋里有'四旧'可破；院子里没有'四旧'可破，屋子里有'四旧'可破。"说着，一挥手，一群人疯了似的冲进了排练厅。

段子风可不是单纯地来"破四旧"的，他不像被他忽悠来或者蒙蔽来的年轻人那么单纯，他是奔着排练室墙上那面镶着珍珠、贝壳的大镜子和那个紫檀木的雕花大衣柜来的。他知道它们的价值，知道那是两件宝贝，不论就年代而言，还是就目前的珍珠贝壳镶嵌、紫檀木雕花的工艺而言，都价值不菲。自从在排练室里见到那面大镜子和那个雕花衣柜时起，他就想着据为己有。可他没机会，既不能去偷，也没有理由去要，更没想花钱买——那是公共财产，没人卖，也没人能买出来。这回机会来了——"破四旧"，冠冕堂皇的理由，如果不把握住，那可就是馅饼掉在了脖子上都不知道用手抓住往嘴里填的傻瓜蛋。

一行人在排练室里乱翻，他不管。他一个箭步就冲到大镜子和雕花衣柜前，用身体牢牢地护住，生怕跟着他一起来"破四旧"的生瓜蛋子们，一时兴起，像八国联军烧圆明园那样，毁了这两件稀世之宝。

"段司令，咱们砸了它？这可是个彻头彻尾的旧玩意，挂在小姐们的绣楼上，臭美的。"有个小喽啰在段子风面前卖弄他的觉悟。

"不行。"段子风斩钉截铁，"我要搞一个'破四旧'的成果展览，这两件东西做展品，让革命派都知道，'四旧'是怎么让人玩物丧志、腐化堕落的。来几个人，给我卸下来，好好保护着运到文化馆我办公室的套间。"

金慧心抢上前去："它是公家的财产，谁都不能动！"

"它是公家的财产，不假，可它是'四旧'！'四旧'，还管公家私家的，一律都得破！金慧心，你还嚣张什么！我现在是文化系统造反派的司令，别拿豆包不当干粮。当我不知道啊，你是格格生的，隐瞒了自己的家庭成分，混进党内,我还没走到找你算账那一步呢。你今天要是阻挡革命派造反,我们就先走一步,把你抓起来,送到'群专',对你实行无产阶级专政!"段子风歇斯底里地喊着!

"你敢——"邵华为从宿舍里跑出来。

"怎么不敢?革命就是要消灭'四旧',金慧心的妈妈是格格出身,这就是'四旧'!"

"就算她的妈妈是'四旧',那她也不是'四旧'!你妈妈还是'四旧'呢!旧社会过来的旧思想的老太太,你怎么不去造你妈的反啊?"邵华为的嗓子好,男高音独唱演员,声音高亢而洪亮。

段子风吼归吼,对邵华为却有十二分的惧怕。因为乱,一造反各级班子都瘫痪了,中央便下令对地方实行军事管制。邵华为的父亲邵东方,是进驻昭乌达盟上层建筑领域的军宣队代表,通管全盟党政工作。砍树看树梢儿,邵东方树高千丈,段子风不敢轻易抡斧子。

邵华为把金慧心拉回自己的宿舍,任凭段子风等人乱喊乱叫,一副"任尔东南西北风,我自扎根在山中"的架势:"金队,甭理他,跟疯子讲理,就把自己等同于疯子。让疯狗咬一口,你还得打狂犬疫苗,不值得。"

段子风也没怎么敢砸抢乌兰牧骑的东西,大概也惧怕邵华为背后的大树,就是把排练室墙上那面镶嵌着珍珠与贝壳的大镜子给搬走了,还抬走了装乐器的檀香木雕花衣柜。

3

有队副邵华为的家庭势力罩着,金慧心没有被抓去批斗,被停止工作,接受检查。她没有去找副书记苏晋——那个一直爱着她的男人,已经"靠边站"了。造反派去抄他家的时候,久患二尖瓣狭窄风湿性心脏病的夫人,一受刺激就犯了病,没等救护车把她送到医院,便没了气。从不做家务的苏晋一个人带着个六岁的孩子,落寞、狼狈又痛苦。

和金慧心一起被贴了大字报的还有千千木，有确切的证据说她的妈妈筱彩云就是当年被穆子林包养的女戏子筱彩云。不过，在段子风的帮助和启发下，她很快就贴出了一张由段子风代笔的“坚决与女戏子筱彩云断绝母女关系”的造反声明，依旧去跳她的《亚非拉人民要解放》：

亚非拉人民要解放，
反美怒火高万丈，
再不能忍受压迫当奴隶，
要把帝国主义全都埋葬。
唻、唻、唻——嘿！

非洲丛林里的舞蹈动作主要语汇就是敲击战鼓，两条腿夹住皮鼓，两只手在鼓面上拍打。这个舞蹈动作主要是颠胯扭屁股。千千木的体型本来是长胳膊长腿的芭蕾型，为了跳好这个舞蹈，天天练翘屁股，八字脚一撇，长脖子一挺，再加上个翘屁股，大街上一走，又摩登又洋气。她这种走法，男人们没有一个不回头看她的，回头率是百分之百。爱美的女孩子们没有一个不学她的，要不这样，就觉得自己太土。

被停职检查的金慧心可不敢像她这么招摇，她把车伯尔乌兰牧骑托付给邵华为，就回到家乡王府镇去“停职检查”。

被司子健抛弃、被停职，对一个女人来说，这双重的打击，会摧毁她的全部自尊和信念。金慧心也有过登上王府镇北面的最高峰，一跃身跳下山涧的冲动，那样就没了耻辱，也没了痛苦。可她又一想：“我有什么错吗？我有什么罪吗？值得我用二十七岁的生命去改正，用二十七岁的生命去救赎。”她觉得“运动”就像一场体育赛事，不过是谁赢了，谁输了，谁跑了第一拿了金牌，或是谁跑在最后什么奖项也没捞着，这场赛事终会结束。乌兰牧骑还得演出，演出就得有自己的节目，这标志着一个乌兰牧骑的特色和实力，也是演出的生命之源。什么都不说，创作是硬道理，她正好乘这个时间搞搞创作。

月光沉沉的，被一阵阵漂浮过来的乌云笼罩着，幽幽的，投射不出多少光来。星星也好像得了感冒，昏沉沉的，打不起精神。冬夜的大地越发地漆黑一片。

金慧心回到老家已经一个星期了。这一个星期，她很少走出家门，除了帮母亲做饭、收拾屋子，就是看书。金燕鸣有许多书，那都是古今中外的文学经典。

在小城镇居住，家家都会在院子里挖上一口菜窖，储些萝卜、土豆、大白菜过冬。运动一来，金燕鸣就把这些书装进一口柏木箱子里，藏在菜窖的土豆堆里。为防止发霉和虫蛀，还在箱子的周围堆上了在野地里采的山花椒。山花椒的香气和辣气充盈整个地窖，所有的虫子、蛾子都变成了醉死的僵尸。红卫兵几次来家查抄，书架上除了毛泽东选集四卷本，就是些他历年用过的教科书和辅导材料。他们也曾命人打开地窖口，一股山花椒味猛冲上来呛了鼻子、辣了眼睛，就都却了步。本想捞些"封资修"战果的红卫兵们，徒劳了一番心思，失望地离开了金家。旧社会过来的人，经历过那么多的运动，如同久病成医，早就成了老运动员，对付些毛孩子，招数怎么也会有一些。

父亲的这些书成了金慧心的宝贝。她从小就喜欢看书，往往是抓住一本书，不管是诗歌、小说、散文、传记文学，还是工具书，两三个通宵就看完了。参加工作后，她也喜欢看一些杂书，可是时间太有限，工作起来加班加点，读书的时间就被挤掉了。让她"停职检查"，就犹如让她成了逍遥派，大把的时间由她支配，她变成了时间的富翁。

金慧心一回到王府镇的家中，就朝父亲要这些书看。父女两个就在天黑的时候，瞅瞅墙外没人，搬个梯子下到菜窖里，扒开土豆堆，找出一本书看，看完一本，再用同样的办法换一本接着看。

吃过晚饭，金慧心又要下到菜窖里去换书，金燕鸣把女儿叫住，说："慧心，你不要总在家里闷着，看闷出病来。出去转转吧，王府的院子里有一座悦音寺，还很完整，红卫兵没去砸，可能是顾忌有部队在隔壁驻守，就没敢在那里点火，这可是个例外。寺里的尼姑大多会演奏一两件乐器，里面很清静,你如果有兴趣,还可以与她们交流交流 。”

金慧心从小就是个乖乖女,听父亲这么一说,就把手里的《悲惨世界》交到金燕鸣手里,围上头巾,朝王府走去。

冬夜的王府镇很寂寥,大街上几乎没有行人。

金慧心信步走进王府的一个侧门。

这是王府的三重院子,进了侧门,坐北朝南有一个尼姑庵,也就是父亲说的悦音寺。这是王府的家庙,庙里的佛灯全部都是用铜做的。据说,做佛灯的铜匠是从西藏请来的,手艺特别精湛,每盏佛灯都做成了精美绝伦的艺术品,因此,这座家庙也俗称“灯庙”。

“民族问题无小事”,驻地的解放军坚决执行民族宗教政策。红卫兵们最信任和羡慕解放军,所以,就没对这座寺庙下手。再者,小村镇的红卫兵比大城市的红卫兵老实多了,他们的父母多是些种粮种菜的农民,学校一不上课,多数红卫兵刚领了一个红袖标,就被父母圈到地里干活去了。那红袖标多数也被做成了婴儿的肚兜, 或者几个袖标拼起来, 做成一个裤衩,穿在身上辟邪呢。

大殿佛堂纸糊的窗里透出一片微弱的光, 这在正被寒冷包裹着的金慧心看来,竟如炉火一样温暖。推开殿门,走进佛堂,正有一个中年女人在给佛灯添油。那动作沉沉稳稳的,有一种舞蹈的韵律美。

中年女人看见金慧心进了佛堂门,并没有停止手中的动作,继续给那一排排的灯盏添油。

金慧心问:“请问,您是这里的师傅吗?”

中年女人说:“是。别的姐妹都还俗了,我是个孤儿,家里没有亲人,还俗也是个孤儿。悦音寺总得有个人看守,有个人添油,我就留了下来,早晚打扫,添添灯油,佛堂有亮,人心里的光明也就灭不了。”

“佛堂有亮,人心里的光明也就灭不了……”金慧心默默记住了这句话,细一琢磨,心里一亮,又不禁一动,就问:“您叫什么名字?”

“慧明。”

哦,和自己的名字有一个相同的“慧”字,如佛教所说,是一个“缘”字连接着呢。

“您在寺里多长时间了？”

“四十年，今年整整四十年。”

“听说寺里的师父们都会演奏乐器，您会吗？”

“会一两样。”

“是什么乐器？”

“琵琶与古琴。”

“能给我演奏一曲吗？”

“夜深人静，不便扰民。演奏乐器，要的是一个心境，这寒冷的天，就落得个给佛灯添添油的心思了。佛灯不灭，心里的灯就永远亮着。”

金慧心的心里又是一亮，又是一动：要是根据给佛灯添油的情景编个舞蹈该多好啊，它能寓意“佛灯不灭，心里的灯就永远亮着”。

“灯”在蒙古语中叫“珠岚”，就叫它《珠岚舞》。舞者手心里各托着一盏不灭的佛灯，用敦煌莫高窟壁画中飞天的舞姿做基本舞蹈语汇，这个舞蹈编出来不但内容深刻，而且一定很美。舞蹈是肢体艺术，这思想的美、形式的美、肢体的美，该是一个艺术作品的完美吧。

“可以领我转转吗？”

慧明放下手里的油壶，说了声：“随我来。”

这座佛堂真的不小，有八根合抱粗的红柱子顶起了高高的屋顶。慧明带着金慧心围着佛像走了一圈，又回到佛像前。那看不出什么表情静静的佛像，像见证了人世间无数的灾厄、兴替，正用俯视人间疾苦的慧眼凝望着前方，好像要洞穿眼前的时空，于寂静中呈现着大悲苦、大慈祥。

面对着佛像，金慧心突然双腿一曲，跪了下来。

金慧心不信佛，在这之前也从没想到自己会向佛像下跪，可能是环境和气氛使然吧。人在苦难之中，很希望有一种外力来帮助自己，很需要光明来照亮自己的灵魂。那两排佛灯此时在她的眼里是那样明亮，在她的心里又是那么温暖。

她现在遇到了“霉运”。

心中的郎君被师长的女儿夺了去，她才明白，爱情和婚姻有时是可以被权力霸占的；把全身心的力量都献给了乌兰牧骑，却被停职，一腔热血遭遇寒流冰冻，令周身寒彻；那个关玉琢是自己的妈妈吗？她当初为何把自己抛弃，而在二十七年后，让自己遭受如此株连？

"佛祖，你告诉我，我什么时候才能脱离苦海呢？什么时候才能回到我的乌兰牧骑呢？"

佛祖不语，佛灯在幽幽地闪烁着温暖的光辉，像在等待她自己的回答，也好像在启示着她的菩提一悟。

金慧心知道佛祖不会说话，她只是在倾诉，在给沉重的心灵减压。她还想把佛灯的光辉揽入自己的心怀，让它照耀着自己不被这黑沉沉的寒夜吞噬。

身后一阵簌簌的脚步身，不是那个尼姑慧明，慧明就在自己的身边，正用一把剪刀剪去佛灯上变灰的灯花。

金慧心回转身，一个曾经熟悉的人影儿朝自己走来。她惊诧地站了起来，问道："姑姑，你怎么在这儿？"

关玉琢没有了一年前见到金慧心时的丰润与风采，她的脸上和裸露的手臂上都有溢血的伤痕，花白的头发像一团乱草，瘦骨嶙峋的身体在寒夜的佛灯前就犹如一段枯槁的树。一身灰制服棉衣脏兮兮地穿在身上，显得腌臜和狼狈。

"政协的造反派，说我是王府的格格，是汉奸，连续揪斗、体罚，就差没要我的命了。我不能死，我还有事没有完成，我还没有认回我自己的女儿。我趁着回家换衣服的空儿，直接跑到火车站，逃到这里。"

"那……你为什么不到家里去呢？"

"怕连累了你的父母。这悦音寺是王府的家庙，慧明师傅是我小时候的玩伴。慧心呀，到现在你还不认我这个亲娘吗？"

"你是我的亲娘，那你为什么把我扔掉？"

"孩子，我的小悦音，说起来，真是一言难尽——"

4

趁着夜色，金慧心把关玉琢扶回自己家中，都连累得被停了职，还能连累得怎样？虽然金慧心恨这个亲娘把自己从小扔掉，但看到她这副受难者的样子，还是心疼了，正所谓母女连心！她已经在遭受惩罚，那惩罚已经危及她的生命，自己还能雪上加霜吗？她不能不认这个亲娘，她不是耍小性的小女子，她不能再追讨母亲的过错，母亲现在就像一口烧红了底的锅，一瓢冷水浇上去，那口锅就会轰然炸裂。任是怎样技艺高超的工匠，也无法把它还原成一口完整的锅，而那破裂就在心底。

从光明处走出来，大地漆黑一片。金慧心扶着瘦弱的母亲关玉琢走到没有月光与星光的寺外，在寺门口站立了好一阵子，眼睛才适应了这种黑暗，瞧见了回家的路。她们母女相携，蹒跚地走着，走着，就看见了家里的灯光。

“妈，快走，到家了。”

“哎，哎，到家了，到家了……”关玉琢撩起衣襟擦拭着不断滴落的眼泪，一阵温暖袭上心头。虽然是地冻三尺的腊月天，但和女儿的相认，如同眼前的灯光一样，温暖着她冬夜里一颗破碎的心。

家门口站立着一个黑影。

是父亲金燕鸣不放心自己一个人走夜路，在门口等着呢。

“爸，您看——我把谁领家来了？”

金燕鸣夫妇还没有睡，还在等着金慧心。金慧心扶着关玉琢进了家门，他们好像预先就知道一样。

关玉琢一进屋，就给金燕鸣夫妇跪下：“谢谢你们给我养大了一个这么好的女儿。”

金燕鸣夫妇都流下了泪，连忙把关玉琢扶了起来：“慧心也是我们的好女儿。”

关玉琢把背着的布兜扯到前怀，从里面拿出两个厚厚的线装本，对金慧心说：“我要办的事就是这个——”

金燕鸣拿过一看，是用毛笔工工整整誊写的工尺谱，一个本子上用正楷写着《雅乐十八首》，一个本子上用隶书写着《佛乐十八首》。

关玉琢喘息着说：“这是你的亲生父亲海韵给你留下来的宝贝，不把它传给你，我的心就不会死。当年的王府乐队有五位乐师是从承德避暑山庄请来的。这些乐师都曾是给皇帝和后妃们演奏的。每逢喜庆盛典的时候，就演奏雅乐；每逢祭祀的时候，就演奏佛乐。你父亲海韵是个爱乐如痴的人。没事的时候，他就向这几位乐师讨教，把这几位乐师口传身授的十八首雅乐乐曲和十八首佛乐的旋律，全都用工尺谱记录了下来。雅乐是宫廷音乐，佛乐是寺庙祭祀的音乐，在民间是不流传的。那十八首雅乐，诸曲平和、宽舒、雄浑、典雅，抒尽了文明古国的堂堂气韵和洋洋洒洒，恢宏达观；十八首佛乐，清新淡泊，韵味绵远悠长，深得天韵天籁之妙，徐纡舒缓，引人入一种宝霭祥云、紫烟缭绕、空灵缥缈、无一丝腌臜尘气之境界。”

作为一个演员，一个能在台上演出的手风琴独奏者，金慧心太知道这些乐谱的重要了，这是宝贝呀！她是学过音乐的，这些失传已久的宝贝到了自己的手里，足以抵消自己是妈妈和乐师的私生女的尴尬和羞耻。孩子无法选择自己的父母，父母的艺术基因却可以在孩子的血脉中一代一代地保留下来。

“我的父亲海韵在哪里？”

“就在我们逃出王府的那天晚上，被卫队长打死了。”

“死了？卫队长呢？”

“也死了。”

金慧心不想再问下去，知道这些就够了。她想的是，明天就去找慧明师父，用琵琶或者古筝与她一起演奏这十八首雅乐和十八首佛乐。

第十八章 巡演归来 乌兰牧骑建大院 战友分离 缱绻悱恻喜与悲

1

在完成自治区内巡回演出的任务之后，鲍龙斌带着他的队员回到了赛罕旗。

没有参加全国巡回演出队的正月、卓丽格和车老板子敖长根，带领着留下来的四名队员，在赛罕旗乌兰牧骑的建设史上做了一件大事——在旗所在地的东郊盖了四栋房子，围起了一个乌兰牧骑大院。

乌兰牧骑建立的时候，队址被安排在旗委、旗人委的后跨院里。方便的是，离领导近，有什么事便于请示；穿过小跨院的侧门就是旗委、旗人委的礼堂，演出时，不用车拉、不用人推，化好妆的演员们每人手里提一件乐器、一个服装包，就能上台演出了。不方便的是，乌兰牧骑练功和排练的时候，正是旗委、旗人委工作人员上班的时候，小跨院没有隔音墙，歌声飞、乐器响，都会影响旗委、旗人委工作人员办公，所以，每有大的音响，就要有意压抑，就有了寄人篱下的感觉。

这下可好了，四栋红砖红瓦的房子，两栋做办公室、排练室、会议室、琴房和食堂，两栋做职工家属院。在前两栋办公房的后面拦腰打了一堵墙，在墙的中间开了一个月亮门，进去就是职工家属院。一批老队员都到了结婚的年龄，有了职工家属院，乌兰牧骑队员都可以安居乐业了，再也不为没房结婚而发愁。

本来旗里的拨款只能建两栋房子，正月和卓丽格、敖长根一商量，说乌兰牧骑就没缺过自力更生、艰苦奋斗的精神。盖起四栋房，他们只在旗建筑公司请了两名大工，其余的活儿都是正月、卓丽格和四名乌兰牧骑队员们干的。他们说，那么复杂的乐器他们都能奏响，那么优美的舞蹈他们都能跳，只要舍得力气，砌砖、铺瓦、上梁柁……有什么不能干的？

听说乌兰牧骑要盖自己的房子，大兴农场的巴特尔亲自开着拖拉机送来一车青石头："我们大兴农场有石头场，也有红砖厂，你们的车老板子尽管去拉。你们自己装车，我们就不要装卸费了。赶上礼拜天，我这个乌兰牧骑的男家属还会开上拖拉机给你们当当临时工。别忘了，你们的职工宿舍给我和陶鲤留上一间，我巴特尔上街进城，也有个自己的窝。"

雷达团的龙帆团长知道了乌兰牧骑要盖房子的事，就给他的好朋友巴特尔拨通了电话："我们雷达团建地下工事，挑拣出来的不用的原木，有一些都在山沟里睡觉呢，乌兰牧骑为我们无偿演出，我们也要无偿地做点贡献。雷达团与乌兰牧骑由你搭桥，共同唱一出《军民鱼水情》吧！"

没等敖长根赶着他的黑子和红骠马去拉，雷达团就把一卡车的原木送到了乌兰牧骑大院的工地上。

这节约了多少经费！

不到一年的时间，四栋房子就建好了。只是留守的队员们都变黑了，变瘦了。

握着正月粗糙的双手，鲍龙斌问："你们的手造成这样，还能按准弦吗？"

"报告队长，再忙再累，我们也做到了每天练功两个小时，早晨舞蹈练一个小时，晚上乐器练一个小时，雷打不动。"

鲍龙斌的眼睛湿润了，他一把抱住正月："好兄弟，好兄弟啊！"

有了自己的大院就是好，关起院门成一统。现在的大街上，已经出现了大字标、大字报，旗委、旗人委的院里就更多些。太多的红颜色叠在一起，给人的感觉不是喜庆、欢乐，而是躁动、不安。

2

大院的食堂里，正在举行全队队员的会餐，为了巡回演出队和留守人员的汇合，也为了给到直属队乌兰牧骑的队员送行。

这餐饭是全体队员做的，每人做一个拿手菜。

鲍龙斌端上桌的是一盆手把肉，这是他找旗人委食堂的管理员特批的；佟家琪做了一个川菜，油炸辣子鸡；乌日汗做了一个蜜汁奶豆腐；朴真玉端上的是一盘朝鲜辣白菜；潮洛濛做了一盘四喜丸子；正月做的是一碗红烧牛蹄筋；陶鲤做的是一盘拔丝土豆；金喜顺做的是白蘑炒肉片；卓丽格做的菜很见手艺，她把茄子切成薄片，在中间一刀剖开，把搅拌好的羊肉馅夹在里面，用湿淀粉包好，放在油里一炸，就成了外焦里嫩的茄夹了；萨日朗端上来的是一盘煎华子鱼和一盖帘的苣荬菜蘸酱，她一早儿练完功就去了山上，新雨刚过，地边的苣荬菜还是很肥嫩的。

桌上还有其他队员做的土豆炖牛肉、羊肉熬茄子、凉拌黄瓜丝、韭菜炒粉条。

敖长根在厨房给大家包饺子，“送行的饺子接风的面”，按说乌兰牧骑代表队到家，该吃“接风的面”，但佟家琪、朴真玉、乌日汗、潮洛濛明天就要到自治区报到，该吃“送行的饺子”了。想了又想，他还是决定包饺子，牛肉大萝卜馅儿，要包得香香的。

“这几个人一走，就不知道啥时候才能见到面，啥时候再吃上‘最可爱司肚’做的饭啦……”硬汉子敖长根竟然一边包着饺子，一边抹眼泪。

他不喜欢佟家琪，但喜欢朴真玉。这个不爱说话的姑娘，练功最刻苦，每到一处驻地，他的大车辕子就是她最好的把杆，她压腿、下腰都那么美丽。一有闲暇的时候，她就一声不响地帮助他做饭、洗碗，朝鲜族姑娘个个都那么干净利落，朴真玉就要加个“更”字。还有乌日汗，多好的演员啊！蒙汉兼通的报幕员，舞蹈跳得那个美，为了救陷在沙窝子里的大车和全体队员，放弃救自己的儿子，丈夫还和她离了婚。还有潮洛濛，块大、仁厚的“草原红牛”，长调唱得好，什么脏活累活都抢着干。他知道自己爱黑子，他也爱黑子，遇到有水的地方就牵着黑子去洗澡，把它全身的黑毛洗得发亮光。就是他不喜欢的“铜眼镜”，要不是他手里的照相机，他的黑子，他的红骠马，怎么也上不了《人民日报》……和这些人生活在一起，工作在一起，他觉得自己比别的车老板子、别的炊事员高出了好大一截。一听说这些人要走了，他的心里就空了一半，总觉得有个秤砣压在心上，一颗心生疼生疼的。

朴真玉悄悄地走到敖长根身边，把一块洗得干干净净的手绢递给他：“敖大哥——敖司肚——，擦擦眼泪，鲍队长让我请你去参加宴会，一会儿，我们大家和你一起包饺子，没有你在的宴会，就不是全体队员的宴会。”

见敖长根在三张桌子连成的餐桌边坐好，鲍龙斌端起酒杯，高声说道：“今天，是咱们赛罕旗乌兰牧骑在分开了快两年的时间里，第一次全体队员的聚会，也是最后一次全体队员的聚会。我提议，咱们一起喝上三杯酒：

第一杯，敬留守人员，是他们用自力更生、艰苦奋斗的精神给了我们一个新家；

第二杯，敬给就要离开赛罕旗乌兰牧骑奔赴新岗位的四位同志，是他们和我们一起创造了乌兰牧骑的辉煌；

第三杯，敬给全体的乌兰牧骑队员，是乌兰牧骑这杆大旗把我们聚到一起！”

灯光一闪，萨日朗拍下了她的第一张照片。

三杯酒下肚，扭转了宴会上离愁别绪的悲苦，队员们开始活跃起来。

这时,萨日朗跑回自己的宿舍,拿来邵华为给她的海鸥牌照相机。

“啊!萨日朗有相机啦!”

“牧羊姑娘鸟枪换炮了!”

“鲍队长、佟指导员,咱们再拍一张全家福吧。”萨日朗笑呵呵地说道。

鲍龙斌一摆手,乌兰牧骑队员们在新家的大院里站成两排,拍了一张全家福。

这是一个有月亮的夜晚,星星也来做伴,湛蓝的天空下,宁静而寂寥,温润而多情。看着乌日汗泪流满面地跑出餐厅,鲍龙斌才感觉到,在赛罕旗乌兰牧骑的队员当中,他最对不起的就是乌日汗。要不是宝日吉格这个黄毛丫头的执拗和坚决,他应该实现自己的诺言,娶乌日汗为妻。可现在她就要一个人背井离乡了……

鲍龙斌追了出去,揽住乌日汗的双肩,给乌日汗擦去脸上滚落的泪水,轻声说:“对不起,对不起,我没有照顾好你,让你受了那么多的苦。”

乌日汗使劲地摇头:“我不愿意离开你,哪怕你不是我的丈夫。有你在身边,我就有了主心骨,做什么事,都那么有信心,就因为知道你在看着我。离开你,我怕我没有了魂儿……”

“傻丫头,直属队乌兰牧骑是一支高素质的队伍,别的队员想去还去不成呢,你应该高兴才对。在那里,你会找到你的魂,也会找到你的爱人。你心地善良,又这么漂亮,这么多才多艺,你还年轻……”

“可我怕再也找不到像你这么好的男人了。我是把你让给宝日吉格的,我要让你告诉宝日吉格,你是我让给她的,让给她的!我……我……我爱你。”说着,乌日汗转身抱住了鲍龙斌,踮起脚尖,把一串热吻献给了她最爱的人。

第十九章　遭磨难　金慧心身陷囹圄
解危机　军管会急下命令

1

还是一个没有月亮和星星的夜晚，金慧心与慧明默契地演奏完雅乐第九首《庆典》之后，独自一人走回家中。

自从把关玉琢接回家中，就没有让她再出来。在潮湿的牢房里关得久了，她的腿脚都得了风湿病，疼得下不了地。金燕鸣讨了个偏方，从制酒的作坊里买回来一大桶高粱酒糟，叫老伴放在大铁锅里炒热，装进两个布口袋里，缠住关玉琢的两个腿关节，在烧热的炕头上炮着……偏方治大病，不到一个星期，关玉琢红肿的膝关节渐渐消肿。金慧心接替金燕鸣每天到制酒作坊里去买高粱酒糟，继续给关玉琢进行着这种民间的土法理疗。做完这件事，她一如既往地到悦音寺找慧明师父练习雅乐和佛乐，很有一种置身于乱世之外的空灵与感悟。她已入“两耳不闻窗外事，一心只读圣贤书”的境界。

暗夜重重的家门口立着一个人，看那不断挪动的身影不像是父亲金燕鸣，好像在哪儿见过。是谁呢？干吗不进屋去，这么晚了，还在寒夜里簌簌地打哆嗦……倏忽间，那个人影又不见了。

“见鬼啦？”金慧心嘀咕了一句，依然大踏步地往前走。她的胆子大，从来就不信什么鬼神。就在她伸手去拔院门的门闩时，一条布袋从头而降，罩住了她的全身……

2

车伯尔市最大的造反组织“缚苍龙”召开联席会议，商讨要举全市造反派之力，召开一次声势空前的批斗会，把走资派、反革命修正主义头子和牛鬼蛇神这些缚住的“苍龙”一锅烩，展示革命造反派的巨大成果。

段子风作为文化口的造反派头目出席了联席会议。

主持人要求各口提供被缚“苍龙”的名单，段子风一下子就想到了金慧心。

上次他带人砸乌兰牧骑，有邵华为倚仗老爹邵东方的势力，没能打倒金慧心，他一直耿耿于怀。他现在特想当乌兰牧骑的队长，一群俊男靓女在手下管着，自己愿意怎么画就怎么画，穿衣服的，不穿的，谁还能不买他的账？特别是那个千千木，那真是一个尤物，怎么看怎么好看，脱光了衣服更好看。金慧心虽然被停职检查，但还坐着“队长”的椅子，是他实现目标获取猎物的最大障碍。只要把她打倒了，一个馆长当一个队长，会像一个钢精球平行滚动一样，毫无阻力。但金慧心这条“苍龙”还没被缚，还在逍遥自在，要想公开缚她，又顾忌邵华为的挡横……

黎明迟迟地露面了，透过刷了一层白油漆的窗玻璃，在潮湿、阴暗的屋子里算是勉强地能辨清东西了，靠墙摆了一溜儿橱柜，一个格子一个格子地隔成了长方形的橱洞……哦，想起来了，这是小百花剧场后边的更衣室。窗玻璃刷上白油漆，是为了防止外面的人看到换衣服的女演员。这墙上还应该有几面大镜子，便于演员理妆。对面的墙上还应钉着两颗大钉子，拴着一条长带子，演员换装来不及叠的衣服，就顺手搭在上面……可现在，大镜子、长绳子都没有了，想要自杀，就得撞墙。

金慧心撞不了墙，也不想撞墙，她凭什么自杀啊？

她甚至觉得有些好笑，好玩。怎么在敌我地下斗争的电影里看到的情节就发生在了自己身上。被人蒙了头装在口袋里，一百多里地运到小百花剧场的更衣室，而不是沉塘。沉塘，更符合电影的情节。那些封建宗祠惩罚红杏出墙的奸夫淫妇的刑法，多用沉塘。她不知道接下去剧情怎么发展，让她怎么演下去。她摇摇头，冷笑两声蔑视着剧情的荒唐。这是怎么回事嘛—— 得了精神病吧！凭什么抓她啊！从小读书到师专毕业，她一直是班、年级、校的学生干部，从小学时胳膊上的三道杠，到中专的学生会主席。参加了工作，她把大队辅导员的工作做到去北京见伟大领袖毛主席。当了乌兰牧骑的队长，短短三年的时间，车伯尔市乌兰牧骑已经进入自治区一流乌兰牧骑的行列。她看过电影《党的女儿》，觉得影片中的女主角玉梅就是她，金慧心是党的女儿。

更衣室的门被打开，一个黑胖的满脸雀斑的女人手里托着一个碗走了进来，把盛着两个窝窝头的碗推到金慧心面前："吃吧，吃饱了好去开批斗会，完了，还要游街。大冷的天，咋也得有点劲撑着，这会儿的男人可没有怜香惜玉的。"

金慧心认出了眼前这个满脸雀斑的女人，她姓黑，是个回族，在文化馆干收发兼烧茶炉子的工作。这个"黑"字不读"黑"，读"赫"，叫黑铁珍。金慧心忙问："黑姐，是谁抓的我？凭什么抓我？要开什么批斗会？游什么街？"

"要说一问三不知，你会说黑姐是个黑心的人，一个系统待过，人家落难了，连个信儿都不给透。可我真的啥也不知道，当头的说，就是要看住你，别让你跑了，别让你自杀，也别饿着。今儿个十点钟，开全市的有线广播批斗大会，十来个人呢，女的就有俩，一个是你，一个是天主教的嬷嬷。说是她在教堂里养活出孩子来了，脖子上给挂着一双破鞋，滴沥嘟噜的，怪砢碜人的。我看那个嬷嬷长得挺白的，也挺俊的，那个俊法你们两个好有一比，都像花一样。女人不能长得太好，长得太好了，得罪人。男人看花好了，就想摘下来自个儿用，摘不下来，就一把铁锨拍过去，拍碎了，谁也捞不着个囫囵的……”

金慧心听她扯远了，就赶紧把话题拉回来："黑姐，求你件事，你能不能现在就去乌兰牧骑一趟，找到邵队长，让他找人来救我……说句没齿难忘，你可能不理解，但你记住，我一定会感谢你，重重地感谢你！”

“金队长，那……那……那我可不敢啊。别看我嘴快好嘞嘞，平时也好打抱不平，可现在不行啊，通风报信，我可没那个胆量，要是头头知道了，开除我，我就没饭碗了……”说完，黑铁珍抓起碗，把窝窝头往橱洞里一倒，跑出更衣室，“当啷”一声，把门锁上了。

金慧心可没心情去吃那两个窝窝头，尽管又累又饿又冻。她的头脑飞转：按黑铁珍的说法，到了十点钟就会有一伙人来到这间临时牢房，在她的脖子上挂上一块牌子，什么罪名呢？王公贵族的残渣余孽？还是……她不敢想下去。她决不能去受那种污辱，与其挂着牌子，挂着一双……在大庭广众面前接受批斗，还要游街示众，还不如死……

不！不能死，历经苦难的妈妈关玉琢还在水深火热之中，还等着自己去转变她的厄运呢！还有金燕鸣夫妇，她的养父母，知道她丢了，还不知道会急成什么样子……她还没能尽孝，报答他们的养育之恩呢！再就是，她精心建立起来的乌兰牧骑还没有太多的建树，队员们的艺术潜能还没有全部释放出来，十年磨一戏，现在刚刚三年，精品没出来，艺术成就也没有达到顶峰，作为队长，她不能让队员们花一样的艺术青春就这样被葬送……

“心里有盏灯，眼前就会有光明。”

“对，决不能在这束手待毙，就是拼了命，也不能让这些政治流氓给自己的脖子上挂上牌子！”

呼呼的西北风吹得窗玻璃一阵阵地颤抖，那白漆刷的玻璃，好似经不住冷风的强劲，就要鼓破似的。这给金慧心带来了灵感。她从头发上取下一枚黑色的小发卡，背过身去撬镶住玻璃窗的泥子。她不能一拳打碎玻璃，那样会惊动黑铁珍，可她会把发卡当改锥，一下一下地剜掉镶住玻璃的泥子……

3

上午九点钟,华凌突然接到“缚苍龙”造反兵团的通知,叫她到小百花剧场的前厅来,说有重要任务要她执行。“缚苍龙”文艺宣传队是车伯尔市最大的一个业余文艺队,有四十多个人。华凌、千千木、曲景波都在这个文艺队里。平日里,临时的演出任务是有的,但也没有这么急呀!华凌背上演出包,跑步到了小百花剧场。只见剧场门外的高墙上,拦腰扯起了一条横幅,白纸黑字赫然写着:全市造反派联合批斗大会。剧场门口的台阶上摆着一溜长条桌,市广播站的扩音器和大喇叭都摆好架齐了。

迎着华凌的乱蓬着一头卷发的段子风,把她拉到扩音器旁边的话筒前,坐下,递给她一张批斗大会程序表和一张大会口号单子。

“十点钟开大会,你和公安局的老冀为大会喊口号,领着台下的观众喊。老冀喊一句,你喊一句。开会前,或每个人发言后的间隙,都必须喊一遍。记住,不要喊错,出政治错误——”

华凌的嗓子好,女高音,经常被一些单位请去喊口号,但那都是提前一天给单子,哪有快开会了才给单子的?华凌本来就看段子风不顺眼,这回又整这么一出措手不及,自然不高兴。

“早干什么去了,这都九点半了,现上轿现扎耳朵眼儿,出了错算谁的?”

“就是要考验你的反应能力和政治觉悟,好嗓子得为无产阶级政治服务。”段子风煞有介事地回答。

“整个一个小人得势。”华凌在心里嘟囔了一句,不再搭理段子风,专心致志地看起了口号单子。这一看不要紧,大冷的天,她的头上顿时冒出了一层冷汗:“坚决打倒王公贵族的残渣余孽、女流氓金慧心!金慧心不投降,就叫她灭亡……”

华凌对坐在旁边的老冀说了一句“我坏肚子了,要上厕所”,就飞也似的往林至峰的家里跑：一来，林至峰的家离这里很近；二来，华凌就信任林至峰，觉得在全队的男队员当中，就属林至峰最有男人味儿，最像个男人。

金慧心被抓，她事先一点信儿也没得到，还以为金慧心在王府镇搞创作呢。如果说男队员当中她最喜欢林至峰，那么女队员当中她就最佩服金慧心了。她漂亮、大气，有才华、有事业心，还有很强的组织能力，知人善任，除了千千木，全队没有一个人说她不好的。她不知道金慧心为什么成了今天大会上的批斗对象，可她知道，她必须救自己的队长。

林至峰在家。他一看红躺柜上的座钟，已经是9:40了，立刻说："我去找邵华为，让他去找邵政委出面制止对金队的批斗。你现在就去找千千木，让她死缠住段疯子，不让他批斗金队。"

林至峰家有两辆自行车，一跨腿华凌骑上一辆，一跨腿林至峰骑上一辆，他们一起到四合院找邵华为和千千木。

也真巧，邵华为和千千木都在。

情况紧急，邵华为二话不说骑上林至峰的自行车就直奔盟委大院。

千千木还有些拿捏，说段子风不会听她的，金慧心不行了，正好邵华为当一把手。

时间亦如手榴弹拉开了弦，不容人慢慢地谈经论道启发蒙了污垢的心智。华凌抬起手，一个耳光扇过去："千千木，别给你脸不要脸，时间太紧，说别的不容工夫，我就告诉你一句话——金慧心的灾难就是车伯尔乌兰牧骑的灾难，今天你要不去阻止段疯子批斗金队，你就是咱们全体队员的敌人！"

千千木捂着半边红肿的脸，一踮屁股，坐在了华凌自行车的后架上。华凌蹬着自行车就往会场奔。还有不到五分钟就上午十点了。华凌跳下车，领着千千木就直奔段子风而去——

就在这时，邵华为也一个骗腿下了自行车，"噔噔噔——"，一步三个台阶地登上了盟委三楼最里边的一间大办公室，邵东方就在里面办公。他一推门，推不开，攥紧拳头就像敲鼓似的擂门。门里没动静，他回身看有间办公室的门开着，就直奔过去："同志，邵东方邵政委去哪里了？"

一个戴眼镜的白面书生抬起眼皮答道："去呼市开会了，去了两天了。"

"啥时候回来？"

"那可说不准，最快也得个四五天吧！"

4

好久没用了，更衣室里连个暖气也没有，地当中有一个铁皮炉子，里面一个火星都没有，像块冰坨。金慧心用小黑卡子当撬棍，一点一点地撬着玻璃上的泥子。泥子都结了冰，撬起来的就是一点点小冰碴，这太慢了！金慧心往手心里哈了两口热气，把手心捂在泥子上化冰碴。开始两下还行，用手心化开冰碴的泥子好撬一些，过了两回就不行了，手心一捂在泥子上，就被冻在了玻璃上，拿不下来了，一使劲手心里就揭去一块皮。没关系，这疼能忍受，只要不挂那块牌子，不上批斗会就行。用小卡子当撬棍还是太慢，她没戴表，不知道是什么时间了，一着急，用牙齿咬住一个橱洞的格子棱，从上面撕下一块木块。这用牙齿撕下的木块像把小铲子，比小黑卡子好使多了，铲着、铲着……

"当啷"一声。

不是金慧心卸下了玻璃，是黑铁珍打开了房门的锁。两个戴着"红卫兵"袖标的青年，一个手里提着一块写着"封建王公贵族的残渣余孽金慧心"的牌子，一个手里拎着一双用鞋带串起来的破烂的高跟鞋，一起朝金慧心奔来……

这"罪名"不出金慧心所料，但这双破烂的高跟鞋就太侮辱人啦！假如他们再晚来一分钟，金慧心就会从卸下玻璃的窗口溜出去，几个箭步就可以跑进一条附近的胡同，七拐八绕也许就逃掉了，可就是晚了一分钟……怎么办？俯首就擒？不，不，不……那不是金慧心的性格，就是死了也不受这份辱！想到这儿，金慧心屏住呼吸，抬起右脚，一运气，就把那个牌子踢到了空中，再跌下来，就碎裂了。趁黑铁珍和两个红卫兵都愣神的工夫，金慧心拽过那双破烂的高跟鞋，一抬手，就从卸下玻璃的窗口扔了出去——做完了这两件事，金慧心一言不发，坐在地上，用双手揉着踢疼了的右脚背，眼皮也不抬一下。

黑铁珍和两个红卫兵都看傻了，他们做梦也不会梦见遇到金慧心这样豪横的茬儿，一时间不知所措。

门外突然传来哭哭咧咧的吵嚷声："你必须放了金队长，放了金队长，要不然我跟你没完，我告诉你老婆去，你净调戏良家妇女，让你老婆挠花你的脸，把你的脸挠成萝卜丝，一条一条的……"

金慧心听出这是她的队员千千木的声音。

"你别胡闹，别胡闹，这是批斗会，是两个阶级你死我活的斗争……"

是段疯子的声音。

"我才不管你什么斗争不斗争，你要打倒金慧心，我就先打倒你，打倒你……"

听声音，千千木已对段子风抡开了小拳头。

"打倒一切牛鬼蛇神！"

"舍得一身剐，敢把皇帝拉下马！"

小百花剧场的门前响起了老冀的口号声，批斗会开始了！

段子风和千千木也打闹着到了更衣室。段子风不顾千千木的纠缠打闹，对两个愣着的红卫兵说："批斗会都开上了，还不把金慧心押上会场！"

金慧心冲着两个红卫兵一摆手，迈着大步就出了更衣室，朝着剧场的前门走去："我倒要经经风雨，见见世面。"她这一步迈出去，有一种大义凛然慷慨赴死的从容淡定，还有一种上台演一出闹剧玩玩儿的饱满情绪。

没找到父亲，邵华为有一种绝望的失落，但他知道，他必须去拯救金慧心，以他的车伯尔乌兰牧骑副队长的身份，或者以昭乌达盟军代表邵东方之子的名义。他飞速地蹬着自行车，想要赶在金慧心被押上会场之前到。

眼看就要到小百花剧场，突然，一辆军用摩托"嗖——"的一声赶到了他的前面。眼看着一个戴着红领章红帽徽的军人从摩托车上跳下来,“嗖嗖嗖”几步就跨到了会场的主席台上,对着主席台上的主持人、“缚苍龙”的“龙长”、一个刚刚长出点胡子茬的年轻人于得水敬了一个军礼,把一份文件递到了他的手里。

金慧心昂首挺胸地被押进了会场。

于得水匆匆地看着年轻军人递上来的文件:

“缚苍龙”联盟批斗会:

命　令

速将车伯尔市乌兰牧骑队长金慧心同志,释放回原籍停职检查,严禁对其批斗和刑拘。

此令

昭乌达盟军事管制委员会

一个鲜红的大印盖在落款上。

事情就是这么寸,那节奏宛如电脑上编排的程序,一环扣一环,金慧心得以没上那个被批斗的舞台,没受那份屈辱,没能当上一出闹剧的被动主角,作为一个演员,这倒不是终身的遗憾。就是不知道那位骑着摩托车送命令的解放军战士,是怎么揳进这个程序的。

第二十章 报私仇 倪继武借机发难
秉公心 鲍龙斌牛棚熬鹰

1

鲍龙斌心情沉重地坐上了回哈达和硕苏木的长途汽车。

送走了佟家琪、朴真玉、乌日汗和潮洛濛,鲍龙斌宣布全队放上半个月的假。已经快两年了,乌兰牧骑没有放过假,他们也该与亲人们团聚团聚了。十四名队员的乌兰牧骑一下子走了四名尖子人才,这演出就成了问题,赛罕旗乌兰牧骑急需补充新的人才。他给回家的乌兰牧骑队员们布置了任务,要他们寻找和挖掘人才,带回来考试。

两年多没有回家了,结婚三天,他就把新娘子宝日吉格丢在家里,回到乌兰牧骑准备参加全国巡回演出队的节目。两年的时间过去了,他收到了宝日吉格的来信,说他们的一对双胞胎儿女都一周岁多了,还没有起名字,暂时管儿子叫小小,管女儿叫丫丫,正等着他回去给起名字呢!他实在应该感谢他这位小妻子,是她牺牲了自己的艺术生命,为他持家,为他尽孝,为他生儿育女。乌兰牧骑有了自己的职工宿舍,他要尽人子的责任,尽丈夫的责任,把父母、妻子和一双儿女接过来,给自己一个三世同堂的家。

一想到家,他的心里就充满了温馨和期待,算是暂时压下了心中的不快……

乌兰牧骑要招些演员，这事他要请示一下旗委书记刘峰。

刘峰的办公室里一片吵嚷。

红卫兵战斗司令部简称“战司”的司令倪云松，正领着一伙手下吵吵嚷嚷地向刘峰书记要造反经费。

倪云松抛弃了陶鲤，满以为凭一个中学体育教师的地位，在旗所在地的地面上，不愁没有美人上门。可他找了一年多，光相亲就有十多回了，也没找到一个像陶鲤那么美丽、那么善良、那么多才多艺的姑娘。他爱动脑筋，爱琢磨事儿，可就是不忏悔自己对陶鲤的无情无义，而是恨陶鲤对他的不忠不贤，恨巴特尔横刀夺爱，恨这个社会对他不公，怎么就把一个快到手的如花似玉的姑娘给了别人。他是一个单身教师，在学校住宿。恨，让他学会了酗酒，品尝了孤独；恨，让他恨屋及乌，他恨鲍龙斌。要不是他去找巴特尔，陶鲤就不会那么快就嫁给巴特尔；要不是陶鲤参加了乌兰牧骑全国巡回演出队，他或许有时间再把陶鲤夺回来。恨，是要发泄的……

倪云松有个优点，那就是毛笔字写得好，他的书法作品在旗文化馆搞的书法比赛中得过二等奖。他的这个优点被“战司”的学生头头看中，那头头亲自登门，对又在酗酒的倪云松说：“倪老师，我看你动不动地就一个人喝酒，怪没意思的，跟我们造反吧，造走资派的反，造地富反坏右的反，造牛鬼蛇神的反，造一切反革命的反……那多有意思。咱们在一起，你还会孤独吗？你的毛笔字写得那么帅，我供你纸，你就给写大字块、大字报吧。凡是贴你大字块、大字报的地方，就是你的书法展览，那你该多风光啊！只要你愿意干，我就把这个司令的位置让给你，我给你打下手。”

倪云松架不住这样的鼓动，也经不住这样的诱惑，就半推半就地当了“战司”的司令。

“战司”的副司令拍着倪云松的肩膀说：“倪老师，我把司令的位子让给你，就是要你多为‘战司’做贡献。”

"我认识旗委刘书记。"

"那太好了,我正愁没地方要'战司'的经费呢。"

倪云松带着"战司"的红卫兵来找刘峰:一是找他批经费,武装自己的司令部,买高音喇叭和宣传车;二是要他表态,是支持"战司",还是支持另一派的群众组织"造司"。

刘峰无法表态。

他刚给旗委、旗人委的领导班子开了会,要响应毛主席的号召,投身于"文化大革命",但要保持领导干部的党性,坚决反对破坏大团结的派性。他也不能给"战司"拨经费,这几年旗里的钱都投给了查干木伦水利枢纽工程,旗里一多半的钱都掌握在高双翼旗长那儿。他只能反复地跟倪云松和围着他的造反派代表讲:旗里没钱,钱都在查干木伦水利枢纽工程的工地上,那可是举全旗之力建设的利国惠民的大工程。可不论怎么说,戴着"红袖标"的不是举起来胳膊喊口号,就是指着他的鼻子大骂,一点没有了当老师与学生的师道尊严和对人的尊敬礼貌。

就在吵吵闹闹的辩论中,鲍龙斌走进刘峰的办公室。

倪云松正恨着鲍龙斌呢!见到鲍龙斌,立刻牙齿错错,心肝冒火,还暗暗庆幸:不招即来,是鲍龙斌自己把自己送来了,有了面对面报仇的机会。

鲍龙斌哪里知道人群中还混杂着个对自己寻机报复的人。心里无私天地宽,他想着的是乌兰牧骑选队员的事,是乌兰牧骑怎样按周总理的指示,深入基层,保持"不锈的乌兰牧骑称号"的大事。对这乱糟糟的场面,他不知道这些学生和老师干吗不好好上课,跑到旗委书记的办公室又吼又叫,就大声说道:"当学生的不好好上课,当老师的不好好教课,到书记的办公室来闹,不是无组织无纪律的无政府主义吗?"

被燥热烧灼得没处泻火的"战司"司令可不听鲍龙斌的。此刻,谁敢呛红卫兵的肺管子,他们就敢打倒谁:"打倒保皇派鲍龙斌!"

"谁反对学生运动,就没有好下场!"

"呲——"鲍龙斌不怒反而笑了,"打倒我?凭什么打倒我!乌兰牧骑是毛主席和周总理为全国的文艺团体、文艺工作者树起的一面红旗，作为这面红旗的扛旗人，怎么就会没有好下场？几个乳臭未干的小崽子，挥一挥拳头，想打倒谁就打倒谁，荒唐！荒唐至极！绝对的荒唐！”鲍龙斌愤怒了，大声喝道，“你们是疯了吗？还有没有是非？还有没有原则？还有没有纪律？还有没有党？”

“革命无罪！”

“造反有理！”

刘峰赶紧推着他往外走：“鲍龙斌，你别在这儿添乱了，这帮小爷，不能呛，只能哄，你快走吧！”

“刘书记，咱们的乌兰牧骑得补充人员了，要不就演出不了了。”

刘峰回答得很坚定：“甭管现在的形势有多乱，乌兰牧骑这面红旗咱们得高高地举着！”

2

草原上的榆树就是多，不论是一棵，还是一片，都是草原上的风景。单棵的大榆树立在那儿，就在那里成了一株大盆景。榆树的枝干不如白杨那样笔直，扭曲的身形俨然就是一件虬枝铁干的雕塑；那是它经受了太多的风刀霜剑雕刻的结果，而那如伞的枝叶，在春夏秋三季都会把密密匝匝的榆钱儿和浓郁凉爽的绿荫广布给它深深扎根的土地。

一棵有两个人合抱粗的大榆树，就立在鲍龙斌家乡的营子头。营子的称呼在其他地方叫“村”“庄”“寨子”“屯”，蒙古语中叫“浩特”。叫它营子，估计是在战争不断的年代里，驻扎了很多军队营盘的缘故吧。

大榆树下有几块石条，就如同会议室里的凳子，就是营子里的信息中心，或者说是会场，有事无事，人们都喜欢在这里纳凉聚会，说说家长里短，交流知道的新闻。大榆树的枝干上还系着许多的红布条，那是老乡们寄托的心愿。谁家有了喜事，谁家有了灾难，谁家求神求佛求仙，都要到大榆树上系上块红布条。营子里的乡亲们都把大榆树当成保佑一方的神明。

在大榆树下驻足了一会儿,一个离开家乡两年多的游子,算是回家乡报个到。

一处三间正房两间西厢房的小院,被收拾得干干净净。三间正房的房后,种着一片加拿大的速生杨,杨树的树梢已经超过了房脊。靠着院子的东墙摞着一堆干树枝和一堆干牛粪,一条甬道把院子分成了两块菜地,一边种的是大白菜和茄子、辣椒,一边种的是萝卜、韭菜和甘蓝。招摇的蝴蝶在菜畦上翩翩起舞,传递着花粉,也播种着虫卵。还有一群麻雀叽叽喳喳地在墙头和菜畦间飞上跳下,不知它们是在吃菜叶,还是在啄食虫子。窗前的空地上,两根木桩拉起一条铁丝,上面亮着五彩缤纷的尿布,让这个院落充满生机。

花白头发的老母亲正在收晾干的尿布,一抬头,愣住了。她扯起衣襟擦擦眼睛,再看看眼前的鲍龙斌,终于发出了一声惊呼:“我的儿,回家了?我的儿,回家了!”

随着老母亲的呼喊,正给孩子喂奶的宝日吉格,放下怀里的孩子,来不及系上衣扣就跑出了屋子。她冲到鲍龙斌的面前,抡起拳头就在鲍龙斌的胸前捶了起来,一边捶一边流着泪说:“人家给你生了一儿一女,你才回来,你才回来呀!”

“哇——哇——哇——”三间房的西屋里传出了男女声二重哭。鲍龙斌这才一手搀着老母亲,一手被宝日吉格拉着,进了西屋。炕上的一儿一女都会坐啦,见鲍龙斌进了屋,齐刷刷地停止了二重哭,瞪着一双小眼睛盯着眼前的陌生人。

鲍龙斌把一双儿女抱在怀里,亲亲小脸蛋儿,张嘴就是表扬:“你们俩真是乌兰牧骑的后代呀,嗓门这么豁亮,长大了是能表演男女声二重唱,还是独唱啊?最好能唱长调,你潮洛濛叔叔走了,咱乌兰牧骑还真的缺个长调演员。”

宝日吉格嗔怪道:“乌兰牧骑都成了你的心病了, 到哪儿都离不开你的乌兰牧骑。”

“乌兰牧骑不是我的心病，是我的心思，全部的心思。”

“孩子还等着你取名字呢，当了阿爸，又是个文化人，你可得给我的孙子、孙女起个好听的名字。”老母亲坐在了炕头上，催促着鲍龙斌。

鲍龙斌看看怀里抱着的一双儿女说：“女儿叫乌兰，儿子叫牧骑。”

“不好听，不好听，”宝日吉格连连摇头，“你的心咋就离不开乌兰牧骑呢？再想想吧，想个豁亮又有意义的名字，也不亏你脑袋上有顶文化人的帽子。”

“有什么不好听的。乌兰，就是红，你瞧我女儿的脸蛋儿多红呀，我就喜欢这个红；牧骑，是嫩芽，我的儿子是我的接班人，刚刚一岁大，不是嫩芽是什么？咋也比你这个黄毛丫头强。”

“女孩子叫个哈斯、托娅、斯琴什么的多好听，意思也好，‘玉’该是多么宝贝！‘光’该是多么美丽！‘聪明’的女孩儿是人见人爱呀！男孩子叫布赫、朝鲁、巴图什么的，又‘结实’又‘坚硬’又‘勇敢’，不比‘嫩芽’强？”当了妈妈的黄毛丫头说话还是又急又快。

“那就等爷爷回来再定吧。来，找奶奶抱抱，让爸爸去歇歇。”老母亲从鲍龙斌的怀里接过孩子，对宝日吉格说：“还不快去做点好吃的，龙斌早就饿了吧！”

刚刚入夜，宝日吉格就把乌兰和牧骑喂饱哄睡，一掀被角，“刺溜”一下钻进了鲍龙斌的被窝……久别胜新婚，分别了两年多，小妻子久渴的心身就像着了火，恨不得一下子就让丈夫的甘霖来灭火。

鲍龙斌把他的黄毛丫头紧紧抱在怀里，热烈地亲吻着。她为自己牺牲了舞台上的青春，为自己孝敬二老，为自己生儿育女，这样的小妻子是需要自己的爱来报答的。他翻身跃上了妻子柔滑的身子……

3

萨日朗也在回家的路上。

她本来不想回这个家。这个有醉鬼姑父的家没有给她留下多少幸福的童年的回忆,五百块钱就要把她远嫁酒鬼的噩梦,差一点就把她的青春吞噬,是乌兰牧骑救了她。两年多的时间过去了,她已不是那个为了逃婚就扔下牧羊鞭子的小姑娘了。她现在是一名合格的乌兰牧骑队员,一名参加过全国巡回演出的乌兰牧骑队员。她的心里不再想着嫁给一个如意的小伙子，为他生儿育女，而是在想怎样完成鲍龙斌队长给他们留下的任务。她记得荞麦婶子艾伦有一个叫哈斯的女儿,嗓子特别好,一张口就如一股清泉在石板上流淌,就如百灵鸟在天空中歌唱,那声音又高又亮又清澈,一点杂音也没有。但她也在心里犯嘀咕,哈斯有一个又跳神又跳鬼,还整天在脑门上拔出一个病太阳的阿妈,能当乌兰牧骑队员吗？荞麦婶子带着东哥那样逼迫自己，自己心里就不记仇吗？哈斯可是荞麦婶子的女儿呀！可她又一想:“我萨日朗还不是从醉鬼阿爸、醉鬼姑父的蒙古包里走出来的？哈斯不能挑选自己的父母,我也不能选择自己的父母。蒙古人的心应该像草原一样宽广,像蓝天一样纯净,‘内举不避亲,外举不避仇’,应该说的就是这个道理。”

萨日朗边走边想,边想边走,再翻过一座小山坡,就该是姑姑居住的浩特了。

登上山头,她往下一看,就看到了一处从来没有看过的风景:

有一支打着红旗的年轻人的队伍,正朝白音汗浩特走去。这支队伍有二十多人,不论男女,都是一样的打扮:黄上衣,蓝裤子,腰间扎着一条黄色帆布腰带,头上戴着一顶没有帽徽的军帽,脚下是一双黄胶鞋,每个人的左臂上都戴着一个印着“红卫兵”字样的红绸袖标。他们边走边唱着歌:

我们是毛主席的红卫兵,
大风浪里练本领,
毛泽东思想来武装,
扫除一切害人虫。
…………

萨日朗紧走几步，追上了这支队伍。她这才看清，那面红旗上还印着两行字：一行小字在上面，是“红卫兵战斗兵团司令部”；一行大字在红旗的中间，是“火种”战斗队。

走在队伍一侧的是个梳着短发的女青年，与众不同的是，她束在腰间的不是黄色的帆布带，而是一条锃亮的紫色皮腰带。

萨日朗估计她是这支队伍的队长了，就问：“你们要去哪儿？”

“白音汗。”

“你们是红卫兵？”

“是呀，你看——”那短发女青年一指那面红旗，“我们是战司的‘火种’战斗队，徒步大串联，要把革命的火种播到全旗的各个角落。”

短发女青年英气勃勃，说话嘎巴溜丢脆，好嗓子，也好口才。萨日朗想，乌日汗姐姐去了直属队乌兰牧骑，队里就缺了个报幕的，就是不知道这个短发女青年会不会蒙古语，就问：“你叫什么名字，你会蒙古语吗？”

“叫季要武。‘革命不是请客吃饭，不能那样文质彬彬，那样温良恭俭让。’我就把季秀英改成了季要武。蒙古语嘛……会一点儿，不过，‘火种’战斗队有会蒙古语的，你看——”季要武说着一指队伍里一个红脸膛高颧骨的男青年，“他叫敖德斯尔，蒙古族，到蒙古族地区播革命火种，就得有蒙古族的战友。说了半天话了，还不知道你的名字呢。”

“萨日朗，是旗里乌兰牧骑的队员。”

“呀！你是乌兰牧骑的？”季要武一把抓住萨日朗的手，大眼睛里闪烁出激动的光波，“我很羡慕乌兰牧骑，我会唱歌，会跳舞，还会讲演，很想当个乌兰牧骑队员。”

“那你为什么不去报名？”

激动的光波稍纵即逝，季要武说：“想上乌兰牧骑是我的私心，革命和造反才是当务之急。”

“白音汗是一个不到二十户的浩特，都是些蒙古族牧民，有什么可造反的？”

“这你就不懂了，任何地方都有左中右，你不造他的反，他就造你的反。”

话不投机半句多。萨日朗不再开口和季要武说话，就放慢脚步，落在了“火种”战斗队的后面。

火烧云烧红天际，是牧村最美的时候。一缕缕的炊烟在蒙古包的天窗口徐徐升起，牧村的上空弥漫着奶茶的香气。牧民赶着牛羊和驼群走进用荆笆围起的棚圈；吃饱喝足的黄牛趴在沙地上蠕动嘴巴不紧不慢地反刍；小羊羔欢蹦乱跳地跑到母亲的腹下，跪在地上，用肉红的小嘴巴衔住母亲的乳头，香甜的乳汁便汩汩地流入小羊羔腹中。牧人们拴好棚圈的门，撩起蒙古包的门帘，盘腿坐下来，端起奶茶一碗一碗地喝出一身的透汗……这里有一口“乌兰牧骑井”。

这安静、美丽的图景存在于萨日朗对家的记忆中，待她拖着疲惫的双腿迈进白音汗的时候，记忆中的图景全都碎了。

姑姑的包前围着一群人，拉拉扯扯推推搡搡地好像在打架，吵吵嚷嚷的口号声尖锐刺耳，感觉嗓子都要被喊破了。

萨日朗快步跑到包前，原来是季要武的“火种”战斗队正把荞麦婶子艾伦围在当中批斗。他们批斗得并不顺利，有七八个牧民把队员们紧紧围住，问他们是哪里来的，为什么到牧村捣乱。荞麦婶子驱鬼，关他们什么事？

包里传出一阵哭声。萨日朗弯腰进了蒙古包，一下呆住了：姑姑正围着姑父哭，阿希达铁黑的面容正在变得黑黄，双眼紧闭，已经没了呼吸。

阿希达的心脏病又犯了，家里已经没有钱给他治病，就把荞麦婶子请来驱鬼，也是凑巧，正赶上季要武的“火种”战斗队走进浩特。是荞麦婶子跳鬼的羊板骨串铃声把他们吸引到这里。

季要武一看额头上拔着一个紫黑的拔罐印，身穿绸子的黄色坎肩，手里拿着羊板骨串铃，举着“黑色松巴”面具又唱又跳的荞麦婶子，马上兴奋起来，刚才在路上萨日朗还质疑她“白音汗是一个不到二十户的浩特，都是些蒙古族牧民，有什么可造反的？”

眼前的情景就给萨日朗一记最响亮的耳光:这不是封建迷信吗?这不是牛鬼蛇神吗?这不造反行吗?让这个人不人鬼不鬼的老太婆占领着牧区的思想文化阵地,无产阶级的江山还能不变色?哪个战士不渴望战斗,哪个将军不渴望勋章?季要武一把就揪住了荞麦婶子的胳膊,夺过了羊板骨串铃和“黑色松巴”面具,又上来两个红卫兵把她连拉带扯地揪到了包外——

达尔玛一见萨日朗回来,立刻站起身来,抓住萨日朗哭喊着:“你怎么才回来呀!早回来拿来钱,给阿希达看病,他就不会死啊!”

萨日朗什么都没说,从挎包里拿出三十元钱递到了达尔玛手里。这个家不需要萨日朗,需要萨日朗的钱。

阿希达死了,牧民们都拥进包里,为他料理丧事。

萨日朗对季要武说:“人都死了,还要批斗艾伦吗?放了她吧,她的女儿还等着她回家呢!”

人群的后面,小哈斯睁着惊恐的大眼睛,不知所措地盯着突遭厄运的阿妈。

“萨日朗,你怎么这样没有觉悟呀?人死了,是病死的。斗这个牛鬼蛇神,是因为她装神弄鬼,搞封建迷信。凡是反动的东西,你不打他就不倒。”

浩特里出了事,队长道尔吉急匆匆地赶了来,见荞麦婶子披头散发、嘴角还流着血的狼狈相,又是气又是恼。气的是她不听话又装神弄鬼,恼的是一群红卫兵不经过他这个队长的同意就随便批斗人。他冲着季要武喊道:“走吧,你们是不受欢迎的人。”他一指萨日朗:“他们——乌兰牧骑才是我们牧民欢迎的。他们一到浩特,又演出又干活,给人治病还给我们打井。你们一来,又打人又逼死人,把浩特都给弄乱了。你们走吧,离开白音汗!”

季要武可不听道尔吉的话,她有二十多人的年轻队伍,难道还怕牧村的一个老头子?她两手一叉腰,指着道尔吉的鼻子,声严厉色地说道:“你反对红卫兵,谅你也不敢有这个胆子。天黑了,快去安排饭,徒步走了一天的路,累了,也饿了。你要不给安排饭,就把你抓起来,让你尝尝‘群专’的厉害。”

“粮食，人都吃不饱；草料，牲畜都吃不饱。闯进草原的豺狼野狗，牧人不会让它吃掉牛羊；飞进牧人家的苍蝇蚊子，只能落在一堆堆狗屎上。”

道尔吉说书般的蒙古语，季要武一句也没听懂。他不管目瞪口呆的一群红卫兵，弯腰进了阿希达的蒙古包。

季要武吃了个大窝脖，转身对她的队员说：“敖德斯尔、白梅，把这个牛鬼蛇神捆起来，押回旗里；剩下的人分成两队到蒙古包里去搜查，有什么吃的统统拿来。革命不是请客吃饭，但革命者必须吃饭！”

办完了姑父的丧事，萨日朗就要启程回赛罕旗里了。离家两年多，姑姑对她已经没有了太多的亲情。达尔玛的腰腿病还是不好，她整天蜷曲在蒙古包里，呼噜呼噜地喘着粗气，并不跟萨日朗说话，好像是萨日朗带来了满身的晦气让阿希达走的。萨日朗知道，逃婚的怨恨还在撕咬着姑姑的心。

用了三天的时间，萨日朗把羊圈里的粪都起了出来，又用勒勒车运回车沙土垫了羊圈，给喜欢干净的羊儿铺了一床沙毯，就没活干了。原来她打算听听哈斯的歌声，推荐给鲍龙斌队长，如果成功，那白音汗浩特就出了两个乌兰牧骑队员。可自从荞麦婶子被季要武的红卫兵押走，她听到的就是哈斯的哭声。两年不见，十六岁的哈斯已经长成了亭亭玉立的大姑娘。如果把哭声变成歌声，哈斯是会成为舞台上的一个好歌手的。

哈斯来找萨日朗，不是要求去乌兰牧骑当演员，而是要萨日朗带她到旗里找阿妈。荞麦婶子就生了哈斯一个女儿，她的阿爸在一个大雪封地的冬天背着一杆猎枪去了大森林，就没有回来。阿妈一被红卫兵抓走，哈斯就成了孤儿。

4

大兴农场，巴特尔还在坚守。

运动一开始，巴特尔就把乌兰牧骑帮助建的广播站控制在自己的手里，让保卫科轮流把守着广播站，没有自己的批准，任何人不准进广播站。笔杆子、枪杆子，革命就靠这两杆子。这期间他做了几次广播讲话，内容就是“抓革命、促生产”。“农场，是种粮食的地方，种不出粮食，农场就该解散了，空着肚皮闹革命，草根树皮能吃上几天？我巴特尔根正苗红，穷苦牧民出身，从来不知道资本主义道路是人走的，马踩的，还是车轧的。谁要是想造我的反，那就是狐狸遇到了好猎手——一枪俩眼儿，一个在脑袋上，一个在心窝里。”

有职工给他贴出了大字报，说他以生产压革命。巴特尔就叫食堂的炊事员每天晚上去撕大字报，并把撕下来的大字报当作灶膛里的引火柴，还每天奖励炊事员三毛钱，作为节约柴火的补助。

巴特尔的强势确实起到了震慑作用，来这里串联的红卫兵只能带走一部分年轻的职工到旗里去造反，大部分的职工还在地里劳动。

轰轰隆隆的拖拉机冒着黑烟闯进了农场大院，宝日吉格停下车就跑进了巴特尔的办公室，一把抱住哥哥就放声痛哭：“哥——你救救鲍龙斌，救救鲍龙斌——”

“怎么回事？你这个黄毛丫头不在家里好好看着我的小外甥、小外甥女，风风火火又哭又叫地干啥呀？”

鲍龙斌要把父母和妻子、儿女都接到旗里，乌兰牧骑大院的家属院里有他们的三间房。可父母不愿意搬到城里住，说城里吃菜买粮都要花钱，光靠鲍龙斌的工资日子没法过，再说，在营子里生活惯了，这里有熟悉的乡亲，还有满院的蔬菜和房后的杨树林，他们舍不得离开这个家。现在老两口的身板还算硬朗，等到老了，干不动活儿的时候，再搬到城里住不迟。

就这样，鲍龙斌带上宝日吉格和一双儿女，坐上了回旗里的长途客车。

鲍龙斌一进乌兰牧骑大院，就被倪云松埋伏在大院里的“铁扫帚”战斗队给抓走了。从自治区首府呼和浩特得知，自治区主席乌兰夫被打成了“叛国集团头目”。好啊！想睡觉就有人送枕头，改名为“倪继武”的倪云松正想找鲍龙斌报“把陶鲤介绍给巴特尔做妻子”和“在旗委书记刘峰面前破坏他要造反经费”的两箭之仇，就有这等喜讯传来——既然乌兰牧骑是乌兰夫建起来的，乌兰夫是“叛国集团头目”，鲍龙斌是乌兰牧骑头目，一丘之貉，那是没说的。给他一顶“乌兰夫黑干将”的帽子，该是顺理成章！

听了宝日吉格的哭诉，巴特尔的第一反应就是带着妹妹回家。

结婚两年多了，陶鲤这次放假回来，才开始他们的蜜月。听宝日吉格说，贴在乌兰牧骑大院里的大字报，除了有鲍龙斌的名字，还有陶鲤的，等待她的也许就如鲍龙斌的厄运。

回到家里第一件事，就是让妻子陶鲤躲进地窖里。

“你白天就在地窖里藏着，看书练功都行，晚上没人的时候你再上来，做点饭菜干粮。我去旗里救鲍龙斌，你要管好你自己。”

突遇这种情况的陶鲤仿佛置身于电影的情景里。她眨着一双清澈的大眼睛问巴特尔：“真有人要抓我吗？我……有什么错……错……哦——罪？”

巴特尔拍拍妻子的肩膀，长叹了一口气：“哎——你听过《狼和小羊》的故事吗？狼和小羊同在一条小河喝水，狼在小河的上游，小羊在小河的下游。狼想吃掉小羊，想找个理由，就对小羊说：‘我听说你去年春天在背后说我的坏话。’小羊说：‘亲爱的狼先生，去年春天我还没出生呢！’狼又说：‘你把小河的水弄脏了，我怎么喝？’小羊着急地说：‘亲爱的狼先生，你在河的上游，我在河的下游，我怎么会弄脏你的水呢？’这时候，狼不再找理由，一头扑过去咬住小羊的脖子，就把小羊吃掉了。陶鲤，我的镜子，欲加之罪何患无辞？疯了的人就像饿极了的狼。人和狼，就像羊和狼一样，是没有道理可讲的！”

“那……那我也要和你们一起去救鲍队长。”

“陶鲤，你现在保护好自己就是帮了我们的忙。你要再出事了，我可顾不过来两头啊。听话——”

陶鲤是最听丈夫话的妻子。

时间都是抢出来的。

就在巴特尔开着拖拉机出了农场大院不到十里的地方，迎面过来一支打着红旗的队伍，走在队伍一侧的是个梳着短发的女青年。与众不同的是，她束在腰间的是一条锃亮的紫色皮腰带。

扎着紫色皮腰带的短发女青年朝着拖拉机上的巴特尔喊：“师傅，前面是大兴农场吗？”

“是啊！”

“农场的场长是叫巴特尔吗？”

“不假。”

“他的老婆叫陶鲤吗？”

“对呀！长得可漂亮啦，百八十个的女人比不下去。”

“假象——狐狸精都会迷惑人。”

“你说啥——”巴特尔停了拖拉机，向短发女青年瞪起了质疑的眼睛。

“哥，别理他们，说不定他们就是来抓我嫂子的。”宝日吉格捅了捅巴特尔的胳膊。

“能拉着我们去找他吗？”季要武冲巴特尔喊。连着走了三天，她的队伍都走垮了，二十多个队员没有一个脚上不起泡的。吃着炒面喝凉水，队员们的肚子都胀鼓鼓的，一个接一个劲地“嘣——嘣”往外放臭气，甭提多狼狈啦。

敖德斯尔早就开始了嘟囔：“抓人不派车，让我们遭这个罪，又不是红军长征两万五。”说着，就去路边的树干上劈了一根粗树枝，扯掉了叶子当拐杖。其他的队员马上效法,都拥进了树林里开始劈起树枝来。

队员们劈树枝当拐杖,她不能劈,不是她爱护树木,是她要表现得与众不同。她要做学生领袖,就得能吃别人吃不了的苦,受别人受不了的罪。原名季秀英的季要武是高二的学生,已经十九岁,从高一起就爱上了她的体育教师倪云松。

倪云松细高挑的健美身材,长圆得体的脸庞,不大不小的眼睛,特别是上起体育课,在操场上奔走跳跃,上了单杠,一只胳膊就能带动身体,做七个“单臂大回环”,这足以令一个妙龄少女春心激荡,震颤不已。但季秀英的学习成绩不太好,加上倪云松原来的恋人是百里挑一的陶鲤,季秀英怎么表现也引不起倪云松的注意,因而很失落和懊丧。

倏忽间战火烧起,倪云松就成了“战司”的司令,实权派,并改名为倪继武。季秀英一看机会来了,马上效法,果断地把“秀英”扔进历史的垃圾堆,以“季要武”的名字参加了红卫兵战斗兵团。季要武嗓子好,口才也好,还经常领着学生喊口号,这就引起了倪继武的注意,提拔她当了“火种”战斗队的队长。能和心爱的倪老师并肩战斗,季要武的心里一阵阵地涌出了甜蜜。她要好好表现,给倪老师当好突击队,做倪老师军前打冲锋的“穆桂英”。

果然,她把荞麦婶子艾伦押回“战司”的那一天,就得到了倪继武的表扬,甚至在走廊的拐角处,他还使劲地抱了她一下。要不是后面来了人,说不定还会亲亲她。她明白了,她季要武已经成了倪司令的嫡系,再加一把劲,就会顺理成章地成了他倪继武的人,等他掌了赛罕旗的权,让他在旗人委大院里给她安排一个能挣工资的工作,再嫁给他做新娘,那这辈子的日子可就比蜜甜喽!

真是口渴了就来了送水的,她一见巴特尔开着的拖拉机上就两个人,立刻就像在沙漠里跋涉的骆驼见到了清泉,那么大个车斗闲着,装上二三十个人一点问题都没有。造反的时代,红卫兵吃香,是强势群体,就凭着左胳膊上的袖章,哪个敢不支持,哪个敢不唯命是从?

“不能，没见我这儿拉着一个病人吗？救命要紧，得赶紧上医院。”巴特尔一指蓬头垢面双眼红肿的宝日吉格，“你们没看见她正心口疼吗？急病啊，耽误不得。”

说罢，一踩油门，拖拉机“突突”地开走了。

5

乌兰牧骑出了事，出了大事！队长被抓，主心骨没了，一杆大旗没了。领着哈斯一起回到旗里的萨日朗，立即把回家的队员全部召集回来，商量怎么办。

卓丽格说：“去找刘峰书记，他是旗的父母官，也对我们乌兰牧骑最好。”

萨日朗摇了摇头：“刘书记被打成了走资派，造反派看管得严着呢。”

正月一拍桌子站了起来：“我去呼市，找佟家琪，他是文化局的处长，让他给旗里的造反派下个指示，放了鲍队长。”

“这些个王八蛋，能听？听说呼市也闹得很厉害，两派红卫兵打了起来，动了枪炮子弹，武斗了。”金喜顺把双手一摊，“靠人不如靠己，要不，咱们去把鲍队长抢出来？”

“好！咱们去抢，我骑上我的黑子！你和正月骑那两匹红骠马。抢出来，咱驮上就跑。”敖长根第一个表示赞成。

“就凭咱们不到十个人，赤手空拳怎么抢？”卓丽格皱起了眉头，“‘群专’有警察和民兵持枪站岗，十来个人怎么能冲进去呢？再说，也不知鲍龙斌被押在哪个监室，到哪儿去抢呢？”

一屋子的人都陷入了沉思，一屋子的人都一筹莫展。

突然，萨日朗站了起来，说：“我有一本影集——《萨日朗影集》，我拿着它直接去找造反派。影集里面有毛主席和周总理接见全国巡回演出队的照片，鲍队长就站在毛主席的身后。我就不信，造反派再嚣张，再无政府主义，再不讲道理，还能不听毛主席的话？不听周总理的话？”

“好办法，好办法……”乌兰牧骑队员们都雀跃起来。平时看见萨日朗收集乌兰牧骑的照片，就以为这只是小姑娘个人的爱好，没想到关键时刻却派上了大用场。

天黑了，黑得像个锅底罩在天空上，一颗星星都没有。这样的天气，不知是要刮风，还是要下雨。乌兰牧骑大院里，开进了一台拖拉机。

在离赛罕旗旗委、旗人委大院不到10公里的地方，有一个不到千亩地的农场。这是“三年困难时期”，刘峰书记动员旗委、旗人委大院的干部们利用“星期六义务劳动日”开垦出来的，种上些谷子、高粱、玉米、黄豆，秋收了，打下粮食，分给干部们，补充家里的粮荒。还真别说，“三年困难时期”，旗委、旗人委大院里还真没有饿死人的。

风刮来了，再没人组织干部来农场劳动。“战司”一杆大旗往大门上一插，门口上又立了一块牌子，这里就成了“群众专政指挥部”。

鲍龙斌和荞麦婶子艾伦都被关押在这里。

深秋的夜空已经很凉了，露水凝成的冰霜结满了牛棚的荆笆墙。这里原来的主人们被牵到了野地里，结了冰霜的牛棚成了临时审讯室，已经连续了七天七夜，鲍龙斌被押到这里“熬鹰”。

昭乌达盟这个地方，上溯一千多年是契丹王朝的草原帝国。契丹国幅员辽阔，建有五都，昭乌达盟境内就有辽上京和辽中京两个国都。契丹人是马背民族，在草原上生存，除了放牧牛羊，渔猎就是他们的传统劳动技能。他们打猎的助手是一种叫“海东青”的鹰。海东青个头不大，比苍鹰、大鸨、秃鹫的个儿都小，但行动迅捷，生性凶猛，不管是天上的飞禽，还是地上的走兽，把架在肩上的海东青放飞出去，保证爪爪不落空。海东青很生猛，也很倔强，不会生来就甘心替人捕猎。新捕获的海东青气性特别大，不是抓就是啄，一般的人很难接近，需要专业驯鹰师驯服。这驯鹰师驯鹰的过程就叫“熬鹰”。驯鹰师对海东青不抽不打，就是不让它睡觉，它一打瞌睡就用棍子捅它一下，一打瞌睡就用棍子捅它一下……七天七夜过去了，凶猛的海东青已经全身无力,精神崩溃,像铁钩一样的嘴没有一点儿力气去啄它最痛恨的敌人,像铁钩一样的爪子没有一点儿力气去捕获自己的猎物。为了能睡觉,驯鹰师叫它干什么它就干什么,到这时,一只海东青算是被人驯服了。

鲍龙斌不是海东青。

七天七夜的“熬鹰”让他力气全无,但没能让他的精神崩溃。审讯者一拨换了一拨,看守者一组换了一组,都没能让他开口。

开始的时候,审讯者觉得“老虎凳”很好玩,一条长板凳,一堆红砖头就能当刑具。长板凳、红砖头农场有的是,就地取材一点儿不费事。鲍龙斌被绑在板凳上,一块一块的砖头在他的脚下被垫到第十层,鲍龙斌的腿一点儿断的脆硬度也没有,脸上也看不到一丝痛苦的表情。等到砖头垫到十五层,再也不能垫高的时候,行刑者们才聪明地醒悟到,鲍龙斌的腿是练过功的。

一招不行再换一招,丢弃“老虎凳”,改为“喷气式”。被行刑者面朝地撅着身子,两只手朝后抬,这很像一架飞机的造型,也因此而得名。这是“文革”中被应用得最为广泛的刑罚,原因就是不用刑具。要知道,一下子抓了那么多的人,哪有那么多现成的刑具可用。寻常的人“喷气式”做不了半个钟头就会头发昏、眼发花、腰发软、腿发颤,有的还会流出鼻血,双腿一软就会一头栽在地上,昏死过去。高血压的人一个脑出血,就性命难保了。

他们又犯了一个“聪明”的错误。鲍龙斌练过功,不但有腿功,还有腰功,每天做“喷气式”,权当练功。

行刑者终于抡起了皮鞭。鲍龙斌练过功,但没有练过忍受皮鞭抽打的功,被打得皮开肉绽,比他打篮球那次用铁丝刮开了虎口还要疼。他全身都在疼,他的心更疼:这是怎么啦?怎么一点儿说理的地方都没有啊?牛棚的外面,秋天的太阳和往年一样,也是暖暖的,天高云淡的长空跟往年并没有差别,一个大上海六万观众的座上宾,怎么就做了塞外小镇的阶下囚?

“说！你是怎么成了‘乌兰夫反党叛国集团’的‘黑干将’的？”

“呸——”一口鲜血吐到了“刽子手”的脸上，“我是共产党员，我怎么能反党叛国？”一身的凛然正气。

“体罚不行，那就摧毁他的精神！”已升任“群专”副总指挥的倪继武向他的得力干将下达了命令，“熬鹰，熬他的鹰，又凶又狠的海东青都能被驯服，我就不信，鲍龙斌的意志能胜得过暴风雨中搏击出来的禽兽？”

第七天夜里，这是“熬鹰”的极限，倪继武亲自出马，开着他从旗委大院夺来的吉普车来到农场。他要在鲍龙斌身上扩大成果，垒高战绩。只要鲍龙斌一开口，他就能揪出一帮“反党叛国”分子；只要鲍龙斌一认罪，他就能把全国知名的红旗变成黑旗！要成立革命委员会了，代替过去的党政班子行使权力，到那时，别说当个旗革委会的主任，就是当个盟革命委员会的副主任，也如探囊取物。

“鲍龙斌，你就说了吧，说了，就是立功赎罪，就放你出去。听说你老婆给你生了一对双胞胎，好事都让你占尽了，出去过你的好日子去吧。你只要供出三个人，就三个和你一起得过乌兰夫提拔的人，接见过的人，再提供一份他们利用乌兰牧骑做舆论工具反党叛国的罪证，就可以让你睡觉，放你出去……”

七天七夜不睡觉，鲍龙斌不想说话，也没有力气说话，没有力气反抗。可他知道，若按照倪继武的要求开了口、写了字，乌兰牧骑这面红旗就倒了，被他供出来的成员就会家破人亡，冤狱遍地。被抓进来的人，经不住酷刑就会乱说乱讲，被胡乱交代出来的人已经把一栋房子填满了。他不说，一句话也不说；他不写，一个字也不写。他不能做那个打开潘多拉魔盒的人，放出了魔鬼，天下就陷入了万劫不复的境地。他躺在又冷又臭的地上，任凭打手们用手掌扇，用棍子打，用鞭子抽，用烟头烫……就是不声不响，一动不动。

“造司”的司令部已经从赛罕二中搬进了旗委、旗人委大院，原来乌兰牧骑小跨院的门口上挂起了“造司”的牌子。

轻车熟路,萨日朗抱着她的两本影集走进了倪继武的办公室。

倪继武正躺在一张单人床上抽着烟闭目养神。自从当上了群众专政指挥部的副总指挥以后,他就没有睡过一个囫囵觉。

他喜欢动拳脚,更喜欢打篮球,身体常常紧巴巴地不舒坦。使出浑身的劲,抡起胳膊左右开弓地扇被审讯的人一通大嘴巴,出一身透汗,紧接着就有一阵快感。

他倪继武是草原上最凶猛的鹰。

躺在床上睡了一觉的倪继武正在琢磨着怎样能够快活和获得快感,这时耳边有银铃般的声音响起:"倪司令,我找您有事。"

"这声音好听,比兵团播音室女播音员充满火药味的播音悦耳多了。"倪继武一翻身从床上坐起来,看见一个穿着白上衣绿裙子的姑娘站在自己的面前。这个姑娘长得太美了:白里透红的鹅蛋脸儿,水汪汪、亮晶晶的一对大眼睛,长长的睫毛忽闪忽闪地给黑亮的眼珠扯着幕布,小嘴唇红得就像熟透的樱桃,细高挑的个儿,裙摆下面露出来的是两条白皙、健美的腿……

是比大眼睛的陶鲤还好看的姑娘。

美有一种震慑力。

倪继武站了起来,掐灭了烟头。

"你……是谁?找我……什么事?"

"我是乌兰牧骑的萨日朗,代表所有队员请您放了我们的鲍队长。"

"你说的是鲍龙斌?"

"是的。"

一说是鲍龙斌,倪继武的魂儿才从一见到萨日朗的惊诧中附体。

"鲍龙斌不能放,他罪大恶极,是'反党叛国集团'的'黑干将'。"

"不是!他是全国最好的乌兰牧骑队长,他受过毛主席、周总理和中央首长的接见。不信,你看——"萨日朗把怀里抱着的两本《萨日朗影集》放在桌子上,一页一页地翻开。

倪继武赶紧把身子贴在萨日朗的身后,探着头向翻开的《萨日朗影集》看去——一股体香钻进了倪继武的鼻孔，幽幽的、醇醇的、浓浓的，是草原上兰花草的香气，是草原上马奶酒的香气，是草原上小溪流水的香气……倪继武从没闻到过这种香气，被这香气迷醉了，又一次灵魂出窍，双手不由自主地向萨日朗的前胸伸了过去——

“你看——这就是毛主席和周总理接见他的照片！”一翻到影集的这一页，萨日朗双手举起了《萨日朗影集》。

倪继武一激灵从迷醉中警醒过来，毛主席、周总理，如雷贯耳的两位伟人的名字足以镇住他的邪念。他缩回了手，把影集捧在眼前，不敢轻慢这本影集，在旗农场的牛棚里押着的一个反革命，就是用了一张印着毛主席头像的报纸包了两个面包做午餐，吃完面包，把粘了面包渣的报纸信手丢在水泥厂的地上，又捡起报纸擦擦满是脏泥的鞋……他被厂里的革命造反派扭送到了“群专”。

照片上，鲍龙斌就站在毛主席的后排。“咝——”倪继武倒抽一口凉气，“该怎么对萨日朗讲不能放鲍龙斌呢？”

“倪司令，这是‘群专’到基层开批斗会的日程表和人员名单，总指挥让我拿给你看看，对死硬分子鲍龙斌和在群众中有极坏影响的巫婆艾伦，要安排他们首批游街示众。”一个黄白脸上戴着眼镜的男人，把一张油印的表格递给了倪继武。

倪继武拿过表格，连一眼也没看，就一折四叠揣进草绿色上衣的口袋里，挥挥手让那个戴着眼镜的黄白脸男人退了下去。

“你听见了吧，鲍龙斌能放吗？”倪继武一手搬过椅子，绕到办公桌的后面，一手拿着影集放在桌子上。他必须绕开萨日朗，害怕那体香熏得他迷醉，控制不住自己。

“怎么不能放？难道这照片上毛主席接见鲍队长不是事实？鲍队长要是反革命，毛主席能和他照相吗？”

“毛主席还和刘少奇照了不止一张相片呢，他不是站在毛主席的后面，他是坐在毛主席的身边，他怎么成了中国最大的走资派？”

诡辩。

萨日朗急得哭了起来："那……那……那也不能说明鲍队长就是——就是反革命呀？"

"鲍龙斌是不是反革命不是你说了算，也不是我说了算，是革命群众说了算。"倪继武又从上衣口袋里掏出烟盒，跷起二郎腿摇晃着，两只狼一样的眼睛死死地盯住萨日朗白里透红的脸。

"要不，我们'造司'成立一支文艺宣传队，你来当队长？"

"不！不！不！你让我看看鲍队长行不行？"那个黄白脸上戴着眼镜的男人说的话，让萨日朗的心揪了起来。

带露的梨花那幽幽的、醇醇的、浓浓的体香又飘了过来，迷醉中的倪继武悠忽间醒悟了，就在他脑子里一亮的瞬间，他找到了今天晚上能够获得快感和快乐的项目。

他把头探向萨日朗神秘地说："要是同意你去看鲍龙斌，我可就犯大错误了。如果不同意你看，我又看不得女人流泪。这样吧，你不要跟任何人说，就咱俩知道，今天晚上九点钟，你在大院的东墙外等我，我开上吉普车接上你，到了关押鲍龙斌的地方，你悄悄地看上一眼，说上两句话，你完成了心愿，我也算帮了你。"

6

寒星闪烁的夜空下格外静谧。这个时期，不知什么时候就有飞来之祸，所以小镇上的人们天一黑就早早地关门闭户。

晚上九点钟，萨日朗穿着白上衣绿裙子，准时在大院的东墙外等候着倪继武和他的吉普车。塞外深秋的气温是"早穿棉衣午穿纱，围着火炉吃西瓜"。中午走在大街上还晒得满身出汗，这会儿的萨日朗却冷得浑身发抖，上下牙齿直打架。

九点刚过，一辆吉普车像野马一样"唰——"地拐过墙角，停在了轮换跺着双脚的萨日朗面前。

“你还挺守纪律。上车吧,用不了二十分钟就到了。”

“好冷啊!”萨日朗搓搓双手,护住脸颊上了车,坐在了后座上。

“你们女人就是好美,‘冬天不穿棉,冻死不可怜’。不过你穿裙子,腿又长得好看,再加上一句日本话‘腰细、腰细’,确实很动人。”

“看人冻死都不可怜,算什么男子汉?冬天我们在野外演出穿着单衣服,一下台,男同志就把皮大衣给我们披上。”

“你这个小丫头还挺厉害,你这么说,是给我树榜样呢,我也爱护爱护女人,行,我的衣服脱给你,可不要嫌烟味呛。”

在结了冰霜的牛棚里,萨日朗见到了老队长鲍龙斌。

“这还是那个带领乌兰牧骑走遍草原,为农牧民演出、服务、辅导、宣传的老队长吗?还是那个带领乌兰牧骑走遍全国,为千百万工农兵演出和做报告的老队长吗?还是那个带领乌兰牧骑给她的家乡打出一口‘乌兰牧骑井’,为抗洪抢险的工地伤员献血的老队长吗?还是那个在篮球场上生龙活虎,虎口刮裂还坚持拉手风琴伴奏全场的老队长吗?”

鲍龙斌遍体鳞伤,原来鬃刷子似的寸头长得有三寸长,就如一团乱草遮住了头脸,那件蓝色的蒙古袍也被皮鞭抽得条条褴褛。

“鲍队长——”萨日朗“哇”的一声就哭了起来。

“不准哭,惊动了别人,连你一起关起来!”倪继武在萨日朗背后小声地警告着。

像在地狱里游荡了一圈又回到人间见到亲人一样,鲍龙斌的眼睛里闪现出希望的光彩。他用满是烟头灼痕的双手紧紧拉住萨日朗的手,好像有千言万语要说,但看了看倪继武,就对萨日朗只说了一句话:“乌兰牧骑不能散,要坚持住。”

萨日朗连连点头,把一张纸条塞到鲍龙斌的手里。

回来的路上,天更黑了,连几颗寒星也钻进厚厚的云层里睡着了,梦里的星星发不出光来。

“吱——”的一声,倪继武把吉普车停在了路边的小树林里。

就在倪继武跳下前车门的时候，萨日朗也同时跳下了后车门，她拼命向小树林深处跑去。

倪继武使劲地在后面追赶："你这个小娘们，我帮了你，你能不感谢我吗？"

倪继武很快就追上了萨日朗，体育教员的身手还没让他糟蹋完。他一把揪住萨日朗披在身上的草绿色上衣的衣领，就要扑上去——

萨日朗往下一蹲，双臂一背，像金蝉脱壳那样，把草绿色上衣脱掉，又猛地站了起来，抡圆了胳膊"啪——啪——"两下，扇得倪继武眼冒金星，脸上麻辣滚烫。

倪继武还想去抓萨日朗。萨日朗一抬右腿，一脚踢在倪继武的下巴上，舞蹈演员的腿都是踢出来的，这一脚踢得又快又狠，倪继武一个趔趄坐在了一堆黄叶上。

萨日朗也不恋战，迅速朝小树林深处跑去。

被一个黄毛丫头踢了！倪继武哪里吃过这种亏，站起来揉揉被踢出血的下巴，撩开长腿就追了过去。

就在这时，两个戴着口罩和皮帽子的男人从树林里蹿了出来，挡住了他的去路，也不说话，抡起拳头就打，抬起脚就踢，拳打得狠，脚踢得准，这场面，很像电影里的武打。不出三分钟，倪继武就趴在地上起不来了。

有人打了一声非常好听的呼哨，两个黑影立刻来了个"一字飞腿"，腾空一跳，跳到吉普车驾驶员的座位上，飞快地消失在夜幕中。

第二十一章　玉琢成器　慧心编舞译乐谱
冰雪融化　苏金执手结秦晋

1

金慧心把十八首雅乐、十八首佛乐的工尺谱全部翻译成简谱与五线谱，又完成与慧明师傅的琵琶、古琴的合奏以后，关玉琢把她叫到身边说："孩子，额娘得走了，额娘不能永远当逃犯，命中该有的灾难迟早会来，逃是逃不掉的。额娘的心事已了，看你这么优秀而坚强，我放心了。"

"妈妈，你不能走，你这样走，我也不放心啊，你就在这儿住着吧，这儿的爸爸妈妈都是心地善良的好人。等这阵子狂飙过去，我就把你接到市里，我养活你，我为你养老送终，你就我一个女儿，我还没与你过够……"

"慧心，你还是叫我一声'额娘'吧，我们满旗人管妈妈都叫'额娘'，你就叫一声，我就满足了。"

善解人意的金慧心轻轻地叫了一声"额娘"。

关玉琢摸了一把脸上的泪水，说："有你这一声'额娘'，我受多少苦，遭多少罪，都值啦——你放心，有你这么好的女儿，就是再受多大的折磨，再受多大的冤屈，我都不会自杀。金燕鸣夫妇是好人，我不能连累他们，也不能再麻烦他们，他们的口粮也不富余啊。我当过格格，可我没杀过人，我没血债,也就没有罪,我一定会挺过眼前的黑暗,我还要参加我女儿的婚礼呢!”

话说到这个份儿上,金慧心就决定亲自送妈妈回北京。是啊!一下子添了两口人吃饭,金家的负担太重了。她简单地收拾一下行囊,拿上佟家琪发表在《人民日报》上的那张照片和那份《人民日报》,就上了去北京的火车。

揪出来的人比看押被揪出来的人还多,这就让政协机关出现了人荒。没办法,在政协工作的人多是些社会名流和上个时代的遗老遗少,谁的档案里没有一段与上个时代扯不清道不明的历史呢?

造反派人荒,看守人荒,就得有个解决人荒的法子——凡是没有人命官司的被关押者,统统被下放到北京郊区的农场里劳动改造。

金慧心把妈妈送到了农场,拿着照片和那张《人民日报》就进了场长办公室。

场长是一位五十多岁姓孙的老头儿,笑盈盈的一脸精明,眼睛不大,嘴巴也不大,一开口说话就非常受听:“金老师,您看您的相片都上了《人民日报》了,这可是中央的报纸啊!乌兰牧骑我知道,敢情,全国文艺界的一面红旗,演的不是帝王将相才子佳人的戏,不怕辛苦,天天在基层跑啊,为咱工农兵演出、服务,毛主席、周总理都夸奖着呢,咱还能不高看一眼?您放心,您的母亲,这位关老师,和我的大妹妹是一个岁数,我讨个巧,就叫她大妹子啦!上岁数的人啦,干不动大田里的活计,我自己个琢磨着,以您的骨血看,您母亲的文艺才能也大着呢,就在咱场部搞宣传吧,写写画画,唱唱跳跳、吹吹打打,农场不也就活泛啦?热闹啦?来农场的都是些文化人,不定哪天就会被召回去,落难时帮一把,就是积德。这农场就是农场,我们不能当狱卒不是?”

“您心地善良,又有远见,藏滴水之恩于民间,如果有机会,我会带着我的乌兰牧骑到您这儿来演出,涌泉相报。”

2

在接下来的日子里,金慧心除了读书练功,就创作《珠岚舞》。光明在心中温暖着、感召着,《珠岚舞》编得很顺利。金慧心把《珠岚舞》编成了两个版本,一个是独舞,一个是群舞。心中需要光明的人,不是一个,不是一群,而是一个民族。

独舞《珠岚舞》的舞蹈语汇,金慧心采用了敦煌壁画中"飞天"的形态和蒙古族舞蹈的结合,佛教的舞蹈采用了佛教和蒙古族舞蹈的舞蹈语汇,再选取十八首佛乐中的音乐元素做主旋律,一定是一个完美的艺术品。

在群舞《珠岚舞》的舞蹈语汇中,金慧心把本民族的舞蹈语汇揉进了佛教的舞蹈语汇中。在这片土地上,满族曾是主体民族,但随着清王朝的覆灭,满族舞蹈也被淹没在蒙古族舞蹈的海洋里。她选择了满族舞蹈语汇,不是在祭奠一个消失的帝国,而是在追忆一个曾经繁华昌盛的民族,不让这种追忆也随着一个王朝的消失而消失。这个舞蹈,她要做领舞,这不仅仅因为她格格女儿的出身,还缘于她的身体里还流淌着一部分满族女儿的血液。为了区别独舞《珠岚舞》,她把这个群舞取了个汉族的名字《灯花》。

寒冷的王府镇,冬天的夜来得格外早,还不到晚七点,三面环山、一面临川的喀喇沁旗凌空就降下了一座黑色的穹庐。

跳了一下午的《灯花》,肚子饿了,身子也累了,金慧心关上佛堂的风门,朝家走去。

漆黑的夜空下,家门口立着个推着自行车的剪影。金慧心看得出来,那不是父亲金燕鸣,也不是妹妹金慧琳,是很高大很笔直的一个男人的侧面剪影。金慧心觉着有些熟悉,可又想不起来他是谁。他就在门口侧着身子笔直地站着,不像是一个坏人,坏人应该成伙才对。他不进院子,就在门口规规矩矩地站着,应该是在等什么人。是在等自己吗?不是又来劫持自己去批斗的吧!一个口袋兜头一套,就是一场噩梦的开始……

金慧心不怕闹剧重演,抛掉思索,快步走到了家门口——好像要给她照亮儿一样,阴霾的天空突然地就开了一道缝儿,月亮从厚重的云层里露出了半个笑脸,撒了一地银白色的光。借着朦胧的月光一看,金慧心愣住了!

面前的这个人,是金慧心唯一能趴在其肩膀上哭的人。每个女人都愿意自己是一根藤,而与之相伴的男人是一棵根深叶茂的大树。藤缠在大树上,随着大树高高的树干攀缘上升,与之比肩而接受阳光的照耀和雨露的滋润,在一个等同的高度上幸福地生存。但遇人不淑,与之相伴的男人不是一棵根深叶茂的大树,而是一根弯弯曲曲的青藤。这个时候,如果女人想在人群的高度上生存,就需要自己变成一棵大树,让男人攀缘而上,这样,累则累些,但却能生活在一个人群的高处,否则,如果不想与之在林海的根部一起枯萎的话,就赶快离开吧。

遭遇司子健的抛弃,金慧心如果还能做一根藤,那么眼前的这个男人就是她的大树。

“慧心,你吃苦了。”苏晋用脚架支住了自行车,伸开双臂就把金慧心搂在了怀里。

这是一个温暖的胸怀,一个久违了的温暖的怀抱。金慧心在寒夜里迷醉了……遭受着一连串的打击与磨难,哪个女人不渴望能有这样的一个胸膛温暖着自己。

“慧心,慧心,你别哭啊,我骑了一百多里的自行车,到了天黑才找到你家,又等了这么长的时间才见到你,你还要我在自家的门口冻着吗?”

苏晋从棉大衣的口袋里掏出一方手帕,边说边在金慧心的脸上小心翼翼地擦拭着,宛如一个大人在哄一个爱哭的小女孩儿。

“自家的门口冻着……”金慧心好像从苏晋的话里突然领悟到了什么,“哎……哎……”地答应着,推开了家门,朝着屋里喊道:“爸——妈——我们苏书记来咱家了!”

“伯父、伯母,我是来向慧心求婚的。”苏晋把两瓶茅台酒和一条中华烟双手递给了金燕鸣。“看在我只身骑了一百多里自行车的诚意上，请伯父伯母考虑我的请求。”

苏晋的妻子去世快两年了，他一个人带着个小孩，既当爹又当娘，着实吃尽了苦头。在“靠边站”的日子里，他不能去找金慧心，也没资格去找金慧心。作为一个男人，他不能把自己的苦难转嫁给金慧心。尽管是“靠边站”，上门给他提亲的媒人也是踏破铁鞋，接踵而至。一个县级干部在塞外的小城里，尽管是二婚，尽管是给一个小男孩儿做后娘，他这个人，他这个家庭，依然是小城姑娘们的热选。

苏晋只钟情一人，就是金慧心。

在他的潜意识中，金慧心就是他的妻子，就是与他相伴一生的女人。她的美丽、她的才华、她的品质，在这个塞外小城里是最出众的。妻子在的时候，他怨恨老天对他不公平，若让他晚生几年，或者让金慧心早生几年，他们都会是身无二主的原配。但老天不肯成全他们的姻缘，让他早于她生了八年，又让他与不喜爱的女子生了儿子，“罗敷”无夫，“使君”有妇。知道金慧心在和一个军人谈恋爱，他的心里时常袭来阵阵绞痛，连续一个多月夜不能寐。一想到自己笃爱的姑娘就要成为别人的新娘，就一宿一宿地睡不着觉。他没资格去阻止金慧心与那个不知名军人的恋爱，他是个有妻室的男人。就在他稍稍地平息了对金慧心的思念、爱恋之火时，传来了金慧心与那个军人结束恋爱的消息。听到之时，他落泪了，不是为金慧心的失恋伤心，而是为上苍对他的眷顾落泪。宝贝失而复得，他的泪水里浸满了幸福。

妻子被造反派抄家惊吓而死，他重新燃起对金慧心的爱恋烈火，千娇百媚无颜色，他的妻子必须是金慧心。他等待着，他期盼着，他憧憬着……

终于，他等来了军宣队进驻车伯尔市的上层建筑，军代表掌握了车伯尔市的政权，嚣张一时的造反派们被挥之即去，车伯尔市的街面上恢复了正常。一直“靠边站”的苏晋被请回了原来的办公室，更叫他欣喜的是，他被原来的盟委书记周天风请进了办公室，告知他去自治区参加培训，回来后就任盟革命委员会整建团领导小组的组长。这就是说，他的下一个职务是团盟委书记。共青团是培养干部的摇篮,在团委工作过的干部只要不犯错误,哪一个不是跑步前进?

他有了资本,他的家虚位以待,那还等什么呢?快速行动胜于一百个宣言,车伯尔市到王府镇有五十多公里的路程,他不坐小汽车,也不坐大客车,一骗腿,骑着自行车西下而来。他带着诚意,也带着坚决,向金慧心这样的才女求婚,耍不得一点威风,也摆不得一点架子。

“苏书记——”金慧心刚开口。

“叫我苏晋。”苏晋果决地打断了金慧心的称呼,“一家人还有称呼职务的吗?”

“我还没答应呢,我的父母也没答应呢……”

“这毫无悬念。”苏晋说话办事果决干练,甚至霸气,在市委大院是出了名的。

“我现在还在停职检查。”

“明天的太阳就要从东方升起,那冰雪还能不融化吗?”

“那……那……那我的生母是王府的格格,这样政审起来怕是过不了关的。”

“有多少高文化高素质的干部是贫下中农出身的?穷人家的孩子能读得起书吗?读书读三代,是说读书人的基因里就有读书人的长辈,还有长辈给读书人创下的一个能读得起书的家庭。开国领袖们几乎没有一个出生在赤贫家庭,他们不过是背叛了原来富裕的家庭而寻求一种共同富裕的社会制度而已。我的父亲是一位茶商,来自江南,在塞北建立了茶庄,娶了一位回族姑娘,生下了我们姐弟三人。没有茶商父亲,就是我考上了大学,也没人能供我上大学。穷人造反,是对富人的仇恨和嫉妒,是要求利益的再分配,这是社会学的范畴。格格是出身,不是职业,格格出身不丢人,谁都无法选择自己的父母,格格的女儿就更没有罪。如果在正常的社会状态下,格格的身份是血统高贵的标志,格格的女儿同样延续着高贵的血统,能娶你为妻,是我三生有幸。再者,做我的妻子不用政审;就是政审,户籍上伯父的身份是教师,教师金燕鸣的女儿金慧心有什么过不了政审关的？”

苏晋的这一番话，让金慧心明白了一个道理：思想，才是一个人的文化高度，才是一个人生命的灵魂。她不再说话，只是把一对倾慕的双眸，与苏晋睿智的眼睛款款对视。

倒是一旁的母亲——金燕鸣的妻了婉秀还觉得不满足。一手养大的女儿，虽然是大龄了，但也是个黄花闺女，长得又好，工作又好，一进门就有个八岁的儿子喊娘，当人家儿子的后妈……闺女不委屈吗？

“苏书记，你有个八岁的儿子？慧心的工作可是整天不着家啊，一出门演出一两个月，哪有时间顾你的孩子啊，她又不能耽误工作……”作为母亲，婉秀不是不满意苏晋，是心疼闺女。

“伯母，请您放心，孩子今年就上小学，已经让爷爷奶奶接走了，不会耽误慧心的工作。”苏晋笑盈盈地对婉秀做了答复。

金燕鸣站起来，一把把妻子拉到了外间屋：“老伴儿，你咋这没眼色？女儿都答应了，你还啰唆什么？赶紧去做饭——”

“饭早就做好了。”

“干菜稀粥？”

婉秀点点头：“我去煮几个咸鸭蛋，再炒盘酸菜粉条？”

“那哪成啊！你可别给我丢人了。把咱准备过年的大公鸡杀了，来个小鸡炖蘑菇，咸鸭蛋你得煮，再擀剂子荞面条，打点酸菜卤，这是女婿上门的第一顿饭，得要个脸儿啊。不是攀高，你打听打听，市委副书记骑了一百多里的自行车，上门做女婿，方圆百里，可着这王府镇也就是咱们这一家呀！”

老两口外屋里热火朝天地忙碌着，屋里的苏晋从内衣口袋里拿出一张纸条递给了金慧心。

金慧心接过纸条一看：

“缚苍龙”联盟批斗会：

命　令

速将车伯尔市乌兰牧骑队长金慧心同志，释放回原籍停职检查，严禁对其批斗和刑拘。

此令

昭乌达盟军事管制委员会

落款上没有盖红红的大印。纸条上力透纸背的钢笔字，金慧心一眼就认出来了，是苏晋的笔迹。

“啊——那位骑着摩托的解放军战士送的命令，是你办成的？”

“准确地说，是我起草的。”

第二十二章　救队长　萨日朗施计查干木伦
受淫威　荞麦婶撞死批斗现场

1

赛罕旗乱了，但查干木伦水利枢纽工程的工地没有乱。没有乱的原因是这里没有多大的权可以夺。全旗的人都知道，这里是自治区的重点水利枢纽工程，它最大的权就是组织两万民工天天干活，直至工程完工，顺利发出电来。它一发了电，旗委、旗人委所在地的小镇晚上的灯光就不会时明时灭，周围的农田就会有渠水灌溉，农户家里的煤油灯也会变成电灯……这就是说，谁夺了查干木伦水利枢纽工程指挥部的权，谁就得日日夜夜钉在这儿出大力流大汗；谁造了这里的反，就是和全旗人民的光明过不去。来自全旗各地的两万民工，劳动一天下来，领了工资还不算，还能得到一斤半粮食的补助。省了家里的口粮，还挣了钱，谁也不愿意放下手中的工具。旗里一乱，高双翼索性锁了人委大院办公室的门，在工地上扎了下来，大漠深处成一统，任尔东南西北风。

没人夺权，没人造反，不等于这里就是被“文革”遗忘的角落。在倪继武草绿色上衣的口袋里装着的那张“群专”到基层开批斗会的日程表和人员名单，就明确表明：在今天，鲍龙斌、艾伦等十人要来这里参加万人大会的批斗。

接到副总指挥倪继武的电话，高双翼就说：两万民工都在岗位上，抽出一万民工开批斗会，那一万民工也要停工，工程的损失可就太大了，谁都负不起这个责任，唯一的办法就是把批斗会放在民工下班的晚上，让民工早下班一个小时，吃了晚饭再到广场开批斗会。这是他对批斗会力所能及的最大支持。

用了七天的时间无功而返，连陶鲤的影子也没看见，这让倪继武暴跳如雷，大骂季要武是蠢蛋加饭桶。不但陶鲤没有抓到，二十多个"火种"战斗队的战士在回来的徒步长征中，就有十七个当了逃兵。参加造反一点儿好处没得着，饿得只想吃树皮、草根……

季要武也知道没完成任务倪继武会不高兴，但没料到他会发这么大的火。一个未婚先孕的女流氓，又不是反革命分子，抓起来也就是个人民内部矛盾，至于吗？有怨气归有怨气，可她怕倪继武撤了她的职。回来的当天晚上，她在家里洗了澡，换了件干净的衣服就跑来找倪继武。

倪继武在看书，书中有一位皇上，每每在处理朝政烦心的时候就去后宫临幸一位妃子，发泄性欲，筋疲力尽的运动之后，享受的是大脑最惬意的休息……

季要武推门进屋，刚洗过澡的脸蛋儿红扑扑的，两只大眼睛也水灵灵的，特别是那张故意噘起来的小嘴，像一朵石榴花鲜红欲滴……

倪继武一下子扑过去，抓住季要武就抱到了床上，扑到她的身上就捉住了那朵石榴花似的红嘴唇含在嘴里吸吮……

季要武没有反抗，也没有挣扎，这正是她期盼已久的，是她心甘情愿的。她敞开身体迎接了倪继武的侵入，在忍受了一阵撕裂的剧痛之后，她迷醉在丢失魂魄的快活之中——

好事连台。就在倪继武"临幸"季要武的第二天，他就接到"群专"总指挥的命令，派他做领队到查干木伦水利枢纽工程工地开万人批斗大会。本来，他私自带萨日朗去探望鲍龙斌，在小树林里非礼不成，还遭了一顿暴揍，并且丢了一辆吉普车，怕被上司追究正忐忑不安呢，没想到，不但没被追究，还给派了这么一项昭显政绩的差事，真是人的运气来了，磕个跟头都会捡个元宝。要成立旗革委会了，谁不想"捡鸡毛凑掸子"找点政绩，趁机捞把椅子坐啊！不想的，就是傻蛋！要知道，这可是万人的大会呀，他做大会的主宰！从一个普通的体育教师，到主宰万人大会的政治家……这太令人兴奋了！

他为这次活动做了周密的计划，还调来四辆军用卡车，从赛罕旗到查干木伦的二百多里路程，一律乘车走。当然，他还要带上季要武，她不光是他刚刚临幸的妃子，还是抓住巫婆荞麦婶子的干将。

晚上八点钟的查干木伦广场，亮起了昏黄的灯光，柴油发电机"隆隆"地响着，也压不住广场上嘈杂的人声。

在民工们的记忆中，万人大会就两次，一次是乌兰牧骑来演出，那多好看呀，舞蹈、表演唱、蒙古语说书，还有评剧选段，台上是演员们的笑脸，台下是观众的笑脸。再一次就是今天了，台上就是十个撅腚凹腰做着"喷气式"的男女，一点儿都不好看。再说，天也冷，都下霜了，与其在这儿揣着手跺着脚取暖，不如躺在宿舍的被窝里听人谈今说古。

突然间，人群有了一阵骚动，有人认出在十个人中间的那个不肯弯腰做"喷气式"的人，就是两年前来这里演出的乌兰牧骑队长鲍龙斌，多好的人啊，拉手风琴、唱好来宝，还到工地上摆了个理发摊儿，不下百十人让他剪过头理过发……

人群后面的哈斯，睁着一双惊恐的眼睛直直地盯着她的阿妈——艾伦。她头上的病太阳已被一道道血痕覆盖，腿好像也有了毛病，她不是从车上跳下来的，是两个女警察把她连拖带架弄下来的。她还穿着那件跳神的绸子黄色坎肩，但已被皮鞭抽打成条条缕缕，上面布满了血迹、污迹。她给阿妈送去的蒙古袍和夹袄，一件也没给换上。除了打了红叉的"牛鬼蛇神艾伦"的牌子，阿妈的脖子上还挂着两只牛蹄子，压得她直不起腰来。

哈斯去求过"火种"战斗队的季要武，还有那个"战司"的司令倪继武，除了冷笑与羞辱、不屑与呵斥，不要说能救出阿妈，就是一面也没能见到。此时，哈斯的手心里攥出了汗。当她看见那个趾高气扬地站在台上麦克风前讲话的倪继武就更紧张起来，不知是天冷冻的，还是心里害怕，她的两条腿一个劲地颤抖。

萨日朗把一条臂膀搭在她的肩上，小声说："在心里祈祷吧，祈祷你的阿妈耐心地等待——"

舞台两侧各矗立着两根钢筋水泥柱子，那是舞台挂边幕用的。站在钢筋水泥的柱子前，戴着红袖章的季要武带头喊起了口号，但台下的响应者寥寥无几。

民工们大多数习惯了站在台下看戏。看戏，不用举拳头，也不需要喊口号，看到精彩处，听到精彩处，叫一声"好！"，多来劲啊！现在是：一个男的在台上嚷，一个女的在台边喊，一溜人在台前撅着。这有什么看头？要不是有指挥部的命令，大冷的天，谁在这霜天寒风里挨冻？

听不清倪继武说了句什么，就见季要武快步冲到艾伦的身边，一把揪住她的坎肩领子，像老鹰捉小鸡一样把她揪到了话筒前。还没等开口说话，季要武抡起胳膊就在艾伦的脸上"啪——啪——"地抽了起来……

艾伦没有血色的嘴角流下黑紫色的血，她当时已经陷入了冥想，灵魂与神相通……

神说：妖魔鬼怪太多了，你驱赶不了妖魔，你的道行还修炼得不够，你回来吧，肉身不足惜——

有了神的旨意，艾伦站不直的腿站了起来，挺不起的脖子挺了起来，就在季要武回身去拿话筒的空当，她冲向台口，一头撞在钢筋水泥柱子上……

"阿妈——"哈斯拼命地向台口挤去。

"哇——"台下的民工们也一起向台口挤去。

骤然，柴油发电机停止了轰鸣，整个广场像从天降下一张黑色的幕布……

一辆吉普车在黑暗中向远方疾驰而去。

高双翼命人打着手电和"群专"的人一起去查找停电的原因。电工报告，是拥挤的人群挤倒了挂电闸的木头桩子，电闸摔碎了，发电机也就不响了。

等电工到仓库取来新的电闸安装好时，倪继武才惊愕地发现，十名被批斗的人员中，艾伦死了，重要罪犯鲍龙斌不见了。

2

早晨下地窖，晚上再上来，虽然整天见不着阳光，在额吉和陶鲤的照顾下，鲍龙斌身上的伤渐渐地好了起来。

身体好一些，他就闲不住，那本他和巴特尔一人一半所有权的毛头纸印刷的发黄了的毛泽东《在延安文艺座谈会上的讲话》，就成了他坚持下来的灯塔。他开始全文背诵《讲话》，有时背着背着会放声痛哭，就像一个受委屈的孩子在父亲面前的那种痛哭。他边哭边诉说："毛主席，您说我哪儿错了？我从人民群众的生活中汲取创作的源泉，为人民创作，为工农兵演出，这不都是您老人家要我们这样做的吗？我们吃苦受累，乌日汗连孩子都不顾，还不是坚持着您老人家指引的方向拼全力去做吗？乌兰夫主席力主在农村牧区建立乌兰牧骑，把您的声音，把党中央和国家的政策、方针传达到农村牧区的人民群众中去，这有什么错？"

每当这时，巴特尔就会拍拍鲍龙斌的肩膀说："鲍哥，我相信，这本《讲话》是我的镇宅之宝，也是你的护身符。一切妖风毒雾都会散去。宝石蒙上了灰尘，掸掉了灰尘，宝石还会发光；金子涂上了黑漆，用汽油洗掉了，金子还是最值钱的宝贝。没有阴雨，就不会感觉阳光的宝贵，不蹚过泥淖，哪知走大路的轻便……"

心情渐渐平静下来，鲍龙斌就觉得自己该干点啥，不能总像个缩头乌龟一样躲在地窖里。光阴不可虚度，青春的时光更短暂。他对巴特尔说，他要回到人民中间，为人民做点事情，哪怕是给牧民们理理发、唱唱歌、教教课、治治小病小患……也是为人民服务。

巴特尔理解老同学的心情，也赞同老同学的想法，就开着吉普车把鲍龙斌送到草原深处。

3

开万人批斗大会，死了一个人，还跑了一个人，倪继武的威望在造反派中一落千丈。他把责任都推到了季要武的头上，要不是她动手打艾伦，艾伦也不会去撞那根钢筋水泥柱，台下的观众也不会乱得挤倒了电闸桩子，鲍龙斌也就不会趁乱逃掉了。

倪继武惩罚季要武的手段之一就是撤了她“火种”战斗队队长一职，手段之二是把季要武调到“战司”指挥部。每到夜晚，“战司”的人一走，不管是长板凳和木板床，还是办公桌和红砖地，一把揽过季要武，就势推倒，一个前扑就压下去，开始他对她的惩罚。

不但夜里一次次疯狂地在她身上泄欲，就是大白天，只要身边没有别人，他闩上办公室的门，就开始了一个男人在一个女人身上的剧烈运动……她的下身肿胀流血，疼得咬破了的嘴唇，幸福的沉默没有了，快活的呻吟也没有了，有的只是不敢放声的痛苦的号叫……

即使这样，倪继武也不肯放缓对她的侵入。他心中的不痛快，他心中不断滋长的不自信，只有在对季要武身体的侵入中，在季要武身上的剧烈运动中，才能发泄，才能去除。

身体滴出的血浇灭了心中的爱情，从爱的迷蒙中醒来的季要武趁着肚子里还没埋下一颗罪孽的种子，在一个从噩梦中醒来的早晨，像与虎谋皮的狐狸一样，仓皇地逃出了“战司”的大门口。

鲍龙斌跑了，藏在哪儿，他无从知道，也知道不好找。但倪继武就是倪继武，沮丧、疯狂之际，有个损招钻到了他的脑袋里——抓不住鲍龙斌，就抓他的老婆和孩子，不知道鲍龙斌藏在哪儿，可他知道鲍龙斌的老婆和孩子住在哪儿！

第二十三章 吃鸭食不忘初心 萨日朗固守红旗 解馋瘾司肚揪心 敖长根解毒马肉

1

在红山的右后角，有一处蒹葭苍苍、荻花飞扬的水泡子。这水泡子学名叫“泊”，是地下水溢出来形成的水面。这个水面不太大，也就是近千亩的方圆。一到夏天，在这近千亩的水泡子里鱼翔浅底、鸭凫水面、荻花摇曳，燕鸥飞翔，是个赏心悦目的好地方。

大兴农场的养鸭场就在这里。因为养鸭，俗称“鸭泡子”。

救出了鲍龙斌，萨日朗和正月就带着全队的队员隐蔽到了这里。

“乌兰牧骑不能散！”是鲍龙斌抓住萨日朗的手说的，“保住乌兰牧骑这杆红旗”，是萨日朗，也是全体乌兰牧骑队员的信念。

乌兰牧骑被查封，工资发不出来，集体户的粮食也买不出来，队伍一下子陷入困境。

巴特尔送来的两麻袋玉米就要被吃光了，车老板子兼司肚的敖长根发愁下顿饭该怎么做才能让队员们吃饱。

正月带领着男队员们都去牧场上捡牛粪。一麻袋牛粪卖到集镇上，能值两块钱，没有工资，没有经费，就凭着这两块钱维持着乌兰牧骑的生存。

敖长根把麻袋里剩下的玉米粒都倒在一个瓷盆里。他要用碾子将它们压碎，带着糠壳，再掺上他在收获过的土豆地和胡萝卜地里翻出来的冻土豆和冻胡萝卜，熬成粥，或许能填饱队员们的肚子。黑子的饲料袋里还有大半口袋带壳的高粱米，可那是黑子和两匹红骠马的营养，不到万不得已的时候是不能动的。

要说过苦日子，乌兰牧骑也不是没有经历过。那是一九六〇年春天，受苏联的掐脖子气，国家正当“三年自然灾害”，城里党政机关和事业单位要精简，乌兰牧骑也被列入精简之列，没了工资，没了经费。但在鲍龙斌的力挺下，乌兰牧骑没有解散，集体下放到一个偏远山区跟社员们一起劳动。缺粮啊！吃返销粮、吃救济粮的地方太多了。那时也是敖长根做大师傅。公社书记给他批了个条子，到粮站领了一口袋麦麸子，又到地里挖了苣荬菜、婆婆丁、小白蒿等野菜，和生产队分的小白菜和萝卜缨子，掺上一瓢麦麸子放在锅里煮菜粥。粥碗里漂着菜虫子，男队员们也舍不得夹出去扔掉，说虫子也是肉，比麦麸子有营养。就这样坚持到了年底，感动了旗委，又把乌兰牧骑召回旗里，恢复了编制。

萨日朗和哈斯端着喂鸭子的鸭食盆走了进来。数九寒天，在鸭棚里喂鸭，两个人的脸都冻得通红。哈斯成了孤儿，萨日朗就把她带在身边，一起来到了鸭泡子。

哈斯的嗓子真好，对着鸭泡子的冰面，一嗓子长调唱出去，那声音就裂帛碎冰般地冲向天空，一点儿杂音也没有，那么清澈、那么纯正，如天籁一般，穿云破雾而去。萨日朗很为哈斯高兴，潮洛濛走后，赛罕旗乌兰牧骑里还没有一个人能唱长调，哈斯这么好的天赋，又这么勤奋刻苦，等到鲍龙斌队长回队，一定推荐她当个乌兰牧骑队员。

“敖师傅，咱们中午吃什么饭呢？”小哈斯练了一早晨的功，又和萨日朗喂了一棚的鸭子，早就饿了。

“土豆……胡萝卜……玉米糙子粥。”没有好的伙食给队员们吃，还吃不饱，“司肚”有些内疚，回答得没有底气。

“怎么不吃肉啊？”哈斯是牧区长大的孩子，肉和奶是牧民的主食，天天练功、喂鸭、吃饭、睡觉，活动的半径不超过二百米，她想象不出来这个地方为什么没有肉吃，也没有奶茶喝。

“哈斯——”萨日朗厉声呵止哈斯，又转过头对敖长根说，“哈斯人小，不懂事，敖师傅，你别介意。”

“不是介意不介意的问题，别说是吃肉，就是这土豆、胡萝卜、玉米糙子粥也要吃不上溜儿了。萨日朗，你现在是队的头，你说，我要不要去找巴特尔要点粮食，总不能喝西北风吧？”

萨日朗也犯了难，去找巴特尔吧，他也一定很难，农场吃返销粮，让他上哪儿去找粮食指标呢？可要不去，十来个大活人总不能因为没有粮食吃，饿死。

哈斯受到萨日朗的呵斥，羞得偷偷用手背抹着眼泪。

“哎——鸭食盆！”萨日朗来了灵感——养鸭场喂鸭子的饲料是用米糠、豆粕、玉米脐掺兑调剂而成的，鸭子能吃，人也就能吃啊！

“敖师傅，鸭场的仓库里有一垛鸭饲料呢，咱们晚上就用鸭饲料煮粥喝吧，豆粕、玉米脐都是有营养的。”

米糠、豆粕、玉米脐合成的鸭饲料煮不成黏粥，糠、粕、脐都不是黏合物，一锅粥煮出来就是一大盆照得见人影的清汤寡水，谁也吃不饱。

敖长根有办法。他把鸭饲料用碾子再细细地碾，放在大锅里炒，这样还能炒出点黄豆的香味来，用开水拌了，就是糠炒面。糠炒面是能解饿了，也好下咽，但吃到肚子里人就解不下大便来，个个痛苦至极。

2

像要弥补春、夏、秋三季干旱的错，老天爷在这个冬季勤奋地下起雪来。飘飘扬扬、潇潇洒洒的大雪片给敖长根带来了灵感，他想起了小时候在家乡下雪天的玩意儿。在树林里挖个坑，放上铁夹子，用树枝盖上，大雪一下，又把树枝覆盖了，雪一停，在上面撒上点粮食，那黄羊、野兔饿极了找食儿吃，就会掉进陷阱，被铁夹子夹住。

挖好了几个陷阱，支好了夹子，铺好了树枝，等大雪一停，敖长根扛着把铁锨就上山了。走着走着，他猛抬头，看见几只苍鹰和一群乌鸦在不远处的树林上空盘旋，不时地一个猛子俯冲下来，衔上一口东西就飞向远方……“一定是有猎物啦！苍鹰们在抢肉吃，乌鸦们也来就餐。苍鹰们，乌鸦们，你们口下留情，可别抢光了，给咱老敖也留下一点吧！”

敖长根撩开长腿就奔了过去，白雪覆盖的树林边上，什么景物都是鲜明的。近前一看，原来苍鹰们争夺的是一匹躺在雪地上的死马。死马的肚子都被苍鹰们啄空了，就剩下一个马屁股还算完整。马肉也是肉，比不得羊肉嫩，比不得牛肉香，怎么也比骆驼肉细。敖长根奋力铲下了马屁股，扛在肩上回了鸭泡子。

马屁股炖在了大锅里，不到一个小时就飘出了肉香。收了工的队员们个个耸着鼻子，急促地抽动着，好久没闻到肉香了，还没吃到嘴里，闻着味儿也过瘾啊！谁也不用客气，谁也别讲斯文，掀开锅，抓起一块就啃……

3

巴特尔来到鸭泡子的时候，已经是队员们吃马肉的第三天了。所有的男队员们都没有去拾牛粪，全都趴在炕上脸色焦黄地喊着肚子疼。女队员们则还能捂着肚子喂鸭子。

吃了马肉的第二天早晨，队员们开始上吐下泻，不用说，这是马肉出了问题。敖长根急得直抽自己的嘴巴，这都是从全旗二十二万人口中选出来的宝啊！他捂着肚子走走拉拉，拉拉走走，跑出了十多里地，才在老乡家淘换了两碗绿豆……

听了这段叙述，巴特尔吓出了一身冷汗，要是这些队员们出了事儿，他可怎么向全旗的人民交代啊！陶鲤已经怀孕七个月，在家里待产，要不，这会儿怕是肚子里的孩子就没命了。他知道乌兰牧骑队员们缺粮食，也知道在农场里挤不出粮食指标，灵机一动，就跑到雷达团向龙帆团长求救。

龙帆团长一听乌兰牧骑遭受了粮荒，立即叫后勤科按一个加强班三个月建制的粮食指标，给拖拉机装上两麻袋高粱米、两麻袋玉米楂和三口袋面粉。

正当巴特尔要把高粱米、玉米楂和面粉送到鸭泡子的时候，他的家门口磕磕绊绊地来了一个老人，这是鲍龙斌的阿爸、妹妹宝日吉格的公公。

宝日吉格和一双儿女被关在旗农场的牛棚里。在严寒的天气里从哈达和硕到旗里这么一折腾，不到一天，小乌兰和小牧骑就发起高烧来。孩子的一双眼睛紧闭，小脸蛋儿烧得通红，两个鼻翼扇动着，呼出的气息都热得烫手。再这样烧下去就没命了！宝日吉格喊着骂着让看守们放她去医院给孩子看病。看守们坐在火炉旁边烤土豆吃，对宝日吉格的叫骂，谁都置之不理。直到宝日吉格用煤油灯点燃了炕席，声称“不带孩子看病，就一把火烧了牛棚”，看守们这才慌了手脚，报告了上司，拉着孩子去看病。

阿爸是来找鲍龙斌的，要他去替回宝日吉格和小乌兰、小牧骑，再在牛棚里关下去，大人、孩子都会没命的。

鲍龙斌为人父，也为人夫，让巴特尔派人连夜送他们父子去旗农场，去找那个毒了心肠、坏了心肝的倪继武，从虎口里换回妻子和一双儿女。

除了这个坏消息，巴特尔还给萨日朗和乌兰牧骑队员们带来了一个好消息：旗委、旗人委的大院里新进驻了解放军宣传队，正在组织造反派大联合，要成立旗革命委员会，主事的是军代表巴根政委。

第二十四章 长袖善舞 金慧心编剧
牛刀小试 林至峰演戏

1

四合院里又脏又乱。

段子风把他的“红缨枪”造反司令部安在了四合院里。

把金慧心撵回家乡，又把乌兰牧骑队员搅得都去了造反派的文艺宣传队，段子风就带着一群喽啰们，把一杆印着“红缨枪”金字的大旗绑在四合院的门垛子上，又把一个长方形的大桌子搬进铺着地板的排练室里，铺上一块毛毡，摆上几罐颜料墨汁，“红缨枪”造反司令部就算在四合院安营扎寨了。

段子风把“红缨枪”造反司令部安在四合院，还有一个不可告人的目的，那就是他在死追千千木。自从他画了千千木的裸体，便被这位小女子迷住了，那白皙得能弹出水的皮肤，那无一处不精致的五官，还有那芭蕾舞演员的体型，都让他视之为天人。

但此时的千千木不是彼时的千千木。她现在是正式的乌兰牧骑队员，是各文艺宣传队争抢的头牌。她的妈妈筱彩云是大商人穆子林的外室，可就是这样不体面的家庭、不体面的妈妈却给了她源源不断的财物。她贴了大字报,跟筱彩云断绝母女关系,却没有断绝筱彩云按月给她寄一份与她的工资同样多的钱。有了这份资本,不管段子风怎么样地献殷勤,千千木再不像以前那样对他亦步亦趋、言听计从。她甩出话:“就凭你那长相?你那地位?你那年纪?我劝你连白日梦都不要做,你……你另找目标吧!天涯何处无芳草啊,黄土哪里不埋人?本姑娘我可舍不得青春陪你玩儿,再说——你还没离婚呢!”

问题是段子风的老婆誓死不肯跟他离婚。为打赢她的婚姻保卫战,把公公、婆婆、小姑子、小叔子、儿子、女儿都招募成兵将,把家里作为主战场,天天和段子风开战。

一人难挡一个家族的刀枪剑戟,无奈,段子风就搬着行李躲了出来。他也不知听谁说的,分居两年就可以成为法律上承认的事实离婚。四合院里有宿舍,他还能天天看到在这里住的千千木,望梅止渴也好,画饼充饥也罢,反正,能每天看见千千木。

选四合院做“红缨枪”造反司令部还蕴含着他作为画家的眼光。乌兰牧骑的四合院虽然不是高楼大厦,却是车伯尔市的文化中心。一群俊男靓女在四合院里出出进进,路人的眼光都会聚焦到这里。他写的每张大字报、漫画和一杆红缨枪贴在四合院的外墙上,看的人比大街上还多。造反夺权终究要图个好前程,在将来的权力分配中,凭着他的影响力,当不了副市长,也得搬把文化局局长的椅子坐坐。到了那时,还怕千千木拿捏着千金小姐的架子不肯乖乖入怀?

心中有了理想,脚下有了阵地,他变得格外地勤奋起来,看着谁不顺眼,就给来一张漫画加大字报。

小百花评剧团是个大集体性质的剧团,有一位当红的花旦叫明红霞,是位副团长。她色艺俱全,唱、念、做、打无一不佳,《茶瓶记》《柳毅传书》《杨二舍化缘》《秦香莲》《花为媒》《阮文追》……凡是剧团上演的剧目,她都是绝对的主角。“文革”一开始,文化系统召开动员会,在图书馆的阅览室里拦腰摆了一长条阅览桌,职工们以阅览桌为界分两边而坐。段子风咋咋呼呼串了好几个座位,一直挪到了明红霞的对面才落了座。他不错眼珠地盯着人家的脸看,恨不得眼睛里生出把铁钩子。明红霞是谁呀?名角呀。据说她戏校毕业,千里迢迢跑到北京拜评剧大师新凤霞为师。她崇拜新凤霞,师姐师妹当中也属她最像新凤霞。名角都是有脾气的,她哪里会把满脸大胡子脏兮兮的文化馆馆长放在眼里。她不舒服就不会委屈自己。一扭身,迈着台步移到最后一排座位上坐了下来。这段子风也执着,紧跟着明红霞的脚跟而来。这回他不是坐在明红霞的对面,而是紧跟其后,挨着人家身边的座位落了座。正是夏天,一股腋臭味扑鼻而来,熏得明红霞掏出绣花的白手绢捂住鼻子直喊:“臭!臭!臭!臭死了!”

段子风知道自己有腋臭,就掏出一支烟点燃了,猛吸一口,把在五脏里转了一个圈的烟圈一口气吐了出去。他本想用烟味压压腋臭味,给自己赚回个面子。哪承想明红霞有咽炎,最是闻不得烟味的,况且又是在段子风的五脏里转了一个圈的烟味儿,就更恶心得受不了。

她当即用花手绢捂了嘴“咳——咳——”地咳了两声,又“咯——咯”地干呕了一气,见段子风既不离开,也不把烟掐掉,“腾”地站了起来,用兰花指指着段子风的鼻子骂道:“姓段的,还有点自知之明吗?让人躲都躲不过,甩都甩不掉,臭味、烟味熏着人家,脏兮兮地恶心着人家,你还让人家开会不?”

小百花剧团的职工,平时都是宠着、爱着、捧着明红霞的,一个剧团的人靠着跟名角唱戏挣钱养活一家子人呢,见明红霞受了委屈,焉有不和她一条心、不站在一条战壕之理?有一个人带头喊:“段疯子——”

小百花剧团的职工就跟着喊:“滚出去——”

如此反复地喊,段子风好像没事人一样,脸不变色心不跳,坐在明红霞身边纹丝不动,依旧吞云吐雾。

直到会议主持人发了话:“老段——你……坐到我这儿来吧。”

明红霞这样不给他面子,他当然不会反思自己的无赖与无耻,乘着一路风起,给明红霞写了《名角乎?蛇神乎?——一评明红霞凭借才子佳人戏反党反人民的大毒草嘴脸》的大字报和画了漫画。得知明红霞是属蛇的,漫画上,一条毒蛇卷曲着身子,接着一张明红霞的脸,嘴里吐出一条滴血的蛇芯……

“一评”接到“十评”,就把明红霞评得吐了血,也把一个大集体的单位小百花剧团评散了。

不管段子风怎么闹,怎么乱,住在四合院里的邵华为就是不管不问。除了读书,他的时间表上还有拉拉二胡、练练小提琴的科目,完了,就以办公桌为把杆,压压腿、转转腰、控制控制两条腿前后的高度,不让自己的身体僵硬,也不许自己的舞蹈基本功荒废。他心里有底:纵览天下古与今,哪个朝代也不能让江山长期地乱下去。

练功出了一身汗,邵华为脱掉毛衣,拿了块毛巾前胸后背地擦着汗。随着一阵冷风袭来,一双粗糙的小手蒙住了他的眼睛。久违了,这伙伴间的嬉戏玩耍,抑或恶作剧。凭着感觉,这双蒙住他眼睛的小手,是女人的。金慧心?自从婉言道出了不可能与之相伴终生后,她多会儿见面都是一本正经的。她那种自尊、自强的性格,就是分别了两年也是不肯在自己的面前做这种小女儿态的。是千千木?千千木倒是很黏自己,她的手小是小,但不会这么粗糙划脸啊!

“萨日朗!”

让邵华为猜中了。

2

军分区的大院里头有一东一西两个小跨院，东跨院里住的是军分区司令员一家,西跨院里住着军分区政委一家。

星期天,邵华为带着萨日朗走进了西跨院。门卫执勤的战士向他们敬了一个军礼,他们颔首,把微笑留给那个圆脸圆眼的小战士。

西跨院有七间砖瓦结构的平房，每间房子的窗玻璃上都用红油漆喷上了“忠”字的窗花。院子里有十来棵红枣树和沙果树,秋风吹过,红枣树和沙果树都落了叶子,紫红色的枝干光秃秃地默立在院中的花池子里。

七间房子里，有两间在中间拆去了墙壁，布置成了一个宽敞大气的客厅。在一张用紫红色的金丝绒苫着的长方形的桌子上，摆着两部电话机，一部是红色的，一部是黑色的。红色的是内线，连接着上到中央，下到旗县的政要；黑色的是外线，等同民用。但此时的电话还没普及，除了机关单位，普通民众的家里很少有电话。

一听说儿子带了个女同事来找自己，邵东方和新婚不久的妻子江坤快步来到客厅。儿子不常回家，回家里也没话，吃了饭，睡一觉就走了。新婚的妻子只比他大六岁，感觉别扭一点也情有可原。

江坤也很高兴。她是盟委机要处的秘书，长期做机要工作，防止泄密，慎于与人接触，这就等于把自己锁在密室里，再穿上一件防弹服，一来二去，年复一年，就错过了最佳恋爱期，成了剩女。也该着她有福，邵东方的妻子山丹遇车祸身亡，身边就空出了一个妻子的位置。鉴于前妻是盟文工团的舞蹈演员和编导，排练演出整天不着家，一年之中，夫妻俩有大半年见不着面，邵东方续弦的标准就成了"工作稳定，能持家，身体健康，年轻些，能帮助我(ne)做好家里的后勤工作的"，至于长相嘛——他没提，哪个男人不愿意有个养眼的美人天天陪伴在自己身边呢？但邵东方头脑清醒，鱼和熊掌不能兼得。

像是王爷抛出的绣球一下子就砸到了头上一样，自愿当媒人的盟委副书记周文章在盟委大院里一搜索，一下子就圈定在江坤的头上。江坤，女，三十二岁，中共党员，至今未嫁，身材高挑，脸上有几个雀斑，皮肤黑一些，倒也不太明显，不爱笑的她一笑，嘴边还旋起两个浅浅的酒窝，倒也有几分俏丽。关键是她比邵东方小了十六岁，她身上年轻的活力足以让四十八岁的邵政委返老还童。

当大红媒周文章书记领着江坤一进西跨院，这事就成了。

等周书记一走，江坤脱掉外衣，卷起袖子，用拖鞋换下了皮鞋，把好久都没人收拾的脏、乱、差的邵政委的卧室，收拾得窗明几净，地板映影，床榻爽洁，被褥松软，墙壁干净。在充分展示了她持家、理家的才能之后，对视邵政委赞许和热辣辣的目光，她扑进了他宽厚、温暖的怀里，心甘情愿地睡在了她自己铺好的那张大床上……

见邵东方和江坤走进客厅,邵华为马上给萨日朗做介绍:“爸爸,江阿姨,这是赛罕旗乌兰牧骑的萨日朗,我们一起参加过乌兰牧骑全国巡回演出队。”

就是这一声“江阿姨”叫得江坤很舒服。自从她进了西跨院,邵华为不但没叫过她“妈”,连“阿姨”也没叫过一声,实在躲不开了,就直呼她的名字“江坤”。这回他开口叫了一声“江阿姨”,是一种示好的信号,她沏好了两杯热茶,端给了邵华为和萨日朗。

萨日朗是代表赛罕旗乌兰牧骑全体队员,请求盟革命委员会的主任邵东方政委给赛罕旗的军代表巴根政委打一个电话,把鲍龙斌队长从农场的监狱里放出来。说着,萨日朗从挎包里掏出了她的《萨日朗影集》,找到鲍龙斌和毛主席、周总理合影的那张照片,捧着,递给了邵东方。

这本影集邵东方太熟悉了,这是他的前妻山丹的影集嘛——封面上夹着的那朵红艳欲滴的山丹花还在,就是“山丹影集”几个字换成了“萨日朗影集”。

“这不是你妈妈的影集吗?怎么到了萨日朗手里?里面的照片呢?”睹物思人,邵东方想起了美丽的前妻。

“萨日朗喜欢妈妈的那些舞蹈剧照,对妈妈的舞姿入了迷,她要从妈妈的剧照中寻找编舞的灵感,我就连影集一起送给了她。她的名字萨日朗,也就是汉语的山丹,影集就改为《萨日朗影集》。妈妈的照片都作为宝贝收藏着呢,一张也不会少。”

“是的,伯伯,一张也没少。”萨日朗赶紧补上一句。

“哦……”邵东方明白了,这个姑娘与儿子的关系不一般,要不然儿子不会把他珍藏的不离身的影集给了她,还把妈妈的照片交给她收藏。说不定这就是自己未来的儿媳妇。看在这一层关系上,他应该帮这个忙,问题也不是很大,那鲍龙斌领导的乌兰牧骑是全自治区的典型,也是全国文艺战线上的一面红旗,还受过毛主席、周总理的接见……他踱着步,沉思着往那部红色的电话走去——

“老邵，这个电话你不能打！”在一边冷眼旁观的江坤突然站了起来。

她不能让邵华为和萨日朗如愿。打从萨日朗捧出影集的那一刻起，就等于无视她这个西跨院女主人的存在，是在蔑视她，也是在伤害她。给邵东方收拾卧室时，她就已经摘掉了墙上所有前女主人的照片，在以后的日子里，她以布置新房为由，彻底地清除了七间屋子里前女主人山丹的印迹。她不能让一个死去的比自己美丽十分的女人再进入丈夫的视线，再留在丈夫的心里。她也知道，这么做伤害了邵华为的心，邵华为对她的不理不睬，其原因，盖出于此。但是她不能不这样做。她必须完完全全占领这个家，她才是这个家的女主人。她本来已经接受了邵华为和萨日朗称她为“阿姨”，但得知萨日朗对邵东方的前妻山丹崇敬入迷，对山丹的照片珍爱如宝，这不能不让她燃起妒火。很显然，这个萨日朗和邵华为已经结成了“前妻党”，如果让他们如愿，凭着那本《萨日朗影集》，那今后这个家里，山丹就是活在邵东方父子和萨日朗心中的皇后，她的照片就是笼罩在这个家的阴影。

“为什么不能打？”邵华为怒向江坤。只要父亲拨通赛罕旗的军代表巴根政委的电话，萨日朗几百里地风尘仆仆来车伯尔要办的事就大功告成。

“毛主席接见的人多了，高岗、饶漱石不都是反党叛国集团的头子吗？毛主席称赞的‘谁人横刀跃马，唯我彭大将军’的彭德怀不也在庐山上，抛出了万言书吗？一张合影的照片能说明什么问题。别的还好说，‘反党叛国集团黑干将’可是条高压线，中央至今没对内蒙古的问题说话，这就是态度。咱们有几个脑袋敢和中央对着干啊——所以，老邵，这个电话你不能打，这是关系到党性的问题。”

听了江坤的一番话，邵东方把抄起的电话听筒又放下，摊开双手对萨日朗说：“姑娘，你阿姨的话非常有道理，这个电话我(ne)不能打，原谅我(ne)哦，你不能让我(ne)为难呃……”

3

两年没回来了，还没走进四合院，金慧心的头就大了：四合院的外墙上贴满了一层覆盖一层的大字报，白色的纸张，黑色的大字，打在人名字上的红叉，被寒风撕裂的大字报瑟瑟抖动，就像招魂的幡……

这地方，就像是一个废弃的灵堂。

影壁墙上，原来是一幅傲霜斗雪的红梅图，现在被一幅粗胳膊、粗腿，夸张得没有了比例的工农兵脚踏牛鬼蛇神的宣传画所代替。一进四合院，金慧心的心就像被一坨污泥堵了。

原来一条用青白色的鹅卵石砌成的甬道，被滴滴答答的油漆、墨汁、糨糊和残雪弄得斑驳陆离；种着樱花、梨花、桃花、牡丹、芍药的花圃里，堆满了废弃的画板、油漆桶、罐头瓶和一些折断的棍棒；中间椭圆形的花畦里，丢的全是些残破的毛笔、颜料盒、板刷和缺胳膊少腿的破板凳；四合院所有的角落里，都堆满了不知是风吹落的还是人撕掉的大字报和树叶子，整个四合院就像一个垃圾场。

她跟着苏晋回到了市区。

苏晋告诉她去找新来的军代表司政委。司政委告诉苏晋，金慧心一回到市里，就去他的办公室找他。

一进了司政委办公室的门，金慧心怔住了：她没向苏晋问新来的司政委的名字，万万没想到，这个总揽车伯尔市党政大权的司政委就是雷达团的宣传科长、她曾经的未婚夫司子健。三年多了，她已经舔干了自己的伤口，也渐渐地把这个人从记忆中抹掉。一个为了江山就丢掉美人的负心汉，还能在心灵深处给他留位置吗？还有什么不能释怀的呢？那一夜的肌肤相亲就当是被蛇咬了一口，洗净了伤口，再服了解毒药，难道还要把身子斩掉一块不成？

红领章、红帽徽、红光满面，四个兜的干部军服穿在司子健笔挺的身上，越发显得他英俊和精神焕发。娶了师长的女儿，他由雷达团的宣传科长，升职师部政治处的主任，而后又任车伯尔市武装部的政委。

他站起身来，快步走到金慧心的面前，伸出双臂紧紧地抱住了她。他太激动了。师长的女儿相貌平平，在师部医院当护士，从小家里娇宠惯了，任性、刁蛮、不思进取。如果是长得漂亮的女孩儿任性、刁蛮一些，还会有人青睐；如果是相貌平平的女孩儿再任性、刁蛮，她依赖的就是背后的靠山了。与这样的女孩儿生活在一起，既出不来激情，也产生不了情趣，日子一长，也就乏味了。眼前的金慧心还是那样漂亮，少了一些妩媚，却多了一层含蓄，一双大眼睛似含秋水，懂得的人知道，那是睿智的光波。这样的女人随时都可以调动起男人爱的激情。

今夕不比往昔。金慧心一动不动，就像一个冰人，无一个动作，也无一丝表情，心如止水，就是这个样子。

司子健很尴尬，松开臂膀，诚恳地说："慧心，我对不起你。"

"你在信里已经说过了对不起，老调不可重弹。"

司子健咬了咬嘴唇，点了点头。他知道任何道歉也唤不醒当初他们之间的爱情，也弥补不了对金慧心身心的创伤，再道歉，就是金慧心厌恶的虚伪。

"你的情况，苏晋副书记都跟我说了，他很了解你，也很爱你，是吗？"

金慧心不动声色地一笑，算是回答。

"要成立市革命委员会了，我不希望各个造反派的文艺宣传队为争演这场节目再燃战火，再起拼杀。车伯尔市乌兰牧骑是在庆祝会上演出的唯一团体。你们要排出一场全新的节目来，也算对我的支持吧！"从见面的激动中平静下来，司子健恢复了理智。

"好的。不过，现在的乌兰牧骑四合院还被段疯子占着呢。"

"段疯子？"司子健来到车伯尔市的时间不长，还不知道这位"名人"。

"真名叫段子风，文化馆的馆长，是个流氓加无赖的疯子，乘着这阵狂飙上了青云，占据乌兰牧骑的排练室当'红缨枪'造反司令部。"

“要把他撵出去？”

“那是我们的排练室和练功室，不把他撵出去，乌兰牧骑队员没地儿练功，也没地儿排练，那还怎么演出啊！”

“你叫他来我办公室一趟。”

“好的。”至此，金慧心才露出了笑脸。

段子风正站在一条铺了毛毡的大案子前，抓着一管大毛笔摇头晃脑地画漫画。他每画一笔，围着他的一群喽啰们就有的鼓掌，有的喝彩。这使段子风更加疯狂，他一把抓起板刷，胳膊一抡，就给那幅漫画刷出了一条血淋淋的长舌头，任谁看了也心惊肉跳。

金慧心想：不知谁人又要遭殃，疯子的歌唱，是迷失了心智；魔鬼的舞蹈，是喋了人血。

金慧心拨开围在案子前的几个人：“段子风，把你的笔墨给我用一下。”

有个喽啰看了金慧心一眼，乜斜着眼睛嚷道：“段子风是你叫的吗？你要叫段司令，或段老师，这是咱们车伯尔市的名人，你别有眼不识金镶玉。”

“把顽石看成金镶玉，是有眼无珠；把疯狗看成狮子，是把狗当成百兽王。”

“啪——”段子风把板刷往颜料盆里一扔，用手指着金慧心的鼻子说道：“什么狮子、疯狗的？谁给你这么大的权力，一见面就骂人？格格的私生子，不好好在王府里反省写检查，是什么风给你安了翅膀，跑这儿诈翅来了？”

“这是乌兰牧骑的排练室，请你带着你的人出去。”

“哈哈——还有人敢对我发号施令？本司令可不听你这套。来人啊，笔墨伺候，看爷给她来一张大字报——”

金慧心突然醒悟，跟一个疯子讲道理比对牛弹琴更愚蠢：“段子风，新来的司子健政委叫你立刻到他的办公室去。”

“是真的？”

革委会就要成立了，他巴不得见到这位司政委，造反不是目的，在革委会里掌权才是造反的根本，就像李自成造反，是为了当皇帝、坐江山一样，有尊玉玺攥在手里，才能“普天之下，莫非王土；率土之滨，莫非王臣”。现在，一把手司政委主动要接见自己，一定是很重要的事，凭着自己的才能，说不定是要让自己做一个分管文教卫生的副主任吧？

“是真的。要不，你打个电话问问？”

“不问了。”段子风赶紧叫手下人找个洗脸盆来，洗了洗手，用擦脸的毛巾把蘸满了墨汁和颜料的裤子擦了擦，乐颠颠地跑出了四合院。

权力的威慑力和诱惑力就是大呀，连段疯子这样的狂徒也恭敬地卑躬屈膝。金慧心一边感慨，一边扯过一张纸，提笔写下了一纸通知：

通　知

车伯尔市乌兰牧骑全体队员：

在此通知发布的三日内，请自行归队。如三日内无正当理由不归队者，按自行离职处理。

特此通知

车伯尔市乌兰牧骑队队长　金慧心

一九六八年十二月二日

就在金慧心提着现成的糨糊桶，把写好的通知往四合院的外墙上粘贴的时候，有一双手伸过来，帮助金慧心把通知的大白纸在墙壁上按牢。

金慧心一回头，惊喜地叫了声：“邵华为！萨日朗！”

4

不到三天，车伯尔市乌兰牧骑的队员们全部归队。

金慧心召集全体队员，给大家布置的第一个任务，不是练功，也不是排练，而是搞卫生，在院内院外彻头彻尾地搞卫生。

院外墙壁上的一层层大字报，被队员们用煮沸的开水全部浇透，纸张、墨迹、糨糊被清洗干净，磨缝的青砖垛、整齐的青瓦檐儿、框出来的白石灰墙，就像一道演电影的屏幕。

影壁墙上那幅粗胳膊、粗腿，夸张得没有了比例的工农兵脚踏牛鬼蛇神的宣传画，被涂掉了。金慧心叫林至峰去请一位复姓独孤的老画家，画上了一幅傲霜斗雪的红梅图。那红梅，虬枝铁干，旁逸斜出，梅朵吐朱，梅蕊摇红，隐隐地透出了一股股暗香。

院子角落里，树叶和大字报，鹅卵石砌成的甬道上滴滴答答的油漆、墨汁、糨糊、残雪，花圃里废弃的画板、油漆桶、罐头瓶和一些折断的棍棒，椭圆形的花畦中残破的毛笔、颜料盒、板刷和缺胳膊少腿的破板凳……都被邵华为和男队员们装进了一辆卡车，一溜烟开到了南山的垃圾沟里，浇上一桶汽油，付之一炬。

金慧心带领女队员们，主要突击排练室的卫生，除了墙上的大镜子、四围的把杆和一架新订购的钢琴，屋子里的全部杂物被一一清除，木制的地板被女队员们用热水冲洗了三遍，又用抹布蘸了碱水擦了三遍，直到光可鉴人，才喷了来苏儿水告罄。擦墙上的大镜子和窗户上的玻璃，更是女队员们的拿手戏，先用蘸了碱水的湿抹布擦一遍，再用废报纸擦干，玻璃纤尘不染。

四合院里新颜换旧貌，一似文物整修——修旧如旧。

环境干净，心情就干净；环境有了条理，工作也就有了条理。晚上，金慧心拿出一个月的工资，交给大家一起动手采买，在队部的食堂里做出了二十道荤素搭配的菜肴，摆满了会议室里的那张椭圆形的桌子。

这是“文革”以来，车伯尔市乌兰牧骑全体队员的第一次聚餐。

金慧心举杯：“我今天要向大家宣布两件事：一、从明天起，车伯尔市乌兰牧骑恢复练功、排练、演出的正常工作秩序。为庆祝市革委会成立，准备一套全新的节目，让看节目的人感觉耳目一新，停演了两年的乌兰牧骑经历了一次凤凰涅槃。"

"好——太好了！太好了！"一阵热烈的掌声响起,大家都激动地跳了起来。一个演员的艺术青春是短暂的,谁不愿意在舞台上展露自己的艺术青春？谁不愿意在舞台上展露自己出众的才艺？谁不愿意在舞台上光彩照人呢？

第一杯酒一饮而尽。

金慧心又斟满了第二杯酒："我宣布的第二件事——"金慧心故意拉长声音,待大家的注意力都集中在自己的脸上时,猛然宣布,"我结婚啦！"

"啊？——！"大家一片惊讶。

"结婚啦！"

"跟谁结婚了？"

"谁是新郎啊？"一连串的"？"之后,林至峰代表大家提出了质询。

"对啦,谁是我们的姐夫呀？"队员们一起起哄。

"是……是苏晋同志。"尽管早就做好了心理准备,提到苏晋,金慧心的脸还是红了。苏晋是市里的高官,是个有八岁孩子的二婚男人,和自己在两年前就有绯闻……这些,都让金慧心在面对她的队员时,消除不了心里的忐忑。

"苏书记在哪儿啊？"

"姐夫咋不露面呢？"

"他官再大,也不能对咱娘家人这么怠慢！咱这么好的姑娘嫁给他,他乐颠馅儿了吧？不亲自来给咱娘家人敬酒,他摆什么谱？拿捏什么官架子？咱得罚他,罚他……"

金慧心把手里的酒杯举起来,一饮而尽："我先自罚一杯,苏晋他去自治区参加整建团的培训了。他说了,等咱们给革委会的庆祝演出大获成功,他就请全队的队员补喝喜酒。"

"那还差不多。"

"算他有自知之明。"

华凌学着革命样板戏《沙家浜》中沙奶奶的道白："好啊——就盼着这

一天呐！”

安排好全队的工作，金慧心把林至峰叫到办公室，问：“至峰，想不想演戏？”

“两年多没演了，嗓子眼儿里都钻出了小巴掌。”

“那就好，你立即去找邵队，让曲景波替他弹钢琴，给练功的队员伴奏，剧本就在他手里，角色由他分配，怎么演，由他来导。”

“那你呢？”

“我当舞台监督。”

星期一。

开完晨会，邵华为从家里打来电话，说他感冒了，上不了班，要请一天假。

接完电话，金慧心当众对林至峰说：“咱们买上两桶罐头和麦乳精，去看看邵队吧，排练的任务这么重，离不开他呀！”

进了军分区大院，转了个弯儿就到了西跨院。门口站岗的战士问清金慧心和林至峰是来看邵华为的，就举手敬了个军礼，说：“他刚在卫生所里开了感冒药回来，正在客厅看报纸呢。”

院内寂静无声。

邵华为一直站在客厅门口，等他们一进门就随手拉上了厚厚的窗帘，又给金慧心和林至峰一人沏了一杯茶，放在安着红黑两部电话的办公桌上。

“准备好了吗？”金慧心悄声问林至峰。

“我(ne)早就准备好了(liao)，不就是给俅俅地巴根政委打上个电话吗？这有甚难的哦。我(ne)这几天净听山西台的广播哦。”

听林至峰一口熟练的山西话，金慧心吊起来的心才稍稍沉了沉，邵东方是山西吕梁山人。她伸伸手，点头示意邵华为拨通那部红色电话。

电话拨通了，邵华为把听筒交给林至峰。

"巴根巴政委吗？我(ne)是邵东方邵政委哦，你俅地干个甚呢？"

对方答话："哦哟——是邵政委啊，您有什么指示，我小巴根听着哩。"

"听说你们那里押着个乌兰牧骑的队长鲍龙斌？放了哇，那是个举杆红旗的人，毛主席、周总理都接见过哇。"

"是有个鲍龙斌，我现在不敢放啊，他是个'反党叛国集团黑干将'噢，这个问题中央没发话！"

"俅个'反党叛国集团黑干将'？别个不清楚，你个团职的干部还不清楚？乌兰夫同志是被毛主席和周总理保护起来了，连'国务院副总理'的职务还保留着呢！内蒙古是中国共产党在少数民族地区建立起来的第一个革命政权啊！乌兰夫同志功不可灭。巴根呐，你也是个蒙古族老干部哩，革命斗争经验也是丰富的，不是我(ne)说你，你也要偏向一些，或者说帮助一下蒙古族的同胞哩……什么'黑干将'哇，人家是红旗手哩——咋了哇！找醋喝哩，还用我这么苦口婆心地给你啰唆？干甚呢！军人嘛——就得有个侃快劲儿，雷厉风行的作风才好哇。"

"邵政委您这么说，我可就放人啦？"

"放人，放人。你是个老蒙古，就得给蒙古族人撑起棵大树乘乘凉哦。赛罕旗乌兰牧骑有个小姑娘叫萨日朗，她有本《萨日朗影集》，里面有一张毛主席、周总理接见鲍龙斌的照片，你见到这张照片就放人。哦啊！我想到了——你把这张照片放大哦一张，做个镜框框就挂在你办公室的墙上，是个镇宅之宝哩，什么个牛鬼蛇神，魑魅魍魉……都吓得滚个俅地。"

"好，好，我一定照办，一定照办！"有这等铁证，巴根政委就有了十二分的把握。

"你让那个鲍龙斌回去好好抓出一台节目来，为你们那里的革委会成立演出一场红红火火热热闹闹的节目来，别让俅的不怀好意的人说咱们当兵的就会玩枪杆儿，不懂政治，不会抓意识形态。"

"明白了，邵政委，我遵命。"

放下电话，金慧心和邵华为一起拥上前，三个乌兰牧骑战友紧紧地拥抱在一起……为鲍龙斌的得救，也为林至峰的精彩演出。

第二十五章　区域划分　小队伍专业质量遭质疑
一专多能　多节目拥军演出立大功

1

一场生死攸关的命运，正在考验着昭乌达盟的十一支乌兰牧骑队。

1969年，昭乌达盟九万平方公里的版图正式划归辽宁省管辖。与昭乌达盟一起划出内蒙古版图的，还有呼伦贝尔盟和哲里木盟。呼伦贝尔盟划归黑龙江省，哲里木盟划归吉林省。

辽宁是个政治、经济、文化大省。在省里，有辽宁人民艺术剧院、辽宁芭蕾舞剧院、辽宁歌剧舞剧院、辽宁京剧团、辽宁评剧团等省级大团，就是各市县，也有上百人甚至几百人的专业文艺团体。文化大省既有大的实力，又有大的规格。

昭乌达盟各市、旗、县的乌兰牧骑，最多人数的有十八人，像车伯尔市乌兰牧骑；最少的有十二人，像赛罕旗乌兰牧骑。

这么少的十几个人能干啥呀？除了演出，还要到基层服务、辅导，这不是文化馆该干的活儿吗？乌兰牧骑这么干，还是专业文艺团体吗？再说，这乌兰牧骑是个蒙古语名，咱以东北汉族为主体的辽宁人，也整不明白它是啥意思，砍了算了。

一把利剑悬在十一支乌兰牧骑的脖子上。

每个乌兰牧骑队员听到这个消息都人心惶惶，不知道自己离开乌兰牧骑还能到哪儿去寻找这么靓丽的艺术青春。有门路的人，开始自找门路了；没有门路的人，都紧盯着自己的队长。

一个领路人，在关键时刻就显示出不可替代的作用来了。

1971年1月6日，正是塞上高原大雪飘飘的寒冬腊月。

辽宁省革命委员会副主任、中共中央候补委员崔兆林，率领着由辽宁人民艺术剧院、辽宁芭蕾舞剧院、辽宁歌剧舞剧院、辽宁样板戏学习班组成的“辽宁省春节慰问团”浩浩荡荡地来到了昭乌达盟首府车伯尔市，要用一个月的时间，对昭乌达盟境内的驻军和当地人民群众进行慰问。

大省派出的慰问团就是大，光辽宁歌剧舞剧院一个交响音乐《沙家浜·军民鱼水情》一场的伴唱，就是二百人的合唱队。车伯尔市最大的剧场就是市中心的红旗剧场。这个剧场容得下一千名观众，却容不下二百人的合唱队——台上没有能站二百人的合唱凳！没有合唱凳，合唱队员们往哪儿站啊？这是省慰问团的演出啊！

这可急坏了负责接待的民政局长和文化局长。

文化局长首先召开文化局全体紧急会议，由四名干事分守着文化局的四部电话，连续不断地往市内和周边旗县的剧场打电话，紧急借调合唱凳。说来不信，两个钟头的电话打出去，竟没有借到一条合唱凳。原来，这地方搞大型的群众文化活动都在夏季的灯光球场里。合唱队员们都是站在一层一层的水泥台阶上放开歌喉的。剧场里演京剧、演评剧、演话剧都不用合唱凳。

文化局长没招儿了。

民政局长一拍脑瓜，说：“咱们市里不是有个木器厂吗？”

一个电话打到木器厂，值班的人说：腊月了，厂里没活儿，职工都放假回家忙年了。问厂长呢？回答说：厂长也在家忙年呢。那个年代，厂长家也没电话，手机还没诞生。

民政局长拉了一下文化局长:"咱俩分工，你去找车伯尔市的革委会主任司子健,让他批条子,命令木器厂厂长不计代价完成制作200人合唱凳的任务。我去找厂长,用我的吉普车,一家一户地接工人上班吧。"

文化局长一听就明白了,盟文化局长管不了市木器厂厂长啊,离晚上八点钟演出只有十个小时了,时间紧迫,哪里还有讨价还价的工夫,就得让车伯尔市的一把手下命令。

司子健没有批条子,亲自到木器厂督战。作为军人,他太知道这件事的重要了,这就如炮兵上战场,有炮有兵,没有拉炮的车,不把车造出来,贻误了战机,就是全线崩溃。

晚上6:30,离演出还有一个半小时,能站二百人的合唱凳搬进了红旗剧场的后台。文化局长和民政局长穿着的棉衣,都被汗水浸得能拧出水来。

交响音乐《沙家浜·军民鱼水情》一场的演出还算顺利,芭蕾舞剧《红色娘子军·军民一家亲》的演出却遇到了麻烦。尽管把管弦乐队挪到了台下，台上二十四名手拿斗笠的黎族姑娘和二十四名红军女战士的群舞还是跳不开。芭蕾舞是舞蹈中的皇后,立起足尖的舞蹈动作很开很大,舞蹈进入高潮,合唱队员们在幕后唱道:

万泉河水清又清,
我编斗笠送红军,
……

这一段舞蹈都是跳跃起来的大动作,每跳一个动作,都有人在台上肢体相撞,气氛非常尴尬,没人摔倒是演员们的功夫好。本来走台的时候,导演也发现了这个问题,但也不能往下撤人,"学演样板戏不走样",这可是"文化革命"的旗手江青同志的要求,谁能负得起这个政治责任!

看着崔兆林委员直皱眉头，陪同观看演出的邵东方理解了首长的难处,就说:"崔委员,基层的演出条件还不如这里,怕是这样大的节目是演不开的。师部驻在旗县的小镇子,团部驻在公社,营部驻在村,那连部就驻在山洞洞里。镇子里有剧场,公社、村和山洞洞里都没个剧场,有的连个土台子也俅俅地无个毛毛。我(ne)看哦,我(ne)给您派上两支乌兰牧骑队,他们有个台子无个台子的,都能演出哩。十几个人,地方、部队也好接待。”

“真的?”崔委员问,他正为剧场太小、队伍太大,小场地没有小节目可演,慰问团下不了基层的难题焦虑。剧场太小,不能重建;队伍太大,也不能中途撤回;没有小节目可演,现排也来不及。下不到基层连队,慰问团慰问戍边战士的目标、意义就要大大缩水……想睡觉就有人递枕头,困在沙漠里就有一架直升机从天而降,邵东方的建议来得太是时候了。

“真的。”邵东方一脸的严肃认真,“赛罕旗乌兰牧骑和车伯尔市乌兰牧骑,都有人参加过全国巡回演出队,还受过毛主席、朱老总和周总理的接见哩。”

“好啊!”领导者的任务就是决定政策和善于用人。崔委员当即拍板:“你就给我派这两支乌兰牧骑跟上省慰问团。哎,老邵啊,你能和我一道去基层部队慰问吗?你是这里的地主,你熟悉情况,那两支乌兰牧骑的小同志,我可是一个也不熟悉哟——”

“哦,那是自然,我(ne)会全程陪同。”

崔委员紧皱着的眉头舒展开了。

2

鲍龙斌一回到乌兰牧骑大院,立即把乌兰牧骑的八名队员从大兴农场的鸭泡子召集回来。

他要做的第一件事,就是招兵买马。

他征得了巴根政委的同意,把正月和萨日朗提成了副队长。他让正月负责全队的训练和排练,就带着萨日朗直奔查干木伦水利枢纽工地。那里有他的老朋友、救命恩人高双翼旗长,还有他们留下的一支“不走的乌兰牧骑”，在那里挑选三几个乌兰牧骑队员应该有十分的把握。

老友相见，劫后重逢。

高双翼用手擦掉鲍龙斌脸上的泪水，拍着他的肩膀说：“老伙计，只要是挺直了腰杆走正道的硬汉子，什么灾难都会过去。蒙古族人有句谚语：不经历过风雨，怎能够见到彩虹？你看，咱们的水利枢纽工程就要竣工了，到时候，还得请你的乌兰牧骑来演出呢！不说这些了，今天晚上，我陪你好好喝上两壶，喝完了，就看咱工地指挥部乌兰牧骑的演出，你看中哪个就带走哪个，那是他们的出息，也是工地的光荣。”

工地的大礼堂里，查干木伦水利枢纽工程指挥部的乌兰牧骑正在台上演出。

有两个男演员说的相声《找舅舅》《反正话》引起观众一阵又一阵的掌声。他们两个形象英俊，机灵精明，普通话说得极好，嘴皮子的功夫也十分了得。

高双翼告诉鲍龙斌：这两个男演员一个是北京插队的知识青年，叫杨钊，人称“小北京”；一个叫宋凯，是天津知青，人称“小天津”；他们不但能说相声，单弦、大鼓、时调、样板戏……都唱得很好。

萨日朗看中了两个女孩儿，一个叫曹雪儿，一个叫季秀英。

那曹雪儿能唱歌、能跳舞，还能打扬琴、弹三弦，长得也秀气玲珑。她和“小天津”宋凯合演了湖南花鼓戏移植样板戏《沙家浜》选段《军民鱼水情》，她唱的花鼓戏声音清脆甜美，很有韵味。

季秀英梳着两条小短辫，一副英姿飒爽的俊模样，能用蒙汉双语报幕。表演唱《纳鞋底》，她是领唱，声音脆生，表演泼辣，把一个农村妇女演得活灵活现。

萨日朗觉得这个人好像在哪儿见过，可一时又想不起来。

萨日朗想不起了季秀英是谁，可季秀英一眼就认出了萨日朗。

季秀英就是季要武。

旗里成立了以巴根政委为首的革命委员会，那“战司”司令倪继武连个“委员”也没捞上就被灰溜溜地打发回学校管食堂去了。知识青年上山下乡运动轰轰烈烈地开展起来了，季要武无法留在城里就业，就随着上山下乡的洪流到了一个小山村。刚好，水利枢纽工程指挥部来小村选拔民工，她报了名，来到了工地上。她有高中文化，又有文艺才能，不久，就被选拔到了工地指挥部乌兰牧骑。她怕人多眼杂，会认出她就是那年在台上批斗荞麦婶子艾伦，逼她撞了钢筋水泥柱子的季要武，就换了妆，把短发梳成了短辫，还在前额剪了一层密密的刘海，隐藏了季要武这个名字。

在高双翼的办公室里，卸了妆的工地乌兰牧骑队员们正在接受鲍龙斌和萨日朗的面试。“小北京”“小天津”和曹雪儿都一个个地进入办公室接受面试，就是季秀英磨磨蹭蹭地落在后面，迟迟不肯进屋。

面试进行了一个多小时了，因为晚宴上都是以茶代酒，多喝了几碗奶茶的萨日朗感觉到了内急，小腹胀得紧绷绷的，实在忍耐不住了，要求面试暂停。

已经是深夜十一点了，漆黑的夜空里缀满了寒星，一闪一烁地像一双双眼睛，俯瞰着查干木伦草原上的一山一水、一草一木，万千气象，万千生灵。

厕所里的灯光很暗，厕所外的星光更暗。

萨日朗一出厕所，猛然看见一个模糊的人影在自己面前突然一跪。她吓坏了，赶紧退回到有灯光的厕所里。那个人影也站起来，跟着进了厕所。萨日朗仔细一看，就认出来了，此人就是她见过了四次面的“火种”战斗队的季要武。

“季要武，怎么会是你？你不是在‘战司’吗？”

“我现在叫季秀英，是下乡知识青年。萨日朗老师，你就帮帮我吧，我太想参加乌兰牧骑了。”说着，季秀英把一个手绢包递到萨日朗的手里，“这是我姥姥送给我妈的陪嫁玉镯，比手表值钱多了，人都说‘黄金有价玉无价’，这么好的玉镯，戴在你的手腕儿上正合适。”

萨日朗仔细看了看手中的玉镯，通体绵白温润，灯光下，透着幽幽的光晕，润润的，滑滑的，无一点儿瑕疵。

“季要武，你要我怎么帮你？”萨日朗掂了一下玉镯，正视着季秀英的眼睛问。

“只要……只要……只要你不说出我的过去……”季秀英嗫嚅地低下头。

“季要武，我一共见了你四次：第一次，是在回白音汗浩特的路上，你是一位扎着皮带的红卫兵，在蒙古包里抓走了艾伦；第二次，我带着艾伦的女儿哈斯去‘战司’找你，要求让哈斯见上她的阿妈一面，被你严词拒绝；第三次，就是在这个工地的批判大会上，你把艾伦打得满脸出血，逼得她撞死在台柱子上；第四次，也就是这次，你化了妆，变了发式，但你的声音没有变，你的神态也没有变……季要武，你说，这四次见面我能忘了吗？”

“只要你不说——”

“我能不说吗？”

“我能唱歌，能跳舞，能演戏，能用双语报幕，还会打击乐……”

“我知道你有文艺天赋，第一次见到你的时候，就劝你到乌兰牧骑报名，可惜……你没有珍惜时机。”

“扑通——”季秀英又跪在了地上，“就是非常珍惜这次机会，我才求你的。”

“你怎么往这么肮脏的地方跪啊！”萨日朗伸手拉起了季秀英，把玉镯子放回她的手里，“晚了，世上走过的路，可以一次一次地重走，可人生走过的路，却不能重走，一次也不能。人在成长的路上，不论是说了什么，做了什么，都要自己负责，种瓜得瓜也好，因果关系也好，都承受的是过去。世上根本就没有后悔药。收回你的玉镯子吧，这是你妈妈留给你的遗物，让它做面镜子，常照照自己。人要是做到守身如玉，像这只无瑕的玉镯子就好了。”

季秀英手握着玉镯子捶胸顿足地号啕大哭：“我后悔死了！后悔死了！！我干吗要参加那个战斗队啊，我当什么火种啊，我这双手为什么去打人啊，我应该打自己……”她“啪啪”地打着自己的嘴巴，脸颊都木了，一点儿不觉得疼。

宝日吉格带着公公婆婆和一双儿女搬进了乌兰牧骑大院。她在旗文化馆当了副馆长。

黄毛丫头太能干了,她组织的会演一共有三十多支业余文艺队、一千多名演员参加演出,哈斯也参加了这次群众业余文艺会演。藏族小伙子洛桑、回族姑娘白梅、朝鲜族姑娘宋书玉、达斡尔族姑娘阿凤、蒙古族姑娘高娃,都被选进了乌兰牧骑队,加上在水利枢纽工程指挥部乌兰牧骑挑选的“小北京”“小天津”、曹雪儿和哈斯,赛罕旗乌兰牧骑已经有了十八名队员。

鲍龙斌笑呵呵地说:“咱们的乌兰牧骑呀,蒙古族、汉族、回族、藏族、朝鲜族都有,这回可成了各民族团结的大家庭了。”

人员齐了,下一个任务就是创作。一支乌兰牧骑队,若是没有创作,光学演别人的节目,那就没有生命力,这其中的三昧,鲍龙斌早就在十多年的乌兰牧骑生涯中悟得透透的。

安排正月在家组织新队员练功排练,鲍龙斌领着萨日朗直奔大兴农场。

3

与西拉木伦河交汇在一起的老哈河水,在红山前绕了一个弯儿,浇灌了二十万亩稻田,就顺路滚滚地向东流去了,单单把个红山后留给了一片沙漠。

正值“农业学大寨”的高潮期,大兴农场的职工们在巴特尔的带领下,放弃了传统习惯的“猫冬”,刚过年,还没打春,就在山上打眼放炮,要修一条盘山渠,把山后那片沙漠变成水浇地。

一见面,巴特尔就给妹夫鲍龙斌一拳:“你一放出来,就把我的陶鲤勾走了,小巴图鲁才三个月,她就跑回乌兰牧骑,让我天天睡冷被窝,让小巴图鲁管奶牛叫娘。"

鲍龙斌呵呵笑道:"有啥可抱怨的,谁让你娶乌兰牧骑的姑娘呢,人又漂亮,又给你生了儿子,捡了便宜就不要再卖乖。"

"还卖乖呢?陶鲤就像一只小母鸡,下了一个蛋留在窝里,自己'咯咯咯'叫着,扑闪扑闪翅膀跑了,窝也不要了,蛋也不要了,就要她的乌兰牧骑。"

鲍龙斌一伸大拇指:"哎嗨——陶鲤,是一名合格的乌兰牧骑队员。"

"鲍龙斌,你也太吝啬了吧?就我家那面镜子——那么明亮,那么敬业,你连个'优秀'都舍不得给,就给个'合格'?哼!抠门队长——不跟你胡聊瞎侃了,说,干什么来了,莫不是又朝我要粮食吧?"

"你把我们都当成大肚子汉了?龙帆团长那三个月的军粮够补助我们一年的口粮啦。我不要你的粮食,我要你的素材。"

"要什么?"巴特尔把他那双聚光的小眼睛瞪大了,不明白"素材"在哪里?他怎么把"素材"给他这位妹夫加老同学?

"要你的素材。"鲍龙斌又重复了一句,"老同学,傻帽了不是?素材,就是文艺创作的原始材料,就是问问你们现在干啥呢?怎么干的?干得怎么样?有没有让人感动的典型人物、典型事迹,我拿来组合组合,提炼提炼,编出几个能演出的节目来。"

"噢——"巴特尔明白什么叫"素材"了,"干啥?修大渠。你没看见红山的山坡上到处红旗招展、锣鼓喧天?修大渠——盘着红山修上一条大渠,让老哈河水把山后那片万亩沙海都淤灌成水浇地,先种上几年的紫花苜蓿。那草优点多着呢,那就是个典型'草'物,根扎得深,能防风固沙,种上一片,沙子飞不起来,风也刮不走。枝叶含有丰富的蛋白质,是牛、马、骆驼、羊上好的饲料。根瘤菌特肥田,能改善沙土的结构。几年过后,那块地我就全都种上麦子,水浇地,旱涝保收,让咱赛罕旗的人民群众吃上筋筋道道的本地面,擀面条、包饺子、炸果子、蒸开花大馒头,省得净吃大棒子面,胃里老是冒酸水,弄得医院药店里'一七〇'胃药总脱销。"

"巴特尔,你改行搞宣传得了,你当乌兰牧骑队长,我来当场长。"鲍龙斌太佩服这位老同学了，正直、义气、能干、会干，口才还好。

“那也不是咱干不了的。我当乌兰牧骑队长，与我家的镜子开个夫妻店，演一出《夫妻排戏》，准受欢迎。”在老同学面前，巴特尔毫不谦虚。

“紫花苜蓿？”萨日朗没有理会两位老同学的斗嘴，一个美丽的形象，此时，在她的脑海里浮现：

在万亩沙海中，连成一片的紫花苜蓿变成了一片绿色的海。她用波浪阻挡着狂风的袭击，固守着脚下沙地的荒原；她张开紫莹莹的笑脸，迎接着暴风雨的到来，用自己的身体导引着雨水，滋润着脚下干渴的沙漠；她把根深深地扎进沙土，用自己的乳汁喂饱贫瘠的土地；牧人拿着大钐刀，把她们收获成一个个丰美的草垛，她们分散开了，去慰劳牛群、羊群、驼群、马群……这是一个拟人化的群舞，姑娘们穿上绿色的蒙古长裙，头顶紫莹莹的花环，妙曼起舞；小伙子抡起大钐刀，穿着金色的蒙古袍……

“啊——我有素材了！”萨日朗激动地大声嚷着，握着巴特尔的手原地转了一圈。

“这……这就是素材？”巴特尔眨着眼睛，有些意外。

“嗯。”萨日朗笑盈盈地点头，“一个群舞的素材。”

“你有素材了，我还没有呢！那……巴特尔，老伙计，你明早带我去工地，我要现场采访。”

巴特尔一摆手：“我不带你去，你自己去吧，你又不是没来过。明天一早儿就去旗里，我报上这个盘山渠的项目，看旗里能给点补助不？补多了，我提高渠道的规格；补少了，就让工地上的人们多吃上几顿肉。更重要的是——我想我的镜子啦，晚上，我就去乌兰牧骑大院，给我的镜子暖被窝。”

“你小子太没出息！这才刚离开几天就想成了这样。”鲍龙斌不高兴地指点着巴特尔的鼻子，自己也皱起了鼻子，露出了不屑。

“敢情你一儿一女乐颠了馅儿，我得趁着春天就要来临，抓紧时间播种，让镜子给我生个闺女。我的镜子那么美丽，不生个像她一样美丽的姑娘，都瞎了她那个美丽。我巴特尔呢——光当个老公公可不行，我还要当老丈人。”

盘山渠工地上人山人海。炸山放炮的爆炸声、工地广播站高音喇叭里的“战地播音”声、歌唱声和劳动号子声响成一片，让盘山渠工地喧嚣成一片热火朝天的海洋。

鲍龙斌独自走进了一个工棚，吸引他的是支起工棚的柱子上一面飘扬着的红旗上的大字：钢姑娘打铁队。他光听说大寨有个郭凤莲挂帅的“铁姑娘队”，这里冒出一个“钢姑娘”，还是“打铁队”，一定很有意思。

名副其实，果不其然，工棚里真有三个姑娘在打铁：一个瘦弱的姑娘，用双手奋力地拉着硕大的风匣；一个不瘦不胖的姑娘，一手用火钳钳住烧红的钢钎放在铁砧子上不断翻动，另一只手挥动着小铁锤，不停地在铁砧子上锻打着钢钎子；另一个胖胖的姑娘，则抡起大铁锤一下一下地砸在钢钎上。工棚外，寒风料峭；工棚内，胖姑娘满脸淌汗，一件红色的绒线衣早已被汗水湿透。

“打铁的姑娘们，一个比一个棒！”鲍龙斌热情地跟打铁的姑娘们搭话。

“不是一个比一个棒，是一个比一个胖。”那个抡大锤的胖姑娘撂下手中的大锤，用脖子上的毛巾擦着脸上的汗水诙谐地说。

“你这个姑娘挺幽默啊，一个比一个胖，押韵。叫什么名字？”

“咱叫刘桂英，跟穆桂英，就差一个姓。”

拉风匣的瘦弱姑娘喊道：“你是鲍队长，唱好来宝的。咱们看过你的演出，也看过你打篮球，你的三步篮跳得老高啦。”

被打铁的姑娘们认出，叫鲍龙斌的心里很温暖，能受到群众的喜欢，这本身就是乌兰牧骑的荣誉。

“鲍队长，你们是来演出的？咱们咋没听到大喇叭通知呢？”抡小锤的姑娘把打好的钢钎往凉水桶一扔,“刺啦——”一声,水桶里窜出了一股热气。

“不是来演出,是来问问你们想看什么样的节目。”

“鲍队长,咱们看你们的节目,有蒙古族姑娘的舞蹈,有朝鲜族姑娘的舞蹈,也有藏族姑娘的舞蹈,咋就没看到有咱们农村姑娘的舞蹈呢?鲍队长,你看——”刘桂英一抡大锤,脱口喊出了一句,“咱村的钢姑娘——一个比一个棒!”

“好!好!好!”鲍龙斌心里一阵激动,一连喊了三个“好”,一段歌词从心里脱口而出:

百灵子窗前唱,东方天亮,
钢姑娘出了村,笑声朗朗,
修渠打铁赛过穆桂英,
咱村的钢姑娘——
一个比一个棒。

离开了打铁的工棚,鲍龙斌急急地朝山上的修渠工地走去,因为他听到了一声声撼动人心的劳动号子:

领:姑娘我抡锤好气派哟——
合:好气派哟,好气派!
领:抡起铁锤顽石碎哟——
合:顽石碎哟,顽石碎。
领:抡起铁锤山河改哟——
合:山河改哟,山河改。
领:要问我是哪一个哟——
合:大兴农场新一代哟——

生活是创作的源泉，这是一条艺术创作的铁律。

虽然没有那么多闪烁的寒星陪伴，但在寂静的夜空中，月亮却格外地圆，一张笑脸俯瞰着大地，把温馨的慰问送给每一个无眠的人。

挑灯夜战，奋笔疾书，不到四个小时，一个女声小合唱《咱村的钢姑娘》和表演唱《姑娘抡锤好气派》就在鲍龙斌的笔下诞生了。他放下笔，走出屋门，在清风徐徐的月光下，扬起双臂，伸伸懒腰，活动活动酸累的筋骨……侧耳一听，有一种细微的声音远远传来——

“咚嗒嗒，咚嗒嗒，咚嗒嗒，咚嗒嗒——”

这是一个三拍子的节奏，无疑，在篮球场上那个辗转腾挪跳跃滚爬的身影就是萨日朗了，她在编排舞蹈《紫花苜蓿》。编一个完美的舞蹈可不像写一段歌词那么简单，看来，萨日朗还得熬几个不眠之夜。

就在鲍龙斌和萨日朗要回队的时候，突然传来了一个叫人心碎的消息：宝日格苏木的基干民兵搞实弹演习，一个胆小的民兵拉开了手榴弹的弦，却因一时手软没有把冒烟的手榴弹扔出战壕，眼看着手榴弹就要在战壕里爆炸，七八个人就要牺牲在四处飞溅的弹片里，一旁的民兵连连长孟昭生一个箭步扑上去，夺过那个民兵手里冒着烟的手榴弹，就地一个翻滚，把手榴弹压在身底……

“孟昭生？就是那个开着拖拉机送老荣军来乌兰牧骑听朝鲜语歌《金达莱》的民兵连连长？”

“就是他。”

鲍龙斌和萨日朗立即赶往宝日格苏木。

送葬的队伍从营子头一直排到了山上的墓地，十里八村的乡亲们，手拿白花，自愿地排着长队为他们的英雄送行，为一个仁义的好孩子送行……天空阴沉着，大片大片的雪花飘落了下来，白茫茫地覆盖了高高的罕山，覆盖了冰冻的乌尔吉木伦河水……

罕山俯首悼烈士，

乌尔吉木伦河水哀歌传，

蒙汉乡亲十里相送，
孟昭生英魂上九天。

鲍龙斌用一张草黄色的烧纸，写下了单弦联唱《罕山雄鹰》。

“小北京”杨钊、“小天津”宋凯、曹雪儿都是搞曲艺的高手，他们三个一拿到《罕山雄鹰》的唱词，立刻按照单弦的曲牌谱曲，手握铃鼓，开始了昼夜联排。

群舞《紫花苜蓿》、女声小合唱《姑娘抡锤好气派》、女声表演唱《咱村的钢姑娘》一一进了排练场。都是女生的节目，男队员跟鲍龙斌开玩笑，说他重女轻男，女队员光彩上场，男队员坐冷板凳伴奏。

鲍龙斌吸收大家的意见，说：“让金喜顺编一个男生舞蹈吧——大刀向鬼子们的头上砍去。《大刀进行曲》是革命历史歌曲，编成舞蹈，要的是男生的舞蹈基本功，你们可别怕苦，别怕累，上台都把气喘匀喽！”这回，小伙子们高兴了，每天天不亮就起来练功。

正月、陶鲤和卓丽格把过去乌兰牧骑的节目全部教会了新队员，还别出心裁地用蒙古语移植了革命样板戏《红灯记》选段《都有一颗红亮的心》：

奶奶——塔玛尼禾了黑桑思捷（奶奶——您听我说）——
玛奈宝日吉里咯，陶乐特巴日槐……

黄毛丫头宝日吉格一听高兴坏了，马上带着两个文化馆的馆员来学习这段蒙古语的《都有一颗红亮的心》，立即办了蒙古语移植样板戏学习班，一时间，“奶奶——塔玛尼禾了黑桑思捷”响遍了赛罕旗的农村牧区。

4

车伯尔市乌兰牧骑也在抓紧时间编排节目。

千千木穿足尖儿鞋跳的芭蕾舞，是在昭乌达盟的文艺史上没有过的。人们只能从电影里看《白毛女》和《红色娘子军》的芭蕾舞表演，在本地舞台上看真人立足尖儿，这让观众们大开眼界。

金慧心决定排练芭蕾舞《白毛女》选段《大春送面》一场，补上本土演出没有芭蕾舞的空白。

在演员的角色分配上发生了争执。扮演“喜儿”一角的千千木非要邵华为演“大春”，而邵华为以自己“担任的节目太多”为由坚决不上这个节目。

从社会上的文艺宣传队被召回乌兰牧骑起，千千木又一次发起了对邵华为的攻势。千千木知道邵华为在和萨日朗谈恋爱。可她认为他们一定成不了，原因就是萨日朗不论是个人还是家庭，根本就不配邵华为。

而她千千木与邵华为是最般配的。她的家庭出身说起来不太体面，可也不是出生在吃不饱穿不暖的工人、农民家庭，这个家庭让她从小衣食无忧，就是现在，她虽在段子风的策划下贴出了《与女戏子筱彩云彻底断绝母女关系》的大字报，可当母亲的对自己的子女就是发贱，筱彩云每个月的月头都给她寄钱，让她比别的队员吃得好、穿得好。她还有个理论——“儿要穷养，女要富养”，她就是被母亲富养出来的娇女。所以，她不会为了拜金对有钱人卑躬屈膝，也不会为了权贵去投怀送抱。她身上无一丝穷气，长脖子一挺，就是一只高傲的白天鹅。萨日朗与自己一比，就是一只丑小鸭、一个灰姑娘，像邵华为那样的高干家庭，只能落进白天鹅，哪能允许丑小鸭进门呢？

她要和萨日朗搏一搏。世上有两个男人为一个女人角斗的，就不兴有两个女人为一个男人角斗？

从华凌的口里，她知道了她与萨日朗的差距——萨日朗和邵华为是一个互助组。萨日朗帮助邵华为洗衣服、补鞋补袜子；邵华为帮助萨日朗学习文化，给萨日朗编的舞蹈作曲配器。千千木不谙女红，不会补鞋补袜子，但会洗衣服，不管是浸透了汗水的演出服还是平常穿脏了的，凡是邵华为脱下来的衣服，她都拿去洗得干干净净，叠得平平展展，没有熨斗，就放在自己的枕头下压平，然后悄悄地送回邵华为的宿舍，放在他的枕边。

有个边唱边舞的节目叫《快乐的炊事班》，邵华为演领唱又领舞的炊事班长。演出结束，千千木悄悄把沾满了邵华为汗水的炊事员帽和白围裙拿到自己的宿舍里用香皂洗了，晾干后，把带着香皂味的炊事员帽和白围裙叠好，压在了自己的枕头底下，做了一个香甜的梦……第二天的晚上又有演出，第四个节目就是《快乐的炊事班》，可邵华为翻遍服装包里的所有服装，就是找不到炊事员帽和白围裙。炊事员帽和白围裙是炊事员的标志性服装，不戴炊事员帽不系白围裙，还是炊事员吗？急得邵华为在后台直喊："谁拿我的帽子和围裙了？谁拿我的帽子和围裙了……"

千千木这才想起邵华为的围裙和帽子此时还压在自己的枕头底下，可是她不敢说，怕队员们嘲笑她，怕金慧心处分她，更怕急得直冒火的邵华为抡起胳膊当众给她一个大嘴巴。

救场如救火，还是林至峰当了消防队员，摘下自己的围裙和帽子给邵华为戴上，说："今儿个，我老林给炊事班买菜去了，还没赶回来，就你们哥几个上吧。"

邵华为很喜欢千千木对舞蹈的感觉，也爱看她那张漂亮的脸蛋，秀色可餐。是人，哪有不爱美的呢？但是，他一想到段子风在文化馆的画室里画她裸体的那个场景，心里就一阵阵地起鸡皮疙瘩。尽管为了保护千千木，金慧心与他都没有与外人说起这件事，但那个一想就令人起鸡皮疙瘩的场景，在记忆的深处是永远抹不掉的。

漂亮、高傲的千千木与朴实、热情的萨日朗相比，邵华为更喜欢萨日朗的美丽与纯洁。心身干净的女性才是男人的首选。对千千木火辣辣的追求，他一直都在躲避。他多少次地拒绝与千千木单独相处，不给她表现的机会，还多次婉言相劝，让她在别的男人身上寻找自己的爱情，自己已经有了心仪的姑娘。但千千木就是冥顽不化，死追烂缠。邵华为几次下决心和千千木翻脸，但又怕伤了一个姑娘的自尊心，给她造成精神上的病痛。

千千木曾把一张纸条夹在他正读着的《古文观止》的扉页："邵华为，你不接受我的爱，我会疯掉的，你忍心把一个爱你的女孩儿变成疯子吗？"

这威胁起了作用，邵华为不敢太粗暴地拒绝千千木，事情就这样拖了下来。他想，拖长时间是最好的解决办法，时间久了，千千木失去耐性，自然会知难止步。

千千木坚决要和邵华为一起跳芭蕾舞《大春送面》，就是想在台上假戏真做，让世人都知道，喜儿和大春是台上的一对，她千千木与邵华为是生活中的一对。

她特别渴望在台上与她的"大春"脉脉含情地相望，目光的对视就是心灵的通电，就是心灵的对穿，哪个男人是柳下惠呀，会经得住她千千木千娇百媚风情万种波光粼粼的眼神直视？在芭蕾舞中，男演员就是女演员的把杆与底座，女演员依靠男演员的托举而在空中腾飞，依靠男演员的肩头而舒展着、缠绵着、腰腿的动作……四目相对，身体相依，这是多么浪漫而幸福的恋爱！

邵华为坚决不与千千木一起跳芭蕾舞《大春送面》。他岂能看不穿千千木的心思？他岂能不知道千千木要假戏真做？他借口《大春送面》里有一段至关重要的伴奏，是缠绵缱绻的小提琴独奏，乐队里，除了他，谁的小提琴都达不到独奏的水平。

金慧心支持了邵华为，"大春"一角由无所不会的林至峰担任。

这一下，华凌有些不高兴了，她正在和林至峰谈恋爱，怕林至峰被千千木勾魂，假戏真做。

5

离车伯尔市四百公里的巴林右旗首府大板镇，驻着沈阳军区某部一师的师部。整个大板镇，有一个不及红旗剧场一半大的既放电影又演戏的乌兰琪琪格剧场。

十辆大轿车拉着省慰问团和两支乌兰牧骑的演员，十辆大卡车拉着服装、道具、布景和乐器，随着崔兆林委员的吉普车，浩浩荡荡地来到了冰雪覆盖的大板镇。

从没接待过如此庞大的慰问团的大板镇，腾出大大小小所有的旅店和招待所，加上师部医院的病房，才安排下慰问团所有的人员。安排慰问团的人员住进部队医院的病房，不是某种暗示，也不是冷调幽默，确实是因为旅店、招待所的床位和大炕都不够住，更现实的是很多演员都病了。

塞外草原上的寒冬腊月，经常是零下三十多度的严寒天气，省慰问团的演员们御寒的服装就是毛衣毛裤，外加一件草绿色的棉大衣和一个大口罩，演员们的脚下都是一双黑色的单皮鞋，还没下车，就有一半的人得了感冒，发烧、咳嗽、流鼻涕。唱歌的，嗓子哑了；跳舞的，浑身没劲儿。一下车，大板镇的气温比车伯尔市的又低了十多度，演员们哪受得了啊。有一位幽默的男话剧演员说："穿着一身毛衣毛裤加上一件棉大衣，站在雪地里，让老北风小刀片儿似的这么一吹，整个人就像光腚穿着一件白大褂，好家伙，都冻到骨头里去了。"

两支乌兰牧骑的队员没有一个感冒的。除了体质的原因，乌兰牧骑队员冬季的服装是棉衣、棉裤，草黄色的皮大衣、皮帽子，外加一双草黄色皮毛做的大头鞋。从外表看，像个熊猫似的，哪个队员也不苗条，但皮帽子、皮大衣和大头鞋都是御寒的黄金铠甲。

住进医院病房的演员们都挂上了吊瓶，没住进医院病房的演员们也有三分之一在招待所的墙上砸了钉子做输液架，一时间，大板镇的消炎、退烧、止咳、止痛的液体告急。

比红旗剧场小一半的乌兰琪琪格剧场的舞台上，容不下二百人的合唱队，跳不开四十八个芭蕾舞演员的《万泉河水清又清》。

慰问团的舞台总监包文清召集各个演出团队的业务负责人立即到剧场后台的化妆室开会，按照计划，慰问团要在乌兰琪琪格剧场连续演出三个晚场，慰问大板镇及周边的部队。他要统筹这第一场六家单位共同演出的晚会节目单。

车伯尔市乌兰牧骑的副队长邵华为接到通知，还没来得及化妆就跑步来到剧场的后台。第一次与省团一起演出，金慧心叮嘱他要把车伯尔市乌兰牧骑队最好的一面，包括作风，都展示出来。一推开化妆室的门，他一下子愣住了，他怀疑自己的眼睛看错了人，用手背揉了揉，又睁大了眼睛仔细一看，没错！是邓世昌邓大人，是李龙兴。

在电影《甲午风云》中，李龙兴扮演大清海军战船“致远号”的管带邓世昌，与日本倭寇的甲午大战中，中国舰队失利，“致远号”也被击中起火，危急关头，“致远号”的中国海军无一人逃生。邓世昌毅然在“致远号”上挂起了帅旗，大辫子往后一甩，亲自操起舵轮，在“撞沉吉野——撞沉吉野——”的众志成城的口号声中，开着冒着火的“致远号”，向倭寇的指挥舰“吉野号”勇猛地冲去……

这个画面一想起来，邵华为就热血沸腾，它太给中国人添血性了！李龙兴塑造的邓世昌成了他心中的英雄偶像。不光邵华为，林至峰也是李龙兴的铁杆粉丝，动不动就用右手往后一甩，那是清朝男人的大辫子时代邓世昌邓大人的典型动作，然后，手握舵轮（无实物表演），口里喊着：“撞沉吉野——撞沉吉野——”，还甭说，真有七分李龙兴的气概。

“您是李龙兴老师？”

“是啊，小同志，叫什么名字？”慈祥中透着威严的李龙兴微笑着问邵华为。

“邵华为，车伯尔市乌兰牧骑的副队长。”

“噢——邵华为，我记得电影《红岩》里，华蓥山游击队队长双枪老太婆的儿子就叫华为，他的妈妈和你一样，都是队长，不过，你是副的，她是正的。副的，也不要不好意思，我就是副的，辽宁人民艺术剧院副院长。”

邵华为和李龙兴正聊得热乎，化了妆的萨日朗一推门，见此场景，双手一抬就给邵华为和李龙兴拍了一张合影。

芭蕾舞团的副团长宣布：今天晚上没有节目可演，明天可以演出《红色娘子军》选场《常青指路》，并要求明天上午乌兰琪琪格让出一票难求的朝鲜电影《卖花姑娘》，让《常青指路》的演员熟悉这个他们从来没在这儿演出过的狭窄逼仄的舞台。

歌剧舞剧院的副院长说："交响音乐《沙家浜》是演不开了。"他提供的节目单是两个独唱——男声独唱《我站在天安门广场》，女声独唱《我家就在珍宝岛》。

样板戏学习班的节目单是：钢琴伴唱《红灯记》选段《雄心壮志冲云天》和《听罢奶奶说红灯》。

李龙兴提出的节目单演出时间最长，是半个小时的独幕话剧——《为革命修路》。他是男一号，演一位筑路工程师。

除了两支乌兰牧骑之外，其他演员都在剧场外的大轿子车上候场。原因之一是除了两支乌兰牧骑的演员外，剧场后台容不下那么多的人。原因之二是两支乌兰牧骑的节目小，要随时换装，在大轿子车上换装来不及。

萨日朗的独舞《奶酒敬亲人》在台上赢来了一阵又一阵的掌声。像朴真玉一样，她从出场门一出场，就是一路迅疾飘逸的平转，观众的掌声也就如同跟着朴真玉一样，一路跟着她。朴真玉离开赛罕旗乌兰牧骑后，她接手了这个由赛罕旗乌兰牧骑首创，又要永久保留的舞蹈。她练功和朴真玉一样刻苦，乌黑的头顶上也压出了一个圆圆的碗托。萨日朗穿的是本民族的蒙古族长裙，红底洒金的颜色，在冬季的舞台上就像一团燃烧的火焰。在如鸿雁般的飞翔中，她戛然而止，把顶在头上的酒碗接下来，向空中一扬，那酒香立刻飘满了剧场……

萨日朗抱着一摞碗退到后台，一抬头，愣住了：那个叫千千木的女演员竟被邵华为一手托着下巴，一手拿着眉笔，眼睛对眼睛地画眉呢。他们的脸挨得那么近,翘起嘴唇就可以接吻……

邵华为正在化妆,装扮成“喜儿”的千千木踮着脚跑了过来,把个凹凸起伏的曼妙身材扭成了三道弯儿,用莺雀婉转的声音说道:“邵队,人家的眉毛、眼睛总是画不好,你给我画画吧,今晚是和省团的人一起演出呢,画得不好,丢丑的可是咱们车伯尔市乌兰牧骑。”

“你自己画吧,又不是不会画,你没看我忙着呢嘛?”邵华为握笔揉弦的一双手是灵巧,又快又好地给别人画眉眼正是他在基层文艺队辅导时练就的一手好活儿。不过,有众所周知的理由,他不愿意给千千木画。

眼瞅着萨日朗就要下场了,千千木更加锲而不舍:“邵队,你就顺手给我画画吧,跟省团同台演出,人家既激动又紧张,这手一个劲地哆嗦,是真的画不好,还有一个节目就要上台了,人家都急死了……”

邵华为一看,这千千木的眉眼真的画得很糟糕,一双眼睛还算勉强过得去,就是两条眉毛画得又粗又黑,还直挑着入鬓。画给挂帅出征的穆桂英还算凑合,要画给勤劳、善良的村姑喜儿就有些狰狞了。邵华为用棉签蘸了凡士林油,把千千木画的两条眉毛擦掉,重新把黑红两种油彩调成了棕色,给“喜儿”画了两条又细又弯的眉毛,又用红油彩点了千千木的眼角,提了千千木的眼梢。立刻,一张喜盈盈的笑脸就生动地映在了千千木手中那面椭圆形的镜子当中。

千千木太兴奋了,一跷脚,一噘嘴,就把一个热辣辣的香吻谢给了为她精心画眉眼的邵华为。

这一幕都被萨日朗看了个清清楚楚。她抱着一摞碗,颓然地坐在长椅子上,低着头,一动不动。

“萨日朗,你怎么还不换服装,演完《大春送面》就是咱们的《草原女民兵》了,你还领舞呢,穿错了服装看你咋跳。”

换好了女民兵服装的卓丽格跑过来,接过萨日朗手中的一摞碗放进了木头盒子里,又从服装包里找出粉底镶黑边的蒙古袍,帮萨日朗换上。

辽阔、悠扬的乐曲响起,萨日朗身背着上了刺刀的长枪,带着陶鲤、卓丽格、宋书玉、曹雪儿、白梅、高娃六个女民兵们，踩着轻快的马步上场了。她们上山、下沟，迎风策马，冒雪前进。祖国绵延千里的边防线上，有中国人民解放军站岗放哨，也有草原女民兵在跨马巡逻。下马对刺，上马打枪，草原女民兵的战斗进入激战阶段。萨日朗纵马向前，右腿踢过头顶，双脚跳起，转身一个“双飞燕”，把仇恨的子弹射向侵略者的胸膛……

就在萨日朗把右腿踢过头顶端着枪瞄准时，她的眼前突然出现了千千木被邵华为一手托着下巴，一手拿着眉笔，眼睛对着眼睛地画眉的场景……他们的脸挨得那么近，翘起嘴唇就可以接吻了……脑子走神，腿就一软，脚下一滑，“双飞燕”没能如愿地跳起，萨日朗整个人连枪重重地摔倒在舞台左侧的台口……

卓丽格一个飞身跳到台口，架着萨日朗迅速撤进了后台。

陶鲤也一个飞身跳到了台中心，接替了萨日朗的位置，继任领舞。

这瞬间的事故，让坐在台下陪着崔委员看节目的邵东方立刻满脸通红。在第一场的演出中，他所推荐的乌兰牧骑就砸了场，这不得不让他的脸上挂火。而这个演员不是别人，还是他儿子的女朋友。

那天，邵华为拉着萨日朗从西跨院里飞也似的跑走，妻子江坤马上发表评论：“这个小女子可不配做咱们邵家的儿媳妇。一、她土妞一个。你看她的脸黑得像土豆起了皮儿，你看她的手糙得像个鸡爪子，还有你看她的穿戴，穿着一双满是泥垢的大头鞋，鞋底还钉着钉子，把咱家地板划起了好几道白印子，再刷漆都补不匀。这样的土拉吧唧的牧区姑娘，生活习惯不同，咱家里怎么和谐呢？二、也是更重要的，她的政治觉悟不高，没有政治立场啊。她风尘仆仆来咱家，竟为一个‘反党叛国集团黑干将’求情，这不是惹祸吗？一旦受了连累，你就会在政治上一败涂地。政治可不是儿戏，朝为宰相、夕为死囚的案子，古今中外、历朝历代比比皆是。何况，现在正是敏感时期，她都不知道谨小慎微。这样的女孩儿配进咱们的家吗？三、她也是搞文艺的。搞文艺的整天不着家，她能像我伺候你一样，这么精心地伺候华为吗？你的前妻山丹姐姐是搞文艺的，她和你一起生活了二十多年，就给你生了一个儿子，要是这个萨日朗和华为结了婚，两个人都各自忙得不着家，一个孩子也生不出来，邵家岂不断了后……”

妻子说得入情入理，完全是在为邵家着想，作为一家之长的邵东方不得不慎重考虑，认真对待。他想寻找时机把江坤的这番话讲给儿子听，可邵华为就是不给他机会，不跟他搭话。儿子在家住了不到一个星期就搬回乌兰牧骑宿舍去了。好不容易一家三口在饭桌上聚齐，他刚叫了声“华为——”，还没等继续说话，儿子把饭碗向前一推，说了声“我有事”转身就走了，连一声“爸爸”也不叫。

生活就是一只万花筒，只要你去转动它，瞬间，就出来一个结果。但如果你不去动它，它就永远凝固于一个图景。

父子间的冷战恼人、沉闷而令人无可奈何。打破这种恼人、沉闷而令人无可奈何的，是一个喜讯，那就是在儿子邵华为拂袖而去的饭桌上，江坤大口呕吐起来。江坤不是因为儿子的不尊重而气的，是有了孕而喜的。五十岁老来得子，足以抵消烦闷。“你邵华为要和老子顶犄角，老子还不跟你顶了呢，江坤肚子里的儿子也是老子的亲儿子，老子有了新儿子，就不怕你这个旧儿子与老子离心离德……”

还真让妻子江坤说着了，这个萨日朗就是不懂政治，这么重要的演出，有中央候补委员在就是政治任务，她竟然在台上摔了个嘴啃地，这不是一般的纰漏，这是政治纰漏。

还有一个谜，他怎么也解不开：那鲍龙斌在舞台上又唱又跳又表演，还自拉自唱地来了一段《学习雷锋好榜样》的蒙古语说书，他是啥时候从牛棚里出来的呢？怎么从牛棚里出来的呢？一个盟里的一把手没有必要去管这个级别干部的事，但儿子求情了，他又没管，还因此引发儿子对自己的逆反，这就不能不让他重视这件事的前因后果。

看邵东方紧锁眉头，咬紧牙关，一声不吭，还脸红脖子粗地喘闷气，坐在他身边的崔委员知道他为乌兰牧骑女演员在台上摔跤的事而恼火，就用手指头捅了捅他：“生啥气呢？出了点小纰漏不算什么，军事演习还允许有万分之二的死亡率呢。那个叫萨日朗的小姑娘《顶碗舞》跳得多棒啊，就是省团的演员也跳不出这种水平。她摔倒了，或许是太累了，刚跳完一个又接着跳，还能敲那个扬琴伴奏，连口气都没空儿喘匀；或许是这个小舞台的地板不平，要不，省团的芭蕾舞咋就不敢跳呢？不管怎么样，演出结束，咱们都应该去看看她，她是慰问团成员，因公负伤，理当去看看她摔坏没有。往后，在基层的演出可全靠这两支队伍的乌兰牧骑队员了。”

6

处在大兴安岭顶峰的赛罕乌拉儿山脉雄奇而险峻。连绵起伏的山峰岩石嶙峋，崖壁峭立。在一片接一片的原始森林中，黑松、油松、樟子松成了主力部队，掩护着虎、狼、熊、豹和野鸡、山兔在这里自由地生活。而白桦、柞树、蒙古栎就像地方的民兵，随地驻守，保卫着驻地的牛羊。

某部一师的高炮团就驻扎在岩石嶙峋、崖壁峭立的山洞中。山洞外是一片冰封雪裹的林海雪原。

在蜿蜒陡峭的小路上，攀登着一支四五十人的队伍。年近五旬的崔兆林委员由高炮团团长李红军引领着，走在队伍的最前面。在乌兰琪琪格剧场看了三天的演出后，他临时做出一项决定：把慰问团的六个演出团体分开，两支乌兰牧骑为慰问团的第一分团，由他带队，专门慰问团以下的部队；而省团的四个演出单位为慰问团第二分团，由民政厅厅长于得水率领，邵东方陪同，专门慰问师级部队。这就是说，省团的四个单位是在剧场演出，而两支乌兰牧骑是在临时场地演出。这样既可以节省时间加快慰问的进度，又是根据省团队伍庞大没有剧场就不能演出和团以下部队接待困难的实情而采取的措施。

省团的演员也不是全部没来，有一个人是坚决要求到最艰苦的地方去看看保家卫国的子弟兵的，他就是辽宁人民艺术剧院的副院长李龙兴。

与他一起从沈阳同行的大半演员都得了感冒，他却没有，这完全得益于他有一位关心体贴他的才女妻子龙姝。龙姝大他三岁，来自延安鲁艺，是位剧作家。在李龙兴来昭乌达盟之前，龙姝就对他说：“我去过昭乌达盟，它的北部旗县是和黑龙江一样冷的地方，要是遇到了白毛风，就冷得比黑龙江还恐怖。"她给丈夫在棉衣里穿上了一件鹿皮的坎肩，还在腿上套上了鹿皮的护膝，从旧橱柜里拿出一件皮大衣，替下了那件草绿色的棉大衣。

一听说慰问团要分成两个分团，这位在《甲午风云》中演了英雄邓世昌的李龙兴找到崔委员，坚决要求跟着乌兰牧骑去慰问基层最艰苦的部队。他说《为革命修路》的工程师可以让 B 角上，他虽不能演话剧，但可以给战士们朗诵诗，或即兴表演。

李龙兴坚决要跟着乌兰牧骑一起慰问基层部队，还有另一个原因——他相中了林至峰。

在三场演出中，演完了《为革命修路》，他没有和别的演员一样回到大轿车里等待演出结束后的夜餐。他连妆也不卸，就站在侧幕边看台上乌兰牧骑的演出。看了不到一场，就被林至峰的表演吸引住了。这个演员绝对是车伯尔市乌兰牧骑的主演。他什么都能演，芭蕾舞《大春送面》他跳大春；单口相声《蒙汉亲家》，他一会儿说蒙古族味的汉话，一会儿说着汉族味的蒙古话，逗得台下的观众捧腹大笑；山东琴书《找亲人》，他化妆成一位山东老爹，一口山东话，让听到乡音的山东籍战士热泪盈眶；京剧样板戏《红灯记》第五场《痛说革命家史》，他演李玉和，除了眼睛比浩亮小点，唱腔和动作全都酷似……这太是一个话剧的好苗子了，不说演技，就说他那个高个宽肩细腰的块儿，就是一个演一号人物的料。

在上山的队伍中，他凑到背着扬琴盒子的林至峰身边，从他手里扯过一个服装包，在自己的手里拎着，一边攀登着崎岖的山间小道，一边和林至峰攀谈起来。

走在队伍中间的邵华为这几天很郁闷，不知道自己怎么得罪了萨日朗，好久不见的萨日朗见到他一点儿都不亲热，不理不睬的，就像不认识他一样。第一场演出萨日朗摔倒在台上，他因为在化妆室里调小提琴的音准，没有看到，等他知道了萨日朗摔伤的时候，已是第二天的上午了。是金慧心告诉他的，他们一起去了赛罕旗乌兰牧骑住的旅店，陶鲤和卓丽格正用手蘸着冒着火苗的红花酒给萨日朗搓腿上的红肿。

金慧心把买的两瓶水果罐头放在萨日朗的床头柜上。严冬的大板镇除了冻梨和冻柿子,没有一样新鲜水果。

“萨日朗,腿没摔坏吧?你的基本功好,反应快,我估计没有什么大碍。”

“谢谢慧心姐,我今天晚上还能跳顶碗舞。”

“那就好,我还要恭喜你当了副队长,你的进步好快哟。”

“还不是老队员们的帮助嘛——”萨日朗冲金慧心羞涩地一笑,又低下头,看着自己的腿,连个会心的眼神也不给邵华为一个。

讪讪的邵华为朝着萨日朗说:“我带了止痛药,你要不要用一些?”

萨日朗摇摇头,连头也没抬。

“哦,高中课本读完了吗?要不要给你找些课外读物?”

萨日朗又摇摇头,轻声说了一句“不要”就不再言语。

邵华为有些发急,问:“萨日朗,你怎么了?”

萨日朗照样不抬头,也不言语,但邵华为看见了一串亮晶晶的泪珠从她消瘦的脸颊上滚落下来。

邵华为追上了走在前面背着七支道具枪的萨日朗,轻声问:“腿还疼吗?”

还没等萨日朗回答,跟着邵华为跑上来的千千木就爆豆子似的说:“人家萨日朗是放羊的出身,走这点儿山道算什么,那羊群净在山道上跑,放羊的可不就得跟在羊群的屁股后跑,都锻炼出来了,用不着背‘下定决心’,人家萨日朗就一直走在前面嘛——”

萨日朗蔑视地看了千千木一眼,还是一句话也不说,一屁股坐在山道边被风吹倒的桦木杆子上,挥挥手,让邵华为和千千木先行。

高山上的平地叫漫甸。

赛罕乌拉的漫甸上挂起了一块蓝色的幕布,星星点灯,月光照亮,用擦炮布扎成的火把“呼呼”地蹿着火苗,把个临时舞台照得灯火通明。

围着漫甸燃起了堆堆篝火，高炮团的战士们以营为单位，排着整齐的队伍在铲掉冰雪的漫甸上席地而坐，声调激昂地相互拉着歌子。他们边唱边流着控制不住的泪水，家乡的领导和亲人们到这冰天雪地的高炮阵地来看望子弟兵，哪个战士的心里不是热浪滚滚、激流涌荡。“每逢佳节倍思亲”，想家的战士们就是这种心情。

金慧心在演出前找到萨日朗，说要用自己的独舞《灯花》点亮战士们心中的光明，取代萨日朗的顶碗舞《奶酒献亲人》。她是看见经过两个多小时的攀登，萨日朗的双腿又肿了起来，才临时有了这个想法。

萨日朗感激金慧心的悉心体贴，点了点头，含泪叫了声：“慧心姐……”突然，她好像意识到了什么，马上把新队员宋书玉和高娃叫到身边，要宋书玉从现在起就苦练顶碗舞，不论做自己的接班还是替补，都是当务之急。《顶碗舞》是赛罕旗乌兰牧骑的保留节目，要保留它，就得后继有人。它要的是真功夫、硬功夫，那不是一朝一夕刻苦努力就可以练会的，要早做准备才能有备无患。她要宋书玉练朴真玉那个版本。宋书玉是朝鲜族，朴真玉也是朝鲜族，本民族的演员跳本民族的舞蹈，不论穿上那套服装还是对舞蹈的感觉，以及和背景的交融，都会是天人合一的自然和谐。她让高娃去学金慧心的《灯花》，蒙古族信奉佛教，“灯花”翻译成蒙古语是“珠岚”，很有舞蹈天赋的高娃学这个舞蹈正合适。

高原夜间的气温降到了零下四十二度。

萨日朗带头脱去了棉衣棉裤，连条秋裤也没穿，赛罕旗乌兰牧骑的女队员都换上了蝉翼似的彩服。她们要以最妩媚、最妖娆的姿态面对坐在雪地上的官兵。这与色情无关，她们是以女性的柔软细腻的心情来理解当兵三年没见过一位女性的男兵。

金慧心找到了自己与萨日朗的差距。萨日朗是一朵月亮花，她的心灵那么美，为最可爱的人服务，她做到了完全彻底的无私无畏。她没做到，还在保留自己。她也学萨日朗的样子，脱掉秋裤和棉坎肩，换上了多彩的蒙古族长裙。

演出出奇地成功，几乎每一个节目都返场，战士们喊出一阵阵惊天动地的口号声:"向乌兰牧骑学习!向乌兰牧骑致敬!"

演员们一下台,在幕后等着的战士们马上用一件在篝火旁烤热的皮大衣把他们包裹上。

舞蹈演员还行,一上台就一直跳着舞,活动着身体,那些表演的、器乐演奏的可就苦喽。林至峰在台中央演《找亲人》的老头,华凌、孟玉、齐丽丽和千千木站在乐队的后面,手里敲打着锣、镲、铃、梆,一边伴奏,一边伴唱。

华凌左手抓着的是一面小堂锣,右手指夹着木板片,有节奏地伴奏,那小堂锣是铜做的,抓在手里就像猫咬似的火烧火燎地疼.趁着林至峰道白的空儿,她把左手放在口里哈一哈,再去抓小堂锣——不好了,她的左手指都粘在了小堂锣上,拿也拿不下来。她用力一撕,手指头的肉皮就揭了下来……

李红军团长跑到后台对演员们说道:"天太冷了,看把你们冻坏了。不要穿得那么单薄,别穿蒙古袍子和裙子跳舞了,就穿上皮大衣跳,也很好看啊。只要你们演,战士们就喜欢啊!"

他不是乌兰牧骑的团长,没有人服从他的命令。

萨日朗领舞的《紫花苜蓿》一上场,就赶上了一阵老北风,她们就势在苫炮的大帆布铺就的台毯上翻滚旋转,倒也符合舞蹈情境。

压轴的是李龙兴的诗朗诵,他一上台,战士们立刻就认出了他。《甲午风云》是爱国主义的影片,师部的电影放映队经常来部队放映这个片子。

"邓大人——邓世昌!"

"邓世昌——邓大人!"

在风雪严寒的塞外深山里,台下战士们有节奏地鼓掌,有节奏地呼唤,使本来就好激动的李龙兴更加壮怀激烈。他用激昂的语调说道:"驻守内蒙古大草原的一师高炮团的官兵同志们,我代表家乡的父老乡亲们来看望你们了……"

这句话太有感情了,台下立即爆发了一阵经久不息的掌声,哪个战士不是热血儿郎?哪个战士不想爹娘?由电影里演邓大人的真人来代表家乡的父老乡亲致以问候，这感情、这分量，怎一个“情”字了得。

军叫工农革命，
旗号镰刀斧头。
匡庐一带不停留，
要向潇湘直进。

地主重重压迫，
农民个个同仇。
秋收时节暮云愁，
霹雳一声暴动。
……

李龙兴已经一连朗诵了毛主席的五首诗词，战士们好像还没听够，还在报以连绵不绝的掌声，不肯让他下台。他好像突然明白了过来，就拿着话筒对台下的战士们说：“你们是不是想让我演一段邓世昌啊——”

战士们的回答山呼海啸：“是——”

“那好，我就演一段邓大人开船——”

站在台角的邵华为对着后台的演员们一声喊：“全体男演员，上——”

“哗啦啦——”不管穿着什么服装的男演员，就是刚换下演出服的鲍龙斌也一起跑到台上，快速站成了四排。

李龙兴好像早有准备，在后台迅速换上“邓世昌”的服装，戴上了有着一条大辫子的顶戴花翎，站在台中央，用右手把大辫子往后决绝地一甩，双手一握舵轮，提了一口气，威严地喊道：“撞沉吉野——”

四排男演员一起发出吼声：“撞沉吉野——撞沉吉野——”

像竖起的一片森林，台下的官兵们也一起站立起来：“撞沉吉野——撞沉吉野——撞沉吉野——”

众志成城，山呼海啸，在赛罕乌拉的夜空中，排山倒海的吼声直冲霄汉。

演出结束了,各营营长带着自己的战士整队撤出会场,不论是带队的营长,还是行走的战士,都是一步三回头,眼睛里噙着不舍的泪水。

这依依不舍意犹未尽的场景感动了带队的崔兆林。他招招手,把鲍龙斌和金慧心叫到自己身边。连续几天的慰问活动,他对两支乌兰牧骑的队长和队员们已经相当熟了,真正把两支乌兰牧骑队当成了省慰问团的成员:"咱们乌兰牧骑演员们能不能再和战士们联欢一会儿。我听李红军团长说,他们已经三年没看过这么高水平的演出了,我知道演员们很累,也很冷……"

"坚决完成任务!"鲍龙斌说。

"坚决完成任务!"金慧心说。

高炮团的李红军团长听了崔委员的建议,非常激动,下令把一步三回头的三个营的官兵召回来,和两支乌兰牧骑队一起联欢。

熄灭的篝火重新点燃,一堆堆放出灼热的红光,与天上的月光辉映,像地上的群星。

以营为单位,高炮团围成了三个大圆圈。

萨日朗领着赛罕旗的女队员们教战士们跳起了"安代舞"。鲍龙斌和正月拉着马头琴和四胡伴奏,由玉嗓子的哈斯(汉译:玉)给伴唱。

哈斯领唱:树生在哪里,它就在哪里扎根。

萨日朗带着跳舞的队伍一起和着:啊哈哈哈嗬嘿——

哈斯领唱:带着你嫁到哪里,就该在哪里安定你的灵魂。

合:啊哈哈哈嗬嘿——

哈斯领唱:种子飘落到哪里,它就在哪里生长。

合:啊哈哈哈嗬嘿——

萨日朗的背后就是高大魁梧的一营营长秦越。秦越营长的步子迈急了些,也迈大了些,他一脚踩在萨日朗蒙古袍的长摆上。萨日朗一个趔趄,眼看就要摔倒,秦越一个抢步上前抱住了萨日朗,不好意思地说了声:"对不起。"

萨日朗莞尔一笑,摆摆手,说了声:"没关系。"

金慧心拉起了手风琴,邵华为唱起了《班长拉琴我唱歌》,接着他拉起了二胡,和吹笛子的曲景波一起给二营的指战员们伴奏,指战员们想唱什么歌,他们就给指战员们伴什么奏。《太阳出来照四方》《打靶归来》《洪湖水,浪打浪》、四人小合唱《游击队歌》、阿尔巴尼亚电影《瓦尔特保卫萨拉热窝》主题歌《啊,朋友再见》、连队集体歌曲《毛主席的光辉照边疆》、样板戏选段《党叫儿做一个刚强铁汉》……一曲接着一曲,一个连接着一个连,哪支队伍里都有自己的歌手,都有自己的歌唱。

三营的篝火圈里,李龙兴当起了大导演,林至峰、杨钊、宋凯、曹雪儿……这些以表演为主的演员和三营的指战员们,都在李龙兴的指挥下演起了电影《英雄儿女》。李龙兴先是指挥着演员们和指战员们大合唱《英雄赞歌》:

曹雪儿领唱:烽烟滚滚唱英雄,四面青山侧耳听,侧耳听
战士们齐唱:为什么战旗美如画,英雄的鲜血染红了它
林至峰领唱:英雄猛跳出战壕,一道电光裂长空,裂长空
战士们齐唱:为什么大地春常在,英雄的生命开鲜花

李龙兴把三营的指战员分成了两军——中国人民志愿军,美帝国主义侵略军和李承晚的伪军。

"美帝国主义侵略军和李承晚的伪军"匍匐在用雪堆起来的高山后。

"中国人民志愿军"操炮在高山的另一侧。这本来就是一支高炮部队,虽然是无实物表演,但操炮的战士们个个动作准确,严阵以待。

林至峰扮演“王成”,李龙兴太喜欢这个小伙子了,就像得了宝贝一样紧牵着林至峰的手不放。他问了林至峰的出身,他是汉族,但姥姥家是蒙古族,这就是说,他的遗传基因中有四分之一的蒙古族血统。怪不得他的表演那么大气,那么豪放呢。他指名让林至峰演“王成”,这是电影《英雄儿女》的一号人物。

“王成”和他的战友们杨钊、宋凯……把身边的手榴弹都投向了敌人……子弹打光了,手榴弹扔没了,“王成”抄起一根爆破筒,拉开了引线,手拿对讲机,高喊着:“为了胜利,向我开炮!”

太好了!这就是一个志愿军英雄王成,李龙兴恰似回声一样也高喊了一句:“为了胜利,向我开炮——”

曹雪儿领唱:双手紧握爆破筒,怒目喷火热血涌
敌人腐烂变泥土,勇士辉煌化金星
战士们合唱:为什么战旗美如画,英雄的鲜血染红了它
为什么大地春常在,英雄的生命开鲜花

在李龙兴的导演下,三营的指战员们全成了演员,一个一个感到新奇、兴奋而又认真,在生命的记忆中有了当“演员”的记录,足足地过了一把瘾。

就要熄灭的篝火一次次地燃起,就要结束的歌声一阵阵响起……午夜零点,李红军团长郑重地宣布:“今天看演出的,只是我们高炮团的一半指战员,另一半的指战员还在岗位上站岗值班。明天上午慰问团还要为高炮团的另一半指战员演出,我们高炮团的指战员们,全体立正,送慰问团回去休息。”

战士们无声地肃立着,目送着慰问团的全体成员去山洞前的一排土坯垒的平房里休息。

土炕的炕洞里被战士们填满了桦木柈子,在暖乎乎的热炕上,慰问团一行人很快进入了甜蜜的梦乡。

在一营营部的土炕上却有一个人像烙馅饼似的翻来覆去，辗转难眠，他，就是一营营长秦越。秦越是锦州炮校毕业的大学生，来到高炮团不到七年，就由排长升为连长，再升为营长。彼时，部队中的大学生是凤毛麟角。他全身心地投入部队的建设中，根本无暇顾及自己的婚事，更何况在炮校的三年和在炮团的七年里，身边根本就没有一位女性出现。时光荏苒，不觉中他已经三十岁了，在个人生活的田地里，还是“四十里地一棵高粱——独根独苗”，没有一位女性的影子步入他的心田，也没有一位女性让他像今夜这样翻来覆去辗转难眠。他一闭眼，脑海里就是萨日朗那莞尔一笑，就是萨日朗那一双大大的会说话的眼睛。萨日朗领舞《紫花苜蓿》的时候，他就觉得这是一位草原上的仙子在他的眼前翩翩起舞。那嫩绿的裙裾如水之旋涡般旋转，那脸庞似月光般明媚，那双会说话的眼睛流光溢彩，他看呆了……心里一遍一遍地默念着，这个姑娘就是他梦中的妻子，就是让他幸福一生的伴侣……凌晨四点，在起床号还没有吹响的时候，秦越再也躺不住了，他必须抓住时机，唯恐时不再来，上午的演出一结束，那位在他的脑海中萦绕了一夜的草原仙子就要飘然而去，像云像雾又像风，他永远抓不住了……他翻身穿好衣服，调整好状态，朝团长的宿舍跑去——

上午的演出还没有开始，李红军团长就郑重地走到崔委员的面前，抬手敬了个军礼，说道：“我们有个困难，需要首长帮忙。”

崔委员很喜欢这位英俊、干练的炮团团长，就说：“干吗这么一本正经，有话就说，凡是我能解决的，也学学你们军人，雷厉风行。”

“您记得我们一营的营长吗？”

“不就是那个高个子、圆眼睛、长着两道剑眉的秦越吗？”

在昨晚演出前的招待晚宴上，他记得一营的大个子营长捧着一个瓷碗给他敬酒。

“首长，您真是好记性。他是军校毕业的大学生，今年三十岁，还没有媳妇……”

“噢……你是让我当媒人？”

“天上无云不下雨，地上无媒不成婚呢，深山老林里见不到一个女人，想找个对象太难了。”

“这就是你要找我解决的困难？”

“是。他看中了那个跳蒙古族舞的萨日朗。”

“萨日朗是个好姑娘。”在台下看了两场节目后，崔委员就在演出中间去了后台，他不但要观察台上的乌兰牧骑，还要观察台后的乌兰牧骑。他看望了那个在台上摔跤的慰问团成员，知道她的名字叫萨日朗，译成汉语就是“月亮花”。他看见月亮花一下台就先换好下一个节目的服装，然后，拿出一本书静静地坐在台后的一个角落里认真地看了起来。任凭台上锣鼓喧天、辗转腾挪，她就像没有听见、没有看见一样，专心致志地沉醉在书里，目不斜视。等到该她上节目的时候，她的脑子里就像有座报时钟一样，立刻合上书本，精神抖擞地站在台口，音乐一响，她就翩然地飘向舞台……在萨日朗又一次捧起书本时，他走到她的面前，她竟然没有察觉，仍然沉浸在书里。

他轻轻地拍了拍她的肩膀，她像一只受到惊吓的小兔子一样，惊悚地抬起头，一见是崔委员，立刻站起身来，叫了一声：“首长。”

“你看什么书呢？”

萨日朗把手中的书捧给崔委员。

“《辽史》？”崔委员原以为小姑娘这么专注、入迷地读书，一定是本描写爱情的小说，没想到她读的竟是《辽史》，他认为读历史书籍的不是历史系的大学生就是搞文史的老学究。

“我们昭乌达盟一千多年前是契丹族的故乡，耶律阿保机建立的大辽帝国与南宋、西夏三足鼎立。大辽帝国幅员万里，建有五都，有两座都城就建在昭乌达盟的土地上，一座建在巴林左旗的林东镇，叫辽上京；一座建在宁城县的天义镇郊，叫辽中京。契丹是崇拜太阳的民族，就跟我们蒙古族崇拜长生天一样。我是这片土地上的文艺工作者，我想了解这段历史，用于我的创作，有时……我在想，辽宁省的名字有个‘辽’字，是不是来源于契丹族的大辽朝？这儿的燕山山脉里有一条黑里河，就是大辽河的发源地呢……"萨日朗眨着灵动的大眼睛，求知地问崔委员。

"好啊！好啊！读书好啊！我这个辽宁省革命委员会的副主任还没有这么认真地研究过《辽史》呢！你读吧，记着把读《辽史》的心得写信寄给我，我再找专家给你点评点评。"

崔委员把《辽史》还给萨日朗，心里对这个抓紧时间刻苦学习的乌兰牧骑队员赞叹不已。

"萨日朗是个好姑娘。"崔委员又重复了一句，"我这个媒人是当定了。不过，得演出之后。我怕现在去说，萨日朗走了心思，在台上跳那个女民兵舞，一举枪，再摔一跤。"

刚演出完，还没来得及卸妆，萨日朗就被叫到崔委员的面前。睡了半宿的热炕，如做了半宿的理疗，她的腿消肿了，精神也恢复得很好。顶上七个花瓷碗，她跳了一场掌声伴奏的《奶酒敬亲人》。

崔委员慈祥地看着萨日朗，问道："一场演出，演了七八个节目，累了吧？"

"不累，已经习惯了。"

"萨日朗，时间紧迫，有话我就直说了，你看那边——"崔委员一指三十米处站着的一位高个儿军官，"你认识他吗？"

"噢……"萨日朗想起来了，他就是昨晚篝火联欢会上跳安代舞时，踩了自己袍子的那位营长。

"想起来了吧？今天吃早餐时，他还递给你一个馒头……"崔委员提醒着萨日朗。

这个萨日朗倒没太在意，经常在外边吃饭，谁人给端一碗面条，谁人给递一个馒头，是常有的事，她只管低头说"谢谢"，从没抬头细看过人家的面容。

"他是一营营长秦越，大学生，共产党员，今年三十岁，相貌堂堂，一米八六的个头。我也问了你们的队长鲍龙斌，他说你也入了党，当了副队长。你们是一对优秀的青年，我想讨你们一包喜糖吃……你可愿意？"

这事来得太突然了，萨日朗一点儿思想准备也没有。这几天，她正因为邵华为给千千木化妆的事苦恼着，不明白她的华为哥哥为什么对那个妖冶的千千木那么亲热，他们虽然没有订婚仪式，但大家都知道“互助组”，人人心照不宣，华为哥哥怎么变心了呢？这几天，她对邵华为不理不睬，以示惩罚，想等着演出结束后，跟邵华为彻底长谈一次，她要问问她的华为哥哥还爱不爱她？

可……可眼下怎么办呢？拒绝了秦越营长？这个媒人可是省革命委员会的副主任，官大，面子也大，他满心欢喜地做好事，一瓢冷水浇下去，够扫兴啊！不拒绝秦营长？可自己的心里还在深深地爱着邵华为。她之所以与他怄气，就是心里爱他，在乎他，才跟他较劲……

“这么着吧——”见萨日朗低头沉思一言不发，崔委员知道慰问团卸了妆就要开拔，晚上得到达坦克团，还有一场慰问演出，“萨日朗，你要是同意，就过去跟秦营长交换一下地址，今后好通信；不同意呢，就摇摇头，回去快卸妆，咱们好赶路。”

萨日朗咬咬嘴唇，想了一个折中的办法，她拿出笔，从日记本上撕下了一张纸，迅速写下自己的地址，交给崔委员：“首长，这个事太突然了，我对秦越营长一点儿也不了解，让我现在做决定，有点儿太难了。我现在过去与秦营长交流，大伙都看着呢，影响不好。把我的地址交给他，以后通信交流吧。”

萨日朗说得入情入理，崔委员也觉得她通情达理，就把写着萨日朗地址的纸条交给了李红军团长。李红军团长又把秦越营长亲笔写的“巴林右旗大板镇××××××部队炮团一营 秦越”的字条交给了萨日朗。

7

两支乌兰牧骑和省直的四个文艺团体胜利大会师，这是辽宁省赴昭乌达盟春节慰问团的最后一场演出，演出的地点就在距车伯尔市东南方二十公里的空军一师飞机场。

露天演出,容得下二百人的合唱队,就是不能跳芭蕾舞,因为机场的场地不是木头地板铺就的,而是水泥磨成的,一场舞蹈跳下来,足尖鞋就得全被水泥地磨烂了。来昭乌达盟不到一个月的慰问演出,也让省芭蕾舞团有了经验,他们把四十八个人的《军民一家亲》减掉了一半,二十四个人的《军民一家亲》在旗县级的木板舞台上是跳得开的,又给每个女演员都买了一双护士鞋,凡是台板是水泥的不能跳足尖,就穿上护士鞋跳半足尖。

飞机场的露天舞台要多大有多大，这是由四个省级文艺院团来昭乌达盟的第二次全员演出，与第一次在红旗剧场的演出不同的是，没有天幕,不用灯光,跳芭蕾舞不穿足尖鞋。所以,这场演出是以四个院团为主,两支乌兰牧骑成了配角。赛罕旗乌兰牧骑的节目是两个舞蹈——蒙古族舞蹈《紫花苜蓿》《草原女民兵》和一个“小北京”杨钊、“小天津”宋凯说的相声《炊事班长》;车伯尔市乌兰牧骑的节目是山东琴书《找亲人》和金慧心领舞的《珠岚舞》。

寒冬腊月照样有朝阳升起，地处昭乌达盟西南的空一师飞机场比赛罕乌拉夜晚的气温整整高了二十度。离开大舞台快一个月了,四个省团在飞机场的跑道上找回了自己的优势与尊严。

二百人的合唱队,一半站在地上,一半站在长条椅子上,围成了一个半月形的圈儿,气势磅礴的交响音乐《沙家浜》四个声部伴唱,那穿云破雾的音乐,响彻云霄,给人一种惊魂动魄的震撼。也许是连续受挫的压抑爆发出来,也许是要给省团的实力正名,也许是二百人的合唱队在宽宽敞敞的长椅子上还没过足瘾,或者说,要在以邵东方为首的昭乌达盟党政军领导和两支乌兰牧骑面前打一个翻身仗,继交响音乐《沙家浜》之后,省歌剧舞剧院又推出了《黄河大合唱》:

我站在高山之巅,

望黄河滚滚,

奔向东南。
惊涛澎湃,
掀起万丈狂澜,
……

省芭蕾舞团也不示弱,除了《军民一家亲》,还上演了《常青指路》,那个演吴清华的女演员一连三个"倒踢紫金冠",整个空中的造型就像一架飞机的高空特技。这不但让坐在小马扎子上的空军飞行员们心里惊艳,嘴上连着声地叫"好",这也让自恃条件好而处处受到娇宠的千千木知道了游荡在湖泽淖泊之上的鹅黄小鸭与空中飞翔的白天鹅之间的差距。

样板戏学习班的钢琴伴唱《红灯记》,李玉和、李奶奶、李铁梅一家三代都上了场,连与铁梅一墙之隔的邻居——惠莲的婆婆都在钢琴的伴奏下唱了一段:

穷不帮穷谁照应?
两个苦瓜一根藤,
帮助姑娘脱险境,
逃出虎口奔前程。

辽宁人民艺术剧院的话剧《为革命修路》里的老工程师继续由B角演出。李龙兴继续朗诵毛主席诗词《沁园春·雪》。在经久不断的掌声中,他穿上了邓大人的行头,继续演出《甲午风云》,与他合作的是两支乌兰牧骑的全体男演员。他已下决心要在适当的时机把林至峰调到辽艺,当他的接班人。他许诺与他一见面就成了莫逆之交的邵华为,一旦省音乐学院有进修指标,就帮他实现进修作曲的愿望。

"撞沉吉野——"

李龙兴操起舵轮,大吼一声,器宇轩昂,大义凛然。

"撞沉吉野——撞沉吉野——"

两支乌兰牧骑的男队员的吼声整齐雄壮。

“撞沉吉野——撞沉吉野——撞沉吉野——”

所有的观众都站立起来，空一师指战员们的吼声如大潮咆哮，排山倒海，响彻云霄……

晚上的演出在空一师的俱乐部举行。舞台总监又一次把各团队负责业务工作的干部召集到一起，排列出一张节目单。因为是小剧场演出，两支乌兰牧骑队又成了主角。无独有偶，这场演出的节目单竟和大板镇乌兰琪琪格剧场演出的一模一样。

一阵热烈的掌声把萨日朗送到了后台。她抱着一摞花瓷碗气喘吁吁地站在一个角落里。这连续五十多场的演出，体力消耗得很厉害，加上她是带着腿伤上台，除了体力下降以外，还常常出现失眠和头晕眼花的症状，脸色有时也一阵阵的煞白。她找了随团医生诊断了一下，医生说她贫血，给她注射了葡萄糖针剂，还叫她随身带上一些糖块，头晕眼花的时候就含上一块。还甭说，这个法子非常管用。她买了一包螺丝糖块，放在随身携带的包里救急……她长吸了一口气，屏住了吁吁气喘，忽然就觉得头晕眼花四肢无力。她坐下来，想呼唤一个人把包里的螺丝糖给她拿来一颗……她无力地抬起头向对面望去——

邵华为正一手托着千千木的下巴颏，一手拿着眉笔，给千千木画眉眼。

看着萨日朗这二十多天的演出中一直没怎么接近邵华为，千千木以为是自己给萨日朗出的难题奏了效，萨日朗自知不是自己的对手，知难而退了。演完这一场，明天，两支乌兰牧骑就要分开了，真是天赐良机，让萨日朗上台不能专注，摔坏了腿。一个特定时间、特定地点的机会又出现了，她要略施小计，把最后一棵稻草压在萨日朗头上，让她彻底沉没在与她竞争的半路上……想到这儿，千千木决定来一次故技重演，就在萨日朗的顶碗舞快要结束的时候，她换上了“喜儿”的装束，拿着化妆盒跑到邵华为面前：“邵队——给咱画画眉眼，我习惯了画细眉、圆眼睛。人家《白毛女》剧照上的喜儿是粗眉毛、丹凤眼，你就给我画画吧，咱得向样板戏看齐嘛——你一画就是画龙点睛，我一画就是画蛇添足。”千千木很会装嗲，这是令许多男人们不忍拂袖的一招儿。

“千千木，你自己画吧，你不能总长不大，任何知识都是可以学会的，包括化妆。”邵华为拿出了对萨日朗说话的方式，一贯的做法是，他说什么，萨日朗就以学生对老师的态度全盘接受，瞪着求知的眼睛诺诺。

千千木不是萨日朗，她永远不会对邵华为只诺诺：“就这一次了，下回我一定好好学。你看省芭的‘吴清华’，人家不止三个‘倒踢紫金冠’跳得好，那妆也画得干净漂亮。邵队——你不会让我给咱车伯尔丢人吧？邵队……”

“不，不，不。”邵华为还是拒绝着，想到萨日朗这些日子不爱搭理自己一定跟自己给千千木画眉眼有关，除此，她没有理由。

“邵队——邵队——，你就是一个好老师，哪有老师对学生保留的，你就给我画一次吧，权当教我了。”

邵华为经不住千千木的死磨硬缠，拿起了画笔……

“欺人太甚！”萨日朗咬碎了牙，眼里喷出了火。“上一次弄得自己摔倒在舞台上，腿肿了好几天，还没跟你算账呢。在攀登赛罕乌拉的山道上，奚落我是牧羊女出身，也没搭理你。再一再二没有再三再四，甩给你一根鞭梢儿，就能当梯子上天吗？”头晕眼花的症状又一次袭来，血压又低了，昏昏迷迷的萨日朗脑子里突然一亮，朝着对面的卓丽格喊道：“卓丽格姐姐，我血糖低了，快……快把我包里的糖块找出来——”说着，萨日朗放下花瓷碗，踉踉跄跄地向对面跑去，路过邵华为和千千木时，用胳膊肘使劲地撞了邵华为一下。邵华为拿着画笔的手往下一滑——从眼角到嘴唇，一条比蚯蚓还长还弯曲的黑道道纵穿了千千木的脸。

千千木气急败坏地跑到萨日朗的面前，一推萨日朗：“你眼瞎了？走路也不看着点，往人家的身上撞。你看我这张脸，怎么上台？”

萨日朗把一颗螺丝糖送到嘴里，几下就嚼碎了，眨眨眼咽了下去，眼前的模糊渐渐消失。她没有跟千千木发火，平静地说：“对不起，我血糖低，一犯病就眼前模糊。刚才我光顾着找糖吃,没看见邵队长给你化妆。我们赛罕旗乌兰牧骑的队员们一个人一面小镜子,都是对着镜子,看好了自己这张脸,自己化妆……千千木,你跟我发脾气也没用,就是动手把我打烂也没用,还有一个节目就该你的《大春送面》了,时间不到五分钟,你得赶紧把妆洗了重化,要不就来不及了。误了场,这可是代表省慰问团在给空一师的领导和干部们演出,你、邵队和我都负不起这个责任。"

千千木跺了跺脚,狠狠地瞪了萨日朗一眼,只得到处找脸盆去彻底地洗脸。

出了胸中的一口闷气,再上台,萨日朗这个《草原女民兵》的队长跳得英姿飒爽,举枪瞄准,右腿踢过头顶,变身跳"双飞燕",体轻如燕。

天空上,月牙儿弯弯,星光灿烂,俱乐部里笑声喧哗,灯火通明。

今天是腊月二十九,还有一天就是大年三十。演出刚结束,在空一师的俱乐部里,迅速撤去了全部的长条椅子,摆上了四十张圆桌,欢送省慰问团的百鸡宴在这里隆重举行。

空一师的师长是位抗美援朝时的英雄飞行员,他开着战斗机在僚机的掩护下,击落了傲慢的美国空军王牌战斗机,给刚刚建立起来的新中国空军大大地壮了军威。他人高马大,不怒自威,可一笑起来又阳光灿烂,率真见性。他要给慰问团搞个百鸡宴送行。

崔兆林委员劝他不要太破费了,说:"还是要发扬艰苦朴素、艰苦奋斗的革命精神,一旦百鸡宴的事传了出去,还不知外界会有什么反应!给煮上几大盆挂面做夜餐,演员们热热乎乎地吃上一碗,就该休息了。"

"那哪成啊——"空一师师长学了一句《沙家浜》里沙奶奶的道白,接着对崔委员说,"崔委员,您不要担心,部队是不搞'文化大革命'的,所以,不用担心有人会贴我的大字报。当年,土匪头子座山雕在威虎山上过个年,派土匪们下山到老百姓的屯子里抓鸡,还搞了个百鸡宴,一个小小土匪头子搞得起百鸡宴,咱们强大的人民空军和省慰问团过大年还搞不得一个百鸡宴?咱们不用到老百姓的屯子里抓鸡。随军家属们没事干,闲得嗷嗷叫，我就让她们养鸡、养羊、养猪，种菜，办托儿所、幼儿园、小卖部……‘发展经济，保障供给’这可是毛主席他老人家说的话。总之，不能让她们闲着，一闲着就出毛病，不是和丈夫吵嘴，就是和邻里打架。有活干了，还真出了几个穆桂英，既能保障部队的供给，又有工资收入，年年我都给她们戴大红花。”

“哦……”崔委员叹息了一声，这位虎虎生威的师长不但能治军，还能治家属。

百鸡宴进入高潮，空一师的师长、政委和几位大队长轮番给慰问团敬酒。

崔委员站了起来，走到金慧心和萨日朗面前，说：“小金、萨日朗，咱们出征！”他特别喜欢这一正一副两位乌兰牧骑的队长，金慧心漂亮干练，萨日朗美丽多情，她们还有一个共同的特点，就是能喝酒。他不知道她们的酒量有多大，但是每次带着她俩去给首长们敬酒，不管喝多少，也不管是白的、啤的，还是色的，就是没醉过。特别是那个金慧心，喝了酒还能拿起笔写作新的歌词唱词，然后，换上一件镶着金边的白色蒙古袍亲自报幕，演给酒后的首长和炊事班。

炊事班忙着给演出的演员们做饭，根本就看不到演出。

金慧心正坐在餐桌的一角，用一个笔记本编写着唱词。车伯尔乌兰牧骑有一个拥军的表演唱《双送礼》，由邵华为和林至峰扮演两个留着两撇小黑胡子的维吾尔族老大爷，边歌边舞，同时想到要给在风雪中保家卫国的边防军送去葡萄干、烤馕和手抓饭。节目欢快、诙谐又有情趣，每次演出都很受欢迎。这个节目是可以针对演出对象换词的。金慧心正在把空一师的英雄事迹编进有板有眼的唱词里，抄出两份，交给邵华为和林至峰，让他们俩加进《双送礼》台词里，一会儿好演给炊事班和在场的首长们。近一个月的同台演出，她跟萨日朗有了默契，在她和鲍龙斌组织队员们给炊事班演出独唱、独舞、独奏、相声、快板、单弦、好来宝说唱……这些小节目时，萨日朗就带着两支乌兰牧骑没有演出任务的女队员们，把桌子上的菜盘碗筷敛起来，全部洗刷干净，让忙碌了一天的炊事班战士们好好地歇一会儿，安心地看节目。

金慧心把两页抄好的唱词交给了邵华为和林至峰，就和萨日朗随着崔委员去给空一师的首长们敬酒了。崔委员说的“出征”，不是去打仗，而是到各桌去巡回敬酒。四十张桌敬下来，还真是一个不小的拼酒“战役”。

绕了小半圈，在第十张桌子上遇到了鲍龙斌。他接过萨日朗手中的酒杯，朝着坐在第一张桌子上的邵东方走去。因为是和省团分队演出，他一直没有机会和邵东方坐在一起，从萨日朗的口中得知，是邵华为的父亲邵东方政委打给赛罕旗巴根政委的一个内部电话才把他从监狱里救出来的。滴水之恩，涌泉相报，何况是救命之恩呢？总得敬杯酒，说句“谢谢”吧。他举着酒杯来到邵东方的面前。

“邵政委，是您打给巴根政委的一个电话救了我，也救了赛罕旗乌兰牧骑，我敬您一杯酒，谢谢您的救命之恩。”说着，他把酒杯双手高高举过头。

跟在鲍龙斌身后的金慧心想拦也来不及了。是她不让萨日朗告诉鲍龙斌实情的。她怕生性耿介的师兄自尊心受辱，接受不了林至峰表演出来的剧情。但……百密一疏。

“给巴根打电话？”邵东方的眼神一愣。

“是萨日朗告诉我，您给巴根政委打的电话，巴政委立马叫‘群专’放人……”鲍龙斌诚恳地说，完全没有感觉到师妹金慧心在用脚踢他。

“哦……”邵东方没有再问下去。

邵华为刚演完《双送礼》就被父亲邵东方牵着一只手走出了俱乐部。已经是午夜时分，天上的星星疲惫地眨着眼睛，松懈了自己的热情。除了远处飞机跑道上还亮着灯光，俱乐部门外一片漆黑。

邵东方压低了声音问：“邵华为，是你以我的名义给巴根打的电话？”

“是。”邵华为一力承担，他不能连累乌兰牧骑的战友，不能说出林至峰。

“为了萨日朗吗？”

“是。”他不能说出别的，否则，他带着萨日朗回家向父亲求情就没有了合理的解释。

“啪！啪！”两个响亮的耳光打在邵华为的脸上。

邵东方压低声音骂道：“你也太胆大了！太糊涂了！太浑蛋了！你竟敢背着我，以我的名义打电话！你知道你救出来的是一个什么样的人吗？是一个至今中央还没表态的‘反党叛国集团’的‘黑干将’。若是有人追究下来，就是政治错误，轻则，老子滚回老家卖红薯，重则，那牛棚就不只有一个鲍龙斌，还有你的老子我(ne)——”

“鲍龙斌是一个优秀的共产党员，我已经认识他七年了。”邵华为捂着红肿的脸颊，分辩道。

“你还敢犟嘴！她不懂事，你应该懂事，你不应该犯这样政治上的错误。我(ne)告诉你，我们邵家不接受萨日朗那样的政治糊涂蛋，我(ne)也罚你一年不准迈进西跨院，不准你接触我(ne)的电话，否则，我(ne)就永远地和你断绝父子关系，省得你这个糊涂蛋给我(ne)惹祸，惹大祸……”

在演出《双送礼》前，邵华为看见萨日朗很高兴，还主动把一条干干净净的白毛巾递给自己擦汗，那个心疼自己、爱自己的萨日朗又回来了。他悄悄地把萨日朗叫到一边，说：“明天就是年三十了，你晚回去赛罕旗两天，就在我家过一个年吧。”

教训了千千木，胸中吐出了闷气，邵华为又主动邀请，能和亲爱的华为哥哥一起过年，这当然是最美不过了，萨日朗高高兴兴地答应了下来。

美事被邵东方的两个巴掌打掉了。

四个省级院团的演员们坐在十辆大轿子车上，回沈阳吃年夜饭了。崔兆林委员把两支乌兰牧骑队员留在盟宾馆，开了一个小型的座谈会。他说：“近一个月的慰问演出，使我了解到，昭乌达盟的旗、县、市必须有一支乌兰牧骑。乌兰牧骑诞生在这片土地上，这片土地需要乌兰牧骑，文艺为基层的工农兵服务，需要乌兰牧骑。我回去就向辽宁省委汇报，撤销《在昭乌达盟撤销乌兰牧骑建制的决定》，乌兰牧骑不但要存在，还要发展。你们十二个人的编制太少了，我建议，给你们二十五个人的编制。萨日朗一个人一场就演七八个节目，还要打扬琴伴奏，太累了。还有小金，金慧心，一个女同志，要跳舞，要手风琴独奏和伴奏，还要搞剧本创作、队伍管理，太累了，也不利于专业之专。人多一些，就有了相对的专业分工，这对专业提高是很有好处的，你们说对不对呀？”

“对——”两支乌兰牧骑队员把手都拍红了，这是一件新春大礼，比吃百鸡宴让他们高兴千倍。

第二十六章　遭父亲冷遇　珍惜时间邵华为静心读书
送政委大礼　艺校培训金慧心带队学习

1

这个春节,金慧心过得快乐而幸福。

她到北京郊区的农场里接回了妈妈关玉琢,让她与女儿、女婿和一个九岁的外孙一起过年。

看到女儿嫁了这么一个知书达理又官至县处级的丈夫，关妈妈止不住地热泪盈眶。她说过去的王爷,如果不是亲王,拿到现在不也就是个县处级吗？她说她已经是过了严冬的菩提树,在正月里开花了,有了女儿的这个家,她一生中经受过多少苦难都值了。幸福,都是从苦难中修行出来的,不经九九八十一难,唐僧师徒怎能修得正果？她从北京买了点心、名酒和衣服,要金慧心夫妇带着她去王府镇,感谢把女儿抚养大又教育得这么好的金燕鸣夫妇,还有那位心慈面善的慧明师父。

临走的时候，她俯在女儿的耳边叮嘱:“别光顾了工作，早早要个孩子,为家族舒枝散叶才是女人的根本,也是做娘的最大财富。攒多少钱都不如有两个孩子。如果当年娘不生下你,哪有今天的福分。”

苏晋已经正式担任了共青团昭乌达盟的盟委书记。他迅速在全盟开展了整建团工作，各级团组织的重新建立让学校中的红卫兵组织归回了历史。车伯尔市乌兰牧骑除了金慧心一个党员外，没有党员，也没有团员。金慧心把苏晋请到四合院，讲了一天团的知识，决计介绍邵华为、林至峰、曲景波和华凌四个人首批加入共产主义青年团，由华凌担任团支部书记。晚上，由苏晋出钱，大伙动手，在四合院里办了两桌丰盛的酒席，算是补上了喜酒。

邵华为这个年过得最糟糕！

他没能带萨日朗进西跨院包大年夜的饺子，也没告诉她自己挨了父亲两耳光。他怕这件事说出来堵了萨日朗的心，给她增加思想负担。倘若知道了父亲不接受她的态度，她……会怎样痛苦呢？不能告诉她真相，只说父亲要带着江坤到山西老家祭祖，自己也要跟着去，抱歉，让她去西跨院过年的邀请食言。

萨日朗是个最善解人意的姑娘，她踮起脚尖长吻了邵华为，还把自己用钩针钩成的一双尼龙线拖鞋送给了邵华为，说是她一针一线用麻绳纳的鞋底，比塑料底结实，不容易折断，夏天穿了轻便、凉爽，还能防止脚气。

食堂的大师傅回村过年去了，正月初六才能回来给队员们开伙。邵华为不会做饭，也不会做菜，就煮了一锅玉米面糊糊，就着老咸菜，每顿吃上两碗，然后，蜷曲在宿舍的床铺上读书。他已经读完了恩格斯的《反杜林论》，正在读列宁的《帝国主义是资本主义的最高阶段》，下一本书就是《古文观止》，他已读过两遍，还准备再读一遍。读古文经典，越读越解馋，越揣摩越深邃，那感觉就像吃了一块煮得烂烂的羊脂，肚腹丰腴，唇齿留香。

一个多月不回家，特别是过年也不回家，让江坤感觉到了是自己这个做后娘的不是。不单是她的感觉，外人的感觉也是她这个做后娘的不是。亲娘在，哪有儿子不回家过年的道理？又不是隔着千里万里，西跨院和四合院，就隔了三条马路和一条小巷。

她就让邵东方给邵华为打电话，叫邵华为回家过年。她知道，邵华为不回家过年，一定是父子间发生了什么矛盾，可她问不出原因。邵东方也没有把儿子偷着给巴根政委打电话的事告诉她，这个政治觉悟非常高的妻子一旦知道了这件事，说不定，她一上劲就会去公安局报案。不论是儿子被监禁，还是自己被审查，都不是他想要的结果，他必须用手中的权力掌控住这件事，不能再让它蔓延出什么恶果来。

指使不动邵东方，江坤就亲自挺着个大肚子来四合院找邵华为了。后娘挺着个大肚子亲自来请，邵家的大公子怎么也得给个面子。

邵华为不给面子。

他认为这件事从一开始就是江坤作的梗。如今事情闹到这个份儿上，始作俑者，是这个后妈，她太多事、假政治、不贤淑。倘若母亲在世，他早就带着萨日朗回家包饺子、放鞭炮了，说不定母亲还会带着萨日朗去商店里挑选他们结婚用的红缎子、绿缎子的被面、褥面了。他不能直抒这个理由，也不能把父亲对他“一年不准回家”的处罚告诉这个后娘，这毕竟是他们父子俩在黑暗的夜空下定下的事。

“我不回家过年是因为有一个歌曲创作的任务，过了正月十五就得给省的《音乐生活》杂志寄去，我回家怕吵，静不下心，集中不了精力，完不成任务。”

“家里很肃静，没人吵你。”江坤一针见血地戳穿他的谎言。

“家里有人拜年，哪能不吵？再说，家里也没钢琴，没钢琴怎么作曲啊？”搞创作的人不会轻而易举地词穷。车伯尔市乌兰牧骑本来没有钢琴，就在金慧心恢复工作的时候，她写了一个申请报告递给了司子健，司子健大大地画了一个圈，一架钢琴就落地在排练室里。

“你一天二十四小时都作词作曲啊？你就不吃饭不睡觉了啊？吃饭、睡觉，你回家；作词、作曲，再到这里来。怕耽误时间，我让你爸爸的司机来回接送你。”江坤是机要秘书，思维缜密，做事周到。她的一番话击溃了邵华为所有的托词。

词穷。沉默了一会儿，邵华为又找出了一条理由：“我爸见了我这张脸就堵心，我怕他犯了高血压，给你添麻烦。”

江坤抄起电话就拨到家里，说道：“邵政委，华为说你见到他就堵心，不愿意回去。你说句话吧，我挺着个大肚子不能白跑一趟哦。”

“你叫他接我(ne)的电话，小兔崽子，年纪轻轻的，白活了二十多年，世事不懂。”

邵华为接过了听筒。

“你俅的连个‘爸’也不喊一声，你眼睛里还有我(ne)这个天王老子无？你快滚回来，让你江阿姨去请，你还功劳大着咧？”

“爸，你说话算不算数？你可是一家之长、一盟之长的革委会主任。”

词穷。邵东方“啪”地放下了电话。

“你不回家，我就坐在这儿不走了。”不达目的决不罢休，她有这份坚决和坚持，说完便端端庄庄地坐在椅子上，一动不动。

邵华为捧起了《帝国主义是资本主义的最高阶段》，在他的心中，老爸的封建家长制也是“资本主义的最高阶段”，快要走下坡路啦。他心里淡定，也就学着江坤的做派，端端正正地坐在椅子上，一动不动。一个读书人，性格中岂能少了几分耿介与坚韧？

一曲腿，江坤的屁股离开了椅子坐在了地上，一动不动。这是她最后的撒手锏。

这下邵华为坐不住了，脚下是青砖墁的地，凉啊，还没打春呢，江坤鼓鼓的肚子里，装的不是个弟弟就是个妹妹，一旦出了事，夭折了，他将一辈子背负着罪恶。

“我跟你回家，你起来吧。”

2

正月初六的上午，车伯尔市革委会主任司子健带着宣传组(部)组长周益民，说是给保住了乌兰牧骑建制的大功臣们拜年，顺便搞搞调研，还说中午要在四合院的食堂里吃一顿饭，体验体验乌兰牧骑队员的生活。

队员们都换好了练功服，在邵华为钢琴的伴奏下开始了新春过后的第一次练功。有凌岩老师给打的底，孟玉、齐丽丽、江竹倩、刘薇薇、季元春，林至峰、曲景波、詹萍萍、华凌……就连唱女中音的胖子达日玛，也能将把上把下的动作做得很准确。当然，若论舞蹈基本功，还是千千木出众。别人都练的是民族舞的基本功，唯有她练芭蕾的基本功。民族舞要把身体的动作练圆，勾脚踢腿，山膀撑圆；而芭蕾舞则要把四肢抻长，绷脚踢腿，双手放松。不同的训练方法就会练出不同的体型，练芭蕾的体型修长，练民族舞的多数个子矮小。金慧心也注意到了这个问题，但怎么解决，她还没有一个成熟的办法。

一个大跳，千千木像鸥雁展翅翩然而过，对面的一排大镜子里留下了她的惊鸿一瞥。

司子健扭头问陪坐在身边的金慧心："慧心，还有什么难题需要我解决的吗？我这个革委会主任不会当得长久，军人就是军人，要归队，也要还政于地方。'花开堪折直须折，莫待无花空折枝。'我没权了，想赎罪也没机会了。"司子健的话音，竟有几分生离死别的味道。

"别这么说，你已经为乌兰牧骑做得够多的了，我……我也没什么……"突然，金慧心想起了有一面镶着珍珠与贝壳的大镜子和一个紫檀木雕花衣柜还在段疯子的手里："哦，我们还有一面镶了珍珠与贝壳的大镜子和一个装乐器的紫檀木雕花衣柜被段子风来造反时掠为己有。"

"这好办。老周——"司子健招呼宣传组（部）组长周益民，"告诉段子风把大镜子和雕花衣柜给乌兰牧骑送回来，若是不送，革委会的下一步工作就是严惩'打砸抢'分子，让他掂量掂量利害轻重。就说是我说的。"

"好嘞——"周益民也曾十分头疼段疯子的大字报和漫画，现在有个人能整治他，自然是十二分的欢喜。

中午饭是二两一个的大馒头和一人一碗的猪肉酸菜炖粉条，还有一碟剁碎了的白菜、红辣椒、大葱拌的老虎菜。也许是练功练得出汗太多，体力消耗太大的缘故吧，林至峰、季元春、曲景波几个男队员都吃了五个馒头两碗菜，就连千千木、达日玛、华凌、詹萍萍等女队员也都吃了三个馒头，还意犹未尽。没办法，练舞蹈功，一点儿不比修大渠省力。

司子健吃了两个馒头，放下饭碗，来到金慧心的办公室。他端起金慧心沏好的龙井茶深深地喝了一口，问道："乌兰牧骑队员的粮食标准是多少？"

"比机关干部多一点，每月三十四斤。"

"二两一个，五个馒头就是一斤，那只够林至峰他们每天吃一顿饭的，剩下的两顿，怎么办？"

"怎么办？家里补呗。要是父母都是干部那就惨了，都是二十九斤，够父母吃就不够子女吃，够子女吃就不够父母吃，总得有一头委屈肚子。"

"乌兰牧骑的队员们都是千挑万选出来的，不能吃不饱，这么大的体力消耗，营养补充不上去会生病的。别看不起当兵的，没有太大的好处，就是能吃饱饭。这样吧，把你们的粮食标准提高到每月四十斤，和机械加工厂的工人一个样，男女队员互相调剂一下，把肚子喂饱了，多给人民群众演些好节目就都有了。老周——这个问题，还得由你去和粮食部门协调，我写了条子，你去办。"

"好嘞——"周益民痛快地答应着，用权为民是公仆的本色。

金慧心的心里涌起了一股激潮，搞文艺的人是容易被感动的。看电影、看戏剧，在台下不断地拿着手绢擦眼泪的人，除了年迈的大娘大妈，多数是搞文艺的。金慧心的眼泪流在心里，司子健能用他手中的权力为乌兰牧骑队员们解决这么大的困难，她这个队长可就好当了。到此为止，她雪藏在心灵深处的对司子健的全部怨怒，都像见到阳光一样冰消雪化了。

她站起来，双手握住司子健的手："司政委，谢谢你，我代表全体乌兰牧骑队员谢谢你，你给我们办了一件大好事。"

"我还有一件大好事呢——"

"还有一件大好事？"给点阳光就灿烂的金慧心已经非常满足了，突如其来的大好事又吊起了她的胃口。

"我的一个战友在长春艺术学校支左，是革委会主任。他想迅速搞出点政绩，在文艺院校中创造出点儿新鲜经验。学校周围行道栽的都是速生杨，他受到了启示，就想搞个速成班，出点成果。正常的学生，中专五年，大专七年，特别是舞蹈专业，都是从初小四年级就招生的十一二岁的学生，见成果太慢了。今年春节，他回家乡过年，我们几个战友相聚，他给我谈了这件事情，我答应他，让咱们乌兰牧骑队的二十二名队员……不，再招上三名队员，达到省里下达的二十五个人的编制，一起到长春艺术学校完成一个学期的学习，从声乐、器乐、舞蹈、戏剧、创作等方面全面提高队员们的专业素质。人家是开门办学，不收学费，坐火车的路费和食宿的补助费我批给你，专款专用。你说，这是不是一件大好事？”

“太是大好事了。队员们听到这个消息，一定会扭起大秧歌。”

第二十七章　萨日朗做媒　乌日汗嫁炮兵营长
佟家琪报喜　赛罕旗要出国演出

1

朴真玉带着她的夫婿佟家琪回娘家过春节。她到的第一站不是大兴农场的阿玛妮家,而是乌兰牧骑大院。

赛罕旗乌兰牧骑也是她的娘家。

和他们这对小夫妻一起回来过年的还有乌日汗,她是单身,与其在呼市一个人孤零零地过年,还不如回到赛罕旗乌兰牧骑过年热闹。还有就是她想见见鲍龙斌,她一直爱着他,在心里默默地爱。当听说鲍龙斌进了监狱,她恨不得一抖翅膀飞回来去营救他,哪怕是自己替他坐牢都会在所不惜。第一眼见到鲍龙斌时,甚至不避讳在场的宝日吉格,一下子扑到鲍龙斌的怀里放声痛哭,委屈得好像是她刚从监狱里被放出来。

鲍龙斌也使劲地拥抱着她,他懂得她的爱,他不会顾忌黄毛丫头在场的醋意和妒忌而拒绝乌日汗的感情。乌日汗为乌兰牧骑失去了孩子,失去了家,作为乌兰牧骑的队长,作为一个男人,他必须给她一个怀抱,给她一双臂膀。

还是宝日吉格走上前拉开乌日汗的胳膊:“好啦,好啦,鲍龙斌这不是全须全尾地回来了嘛。多亏了萨日朗的那本影集,她拿出来和毛主席一起照相的照片,求了邵华为的阿爸,打了电话给巴根政委,还把照片放大了留在巴根政委的办公室里做抵押……今天晚上,你就住在我家,我给你包一个肉丸的羊肉馅饺子吃。当初,你把老鲍让给我,今天我就把老鲍让给你,让你和他亲热个够!谁让你是个眼泪多,又招人疼的娇娇女呢!"

乌日汗破涕为笑,随手给了宝日吉格一巴掌:"黄毛丫头,嘴,像刀子,心,挺软和。饺子,我要吃,亲热,还是留给你吧。我今天晚上不住你家,我要和萨日朗一块睡,听她给我讲这离别了好几年的故事。"

佟家琪拿出一份复制的文件,高高举起来说道:"我给赛罕旗乌兰牧骑带来了一份春节大礼。鲍队长,我给你的这份大礼,你光给我吃顿肉丸馅的饺子可不行,我还要一盆猪肉酸菜炖粉条,再来一壶烫好的'套马杆',而且免了给小乌兰和小牧骑的压岁钱。"

"小气鬼,卖什么关子,我什么都能答应你,就是这压岁钱你不能不给,他们俩今年就要上小学了,还等着你的压岁钱交学费呢。"说着,鲍龙斌蹲下身,一个起跳,从佟家琪的手里抢下了那份文件,打开一看,是:

内蒙古自治区党委宣传部

关于借调赛罕旗乌兰牧骑与内蒙古直属乌兰牧骑一队出国演出的决定

……

"是份大礼吧?"看着鲍龙斌捧着文件呆愣愣地一言不发,佟家琪拍拍他的肩膀,笑眯眯地邀功。

"出国演出?"

"是,出国演出,是五国访问演出,去'欧洲的一盏明灯'阿尔巴尼亚、唇齿相依的友好邻邦朝鲜、红河之南的越南、我们国家援建铁路的坦桑尼亚与赞比亚。这是中央领导决定的,说乌兰牧骑队伍小、节目多,出使小国,既联络了友谊,又不会给人家的接待增加麻烦。赛罕旗乌兰牧骑是自治区的老典型了，所以，我就推荐了你们。这次，我当佟副团长，而不是佟秘书。”佟家琪一口气说完，又拍拍鲍龙斌的肩膀，问道：“是一件大礼吧？”

“大礼，是大礼，可你想没想到，我们现在归辽宁省管……人家答应不答应？”

“我早就跟你们省的文化局打好招呼了，那个局长老兄是我在上海戏剧学院学习时高我两届的学兄，他连个哜都没打，一连声地支持。还得通知你，咱们出国的日期是3月1日。”

2

同宿舍的陶鲤和卓丽格都回家过年去了，在鲍龙斌家吃过饭，萨日朗就把乌日汗接到自己的宿舍。有和邵华为离别时的一个长吻，她确定了她的华为哥哥是爱她的，是要娶她为妻的。接到秦越的来信和寄来的照片，她还没回信呢，正决定给秦越写封信，委婉地拒绝他的求婚。等她看到乌日汗还是孑然一身时，突然就有了主意。她问正在洗脚的乌日汗：“乌日汗姐姐，你身边带着照片吗？有你最近的剧照吗？”

“有啊，很多呢，有报幕的，也有跳舞的，还有根据我在纪录片电影《战地黄花》里的镜头翻拍出来的照片。”

“那就好，就要你报幕的那一张。”

“你干什么用？”乌日汗问。

萨日朗跟乌日汗讲了一师一营的营长秦越。

乌日汗一边端详着秦越的照片，一边思索，她是一个连牧民都不肯要的女人，鲍龙斌答应要她，可她竞争不过宝日吉格的执着、果决与痴情。在直属队内，她是一个人人尊敬的大姐，少男少女的热恋激情早已离她而去。而在队外，她人生地不熟，加之那么紧张地排练与演出，哪里有她外出相亲与谈恋爱的时间？女人一定是要嫁人的，不嫁人的女人都有毛病，不是生理上的，就是心理上的。嫁不得鲍龙斌，又无暇去寻找自己满意的爱人，眼前这个相貌堂堂、高大英武的军人，真是个百里挑一的人选……想到这里，乌日汗接过萨日朗递给的毛巾，擦干了脚上的水珠，穿上鞋，从挎包里掏出一个笔记本，从里面拿出了她身穿墨绿色金丝绒蒙古袍，用蒙汉语报幕的彩色照片——端庄、漂亮、仪态万方。

萨日朗立即把这张照片寄给了秦越。

她在信中委婉地说了自己心有所属，这位端庄、漂亮、仪态万方的乌日汗姐姐是比自己好上十倍、百倍的直属队乌兰牧骑队员，过了这个年，她二十九岁，如果他满意，就可以趁春节放假的机会，来赛罕旗乌兰牧骑与她一会……

接到萨日朗的来信和照片，秦越立即去找团长李红军。

李团长仔细地端详着乌日汗的剧照，说："若论活泼、清纯，不如萨日朗，要是比端庄和成熟，萨日朗就稍逊一筹了。我的眼光和经验告诉我：这样的女人最适合做我们军人的妻子。"

"那怎么办呢？"秦越向团长讨教。

"怎么办？你说怎么办？"李团长反问，"谁都会记得，电影《冰山上的来客》里有一句经典的台词：'阿米尔，冲上去！'你开着我的吉普车冲下山去，把那个叫乌日汗的给我攻下来！"

水到渠成，瓜熟蒂落，真的是缘分到家了，秦越与乌日汗一见钟情，就像是前世有了约定。

鲍龙斌、萨日朗立即召回了所有在家休息的乌兰牧骑队员。

第二天，由宝日吉格这位"乌兰牧骑第一嫂"，带领着已婚的卓丽格、陶鲤和敖长根，把一间宿舍打扫得干干净净，又在墙壁和顶棚上糊了一层新报纸，贴上窗花和大红的囍字，还把自己结婚时用的大红大绿的线绨被褥拿了出来，压着红枣、栗子和花生铺好，一天的时间，一间漂漂亮亮的新房就布置好了。

佟家琪写了一副对联贴在门口：

上联：军爱民 民拥军 军民相亲比翼鸟

下联：鱼戏水 水养鱼 鱼水同心并蒂莲

横批：军地鸳鸯

洗却铅华，素面相拥，乌日汗在秦越温暖、宽厚的怀里幸福地落下了眼泪……她没想到，自己此生还有这么好的婚姻，是乌兰牧骑让一位大字不识一口袋的牧民抛弃了她，又是乌兰牧骑为她牵线了一位大学生、一位营长、这么好的一个丈夫。他像棵大树一样，可以依赖，能为自己遮风挡雨。

脱下军装，洗却征尘，秦越抱紧了自己美丽、温柔的妻子，幸福得好像在梦中……他没想到，一个在深山老林里戍边的军人，能找到这么漂亮、这么温柔、这么多才多艺的妻子。

他亲吻着乌日汗红如苹果的脸蛋，亲吻着乌日汗美如花瓣的双唇，亲吻着乌日汗高耸饱满的双乳……他亲不够，也吻不够，更爱不够，一股激潮让他心灼如火，五内俱热。他受不了这种滚烫，受不住这种炙伤，一翻身，像出刺一样进入了妻子的身体……鱼戏水，水养鱼，并蒂莲盛开在塞北缠缠绵绵的春夜里。

3

萨日朗带领着杨钊、宋凯来到车伯尔市乌兰牧骑学习。

要出国就得准备出国演出的节目，鲍龙斌和她都相中了金慧心创作的满蒙与印度舞语汇结合的独舞《灯花》和群舞《珠岚舞》，还有林至峰和曲景波说的相声《拉菲克》（朋友）。

金慧心亲自教萨日朗跳《灯花》和《珠岚舞》。

她想到，建队初期，她领着车伯尔市乌兰牧骑去大兴农场向赛罕旗乌兰牧骑学习，她的学兄鲍龙斌领着他的十二名队员，从训练到排练再到演出，全部毫无保留地传授给了她的队员们。现在，为了出国演出来向他们学习，是一次报答赛罕旗乌兰牧骑的机会。一想到自己创作的节目也能在朝鲜、阿尔巴尼亚、越南、坦桑尼亚和赞比亚的舞台与丛林中演出，心里就有了成就感。她细心地把每一个动作一丝不苟地教给萨日朗，生怕怠慢了她，也怕跳惯了蒙古族舞的萨日朗学走了样。

萨日朗和朴真玉一样，是个舞蹈天才，一招一式都学得很快，而且个个动作到位，把印度舞、满族舞与蒙古族舞结合得天衣无缝，动作轻盈、飘逸、端庄而有韵律。

金慧心还告诉萨日朗，千千木会跳一个非洲舞蹈《亚非拉人民要解放》，很适合在坦赞两国演出。

萨日朗犹豫了一下。她很讨厌千千木，讨厌她在邵华为面前撒娇耍嗲，与她争未婚夫，讨厌她嘲弄自己是放羊姑娘的出身，还讨厌她无厘头地趾高气扬、自我感觉良好……总之，她不喜欢千千木。

见萨日朗犹豫，金慧心就说了一句："那就算了吧，就是一个节目呗——时间紧，不学也罢。"

"就是一个节目呗——"提醒了萨日朗，自己是为出国演出准备节目的，学会节目高于一切，作为一个主管业务的副队长，怎能这么小性、这么不识大局？为了个人的好恶恩怨就放弃了一个好节目的学习和演出，太不应该了。

"慧心姐，我学《亚非拉人民要解放》。我给你们带了点草原上的羊肉和奶豆腐，也给千千木一份吧。"

"小北京""小天津"和林至峰一见面就以师徒相称了。两个徒弟都有语言表演的基础，林至峰带徒弟倒也不费劲。俗有"京油子，卫嘴子"的谚语，杨钊是北京知青，宋凯是天津知青，林至峰告诉两个徒弟，要注意克服本土语言的毛病，"小北京"的语言不能"油"，"小天津"的语言也不能"贫"，这样，才能成为一个走正道的相声演员。

晚上，邵华为去萨日朗住的小旅店送《灯花》《珠岚舞》《亚非拉人民要解放》的舞蹈曲谱，还有他最近创作的一首抗美援越的独唱歌曲《红河的流水》。他喝了酒。最近他常常喝酒，心里愁苦就借酒浇愁。他的后娘江坤生了一个儿子，中间占了一个“华”字，取名邵华光。这是一个比他小二十多岁的弟弟，要是他结婚早，也该有一个这样的孩子啦！有了这个儿子，父亲邵东方甚至忘了还有邵华为这个儿子，对他不理不睬，继续着一年不准回家的惩罚。江坤有了自己的儿子，也不在乎他回不回家吃饭、回不回家睡觉的主妇之责了。他偶尔回家一次，充斥耳膜的就是邵华光大嗓门的哭声和父亲与江坤夫妻俩逗孩子的欢笑声。他孤独、孤独……这次萨日朗来学节目，给家里带来了牛羊肉和奶豆腐，说是要上门给双亲拜个年。他试探着问父亲，邵东方睁圆了眼，咆哮道：“你没记性哦？我(ne)说过，我不认萨日朗这个政治上的糊涂蛋做儿媳妇，也不准她进我(ne)的门——老子说话是算数的。那么多的好看的女子你不找，你怎么就偏偏看上那个糊涂蛋？”

父亲给弟弟的是父爱，给自己的是咆哮。

没了亲娘，就等于没有了亲爹。

家里没有温暖，在队里，除了排练、演出外，他还得逃避千千木的烂缠，而萨日朗又在几百里之外，他的感觉就是两个字——孤独。

两次要去见邵华为的父母都没有去成，萨日朗有了些警觉：“是不是你的父母不接受我？不喜欢我？”

邵华为摇头，单纯的姑娘也就不再问。萨日朗太忙了，只要她的华为哥哥还爱她，就足够了。

一进门，萨日朗就闻出了邵华为一身的酒气：“华为哥哥，你喝酒了？”

“喝酒啦——抽刀断水水更流，举杯消愁愁更愁。”

“华为哥哥，你们不是要到长春艺校去学习半年吗？多么好的事啊，你不常说，学习是补充，工作是付出吗？我想脱产学习都没有机会呢。”

“哦……萨日朗，你知道咱们俩有一个共同的优点吗？”

萨日朗给邵华为沏了一杯浓浓的砖茶，这砖茶解腻又解酒，牧民都爱喝砖茶烧的奶茶，围着茶锅喝酒，怎么喝也不醉。

“就是学习……学习！”邵华为自己做了回答。“萨日朗，过来，你看我喝醉了就躲着我，这……这可不是我的月亮花。”

萨日朗上前扶住了邵华为，让他坐在床边，又吹了几口气，把茶杯递到他的手里："华为哥哥，你喝茶。"

邵华为把茶杯放在床头柜上，抓住了萨日朗的手，把左手腕子上的上海表撸下来，给萨日朗戴上。

"华为哥哥，你那么珍惜时间，这表还是你戴着……难不成，你要把这表退给我……"萨日朗心里不安起来，是不是……邵华为要退婚？

"傻丫头，你也是珍惜时间的人，我们都是爱学习又珍惜时间的人。你要出国，还是管业务的副队长，更需要掌握时间。我看你们队里就鲍龙斌有一块怀表，其余的人都没有手表，这会误事的。车伯尔市乌兰牧骑一半的人都有手表，我们下一段时间是去学习，看谁的表都成。"

一阵温暖充满了萨日朗的全身，她的华为哥哥对她是有爱心的，还细心。他用一块英格表帮助自己退了彩礼，挣脱了买卖婚姻的枷锁，现在又惦念着自己出国演出方便，把上海表戴在自己的手腕上……

"来——萨日朗"看着萨日朗高兴起来，邵华为拿出自己创作的《红河的流水》的歌片儿，"我来教你唱出我对这首歌的细节处理，你回去再教给哈斯唱。"

萨日朗和邵华为并肩坐在床上，一起面对着歌片儿上的词谱唱了起来：

红河的流水波连着波，
越南儿女英雄多，
不畏强暴反侵略，
革命豪情震山河。
……

一股香气，一股来自萨日朗体内的香气，弥漫在小旅馆的房间里。这是一种青草与牛奶结合的香气，一股月亮花的香气，清新的、醇醇的、酽酽的，让邵华为迷蒙、迷醉。闻着这股香味儿，邵华为找到了家的感觉，找到了幸福的感觉,孤独离他远去,寂寥离他远去,漂泊离他而去,他有了一股遏制不住的冲动,一股激流翻卷的欲望……顺手抛弃了歌片儿,一把抱住萨日朗,在她的脸上狂吻起来……他要闻遍月亮花的体香,他要探索那香气的深潭……

第二十八章　艺校学芭蕾　金慧心流产
为爱献处子　千千木嫁人

1

长春艺术学校就在南湖边。早春的长春乍暖还寒，南湖的杨枝柳梢还没有吐绿，但南湖上的冰面却炸开了萌动的音响，开始融化。

每天早晨的五点钟，晨曦还在东海的床上睡懒觉，金慧心已经带领着她的二十四名队员围着南湖跑步了。要把艺校五年的课程在半年的时间内完成，除了加班加点和刻苦，他们没有捷径可走。围着南湖跑上一圈以后，金慧心和她的队员就分散在南湖边的小树林里，学舞蹈的把腿放在杨柳树的枝丫上，压完了前腿压旁腿，压完了旁腿压后腿，两条腿压完了前、旁、后便开始踢腿。

教他们舞蹈的老师叫吴蕾，与芭蕾舞剧《红色娘子军》男主角洪常青的扮演者刘绍棠是北京舞蹈学校的同班同学。吴蕾老师说："舞蹈演员的腿，不是压出来的，是踢出来的。压出来的腿软，踢出来的腿快而有力。但，不压腿是不行的，不把膝盖压下去，腿就不软、不直，腿不软、不直你就踢不高，也分不开叉，'一字飞腿''剪式变身跳''凌空跃'，这些高难度的动作飞不起来腿你就得像个癞蛤蟆一样，干鼓着肚子再使劲跳，离地也到不了二寸。”

老师的话就是圣旨，金慧心就是那个监斩官，谁不用心，谁不用力，她首先就是一竹棍儿。压完了腿就该踢腿了。二十四个人排成了两队，由金慧心领着，前、旁、后各踢上一百腿，算是完成课余作业。

而后，全队便分开，学声乐的到湖边“妈——咪——妈咪——妈——”地练嗓子；学表演的“八百标兵奔北坡，炮兵步兵两边跑，炮兵怕把标兵碰，步兵怕碰标兵炮”地练嘴皮子；学器乐的，不管是拉弦儿的还是吹眼儿的，那声响，都比枝头上刚醒来的鸟儿唱的都婉转，奏得动听，吹得嘹亮。

刚进学校，司子健的战友和教导主任拿来了学科表，有芭蕾舞、民族舞、声乐，戏剧、作曲、器乐。器乐课又分：琵琶、二胡、小提琴、钢琴、萨克斯、唢呐、板胡。

乌兰牧骑队员一专多能，除了舞蹈课以外，每个人可以选学一样。金慧心和邵华为商定，全员的舞蹈课就选芭蕾，因为民族舞蹈课由凌岩老师教过，而芭蕾则是从外国传来的，在文艺工作者和国人的心目中，是洋气的、新鲜的、时髦的。

全员学芭蕾没有贯彻下去。

第一个不学的就是队副邵华为。

邵华为说看了学科表，发现教作曲的老师叫尚德义，是经典花腔女高音歌曲《千年的铁树开了花》的作曲，是他早就崇拜而没有见过的名人，他这次要系统地跟尚德义老师学作曲。学作曲，就得学钢琴。他以前给乌兰牧骑舞蹈练功弹的钢琴伴奏，与艺校的老师和学生们比，可就太丢人啦，如同萤火之光与日月之辉，两者有天壤之别。他必须利用这半年的时间恶补钢琴课，这样一来就没有时间学芭蕾了。

这是邵华为说给金慧心的理由。

说不出去的理由，就是他在躲千千木。千千木第二次找邵华为画眉眼，被萨日朗撞了一下，脸上画了一条直线，她的爱情攻势受挫，但她刁蛮、任性惯了，不但不思悔改，反而越挫越勇。不论排练还是演出，邵华为走到哪儿她就跟到哪儿，一点儿都不在乎别人的奚落与邵华为的冷落。邵华为已经认定萨日朗是未婚妻，不可能再接受千千木的求爱。他唯一的办法就是躲着千千木，躲一次是一次，躲一天是一天，时间长了，希望千千木厌倦了，这事儿也就不了了之了。舞蹈课一上就是一上午，下午才能分开学别的课程。自己学的是钢琴和作曲，千千木学的是琵琶和柳琴，除了在食堂吃饭，邵华为就可以整天整天地不见千千木，一个学期过去，千千木肯定会感觉疲劳。

曲景波也提出自己不上芭蕾课。年轻队员们多了起来，就能够专攻一门，他个子不太高，腰板又宽又厚，学舞蹈学不出啥名堂来。但他从七岁起就开始拉板胡、吹笛子，对器乐天生酷爱。他想在器乐演奏方面专业起来。他报了板胡课，还报了萨克斯课，要在弦乐和管乐上下下苦功，升华自己的一技之长。

胖子达日玛也提出不上芭蕾课，最充足的理由就是她胖，胖得体型都圆了，一跳舞就像皮球在台上滚。她最喜欢赛罕旗乌兰牧骑的女声小合唱《咱村的钢姑娘》，“咱村的钢姑娘——一个比一个棒(胖)”，唱的就是她。她是学女中音的，这次还报了戏剧课，《红灯记》里的李奶奶，《沙家浜》里的沙奶奶，《龙江颂》里的盼水妈，《奇袭白虎团》里的阿妈妮……凡是老太太的戏，她都学，就等着回去任车伯尔乌兰牧骑的“当红老旦”。

这些人的理由都很充分，金慧心也就批准了。在此之前，她也想着不学芭蕾，自己的年龄渐渐大了，再学芭蕾身体吃不消。吴蕾老师说，舞蹈演员的腿要“三肿三消”才能进入舞蹈的自由王国。自己的腿还能经得起“三肿三消”吗？但一看全队除了自己还有二十一名队员学芭蕾，没有一个领导管着，大撒鹰，课堂里出了点问题，抑或队员之间有了摩擦，也不能及时了解、及时解决。

金慧心成了芭蕾课的课代表。

芭蕾课上了一个星期就出了问题——所有穿足尖鞋的女队员(千千木除外)的大脚趾和二脚趾的指甲盖都脱落了……用白纱布包上脱落了脚指甲的大脚趾和二脚趾，把脚伸进用骨胶一层层粘贴做成的足尖鞋里，立刻就有一阵钻心的疼痛。大伙都说，当年在渣滓洞，特务们是把竹签子一根一根地刺进江姐的十个手指，现在他们是把竹签子一把全刺进四个脚趾里。几个小队员毛娃、江竹倩、刘薇薇……都是一边把脚往足尖鞋里伸，一边淌眼泪。

金慧心的脚更疼。别人的脚趾都是大脚趾和二脚趾一般长，立起脚尖儿来，全身的重量分散在四个脚趾上，就是单腿立足尖，全身的重量也是在两个脚趾上。而她偏偏大脚趾长、二脚趾短，这样一来，单腿立足尖，全身的重量集中在一个脚趾上，再怎么提气，一百来斤的重量也让大脚趾负重艰难。但她必须忍住疼坚持下去，如果她退下来不练了，那么全队女队员的芭蕾课就敲响了退堂鼓，一溃而不可收，那么，这一趟为期半年的学习就白来了。没有学习成果，创造不出新鲜经验，司子健战友的政绩也无从所有，辜负了人家的好意不说，车伯尔乌兰牧骑今后如何发展，自己怎么带队，都成了问题。

“挺住！挺住！”金慧心暗暗地给自己打强心剂。

课堂的墙上赫然贴着一条横幅：苦练两个基本功，气死帝修反，笑了工农兵。

这标语提气，金慧心一咬牙，把两只脚都塞进足尖鞋里，绑好了带子就上了课堂，立刻鲜血渗透了红舞鞋。

见金慧心边着插秧步上了课堂，华凌、詹萍萍也迈上了课堂，尽管疼痛像竹签子扎心，她们嘴里“吸吸——呵呵——”地吸着气，还是跟上了她们的队长。紧接着，毛娃、江竹倩、刘薇薇……也擦干了眼泪，立起足尖，迈着一路的碎步小跑着上了课堂。

吃过晚饭，金慧心和团支部书记华凌拿起脸盆，到水房打了两盆热水，逐个给女队员们洗脚、上药、包扎伤口，鼓励队员们苦练基本功，毕业时成为优秀的学员。

女队员们都住在一个大宿舍里，一个人一张折叠床。金慧心和华凌给女队员们逐个洗了个遍，就是不见千千木。千千木的脚趾甲没掉，但脚指头也磨出了血，毕竟是天天穿足尖鞋，训练的强度超过普通学员的两倍，学芭蕾的，谁也逃不脱这遭劫难。金慧心问同宿舍的女队员千千木去了哪里？大家都摇头。就在这时，刚上完声乐课的达日玛走了进来，金慧心问她见没见到千千木。达日玛诡秘地一笑："你们猜猜。"

华凌："是去邵队副那里了吧？"

达日玛还是诡秘地一笑，摇了摇头。

毛娃说："一定是去找林至峰了，早晨吃饭时，她还给林至峰一个掺了黄豆的玉米面窝窝头，怕他吃不饱。她与林至峰是《大春送面》的搭档，不是大春给喜儿送面，改成喜儿给大春送面了，送玉米面……"

华凌最怕千千木接近林至峰了，就急着说："不可能，不可能，林至峰跟曲景波到南湖边练小号，还没回来呢！"

"快别卖关子了，有话就快说。"金慧心有些发急。

"在吴蕾老师的宿舍。"

2

吴蕾老师上课非常严谨，他知道他的这二十二名学员都不是从十二岁起就天天练功的芭蕾本科生，他们是业余舞蹈的尖子，是专业芭蕾舞的业余，没有穿足尖鞋的基础。对这些学员，他没有使用教鞭，只是要求这批学员在三个小时基本功训练课的基础上，穿一个小时的足尖鞋，半个小时立足尖，半个小时左右移动。

事实出乎他的意料，第一堂课他就发现了千千木，这个漂亮的女孩儿有一副标准的芭蕾舞演员的身材——"三长一小"——胳膊长、腿长、脖子长，脑袋小。她换足尖鞋的动作很熟练，别人还手拿着足尖鞋端详着、揣摩着怎样把一双大脚塞进这又窄又尖的鞋膛里的时候，她已经绑好鞋带，一个大跳，如惊鸿展翅一样跳到了课堂上。在别人换好足尖鞋走入课堂的时候，她已经贴着把杆，立着足尖，走了一圈碎步。

第二天，吴蕾就以老师的名义让千千木替换金慧心做课代表。

三十六岁的吴蕾，单身。他的妻子也是他的学生，一个像千千木一样形象好、身材好的中俄混血儿。混血儿毕业，他们就在学校的宿舍里结了婚。他像兄长一样呵护她，把她养得像个公主。混血儿在省芭蕾舞团当演员，一个偶然的机会，长春电影制片厂要拍一部东北抗联的电影，片中有一个打入日军的俄国女特工的角色。导演一眼就在芭蕾舞团的女演员中选中了混血儿。混血儿演完了女 2 号，就跟男 1 号发生了生生死死的恋情。她梅开二度，成了男 1 号的新娘。

吴蕾孤独并痛苦着。他一见千千木，就像有一道闪电化开了他痛苦的心扉，变得兴奋起来，每天的上课变得不是去工作，而是去约会。他把印有“北京舞蹈学校”的练功服穿上，把漂亮的发型梳得一丝不乱，还把前妻留下的水质搽脸霜在自己的脸上涂上一点，人立刻显得干净、利落且风度翩翩。

课堂上，他对每个学员都那么和蔼、耐心，撂下教鞭的他，没有了通常舞蹈课堂上魔鬼风格的严酷，却多了语文教师的循序诱导，对忍受着掉了脚趾甲一穿上足尖鞋就钻心疼痛的女队员们有一股春风般的爱护。他最爱护的还是千千木。他给千千木开小灶，在女学员们都穿着足尖鞋围着把杆走圈的时候，他站在教室的中间，一个动作一个动作地辅导千千木。他教她起跳时怎么发力，教她腾空时怎么转身。在他的悉心辅导下，千千木的“倒踢紫金冠”，也能踢得如同辽芭团吴清华那样离地三尺、腿比头高。

他还在家里给千千木开小灶。他说一个芭蕾舞演员，为了保持体形不能吃饱，但一定要吃好。几乎每个晚上，他都要把千千木叫到家里，给她烧咖啡，给她吃面包抹奶油，给她吃苹果、巧克力，或者系上围裙动手给千千木包饺子吃……他又找到了伺候公主的乐趣。

长这么大，千千木第一次被一个男人这样细心地呵护。在吴蕾的家里，她找到了做女人的幸福。段子风保护过她，追求过她，可段子风是什么人？他虽然有美术天赋，可那个长头发、长胡子、蓬头垢面脏兮兮的样子，一想起来她就恶心。她爱邵华为，全身心地爱，爱到骨头。可邵华为有萨日朗，对她躲躲闪闪，不接受她抛给他的红线。眼前这个男人，风度翩翩，是位舞蹈家，对自己的呵护无微不至。少女不需要多少财富，咖啡、面包、奶油、巧克力、亲手包的水饺……足以让怀春的少女,在心里一波一波地泛起了涟漪。

天黑了,该回学员宿舍了。吴蕾送千千木到门口,轻轻把千千木揽入怀中,吻了她明亮的额头……千千木没有挣扎,也没有躲闪,踮起脚尖,把一张花蕾般的小嘴送上去,吴蕾衔住,他们吻得缠缠绵绵,吻得辗转盘旋,吻得失魄销魂,吻得温婉细腻,忘却了夜幕降临,忘却了已是万家灯火。

3

琴房里,金慧心在专心地弹着钢琴。舞蹈专科之外,她选择了钢琴。在师范学校里,她学的是手风琴,手风琴和钢琴都属于键盘乐器,她学起来有触类旁通的优势,所以,教钢琴的老师给她示范地弹了一首曲子,留了作业就去辅导别的学生了。金慧心弹了一遍老师教的曲子,突然,她的小腹一阵坠痛,就像有一块铅坠着撕裂了一块肉。

她中午接到苏晋的来信。苏晋在信中说,最近军宣队要逐步撤回部队,他有可能被派回车伯尔市任市委书记。他还告诉她,儿子像他一样想她,儿子对她这个新妈妈既爱又崇拜,为了能跟她学习,在少年宫里报了手风琴班,等着她回家给他辅导,他最喜欢她的手风琴独奏《水兵舞曲》。他随信还寄来五十斤全国粮票,告诉她那么紧张的学习训练一定要吃饱。团盟委在北部旗县有一个农场,种的全是生长期短的莜麦,家里一下子就分到一百斤莜面,搓鱼子、捻窝窝、拉条条……一家人都能吃得很饱。他还准备到北京开会的时候给关玉琢妈妈带上一袋莜面,让她尝尝高原的粮食……有个丈夫真好,事业上有棵大树可缠绕盘旋,生活上有个兄长关爱,一切都变得温馨而有秩序起来。

喝了几口开水,吃了两片索密痛,她的肚子还是坠着疼……她开始狐疑起来,来到艺校已经一个多月了,她的例假还没有来,不过,她也没有恶心、吐酸水、想吃酸的这些怀孕的征兆。再说,她的例假一直也没有准过,三四个月来一次有之,二十多天来一次也有之……要不自己不上芭蕾课了吧,如果是怀孕了,就要保胎了……这么一想,还是觉得不行,全队的芭蕾舞课上到这个份儿上,正是关键时期,脱落的脚趾甲正在长出新的,但还没像原来的那样结实,穿上足尖鞋还是钻心地疼,"一切胜利都在于再坚持一下的努力之中",这是《沙家浜》新四军指导员郭建光在芦苇荡中的叫板,也在叫板着女队员们的再坚持。再坚持一个月,新的脚趾甲长结实了,这一关就算过去了。

两个女队员孟玉和华凌已经退出了芭蕾舞课,不是她们怕疼不敢挑战困难,而是她们自身的条件不允许。孟玉没有脚弓,平平的脚面就是蹦不起来,穿上足尖鞋,不是立脚尖,而是戳脚尖,腰不能直,脖子也不能挺,就像踩高跷。她也掰着脚背在椅子背上顶,但十九年长成的骨头造就的肉,是人类自己不能改变的。

华凌有一个圆骨架的身材,胯分不开。芭蕾的"一字脚"就是两个脚尖相向,站成一字,可华凌不论怎样掰腿,就是做不到。还有芭蕾舞常用的跨腿转,华凌跨不起腿来,也就保证不了身体的平衡,这个脚的"四位转"就无法进行。她也下了苦功,每天晚上趴着睡觉,叫毛娃在她的屁股上踩着开胯,但这也像孟玉的掰脚背一样无济于事。不仅无济于事,华凌的下身还一直流血不止,金慧心马上带她到医院打了止血针,才恢复正常。

芭蕾舞对演员的选择就是这么挑剔。

今天是星期四,到星期日就可以休息一天了,去医院检查检查再说吧,金慧心给自己拿定了主意。

第二天的早饭,金慧心打了一两一碗的稀饭,又打了五个二两一个的豆面与玉米面两掺的窝窝头,她吃了一个,又用报纸包了两个揣在挎包里。每天上午十点,练完了把上的动作,队员们的肚子早就"咕咕"叫了。大运动量的训练,没有鱼肉,光是咸菜、炖菜、稀粥,肚子里的油水早就刮光了。苏晋给她寄来五十斤全国通用粮票,她成了粮食的富翁。她把五十斤粮票全部换成饭票,多买出四个窝头,到下把杆的时候,男生两个,女生两个,一块指肚大的窝头,对于饿极了的队员们来说,就是雪中送炭。

把上的动作做完了，女队员们在课堂外的椅子上换鞋，金慧心拿出四个窝窝头，两个递给华凌，让她送给男队员，两个递给孟玉，让她分给女队员。

换好了鞋，金慧心迈着插秧步走进课堂。其他女队员也都跟着金慧心迈着插秧步进了课堂。插秧步是芭蕾的基本步法，除了千千木，每个女队员天天练这种步法。

小跳、中跳、大跳……金慧心紧跟着千千木向前跨去。她最近大跳有了突飞猛进的发展，能把两条腿在空中打平，就像《红色娘子军》中《乘胜追击》的女战士。就在她连续五个大跳之后，突然，她的小腹又一阵拧肠刮肚地疼痛，腿一软，她无力地坐在了地板上，一股热流夹裹着块垒冲出体外，她"啊——"的一声大叫就昏了过去。

她醒来时，发现已经被吴蕾和华凌、孟玉送到了医院。她流产了，医生为她做了刮宫术，告诉她三天后出院，回去后要静养半个月，否则将影响第二次怀孕。

吴蕾和孟玉走了，就剩下华凌给她陪床。满眼含泪的金慧心望了脸色蜡黄的华凌一眼，华凌的眼里也含满了泪水。她因强行开胯，造成了功能性子宫出血，一断药，下身就流血不止。金慧心曾劝她回车伯尔市彻底治疗一下，但华凌摇头，说她离不开乌兰牧骑，也离不开林至峰。她不练芭蕾舞了，跟着一位叫梦飞的女老师学声乐。梦飞老师是唱花腔女高音的，她要一字一句一腔一韵地把梦飞老师的成名作，也就是尚德义老师创作的表现聋哑人说了话的红遍全国的歌曲《千年的铁树开了花》，学好学精：

> 千年的铁树开了花，
> 万年的枯藤发了芽，
> 如今聋哑人开口说了话，
> ……

华凌含泪唱这首歌，是在安慰和鼓励自己战胜眼前的痛苦，可金慧心还是蒙上被子痛哭起来。这个孩子是她和苏晋爱情的结晶，是她身上的肉。她和苏晋的年龄都不小了，再不要孩子，恐怕就过了最佳生育期，"可……可……可这个还不知道性别的孩子，就这样被自己蹦掉了……蹦掉了……"她不知道自己带着全队这样刻苦，这样奋斗，到底值不值？明明有了肚子疼的先兆，为什么非要等到星期日才肯上医院检查，自己这样做，是对还是错？是傻还是疯？

4

苏晋出差绕道来看金慧心。

金慧心苍白的面容和消瘦的身形让苏晋疼得心颤。

上完了下午的钢琴课，金慧心来到苏晋在招待所订的房间。一进门，苏晋就把妻子揽入怀里，连声地说："一会儿我们去饭店吃饭，我们要鱼、要鸡、要肉，要有营养的东西，给你补身子。我的妻子不能这样脸色苍白，不能这样消瘦如柴，要身材苗条，但不要像根芦苇秆。"

金慧心安静地伏在丈夫的怀里，浑身松弛了下来。只有这时，她才不用去负责工作，去负责别人。当一根青藤缠在一棵大树上的时候，它会变得柔软而妩媚。

苏晋揉着金慧心的头发，用热吻缠绵地衔住了妻子的唇，爱，在无边地传递，绵柔的、细腻的、摄魂夺魄的……苏晋抱起了金慧心，朝着床边走去……

金慧心气喘吁吁地按住了苏晋解衣扣、裙带的手。苏晋惊愕地望着她，眼神里流泻着极大的不解。

金慧心像个小女人一样"嘤嘤"地哭了，哭得很伤心，也很委屈。她不待苏晋继续询问，悲悲切切地哭道："我……我……我流产了。"

"什么？你说什么？"苏晋怀疑自己听到的话。

"我们的孩子没了……"

苏晋松开了紧抱着金慧心的手，蹲在地上无声地哭了，哭得涕泪长流，哭得呜呜咽咽……他太希望和金慧心有个孩子啦，以金慧心的漂亮与睿智，以自己的智商与形象，他们的孩子就是一个优秀基因的继承者，女孩儿会像公主一样高贵与美丽，男孩儿会像王子一样睿智与英武。已经有了生命的女儿或儿子，就因为带头练功而夭折了……孩子，是婚姻的纽带，是爱情的纽带，有了孩子，金慧心就会与他白头到老……痛心，痛彻骨髓的疼，男人的疼痛有时也会如女人生孩子一样，是那种剥离血肉的疼。

时间一秒钟一秒钟地流逝着，苏晋的泪还是不断，抽泣还在继续，他是车伯尔市的市委书记，也是一个有血有肉的男人。

金慧心有些心慌，本来不想把流产的事告诉苏晋，知道他会心痛的，但……她得保护自己的身体，得为第二次怀孕做准备。让她没有想到的是，苏晋会心痛到这个程度，就像丢了心爱的宝贝却永远也找不回来了一样的绝望。

“苏晋……苏晋……我们还会有孩子的……会有孩子的……”金慧心小心翼翼地愧疚地说。

苏晋站起来，到卫生间擤了擤鼻涕，放开水龙头洗净了脸上的泪痕，整了整衣襟走了出来。他揽着金慧心的肩头说：“走，我们去吃饭，要肉、要鸡、要鱼、要蛋。”

苏晋是男人，得能承担，为妻子承担，为共同的生活承担。他不能再给妻子施压。他想带金慧心回家休养一个星期，可是他带不走她，还有一个星期就是五一国际劳动节。长春艺术学校安排进驻学校的工宣队派出单位给八一军械厂的两万多名工人演出五个专场，以汇报工人阶级占领上层建筑意识形态领域的成果。

5

艺术学校是培养艺术人才的地方，但不是艺术的演出单位，刚刚四年级的学生还没有演出的能力，老师们管教学，对于舞台演出也缺乏经验。这时候，正好用上了速成班的乌兰牧骑。到此时，金慧心真的很佩服司子健战友的政治与意识的前瞻性。或许，半年前他就意识到了会有这样一场事关工农兵占领上层建筑意识形态领域成果的演出。两个半小时的演出，乌兰牧骑要承担一个半小时的节目，在此关键时刻，作为乌兰牧骑的队长，金慧心能跟随夫君回家休养吗？

买了两盒麦乳精和一包补血的红糖，又留下一百元钱，苏晋再一次紧紧拥抱了妻子，吻了妻子的额头，然后就一步三回头地走了。

近两个月的芭蕾舞培训让车伯尔市乌兰牧骑速成了“两棵松”，他们就是从车伯尔二中文艺排抽调的德庄和李森。车伯尔二中有个文艺排，能演出芭蕾舞《红色娘子军》选场《常青指路·奔向红军》。德庄和李森一个演洪常青，一个演通信员小庞。当时，他们的演出还很稚嫩，经过吴蕾老师的细心调教，他们进步非常快。这也难怪，德庄和李森都是有舞蹈天分的青年，李森在前面走，德庄会跟在后面用舞蹈动作学，模仿得惟妙惟肖，他的模仿在形似与神似之间。他们两个的胳膊和腿既有软度，又有韧度，还有速度和力度，一起起跳“双飞燕”，两条前腿都能同时超过头部，真像两只凌空飞舞的小燕子。两个男生不能用“并蒂莲”来形容，队员们就叫他俩“两棵松”。

吴蕾老师还兼着三年级芭蕾舞班的班主任。三年级的学生大都十五岁。十五岁的女孩儿亭亭玉立；十五岁的男孩儿整个一青皮瓜蛋，生生愣愣没有长开，稚嫩的一点儿成人的气质也寻不到。

三年级芭蕾舞班演出的节目是芭蕾舞剧《红色娘子军》选场《常青指路·奔向红军》和《常青就义》两场，吴蕾老师就指派李森演《常青指路·奔向红军》里的洪常青，让德庄演《常青就义》里的洪常青。三年级的女生每个人都有芭蕾舞可跳，三年级的男生就只有一个小庞和众匪徒可演了，剩下一个南霸天，吴蕾给了林至峰。

声乐班的节目是梦飞老师的花腔女高音独唱《千年的铁树开了花》，其余的就是大合唱《咱们工人有力量》和《我们走在大路上》。

戏剧班的节目是革命京剧样板戏《沙家浜》选场《军民鱼水情》，郭建光、沙奶奶都由老师扮演，只有卫生员小凌和十八棵青松由学生扮演。

器乐班的节目是小提琴协奏曲《化蝶》，这是师生共同演出的。为了锻炼学生的演奏技能，器乐班的箫笛老师提出，乌兰牧骑所有的歌舞节目全部由器乐班的一百多名学生伴奏，由他来指挥。而各种器乐演奏的分部总谱，则由学作曲的邵华为和箫笛老师一起完成。

演出的灯光、道具、布景由学校的舞台美术班承担。学生、教师的演出服装由学校解决，乌兰牧骑的演出服装自行解决。

金慧心马上派演出任务不太重的丛一平和达日玛，连夜回车伯尔市，用火车托运来所有的演出服装。

演出的开场式由乌兰牧骑负责并创作。

金慧心接受了这个任务。

5 月 1 日是国际劳动节，5 月 23 日是毛主席《在延安文艺座谈会上的讲话》发表四十周年纪念日，这使金慧心心潮起伏、浮想联翩。当年毛主席的《讲话》一发表，延安的文艺工作者就大彻大悟，回想乌兰牧骑所走过的道路，正是实践了《讲话》精神的道路。那么就创作一个《〈讲话〉精神放光彩》作为开场式吧！

手捧红宝书，
一轮红日心中生，
《讲话》精神做指南，
心心向着工农兵！
……

金慧心把邵华为找来，让他为三段式六段歌词的开场式谱曲，而且要用关玉琢妈妈冒着生命危险在悦音寺传给她的，海韵爸爸亲自整理和誊抄的《雅乐十八首》做主旋律。雅乐黄钟大吕，气势磅礴，气韵万千，正是用来庆典的。

有了依循,邵华为一个晚上就拿出全部曲谱。等他把开场式的曲谱拿给箫笛老师的时候,箫笛老师激动地连连拍着邵华为的肩膀:“太好了!太好了!”

他要求金慧心把十八首雅乐和十八首佛乐的曲谱都交给他,他要重新配器,找省管弦乐团录成盒式带,经音乐出版社正式出版发行。

海韵爸爸的遗愿得以传承,得以光大……金慧心在心中哭泣。作为亲生女儿,她不知道此时的自己,是悲,还是喜?是哀怨,还是自豪?是庆幸,还是释怀?是功劳,还是责任……她厘不清胸中翻转的波澜,厘不清自己人生道路上的坎坷与平坦。但有一点她是清楚的——作为女儿,她对得起爸爸,也对得起妈妈了。

与两万人的军工大厂成正比,八一剧场的舞台也太大了!灯光也太亮了!这是车伯尔市乌兰牧骑从没有经历过的大舞台。

紫红色的金丝绒大幕由一双电动的手徐徐拉开。

华凌用蒙汉语报幕:“八一军械厂的工人同志们,我们是长春艺校的工农兵学员,也是来自内蒙古草原上的一支乌兰牧骑,让我们代表全校师生和内蒙古草原上三百万农牧民群众,向领导一切的工人阶级致以节日的问候——”

接下来就是全体穿着蒙古袍的队员,一起用蒙古语说:“塔拉嘎赛(你们好)!”车伯尔市乌兰牧骑百分之八十的队员是汉族,会蒙古语的少得可怜,说不好“塔拉嘎——赛”,有几个小伙子一挤眼睛,就一边做动作,一边喊:“他拿了个——菜!”

台下四千多名观众,没有一个听得懂蒙古语,谁也听不出来这是几个年轻演员的恶作剧。看着穿着各色蒙古袍的姑娘、小伙子们真诚的笑脸,听着他们嘹亮、悦耳的声音,一阵如潮的掌声响起……

金慧心忍住笑,在庞大的乐队伴奏和庞大的合唱团伴唱下,与二十四名队员矫健起舞。两个月的芭蕾功没有白练,队员们弹跳轻盈、舞姿舒展,没有了小队伍的拘谨与乡土气,全部呈现出驾驭大舞台演出的气象。多层次的灯光照在队员们花一样的脸上，是那么美丽，那么荣光。

五场演出结束后，金慧心感觉到车伯尔市乌兰牧骑声乐、器乐、舞蹈和作曲的专业水平全面提升。但五场大舞台的演出使金慧心感觉到二十五个人的队伍太小了，如果不是器乐班全员伴奏，不是声乐班全员伴唱，给做荷塘里葱茏的绿叶，光有二十几朵“荷花”在一个硕大的荷塘里漂荡，偌大的舞台会显得空空荡荡。

6

千千木很少来找邵华为了。

她有了吴蕾老师课堂上手把手地教，课堂下咖啡、面包、奶油、巧克力、水饺的全方位呵护，已经没有多余的时间来缠磨邵华为。

星期日的傍晚，千千木换上了一件粉白色的连衣裙，摇曳生姿地来到了邵华为的宿舍。

一周就一天的休息时间，金慧心带领着队员们都去“长影”的放映厅看内部电影了。邵华为舍不得时间看电影， 正在给金慧心创作的芭蕾舞《田头练兵忙》谱曲。快要结业了，吴蕾老师要给乌兰牧骑学员班编一个能上台演出的芭蕾舞节目，算是总结学习成果，也是为师一场送给学员们的礼物。情节由金慧心编排，歌词由金慧心创作，曲子由邵华为编配，吴蕾编舞，千千木领舞。

脚本和歌词金慧心很快就拿出来了：一群姑娘、小伙子们在田间插稻秧，休息的时候不忘“反修防修，备战备荒”，拿起枪杆子苦练杀敌本领。原来邵华为就创作过一首合唱歌曲《七亿人民七亿兵》，就用这首歌的主旋律再配上东北秧歌的曲调元素，使整个作品呈现出活泼、欢快和严肃、紧张两段情绪，很符合金慧心脚本的情节与歌词，得到了金慧心的认可。邵华为正在抓紧时间配器。一个乐队要是大齐奏，不说光有旋律没有韵律，也不说夺耳不悦耳，用尚德义老师的话说：“太业余了！”

千千木打断了邵华为的构思,很认真地说:"邵队,吴蕾老师叫你去他家一趟,他说要听听你的曲子,好设计舞蹈语汇和队形。"

邵华为知道千千木和吴蕾老师走得很近,常常出入吴蕾老师的家,也就不怀疑千千木的话,收拾收拾笔和纸就和千千木一起出了宿舍门,朝着吴蕾的家走去。

夏夜里的长春大街很美。道路两旁的梧桐树撑开如向日葵一样的宽大叶子,经掠过南湖水面的风一吹,沙沙作响,好像是故意模拟情侣们的窃窃私语。

来到长春快四个月了,邵华为还没有这么悠闲地品味过这座城市的夜景。他一会儿看看梧桐树的叶子,一会儿看看天空中就要盈盘的月亮,一会儿看看脚下好久都没擦过的皮鞋,一会儿又支起耳朵听蛙叫虫鸣这些来自天籁的音响……千千木不说话,他也就不说话,一番心思全在他的音乐创作上。

千千木不说话,心里却在翻腾。她在做着一个事关终身的决定,一个爱情与婚姻的决定,确切地说,是分割爱情与婚姻的决定。就要和吴蕾结婚了,结婚前,她必须了断爱情。一个二十二岁的姑娘,在做出人生如此重要的决定时,心海里不翻几层浪、不刮几阵风,脑海里不权衡几次利弊、不经过几次剥茧抽丝,是厘不清头绪也做不出决定的。

千千木用钥匙打开了吴蕾的家门,推门进屋,扭亮了床头柜上的台灯,屋里立刻笼罩了一层暗红色的光晕,有温馨、有陶醉,还有朦朦胧胧的新婚之夜的诱惑。

"吴老师呢?"邵华为环顾一下充满艺术味道的房间,不解地问。

"领着他的学生去四平演出,明天才回来。"千千木一边说,一边解开连衣裙的纽扣与腰带。

"你不是说,吴老师找我吗?"

"我不说吴老师找你,你能跟我来吗?"

千千木脱掉裙子,甩掉白色的皮凉鞋,浑身上下就剩下了白色的短裤与乳罩。千千木的裸体让段子风画过,时隔六年仍然是一尊神女的白玉雕,皮肤白皙放光,身材凹凸有致。

“你……你……”邵华为惊愕了,一种不祥的感觉进攻着他,包围着他。他感到不妙,转身就要往外走。他要逃离这种诱惑,逃离这种迷醉,逃离这个陷阱。他步伐迅疾,就如背后有一头豹子在追赶着的驯鹿。

逃得迅疾,追得也迅速。千千木凌空一跃,就在背后抱住他,紧紧地抱住他,把他拖到床边,一边哭一边把他推倒在床上:“我知道你不爱我,可我爱你,爱死了你……你是我的初恋,也是我爱情的终结。我……就要嫁给吴蕾了,但我……必须先嫁给你……”

“千千木,你疯了吗?你要嫁人尽管嫁人,胁迫我是怎么一回事?你体谅过我的感受吗?你干吗把你的意志强加于人,这是爱吗?这是压迫。”

“我不管你的感受,我就管我的感受,我一定要和你完成爱情的极致,完成我爱情的盛典。”

“你对得起将要娶你的吴蕾老师吗?”

“没有什么对不起,他已经娶过一个妻子,而我还是处女,以二十二岁的处女之身嫁给他一个三十六岁的二婚男人,我亏不亏?对我公平吗?”

“你这都是些什么谬论?照你的说法,我对得起萨日朗吗?对萨日朗公平吗?”

“我不管……我不管……我就管我自己!”千千木用双手捶着头,双脚跺着地,陷入歇斯底里。

“你对吴蕾没有爱情,又嫌他的年龄大,你可以不嫁,你为什么这样草率地对待你的婚姻?”

“可他爱我,没有人会像他这样爱我了!他爱我,我爱你,你爱萨日朗,这就是我们之间的爱情链条,或者叫爱情孽债。我爱你,就要你,倾尽对你的爱;他爱我,我就嫁给他,给他婚姻。”

“你这是什么逻辑?”

“这就是我的逻辑——爱我所爱的,嫁给爱我的。”

邵华为急了,大吼一声“疯子——”,把疯狂的千千木推倒在地。

突然,千千木拿起了一把刀子,就是往面包上抹奶油的那把亮晶晶的刀子，对着自己涨得通红而有些变形的脸。她不再哭泣，语调变得冰冷而恐怖："邵华为，我就要你一次，就一次。你若蔑视我的感情，蔑视我的肉体……我就用手中的这把刀子，像用眉笔化妆被萨日朗撞了一下那样，从眼角到耳根，画出一道深深的墨痕——是红色的……"

第二十九章　出国门演出　增国际友谊　救非洲姐弟　金喜顺献身

1

和直属一队一起出国演出，佟家琪、朴真玉、潮洛濛、金花、乌日汗这些老朋友又聚到一起了，大家那个亲热劲儿就甭提了，佟家琪还戴着铜眼镜，新队员们称他佟局长，老队员们还习惯地叫他“铜眼镜”。叫得最厉害的就是金喜顺。他和朴真玉都是朝鲜族，论年龄，他管佟家琪叫姐夫，按照家乡的风俗，小舅子和姐夫开玩笑是再天经地义不过了。来而不往非礼也，佟家琪也以外号回敬他，不仅叫他“瘦驴”，也叫潮洛濛“红牛”。几年下来，佟家琪这个川佬，除了口音还保留着川味，其他的都被乌兰牧骑同化了。

五国友好访问团的第一站就是唇齿相依的友好邻邦朝鲜。跨过鸭绿江，他们到了朝鲜的新义州。

在朝鲜演出，自然是朝鲜族舞蹈做主打，朴真玉的《顶碗舞》和金喜顺领舞的《庆丰收》赢得了连绵不绝的掌声。两个节目都返了场，掌声还是不断，是潮洛濛与哈斯穿云破雾的长调压住了一浪高过一浪的掌声。跟着潮洛濛唱长调，哈斯一下子就找到了感觉，辽阔的草原、无边无垠的草原、骏马奔腾的草原、牛羊肥壮的草原、狂风怒吼的草原、雪片飘落的草原、鲜花盛开的草原……都尽在潮洛濛和哈斯的歌声里。

金喜顺正在台后换服装，突然，他的袖子被人抻了一下，一回头，就有一个姑娘扑了上来，抱住了他，口里不断声地喊着："顺子哥哥……顺子哥哥，我可找到你了，我可找到你了……"不仅喊着，她还抱住金喜顺鸡啄米似的亲吻着他的额头，就像宝贝失而复得。

这个梳着一条大辫子的姑娘已经不年轻了，白白净净的圆脸上有了道道鱼尾纹，一双不大不小的丹凤眼里流淌着铁水般的热流，烫得金喜顺不知所措。他是听得懂朝鲜语的，同一个民族的语言在两国间的距离，就像河南人与山东人说本地的方言一样，调不同，韵不同，但意思通。

金喜顺推开扑到怀里的朝鲜姑娘，用朝鲜语说道："姑娘，你认错人了吧？我不认识你，我不是你的顺子哥哥。"

那个朝鲜姑娘不高兴了："你不是叫金喜顺吗？你就是我的顺子哥哥，我就是你的顺姬妹妹呀！我一等你就是二十多年，你才回来。你知道我想你想得都要疯了，我捧着你给我的银簪子，天天地等啊，盼啊，盼啊，等啊，就等着你用这枚银簪子把我的辫子束成发髻，做你的新娘……"说着，那姑娘把手中的银簪子捧给金喜顺看，"顺子哥哥，你看，这不是你送给我的银簪子吗？"

金喜顺不知所措，向佟家琪求救，让他来解决这个问题，自己马上就要上场演《插稻秧》。

佟家琪也跟金喜顺开玩笑："你个瘦驴，刚到新义州就走桃花运，小心你犯国际错误。"

金喜顺上台的工夫，佟家琪已经通过翻译知道了这件事情的原委。朝鲜族姑娘顺姬与朝鲜族小伙金喜顺青梅竹马。金喜顺参加了抗日联军，在中国东北林海雪原打击日寇。金喜顺一去不回，顺姬苦苦等待，非他不嫁，渐渐地思虑成疾，就变成了这个样子……中国的访问团来新义州演出，她在乌日汗报幕时听到了金喜顺的名字，金喜顺领舞《庆丰收》的时候，她确认这个把帽子上的长绸带一圈圈转成旋涡的英俊的小伙子金喜顺,就是她昼思夜想的恋人。她抑制不住自己的狂喜,跑上后台,就抱住了金喜顺……

金喜顺跳完了《插稻秧》,回到后台,顺姬已被朝鲜方面的保安人员带走。

这个故事却让金喜顺感动不已,也让佟家琪感动不已。中朝人民一起抗击侵略者的友谊,是用血与泪凝固的,佟家琪要动笔写一个歌剧《一枚银簪子》。

2

从东往西走,在完成越南的慰问演出后,两支乌兰牧骑来到了坦桑尼亚。

天太热了,但在筑路大军的帐篷里却没有洗澡水。筑路大军是随着铁路的延伸而移动的,所以不在驻地打井。所用的水都是用水罐车去三公里以外的河里拉,而驻地的坦桑尼亚人用水,全是姑娘们头顶着水罐一罐一罐地运。

天气酷热,在热带雨林里演出,飞起的尘土落到每个队员的身上,黏得像抹了一层糨糊。

给下了夜班的筑路大军演出刚刚结束, 就有一个黑人姑娘和一个小男孩儿担着一担椰子来到后台。姑娘和小男孩儿都长得很漂亮,一对黑漆漆的大眼睛凹陷着,与眼仁中的白颜色相互映衬,鼻梁有些短,牙齿却白得放光,看得出这是一对姐弟。姐姐在脑后梳着一条又黑又粗的大辫子,身材凹凸有致;弟弟有一头卷毛,就像黑色的绵羊羔。姐姐放下担子,用砍刀砍开椰子壳,弟弟一个个地接过来,递给乌兰牧骑队员们解渴。到最后一个椰子了,黑人姑娘没把砍好的椰子交给弟弟,而是亲自捧到金喜顺的面前,用生硬的中国话说:"椰子水……甜甜的,解渴,你的喝……我喜欢你的朝鲜族舞,我的弟弟托马斯也喜欢你的朝鲜族舞。你的,教教我们,可以吗……”这姑娘的眼睛太漂亮了，忽闪忽闪的，像两眼波光粼粼的潭。

金喜顺不忍心那两眼深潭泛出失望的光泽，就一边喝着椰子水，一边问：“这里，有洗澡的地方吗？洗了澡，我就可以教你们跳朝鲜族舞……要不，”他把胳膊伸到托马斯的鼻子下，“酸酸的，臭臭的，又黏又脏，看熏了你的鼻子。”朝鲜族人都爱干净，金喜顺更是如此。

小托马斯很兴奋，能帮助人，特别是能帮助来自中国的能跳好看舞蹈的演员就更愉快了。他不懂得“予人玫瑰，手有余香”，可他爱笑，一笑，露出两排白亮的糯米牙，小黑手往西南方向一指：“那边的，黑河……洗澡的……干净，还可以捉到黑黑的鲫鱼。”

金喜顺望了一下托马斯的姐姐，是在用眼神征求她的意见。

那双潭水一样的眼睛羞涩地微笑着，伴随着微微的点头，算是在默许弟弟的建议。

姑娘头顶着一个陶制的水罐儿在前面带路，小托马斯扯着金喜顺的衣襟，连跑带颠地跟在姐姐身后，边扭着屁股跳着非洲的舞蹈，边哼哼着有着皮鼓节奏的曲调给自己伴奏。

果然，离驻地有三公里的黑河，虽然水流湍急，但在芦苇丛的掩护下洗一个澡还是很惬意。金喜顺从小在西拉木伦河边长大，玩儿水就像河里的泥鳅，钻来钻去，任意蹿游。上得岸来，穿好衣服，金喜顺就急急地往回走，他要告诉他的队友们，他寻到了一块宝地，那里有一个天然的大澡池，能够消暑，也能去掉满身的污垢。

一辆大轿车载着乌兰牧骑的队员们来黑河边洗澡。会游泳的在河里的芦苇丛里洗；不会游泳的，用水桶在河里舀了水，在岸上的树林里划好了男女的隔离带，一桶一桶地从头上浇下来，冲着洗。

去掉污垢浑身清爽，人人都笑逐颜开。

佟家琪伸着大拇指直夸：“瘦驴，是你用驴蹄子给我们大家蹚出了一条洗澡的路，拉菲克，巴扎嘿，赛赛赛，早踏——”各国语言串门是出国演出人员共同的幽默。南方人比北方人更爱洗澡，在佟家琪的身上一搓就是一个泥卷，他化用毛泽东的诗词“红雨随心翻作浪”为“红泥随身翻作浪”。

坦桑尼亚丛林里的夜晚也无一丝凉意，云层黑沉沉地低垂着，天空闷闷的，把个演出场地笼罩成了一个大汗淋漓的桑拿馆。

乌兰牧骑与当地居民联欢。

篝火点起来了，皮鼓敲起来了，小托马斯和姐姐一直围在金喜顺的身边跳着非洲丛林舞，这带有教的性质，似乎在回报金喜顺教给他们的朝鲜族舞。

一天的形影不离，让金喜顺知道了小托马斯姐弟的身世。姐姐有个很好听的名字——珍妮。小托马斯的家就在黑河对岸。姐弟俩从小就喜欢舞蹈和音乐。父母双亡后，小托马斯跟着在小学里当音乐舞蹈教师的珍妮一起生活。姐姐当教师，小托马斯当学生。当从中国援建铁路工地上的工人口里，得知中国的乌兰牧骑要来演出的消息时，他们乐坏了，这是他们学习外国音乐舞蹈的好机会，怎么能错过？清早，姐弟俩就担着一担从自家的树上摘下的椰子来到了演出现场。他们一起喜欢上了金喜顺跳的舞蹈，一起喜欢上了金喜顺吹的黑管，那浑厚、悠扬的音乐一响，小托马斯就能耸耸肩，跳出朝鲜族舞的味道来。

非洲的皮鼓节奏换成了马头琴的合奏，联欢舞会在蒙古族安代舞围成的独贵龙(蒙古语，汉译为圆圈)中结束。

小托马斯姐弟俩拉着金喜顺的手恋恋不舍，金喜顺也拉着小托马斯姐弟俩的手恋恋不舍……热情的黑人姑娘把一个用椰壳做的镶皮边的水碗送给了这位中国舞蹈家哥哥做纪念；朝鲜族哥哥也把一个红绳编的中国结回赠给小托马斯当项链。

一旁的铜眼镜嫉妒得犯了酸：“你们瞧——瘦驴又走了桃花运，还坠着一个黑皮肤的桃花骨朵，真是跳足了《庆丰收》。”

萨日朗举起相机，为金喜顺和小托马斯姐弟俩的朝鲜族舞和非洲舞的造型合影，但她不知道这是金喜顺艺术青春的最后一张照片。如果知道，她决不让金喜顺为这姐弟俩送行，或许会留珍妮和小托马斯姐弟俩在乌兰牧骑的帐篷里住一宿，那就会避免天降的噩梦。

3

金喜顺送小托马斯姐弟回家，送了一程又一程。

走了一程又一程，小托马斯姐弟就怕金喜顺回程。

云层更低更暗了，一阵骤起的狂风把手中的火把吹灭在黑河边，眼前的黑河水更加湍急。

姐姐一肩挑着空担子，一手牵着小托马斯下了河。突然，一个炸雷在天边划出了一道闪电，闷了一天的暴雨瓢泼而下。不出三分钟，一条黑龙卷着巨浪从上游咆哮而来，河道里耍不开这条巨龙，立刻翻腾起了愤怒的波浪，就像烧开了一江的黑水。姐姐抓住了肩上的扁担，在水中挣扎着，被巨浪压下又浮起，浮起又沉没；弟弟被一个浪头打沉，黑羊羔卷的头发一散一散的，挣扎不出一只手来划水。

金喜顺一个猛子扎进了咆哮着的黑水里，一个猛虎掏心抓起了黑羊羔卷。他用肩膀抵住小托马斯的屁股，蹬住一丛芦苇根，一耸肩，满身泥浆的小托马斯上了岸，芦苇丛的根随着淤泥塌落，金喜顺顺着黑河呼啸的洪流而去……

他的身子不知流向何方，他的灵魂在天空中接受乌兰牧骑队友们抛撒英雄花瓣在河心的红色祭奠，泪雨随心翻作浪，天边的彩虹为他搭了一座七彩的桥，小托马斯姐弟俩敲着皮鼓为他的灵魂送行……

援建坦赞铁路大军的工友们，每人手里拎着一个水桶、拿着一只茶缸子，沿着河边站成一排，舀一缸子清水，喊一声“兄弟，走好——”然后把水抡成一个弧形泼洒到空中。爱干净的兄弟喜欢水，就用这水再一次为他沐浴吧！他们就这样一缸子一缸子水地泼，一声一声“兄弟，走好——”地泣喊……

奇迹出现了！就在集体泼出第三缸子水的时候，众人的眼前就出现了一道无比艳丽的彩虹。

“哦——金喜顺回来啦！回来啦！回来啦……”萨日朗带头与乌兰牧骑队员们发出一片惊呼！

“哦——金喜顺回来啦！回来啦！回来啦……”

一直在默默流泪的曹雪儿一下子昏倒在地……她深深地爱着金喜顺，但还没来得及把这个“爱”字吐出心扉。

第三十章　草原遭白灾　萨日朗编排独舞《凤凰》
全家过大年　邵东方召唤子媳回家

1

赛罕旗乌兰牧骑与车伯尔市乌兰牧骑再次联手合作的时候，已经是1977年的腊月。

萨日朗和邵华为早已结了婚。从长春艺校一回到车伯尔，邵华为就和她领了结婚证，可他们没住在一起，像千千木与吴蕾 样两地分居。邵东方和江坤不同意他们的婚事是一个原因，萨日朗离不开赛罕旗乌兰牧骑也是一个原因。彼此的假期就是他们相聚的鹊桥。吴蕾当着老师，有寒暑两个长假，苦就苦了萨日朗和邵华为，两个队都没有固定的假期，彼此聚少离多，形同单身。

金慧心有了个四岁的小姑娘，两只羊角辫上扎着金色的蝴蝶结，活脱脱就是一个美丽、大方、端庄的小格格。苏晋给他的爱女起了个乳名，就叫"格格"，大名里用了妈妈的姓，正好和苏晋的"晋"谐音，叫苏金格格。

李龙兴没有食言，把林至峰调到辽宁人民艺术剧院当了演员队的队长，还帮助他把新婚的妻子华凌调到沈阳人民广播电台当了专题节目的主持人。

鲍龙斌也不在乌兰牧骑工作了，被调到盟文化局当了副局长，主管全盟十一支乌兰牧骑的培训和演出工作。

身为两个孩子妈妈的卓丽格，接替了黄毛丫头宝日吉格当了旗文化馆的馆长。宝日吉格随着丈夫调到盟电影公司，当了主管蒙古语电影译制片的副总经理兼导演。

又生了一个女儿的陶鲤，跟着当了主管全旗农、牧、林、水的副旗长巴特尔进了旗委大院，当了妇联的副主任。

萨日朗接替鲍龙斌当了赛罕旗乌兰牧骑的队长，正月和“小天津”宋凯任副队长。

车伯尔市乌兰牧骑的队员人数已经扩招到四十八人，完全是县级文工团的编制，下设声乐队、器乐队、舞蹈队、舞美队和创作组。金慧心还是队长，副队长除了邵华为，还有“两棵松”之一的德庄。声乐队由达日玛任队长，器乐队由曲景波任队长，舞蹈队由李森任队长，舞美队由丛一平任队长，创作组组长由邵华为担任。

时隔七年的腊月重逢，不再是崔委员带队乘着大轿子车去春节慰问演出，也不是集合到盟里举行文艺会演检阅一年来的创作成果，而是站在敞篷车里，穿着皮大衣、大头鞋，戴着皮帽子，捂上大口罩一路演出、一路救灾。

昭乌达盟北部五个旗和更北部的锡林郭勒盟、东部的呼伦贝尔盟，遭遇了百年不遇的特大白灾，草原上的雪就有三尺多厚，牛羊都被压在了大雪之下，冻死、饿死的不计其数，偶然被牧民救起的牛羊，也像它们的主人一样，没有粮草果腹，没有柴炭取暖。被大雪覆盖的牧民和牛羊都挣扎在死亡线上。

党中央派出了中国人民解放军，用飞机空投救人的食品，用卡车送去粮食、草料、木炭和点灯的煤油。

两支乌兰牧骑的任务，就是跟随救灾的车队，进入灾区，随时为休息的解放军战士们演出，以鼓舞救灾将士的士气。

就这样边走边演已经是第五天了，两支乌兰牧骑七十三个人的队伍分成了六个小分队，除了一个小分队外，其余分队正好是乌兰牧骑建队初期时的十二个人。金慧心、邵华为、德庄、萨日朗、正月、宋凯各带一个分队，随着六个车队一起向草原深处进发。

乌兰牧骑的每个小分队，与其说是演出，不如说是挖雪推车更确切。白天还好说，到了晚上要是车陷进雪坑里，白毛风旋着雪尘一刮，天空中就卷起了一条雪龙，盘旋直上，横扫数里，一米以外完全看不见人。到了这个时候，什么都不能干，乌兰牧骑队员们就到每辆车的驾驶室里，一对一地给驾驶卡车的战士们唱所有会唱的歌，说他们能说的单口相声和有趣的故事……他们怕疲劳至极的战士睡着了，卡车熄了火，车上的人都得冻死在雪地里。

大年三十的上午，车队进入克什克腾旗的一个牧村，老天爷也好像意识到了今天是过年，就停了白毛风，留给这片被冰雪覆盖的草原一个笑脸。

下了车，金慧心被眼前的灾情吓呆了：牧村所有的蒙古包全被大雪压塌，仅剩下的七八处土坯房院落里，用冻死的羊架子垛出一条通道。冻死的白羊都瞪着眼睛跷着腿，阴森森的一堵堵白墙，让人怀疑这是一座死亡宫殿，恐怖得如同生命绝地。

这里没有炊烟，所有的牛粪都被白毛风刮得不知去向，牧民家仅有的一两口木箱子早就变成了取火的钻木，在煮了一锅雪水和泡了一家人的炒米后，变为了灰烬。土坯房里，除了牧民的皮袍子，再也寻不出一件可燃物。

听见汽车的声音，一只小羊羔跟着它的妈妈从土屋里跑了出来，见到金慧心，一抬嘴巴，掀开裤腿就使劲地吸吮起来，像要在金慧心的脚腕子上找出一个乳头……它的羊妈妈也咬住了金慧心的裤腿，使劲地嚼着，把棉花和土布都当成解饿的饲草……

金慧心流着泪从车上搬出一箱挂面。三双黑黑的小手同时抓起一捆生挂面，放进嘴里就嚼，然后，生生地把这干挂面吞了下去……他们是饿极了！

解放军送来了粮食、饲草、木炭和煤油，牧民们点燃了木炭，托举着跪在雪地里磕头，祭拜长生天给他们送来了火：

你几时听说过，
草原上没有火？
没有火，
肉不熟，茶不热，
人们怎么生活？

你几时听说过，
草原上没有火？
没有火，
天太冷，夜太黑，
豺狼虎豹多。

火是太阳的爱，
火是草原的歌——

“长生天呢，你派了天神来，给我们送来了火，送来了粮，送来了饲草，送来了点灯的煤油、发动汽车的汽油，来救草原上的生灵——活菩萨啊——”牧民们又托着祭祀的木炭，朝着送粮、送草、送炭、送油的解放军战士们跪拜下去——

一阵轰鸣声把人们的目光引向天空，几架直升机超低空飞行，那机翼上的红五星就像天空中的太阳，给草原上所有的生灵带来了温暖，带来了希望。直升机越飞越低，一个个纸箱子从空中飘然而下，就如一朵朵低空的云团。牧民和孩子们向着纸箱子跑过去，抱起来，打开一看，竟是包好的水饺……

雪原上升起了炊烟，烧开了的雪水煮熟了饺子，牧民们端着一碗碗饺子送到驾驶室。几天几夜都没有合眼的战士们，趴在方向盘上睡着了……涎水，在唇边迅速地结成断断续续的细小冰溜。

2

大年初三，六支乌兰牧骑小分队在盟宾馆汇合，与一起把救灾物资送进草原深处的解放军在这里进行一次休整。

“让救灾的亲人解放军洗一个热水澡，吃上一顿热乎饭，开开心心看上一场好节目”是新任盟委副书记苏晋对宾馆主任和两支乌兰牧骑队提出的要求。

盟文化局副局长鲍龙斌负责这场演出。

这场演出的排练准备时间只有一天。

两支乌兰牧骑都拿出平时演出最受欢迎的节目。

让金慧心吃惊的是萨日朗，她竟在这么短的时间里拿出了一个新编的独舞《凤凰》。编曲的不是邵华为，是中央民族学院作曲系毕业、不久前才分配到赛罕旗乌兰牧骑的大学生依金。

萨日朗换上了一件大红似火的蒙古族长裙，就像七月草原上红艳艳盛开的月亮花。她的头饰不是钗环，不是花朵，也不是珠翠，而是一架飞机——一架直升机的袖珍模型……不用问，所有的观众都知道，这只在暴风雪中挣扎、搏击、穿越、盘旋，在炭火中翩翩起舞的凤凰，寓意党中央派到冰雪灾区空投物资的中国人民空军，还寓意着军民团结狂风吹不倒、冰雪压不垮的斗争精神。

写意的创作最能启发观众的无限想象力。

鲍龙斌强烈要求上台演出，他的根就在乌兰牧骑，他创建了乌兰牧骑，十几年的乌兰牧骑队长当下来，他的心血、感情都凝聚在乌兰牧骑。他换上了一件像天空一样颜色的镶着金边的蒙古袍，拿着一把马头琴就上了场。

曹雪儿为他用蒙汉双语报幕:“在百年不遇的暴风雪来临时,在草原上没有红花、绿草、粮食、篝火、清泉,只有冰雪带来的恐怖、绝望和死亡时,我们的亲人解放军就像降妖捉怪的英雄,来到草原,来到荒漠,解救被冰雪覆盖的生灵,使草原上的万千生灵走出死亡之海……解放军的救灾事迹感动了一位老乌兰牧骑队员,他自拉自唱了一段《格萨尔王传》。党中央派来救灾的解放军战士,个个都是草原上的英雄——

世上妖魔害人民,
抑强扶弱我才来。
我要铲除不善之国王,
我要镇压残暴和强梁。

鲍龙斌用汉语演唱,他的嗓音浑厚而带有磁性,感情真挚得如临其境,发自肺腑的歌声自然赢得了台下一阵接着一阵的掌声。

无疑,萨日朗跳的独舞《凤凰》和鲍龙斌自拉自唱的蒙古语说书《格萨尔王传》,是整场晚会中最受台下汽车营官兵欢迎的。金慧心不得不承认,车伯尔市乌兰牧骑虽然出的人最多,演出的节目也最多,但比起赛罕旗乌兰牧骑对救灾大军的感恩与赞美,对救灾节目创作的快速反应,还存在一段需要追赶的距离。

3

送走了赛罕旗乌兰牧骑,萨日朗和邵华为回到四合院里的一间宿舍,这就是他们的家。他们的结合没得到西跨院的承认,就把家安在了两个队的职工宿舍里。四合院里有一个家,乌兰牧骑大院里也有一个家。两地分居使他们没有条件要一个孩子,但对孩子的喜爱与期盼却随着年龄的增长渐渐强烈起来。结婚三年了,他们的关系还是像个“互助组”。萨日朗持家，做饭、洗衣服、收拾屋子，一有空闲就拿起一本书读，读着读着就会拣出些问题像学生请教老师一样，瞪着一双清澈的大眼睛，听邵华为为她讲解。思想的契合就是灵魂的契合，而灵魂的契合是人类精神境界里的大美。每当萨日朗的理解与邵华为的讲解在一个水平线的时候，邵华为就会大喜，伸出双臂把萨日朗紧紧地抱在怀里，贴着她的耳根喃喃地说："萨日朗，我要吃青草，我要喝牛奶，我要吃青草，我要喝牛奶。"从低音到高音，从呢喃到大喊。

这是他们之间的暗语，自从在那间小旅馆里邵华为第一次闻到了萨日朗的体香，第一次在身体里拥有了彼此，这"吃青草、喝牛奶"就成了他们灵肉结合的暗语。每当邵华为想要萨日朗的时候就会说出这暗语。夫妻间灵与肉的结合，彼此都没了羞涩、没了障碍，有的是自由自在、畅快淋漓。

大美的做爱也会遭遇瑕疵。在不是安全期的日子里，巫山云雨已到了神女峰的时候，邵华为大叫着就要在这云端里播下种子的时候，萨日朗往往就会抱紧她的丈夫，而把身子撤下巫山……

萨日朗何尝不知道灵与肉结合播下的种子，会诞生一个完美至极的小天使。可是她不能够要这个孩子，她还没有资格要孩子：邵华为的父母还没有承认他们的婚姻，有达尔玛病姑姑的娘家也没有一个人能给她带小孩儿。假期过后，她还得马上回赛罕旗乌兰牧骑去，她的艺术青春、她的事业中心都在那里。

"砰砰砰——"响起了敲门声。今天是大年初五，车伯尔市乌兰牧骑的队员们都回家过年去了，是谁来看他们呢？

"哥哥——哥哥——"是一个奶声奶气的小男孩儿的声音。

萨日朗下地推开门，就见一个一米多高穿得整整齐齐的小男孩儿站在门口。萨日朗不认识这个小男孩儿，但细看眉宇，发现他有些像邵华为。

"你是萨日朗。"小男孩儿很大方，有一种世家子弟的从容与淡定。

"我是。你是谁？"萨日朗问小男孩儿。

“你真笨——连我都不知道，我都喊过哥哥了，你还不明白？你就是我的嫂子，我就是你的弟弟。”小男孩儿一手叉着腰，一手指着萨日朗的鼻子。

这个小男孩儿就是邵东方和江坤的儿子邵华光。

军宣队撤出了上层建筑，邵东方继续在分区大院里当他的“邵政委”。“内人党”的问题，中央有了平反的文件，一大批蒙古族干部重新回到了领导岗位上，包括鲍龙斌被调到盟文化局当了副局长的事，他都知道了。更主要的是小儿子华光去了盟幼儿园，热闹的家里突然安静了，他就觉得生活缺了点什么。他知道是家里缺了大儿子和儿媳妇的缘故，但江坤这个后娘不引头，他也就拿不出这个话题说事。人，越老越思亲。每当他独自在儿子的房间里，偷偷地翻看前妻山丹那些美丽的剧照和一家三口的合影时，一种舐犊之情就会使劲地啃噬着他的父爱，心，隐隐作痛。

春节前，江坤被提升为盟委机要科的科长，高兴之余，也在思考着怎么用科长的胸怀处理之前留下的家庭问题。黑格尔说过，存在的，就是合理的。邵华为和萨日朗已经结了婚，就是不承认，他们也是一对夫妻。大年初三的晚上，军分区宣传科送来三张节目票，请他们一家出席文艺晚会，说是两支乌兰牧骑为救灾的部队做慰问演出，给春节期间在冰天雪地里救灾的解放军战士营造在家里过年的感觉。

他们一家三口都去了演出的剧场。萨日朗的独舞《凤凰》引起救灾部队战士们经久不息的掌声，对邵东方和江坤都是一种心灵的触动。当小儿子邵华光问“那个穿红裙子的姐姐咋跳得那么好，那么美”时，江坤伏在邵东方的耳朵上，轻声说：“咱们接儿子、儿媳妇回家吧？”

邵东方的脸上绽开了一朵菊花，抿着嘴，深深地点了一下头。

“你真笨——”小男孩儿继续说，“我不管你叫姐姐，我管你叫嫂子，爸爸妈妈开车来接你们回家——”

萨日朗往四合院的门口一看，果然，邵东方和江坤笑容可掬地站在一起，向她招手。她回头朝屋里喊了一声：“华为，爸爸、妈妈来了——”这是萨日朗第一次管邵东方和江坤叫"爸爸、妈妈"。

当她回转头向邵东方和江坤走去的时候，她看见收发室的老工友何大爷急匆匆地朝她走来："萨日朗，萨日朗，电话，电话，是白音汗的电话，长途电话。"

萨日朗赶忙跑进收发室，抓起电话听筒，刚"喂"了一声，电话的另一头就传来妹妹莲花带着哭腔的声音："萨日朗姐姐，额吉，达尔玛额吉快要不行了，她……要见你最后一面。"

姑姑达尔玛病重。当年姑姑和姑父因五百元的彩礼钱把自己卖给东哥，是华为哥哥拿出了一块英格表与两支乌兰牧骑凑起来的钱，给自己退了婚，自己才有了今天。可一听到姑姑病重的消息，萨日朗还是很焦急。是姑姑把自己养大的，姑姑、姑父收彩礼，也是因为家里穷啊！尽管她每个月都从三十四元的工资里抽出十元寄给姑姑，直到她结婚，可还是觉得自己亏欠姑姑。

她放下电话，对等在门口的邵东方和江坤说："爸爸、妈妈，对不起，这次不能和你们回家啦，我姑姑，也就是我的养母病危，我必须赶回白音汗。"

"哦……去吧！去吧！"计划落了空，尽管满心的遗憾、满腹的不愿，邵东方和江坤还是大度地挥了挥手，"孩子，让我的司机送你去长途汽车站。"

第三十一章　演出找差距　金慧心创作《战雪妖》
学院学作曲　邵华为背叛萨日朗

1

没能及时地创作出反映救灾的节目,是金慧心的遗憾。

这场雪灾百年不遇,给牧区造成的损失非常大,以至于第二年草原上的牲畜大减,直接影响三个盟的牧业生产和沈阳、长春、哈尔滨等几个大城市的牛羊肉食供应。乌兰牧骑再到牧区演出,不但没有手把肉吃,连接待都很困难。

演出任务少了,除了日常的基本功训练外,金慧心号召全队都重视创作,凡是有能力的人都要拿起笔来搞创作。几年的带头创作,在车伯尔市乌兰牧骑还真培养出一批创作人才。能作曲的不光邵华为一个人了,曲景波、季元春都可以写出能够演出的曲子。江竹倩、刘薇薇创作的儿童魔术歌舞剧《台湾儿童的心愿》,就是曲景波和季元春给谱曲配器的,在全盟的乌兰牧骑会演中还得了创作一等奖。

不过,论作曲还是邵华为厉害。在纪念周恩来总理逝世一周年的时候,毛娃流着泪编了一个群舞《怀念》,是邵华为给作曲配器。大幕拉开,音乐一起,十六名身穿白纱、手握红纱、匍匐在台上的女演员们缓缓起舞,在无边无际的时空中，寻找着、呼唤着敬爱的周总理……白云有情铺素锦，银河无际垂挽联。跳到高潮时，台下没响起掌声，却洒落一片泪雨……

窗外又飘起了雪花，雪花最能引发人们深思。不知为什么，萨日朗那只《凤凰》总在金慧心的眼前晃动，鲍龙斌的《格萨尔王传》也总在耳边回响，凤凰、雪妖、英雄、太阳神……那垛起来的羊架子、牧民托着炭火祭祀长生天的场景、飞机低空投下饺子的画面……一起向金慧心涌来，活生生地在向自己诉说着……竟是绕梁三日，不绝于耳……突然——一道电光石火穿透了她的思绪——神话，这种英雄主义与浪漫主义的创作文体……

四场五幕神话舞剧：

战雪妖

时　间：很久很久以前。

地　点：巴林草原上。

人　物：百花仙子——草原上最美的姑娘。

勇　士：草原上最勇敢的猎人。

太阳神：天上的神圣。

凤　凰：太阳神的信使。

天兵天将：太阳神派给草原除妖斩魔的将士。

雪　妖：作恶草原的妖孽。

灵感来了，挡也挡不住。不到一天的时间，五千多字的舞剧剧本一挥而就，置笔。

1978年6月，四场五幕神话舞剧《战雪妖》的剧本在内蒙古自治区的文学杂志《草原》月刊上全文发表。杂志社寄来了六本样刊和三十元稿费。搁置了十多年的稿费制度又恢复了。

2

一年后的8月份，辽宁大学中文系、历史系在昭乌达盟招收四年制的大专函授生，金慧心、詹萍萍、曲景波都报了名。让他们想不到的是，在第一次面授的课堂上就遇见了萨日朗。她报的也是中文系。这次报名门槛低，不采取考试录取的方法，报名就可以读书，但在一年后，进行了一次通考，不及格者占到五分之二，都被淘汰了。

萨日朗告诉金慧心两个消息。

第一个消息：萨日朗把赛罕旗乌兰牧骑的队长职务辞了。

乌日汗从直属乌兰牧骑队回来了，和她已是高炮团团长的夫婿秦越结束两地分居的生活。秦越的父亲、母亲从山沟里来给他们看孩子，一个像秦越一样英俊的小男孩儿，是他们全家的宝贝。萨日朗把队长的职务交给乌日汗的另一个原因就是学习。她初中还没毕业，高中是自学的，现在读大学，“不经一番寒彻骨，怎得梅花扑鼻香”，舍得，舍得，不舍就不能有得。除了练功和演出，她将所有的精力都放在读书上。唯有文化才能提升做人的修养。中国恢复了高考制度，邵华为轻松地考上了辽宁音乐学院作曲系。这一走也是四年，夫妻俩要在两个地方比翼齐飞喽！

第二个消息：佟家琪打电话给她透露，明年的五月份，内蒙古自治区文化厅（局改厅）要在昭乌达盟举办东三盟乌兰牧骑会演，（昭乌达、呼伦贝尔、哲里木三盟已从辽宁、黑龙江、吉林三省划回内蒙古自治区）检阅十年来三个盟三十支乌兰牧骑队所走过的道路与成果。凡是获奖的节目，都将参加十月份在呼和浩特市举办的全区乌兰牧骑队调演大赛。

又是一道电光石火划开金慧心的脑际——把剧本变成舞剧，在舞台上立起来，参加明年五月份的东三盟会演和十月份的全区乌兰牧骑队大赛，不要一等奖，就要第一名。

面授结束后，金慧心没有让萨日朗回赛罕旗，而是把她接到自己的家中，给她看了《战雪妖》的剧本，力邀她在这部舞剧中担任女一号“百花仙子”一角。车伯尔市乌兰牧骑论跳舞的女演员就数千千木，但千千木跳舞是芭蕾范儿，“百花仙子”是草原上的月亮花，应该是一位跳蒙古族舞的女演员，这样舞蹈才与草原和谐，与全剧和谐。她还请萨日朗参与编舞，说自己的蒙古族舞永远跳不过萨日朗。她倒是想把芭蕾舞糅进这部舞剧中，勇士、小动物、仙子、天兵天将，都可以糅进芭蕾舞语汇，让千千木跳“凤凰”一角，全部动作都可以是芭蕾范儿，长胳膊长腿地一舒展，就如凤凰展翅。

“跳完百花仙子，我就把你调到车伯尔市乌兰牧骑，委屈你任个副队长：一来，结束你和邵华为的两地生活；二来，也方便你参加辽大的面授，否则，每次面授你都要跑上四百里的路程，青春的时间不能用跑路来挥霍。”

“谢谢慧心姐姐。”萨日朗完全接受金慧心的安排，甚至庆幸自己辞去了队长职务，若还是赛罕旗乌兰牧骑的队长，怎么敢三天两日地离岗呢？看来真是应验了那两个字——舍得，有舍才有得。

吃完晚饭，萨日朗帮助金慧心洗完碗筷，又拿起《战雪妖》的剧本，她在揣摩“百花仙子”这个角色，也在揣摩这部四场五幕的神话舞剧。除了跳好“百花仙子”一角，她还要参与编舞。

金慧心也拿着一本《战雪妖》陷入沉思，好像突然有了什么感悟，拍了一下萨日朗的肩膀：“萨日朗，我派你一桩美差——”

“什么美差？慧心姐姐，今天一天你已经派给我两桩美差了，派我演百花仙子，还派我当你的副队长。‘福无双至，祸不单行’，我已经福分双至了，你要撑坏我吗？”

“嘻……好事还怕多？”金慧心捋了捋萨日朗柔软的头发，叹了一口气，“哎——，你已经有四个多月没见邵华为了吧？小夫妻正是干柴烈火的时候，你就不想他？”

让金慧心这么一说，萨日朗有些羞涩，叹了一口气，说：“想，怎么能不想呢？可他在学习，学习是一个人成长当中最重要的，我不能打扰他。”

“什么叫打扰啊？你不是也在学嘛——只不过是你在学中文，他在学作曲，这与过夫妻生活不冲突。我要派你去见他——我想好了，《战雪妖》这部舞剧的作曲配器非他莫属。你去沈阳，把这个剧本交给他，叫他在暑假前完成这部舞剧的作曲任务，配器可以往后拖一拖。曲子出来，咱们好编舞。顺便，你们小两口多亲热亲热……不过，萨日朗，我可给你说，你现在可不能要孩子啊！等咱们把这部舞剧在舞台上立起来，到那时，让B角替你，你再做妈妈。”

“慧心姐姐，谢谢你，你可比我会当领导，抓大事，有气魄，对人还这么体贴入微。”

3

辽宁音乐学院舞蹈系的青年女教师富瑶，简直就跟千千木是一个模子脱出来的，不是说长相，是说性格，都是刁蛮公主的脾气，也都有刁蛮公主的家世，她的父亲富云壁是音乐学院的副院长。

富瑶的刁蛮最突出的表现就是已经二十八岁，还一路打翻数以百计的求婚将士，单独演着《挑滑车》。她太高傲了，也有高傲的资本，首先是漂亮。说来也怪，跳舞的女人没几个长得不漂亮的。舞蹈是肢体艺术，上台不说话，全靠胳膊、腿和一张长得好的脸，观众的视觉才能获得一种美感。接着就是门第高。试想，一位副院长的千金，搁在大清朝那阵儿，怎么也够得上一个王府的格格了吧。门当户对没什么不好，都生活在一个阶层，在社会上行走处事，都在一层空间、用一个礼数。

刁蛮公主一路舞着花枪，猛抬头就遇到了一位白马王子——邵华为。

邵华为考进了作曲系，辅导老师就是富瑶的父亲富云壁。邵华为是作曲系年龄最大的学生，也是作曲系最优秀的学生，因为他在考进作曲系之前就有了上百首成功的音乐作品。教这样的学生一点不费劲，现在学的课程他已经有许多成功的实践了。富云壁对邵华为讲：“读完四年本科，你就接着读研究生,我做你的导师,择良才而育之,不亦乐乎。"

富云壁常把邵华为叫到家里,把别人找他作曲他又做不过来的作品,交给邵华为,让他代作。赶上富云壁的老伴买回来好菜,富云壁还留邵华为在家里喝上一顿小酒。酒逢知己千杯少,两个人越说越投机,就如前世的朋友,不出一个月就成了忘年交。

引郎入室,这可便宜了富瑶。邵华为的父亲邵东方已调到内蒙古军区当了副政委。声乐、器乐、舞蹈、作曲全能的邵华为年过三十,正是风流倜傥的年龄,一下就迷住了富瑶。不是刁蛮公主高傲,是她没遇见可以折腰的,遇到可以折腰的,不仅低下了高傲的头,连脚步都变成了竞走。富瑶对邵华为马上发起攻势,其手段大大超过了当年的千千木。见邵华为还戴着一块国产的上海表,马上去买了一块英格表,回来就套在了邵华为的手腕子上,说:"这是你为爸爸作曲的稿费,你别推辞。"说完,顺手把那块上海表丢置一旁,"啥年代了,还这么老土?戴块破国产表,也不怕给成功男士丢人。"

除了买手表,她还给邵华为买了一件高档衬衣、一身毛料西装和一双新式皮鞋:"成了富云壁的弟子,出席的场面就多了,还穿得这么寒酸,不怕给副院长丢份儿?"

邵华为明白了师妹这样做是在向他发动爱情攻势,马上打出了白旗:"富瑶,我有妻子了,是赛罕旗乌兰牧骑的队长,叫萨日朗。"

"我不管,旗县乌兰牧骑那么业余,整天在乡下风吹雨淋的,一定是个土妞,不是青春痘就是'高原红',你就休了她吧。我们俩才是郎才女貌,门当户对。"

"不不不……那绝不可以,绝不可以……"邵华为逃也似的跑掉了。

富瑶能让快要到手的猎物跑掉吗?答案就是个"否"。

又是一个星期六的晚上,富云壁照例唤来邵华为喝酒、谈作曲,酒至酣处,他们照例用筷子敲着盛菜的盘子,争相唱着自己得意的曲子。富云壁的老伴睡着了,她不愿意陪两个酒鬼熬夜,早上起来,还要到公园打太极拳呢。

早有预谋的富瑶，趁机在两个酒杯里都放了几片舒乐安定压成的粉……她把父亲扶进妈妈的卧室，把邵华为扶进自己的卧室。她的房子和父母的在同一层楼，就是小了二十平方米。她是音乐学院的教师，有分到房子的条件。

渐渐地，邵华为离不开富云壁的酒，也离不开富瑶的卧室。一个在大城市里求学的音乐人，有美酒入口，有美女入怀，还有楼房可栖身，读研究生，留在高校当老师的愿景在不远的前方召唤着他、诱惑着他，慢慢地，他不愿意再拿起笔来往那个赛罕旗的小镇写信，也模糊了一种记忆——草原上还有一朵美丽的月亮花，一朵带着青草与牛奶味体香的月亮花，在默默地为他守望。

4

萨日朗是第一次来沈阳。在北站下了火车已是傍晚时分，她问清了辽宁音乐学院的地址就乘上了公共汽车。她这次来沈阳，事先没有给邵华为打电话，她想给他一个惊喜。

这大学校园里真热闹，从宿舍里传出来的琴声、歌声成了校园里的小夜曲，更有一个个长发飘飘的女大学生，端着脸盆，趿拉着塑料拖鞋，从沐浴室里出来，清爽干净、飘逸自在，一路散发着洗发水的香味。

真羡慕大学校园里的生活呀！一个心思就是学习，多幸福啊！萨日朗一边感慨着，一边按照以前的通信地址敲开了学生宿舍楼523房间的门——没有邵华为！除了给她开门的一个戴眼镜的男同学，就是坐在床上，一只手拿着谱子，一只手在腿上打拍子的卷发男生，宿舍里没有第三个人。

“请问，邵华为是住在这儿吗？”

“是。”两个男生同时点头。

“他去了哪里？”

“不知道。”两个男生同时摇头。

“星期六的晚上，他一般不在宿舍里住。”卷发男生补了一句。

“那……那……我上哪儿去找他呢？我是从外地来的，一定要找到他。”萨日朗有些发急，甚至不知道找不到邵华为她这一夜睡在哪里。

两个男生都不吱声，对视一下，含着征询的意思。

“你们告诉我吧，找不到邵华为，我这个晚上就得住你们这个男生宿舍啦！”

两个男生又对视一下，还是那个卷发男生开了口：“要不，你去家属宿舍楼区去找找，看他在不在富云壁院长家。”

一阵比一阵急的敲门声唤醒了在云里雾里遨游的野鸳鸯。富瑶以为是妈妈早回来了。爸爸爱喝酒，妈妈不喝酒，不喝酒的人往往游离于酒席之外，坐的时间长了，感觉不是在享受，而是在受罪，所以她常常提前逃席。爸爸、妈妈都管不了她的刁蛮任性。她已经是二十八岁的老姑娘，再不嫁就老在家里……父母对她的放任，让她不避讳父母，也不忙着打扫狼藉的战场，套上一件睡裙，趿拉着拖鞋就去开门：“你找谁？你是不是敲错了门？”

萨日朗一眼就看见了衣衫不整的邵华为，他正低头在整理沙发……

“华为哥哥……你在……你在做什么呀？”她一声接一声地叫着，颤抖的声音传递出来她的疑问：你还是我的华为哥哥吗？

邵华为很吃惊，也很慌乱。他不知道萨日朗怎么会来沈阳，也不知道如何解释眼前发生的事，呆住了……

“哦……哦——你就是萨日朗吧，这么巧，这事让你碰上了。也好，这就简化了程序。我爱上了邵华为，我的父亲可以让他读研究生，让他留校当老师，让他的作曲在全国产生影响……这些你做不到吧？穷乡僻壤只会埋没天才。我和我的父亲，才是他登天的梯……”富瑶一点都不觉得脸红，更无一丝的尴尬与歉疚，反而抓住时机及时摊牌。

“那你就抢人家的丈夫？你还是为人师表的老师？”

“老师怎么了？老师也有追求爱的权利！”

“可他是我的丈夫！是我的爱人！夺人所爱，你不觉得你的这种爱，是可耻的，是不道德的吗？”萨日朗的声音不是在颤抖，而是在呐喊。

“那又怎么样？他现在和我做爱，他已经不爱你了！他爱的是我！是我富瑶，是院长的女儿富瑶！你一个拿过牧羊鞭的土妞，怎么是我的对手？我们不在一个档次，不在一条水平线上，你快跟他离婚吧！”富瑶也在喊，比萨日朗的声音还要大，还要尖。

“拿过牧羊鞭子的土妞……”这话当年千千木也曾说过。牧羊姑娘出身难道就卑贱吗？就低人一等吗？难道就真的要被这些城市小姐打败吗？萨日朗扭转头，用受伤的目光去请教她的华为哥哥……

邵华为抬起手腕子，看了看时间，已经晚间十点钟，他看了一眼萨日朗，低下头，一言不发。

萨日朗绝望了，华为哥哥腕子上的手表不是她归国后就又还给了他的上海表，而是他为自己退婚的那种英格表。

“换掉了……你把上海表换掉了？”萨日朗绝望地哭了。

“萨日朗，咱们走吧……”邵华为走上前揽住了她的肩膀。

就这样走了吗？草原上的姑娘就这样被打败了吗？不！拿过牧羊鞭子的手，是有力气的。

“啪——啪——”两个响亮的耳光打在了富瑶的脸上：“让你抢人家的丈夫，让你抢人家的丈夫——草原上的抢夺者，是要受到牧人惩罚的，不管你抢的是牛羊，还是蒙古包里的珠宝，都应剁去手指，在脸上烙上印记，让满世界的人都知道你是个小偷，是个盗窃者。”

刁蛮公主被打蒙了。从小到大，她这张漂亮的趾高气扬的脸，从没有遭受过这么疼痛的打击，或者说从来就没遭受过打击，响亮的大嘴巴，让她的脸色血红，让她的眼睛金花四射，拿鞭子的手原来这样有力，被她看不起的牧羊姑娘，在她面前也敢发这么大的脾气！刁蛮仅仅被遏制了三秒钟，富瑶就张开十指涂满了蔻丹的手，张牙舞爪地向萨日朗的脸上抓去……

邵华为抱住了她，对萨日朗说："你快走，别招惹富瑶，她怀孕啦——"

萨日朗幽灵似的行走在沈阳的大街上，那刺眼的路灯好像在嘲笑着她的失败，隔离带花坛中盛开的玫瑰、美人蕉、夜来香、胭脂红也好像加入了嘲笑她的队伍，她开始痛恨这座城市。迷醉的霓虹灯和明晃晃的路灯，隔离了月光对地面的深情，花坛里的泥土盛开着玫瑰、美人蕉、夜来香、胭脂红、蝴蝶兰，却扎不下山丹花的根，连一句欢迎词都没有。冷漠、孤寂的城市，寡情薄义的城市，让一个来自大草原的姑娘在凄冷的夜空下无助地任眼泪肆意流淌……

"萨日朗，你慢些走，人生地不熟，你会走丢的。我带你去旅馆休息。"邵华为气喘吁吁地捉住了萨日朗的肩膀，把她引入一条小巷。

萨日朗本想也给邵华为两个嘴巴，可她舍不得，抬不起胳膊，也没了一丝力气。

一夜没有合眼，任凭邵华为在对面的床上翻滚着唉声叹气，萨日朗没有再和他说一句话。对一个贪恋大城市的繁华，贪恋城市美色而背弃自己的丈夫，还有什么可说的吗？然而，不说话是不行的。她必须和他说话，她来沈阳是有任务的。萨日朗洗净了脸上的泪痕，用冷毛巾抚平了红肿的眼睛，从挎包里拿出《战雪妖》的剧本，并不看邵华为的眼睛："邵华为，这是金慧心队长写的神话舞剧剧本，是一部乌兰牧骑发展史上从来没有过的大剧。慧心队长让你作曲配器，明年五月份之前排练出来，参加内蒙古东三盟乌兰牧骑会演。现在是6月20号，在7月20号的时候，你必须完成作曲，送回车伯尔市乌兰牧骑，我们开始编舞。到那天，我跟你离婚，把你让给富瑶，但不准你告诉乌兰牧骑的人！"

萨日朗跟邵华为说话，从来都是和颜悦色、尊敬有加的，唯有这回，她直呼其名，用了分配工作的果断与毋庸置疑的语气。

邵华为从上衣口袋里掏出了那块上海表，捧到萨日朗的面前："萨日朗，对不起，对不起……"

萨日朗拿回了上海表，戴在手腕子上。为一部舞剧编舞、跳女一号百花仙子、读辽大中文系函授……时间，真的要分分秒秒地计算，她的心在流血，却没有时间再流泪。

5

7月20号，邵华为准时回到了车伯尔市，把四场五幕神话舞剧《战雪妖》的曲谱交给了金慧心。

金慧心用钢琴把人物的主题音乐弹了一遍。百花仙子的旋律优美、抒情、缠绵、忧伤，勇士的旋律有力、雄劲、高亢、激昂，雪妖的旋律低沉、猥琐、阴暗、疯狂，太阳神的旋律气派、自然、华贵、尊严，小动物们的旋律活泼、欢快、诙谐、跳跃，仙子们的旋律轻快、舒展、灵动、缥缈，凤凰的旋律悠扬、舒展、华美、大方……整部作品的音乐，以蒙古族曲调为主线，借鉴了世界上著名的舞剧《天鹅湖》《睡美人》《胡桃夹子》《卡门》等舞曲的创作经验，让人一听音乐就有了勃然起舞的冲动。

"哥们，够意思，我说嘛，邵华为的作曲是最棒的，手握金刚钻，又到高等学府淬火，火炼真金，凤凰涅槃，你成仙得道了啊。"金慧心拍着邵华为的肩膀说。

"还成仙得道？成了孙悟空还差不多。"

邵华为瘦了，脸色灰暗，腮帮子、嘴巴上的胡子都没来得及刮，看来是忙得够呛，喝酒与熬夜收获的就是这副面孔。

"别抱怨啊，你可是带着工资上学，别得了便宜反来卖乖，咱乌兰牧骑可没亏着你啊！本想今晚上请你吃饭，可宣传部刚下来一个文件，我又变主意了，得你请我吃饭——你得谢谢我！"

"你真是个地主婆，这么使唤人，还得让长工请吃饭，看来，不打倒剥削阶级就没有穷人的活路……"邵华为喜欢和金慧心斗嘴，她是个大气的女人，不好小性。

"你看——"金慧心把一个文件夹打开，送到邵华为的面前。

“《关于萨日朗同志任车伯尔市乌兰牧骑副队长的决定》……”邵华为读了文件头，并没有金慧心预想的惊喜，只是嘴角抻了抻，挤出一丝苦笑。

“请客吧！牛郎织女终于等到了七月初七，这大喜的日子还不得好好请一顿，谢谢我这只搭桥的老喜鹊。”金慧心逼问。

“请，请，请……就是口袋里银子不多，你可别点海参鲍鱼飞龙汤，吃成个胖子还得减肥，怕你的苏晋找我算账。”苦笑中的玩笑也带着苦味，他没想到金慧心这么快就把萨日朗调到车伯尔，也后悔自己的失足。

“看你也言不由衷，行了，别那么勉强，还是我请你吧，周扒皮把鸡杀了，慰劳长工。明天，萨日朗就来报到，到时候，再由你们俩做东，愿点什么就点什么。记住，可得掏你的腰包。”

萨日朗与邵华为悄悄地办了离婚手续。

答谢宴变成了散伙宴，两个人心照不宣。萨日朗此时的心境与处境，就如唐婉看了陆游题在沈园的《钗头凤》，而以《钗头凤》回之：“……怕人寻问，咽泪装欢。瞒！瞒！瞒！”

第三十二章　排大舞剧　车伯尔超编
当小舞美　段子风贪腐

1

车伯尔市乌兰牧骑全体行动起来。

金慧心任舞剧的总导演。金慧心挂帅，成立了萨日朗、德庄、李森、千千木、毛娃五人的编舞小组，分工合作；曲景波任乐队指挥，单等邵华为配器的总谱一到，立即组织乐队人员抄谱子、排练、合成；舞剧有男中音伴唱、男高音伴唱、女声伴唱、男声伴唱和童声伴唱，声乐队队长达日玛都给唱歌的演员们分派了任务。

就是舞美队队长丛一平和服装室主任詹萍萍还开不了工，没有钱，买不来材料，做不成服装道具，灯光也需要添置新的设备。金慧心给市政府打了一个报告，财政局很快就把两万元的专项资金拨到了乌兰牧骑的账上。

天下之大，无奇不有。

让金慧心做梦都梦不到的人出现了，这个人就是人称“段疯子”的段子风。他来申请做这部舞剧的舞美设计。他这个文化馆的馆长已经被撤了。若不是他及时地把那面镶着珍珠与贝壳的大镜子和紫檀雕花衣柜完璧归赵地搬回乌兰牧骑，就凭这一条，也得到监狱吃上两三年牢饭。他说，知过必改，这辈子就好好地画画得了。他凭直觉，这部由金慧心创作的神话舞剧，将在昭乌达盟乃至内蒙古自治区的舞蹈发展史上矗立起一块里程碑。作为车伯尔市的美术工作者，他不能游离在这个铸造丰碑的工程之外，他要奉献一个画家再创作的艺术良知，一个美术工作者的艺术才干。

一部舞剧的舞美、服装、灯光、道具，不论是丛一平，还是詹萍萍，真的没有打理过，做舞美和做服装，都属于"一专多能"的"能"，丛一平和詹萍萍是搞舞蹈和表演的，管服装和做服装是"能"外之"能"。谁都承认，段子风的美术天赋不错，画技在本地也是一流的，可这个人的德不行，这在本地也是公认的。对于这样一个毛遂自荐的人，究竟是用还是不用，金慧心也拿不定主意。

晚上回家，她向苏晋讨教。

苏晋沉思了一下，开口对妻子说："当一个领导干部要胸怀宽广，用人所长，避人所短，允许人家犯错误，也允许人家改正错误。"

金慧心通知段子风到乌兰牧骑上班，在他拿出服装的设计方案后，派他与丛一平、詹萍萍出差，去南方购买制作服装、道具和灯光、布景的材料。

编舞小组告急，说舞蹈演员不够用。舞蹈队就二十二个演员，光舞剧中有名有姓的都不够，金慧心也得上台，跳万泉仙子。勇士的舞蹈量最大，就得德庄和李森两个人一人一场地跳，才能抢得上换装，交出体力的接力棒。那些女群舞、雪妖的喽啰和天兵天将就没人啦。

借，朝百花剧团借。

粉碎"四人帮"后解散的百花剧团，经名角明红霞一挑头，又恢复起来了。上半年，他们拍连本的评戏《秦香莲》，缺八个宫女，明红霞亲自上门求借，说好一人一天补助一元钱。上个连本戏《天河配》农历七月初七前后上演，很是火了一把，票房收入很可观，估计《秦香莲》的上座率也不会比《天河配》低，虽说是演宫女，也不会亏了乌兰牧骑队员。金慧心一口答应，演员们闲着就是浪费艺术青春，何况，还有每天一元钱的伙食补助呢。来而不往非礼也，把百花剧团跑宫女的、跑大兵的都借来，还不够，就从少年宫的舞蹈队里挑选一批演牛犊、羊羔、鹿仔、小驼的演员，来演风鬼、霜魔、冰怪。

邵华为把总谱用特快专递寄到了车伯尔，接到总谱，乐队指挥曲景波也来告急。按照总谱上的配器，乐队的人手也不够，压缩到最低限度，也得再添十个人。

借，朝盟歌舞团借。

“文革”一开始，歌舞团的一百多人就都被下放到扎那水库劳动改造。“文革”结束他们才回到盟里。跳舞的老了跳不动了，搞乐器的却是越老越成熟。金慧心学明红霞，亲自上门，许下补助，借来了长号、圆号、大提琴、萨克斯、小提琴和马头琴的乐手们。

服装的面料从苏州买了回来，做道具的材料从石家庄运了回来。金慧心和詹萍萍都从自己的家里抬来了缝纫机，所有会踩缝纫机的女队员，在下班后都要工作到夜间零点，按照段子风的设计，做《战雪妖》的服装。在车伯尔市，还没有一家戏剧服装店，也没有一家服装厂能承揽下《战雪妖》的服装制作。“自己动手，丰衣足食”，毛主席的教导记心间，星光下的四合院里，“嗒嗒嗒……” 一片踩缝纫机的声响和一片排练场的鼓乐声汇成一首交响乐。

段子风的服装设计还真是很搭调。仙子们的服装都是蒙古袍带纽襻的开领小上衣，裙子都是长长的百褶，用红、黄、蓝、绿色绉纱做衬底，外面附上一层白纱，连缀上晶光闪闪的七彩亮片，既有蒙古族服饰的特点，又有仙子的曼妙缥缈，头饰的标识是旖旎闪亮的云鬓上插着红花、绿草、蓝晶、金鸟，代表花仙子、草仙子、湖仙子和鸟仙子。勇士的服装是四套，两套白云绉的短蒙古袍，外套红色金丝绒坎肩；两套蓝纱绉的长蒙古袍，外套浅黄色金丝绒坎肩，完全是草原上猎人的打扮。其他，太阳神、凤凰、小动物、天兵天将、雪妖、风鬼、霜魔、冰怪的服装设计，也都达到了金慧心的预想。

晚上十点多了,金慧心骑着自行车来到四合院。

苏金格格病了,发着高烧,直哭叫着找妈妈,哭得姥姥关玉琢六神无主。还是小格格的哥哥懂事,说:“姥姥,我骑车去找妈妈吧。”关玉琢不放心他一个人骑车,就抄起了电话:“慧心呢,小格格的嗓子都哭哑了,长大了都不能唱歌啦。”

金慧心消防车救火一样地跑到家,抱着苏金格格就上了医院。小格格细嫩的手腕上挂上了吊瓶,医生说,为了尽快退烧消炎,要连着吊三瓶液体。

办好了入院手续,金慧心让姥姥在医院看着昏昏睡去的小格格,自己又匆匆地跑了回来。今天晚上排练勇士与雪妖的大战,女队员们没事,都给自己的服装和头饰钉亮片。金慧心在群舞中扮演“万泉仙子”,她服装和头饰上的亮片也得自己钉,每个人都有自己的活干,没人能替她干这个活儿。她刚把针线纫好,就听到走廊里传来一阵吵嚷声。还没等她站起身来,扮演“百草仙子”的江竹倩就哭哭唧唧地推开了她的门:“金队,我的亮片丢了一袋,没法钉了,钉了头饰的,没有纱裙的,钉了纱裙的,没有头饰的。”

“谁拿去了?”

“千千木。”

“既然知道是她拿的,你不会朝她要吗?”

“她不给,仗着是跳‘凤凰’的,是个‘人物’,就欺负我这个跳群舞的。”

“你把她给我叫来。”

千千木被叫到金慧心的办公室。

千千木偷了别人的东西还理直气壮:“好汉做事好汉当。我拿了江竹倩的一袋亮片不假,我是跳‘凤凰’的,头饰需要一袋亮片,肩上的流苏需要一袋亮片,纱裙也需要一袋亮片。不管演什么角色,一律发两袋亮片,根本不够用,也是不分青红皂白的平均主义。”

“不够用就去朝段子风要嘛!这个事太简单了,还值得弄得生气打仗哭哭唧唧？还批判什么平均主义？真有闲工夫……”

“要了。段子风说没有了，在广州就是按一人两袋买的，多一袋也没有。”千千木还是理直气壮。

“那你就拿江竹倩的？不嫌丢人？”

“她就是跳群舞的，一站一大片，分不清谁是谁，不用那么华丽。”

“既然段子风是按一人两袋买的，就一视同仁，千千木，把亮片还给江竹倩。”

“给不了了。我都钉在头饰、流苏、纱裙上了，没法拆了！一拆就会出窟窿。”

稍停片刻，金慧心拿出一袋自己的亮片给了江竹倩：“去钉吧。”又瞪了千千木一眼：“本来我想让你跳百花仙子的B角，就你这德行……你刹戏吧！”

2

四场五幕神话舞剧《战雪妖》在4月25日晚上彩排。5月3日晚，就将登上内蒙古东三盟乌兰牧骑会演的舞台，宣布诞生。

大幕拉开，灯光切换，剪影中的众仙子们舞到台前，观众席上顿时响起了一声喝彩。

“好一个红装素裹！”最先喝彩的是盟政协主席特穆尔，一个“蒙古通”。他曾是驻蒙古国的第一任大使，现在回到家乡，做起了与各民主党派“肝胆相照，荣辱与共”的政协工作。

当勇士打败雪妖，太阳神和凤凰来到草原，百花仙子和勇士重新举行婚礼时，观众们都站了起来，鼓着掌向台上的演员们致意。在他们的记忆中，从来没有看过本土的演员们演过这样一部好看、震撼人心的大舞剧，一部思想性和艺术性都可称为经典的大舞剧。掌声一直延续到大幕重新开启，全体演员们到台前谢幕。

德高望重的特穆尔主席带着许多领导走上台来，一一和演员们握手，他对金慧心抱了抱拳："小金呢，这是昭乌达盟有史以来，第一部成功的舞剧！一部革命浪漫主义与革命英雄主义相结合的经典作品。祝贺你，也祝贺你的乌兰牧骑，填补了昭盟文艺史上的空白，创建了前人未有的文艺大功！"

含着的泪水一下子就出来了，被人理解，被社会认可，被大众称赞……对于一个创作者来说，就是最大的幸福！"士为知己者死"，这一刻，金慧心觉得所有受的苦、受的累都值了！

成功的喜悦陶醉了金慧心，也陶醉了车伯尔市乌兰牧骑所有的人。但不论是金慧心，还是车伯尔市乌兰牧骑所有的人，谁也没有意识到，或者说谁也没有看到，作为盟文化局主管乌兰牧骑的副局长鲍龙斌，在看完彩排后却紧锁眉头，一言没发。

3

彩排完，金慧心给全体队员们放了一天假，要大家好好洗个澡，整顿和休息一下，在5月3日晚上，精神抖擞、干干净净地演出一场《战雪妖》，待三十支乌兰牧骑演出后，拿他个第一，包揽剧本创作、作曲配器、乐队演奏、服装舞美设计、导演一等奖！萨日朗的"百花仙子"、德庄的"勇士"、斯日古楞的"雪妖"，千千木的"凤凰"，有哪个演员能和他们争一等奖？

金慧心在家里洗了个澡就来到办公室，她要利用一天的时间，处理一直都没有上心的财务问题。

她一张张地看着单据，有经手人签字。她核对完了，签上三个漂亮的钢笔字——金慧心，就等着会计做账了。一张购买服装面料的发票引起了她的注意：红绉纱80米，每米8.67元。在金慧心的记忆中，用红绉纱做服装的，就百花仙子的一套裙装，百草仙子是绿的，百鸟仙子是黄的，万泉仙子是蓝的……一套裙装再怎么曳地，也用不了80米啊！

她打电话叫来了服装室主任詹萍萍，单据的后面签着詹萍萍的名字呢！詹萍萍说红绉纱用了8米，段子风跟她把绉纱料入库的时候，也说的8米。

“那怎么这张发票写的是80米，总价是69元36毛，而不是69元3毛6分呢？”

詹萍萍接过金慧心手中的条子一看，说：“哦，我想起来了，绉纱入库的时候，我在量料子，段子风递给我签的条子，都是一沓单据的背面……”

“这么说，买料子的时候，你没和段子风在一起？”

“没有。丛一平说他买的灯光、道具重，让我和他一起去的石家庄，是段子风自己去的苏州。”

“一张发票就准备贪污624元2毛4分，段子风的胃口不小。”

一个德行不好的人，再有才也得不到信誉，有才不能抵消缺德，缺德却可以毁掉有才。

金慧心决定暂时压下这件事，以免打草惊蛇，影响《战雪妖》在乌兰牧骑会演上的演出。因为段子风手里还操纵着灯光和舞美，万一该“凤凰”飞来了，他不把天幕上的“凤凰”用拉线从高处放下来，千千木的上台就非常突兀；还有，该炸开雪山的时候，不把玻璃杯里的茶叶喷溅出来，天幕上就不会出现天崩地裂；20多盏小灯轮流开关，天幕上才有繁星闪烁的效果……每一项效果出了错，就是一次穿帮，就是一次闹笑话的演出事故。舞剧，是舞台上的综合艺术。

但她不会饶了他，不能放纵他贪污腐败，也不会再让他经手财物，必须堵上这个蝼蚁洞，保护千里堤。

4

三十支乌兰牧骑会演，不是一支乌兰牧骑的一场晚会，而是两支或三支，甚至四支乌兰牧骑的一场演出。参加会演的节目必须是本队自创的，学习和借鉴的节目无权参加会演，以一个队创作五个节目、一场演出十五个节目计算，就是三个队演出一场晚会。三十支队伍中，只有车伯尔市乌兰牧骑和赛罕旗乌兰牧骑是一个队一场晚会。

5月3日晚，红旗剧场座无虚席。观众不只是二十九支乌兰牧骑的演员和有关领导，《战雪妖》彩排成功的喜讯像春风吹开花千树，一夜之间吹遍了车伯尔市的大街小巷，来看正式演出的观众是一票难求。

化好妆的德庄拿出了一包药，一人一片地分给化好妆的舞蹈演员们，不管是主角，还是群舞，人人有份。金慧心也分到了一片，拿到手心一看，原来是一片索密痛。德庄告诉她，吃下这片药，跳起舞来浑身轻松，格外有力，“双飞燕”的高度能比平时高半尺。金慧心明白，这索密痛的作用就如同运动员服用的兴奋剂，她二话没说，放在嘴里生吞了下去。

这个图景，被萨日朗拍了下来，为一场四场五幕的神话舞剧做演出前的准备，自己也是第一次。

这场演出比预想的还要好，超过了彩排好几倍。彩排时人少，演出时人多，剧场内热烈的气氛直接刺激演员的情绪。

金慧心还没有卸妆，就有二十多个乌兰牧骑的队长来找她，说明天上午，趁着讨论演出的工夫，去车伯尔市乌兰牧骑学习，看看他们的练功和排练，听听他们是怎样创作出这么一台史无前例的大舞剧。

四合院外已经建起了一座四层的小楼，原来的四合院容不下四十八名队员的练功与排练，也容不下四十八名队员的住宿与安家。

金慧心向市财政争取了一大部分资金，采取个人和集体集资的方式，在四合院外建起了一幢四层的楼房。有赛罕旗财政的支持，萨日朗自己投了三千元，也分到了一处两室一厅五十四平方米的楼房。四合院做了队部的办公室与琴房。四合院外的四层楼房，一楼是小排练厅与舞美、灯光、道具、服装车间，二楼是大排练厅，三楼、四楼是家属宿舍。四合院原来的排练厅变成了食堂，只是把一排大镜子和把杆都搬到了四合院外的一楼。四合院在东墙上开了一个月亮门，院里院外，一门贯穿。

做完把上的动作，女演员们都换上了足尖鞋，这让来参观的队长们都大开眼界，二十九支乌兰牧骑没有一支练芭蕾舞，对千千木精湛的芭蕾舞基本功都啧啧称赞。他们终于弄明白了，舞台上的那只“凤凰”为什么那么舒展，长胳膊长腿的，一个大跳飞起来，胜似惊鸿。

在琴房参观也让二十九名队长大开眼界，因为他们哪支乌兰牧骑都没有这么多的乐器，这么多的演奏员。职工宿舍楼和职工食堂的建设，就更加令参观者望尘莫及，除了赛罕旗有个大院，能解决家属的住房问题，哪个乌兰牧骑都没建家属楼。

节目一台晚会一台晚会地演完，为期半个月的会演就要结束了。都在盼望着最后一场晚会的到来，这场晚会是颁奖晚会，所有的创作都在等待最后的评判。

而金慧心盼望的是一个通知，那就是颁奖晚会的演出，按照惯例，颁奖晚会上演出的节目，都是获奖的节目，不可能让车伯尔市乌兰牧骑演出《战雪妖》的全场，演出一个选场，还是必需的。

直到颁奖晚会开始，金慧心也没有接到演出的通知。直到大幕拉开，金慧心才突然明白，不让《战雪妖》演出是对的，因为《战雪妖》要装台，布景、道具、灯光都要提前装台，而不卸下来，别的乌兰牧骑就不能演出，一场汇报节目的演出，怎么能允许有装台卸台这样大的折腾？

颁奖项目随着演出一项一项地进行着，直到最后一个节目演出完，她也没有听到车伯尔市乌兰牧骑一个字。

这让金慧心愕然。

让车伯尔市乌兰牧骑全体队员愕然。

让看过四场五幕神话舞剧《战雪妖》的所有观众愕然。

金慧心几乎是瘫软地走到负责这次会演的佟家琪和鲍龙斌面前，强行按捺住自己的激动，问道：“为什么没有给车伯尔市乌兰牧骑颁奖？《战雪妖》不该得奖吗？它的思想性、艺术性不强吗？演员的表演不到位吗？作曲、编舞、服装设计、舞美设计都没有创新吗？《战雪妖》不如赛罕旗乌兰牧骑的舞蹈《紫花苜蓿》和表演唱《姑娘抡锤好气派》吗？不如其他乌兰牧骑的《纳鞋底》《换箩筐》《公社牛奶站》《猎场归来》吗？师兄，你的审美哪去了？你是不是太偏心了？你的脚跟是不是就愿意站在乌兰牧骑第三世界的阵营里？你们这样做，是不是同情弱者，打击强者，让乌兰牧骑的演出永远停留在手工作坊的阶段？”

鲍龙斌与佟家琪对视一下，说：“你还落下两项，那就是编剧和导演都是一流的，都是包括赛罕旗乌兰牧骑在内的其他二十九支乌兰牧骑不能比拟的。说不能比拟，是无法比拟，也不能比拟。哪支乌兰牧骑有八十多人的编制？哪个乡镇苏木嘎查能接待八十多人的一场舞剧演出？有那么大的剧场吗？有灯光、布景和演出舞剧的舞台吗？你的《战雪妖》应该拿到歌舞团的会演中去拿奖，去拿大奖，而不是在乌兰牧骑会演上。同志，你的乌兰牧骑已经严重地偏离了为基层服务、为工农兵服务的方向。你忘了当年的辽宁省春节慰问团了吗？走遍昭乌达盟的山山水水，部队的礼堂、工厂的俱乐部、农民的场院、学校的操场……有一处能有演芭蕾舞的舞台吗？有一个舞台可以让你飞凤凰、炸断山峰、演员从三米多高的假山后一跃而下吗？”

佟家琪也非常诚恳地说：“我也创作了一部大型的歌舞剧《一枚银簪子》，交给吉林省歌舞团去演了。《战雪妖》是一个成品，或者说是一个精品，一个艺术品，但它不适合乌兰牧骑。乌兰牧骑的节目，要短小精悍，适合田间地头、场院、操场等露天演出。你这么大的舞剧哪个乌兰牧骑也演不了。偏离乌兰牧骑发展方向的节目，不能树为榜样，也不能评奖。如果评了奖、树立为样板，走偏道路，就不只是你车伯尔市一支乌兰牧骑，而是全自治区近百支乌兰牧骑——”

都是最亲近的朋友，都是最知心的领导。

彼德有一句名言：“很多人爬到了梯子的顶端，才发现梯子架错了地方。”

金慧心只觉得胸口处有一个大大的塞子，又咸又涩，她大咳一声，一团殷红的鲜血自胸口处喷涌而出，如天女散花……

第三十三章　转型期缺舞台　车伯尔解散
读大学要尊严　萨日朗离婚

1

车伯尔市乌兰牧骑的日子越来越不好过。

辽宁省把昭乌达盟交还给了内蒙古自治区，内蒙古自治区对昭乌达盟进行了盟改市的试点。昭乌达盟变成了柳南市。车伯尔市变成了车伯尔区。变成了柳南市中心城区的车伯尔区，最大的变化就是砍掉了仅有的五个乡镇，更加城市化。

在这座中心城区不到二十平方公里的土地上，就有五个文艺团体——小百花剧团、柳南市京剧团、柳南市评剧团、柳南市歌舞团和车伯尔区乌兰牧骑。

事业单位的剧场都变成了企业，在剧场演出要付场租费。小百花剧团、京剧团、评剧团的演出都是售票的，乌兰牧骑的歌舞演出卖不出票，这座城市的观众习惯看歌舞演出不买票，而是等着宣传部发票。再就是，人们要看歌舞，扭开电视机想看什么就看什么。电视这东西太霸道，它的出现和迅速普及，不但把看电影的观众几乎一网打尽，就是看舞台演出的观众也被尽收囊中。

金慧心核算了一下，乌兰牧骑每演出一场，场租费、化妆费、夜餐补助费……不算服装、道具、乐器的磨损费，就要干赔一千多元，这笔费用，财政是不拨款的。如果创作新节目，还得添置新服装、新道具，这笔经费也无从着落。

发愁啊，发愁……四十八个人就这么闲着可不行，闲着的乌兰牧骑就要瘫痪。这样闲下去，光靠演出收入连练功鞋也买不起了。每支乌兰牧骑队一年还有一百二十场的演出任务，该怎么完成呢？农村实现了“包产到户”，土地分到了各家各户，你去演出，根本就没有组织接待，况且，车伯尔区也没了农村。

正在为如何完成演出场次发愁，东北三省话剧节要在沈阳举行，当了辽艺副院长的林至峰，力邀金慧心带领乌兰牧骑的队友们到沈阳看话剧。

林至峰在家里招待老战友。当了沈阳电台播音组组长的华凌亲自下厨，“乒乒乓乓”一阵锅碗瓢盆交响曲，红烧肉、焖豆角、烧茄子、拍黄瓜、拌拉皮、糖醋鱼、熘腰花、炒辣椒八道家常菜摆满了餐桌。

看着萨日朗一言不发，只顾闷头吃豆角，金慧心猛然想起了邵华为，他也在沈阳，怎么好几年除了会计月月给他寄工资就不见个人影儿呢？

“你见着邵华为了吗？”金慧心问林至峰。

“见着了，辽艺在这次东北三省话剧节上演的话剧《秦始皇》，就找他做的主题音乐，很好。‘秦王扫六合，虎视何雄哉？’很有气势，全剧组的人都很满意。”

“他也和你一样成功。”金慧心羡慕地说。走出乌兰牧骑的人都很成功。跳舞的毛娃也不例外。辽宁儿童艺术剧院要排一个儿童歌舞剧《人参娃娃》，儿艺的演员嗓子都好，表演是专长，可舞蹈能跳很好的却很少，因此林至峰举荐了毛娃演一号人物“人参娃娃”。乌兰牧骑一专多能的优势帮助了她，她会跳会唱又会演，还长了一张娃娃脸，《人参娃娃》让她一举成名，现在已经调到了辽宁儿童艺术剧院，成了台柱子。还有华凌，播音之外还学会了配音，给广告片配音，给电影译制片配音，还给一千多集电视连续剧配音。

“你怎么不把他找来一块见见？”

“哦……”林至峰略有迟疑。

萨日朗急忙问：“他……他……怎么啦？”

“他媳妇跟人跑了，留下一个小女孩儿自己带着，又要学习，又要创作，很吃力，也很困难。他常常喝酒，最近，又检查出了肝炎，正在服药。”

听了林至峰的叙述，第一个惊讶的是金慧心。她把脸扭向萨日朗：“他的媳妇跟人家跑啦？还有个小女孩儿？萨日朗，他媳妇不是你吗？你也没生过孩子，这……这是怎么回事？”

“我们早就离婚了，就在《战雪妖》的曲谱完成的时候。音乐学院副院长的女儿富瑶对他死缠烂打，怀了他的孩子。富瑶有楼房，还许诺在他毕业的时候给他在音乐学院安排个教师的位置……”时间已过去四年，萨日朗说话的时候显得很平静。

“那你就把邵华为让给了富瑶？”金慧心拍案而起。

“那怎么办呢？失去爱情的婚姻，就像发了霉的奶豆腐，味儿变了，品质也变了。何况，富瑶对他的帮助和造就，是我做不到的。”

“萨日朗，你太善良了，你太傻了！你应该打一场婚姻保卫战！两支乌兰牧骑都是你的后盾，要是早跟我说，我就停了他的工资，逼也要把他逼回来。”

“那又有什么用呢？回来人，回不来心。富瑶肚子里的孩子没有了爸爸，那孩子的命运该有多惨。我很小就没了阿爸，阿妈又改嫁了，我被寄养在姑姑家，这寄人篱下的滋味，我是尝够了。要不是两支乌兰牧骑和邵华为帮我退了婚，现在的我，说不定就是一个整天在蒙古包里挤奶烧茶，身边围着一大群孩子的牧人的老婆。要是把邵华为逼回到乌兰牧骑，他的前程也就断送了。那样，就是我对不住他了……”萨日朗哀哀地叙述着，像一个圣女在对上帝祷告。

“喝酒，喝酒，咱们明天就去看看邵华为。人有病，又添了一个女儿，怎么恨他、怨他，也得看看他，谁让他是咱乌兰牧骑的队员呢！”

金慧心端起酒杯一饮而尽。她伸出手，挽了挽袖子，对林至峰说：“划两拳，看看你们到了大城市，忘没忘了家乡的酒令？”

“树高千尺也忘不了根，和你个女流之辈划拳，要是输了，我还演什么雄才大略的秦始皇？”

“甭吹，划拳也不是你们男人的专利，别忘了，挂帅的是穆桂英，不是杨宗保。”

“俩好拳呢——满福寿——”

“哥俩好啊——九盅酒——”

萨日朗知道，这是金慧心有心在调节气氛。随时掌控局势，是一个领导干部的本事。她感谢金慧心转移了话题，解脱了她的尴尬。

2

中场休息的时候，萨日朗跟金慧心请假，说是出去看望一位辽大函授的同学，就独自离开了话剧《张灯结彩》的剧场。不是话剧这种艺术形式引不起她的兴趣，是她在惦念着她的华为哥哥。邵华为背叛了她，她哭过、怨过、气过、骂过，就是恨不起来。一想到他用英格表为自己退了彩礼，教自己读书识字，给自己创作的舞蹈编曲，给自己买相机，出国演出还把上海表给自己戴在手腕子上……是他在引导着自己成长。每每想到这些，萨日朗的心里就有一股温热，没有了爱情，还有亲情。现在富瑶离开了他，一个男人独自一人带着个孩子，又得了肝炎……听到这些消息，萨日朗一阵揪心地痛。她必须立即去见她的华为哥哥，否则，这一宿的觉，她也不会睡得着。

循着上次的路线找到了音乐学院的家属楼，没怎么费劲就站在了富瑶的家门口。她屏住呼吸，平息了一下自己的情绪，四年多没见邵华为的面，不知道他变成了什么样子。

轻轻地扣响了房门，就听见了房门里传出了孩子的哭声。邵华为怀里抱着一个孩子，打开了房门——

眼前的邵华为是一副落魄的样子,脸上的胡须没刮,过了脖子的长发出现了斑斑华色,衬衣的袖子破了好几个洞,扣子也掉了,袖口耷拉着,在腕子上挽不住。屋子里乱极了,孩子的脏衣服,东一件西一件丢在床上、地下和沙发上。桌子上的尘土有铜钱厚,好像从来就没有擦拭过。一堆用过的碗筷摞在水池子里,没有一个是干净的……

没有女主人的家,散乱狼藉得一塌糊涂。

看见一个女人进了家门,邵华为怀里哭叫的孩子竟向萨日朗伸出了小手,瞪着小眼睛要找萨日朗抱,在潜意识当中,她把这个美丽的女人当成了久别的妈妈。

富瑶的系里来了一个学舞蹈的漂亮男孩,叫楚翼。楚翼的父亲楚风光是一位在云南开金矿的大老板。他不但开金矿,在马来西亚还有橡胶和甘蔗种植园,在香港也有房地产,是东南亚富甲一方的知名人士。开学的那一天,楚风光亲自驾着宝马车来送儿子上学。报到后,他在六个人一间的学生宿舍给楚翼安排下一个床位,又在学校附近给儿子租了一处两室一厅的楼房当独身宿舍。

当晚,楚风光在大酒店宴请楚翼的班主任和学校领导,打扮得漂漂亮亮的富瑶应邀出席。在场的就富瑶一位女嘉宾。生完孩子,微微有些发胖的富瑶穿着一件淡黄色镶金边的连衣裙,画了眉眼,拍了腮红,又戴上一串珍珠项链和一对大大的翡翠耳环,让所有的男嘉宾眼前一亮,惊艳之余,疑为天人。

这一场酒宴豪华至极,鲍鱼、海参、螃蟹、鱼翅、飞龙、鹿肉、蛇羹、黑熊掌……南菜北菜合璧,茅台、五粮液、XO、法国葡萄酒荟萃。

这一席酒菜,让富瑶找到了当公主的感觉。她后悔自己目光短浅,找了邵华为这样一个穷酸得让自己倒贴的男人。宴席上,她美目盼兮,笑容倩兮,也让楚风光这位刚过不惑之年的男人心旌摇动,醉兮梦兮。

酒宴之后,楚风光要带诸位嘉宾去歌厅唱歌,音乐学院的领导们把唱歌和听歌都当成工作。酒足饭饱,他们不想再去工作,就一个个地被司机接走，回家休息了。只有珠圆玉润、光彩照人的富瑶一个人上了楚风光的宝马车。在歌厅里，他们没有做麦霸，一个醉眼迷离的会心对视，便相拥着走进了舞池，一会儿，就胸口贴着胸口了。香水味与酒水味搅和在一起，是一种梦幻迷离的黏合剂。纸醉金迷的暧昧引来性欲的毒蛇出洞……

楚风光俯在富瑶的耳边，咬着她的耳垂，边热烘烘地吹着痒痒的酒气，边说："亲爱的，宝贝儿，我想睡觉了……"

富瑶的身子有些瘫软，眯着眼睛，享受着心波的涡旋与荡漾，笑眯眯地一句话也不说，猛地，抓住楚风光的大手，摁在了自己高挺绵软的乳房上……

是夜，给儿子租的两室一厅成了楚风光和富瑶的新房，颠鸾倒凤、巫山云雨之后，疲劳至极的富瑶才想起家中还有一个刚刚断奶的女儿月亮花，可能还在邵华为的怀里哭叫呢。

不到半年时间，富瑶就辞去了邵华为妻子和学院舞蹈教师的职务。

妻子的职务很累，邵华为不会洗衣做饭，就会读书、作曲，她要洗衣做饭伺候邵华为。他们俩的工资请了保姆，就没有买高档衣服和高级化妆品的钱，买了高档衣服和高级化妆品就得自己带孩子。

舞蹈教师太累，还得练功，给学生一遍遍地做示范动作，工资也不高。

楚风光在马来西亚有一幢豪华别墅，就缺一位女主人，不用做饭，不用洗衣，家里有菲佣和花匠，需要的是女主人每天把自己打扮成公主或王妃，刁蛮着、娇艳着、华贵着，满足楚风光人前的风光，华堂锦帐的情欲。

小女孩把手伸向萨日朗，亮晶晶的小眼睛紧盯着她。孩子的渴望与期盼，会让所有善良的女人动心。萨日朗从邵华为的手里接过孩子，那小女孩竟像听话的小猫一样，贴在萨日朗的胸前不哭了，但是她的一只小手一直紧紧地抓着萨日朗胸前的衣襟，好像一松手，好不容易盼回的妈妈就会离她而去。

萨日朗在孩子的小脸蛋上亲了一口，却发现孩子的脸出奇地烫："华为哥哥，这孩子咋这么烫啊，她在发高烧啊！"

“她就是一个劲儿地哭、哭、哭，也不爱吃东西，还总是喘，还咳嗽，萨日朗，你说怎么办呢？”邵华为一摊双手，完全是一副束手无策的样子。

小女孩在萨日朗怀里抽泣着，闭上小眼睛，昏昏欲睡，那只抓住萨日朗胸口的小手，还是紧紧地抓着，一点儿不放松。

“华为哥哥，得赶快上医院，孩子若是烧得昏迷，可就危险了。”

“好，好，上医院，上医院……”

萨日朗和邵华为打了一辆出租车，快速来到儿童医院。急诊室的医生断定孩子得了急性肺炎，要是再来得晚些，就可能出现昏迷的状况，不快速用药就会有生命危险。

小女孩住了七天医院，萨日朗衣不解带地在医院里陪了七天七夜，她一场话剧也没看完。孩子出院了，邵华为打车把萨日朗和月亮花接回他那个像猪窝的家。

“你和富瑶的孩子为什么叫月亮花啊？这是个蒙古族姑娘的名字，你和富瑶都不是蒙古族。”萨日朗一边把脏衣服敛巴敛巴扔到洗衣盆里，一边动手洗涮水池子里的碗筷。

还没等邵华为回答，月亮花就脆生生地回答：“爸爸说，萨日朗，就是月亮花，姑姑，你的名字就是我的名字。还有，奶奶的名字叫山丹，和我，和你，都是一个名字。”七天的陪护，月亮花和萨日朗已经很熟很亲近了，她像一条小尾巴一样，跟在萨日朗的背后，缠来绕去不离左右。

“是的，我心里一直有朵开在草原上的月亮花，可惜……我一时糊涂，把月亮花弄丢了。在女儿满月时，我坚持给她取这个名字，既是为了纪念奶奶，也是想要把丢了的月亮花从心底深处找回来……”

萨日朗不再说话，她在忙着搞卫生，不到两个小时，除了一大盆衣服没洗，两室一厅的家里已是窗明几净了。萨日朗淘好了米，插上电饭锅的插头，又切了一块牛肉和半个西葫芦，就在大米饭焖好的时候，一盘锅包肉、一盘素炒西葫芦片和一盆西红柿鸡蛋汤就端上了饭桌。

小月亮花拍着小手欢呼：“有肉吃喽，有肉吃喽……香香肉啊！”

一盘锅包肉几乎都进了小月亮花的肚子里。她抹着小油嘴，拍拍鼓鼓的小肚皮，快乐地随着电视节目里的音乐跳起舞来。她的节奏感极强，强拍弱拍都在她的一双小脚上准确地体现出来，苗条的小身子，随着旋律摇曳着，范儿对，很有味道。

“也是一块跳舞的料。”萨日朗用手指了指小月亮花。

“她的妈妈是搞舞蹈的……”大概觉得自己失言，不该在这个时候再提富瑶，邵华为马上又接了一句，“哦——她的奶奶也是搞舞蹈的，有遗传基因呢。”

萨日朗没有接话茬，把剩下的一点菜装在一个旧塑料袋里，顺手倒进了垃圾桶。邵华为的一句“留着我吃”还没说完，萨日朗已拎着垃圾桶，把桶里的废物都丢进了楼道里的垃圾通道。收拾完碗筷，萨日朗坐在一只矮凳上，洗着那一大盆脏衣服。邵华为过来帮忙，把一件件洗好的衣服晾在衣架上，两人配合默契，就像当年的互助组。

“萨日朗，你看月亮花和你这么亲近，她已经离不开你……还有，这个家有了你就变得像一个家了，你……今天晚上，能在这儿住吗？”

萨日朗轻轻地摇头：“我已经七天没有和队里的同志一起行动了。来参加话剧艺术节，一场话剧也没看，真是枉来此行。下一步，车伯尔区乌兰牧骑还不知道往哪儿走，慧心姐姐急得不行，我应该和她站在一起。”

“学院已同意把我调到音乐系当老师，我跟学院领导申请一下，把你调到这里，教民族舞，你会胜任的。”

萨日朗又轻轻地摇了摇头：“我离不开草原，也离不开乌兰牧骑。离开了草原，月亮花还能开吗？离开了乌兰牧骑，我不知道自己能干什么。”

3

看完了十场话剧，金慧心决定带回两场，《张灯结彩》和《十六条枪》。这两出戏都是农村题材，《张灯结彩》是现实题材，写农村男女青年的恋爱婚姻和致富历程，有许多喜剧因素，估计观众都爱看，有上座率。《十六条枪》是个历史题材，写抗日的八路军武工队和村里的民兵联手，利用地道，端了鬼子的老窝——东炮楼和西炮楼，也枪毙了几个死心塌地的汉奸。

都选择农村戏，一个重要的原因就是省成本，一件秦始皇的龙袍可以做一百套农民的衣服，一壁《李尔王》的布景就能做《十六条枪》。

林至峰派了辽艺的老导演刘一庭来车伯尔导戏，两部戏一起导，可就累坏了老导演。

"当家老旦"达日玛负责给刘一庭沏茶。每次放茶叶，刘一庭都说："多放点，多放点，靠它提神呢。在家喝茶，剩下的茶根儿，老伴喝着都嫌苦。"

于是，达日玛就足足地捏了一把西湖龙井放在一个大大的茶缸子里，而后，倒满滚烫的水。

金慧心要打翻身仗，车伯尔区乌兰牧骑必须全拼。

两部话剧一起上，也没有萨日朗多少事。她会说普通话，但那稍带蒙古族味的普通话上台演话剧，与其他演员对话，怎么也不搭调，也没有适合她蒙古族味汉话的角色。话剧、话剧，就是说话的剧嘛。她是一个以舞蹈为专业的演员，一上台就是舞步，与话剧要求的放松身体，在舞台上生活化的表演大相径庭。萨日朗选择了拉大幕，这个活儿谁都不愿意干，躲在幕后，哪来的舞台上的光彩？一个演员的艺术青春是短暂的，莫待无花空折枝哟。一场戏就是三四十分钟，闭上再拉开就是下一场戏了，这中间也就三四分钟，在一场戏的三四十分钟里，萨日娜就有了一场接一场的三四十分钟的读书时间……时间，是人生中最宝贵的，何况是成长进步的青春期呢？除了拉大幕，她还卖节目单，一份节目单二分钱。不在乎钱多钱少，在于它能宣传话剧的内容和招揽观众。

不要脸的人脸皮就是厚，眼睛长了白内障看不清世态，心窍也堵塞了几条悟不出人家的心思。厚脸皮加白内障的患者就属段子风了。

一听说乌兰牧骑要排两台话剧，他又急急忙忙地来毛遂自荐，说自己的舞美设计不要说在车伯尔，就是在柳南市，也是第一名。

金慧心冷笑一声："段子风，我真服了你了，扣了你半年的工资才把你贪污的服装料钱补回来，没让你上法庭已经是给你留足了脸面和自我改造的空间,也考虑到你已经有了儿媳妇,当了老公公,关进监狱待两年,连个公职都没了。你怎么就不知羞、不知耻,还奢望别人信任你呢?你知道红山有多高,西拉木伦河有多长吗?"

段子风擦了擦胡子上的唾沫星子,说:"红山有多高,西拉木伦河有多长,我没量过,那不在我负责的工作范围内,我不操那个心,也不扯那个蛋。我就知道给你们干了那么多的活,留下几十米红纱绉,给儿子儿媳妇结婚做一个挡蚊子的帐子,你们就大惊小怪,扣了我的工资,给我记大过。我段子风的心胸能装得下五大洲四大洋,我不计前嫌,为你们设计舞美,是给自己找活干,说明我对这个社会还能付出,还能贡献。"

金慧心听人讲过,"文革"一结束,明红霞给市委写了一封实名检举信,检举段子风利用大字报和漫画无中生有乱整人的恶行。检举事实成立,段子风不但没当上文化局长,就连以前的文化馆馆长的职位也被撤了。他记恨在心,就在大年三十的晚上,把一个纸做的小花圈装进一个大信封里,寄到了明红霞的家里……心理阴暗到了这种下作的地步,再能说会道,也跳不出"人渣"这个粪坑。人性中没有了光明点,就是破抹布一块,扔进垃圾堆里,沤肥去吧!

"学了现成的剧,人家有完美的舞美设计,你就歇歇吧!欲望太大太多,是会减寿的。"金慧心下了逐客令。偶然间,她脑洞大开:不应跟这样的人渣儿啰唆,应该把他交给看守所的教导员。

当午的大太阳刚刚向西移了几步,萨日朗就骑着自行车上路了。她拿着一百份《张灯结彩》的节目单和八十张剧场售票窗口没有卖出的票,先到长青公园里,老头老太太们都在这里打拳跳舞,还有打牌下象棋的。她用唱歌的声音吆喝着:"看大型话剧《张灯结彩》啊,比《小二黑结婚》还好看呢,就是个现代版的《刘巧儿》,能逗你笑一宿不住声啊——一张票两元,一张节目单二分呢,买来,买来,快买啊——"她反复地吆喝着,还真有人来捧她的场,不到一个小时就卖出了四十多张票和五十多份节目单。

初战告捷,她骑着自行车又到了市区的中心广场,这里溜达的都是休闲的人。她亮开嗓子又继续吆喝:"看大型话剧《张灯结彩》啊,比《小二黑结婚》还好看呢,就是个现代版的《刘巧儿》,能逗你笑一宿不住声啊——一张票两元,一张节目单二分呢,买来,买来,快买啊——"

萨日朗看看腕子上的上海表,时间已经是傍晚六点钟,离开演只有一个小时了。她骑着自行车飞快地跑到剧场后台,给自己化了一个老太太的妆,当不了主演也得跑个龙套,她演新娘子的"娘家妈",没几句台词,就是得在台上和能说会道又有计谋的娘家爹坐在炕上听他忽悠七分钟。

拉开大幕,萨日朗就躲在幕布后面看起了古典文学史料。还有一个星期辽大中文系的函授班就要考试了,这次考的是古典文学,她翻开贾谊的《过秦论》认真地读起来。一场戏有四十多分钟呢,满够读完一页的了:

> 秦孝公据崤函之固,拥雍州之地,君臣固守以窥周室,有席卷天下,包举宇内,囊括四海之意,吞并八荒之心。当是时也,商君佐之,内立法度,务耕织,修守战之具,外连衡而斗诸侯。于是秦人拱手而取西河之外……

她读得太专注了,细品古典文学的韵味,就像用刀子割下一片煮烂的肥羊尾,嚼一口,羊脂肥嫩,口中流油,真是解馋也。她光顾读书,听不见台上在敲锣打鼓,也听不见扮演媒婆的金慧心已说完本场的最后一句台词……

她的头上挨了重重的一巴掌,"干什么呢?你还不落幕?"低低的一声怒吼惊醒了读书人,德庄对她怒目而视。

萨日朗这才知道犯了不可饶恕的错误,一场的演员已在台上造型了三分钟,结场的锣鼓镲和板鼓敲打得震天响,还一遍一遍地反复重复,就等着落幕下场。

她忘了拉大幕,把十几个演员都晾在了台上。

第二天的早会上,萨日朗主动做了深刻的检查。

金慧心狠狠地批评了萨日朗之后又表扬了萨日朗，表扬萨日朗卖出了八十张票，还有一百份节目单。如果全队人人都像萨日朗，那《张灯结彩》和《小二黑结婚》就场场满员，有了售票款，就不用愁日子不好过，不用愁完不成一年一百二十场的演出任务。

出了会议室的门，金慧心伏在萨日朗的耳边说："真佩服你，在锣鼓喧天的台上能读得进古典文学。不过，我不能当众表扬你的读书精神，我怕跟你学习的人再把我晾在台上。"

《张灯结彩》演了一周，《小二黑结婚》也演了一周，萨日朗跟金慧心提出，由她带队，把话剧中没什么事的队员组织起来，排练出一台歌舞曲艺节目，白天去学校和工厂演出，完成演出场次任务。

中心城区有十二所中学、三十三所小学，还有四所中等技术学校。把原来创作的儿童歌舞剧《堆雪人》和《台湾儿童的心愿》排出来去演出，连服装也不用做新的。小学生每人收八分钱，就当看一场电影；中学和中专每个学生收一毛钱，就当吃了一根雪糕。积少成多，这些收入可以解决演员们的练功衣和练功鞋了。国营、集体也有二十几座工厂，这些数字加起来就是六十多场，一年一百二十场的任务就完成一半。

4

萨日朗拿到大学毕业证的那一天，车伯尔区乌兰牧骑在四合院里举办了散伙宴。

车伯尔区乌兰牧骑办不下去了。

除了话剧《张灯结彩》《十六条枪》，他们还排了曲剧《王老虎抢亲》《泪血樱花》，还有评剧《小二黑结婚》，话剧《姑娘跟我走》《新来的副官》《十九桩离婚案的调查报告》……这些大剧排练的时间，昼夜赶班也得两个多月，而演出不到十场就没人看了。乌兰牧骑已经负债，除了发工资，再也没有经费演出和排练了。他们也曾把排练室当成交谊舞的培训班。小城酒席上的食客们喝了点酒，就要围着酒桌跳交谊舞，想学交谊舞的人不在少数。半个月的培训班办下来，所收的学费连老师们的夜餐费都不够，更不要说还债了。还连累了一对男女学员各自离了婚，女学员还喝了安眠药，在医院里抢救了一天一宿，才捡回一条命。

散伙宴就安排在排练厅里。

金慧心从家里搬来了煤气罐，詹萍萍也把自己家里的煤气罐扛了来。就要散伙了，人人都留恋着这个付出青春、付出热血的集体。就连平时最调皮捣蛋的电工小王，也把家里的菜板、菜刀和两个瓷盆、八个菜盘都拿来了，最后一次为这个集体尽一点力量。

大伙一起动手，洗菜的、切菜的、装盘子的，往桌子上端的……一个煤气灶上过油，一个煤气灶上煎炒，“叮叮当当”“刺啦刺啦”，就是没有一个人吭声。突然，不知是谁的抽泣出了声，这就像“蝼蚁洞虽小，能泻千里堤”，一声抽泣戳穿了蝼蚁洞，整个哭声就是一阵泛滥的洪水。

二十年，人的青春最美丽的年华——山丹花一样的火红，月亮花一样的美丽，萨日朗一样的生机勃勃……一同交给了一个集体，交给了一个舞台，交给了一个事业……分离在即，没流过眼泪的人不会是一个好演员，感情的闸门一打开，四十八个演员的泪水一起流淌，就是一阵震撼人心的狂涛……

做好的菜，摆上了五张桌子。金慧心提议，散伙宴开始前四十八个队员合一张影，这是车伯尔区乌兰牧骑的最后一张合影。打开服装室，谁愿意穿什么服装就穿什么服装，这也是四十八名队员最后一次穿车伯尔区乌兰牧骑的演出服装。男队员们多穿的是草绿色的军官服，这样威风、器宇轩昂。而女队员们多穿的是民族服，丰富多彩。还有的穿上了百花仙子、万泉仙子、百鸟仙子、百草仙子的纱裙，五彩斑斓，就像草原中朵朵盛开的鲜花。

萨日朗端着相机，要给大家拍照，金慧心说把相机架在桌子上，倒数七个数，四十八名队员全部的艺术青春就在底版上定格。

金慧心刚给大家敬了两杯酒，千千木就站了起来，她已经把工作手续办到了长春艺校。夫婿吴蕾当上了舞蹈系的主任，她要在吴蕾的手下当一名舞蹈教师。她的女儿吴蕊已经三岁，妈妈筱彩云退了休，给她带孩子。

“大……家……好……”三个字都没说成句，千千木就哽咽住了，“我后悔，我后悔做了那么多坏事……错事……我对不起……对不起……不说了，我给大家跳舞吧！请大家记住我的舞姿……”千千木跳了《长青指路》，连着三个倒踢紫金冠，每一个都那么标准、那么漂亮。

有千千木带头，大家都演出了自己拿手的节目。

乌兰牧骑解散，自治区核定编制的二十五个人被划到市歌舞团、市群众艺术馆两个单位。德庄领着十四名年轻的队员去了歌舞团；金慧心领着九个老队员去了群众艺术馆，她做副馆长，九个人成立了文艺辅导部，负责全市十一个旗县区的业余文艺辅导工作。

曲景波和詹萍萍留守在四合院，换下了乌兰牧骑的牌子，挂上了青少年文艺辅导站的牌子，曲景波当主任，詹萍萍当副主任。曲景波已在心中做了策划，要在才艺好的学生们中间，组织起一支红领巾乌兰牧骑，把乌兰牧骑的传统、作风在青少年中发扬光大。

达日玛领着其余的六个人去了文化馆。因为有了馆长，她就当了党支部书记。除了组织全区的文艺活动外，她还要好好地改造段子风，在文化馆重新办起一支十二个人的乌兰牧骑队。

一粒火种，可以燎原。一代火种，代代相传。

留在乌兰牧骑的就一个人——萨日朗，她回到了家乡，她舍不得乌兰牧骑。

第三十四章　市场争抢　野花娇卖黄腔耍浪
阵地占领　曹雪儿遭嫉恨负伤

1

没有车伯尔区乌兰牧骑那么艰难，赛罕旗乌兰牧骑也遇到了困难。困难之一就是没地方演出了。农区，分田到户，承包土地；牧区，分畜到户，承包牧场。再到农村、牧区演出，一家一户的，没有人接待。

知青大回城，“小北京”杨钊回了北京，“小天津”宋凯回了天津。

鲍龙斌、卓丽格和陶鲤都离开了乌兰牧骑，二十五个人的队伍就剩下了二十个人。

大庆“铁人”王进喜说过：有条件要上；没有条件，创造条件也要上。

农村没人接待，就赶着农历每月初一、十五的大集去演出。

赶集的农民们不爱看歌舞，就爱看个小戏，爱看个二人转。赛罕旗东邻是辽宁省的建平县，属东北地域，老百姓对文艺的爱好跟东北的老乡是一个口味——“宁舍一顿饭，不舍二人转”。有人需要，就有了市场；有人爱看戏，就有人来演戏。各村的大集上，已经出现了许多临时拼凑的草台班子，用红格蓝格白格的纤维布围出一个场地，开个门，就卖票演出。演评戏，更多的是演二人转，粗口的多，文明的少：《反常十八摸》《潘金莲洗澡》

《美女吟》《野花骚》……低级下流，不堪入目。

最盛的是一个叫“野花娇”的草台班子。班主冯五很霸气，瘸了一条腿，说是年轻时演了一个武丑，跟一个师兄争一个小彩旦，两人动了手，让他的师兄把他的腿打残了。冯五的“野花娇”手下有十几个人，行当齐全。他开着一辆大篷车，哪个乡镇有大集，就带着人前往。别的戏班子占了好地势，不给他让开，他的瘸腿一跺脚，手下的弟兄齐上场，一顿拳脚，就把人家欺负跑了。

演出市场出现的欺行霸市，乌兰牧骑能有什么作为？

当年，毛泽东主席就说过：对于农村的阵地，如果社会主义不去占领，资本主义必然会去占领。

乌日汗和正月召集队里的骨干开会，商量对策。

曹雪儿说：“草台班子能演评戏，我们也能演评戏。他们能唱二人转，我们也能唱二人转。他们演黄的，咱们唱红的，跟他们唱对台戏。”

曹雪儿说的是个办法，但演评戏唱二人转，对于以歌舞演出为主的赛罕旗乌兰牧骑来说，毕竟不是长项。赛罕旗乌兰牧骑少数民族队员多，汉族队员少，除了回族姑娘白梅，蒙古族、藏族、朝鲜族、达斡尔族的队员都不会唱评剧，也没演过二人转。

曹雪儿演过，在查干木伦水利枢纽工程的工地上演过。乌日汗就让曹雪儿在全队办了半个月的二人转培训班，培训能歌善舞的演员演唱二人转。有过演出经验，曹雪儿在本队里办学习班，乌兰牧骑队员的素质又几倍地高于业余演员的素质，何况这二人转又是人民大众喜闻乐见的文艺形式，市场也需要，大家的干劲就足，排练起来也刻苦，连上厕所的路上都走着小碎步，两只手耍着八角手绢和宽边花扇。

入了迷的行当，那就很快成角儿。也就不到一个月的时间，曹雪儿和正月就搭成一副架，唱《女队长》《小拜年》《大西厢》《包公断后》；回族姑娘白梅和藏族小伙洛桑搭成一副架，唱《十八相送》《鹊桥会》《五更寒》。

车老板子敖长根兼“司肚”，这会儿又兼了司机，把“辽老大”的六轮大卡车也装扮成花枝招展的大篷车，开到了大集上。车厢板落下，由三角板一支，就是一个流动舞台。

两副架的二人转，加上哈斯的长调，宋书玉、阿凤、高娃的长袖舞，女声小合唱《咱村的钢姑娘》和歌颂查干木伦水电站的男女声二重唱《太阳鸟飞来了》，就是一台一个半小时的节目。乌兰牧骑队员声乐、器乐、舞蹈的基本功个个过硬，演出服装也干净漂亮，哪是临时凑起的草台班子所能比拟的，加上演出不收费，乌兰牧骑的大篷车前每回都是人山人海。

不到几个回合，只要乌兰牧骑的大篷车一到，草台班子就急急忙忙地撤走了。只剩下“野花娇”用纤维布围出的场子里，还有一些老老少少的男人们肯花钱看那几出粗口的《潘金莲洗澡》《美女吟》《野花骚》。

不出一个月，在赛罕旗的乡镇大集上，就都知道了乌兰牧骑有个唱二人转的名角，叫曹雪儿，唱得好，身段好，手绢扇子舞得好，扮相更好，扮成村姑像织女，扮成莺莺像花仙，这样的好角，哪个草台班子都没有，就连“野花娇”浪得出奇的当红小旦“山花椒”也给曹雪儿提不上鞋。

2

曹雪儿唱二人转出名了，就像当初的朴真玉跳《顶碗舞》出名一样。

金喜顺牺牲后，曹雪儿曾一度消沉。她把金喜顺当成了精神支柱，只要每天能看到金喜顺那憨憨的笑容，她就浑身是劲。唱歌、跳舞、打扬琴，就是敖长根给乌兰牧骑拉回了越冬的煤，只要有金喜顺在，她都干得像个假小子。她已经偷偷地为金喜顺织了件天蓝色的毛衣，就等着出国演出回来给他穿上，让他知道一个姑娘的心事。可坦桑尼亚黑河的一场山洪，把姑娘心爱的人冲走了……

出国归来，曹雪儿就病倒了，一病就是三个多月，还是正月主动去关心她，为她熬中药，陪她散步，给她讲老乌兰牧骑的故事，才让她慢慢地长起了精神。这次演二人转，正月又和她搭一副架，搭档起来唱《女队长》《小拜年》《大西厢》，让曹雪儿死掉的爱情又开始复燃，她又在正月身上看到金喜顺的影子和他的力量。她与正月每每唱到"一轮明月照西厢,二八佳人巧梳妆,三请张生来赴宴,四顾无人跳粉墙,五更夫人知道信儿……"两个人目光一对视，就有一股电光石火的激流穿透心扉,"夫人知道信儿",他们自己也知道了彼此的信儿。

进入中秋,天气开始变凉了。今天是星期六,在大古镇的集上,乌兰牧骑展开大篷车,一连演了三场,傍晚的时候,就住在了镇小学的教室里。

卸完妆,洗了脚,在小镇的抻面馆里,一人吃了一碗抻面,也就该休息了。曹雪儿打开自己的行李卷铺床，看见了服装包里的那件天蓝色的毛衣,那是她织给金喜顺的。金喜顺顺着黑河流走了,她几次想找一条河流,把这件毛衣寄给金喜顺,但是几次拿起又放下,因为她不知道哪条河流通向黑河……她用手抚摸着这件毛衣,感觉着它的柔软与温暖。农村姑娘出身的曹雪儿很擅长女红,不管是针线活儿,还是毛织活儿,针针求巧,线线精工,更何况这件毛衣又针针线线织进了她的爱。她口里吟唱着《大西厢》的词儿,脑子里却浮现出正月那双含情脉脉的眼睛……她铺好床,把毛衣用一块红纱巾包好,就出了女生宿舍的门。

正月住在校长的办公室里,拐个弯儿,再走过不到一百米的操场,就到了。

今天夜里没有月亮,浓云密布的天空中飞起了霜,丝丝缕缕的霜线像镀了一层银。曹雪儿想:若是用这丝丝缕缕的霜线织一件银色的毛衣,一定很漂亮，就是不知道它能不能像自己送给正月的这件天蓝色的毛衣这样保暖……她口里哼着"一轮明月照西厢,呀哎嗨嗨呀……"脚上迈着轻快的舞步转过墙角。突然,她的双腿被一根大棒子猛地一扫,她大叫一声,当即扑倒在操场上。

敖长根连夜把曹雪儿拉到旗里的医院,医生断定,她的右腿断了,就是接上了,也不能再跳舞再演二人转了。

凶手一直没有找到,等正月听到曹雪儿的哭喊声跑出来的时候,漆黑的校园里，除了曹雪儿抱着一件浸满了鲜血的毛衣倒在地上，四周一个人影也没有。大家都断定是“野花娇”的瘸子冯五派人干的，但是现场没有留下一点证据，公安局只好把这个悬案保留下来，继续侦查。

正月是个有情有义的男子汉，在曹雪儿出院的时候，就与她举行了婚礼，在乌兰牧骑大院里分得了两间新房。

那件天蓝色的毛衣浸透了鲜红的血，被曹雪儿烧给了天堂里的金喜顺。在西拉木伦河边，她把烧成灰烬的毛衣，用双手捧着，放进了滚滚东流的水中……曹雪儿相信，世界上的任何一道河流都是相通的，它们在地上一起汇入大江大海，在天上也会变成云霞、彩虹，美丽着自己的灵魂。

“喜顺哥哥，这是雪儿给你织的毛衣，让它带着雪儿的心、雪儿的血、雪儿的初恋，去找你吧……喜顺哥哥，穿上它，就是遇到再大的风雪，你也不会冷了。喜顺哥哥，雪儿要嫁人了，他不是别人，他是咱们的战友正月。你祝福雪儿和正月吧，明年我们生个孩子，就叫‘金子’，就是你的‘金’字。长大了，还让他做乌兰牧骑队员……”

祭奠完了初恋，曹雪儿又织了件鲜红的大毛衣，给正月做新婚的礼服。

第三十五章　迷途知返超负荷运转　邵华为病危
战友同心爱乌兰牧骑　萨日朗倾囊

1

赛罕旗乌兰牧骑在排四场五幕的神话舞剧《战雪妖》。

萨日朗接替乌日汗任赛罕旗乌兰牧骑队长已经十年了，她不仅是乌兰牧骑的队长，还是乌兰牧骑演艺公司的经理。从车伯尔区乌兰牧骑回来的第二年，就办起了一所只有五十名学生的艺术学校，开了舞蹈、声乐、器乐、主持人和导游五个培训班，让老队员当教师，腿有了毛病的曹雪儿任校长。三年的时间，当五十名学生全部毕业时，就成立了乌兰牧骑演艺公司。她挑了三十名优秀的学生作为演出公司的职员，另外二十名学员成了婚庆公司和旅行社的骨干和奠基人。

旅游业在草原上兴起，六、七、八三个月是草原上旅游的旺季，天南地北的游客来到草原，在饱览了草原风光之后，就想看一场草原的歌舞。乌兰牧骑演艺公司开上一辆大篷车，就在各个旅游点巡回演出，出场费由各个旅游景点和度假村付，除了给职员们的开支，还能补充乌兰牧骑的经费。八九月份就举行草原上的那达慕了，有东哥那样的牧场主扬名，有草原上的月亮花萨日朗领队，赛罕旗乌兰牧骑开着大篷车，演遍北方草原。

到了冬天，演艺公司就跟南方的旅游景区签订合同，就是到了春节，也有南方的或外国的游客爱看独具特色的草原歌舞。从大北方到大南方，草原文化与岭南文化，就是这样交融的。

年复一年，不能总演两三套节目，萨日朗就想起了《战雪妖》。这是乌兰牧骑创作的舞剧，也是昭乌达盟有史以来第一部成功的舞剧，千辛万苦地创作排练出来，不能只演一场就让她撞死在一块丰碑上。

柳南市已成了全国的优秀旅游城市，所有的游客在游遍了草原、湖泊、石林、第四纪冰川运动留下的冰臼、树木的活化石——沙地云杉之后，都要汇聚到市区出境，在柳南市的红旗剧场，看上一场独具草原特色的神话舞剧，该是离境的游客们最惬意又最难忘记的演出。重排《战雪妖》，就是萨日朗盯住了这块演出的市场。她还聘请金慧心做导演。

一封来自辽宁人民艺术剧院的信，交到了萨日朗的手里。打开一看：

萨日朗及乌兰牧骑队友：

首先，告诉你们一个好消息，邵华为作曲的两首歌曲《故乡的月亮花》和《草原萨日朗》，在全国的好歌曲评奖中，都得了金奖。他给电影《大漠鹰魂》作曲的主题歌《鹰的翅膀》获得了电影节最佳作曲奖。大家都戏称他为“获奖专业户”。

再告诉你一个不好的消息，也是有关邵华为的。他得了重病，肝癌正在吞噬着他的生命。他依然是一个人带着小月亮花过。小月亮花在读艺术学院舞蹈系，是个很优秀的舞蹈苗子，得知她的父亲得了肝癌后，吓坏了，一路哭哭啼啼地来找我……我们曾是一个乌兰牧骑的战友，我们的青春曾在一起度过，我们的光彩曾在一个舞台上闪耀。他治病需要很多钱，可他一个人带着孩子，还要供月亮花读大学，是没有什么积蓄的。我在帮他，可我一个人的力量是有限的。将他的病情告知你，就是看你能否发动两支乌兰牧骑的战友救他，救一个乌兰牧骑的战友，救一个音乐天才……

2

萨日朗把信交给了金慧心，也把排练《战雪妖》的任务交给了金慧心，只身一人登上了开往沈阳的列车。

一进门，萨日朗抱住面容黑黄、身体枯槁的邵华为放声痛哭："华为哥哥，你怎么这个样子啦？你咋这么瘦？这么黄？是谁把我英俊、潇洒的华为哥哥弄丢了，是谁把我才华横溢的华为哥哥弄残了？是谁把我激情四射的华为哥哥弄得这样虚弱？富瑶呢？她为什么不管你，是她把你从我身边抢走，怎么现在就不要了？……"

珠光宝气的富瑶回来了，她要接走退休的父母去国外享福，还要接走美丽的月亮花去国外读财经。

邵华为坚决不同意。他的父亲邵东方突发心梗，猝死，一句遗嘱也没有留下。除了一个同父异母的弟弟邵华光，他就剩下月亮花一个亲人了。"月亮花是我生活下去的全部意义。她刚刚一岁多的时候，你就丢下做母亲的责任，跑了。现在，你有什么资格把她带走？"

"什么资格？有钱就是我的资格。你土老帽了不是？现在是金钱社会，金钱社会是用钱说话的，有钱就有话语权。我能给她富裕的日子，让她出有车，住有别墅，吃有美味，穿有绫罗，身前左右有人伺候着，整天过公主般的生活。你一个穷教书的，一个月就二百多块钱，还不够买柴米油盐的，你能让她过上我给的生活吗？你能吗？"江山易改，禀性难移，富瑶说话，仍改不了过去的刁蛮与嚣张。

"我不要什么公主般的生活，我要跳舞！跳舞就是我的梦想，就是我的幸福，就是我的全部。"月亮花冲着她的母亲喊，她已经是一个大姑娘了，父母的遗传让她有一张娇美的脸和一副苗条的身材，刁蛮的说话语气也继承了富瑶的。

“跳舞有什么好？每天练功，流一身臭汗，弄得不好，还要受腿伤，就是吃个青春饭，青春一过，屁都不是。你看哪个跳舞的挣了大钱？还不如唱歌的呢，唱出了名，出场费就是三万五万。跳舞的只能跟在人家屁股后伴舞，一个正面的镜头都得不到，就是挣几个小钱，买点子化妆品和几件露着膝盖、露着膀子的大路货，连几件上档次的漂亮衣服都买不起。跟妈妈走，你去学财经，挣大钱，花大钱，享受快意人生，那才是幸福生活。”

“我就是要跳舞！就是要跳舞！……”富瑶从月亮花一岁多的时候就离开了，月亮花的感情世界里，根本就没有什么有关这个妈妈的记忆，她看不惯这个珠光宝气的女人在爸爸面前指手画脚，颐指气使。她不明白，爸爸为什么还不赶她走，她和父亲怎么生活为什么要她来教训。

“你走吧，去过你富婆的日子，去过你二太太的快乐生活去吧！从你离开家的那一刻起，你就不是月亮花的妈妈了，就与这个家没有关系了。我已给过你一纸文书，你是自由的，你干什么都行，就是不要再来干扰我们父女的生活。”邵华为下了逐客令。

“我十月怀胎生了她，咋就不是她的妈妈了？查查DNA，还能错了血型？月亮花，跟我走，我是你的亲妈，还能给你亏吃？凭你这么漂亮，找个世家子弟，一辈子荣华富贵。”

“我不跟你走，你不是我的妈妈，我饿了的时候，你给我做过饭吗？我病了的时候，你抱着我看过医生吗？我的衣服脏了的时候，你给我洗过吗？我痛苦的时候，你解劝过我吗？你什么都没为我做过，所以，你没有资格当我的妈妈。你走——你走——你快走。我和爸爸怎么生活，自己会安排，不用你来教训。”

“你太不识抬举了，丫头片子，有你后悔的时候。放着公主不当，去当要饭花子，你就是天下最不开窍的榆木疙瘩。”富瑶见带不走月亮花，从手袋里掏出两叠钱来，一抬手扔到了沙发上，“这是两万块钱，买几件漂亮衣服吧。姑娘大了，该打扮打扮了，摊上你这个穷爹，看你都穿成叫花子啦。”

富瑶前脚出了门，月亮花抓起钱来就从窗口把两万块钱扔到了她的脚下。

可现在，如果富瑶再给两万块钱，月亮花绝对不会从窗口扔出去，因为现在太需要钱了，需要钱来救爸爸的命。要彻底治愈爸爸的肝癌，就得换肝脏。医生说，没有三十万，这个手术就做不下来。三十万，爸爸每月的工资才三百多元，让月亮花上哪儿去找三十万呢？

"萨日朗，好妹妹，别哭了，得了绝症，就得面对命运。我不怕死，《庄周梦蝶》里说：不知我是梦里的蝴蝶呢？还是蝴蝶的梦里是我？我唯一放不下的就是月亮花了，还有两年就大学毕业，她就可以自食其力了。我知道月亮花喜欢你，你也喜欢月亮花，我的月亮花就交给你了，就当你收了一个女儿……"

萨日朗点了点头，擦掉眼泪说："华为哥哥，我愿意收养月亮花做女儿，只要她愿意，但我也不会放任你去做庄周梦里的蝴蝶。只要有一线希望，我就不会放弃你的生命。"

萨日朗用带来的一万元钱，给邵华为在肿瘤医院办好了住院手续，把她的"华为哥哥"交给月亮花，就坐上火车回了柳南市。

3

萨日朗一下火车，就被眼前的情景感动得热泪盈眶。

是曲景波和詹萍萍带领着红领巾乌兰牧骑在为邵华为做募捐演出，一条横幅上写着：救救一位老乌兰牧骑队员。

红领巾乌兰牧骑的孩子们，在车站广场上卖力地演着，独唱《金马驹》、古琴独奏《春江花月夜》、舞蹈《小鸿雁》……还有个节目正是邵华为编的曲，就是萨日朗在全国巡回演出队和邵华为跳过的舞蹈《小牧民在成长》……节目一个一个地演着，一个梳着羊角辫的大眼睛的女孩子，抱着募捐箱在观众面前走着，一张张钞票投了进去，一元、两元、五元、十元……

萨日朗把这个场面记录在自己的相机里。

金慧心回到市区，与鲍龙斌联名在晚报上发表了《告乌兰牧骑队友书》,以两个老乌兰牧骑队长的名义,号召每个乌兰牧骑队员捐出一个月的工资,救救一名乌兰牧骑老队员。

《告乌兰牧骑队友书》在晚报上发表以后,捐款的就不只是柳南市所有的乌兰牧骑队员，车伯尔区乌兰牧骑当团委副书记的十五名队员也在他们所在的团委中,发动十五个团委的共青团员们,为一名在生死线上挣扎的老乌兰牧骑队员捐款。

复排的四场五幕神话舞剧《战雪妖》的第一场在红旗剧场的演出,就是为邵华为募捐义演。

大幕拉开,金慧心和德庄朗诵金慧心连夜写出的朗诵诗《苍天开眼,草原有情》:

苍天开眼,
他不忍心让病魔夺走一个老乌兰牧骑队员的生命;
草原有情,
她不忍心让一个终生为草原歌唱的生命悄悄离去。
苍天开眼,
他下着蒙蒙细雨,为一个就要离开故土创作着的英灵流泪;
草原有情,
她捧出花瓣上的甘露,为一个就要离开草原歌唱着的赤子哭泣。
苍天开眼,
他伸不出手,拉不住被病魔强索去的生命;
草原有情,
她迈不开腿,阻拦不了肝癌迈向病床的脚步。
苍天开眼,
他看见大地上汇聚着一片爱心的海洋;

草原有情，
她背负着一支杀向病魔的队伍。
……

世界上最美丽的东西，就是爱心；世界上最美丽的东西，就是真情。两位老乌兰牧骑队长一片爱心，饱含真情的朗诵，伴随着献爱心者的脚步，伴随着捐献者的真情，和着眼泪流成海洋……

萨日朗把《战雪妖》第二场的大幕拉开，被凤凰救活的勇士，千辛万苦地去寻找太阳神，来拯救草原上被冰雪覆盖的生灵……这场演出，萨日朗还是选择了拉大幕，她不是讨巧偷闲读书的时间，是在关注台下观众爱心的闭合。

插上雄鹰的翅膀，
飞过冰壑雪障，
要战胜凶猛的雪妖，
勇士奔向太阳升起的地方！

意想不到的是鲍龙斌也来到了义演现场。他手里托着一本毛头纸印刷的发黄的毛泽东《在延安文艺座谈会上的讲话》——他和巴特尔当年的镇宅之宝说道："这本书是一九四二年在延安印刷的，是鲁艺的安波校长给我的，我珍藏了五十年了。今天我愿意以一万元起价在这里拍卖，给邵华为治病。"

剧场里一片喧哗，一千元、一千元地上涨，最后以三万四千元成交。

一场义演就募捐了十六万九千元，这在柳南市的募捐义演史上，创造了一个奇迹。

所有募集到的善款都集中到萨日朗的手中。她清点一下，是十九万九千七百元钱，离三十万的换肝医疗费还差十万零三百元钱。再也找不到筹钱的其他门路了，萨日朗决定卖房子，卖掉她在四合院外分到的两室一厅的房子。人人都说四合院住过乌兰牧骑,这地方的风水好,有灵气,有文化底蕴,一处楼房卖到十万元,应该不会太难。

邵华为的换肝手术做得非常成功。当他被推进手术室的时候,女儿月亮花伏在他的耳边说:“爸爸,你一定坚持住,当你胜利归来的时候,我和萨日朗妈妈要送给您一件最喜欢的礼物——”

对“最喜欢的礼物”的期待,成为邵华为在手术床上坚持下来的信念。他一直期待着,期待着萨日朗把他期待已久的那件礼物送给他,让他此生再无憾事——

八月鲜花盛开的草原上,在牧人们捡来一块块的石头搭起来的敖包山下,矗立起一座硕大无朋的白色蒙古大帐,代表蔚蓝色天空的蓝哈达、代表太阳与火的红哈达、代表大地的黄哈达、代表泉水一样纯洁的白哈达……系满了一条条与大帐相连的绳索,庄严、肃穆中展露着喜色。萨日朗穿了一件大红的蒙古族长裙,头上簪满了大红的山丹花,在金慧心、千千木、曹雪儿等一批老队员的陪伴下,像一朵红云一样从大帐里飘出来,徐徐地来到自己的面前。

是林至峰在用相声《蒙汉亲家》中的双语——汉化的蒙古语和蒙古化的汉语,主持着婚礼。

妈妈,山丹妈妈,舞蹈家妈妈,对,还有爸爸,还有小弟弟邵华光,还有……还有那个江坤阿姨,捧着两本大红的结婚证书迎了上来,一本递给萨日朗,一本递给自己。而后,山丹妈妈面对着车伯尔乌兰牧骑和赛罕旗乌兰牧骑的全体队员说:“我从遥远的天国回来,为我的儿子和儿媳重新举办婚礼,愿他们的爱情像西拉木伦河水一样源远流长,像红山峰一样炽烈火红!”

在掌声和欢呼声中,小月亮花从老队长鲍龙斌的手里牵来一匹备着红鞍鞯、浑身无一根杂毛的白色骏马,对自己和萨日朗说:“爸爸、妈妈,请你们跨上这匹骏马,一起跑到敖包山上,合唱一曲《敖包相会》吧!”

萨日朗是他失而复得的宝贝，他双臂一伸，把他的新娘抱上马背，向着敖包山上奔驰而去——

只要哥哥(妹妹)你(我)耐心地等待哟，
你(我)心上的人儿，
就会跑过来哟——喂……

“萨日朗，我要吃青草，我要喝牛奶！我要吃青草，我要喝牛奶！”

听到邵华为的呢喃声，萨日朗的脸羞得通红。这是她和邵华为之间的秘密，已经有十几年了她没有听到这种声音，她在心里骂道：真是麻袋厂的工人，不(知愁)织绸。俄顷，她又满心欢喜地意识到：邵华为又活了！所有的努力都没有白费。她掏出手绢，背转身去，擦拭着滂沱而下的泪水。

“爸爸，爸爸，你醒了？”

“华为，华为，你可醒了！”

眼前是女儿月亮花，萨日朗，还有金慧心、鲍龙斌、林至峰、千千木、曹雪儿等两支乌兰牧骑的老队员，所有关切的目光正在自己的脸上聚焦。

萨日朗把一束从草原上采来的月亮花捧到了他的面前：“华为，祝贺你手术成功！”

“爸爸，你期待的就是这件礼物吗？”月亮花问邵华为，她看见爸爸的眼睛一亮，接着，就黯淡了下去。“我喜欢月亮花，更期待萨日朗给我一纸文书——结婚证。”

萨日朗轻轻地摇了摇头，说：“原谅我不能给你，月亮花的根，永远在草原上，放在花瓶里，就像我送给你的这束，再精心侍弄，红过几天，也就枯萎了……”

金慧心极力撮合萨日朗和邵华为复婚，而且语重心长：“萨日朗呀，和邵华为复婚吧。面对花一样的女色和罂粟花一样的诱惑，他若不动心，如果不是坐怀不乱的柳下惠，就是生理上出了毛病。动物的本能在人的身上并没有退化得烟消云散、干干净净。偶尔犯错，也是人犯的错，只要不乱伦，他就还是个人。富瑶勾引他，又抛弃了他，在人生的路上，他已经分清了好女人与坏女人。他一个文弱的男人，独自抚养一个孩子，又当爹，又当妈，吃尽了苦头，已经受到了丢失好女人的惩罚。现在，他大病在身，挣扎在生死线上……你筹款、募捐、卖房……把全部的财产都给了他，这就说明，你还爱着他，你还心疼他。还有那个小月亮花，小精灵一样。她就像亲生女儿一样地爱着你，依赖着你。你就和邵华为复婚吧。花落花开，破镜重圆，你们又是一家好人家，一个完整的艺术之家……”

见萨日朗一直低头不语，金慧心又说道：“你的初恋就是邵华为吧？他用一块英格表为你赎身，为你挣脱了买卖婚姻的枷锁，使你有了个全新的人生，你难道不珍惜你的初恋吗？”

“是的。滴水之恩当涌泉相报，我会用一生的关怀来回报他对我的恩情，但我不会用婚姻回报。婚姻是神圣的，是要靠忠贞来维护它的尊严与高贵的。草原上有一句人人都会说的谚语，叫作‘好马不吃回头草，开弓没有回头箭’，作为一个大草原的女儿，我也不愿意再走回头路。初恋是最美丽的，但，当你发现你的初恋变成了爱人任意丢弃的落红，那份屈辱，那份愤怒，那份恶心，那份自恨……就不是动手扇自己几个耳光，捶胸顿足地痛哭一场所能摆脱的。感情的相隔已不是一条天河，而是一道深渊，喜鹊不能搭桥，雄鹰也飞不过去。初恋再美丽，失去了也就失去了，一切懊悔、一切仇恨，就像端起钢枪出刺，而你刺向的敌人，不过是一个稻草人的靶子，它无心也无骨，伤不了它什么，除了发泄，一无用处……我也在拼力地找我的初恋，可我的初恋，是那个当初与我结成‘互助组’的才华横溢的‘华为哥哥’，不是现在这个做过了别人丈夫的丈夫。慧心姐姐，与做了别人丈夫的男人同床，我会瞧不起自己的。”

“可……他是那么需要你，你是他病愈的希望。”

“慧心姐姐，如果你看见你的苏晋和另一个女人睡在了一起，而且有了孩子，你还会与他在一个屋檐下生活，一张床上睡觉？你不觉得他脏吗？不觉得这事太恶心了吗？”

金慧心没有回答，在心里说：那就分居，不在一个床上睡觉，但婚是不能离的。离了婚的女人，就像贬值的货币，看着是钱，但却不值钱了。再嫁，与其和一个不知道与多少女人试婚的男人睡在一起，还不如与一个一辈子歉疚你的男人住在一个屋檐下……见萨日朗心意已决，脑子直，性子倔，固守本真，进不了盐酱，金慧心也就放弃了撮合。

倒是小月亮花来求萨日朗："萨日朗妈妈，你就和爸爸复婚吧。爸爸离不开你，我也离不开你。爸爸说，你不答应与他复婚，他就不出院。在ICU一直住下去。"

萨日朗笑了："这样赖皮的主意一定是你出的吧？你爸爸是四十大几的男人啦，他不是孩子。孩子耍赖，大人会迁就。大人耍赖，就没人会尊重他啦。"

邵华为没有勇气在萨日朗面前耍赖。

萨日朗必须回到草原上。赛罕旗乌兰牧骑离不开她，赛罕旗乌兰牧骑演艺公司也离不开她。还有，就是邵华为换肝后排异的医疗药物，仍是一笔很大的费用，公家报销一部分后，自付的部分也要金钱的继续跟进。月亮花还在读书，萨日朗要义不容辞地挑起挣钱为邵华为治病的重担。

第三十六章 两册影集积累 编一部史诗大剧 三代舞者接力 草原红遍萨日朗

1

两年后。

萨日朗正带着赛罕旗乌兰牧骑，参加大兴农场举办的“全旗荷花杯农村牧区艺术节”闭幕大会的演出。

作为家乡的名人，朴真玉夫妇也被旗长巴特尔邀请回乡探亲。大兴人看不够朴真玉的《顶碗舞》，连喊带鼓掌，一致要求朴真玉上台。却不过乡亲们的盛情，朴真玉换上了一件上白下粉的朝鲜族长裙，邀请身穿一件红色蒙古袍的萨日朗和她一台同舞，朴真玉跳上半段，萨日朗跳下半段，两个人一起谢幕。

音乐响起来，朴真玉顶着七个青花瓷碗，一路旋转着奔向舞台，就像一朵出淤泥而不染的粉荷在大兴的荷塘中荡漾……萨日朗顶着七个花瓷碗上场了，她婀娜坚韧，迎风摇曳，就像一朵月亮花在草原上绽放。

“太美了！太棒了！棒极了！帅呆了！没法形容了……”台下的掌声移到了台后，让萨日朗和朴真玉一起回头——

“萨日朗妈妈——”随着一声亲切的呼唤，一身青春打扮的月亮花奔到了眼前。

“哦……真玉姐姐,她就是邵华为的女儿——月亮花。月亮花,这是你朴真玉阿姨。”

“早就听爸爸说,朴真玉阿姨的《顶碗舞》是天下一绝,百闻不如一见,今天我是开了眼了。还有,萨日朗妈妈也跳得这么棒,我有了双份的收获了。”

“月亮花,你不在家里照顾你的爸爸,来草原干什么?”

“找您啊,找您借一样宝贝,一样只有您一个人有的宝贝。”

“我一个人有的宝贝?”萨日朗疑惑了,“我有什么宝贝呀?”

“影集,《萨日朗影集》。”

月亮花就要从舞蹈系毕业了,班主任老师要每位同学创作出一个舞蹈,当作毕业论文。谁创作的舞蹈,演出后能有好的社会影响,谁就可以免试读她的研究生。

有这等好事,当然势在必得。

邵华为让她来找萨日朗,说萨日朗可以帮助她,上下两册《萨日朗影集》串起来,就是一部舞剧的内容。

《战雪妖》已经演了两年了,萨日朗也正想着再创作一部草原题材的舞剧,再次打开国外国内旅游市场。

“萨日朗妈妈,您就帮帮女儿吧,我能读研究生,您和爸爸一定高兴!那上下两册影集,您可不能独吞,爸爸说,上册影集还是山丹奶奶的遗产呢!”

“好个甜嘴,好张利口。”一向不爱说话的朴真玉也喜欢上这个活泼、开朗又有些刁钻的小姑娘了。

萨日朗再次请金慧心来到赛罕旗乌兰牧骑,邀请她来帮助月亮花完成《萨日朗影集》这部舞剧的剧本创作,邀请朴真玉和自己一起编舞,这部舞剧的作曲配器就非邵华为莫属了。

月亮花高高兴兴地拿着创作好的剧本,回沈阳去找她的爸爸了。萨日朗让她出演舞剧《萨日朗影集》的女一号——月亮花。凭着她的天赋和在大学里练就的扎实的基本功，再加上她的悟性和对乌兰牧骑的理解，月亮花是不会让她这个导演失望的。

2

金慧心做得更决绝，她辞去了柳南市群众艺术馆馆长的职务。实在难以割舍自己的乌兰牧骑情结，把车伯尔区乌兰牧骑带散了，成了她心中永远的痛。修补创伤的最好行动，就是实实在在地为乌兰牧骑的发展做点实事。她主动请缨，当了赛罕旗乌兰牧骑的艺术指导。

她也真是嫁了一个好丈夫。对于金慧心的辞职，苏晋就说了两句话："你给我生了个小格格，我已心满意足。做你喜欢做的事去吧，人生苦短。"

金慧心拿出家里的所有积蓄，又变卖了玉琢妈妈留给她的金玉首饰和文物字画，把当年车伯尔区乌兰牧骑的四合院和排练厅都买了下来，挂上了"赛罕旗乌兰牧骑演艺公司"的牌子。

有文化底蕴的地方就是一块风水宝地，做演艺公司的大本营，会事业生发。

金慧心的理念是：赛罕旗是旗县，是基层，车伯尔区才是柳南市政治、经济、文化的中心。国际国内的旅游团在草原大漠旅游了一圈儿，吃了手把肉，喝了马奶酒，拍了草原照，跳了蒙古舞，都要在车伯尔区坐火车、乘飞机、开大轿子车离境。离境前的夜晚，就是代表柳南市最高艺术水平最有特色的大型歌舞上演之时。《战雪妖》已经上演了四百多场，场场爆满。剧场、旅行社、演艺公司三足鼎立，三家得利。萨日朗为给邵华为换肝卖掉的房子，又被金慧心用她和萨日朗的演出收入给买了回来。

萨日朗的理念与金慧心不同：乌兰牧骑就是一支面向基层的文化轻骑队，面对新的时代和城市的现代化进程，要城乡兼顾——在城里，有大舞台，创作精品，形成文化产业；深入农村牧区，把队伍化小，以演小节目为主，送戏上门。用上现代化的音响设备，不用带乐队，还可以把大剧变成折子戏,又能让农民看上精品大戏,又不会增加农民接待负担。

萨日朗就和金慧心做了分工:排大戏,城里演,金慧心负责;小队伍,下基层,萨日朗负责。她心里还藏着一个秘密,等到月亮花研究生毕业,就让她回赛罕旗,接自己的班,任赛罕旗乌兰牧骑的队长。"江山代有才人出",乌兰牧骑也需要一代一代有才能、有文化的新人来传承。

舞剧《萨日朗影集》的彩排,取得了预想中的成功。掌声还未落尽,就有许多旅行社和旅游景区的老总激动地跑到后台,要求与乌兰牧骑演艺公司签订演出合同。光"小北京"的一个"凯哥旅行社"就订下了三百场的演出合同。

伴在他身边的"小天津"拿出资深电视评论员的派头说道:"南方有个《印象·漓江》,北方就应该有个《萨日朗影集》,南北就平衡了。"

正在这时,编剧金慧心分开众人,匆匆跑上台来,一把拉住萨日朗就往台下跑。

邵华为坐在第一排的轮椅上,满面笑容,安然地与世长辞。他手里还抓着宋凯的那管金笔和金慧心的那沓雪白的纸巾……

萨日朗从他手里拿过那沓纸巾,只见上面写着:"《萨日朗影集》是乌兰牧骑的历史,也是我们的青春。"

下一行写着:"萨日朗,我的爱人,把我带回草原吧,曾经迷途的我,要去找山丹妈妈。"

后　记

漫卷诗书喜欲狂

此书进入最后的修改阶段时，是2017年的11月份，一个巨大的喜讯传来——习近平总书记给内蒙古锡林郭勒盟苏尼特右旗乌兰牧骑的队员回信了！信中写道：

> 乌兰牧骑是全国文艺战线的一面旗帜，第一支乌兰牧骑就诞生在你们的家乡。60年来，一代代乌兰牧骑队员迎风雪、冒寒暑，长期在戈壁、草原上辗转跋涉，以天为幕布，以地为舞台，为广大农牧民送去了欢乐和文明，传递了党的声音和关怀。

读完了习近平总书记的信，作为一名具有15年乌兰牧骑队龄的老队员，我只能用唐代大诗人杜甫的一句诗“漫卷诗书喜欲狂”来表达我的心情。

习近平总书记在信中说的，就是我们当年做的。

1957年，内蒙古自治区党委书记、自治区政府主席乌兰夫同志，根据内蒙古地区地大物博、人烟稀少，在边远的农村和牧区不但没有电视，甚至连广播报纸都听不到、看不到，更不用说看文艺演出的文化生活极其落后的实际情况，请示了敬爱的周恩来总理，在旗县建立一支“宣传、演出、服务、辅导”的文艺轻骑队——乌兰牧骑（汉译：红色的嫩芽）。

就在这一年，自治区文化局（厅）遵照乌兰夫主席的指示，在纯牧区的锡林郭勒盟苏尼特右旗和半农半牧区的昭乌达盟（现赤峰市）翁牛特旗进行了试点工作。而后，锡林郭勒盟苏尼特右旗率先挂牌，宣告内蒙古第一支乌兰牧骑建立。昭乌达盟翁牛特旗的乌兰牧骑紧随其后，也正式成立，成为内蒙古自治区的第二支乌兰牧骑。

1970 年 1 月，我 17 岁，正值芳华，以“能当团支部书记”的资质，由赤峰五中文艺宣传队的队员，被学校推荐成为赤峰市乌兰牧骑的一名队员。1966 年 5 月刚刚建立的赤峰市乌兰牧骑，就以“拉练”的形式，徒步 180 公里到翁牛特旗学习，学节目、学作风、学创作。

翁牛特旗乌兰牧骑是自治区的“红旗队”，12 名队员当中，有 7 人参加了 1965年的全国巡回演出，12 次受到敬爱的周恩来总理的接见。周恩来总理在人民大会堂宴会厅，用玉米面窝窝头招待乌兰牧骑队员们，鼓励队员们艰苦奋斗，深入基层，为人民而创作，为人民而演出，“牧骑嘛——就要回到马背上去，要保持不锈的乌兰牧骑称号。”

受到过毛主席及党和国家领导人多次接见的翁牛特旗乌兰牧骑的队员们，牢记《讲话》精神，不忘周恩来总理的嘱托，在草原深处、在八百里瀚海、在贫困山区和老区的田间地头，把党中央和自治区党委的方针、政策和对农牧民的关怀，通过幻灯播映、图片展览、演出、宣讲……传达到老百姓的心中。舞蹈演员宋正玉，为创编《顶碗舞》，硬是把头皮磨出了血，在头顶上形成了一个碗托；女演员旭日琪琪格，为了不耽误全队的下乡演出，耽误了给儿子治病的时间，致使两岁的孩子不幸夭折；几名男队员背着一个孤寡老人来回奔波十几里地，满足了老人看一场演出的夙愿；他们给干旱的牧区打了一眼“乌兰牧骑井”，避免了全浩特老弱病残及牲畜漫长而艰难的迁徙；他们在上万人的水利枢纽工程的工地上宣传、演出、服务、辅导，吃窝头啃咸菜，不舍得吃一口肉，给工地上留下了一支“不走的乌兰牧骑”；“三年自然灾害”时期，为了乌兰牧骑不被解散，他们吃鸭食……

试问天下：有几多这样宁愿自己吃苦受累，也要全心全意为人民服务的文艺团体？

唯有乌兰牧骑！

2017 年是乌兰牧骑诞生 60 周年。

三年前，我就萌生了以我 15 年乌兰牧骑队员、创作员和副指导员的经历，以中国作协会员和赤峰市作协副主席的身份，创作一部具有乌兰牧骑青春态史诗意义的长篇小说，一部乌兰牧骑队员们的《芳华》，完成一个老乌兰牧骑队员的夙愿，并赶上“乌兰牧骑诞生 60 周年”这个节点。

我开始收集素材，《乌兰牧骑大事记》《乌兰牧骑赞》《文艺轻骑》(会刊)……我一章一页地读完；我请来乌兰牧骑的创始人和自治区文化厅的有关领导乌国政、朱家庚、李洪军、李宝祥等老先生开座谈会，倾听他们自身的经历和故事……我以翁牛特旗乌兰牧骑和我所在的赤峰市乌兰牧骑的队友们为人物创作的原型，以两支乌兰牧骑的经历和所发生的故事为双线结构，以 1964 年至 1984 年这 20 年为故事发生的时代背景……开始了长达三年的创作。从一稿的 40 万字，改到三稿的 35 万字，又从三稿的 35 万字改到五稿的 30 万字……

习近平总书记给苏尼特右旗乌兰牧骑队员的回信一发表，对于在苦苦创作修改中的我来说，犹如在荒漠中跋涉遇到了甘露，在黑暗中探索遇到了阳光……

漫卷诗书喜欲狂！

但愿这部长篇小说的出版发行，能使我成为乌兰牧骑精神的传承者、乌兰牧骑故事的讲述人。

2018 年 3 月 10 日